JN330675

龍谷大学
仏教文化研究所編

龍谷大学善本叢書

26

龍谷大学善本叢書 26

太平記

責任編集　大取一馬

思文閣出版

平成十九年度出版

共同研究員

岩井宏子　内田誠一
加美　宏　木村初恵
日下幸男　小山順子
小林　強　近藤　香
齋藤　勝　酒主真希
下西　忠　鈴木徳男
高田誠文　高畠　望
田村正彦　中條敦仁
寺尾卓之　中西　潔
中村　元　西山美香
原田信之　日比野浩信
松田美由貴　三浦俊介
三ツ石友昭　宮川明子
三輪正胤　安井重雄

相模守高時執権柄事

爰ニ本朝人皇ノ始自神武天皇九十五代ノ帝《ミカド》後醍醐天皇御
宇ニ武臣相模守平高時ト云者アリ上君徳ニ違ヒ下臣ノ礼ヲ
失フ因茲四海大ニ乱テ一日モ未安狼烟翳天鯨波動地
至于今卌餘年一人モ不得冨春秋万民無所措手足倩《ツラツラ》
尋其濫觴禍《ワザハイ》匪ス一朝一夕故ニ元暦年中ニ鎌倉右大将頼
朝卿平家ヲ追討シテ其功アリシ時後白河院叡感ノ餘ニ六十
六箇國ノ被補摠追捕使ニ従之武家始テ立置諸國守護ヲ
補ス庄園地頭ヲ彼頼朝ノ長男左衛門督頼家次子右大臣実
朝公相續テ皆備征夷将軍武将是号三代将軍ト有然ルニ頼
家ハ為ニ實朝公ニ討レ実朝ハ頼家子為悪禅師公暁ニ討レテ源氏

巻第一　相模守高時執権柄事（三〇頁）

まえがき

南北朝期の内乱を題材として描いた『太平記』全四〇巻は、歴史文学として最も長編であり、それだけに同じ軍記物の『平家物語』と比較すると王朝的情趣美において劣っているといった指摘がこれまでなされてきた。しかし、南北朝期という混沌とした流動的な時期の時代状況をみごとに表現していたり、登場人物を生き生きと描いている点などは『太平記』のすぐれた特徴である。加えて後世に与えた影響は甚大であり、それは以後の軍記物にだけではなく、仏教説話集や謡曲、幸若舞、御伽草子、浄瑠璃などにも及んでいる。

この『太平記』の諸本についての研究は、現存する写本約五〇本、版本三〇種の伝本を、巻二十二の有無やその取り扱いをめぐって、甲類・乙類・丙類・丁類の四種に分類する方法がとられている。龍谷大学図書館所蔵の『太平記』は、室町時代末期の写本で、巻一〜巻十二までの十二冊本であるが、現在の分類では丙類の天正本系統に分類され、その中でも国立国会図書館蔵義輝本と同じ祖本をもつ伝本であるという位置付けがなされている。しかし『太平記』は、その分量も多く、細部に亘って比較検討することはいまだ出来ていないのが現状である。しかも、近年学界では、それを影印乃至は翻刻をして公刊し、各資料を提供する必要に迫られている。本学もそういった要請に応えるべく、この度本学図書館所蔵本を善本叢書に入れて公刊した次第である。本学図書館所蔵の『太平記』は、各冊の墨付一丁表に「寫字臺之蔵書」の小判型の朱の蔵書印が捺されており、寫字臺文庫本の一つであることが知られる。寫字臺文庫本は本願寺歴代宗主の蔵書を収めた寫字臺蔵書を、明治二十四年にその一部を、三十七年には残りの全てを西本願寺から移管したものである。その寫字臺蔵書の全体像は、『寫字臺蔵書目録』(二〇一七・一二―一〇)や『寫字臺蔵書釐正目録』(二〇一七・一一―一〇)によっても知られるが、後者の目録の中、『太平記』に関しては次の記事が見られる。

太平記　十二巻　(「雑史類第六函」の内)
太平記　廿一巻　(「雑史類第七函」の内)
太平記綱目　六十巻第五次　(「雑史類第九函」の内)
太平記平假名画入　廿一巻自第六至廿五欠　(「雑史類第九函」の内)

ここに影印する太平記十二巻が、右の「雑史類第六函」に見られる「太平記　十二巻」に相当するものか否か確定できないが(目録の同じ丁には、写本の場合は書名下の巻数の肩に「写本」と注記しているが、当該書にはその注記がない)、寫字臺文庫には複数種の『太平記』が収められていたことは確認できる。

この度、当該本を影印して公刊することによって、『太平記』の研究が一層進展するよう願っている。

平成十九年七月

大取一馬

目次

太平記　一

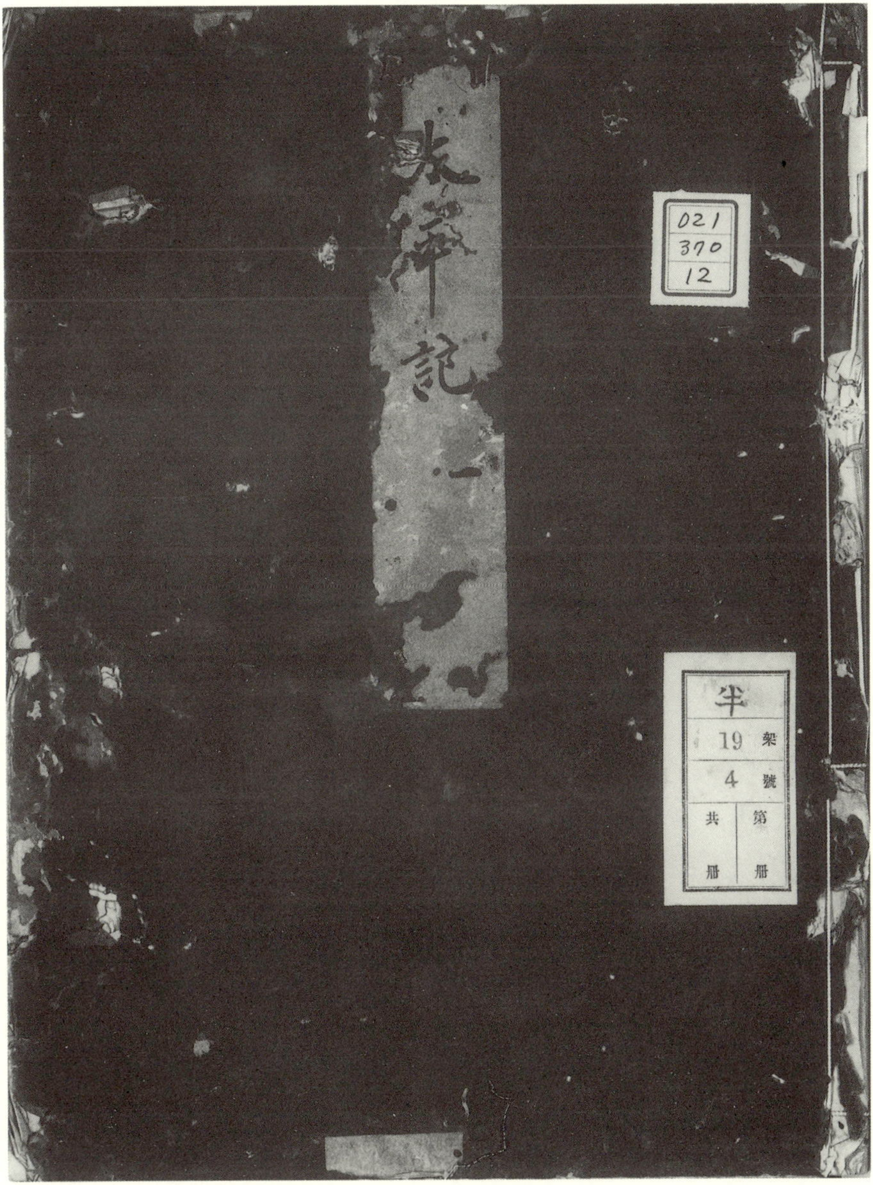
021
370
12
牛
19　架
4　號
共　冊
第　冊

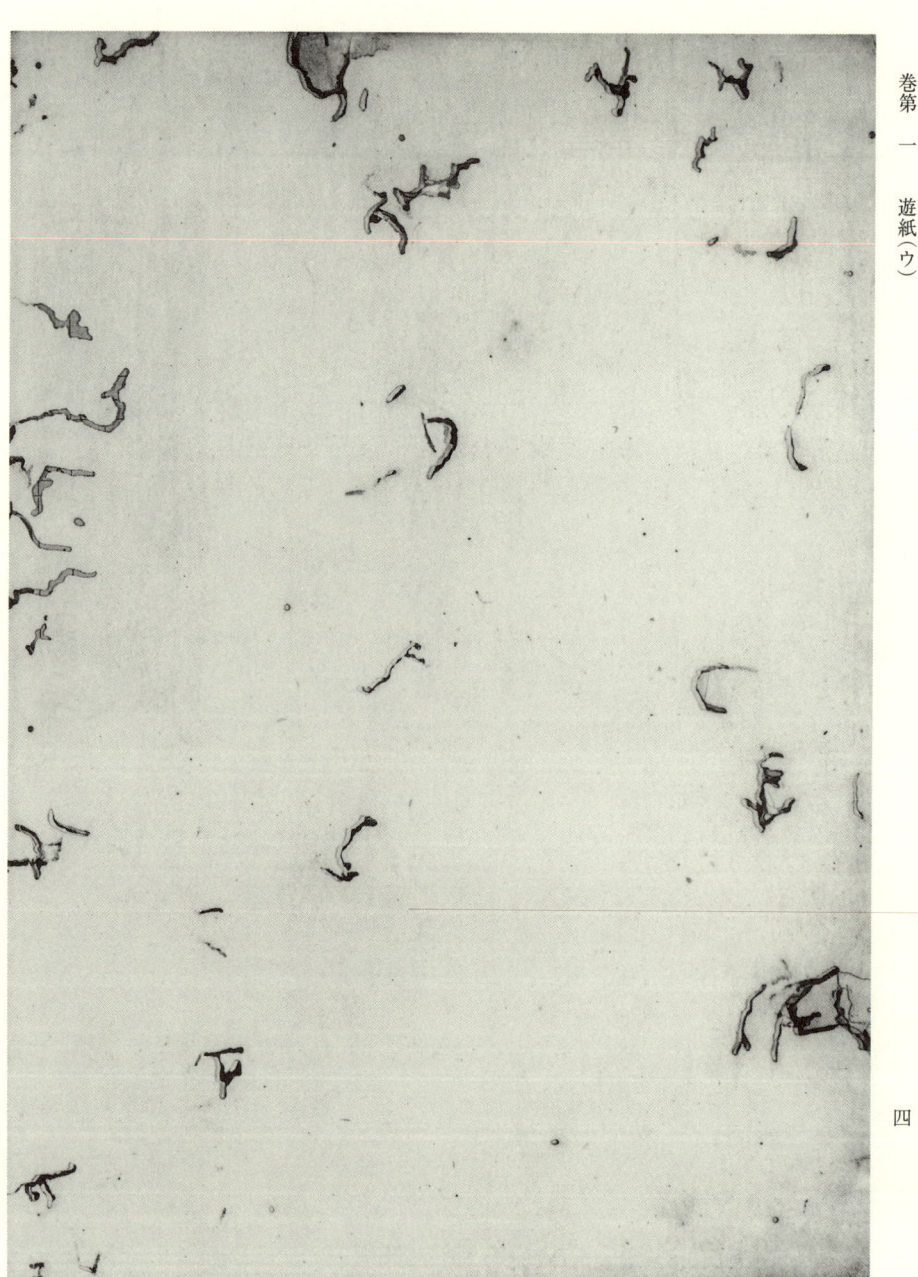

太平記目録

一巻

二巻

一宮妙法院配流事、
俊明極来朝参内事、
児島高徳行跡事、
五巻
光厳院御即位事、
中堂常燈滅事、
関東田楽賞翫事、
兵部卿親王南都隠居事、
芳野御参詣十津川御栖居事、
槙野實備奉入宮事、
六巻

中宮六波羅行啓事、
先朝隠岐国遷幸事、
隠州府皇居事、
平慶大嘗会事、
都鄙妖怪事、
江島辯才天事、
熊野御参詣事、
野長瀬兄弟行跡事、
大塔宮安全宝塔御籠事、

小屋野摩耶合戦事
京都両〻合戦事
千種頭中将合戦事
内野合戦敗北事
△九巻
関東武士上洛事
名越尾張守討死事
両六波羅都落事
箕浦生上〻皇奉取事
△十巻
高氏於京都成敵事

忠攻入都事
両上皇六波羅臨幸事
朝忠高徳行跡事
谷堂炎滅事
高氏告文事
高氏於篠村奉領書事
於番馬腹切事
義貞朝臣奉義兵事

主上自山門還幸事、　賀茂神主改補事、
義貞西國進發事、　急白幡城事、
十六巻
尊氏自九州上洛事、　官軍引退船坂山事、
楠兄弟兵庫下向事、　本間孫四郎射沙鳥事、
正成於湊河自害事、　主上重山門臨幸事、
正成首被送故郷事、
十七巻
尊氏可攻山門事、　熊野軍勢事、
高豊前守被虜事、　京都初度合戦事、
山門牒状南都返牒事、　隆資自八幡被寄事、

春宮還御事、
一宮御息所事、
秦武文翔事、
比叡山開闢事、
△十九巻
豊仁王登極事、
北國蜂起被下討手事、
春宮柳営宮禁殺事、
相模次郎参南朝事、
顕家卿起大軍攻上事、
義詮朝臣退鎌倉事、
上杉桃井長途闘事、
土岐頼遠青野原闘事、
國司勢州参芳野事、
△二十巻
越前黒丸城合戦事、
被下勅筆於義貞事、
義貞送牒状於山門事、
八幡宮炎上事、

賀名生皇居事、
直冬西國下向事、
妙吉侍者行跡事、
洛中變遠田楽桟敷崩事、
御所囲事、
直義卿出家事、
御所住事、

△二十七巻

仙洞妖怪法家勘進事、
九州蜂起直冬振威事、
土岐周済坊謀叛事、

師直師泰奢侈事、
廉頗藺相如事、
趙高大臣奢事、
大稲妻天狗未来記事、
義詮上洛事、
上杉畠山刑戮事、
在登卿被進矢死事、
石見國依和手隅 依成敗 師泰下向事
将軍師直西國進發事、

直義禅閤逐電事

東源被参南朝事

諸卿意見被下綸旨事

三十八巻

将軍師直自福岡皈洛事

桃井兄弟自北国攻上事

東源八幡山陣事

将軍并義詮丹波没落事

阿保秋山四条河原闘事

播州光明寺摂州打出合戦事

於松岡城両殿御和睦事

師直師泰誅伐事

三十九巻

両殿和睦上洛事

諸大名逃下都事

武衛禅閤逐電事

殷紂王事

将軍発向江州事

八重山蒲生野合戦事

薩埵山合戦事

羽林与南朝御合躰事

南方勅使具忠入洛付頼春討死事

主上以下奉遷南山事

〇三十巻

新田義興義宗等東國却略事

武蔵野合戦事

羽林相公皈入都事

主上八幡鎮座事

土岐三河守討死事

官軍落八幡山事

芳野主上還幸事

三種神器無恙事

諸國扶兵引皈事

〇三十一巻

茨宮御即位事

無剣璽御即位無例事

山名右衛門佐成敵事、　秀綱誅死事、
山名落洛中事、　直冬与芳野殿合躰事、
師子國事、　虞舜高孝事、

三十二巻

山名伊予守立将事、　鬼丸鬼切事、
右兵衛佐直冬上洛事、　神南山合戦事、
東寺合戦事、

三十三巻

三上皇自吉野御出事、　飢人投身事、
武家富貴事、　将軍薨逝事、
新待賢門院御隠事、　細川式部大輔霊死事、

菊池軍事
義貞自害事
〈三十四巻
八座羽林給将軍宣旨事
楠正儀和田余内意見事
新将軍義詮南方進発事
京勢東軍津山攻事
住吉神木倒折事
南朝諸将分散事
銀嵩合戦敗事
曹娥精衛等事
龍泉平石城落事
結城陣夜討事
諸軍勢退散事
〈三十五巻
羽林将軍帰洛事
諸大名擬討仁木義長事
京勢重発向天王寺事
義長行跡事

羽林八座遂電事、
和泉河内城々落事、
畠山入道関東下向事、
山名伊豆守時氏落美作城事、
三河国西郷合戦事、
仁木三郎弾正河原軍事、
今三十六巻
年号改元義長参南朝事、
大地震并妖怪出現事、
時氏美作合戦事、
九州蜂起并所々合戦事、
秀詮判官於摂州討死事、
相州子息於八幡元服事、
未十上人祈祷事、
相州没落若狭国事、
石塔細川楠攻入京都事、
主上将軍江州没落事、
道誉粧宿所落都事、
細川清氏并正儀以下官軍
退京事、

主上自江州還幸事、　清氏渡四国事、
可立大将軍事、　漢楚立義帝事、
尾張左衛門佐遁世事、　身子声聞事、
一角仙人事、　志賀寺上人事、
畠山入道々誓謀叛事、
楊国忠事、　楊貴妃事、

三十七巻

犯星等出現湖旱事、　中国西国蜂起事、
九州新探題合戦事、　清氏討死事、
和田楠打出摂州事、　畠山道誓関東没落事
大元伯顔将軍事、

三十八巻　改道雑談巻
三人於聖廟物語事
青砥左衛門賢政事
瑠璃太子亡釈種事
梨軍支国由事

三十九巻
諸大名降参上洛事
神木入洛事
大夫入道讒言没落事

四十巻
神木御帰座諸卿供奉事

最明寺并最勝園寺諸国修行事
玄宗奪寧王夫人事
無熱池多舌魚事
鎌倉基氏与宇都宮闘事
道誉大原野花遊覧事
光厳院於山国崩御事
高麗并大元使節至事

已上

太平記巻第一　序

蒙竊採古今之變化、察安危之所由、覆而無外天德也、明君體之保國家、載而無棄地道也、良臣則之守社稷、若其德缺則雖有位不持、所謂夏桀走南巣、殷紂敗牧野、其道違則雖有威不保、曽聴趙高死咸陽、禄山亡鳳翔、是以前聖慎而得垂法於将来、後昆顧而不取識於既往乎、

相模守高時執權柄事、
爰ニ本朝人王ノ始自神武天皇九十五代ノ帝《ミカト》後醍醐天皇ノ御
宇ニ武臣相模守平ノ高時ト云者アリ上ハ君徳ニ違ヒ下ハ臣ノ礼ヲ
失フ因茲四海大ニ乱テ一日モ未タ不安狼煙翳テ天ヲ鯨波動ス地ヲ
至テ今ニ卅餘年一人モ不得富春秋ニ万民無所措手足ヲ
尋ヌニ其濫觴ヲ禍ノ非一朝一夕ノ故ニ元暦年中ニ鎌倉ノ右大将頼
朝卿平家ヲ追討シテ其功アリシ時後白河院叡感ノ餘ニ六十
六箇國ノ被補惣追捕使ニ従之武家始テ立テ置キ諸國ニ守護ヲ
補ス庄園ニ地頭ヲ彼頼朝ノ長男左衛門督頼家次子右大臣實
朝公相續テ皆備征夷将軍ノ武将ニ是ヲ号ス三代将軍ト有然頼
家ハ為ニ實朝公ニ討ル實朝ハ頼家ノ子為ニ悪禪師公暁カ討レテ源氏ノ

代續ニ四十二年ニシテ冬ヌ又其後頼朝卿ノ舅《シウト》遠江守平ノ時政子
息前陸奥守義時朝臣自然ニ執テ天下ノ權柄ヲ勢ニ漸欲覆ント
四海ニ是時大上皇後鳥羽院武威振下ニ朝憲廢スタレシ上ニ事ヲ歎ク
思召シテ義時ヲ亡サントシ給ニ承久ノ乱出来テ天下暫モ不静、
遂ニ旌旗掠テ日ヲ宇治勢多ニシテ相闘カフ其闘未タ終ニ一日ヲ官軍
忽ニ敗北セシカハ後鳥羽院ハ隠岐國ニ被遷サセ給テ義時弥握ル八
荒ヲ於掌中ニ自其後武蔵守泰時修理亮時氏相模守時
頼左馬権頭時宗相模守貞時相續テ七代政武家ヨリ
出テ德足リ慰スルニ窮民ヲ威雖令被ト万人上ニ位不超ヘ四品間ニ居シ
謙ニ施シ仁恩ヲ小己止ニ礼義ヲ以テ是ヲ雖高シト不危ラ雖満ト不溢サ
京都居両六波羅ニ鎮西ニ下ス探題ヲ、

自承久元年已来諸王摂家間理世安國ノ器ニ相當リ玉ヘルヲ
一人鎌倉ヘ奉リ申シ下シ号シ将軍ト武臣皆所ニ拝趨ノ礼ヲ司ル同三年ニ
始テ洛中ニ両人ノ一族ヲ居《スヘ》テ号シ六波羅ト西國ノ沙汰ヲ執行セシム永仁
元年ヨリ鎮西ニ一人ノ探題ヲ下シテ令シ司九州ノ成敗ヲ異國襲来ノ
備ヲ堅《ス》サレハ一天下普ク彼下知ニ不ト順ハ云所ナク四海ノ外モ等ク其權勢ニ
不ト服セ云者ハ無カリケリ朝陽不犯サトモ残星光ヲ奪ハルヽ習ナレハ
必シモ武家ヨリ輩ヽ公家ヲ奉褊《サミ》シトシモ無リシカトモ所ニハ地頭
強ク領家ハ弱ク國ニハ守護重クシテ國司ハ軽シ此故朝廷ハ年々ニ
衰ヘ武家ハ日々ニ盛也依テ之ニ代々ノ聖主遠クハ為メ休メンカ承久ノ
宸襟ヲ近クハ朝儀ノ廃ルヽヲ歎キ思召テ東夷ヲ亡サハヤト常ニ被回叡慮ヲ
シカトモ或ハ勢微ニシテ不叶或ハ時未タ到ラシテ黙止給ケル処ニ時政九代

後亂前相模守平高時入道崇鑒時ニ至テ行迹甚軽ニシテ不
顧ミ人ノ嘲ヲ政道不直ラ民ノ弊ヲ不思唯日夜逸遊ヲ事トシテ令恥
前烈ヲ於地下ニ朝暮ニ翫テ奇物ヲ欲致ント傾廢ヲ於生前ニ衛懿公カ
乗ヒシ鶴ヲ楽ミ早ツ盡テ秦李斯カ牽シ犬ヲ恨ミ今ニ来リナント見人ノ顰メシ眉ヲ
閔人ツ巻舌ヲ是時御門ハ後醍醐天皇ト申セシハ後宇多院第二ノ
皇子談天門院ノ御腹ニテ御座シヲ相模守カ計トシテ御年卅
一ノ御時始テ奉即御位ニ御在位ノ間内ニハ者正シ三綱五常ノ義ヲ順ヒ周
公孔子ノ道ニ外ニハ者万機ノ百司政ニ不懈ラセ玉ハス延喜天暦ノ跡ヲ被追シカハ
四海臨テ風ニ悦ヒ万民帰シテ徳ニ楽ム都テ諸道ノ廢レタルヲ興シ一事ノ善ヲモ被
賞セシカハ寺社禅律ノ繁昌爰ニ得タリ時ヲ顕密儒道ノ碩才モ皆達リ
望ミ誠ニ天ニ承ル聖主地ニ奉レル明君ナリト其徳ヲ頌シ其化ニ謳フ

ラヌ者モ無リケリ

一　飢《キ》人窮《キウ》民施《セ》行ノ事、

夫西境七道関所國ノ大禁ナリ令知時非常ニ為シ誡也カ然ルニ今依テ隴ニ
断ツ利ヲ商買往来ノ弊《ツイヘ》年貢運送ノ煩アリトテ大津葛葉ノ外ハ
悉ク所々ノ新関ヲ留メラル文元亨二年ノ夏天旱ヲ枯ス地ノ田脈ノ外
百里ノ間空ク赤土ニ有テ青苗ナシ餓莩《ヘウ》蒲巻ニ飢人倒ル地ニ今年
以銭三百貫ニ粟一斗ヲ買フ君遥ニ天下ノ飢饉ヲ聞食テ朕不徳アラハ矣
予一人可罪ス蒸《セウ》民何ノ咎有テカ災ニアフト自帝徳ノ天ニ背ク事ヲ
歎キ思召シ被止朝餉《アサカレイ》ノ供御ヲ飢人窮民ニ施行畢ヒケルコソ雖モ
有是尚多人飢ニ渉ス可助ト于仰テ撿非違使別当宮有葦カ
為ニ利路ノ蓄《タクハヘ》積タル米穀ヲ点シ撿メ二条町ニ假屋《ヤ》ヲ建サセ撿使自断直

定テ買セラレサレハ高買共ニ得利ヲ人皆九年ノ蓄《タクハヘ》有カ如シ訴訟人出
来ル時ハ下ノ情上ニ不通セ事モアランナテ記録所ヘ出御成テ直ニ訴《ウツタヘ》ヲ聞シ
食シ明ニ理非ヲ被決断セシカハ重荷ノ訴モ怨ヲ停メテ利鞭モ朽ハテ諫鼓
モ打ツ人無リケリ誠ニ治世安民ノ政若付ニ機巧ヲ見ハヽ命世亜聖ノ才トモ
称シツヘシ唯恨ラクハ斉桓行覇ヲ楚人遺弓ヲ叡慮少シキ似タル事ヲ
是則所以草創雖并ト一天ヲ守文ハ不越三載ヲ也
△實兼公ノ女《ムスメ》備后妃ニ事
文保二年八月三日後西園寺太政大臣實兼公ノ御女備テ后
妃ノ位ニ徽殿ニ入セ参ス此家ニ女御被立テ坐スコト已ニ五代是ハ承久
以後相模守代ニ西園寺家ヲ崇セシカハ一家繁昌宛《アタカモ》天下耳目ヲ
驚カセリシハ君モ関東ヘ宜シカルヘシトテ被思召テ取立后御沙汰ニ

有ケルニヤ御齢已ニ二八金鶏障下ニ被冊《カシツカ》玉楼殿ノ内ニ入セ玉ヘハ夫
桃ノ春ニ傷タル洪雲柳ノ風ニ含タル御形毛嬙西施モ面ヲ恥シ緑樹青
翠モ擁ツ鏡シ程ナレハ君ノ御覧迹ニト類モ竟ヘシニ君恩葉ヨリモ
薄カリシカハ一生空シク玉顔ニ近セ玉ハス深宮ノ中ニ向テ春ノ日ノ難キ暮シ
ヲ歎キ秋ノ夜ノ永キ恨ニ沈ニセ玉フ金屋无人ノ皎ニミエル残灯ノ背ケル壁ニ
影薫籠ニ香消テ蘭ニタル暗雨ノ窓ヲ打声ノ毎ニ物皆御涙ヲ添ル
媒ト作タリ人生勿作婦人身百年苦楽因他人ニ白楽天カ云タリシモ
理リナリト覚ヘタリ

〇公廉ノ女御寵愛ノ事

其比阿野中将公廉ノ女ニ三位殿ノ御局ト申ケル女房中宮ノ御
方ニ候ラハレケルヲ君一度被御覧テ異ナル他ニ御覚ヘ者三千寵

寵在リ一身ニシカハ六宮粉黛モ無顔色ナカリキ都テ三夫人九《キウ》
嬪《ヒン》二十七世婦《キサフ》八十一女御《ギヨ》及後宮美人ナトイヘトモ天子顧眄《ヘン》御
心ヲ付ラレス唯妹艶尤態ノリ独能リ是ヲ致スノミニ非ス蓋ニ善巧便
佞叡旨ニ先タツテ争ヒ奇シシカハ花ノ下ノ春遊月ノ前ノ秋宴娯ミスシハ
輦《テクルマ》シツトモニシ幸《ミユキ》スレハ席ヲ専ニシ至テ自是君王朝政シシ玉ハス逆ニ
被レ下ニ准后宣旨ヲシカハ人皆皇后元妃ノ思シナセリ忽ニ見ル彩姫門テ
封戸ニナレルフツノ此時天下ノ人生《シヤウ》男ヲ軽シテ生女ヲ重セリサレハ御前評定ニ
雜訴沙汰ニテモ准后御口入トタニ云テゲレハ上卿モ忘ミ忠与ヘ賞奉ツ
行モ理アルシ非トセリ関雎ハ楽而不婬セ哀而不傷テモ詩人採テ后妃徳
トス如何シカセン傾《ケイ》城《セイ》傾《ケイ》國ノ乱テ今アリヌト竟テ浅猿カリ處トモ
也皇后元妃ノ外君恩ニ誇ル宮女甚多カリシカハ宮ニ次第ニ御《ゴ》誕生ア

リキ十六人ニテソヲハシ〜ケル中ニモ、
第一ノ宮中務卿親王ハ、御子左大納言為世卿ノ女贈従三位為
子ノ御腹ニテ御坐セシカ、吉田内大臣定房公ノ養君ニシ奉シカハ、志
学ノ歳始ヨリ六義ノ道ニ長セサセ玉ヘリ（サレ）ハ富《トミ》ノ緒川ノ清キ流ヲ汲ミ浅香
山ノ古キ跡ヲ蹈《フミ》、嘲リ風ヲ哢メ月ヲ令傷ニ御心ヲ玉ヘ
第二ノ宮モ同御腹ニテソヲハシ〜ケル、総角ノ御時ヨリ妙法院ノ門跡ニ
御入室アテ、釈氏ノ教ヲ受サセ玉フ、是モ瑜伽三密ノ隙ニハ歌道ヲ数
奇ノ御翫有シカハ、高祖大師ノ旧業ニモ恥ス、慈鎮和尚ノ風雅ニモ将
超タリ。
第三ノ宮ハ民部卿三位殿ノ御腹也、御幼稚ノ御時ヨリ利根聡明ニ
ヲハシマセシカハ、君ノ御位ヲハ此宮ニコソト思召シカトモ、御治世ノ御事ハ、

大覚寺殿方ト持明院殿方トカハル〱持セ玉フヘシト後嵯峨院
御時ヨリ被定申シカハ今テ慶春宮シハ持明院方ニ立テイラセラル
天下ノ事小大トナク皆関東ノ計トシテ叡慮ニモ不被任セシカハ被
改御元服後ハ梨本門跡ニ御入室アリテ承鎮親王ノ御門弟トナラセ給ニ
ケリ一ヲ聞テ十ヲ悟ル御器量世ニ又無リシカハ一實奥頓ノ花薫《ニホヒヲ》荆渓ノ風ニ
シリ三諦即是ノ月光玉泉ノ流ニ浮セシカハ清ナントスル法燈ヲ挑ケ絶ナントスル
恵命ヲ續シコトヨロシハ此門主ノ御時ナルヘシト一山合掌シテ悦ヒ九院頭首ヲ奉リ仰キ
第四ノ宮モ同御腹ニテソシハシケル是ハ聖護院十品親王ノ御付弟ニ
テソシハセシカハ汲法水ヲ於三井ノ流ニ期ス記莂ヲ於慈尊ノ暁ニ此外儲君
儲王ノ選竹園椒庭ニ備ハリ識ニ王業再興ノ運福祚長久ノ基ヲ得時ニ
タリトソ是ヘタリケル。

東夷調《テウ》伏《ブク》事

元亨二年ノ春ノ比ヨリ秋宮御懐妊ノ御祈トテ諸寺諸山ノ貴僧高僧ニ仰テ様々ノ大法秘法ヲ行ハセラル中ニモ法《ホフ》勝寺ノ円観上人小野ノ文観僧正二人ハ承テ別勅ヲ金闕ニ壇ヲ構ヘ玉躰ニ奉リ近ツキ肝膽ヲ砕テ被祈ケル仏眼金輪五壇ノ法一宿五反孔雀経七仏薬師熾盛光烏瑟沙摩変成男子ノ法五大虚空蔵六観音六字河臨訶梨帝母八字文殊普賢延命金剛童子ノ法無残所被修セケル護摩ノ烟ハ満内苑ニ振鈴ノ声ハ響掖庭ニ何ナル悪魔怨霊ナリトモ障碍ヲ成シ難シトソ見ヘタリケル加様ニ積功ヲ重テ日ヲ御祈祷ノ精誠ヲ被尽サケレトモ三年ニテ御産ノ事ハ無リケリ後ニ子細ヲ尋レハ為ニ関東調伏ノ寄事ヲ中宮ノ

御産ニ加様ノ秘法ヲ修セラレケルトカヤ

一俊基歎キ状読誦スル事

是程ノ重事思シ食立ケレトモ事及ハヽ多聞ニ者漏聞事モヤアレト被
思食ケル間ハ深慮智任ノ老臣近侍ノ人々ニモ被仰合事モナク只日野中
納言資朝蔵人右小弁俊基四条中納言隆資尹大納言師賢ノ
卿平宰相成輔計ニ潜《ヒソカニ》ニ被仰合サリヌヘキ兵トモヲ召レケルニ錦織ノ
判官足助《アスケノ》次郎重範南都北嶺ノ衆徒等少ニ応勅定ニ彼
俊基継累葉ノ儒業ヲ才学優長ナリシカハ顕職ニ召仕レテ官
至蘭臺職司職事ヲ然ル間出仕事繁シテ籌策無隙ケレハ
何トモシテ暫ク籠居シテ謀叛計略ヲ回サント思ケル処ニ山門横川ノ
衆徒捧テ款状ヲ禁庭ニ訴ル事アリ俊基彼奏状ヲ披テ読進セラレケルカ

讀誤タル躰ニテ楞嚴院ヲ槾嚴院トソ讀タリケル座中ノ諸卿聞之ヲ
相字ヲハ就篇ニ付テモ作リニモ、モリトソ讀ヘカリケルト各合目ヲ笑ヒケル俊基
大ニ耻タル気色ニテ赤面シテ退出ス其ヨリ合テ耻辱ニ籠居ストテ披露シテ半年
計止出仕ヲ山伏ノ形ニ易テ身ヲ大和河内ニ行テ城ニ可成所々ヲ見置キ
東國西國ニ下テ國ノ風俗人ノ分限シク被伺見ケル處ニ美濃國ノ住
人土岐伯耆十郎、多治見四郎次郎ト云者アリ共ニ清和源氏ノ後
胤トシテ武勇ノ聞ヘ有ケレハ資朝卿尋テ様々ノ縁ヲ被昵近ケリ朋
友ノ交リ已ニ不浅カラケレトモ是程ノ一大事ヲ左右《サウ》ナク知セン事ハ如何有ヘカル
ラント被思ケレハ猶モ能々其心ヲ伺ヒ見ンカ為ニ無礼講ト云事ヲシテ被
始ケル其人数ニハ尹大納言師賢四条中納言隆資洞院左衛門
督實世蔵人右小弁俊基伊達三位遊雅聖護院廰法

服源基平朝臣次郎重成土佐備者十郎頼時同左近蔵人頼
直等治是四郎次郎等也其交《マシハリ》令遊飲騎見聞耳目驚《シ》
献盃酒等上下《シ》人《ハ》男《ハ》脱《ヌイテ》烏帽子《シ》放《ケ》髻《モトヽリ》法師不《メ》着衣《シ》
白衣也年十七八廿計《ナル》女《ミメ》形厳《ニシテ》膚《ハタヘ》殊《ニ》清《ラカナルシ》廿余人《ハ》
絺《スヽシノ》單《ヒトヘ》《ハカリシ》着《テ》酌《シ》取《セタレハ》膚《ハタヘ》透通《テ》太掖芙蓉新《ニ》
水《ツ》出《タルニ》不異《ラ》竭《ニ》山海《ノ》珎《シ》美酒《ノ》泉《ツ》湛《テ》遊戯《ニ》舞歌《フ》其間
《ニハ》只《ハ》東夷《シ》可《キ》減《ス》企《ノ》外他事《ナシ》

〇玄恵法印談義事

每《ツ》其事《ハ》常《ニ》令《ト》合《スヘ》人思《ヒ》咎《ル》事《モコソアレトテ》為《ニ》宴《カ》事《シ》於文談《ニ》
其比才学無双聞《ヘ》有《ケル》玄恵法印《ト》云文者《ヲ》請《シ》昌黎文集
《ノ》談義《ヲシツヽセサセケル》彼法印謀叛《ノ》企《トハ》夢《ニモ》不知会合《ノ》日《コトニ》

臨テ其ノ席ニ談シテ云判シテ理ヲ彼ノ文集ニ昌黎赴ク潮州ニト云長篇アリ並ニ地
所聞ノ談義ツ人ニ是ハ皆不吉ノ書也ケリ呉氏孫氏ガ六韜三略セヨ
メ人可然當用文セレトテ昌黎文集ノ談義シハ止テケリ彼韓昌黎ト
申スハ晩唐ノ末ニ出テ文才優長ノ人ナリケリ詩ハ杜甫李白ニ肩
シ双ヘ文章ハ漢魏晋宋ノ間ニ傑出セリ彼猶子ニ韓湘ト云者ア
リ是ハ文学ニシモ不嗜詩篇ニモ不携ラ只道士ノ術ヲ学シテ無為ヲ態トシ
無是ヲ事トス或時昌黎向テ韓湘ニ申ケルハ汝化生天地ノ中ニ仁
義ノ外ニ道遥スル是君子ノ恥ル所小人ノ好ル所也我常ニ為ニ汝ガ悲之シ
切ナリヤト教訓シケレハ韓湘大ニアザ笑テ申ケルハ仁義ハ大道ノ廃ルル処ニ出
テ孝教ハ大仍ノ起ル時ニ盛也吾レ無為ノ境ニ優遊スル是ノ非外ニ自得スサレハ
真宰ノ臂ヲ割テ壺中ニ蔵レ天地ヲ奪テ造化ノ工ニ縮リ裏ニ峙ツ山川ハ却シ逃ム公唯

甘ンシテ古人ノ糟粕ニ空ク一生ヲ過シ中ニ誤リ玉フコトシモ荅ケレハ昌黎重テ同海ト云
所ニ我未タ信セス今則奪造化工ヲ得シヤト問フ韓湘無メ荅テ前ニ置ル瑠璃ノ
盆ヲ覆ヒヤヤ有テ又引御覧セヨトヌルシ見レハ忽然トメ碧玉ノ牡丹花婥婥タ
ル二枚アリ昌黎驚テ見之ニ花ノ中ニ金字ニ書ケル一聯ノ句アリ
雲横秦嶺家何在　雪擁藍関馬不前
昌黎不思議ノ思シナシ讀ミ并三詠吟スルニ句優美延長躰
製ノミ有テ其趣向落著ヲ知リ難シ取手ニ是見ントスレハ忽然
トメ消失ス自是シテコソ韓湘仙術道ヲ得タリトハ天下人ニ知レケレ其
後昌黎破テ佛法ヲ可キ被貴儒教ヲ由奏状ヲ奉ケルニ依テ潮州ニ
流サレ日暮レ馬行前途程遠シ遥故郷ノ方ヲ顧レハ秦嶺雲横來
ツテ方モ不見悼ヲ何ノ坂ニ上レハ藍関ニ雪満テ行ヘキ末路モナシ

進退失歩回頭処ニ何ソヨリ来ルトモ界ハ又ニ韓湘勃然トシテ在リ傍ニ畄

黎恍テ自リ馬下ツリ韓湘カ袖ニ磬ヘテ涙ノ中ニ申ケルハ前年碧玉花中ニ見ヘ

タリシ一聯ノ句ハ海我ニ顔疱還ス恭ツ告知セケルナリ今又海地ニ来リ料

知ヌ我終ニ謫居ニ恭死テ不ト得皈コトヲ再会雖期遠別在リ今ニ豈堪ヤ

悲ム乎トテ前ノ一聯ニ續テ六句ヲ与韓湘ニ

一封朝ニ奏ス九重天夕ニ貶ス潮陽ニ路八千

本為聖明ノ除弊事ヲ豈将テ衰朽ヲ惜ンヤ残年ヲ

雲横秦嶺家何在ル雪擁藍関馬不前

知汝遠来須有意好収吾骨瘴江ノ辺ニ

韓湘此詩ヲ入テ袖ニ涙ニ東西ヘ別レニケリ誠哉痴人面前ニ不説夢ヲ

此詩ノ義ヲ聞ケル人ニ志ミ界ヒケルコソ愚ナレ

一土岐多治見等討死事、

謀叛人ノ与党土岐左近蔵人頼直、六波羅ノ奉行斉藤太郎
左衛門尉利行カ息女ニ嫁シ、最愛シタリケルカ、世ノ中已ニ乱テ合戦出
来ラハ、千ニ一モ不討死トテハ不可有ト思ヒケル間、兼テ餘波《ナコリ》惜カリケン、或
夜ノ寝覚《サメ》ノ物語ニ、一樹ノ陰ニヨリ、同シ流ヲ汲モ、皆多生ノ縁不浅トコソ
承ハレ、況ヤ奉相馴テ已ニ三年ニ成ヌ、等閑ナラヌ志ノ程ヲハ、付気色ニ顕テ
境思知給ヌラン、偖手毋無定人間ノ習、相逢中ノ契ナレハ、今若我身
ハカナクナリヌト聞玉フトモ、無ラン跡マテモ貞女ノ心ヲ失ハテ、我後世ヲ問玉ヘ、
帰ラハ人間ニ再ヒ夫婦ノ契ヲ成シ、生ハ浄土ニ同シ蓮ノ臺ニ半座ヲ分テ可
待其事トナク搔口説キ、泪ヲ流シテ申ケレハ、女熟々ト聞テ、恨ミテ何
事ノ侍ソヤ、明日マテノ契ノ程モ知ヌ憂中ニ、後世マテノ兼言ハ言セント

キノ情カヤサラテハセルヘシトモ奇見ヘストテ泣《ナキ》恨テ尚ケレハ夫心浅リキサ
ハ且義不慮ニ蒙テ勅命ヲ君ニ憑ミ奉ル間辞スルニ道無ク謀叛ニ与シヌル
間午ニ一モ命長経事アリカシト妄ツノ綺存スル程ニ業テハ加様ニ申也
此事究賢人ニ知テ玉フナト能々口シツツ堅ヌケル彼女房心東者ナリケレハ
夙起熟ヘシト是事ヲ棄君ノ御謀叛事ナラスハ憑タル夫忽ニ誅セラ
ルヘシ若又武家滅ヒハ我親類誰カ一人モ残ヘキサラハ此事ヲ父利
行ニ語テ龍進蔵人ヲ返忠ノ者ニナシ是ヲモ助ケ親類ヲモ令安穏ト
思テ窃ニ父カ許ニ行キ窃ヤカニ此由ヲ有ノ侭ニ語ケル斉藤大ニ驚テ
聴テ蔵人ノ嘆寄テカヽル不思議ノ承ルハ誠ニテ候ヤラン今ノ世加様ノ
事ヲ思企玉ハンハ抱石ヲ入渕ニ者ニテ候ヘシ若他人ノ口ヨリ漏《モレ》ナハ主我等ニ
モテ皆可被誅候ヘハ急キ利行ニ御過告知急ヘ由シ六波羅殿ヘ申テ共ニ

逃レシト其咎ヲ思フハ如何ガ計給ト向ケレハ是程ノ一大事ヲ女ニ知スル程ノ心根ナレハ申ス
シカハ仰天セサルヘキ只ハ兒モ角モ身ノ咎ヲ助ル様ニ御計ヒ候ヘトソ申ケル
去程ニ夜未明ニ斎藤急ギ六波羅ヘ参テ事ノ子細ヲ委ク告申ケレハ京
中洛外ノ武士共ヲ六波羅ヘ召集テ先着到シソノ被付ケル其比摂津國
葛葉ト云所ニ地下人等背テ本所ノ代官ヲ及シ合戦ニ事アリ彼本所ノ雑掌ジ
為ニ六波羅ノ沙汰ト庄家ニ為居タメニ四十八ケ所ノ篝并ニ在京人被催レ
由ヲ披露セラルル是ハ謀叛ノ輩ヲ不逃レ為ノ謀也土岐モ多治見モ我身ノ
上トハ思ヒ不依ラケレハ明日葛葉ヘ可キ向用意ニテ皆己カ宿所ニメ
居タリケル、
去程ニ明ケハ九月十九日卯剋ニ軍勢如雲霞ニ六波羅ヘ馳集ル小
串三郎左衛門尉範行山本九郎時綱給御紋御旗ヲ六条河

原ヘ打出三千餘騎ヲ分ニ二手ニ一手ハ多治見カ宿所錦ノ小路高倉土岐
十郎カ宿所三条堀川ヘソ押寄タル時綱角テハ如何様大事ノ敵ヲ
討漏シヌト思ケルニヤ大勢ヲハ態ト三条河原ニ留メテ山本九郎只一
騎中間二人ニ長刀持セテ忍ヤカニ土岐カ宿所ヘ馳行テ門前ニ馬ヲハ
乗棄《ステ》自ニ小門内ヘ風度入リ中門ノ方ヲ見レハ宿直シケル者共ト覚テ
物具太刀ハ枕ニ取散シ高イビキカイテ寝入リタリ厩ノ後ロヲ廻テ何《イツク》ニカ
路有ト見レハ後ハ皆築地ニテ門ヨリ外ハ道モナシサテハ心安シト思テ寝殿
ノ奥ナル二間ヲ颯ト引開《アケ》タレハ土岐十郎只今起タリト覚テ鬢ヲ掻《ナテ》上テ
結ケルカ山本九郎ヲキト見テ心得タリト云侭ニ枕ニ立タル太刀ヲツツト取側ハ
ナル障子ヲ踏破リ六間ノ客殿ヘ跳出テ天井ニ太刀ヲ打付シト払切《ミシ》斬《キリ》タリ
ケル時綱ハ態ト敵ヲ廣庭ニ帯キ出シ透間アラハ擒《イケ》トラント志テ打掃ニハ

退キ受流テハ菟ノキ人交モセヌ戦テ後ロシキヤト見タルハ後陣ノ大勢ニノ
門ヨリ込入《コミ》テ同音ニ時ノ動ト作ル土岐十郎且ヘシテツシ不慮ニトヤ思ケレ、
本ノ寢所ヘ走入テ腹十文字ニ掻《キ》切テ北枕ニコソ臥タリケレ、中門ニ寢
タリツル若黨共モ皆思々ニ討死メ遁《ノカ》ルヽ者一人モ無リケレハ捕《トッテ》首シ
貫《キ》鋒ニ山本九郎時綱ハ自是六波羅ヘソ馳参シケル、
多治見ガ宿所ヘハ小串三郎左衛門尉範行ツ先トメ三千餘騎ニテ
推寄タリ、多治見ハ終夜ノ酒ニ沈酔メ前後モ不知臥タリケルカ時ノ
声ニ驚テ是ハ何事ソト周章騒邉ニ臥タル遊君物馴タル女ナリケレハ
枕ナル鎧取テ打著セ上帯強クメサセテ尚寢イリタル者共シツ引起シ
ケル、小笠原孫六ハ傾城ニ被驚太刀計取テ中門ニ走出門前ヲキット
見ルハ車ノ輪ノ旗一流築地ノ上ヨリ見ヘタリ、孫六内ヘ走入テ六波羅ヨリ

討手ノ向テ候ツヤ此間ノ御謀叛ハヤ顕タリト覚ヘ候而ヽ思切玉ヘト云ヘ
腹巻取テ肩ニカケ付五指タル胡籙ト滋藤《シゲドウ》ノ弓トツ提テ門ノ上ナル
櫓《ヤクラニ》走リ上リ中指取テ打番《ツガイ》狭《サ》間ニノ板八字ニ開テアナコトヘヽシノ大勢サ
討手ノ大将ニハ誰人ノ向ハレテ候ソ矢一ツ受テ御覧セヨト云終ニ十二
束三伏ツ引シホリ暫《シハシ》堅メテヒヤウト放ツ真前ニ進タル狩《カ》野下野前司カ
若黨ニ衣摺助房カ甲ノ真額ヨリ鉢着ノ板マテ鏃《ヤサキ》白ツ射透シテ馬ヨ
リ真倒ニ射テ落ス是ヲ始トシテ鎧ノ袖草摺《ズリ》甲ノ鉢トモ云ハス指下《シロシ》思サ
マニ射ケル間面ニ進ム兵共四人忽ニ矢下ニ射落シ今一筋胡籙ニ残タルヲ
引抜テ胡籙ヲハ櫓ノ下ヘカラリト抛《ナゲ》落シ此矢一ツハ冥途ノ旅ノ用心ニ可持ト
云テ腰ニサシ日本一ノ剛ノ者ノ与シ謀叛ニ自害スル有様見置テ後日ノ物語ニ
セヨト高声ニ喚テ太刀ノ鋒《ホコサキ》ヲ含ミ口ニ櫓ヨリ飛テ落貫カレテコソ死ニケレ、

其間ニ中沢見ツ始トシテ一族若黨廿餘人物具ヒシヒシト指堅メ大庭ニ
跳出テ門ノ関木ヲ抜テ待懸タリ寄手ハ水ツ霊霞ノモトモ思切タル者共
カ死狂ツセントテ引籠リ閉却テ待タリケレハ左右ナク切テ入ントスル者モ無リ
ケル処ニ伊東孝次郎父子兄弟四人門ノ扉破タル所ヨリ遠テ内ヘソ入
タリケル志ノ程ハ武ケレトモ待受タル敵ノ中ヘ遠テ抜入タル事ナレハ戦ニテノ
事モナク皆門ノ脇ニテ討レニケリ寄手見テ弥近者ハアリケル間内
ヨリ門ノ扉ヲ押開キ討手ヲ承ル程ノ人達並毎モ見ラレ候物哉ハヤ
是ヘ御入候ヘ我等カ首共引出物ニ進セ候ハント恥シメケレハ寄手兵共
閲シテ五百餘騎馬ヲ乗放テヲシメイテ庭ヘソ込《コミ》入ケル中沢見四郎次
郎トテモ遁レシト思切タル事ナレハ何所ヘカ一足モ引ヘキ廿餘人ノ者共
大勢ノ真中ヘ乱入リ面モフラス切テ回ル前蒐《カケ》ノ寄手五百餘人散々ニ

被切立嵐ニ木ノ葉ノ散カ如ク片廉キニ門前ヘ颯ト引テソ出タリケル、サレト
モ寄手ハ大勢ナレハ先陣引ケハ後陣入カエ蒐入レハ追出シ追出セハ
蒐入リ揉ツ被揉ツ進ツ返ツ散々ニ辰刻ノ始ヨリ午ノ時ノ終マテ火ノ
出ル程ニソ戦フタル、加様ニ大手ノ軍強カリケレハ、佐々木判官カ手ノ者共ハ、
一千余騎後ヘ廻テ錦小路ヨリ在家ヲ打破テ乱入ル、多治見ハ今ハ是
ニテト思ケレハ、門関ノ木ヲサシ中門ニ並居廿余人ノ者トモ思ヒ思ヒニ
指違ヘ々ニ算ヲ散セルカ如クニ〆伏タリケリ、大手ノ寄手共カ門ヲ打破
ケル間ニ搦手ノ勢共乱入テ首ヲ取リ六波羅ヘソ馳皈ケル、二時計ノ
合戦ニ手負死人ノ着到ニハ二百七十三人也、

〇資朝俊基囚《トラハルヽ》事

土岐多治見討レテ後資朝俊基ノ隠謀次才ニ露顕シテケレハ、

東使長崎ノ孫四郎左衛門尉泰光南條ノ次郎左衛門尉宗
直二人上洛シテ翌年五月十日資朝俊基両人ヲ召捕ル。十
收十郎カ被レ討時虜ノ者ニ一人モ無リシカハ白状ハヨモアラシサリトモ
我等カ身ハ不レ顧無キ墓憑ニ油断シテ曽テ其用意モ無リケレハ
妻子東西ニ逃迷ヒ身ヲ隠サントスルニ所ナリ財宝ハ大路ニ引散サレ、
馬蹄ノ塵ト成リニケリ彼資朝卿ハ日野ノ一門ニテ職歴ニ大理官
至ケリ中納言ニ君ノ御覚モ異ニシテ他家ノ繁昌時ヲ得タリキ俊基朝
臣ハ其身儒雅ノ下ヨリ出テ望ミ勲業ノ上ニ達セシカハ同官モ肥ヘヨ／
塵シ望ミ長者モ残盃ノ冷シキニ随ツ宜キ乎不義ニシテ富貴ハ於テ我ニ
浮雲ノ如シト云ルコト是孔子ノ善言魯論ニ記スル処也ヘキニカハ母モ遠
（ヘキ歩ノ中ノ楽怠ニ冬テ眼ノ前ノ悲ミ云ニ来ケリ是彼ノ聞シ此ノ人コトニ

盛者必衰ノ理ヲ知テ袖ヲヌラサヌハ無リケリ。

一上御告文被下関東ニ事、

同廿七日東使両人資朝俊基ヲ奉具足シテ鎌倉ヘ下着ス。此人々殊更謀叛ノ張本タリシカハ聴被誅ヌトコソ覚ヘシカトモ共朝廷ノ近臣トシテ才学優長ノ仁タリトテ世ノ謗リ君ノ御憤ヲ憚テ嗷問ノ沙汰ニモ不及、必ス尋常ノ召人ニシテ侍所ニゾ被預置ケル。七月七日ノ夜ハ牽牛織女ノ二星渡烏鵲橋ヲ一年ノ懐抱ヲ解ク夜ナレハ宮人ノ風俗竹竿ニ願絲ヲカケテ庭前ニ嘉菓ヲ列テ乞巧奠ヲ修スル夜ナレトモ世上騒シキ時節ナレハ奏スル詩歌ノ騒人モナク調フル管絃ノ伶倫モナシ。適上臥仕ル月卿雲客モ何トナク世ノ中乱テ誰ガ身ノ上ニカ来ランスラント消魂冷肝時分ナレハ皆頭眉ヲ低面ヲ候ケル夜痛深テ誰カ候ト召レケレハ吉田中納言冬方候トテ御

前ニ被ㇾ參セ給タリ主上前《スヽメ》ノ席ニ被ㇾ召御ケル賴朝後基ナ因後東風猶未
靜中夏常謟ㇾ危ツ北上ニ又如何ナル悪キ沙汰ヲカ致セスラント叡慮更ニ不穩
如何ニモシテ先ツ東夷ヲ心ツシツムル謀ヤアルト有ニ勅問ケレハ冬方謹テ申
サレケルハ賴朝後基等カ白狀アリトモ承及候ハ子ハ武臣北上ノ向沙汰ニカ
及候ヘキ近日東夷行ㇾ之整怨ノ儀多ク候ヘハ御油斷ハ有マシキニテ
候先ツ御告文ヲ一紙被ㇾ下候テハ相摸入道カ怒ヲ靜メ候ハヤト被ㇾ申
ケレハ主上ケニモトヤ被ㇾ思食ケンサラハ聽テ冬方書ケト被ㇾ仰ケレハ御前ニ
テ草案シテ是ヲ奏シ叡覽ス主上暫ク有リ叡覽御淚告文上ニハラハラト懸
リケルヲ御袖ニテ拭ヒ玉ヘハ御前ニ候ハレケル老臣皆悲啼シ合ハヌハ無リ
ケリ聽テ万里小路中納言宣房卿ヲ勅使ニテ此告文ヲ關東ヘ下
サル相摸入道秋田城介ヲ以テ御告文ヲ請取テ即披見セントシケルヲ

二階堂出羽入道々蘊堅諫テ申ケルハ天子對武臣ニ直ニ告文ヲ
被下タルコト異朝ニモ吾朝ニモ未聞其例ヲ等閑ニ被披見ン事付テ冥
見ニ其恐アリ只此文箱ヲ披カレスシテ勅使ニ可被返進カト再三申ケレトモ、
相模入道何カ可苦トテ、斎藤太郎左衛門尉利行ニ讀進セサセ
ラレケルニ叡心不偽處任天照覧ニ有ケル處ヲ讀ケル時利行俄ニ目クレ、
鼻血タリケレハ讀終《ハテス》シテ退出シタリケルカ其日ヨリ喉ノ下ニ悪瘡出テ七日カ
中ニ吐血死ニケリ時及澆季ニ道雖落ト塗炭ニ君臣上下ノ礼違フ時ハ
サスカニ仏神ノ罰モ有ケリト聞シ人コトニ懼恐レスハ無リケリ何様資朝俊
基陰謀叡慮ヨリ出シ事ナレハ縦ヒ告文ヲ被下タリトイフトモ其ニハ不
可依主上ヲハ遠國ヘ可奉遷ト初ハ評定一決シタリケレトモ勅使宣房
卿ノ被申趣ナニモト覚ル上御告文讀タリシ利行カ俄ニ吐血シテ死タリ

乞ニ諸人皆巻舌閉口ツ相模入道サスカ天慮有リ其憚ケルニヤ御治世ノ御事ハ奉任朝儀ニ上ハ武家ステ可綺申勅答ツ申御告文ヲ返進セラル宣房卿即時帰洛シテ此由被奏申ケルニコソ宸襟始テ解テ群臣モ色シハ被直ケレ去程ニ俊基朝臣ハ衆疑ニキシ軽シテ赦免セラレ資朝卿シハ被宥メ死罪ノ一等ヲ佐渡国ヘソ被流ケル、

太平記巻第一

太平記

二

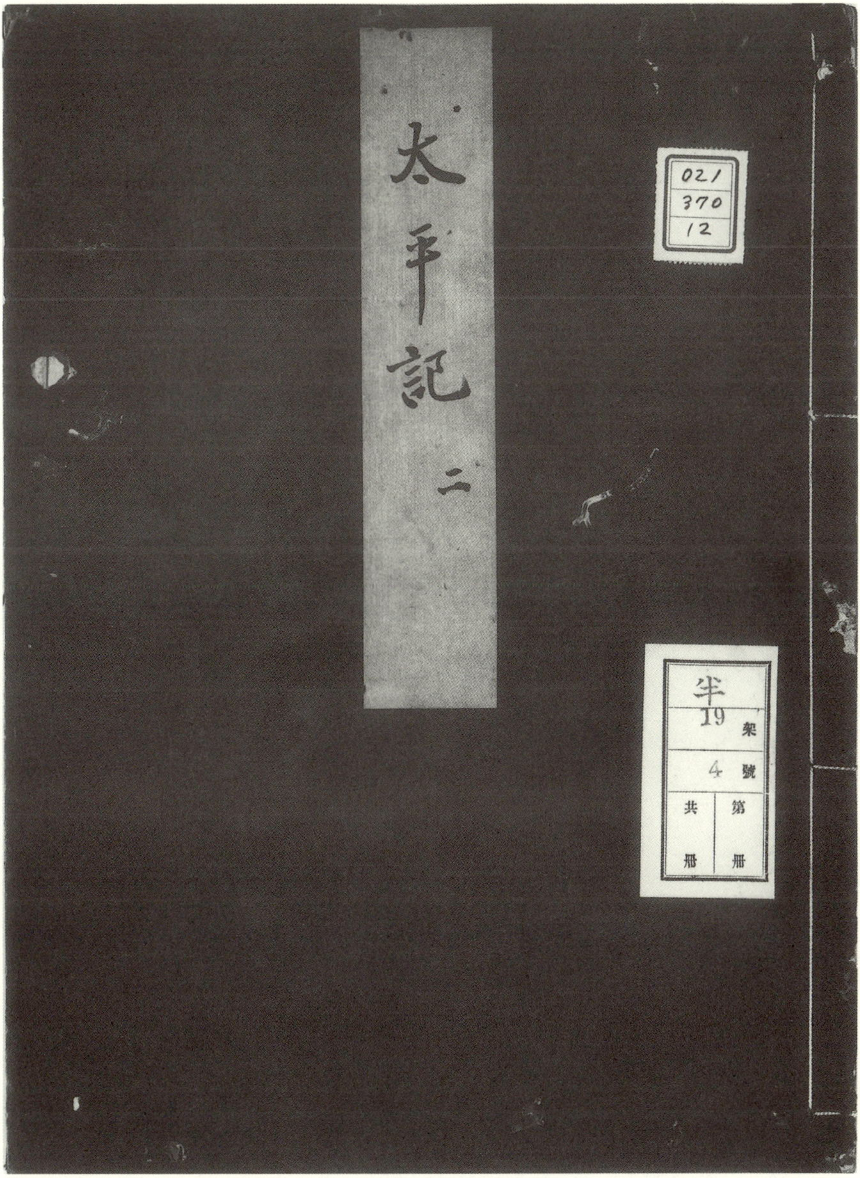
太平記
二
021
370
12
半
19 架
4 號
第　冊
共　冊

太平記巻第二

〇石清水并ニ南都北嶺行幸事

正中元年甲子三月廿三日石清水ヘ行幸関白ハ九条右大臣房実公別当ハ日野左衛門督資朝職事ハ藤房朝臣也右大将ハ實衡堀河大納言具親卿土御門中納言顕実九条中納言兼経花山院中納言経定宰相実任中将公泰剣璽ノ役ニ被参蔵人頭藤房櫻ノ下襲主黄ノ衣ヲ被着別当資朝卿ハ是ノ下部八人ニ金銀ヲ展ヘ錦繍ヲ裁シ鶴丸ノ黄打ヲ被着近衛ノ右大臣経忠公ハ櫻唐草蝶丸ノ地ニ織セテ唐織物ノ下重ニ花欵冬ノ表袴紅ノ打目縒数シテ具足ニ識ニ一人トハ是ヲシソ申スヘキト私語ヌ者モ無リケリ一佐々木佐渡判官大夫高氏橋渡使ニテ行装

奇麗也シカハ累代累職其名ニ不恥トソ見物ノ貴賤ハ申合ケル様テ
三公九卿相随ヒ百司千官引列ス事ハ由ニ數天下ノ壮観也同四
月十七日賀茂ヘ又行幸アリ次日祭ニテ近衛使ハ徳大寺ノ左中将
公清中宮使ハ藤原卿也昨日ノ行幸今日ノ祭礼取ニノ見物ニ
桟敷モ構シ双ハ大路モ車シソ争同六月廿五日後宇多院崩
御ナラセ給シカハ天下皆諒闇ニテ近臣錫紵ノ袖ヲ干カチヌ程ハ
元徳二年三月八日東大興福両寺ヘ行幸アリ供奉ノ公卿ニハ内
大臣公賢公春宮大夫公宗権大納言経通卿権中納言公泰
卿万里小路中納言藤原卿左衛門督冬信中宮権大夫
公清右兵衛督隆資三条宰相実治洞院宰相中将実
守右兵衛督実兼華山院三位中将長定右大弁三位実

世已上十三人也御後ニハ殿上人爲春朝臣廿納言雅知職事ハ
房朝臣也次将ニハ宗冬朝臣廿納言康親具光朝臣俊季
雅親基宗ナリ右ニハ重資朝臣伊俊實継具資実持嗣家任世
宗兼泰閑國猶朝臣也舞人ニハ冬兼朝臣房光朝臣師世泰
季成信宗季春緒雅清加陪従ニハ至テ位次ヲ守テ相随ニトハ
言語道断厳儀也彼東大寺ト申ハ聖武天皇ノ御願閻浮
第一ノ盧遮那佛興福寺ハ是淡海公建立ニテ藤氏ヲ崇ス大
伽藍ナレハ代々ノ君モ御結縁御志御座ト之人トモ二人出サセ給ヘ
不容易多年臨幸ノ儀モ無リケリ而今継絶興廢鳳輦龍顔
南ニ被促シカハ衆徒モ歓喜ノ掌ヲ合セ霊佛モ威徳ノ光ヲ添サレハ春
日山嵐ノ音モ今日ヨリハ萬歳ヲ呼カト怪ニ北藤浪千代懸テ花サク

春ノ色深シ其旧フリタル八重櫻モ今年ノ御幸ヲ待得ツヽ時アリシ壯觀世堂
上ノ伶倫舞人拜殿ニ列ス居清暑堂神宴ヲ移シ御神楽ヲ被奏レシカハ
主上御笏拍子ヲ被召ヒ郢曲ノ雅声ヲ奏シ御座ヘ神慮サソ悦ハシツ御
座ラスト見物ノ貴賤感涙ヲ流シ難ス有リ南都ノ行幸コソ由ヽ敷大儀
アリシニ同三月廿七日又比叡山ニ行幸成テ大講堂供養アリ彼講
堂ト申ハ深草ノ天皇ノ叡願本曽遍照号ノ像也中興ノ後未タ遂ニ供養ヲ
ハ星霜已旧リヌレハ夜月桃ケ常住ノ灯ヲ床ノ霧炷不断ノ香ヲ庭除草深メ
甍漏モル露壊ニタリセハ満山歎テ經年シ処ニ忽ニ修造大功ヲ被遂終ヘ
供養ノ儀式ヲ調サセ給ハ三山モ開眉シ九院モ傾ケ頭ヲシケリ行幸ノ粧ヒ
槊數供奉ノ百寮参リ君王ニ随ヒ奉ル先一番ニハ隼人歩陣數百人
先列シソノ列タリケル其次ニ神宝ヲ奉ノ捧其跡左衛門督藤原ノ長

雄武部遠藤清有左右相双其次左右京職各兵杖帯行
相随其次神祇官官掌
和気助忠千生宗綱行清権大副大中臣親忠内蔵寮碑匠
豊兵部省式部省左右大史佳人司検非遠使中原章
兼陰陽寮漏《ロウ》剋《コクノ》博士《ハカセ》中務省内舎人左右馬寮藤原在淳
朝臣也其次威儀御馬引《セラル》銀面雲珠輝朝日光被奪
此跡内記菅原長綱外記依仰為忠也此次首鎰鈴
馬引其跡少納言藤原国持朝臣此次太刀契持此後公卿
也華山院長実卿家康通冬卿左衛門督隆資卿権中納言実
世卿別当左衛門督藤房侍従中納言公明右大将道教左
大将経通権大納言公宗已上十二人此跡褐随身御先追加

輿丁數百人鳳輦ヲ捧ケ奉ル御綱次将十七人兵杖ヲ帯メ左右警蹕《ケイヒツ》ニ
進ム此跡ニ関白殿御出タツ先東堅子ニ次ニ腰輿其次ニ職事蔵人加陪
従所雑色典薬寮ニハ内膳司図書寮内匠寮主殿寮大蔵
省宮内省縫殿頭大舎人掃部寮大膳職木工寮大炊寮主税
寮主計寮左右兵衛府左右衛門府ニ至ニテ次第ヲ守テ供奉コレ有リ
様ニ前代未聞ノ行粧也山上ニハ又妙法院大塔宮三千ノ大衆ヲ召シ
具メ御迎ニ下山アリ是又驚スモ目ヲ程ノ見物也既ニ供養ノ時剋ニ成ケレハ主上
御参堂アリ伶人惟シ奏テ奏乱声ヲ貫首ワ御入堂アリ此時三千ノ大衆
巻ツ庭上ニ列居シ百官皆階下ニ列陣シ坐シハ由ニ数々為ノ躰也導師ハ
妙法院ノ尊澄法親王咒願ハ時ノ座主大塔ノ尊雲親王ニテソ渡ラセ給
ケル称揚讃佛ノ砌ニハ鷲峯ノ花譲リ句ヲ歌唄《ヒジ》佛ノ処ニハ尊山ノ嵐添フ

響シ伶人奏ニ遏雲曲ヲ舞童翻セバ廻雪ノ袖ヲ百獣率シ舞鳳鳥モ来儀スル
ガリ也伊吉ノ神主津守國夏大鼓ノ役ニテ登山シタリケルガ何ナル子
細有ケルニヤ出仕遅々シタリケリ鋒リニ師子大鼓ヲ背テ投折抛テケリ、
音楽ノ拍子ニ合セケレ舞楽ノ儀式終テ皈リケルカ唐崎ノ一ツ松ノ直ミシロ
下ニケル新券ノ宿坊桂林坊ノ柱ニカクソ書付ケル、
山ノ端ノ梢ニシミコス唐崎ノ松ハ一本ニカキラサリケリ
契アレハ比山モミツ阿耨多羅三藐三菩提ノ種ヤ植ケン、
是ハ傳教大師草創ノ初三藐三菩提ノ佛達ニ祈給ヒ古キ道シ
界ヲ始テ擬シツ書付侍ケル同三月廿七日法勝寺ニ大乗會行ハル是
又行幸ノ儀式ノ被調シカハ折ノ續キ貴賤経営ス抑元亨以来主
慈臣隠シテ天下未安時節コソアレ今南都北嶺ノ行幸叡願

何事ニカト尋ヌレハ近年関東ノ振舞自他ノ不義ニ超過セリ蛮夷ノ
輩ハ武命ニ随フ者ナレハ召ストモ不ル応勅ニ只山門南都ニ与力ノ衆
徒ヲ語テ東夷ヲ被ン征伐セ為ノ御謀也トソ聞ヘシ依テ大塔
一品親王ハ時ノ貫首ニテ御座シカトモ偏ニ行学ヲ棄テ絶テ着給テ明
暮ハ只武勇ノ御嗜ノ外他事モナサレハ御好ニアル故ニヤ似ケ早態江
都カ軽捷ニモ超タレハ七尺ノ屏風シモ高シトシ給ハス打物ハ子房カ
兵法ヲ得給タレハ一巻ノ秘書ヲツモ尽サレスト云事ナシ而ルニ天台座主ノ
始テノ義真和尚ヨリ以来一百余代末カニ不思議ノ門主ニ不御
座トソ申ケル後ニ思合スレハ只是モ関東対治ノ為ニ御身ノ習ハシ
メケル武芸也ケルトソ被レ知ケル
△東使上洛圓觀文觀等召捕事

去程ニ正中三年三月上旬ノ比高時受テ病ニ存命如何ト覚ヘシカハ
同十三日長崎カ計トシテ聴テ出家得度セシメテケリ世トモ定業ノ
期ヤ至ラサリケン種生反復相違無リケリ此際様ミノ事トモ出
来テ舎弟四郎左近大夫泰家是モ出家ス依テニ当家ノ家僕
被官人数ツ出家セシカハ十五以上ノ若入道鎌倉中ニ充満浅増カリ
シ事共世間テハ天下モ如何ト人皆是ツ表示ニ申合事易ノ漏シ招ツ
禍媒ナレハ大塔宮ノ御行跡禁裏ニ調伏法被行ル事共一ニ関東
ヘ聞テケレハ相模入道大ニ怒テイヤ〳〵此君御在位ノ程ハ天下静ナル（ヘシ）
所詮承久ノ例ニ任テ君ヲハ遠国ヘ流シ進セ大塔宮ヲハ可奉失ト評定
シテ先近日龍顔ニ昵シ当家ヲ調伏シ給ナル法勝寺ノ円観上人
小野ノ文観僧正南都ノ智教浄土寺ノ仲円僧正ヲ召取テ子細ヲ相

尋ヘシトテ武命ヲ含テ二階堂下野判官長井遠江守二人関東ヨ
リ上洛ス両使已ニ京著セシカハ何ナル悪《アフキ》沙汰ヲカ致サンスラント主上宸襟ヲ
悩シ思召処ニ五月十八日ノ暁雑賀ノ隼人佐ヲ使ニテ法勝寺ノ上人
小野ノ僧正浄土寺ノ僧正三人ヲ六波羅ヘ召取奉ル此中ニモ仲円僧正ハ
顕宗ノ碩学ニテ御座ス共調伏法被行ハルル人数ニハ入給ハ子トモ須比《コノコロ》
北君ニ近侍シテ講堂供養ノ事共専ラ直ニ申シ沙汰セラレシカハ衆徒
与力ノ事共此僧正ヨリモ存知セラレン又事ハ淋シトテ同ク召捕奉ルトカヤ
智教ト云モ南都ヨリ被召出テ六波羅ニソ誡置ケル搦テ此比有
様貴モ賤モ咎アルモ無モ如何ナル目ニカ合ンスラントテ肝ヲ冷ス
中ニモ二条ノ三位為明卿ハ歌道ノ達者ニテ月ノ夜雪ノ朝褒貶ノ歌
合ノ御会ニ被召テ宴ニ侍ルコト隙無リケレハ指タル嫌疑ノ人ニテハ御座子トモ

叡慮ノ趣ヲ尋問シトテ同ク召捕リ斎藤ニ是ヲ預ル五人ノ僕違ノ事ニ元
来関東ヘ召下シ沙汰アルヘキ事也ハ京都ニテ可キ尋究ル於テハ
為明卿ノ事ニ先ツ六波羅ニテ尋問シニ白状アラハ関東ヘ注進スヘシトテ
六波羅検断糟谷《カスヤ》刑部左衛門ノ尉承テ既ニ拷問ノ沙汰ニ及ハントス
其有様ヲ見ルニ誠ニ恐シヤナ六波羅ノ小坪ニ炭ヲ熾シ事ノ鑊湯爐炭ノ
如シテ其ノ上ニ青竹ヲ破テ布キ並ヘサシ間アケタルハ猛火吐ノ焔シ烈シトタリ
懸ル処ニ朝夕雑色左右ニ立双テ為明卿ノ左右ノ御手ヲ引張テ其上ヲ
歩マセ奉ラント支度スル為シテ肆只ハ是四重五逆ノ罪人ノ焦熱大焦熱ノ炎ニ
身ヲ焦シ牛頭馬頭ノ呵責ニ逢ランモ角ヤト覚テ見ル者モ面ヲシソ掩
ケル去程ニ為明卿是ヲ見給テ硯ヤ有ト被仰ケレハ白状ノ為カトテ
紙ト硯トヲ奉ケレハ白状ニハアラステ一首ノ歌ヲソ被書タル

思キヤ我シキ嶋ノ道ナラテ浮世ノ事ヲ問ハルヘシトハ
常葉駿河守範貞此歌ヲ見テ感歎銘シ肝ニケレハ流テ涙ヲ脈ミ理ニ
當座ナリケル人々モ見テ之ヲ諸共ニ袖ヲシホラシケレハ其沙汰ヲ閣テ返シ奉リ
シカハ為明卿ハ忽ニ水火ノ責ヲ遁テ安堵ノ人ニ成給ニケリ其レ詩歌ハ
朝廷ノ所翫ブ弓馬ハ武家ノ嗜ム道ナレハ其習俗雖未必携六義数
奇ノ道ニハ物ノ相感スル処自然ナレハ依テ此歌ノ感ニ嗷問ノ責ヲ止ケル六波
羅ノ心ノ中コソ優《ヤサシ》ケレ理リヤ力ラヲモ入スシテ動シ天地ヲ目ニ見ヌ鬼神ヲモ
哀ト思ハセ男女ノ中ヲモ和ケ武キ物ノ夫ノ心ヲモ慰ルハ歌也ト紀ノ貫
之カ古今ノ序ニ書タリシ詞ノ末今更思ヒ知レテ聞人モ袖ヲシホラシケル
去程ニ同六月八日関東ノ両使五人ノ僧達ヲ具足シ奉リ下向ストソ聞ヘシ
彼ノ仲円僧正ト申ハ浄土寺ノ慈勝僧正ノ門弟トシテ十題判断ノ登科一山

無双ノ碩学也。文観僧正ト申ハ、元ハ播磨国法華寺ノ住侶タリシカ、自ニ壮
年醍醐寺ニ移住シテ、真言ノ大阿闍梨タリシカハ、東寺ノ長者、醍醐ノ座
主ニ被補テ、四種三密ノ棟梁タリ。肖観上人ト申ハ、元ハ山徒ニテ、學顕
密両宗才ニ一山ニ光有カト疑ハシ。智行兼備ノ誉レ、諸寺ニ無人カシサレ
トモ又ツ山門浇漓ノ風ニ随テハ、憍慢ノ幢ヲ高シテ遂ニ天魔ノ掌握ニ随ス
ヘシ。未ハ公請論場ノ声誉シナケステ、高祖大師ノ旧規ニ倣ランニハト
思召ニ一タヒ返メ、名利ノ塵ヲ長閑テ寂寞苦ノ庵ニハ初程ハ西塔ノ黒谷ニ上メ
三衣ツ重ヌ、荷葉秋霜ニ一鉢ヲ任セ松花朝風ニ給ヒシカ、徳不孤必有隣ス
大明不蔵光ヲシカハ遂ニ五代聖主ノ師トメ三聚浄戒大祖タリ懸シ
有智高行ノ名ヲ宿タリシカトモ時ノ横災ニヤ懸リケン、又前世ノ宿業ニ
ヤ被引ケン、今遠ノ島ノ因ト成テ、逆旅ノ月ニ遷給シハ不思議ナリシ事ト

モ也法勝寺ノ上人ノ計コソ余勝道勝ナド御輿ノ前後ニ付随ヒケレ其外
ノ僧達ニハ相従侍者ノ一人モナシ帷タル輿ニ乗セラレ見馴レヌ武士ニ被
打囲ミ夕夜深ルトモ鳥カ鳴ソ東ノ旅ニ趣キ給ケル御心中コソ悲ケレ鎌
倉ヘハ不下着道ニテモ可キ奉失ナド聞ヘシカハ此彼山ニ宿ニ休ム眠モ
今ヤ最後ノ所ナランド識ニ味心ヤ露ノ身命ノ間モ少キ時ハ心先消
ワビヌ昨日モ過キ今日モ暮ヌト入ノ逢ノ鐘ノ聞タビニ諸行無常ト唱ヘ
為所ノ羊ノ歩ノ始リ急ソ道ナレハ竟子トモ日数積ル程モナク六月廿四日
鎌倉ニ著給ニケリ円観上人ヲハ佐介越前守文観上人ヲハ佐介遠
江守仲円上人ヲハ足利讃岐守貞氏ニゾ被預ケル両使吸巻メ彼
僧達ノ有様京都ニテ尋問ヒ事トモ内裏ニテ被行ハ秘法本尊ノ
形炉壇ノ様絵図ニ写メ注進セラレトモ俗人ナレハ可キ知事ナラネハ

自ノ頼禅僧正ヲ奉テ請シ被見知シケルニ先ツ本観僧正壇ノ様於テハ本
当ニハ無ニ子細調伏ノ法也トテ被申ケルニ依テ彼僧正咒向昔トテ侍
所ニ渡メ水火ノ責シソ被致ケル痛哉法衣ノ上ニ縄シツケ哀モシラス
荒夷共立廻テ咒向ス初ノ程ハ何ニ向ケレトモ物モ宣サリケルカ水
向度重ナリシカハ御身モ心モ弱ニト成テ今ハ堪テ有ヘリモ思召サリ
ケルハ勅言ナレハ無ツ力調伏ノ法行ヒタル事無ト子細綿息下ニシ白状シ給ケ
ル其後仲俊僧正ヲシ咒向セントスルニ此僧正ハ天生臆病人ニテ責ヌ先ニ
主上山門ヘノ御語ラヒ有シ事又大塔宮ノ御行ヒ有シ事俊基朝臣資朝
卿隠謀ノ企其外有モアラヌ事共ニテ残ス所ナク白状シソ被載ケル
此上ハ何ノ疑カ可キ有ナレトモ念観上人モ同罪ニテ御座セハ只可ク閣
アラスト明日彼上人ヲシモ咒向シ奉ルヘシト評定シテ明ルヲ待ケル其夜相

権大道不思議ノ多ツシヲ見給ヒケル比叡山東塔并ノ猿共二三千疋
来テ此上人ヲ奉ニ守護シ躰ニテ双居タリト見玉フ事多ノ告只ハ叓ニ渉ス
トテ未明ニ預許へ使者ヲ被立上人ヲ拷問ノ叓且ハ可閣其沙汰下知セ
ラレケル処ニ預リ人遅テ相撲大道ニ馳参メ申ケルハ上人拷問ノ叓ハ随テ仰ニ
為ニ致ス其沙汰ヲ此暁御座所へ参テ候へハ観法定座メ御座御顕
後ロノ障子ニ移テ候シヲ奉見候へハ不動明王ノ座シ御座スカ如ク見へサセ給
候間驚存テ其叓ノ由シヲ為ニ申入参テ候トソ申ケル相撲大道聞ヘシ
給テト夢想ト云奇瑞ト云不思議渉ス一山ノ上人ハ只人ニテハ御座サリケル
トテ拷問ノ沙汰ヲ被止シカハ尊躰ニ御煩モ無ツ皆人生身ノ佛ト思ヒ奉リ
成ケルトカヤサハ有ナカラ角テ可閣渉ストテ同七月十三日三人ノ僧
達遠流在所ヲ定テ文観上人ヲハ硫黄嶋仲円僧正ヲハ越後国エ

流サル、念観上人ナト計シハ宥ニ遠流ノ一等ヲ結城上野入道ニ被預シカハ奥州ヘ
奉ル具足シ長途ノ旅ニ赴セ給ヒニシカハ左遷遠流ト云ハ又計コソアレ遠嶋ノ
外ニ被遷給ヘハ是モ只同シ旅寝浮界ニテ彼ノ肇法師カ刑戮ノ中ニ
若ハ術阿闍梨カ火羅國ヘ被遷流水宿山行ノ悲モ角ヤト思出セシ千重
染ノ袖ヲ絞リ給ヘハ預リノ武士モ諸共ニ鐙ノ袖シツヽスヽレケル急カヌ旅ノ道
末ト朝ヲ重スレハ名取河ニモ付給ケルニ上人御涸ノ中ニカリバカリ
○陸奥《ミチノク》ノ名取河流レキテ沈ヤハテン瀬々ノ埋木モ
聞ヘシ者ソノ、ガニ感涙シツヽ流レケル識ヤ時ノ横突シハ大権ノ聖者モ道
給ハスト古モ今モ云ル事アリ、往昔天竺波羅奈國ニ戒定恵ノ三
季ヲ兼備給ヘル独沙門アリ一朝ノ國師トシテ四海ノ倚頼タリシカハ天下ノ
人皈依渇仰スルコト恰モ如大聖釋尊ノ出世成道ノ也ナル程ニ其国ノ大王

法會シ可キ被行ハ事アリテ説戒ノ導師ニ此沙門シテ被召ケル沙門即應メ勅命ニ參内セラレタリケルニ傳奏此由ヲ奏聞ス大王折節圍碁シ遊シ懸テ餘念モ御座サリケルカ碁ノ手ニ付テ只、切切ト被仰ケルシテ彼傳奏沙門ヲ切トノ勅定ソト聞誤テ禁門ノ外ニ引出シテアエナク沙門ノ頸ヲ切ニケル大王碁ヲ遊シハテ、沙門ヲ御前ヘ被召ケルニ典獄官任勅定ニ刎首シタリト奏ス帝大ニ逆鱗アリ行フ死ヲ定テ後ニ三メヒ奏スト云リ然ルニ一言ノ下ニ誤シ行テ朕カ不徳ヲ重スル事衆大逆ニ同ト云即彼傳奏ヲ召出シ三族ノ罪ニソ被行ハケルサテモ此沙門無罪ノ死刑ニ逢給フ事ハ事ニアラス前世ノ宿業ニテソ御座ラント帝嘆キ思召テ羅漢ヲ請シ奉テ其故ヲ問給ケレハ羅漢七日入定シテ通ヲ以テ現シ見給ニ彼沙門ノ先生ハ耕作ヲ為スル業ト田夫也大王ノ前身ハ水ニ棲ム蛙

ニテソ御座ケル此田夫鋤ヲ把テ春ノ山田ヲ耕シケルカ誤テ鋤サキヲ以テ
蛙ノ頭ヲ突《ツキ》切ケル此因果ニ依リ田夫ハ沙門ト作リ蛙ハ此国ノ大王ト作テ誤
テ今死罪ニ行ハレケルコソ不思議ナレ以彼ヲ思ニ此ハイカナル修因感果ノ
理ニ依テ此上人モ今カヽル罪ニ沈セ給ラント前世モ敢テ知ラマホシケレ
上モ今ハ證果ノ羅漢モヲハシマサ子ハ不審シ散スル事ハナシ哀ニ不思議ナリシ事共也

△俊基朝臣再ヒ関東下向ノ事

彼上人達ノ必ツ此ノ流罪ニ被レ行シカハ其外ノ人ニノ事ハ不レ及レ申ニ罪科ノ軽
重ニ依テ憂ヘ喜ヒ同シカラサル中ニモ右少弁俊基朝臣ハ土岐伯耆
十郎頼時謀叛ノ時召捕テ関東ヘ下向アリシカ様ニ陳申サレシニ
趣現《ゲ》ニモトテ赦免有シカハ聴テ皈洛メ再ヒ君ノ近臣タリシカ仲僧
本ノ白状ニ隠謀ノ企専ラ彼朝臣ニ有ト被レ載シカハ元徳三年七月

十一日又六波羅ヘ被召捕小串三郎真秀ニ被預タリシカ聴テ関東ヘ
責下サセケリ再犯不赦則法令所定ムル上ハ何陳ストモ此度ハヨモ不
許サレハ路次ニテ失ルヽカ鎌倉ニテ被誅カ其二ノ間ハ不離ト思儲テソ
被出ケル痛哉《イタハシヤ》落花ノ雪ニ道迷フ片《カタ》野ノ春ノ櫻狩紅葉ノ錦ヲキテ皈ル
嵐ノ山ノ秋ノ暮ニ一夜ヲ明ス程タニモ旅寝トナレハ物ウキニ年比栖馴ニシ
九重ノ花ノ都ヲハ是ヲ限ト顧テ恩愛ノ道不浅故郷ノ妻子ヲハ行末モ不
知思置東ナハ又旅ニ出給フ心ノ中コソ哀ナル関ノ此《コナタ》方ノ朝霧ニ都ノ天《ソラ》ヲ立
別ル行モ皈モ旅人ニ逢坂越テ打出濱ヨリ奥《シキ》ヲ見渡セハ塩ヤカヌ海ニ
コカレ行其身ハ舟ノ浮沈ニ水ノ上ナル粟津野ノ哀レハカナキ身ノ行末ヲ思ヒ
ソ渡ル勢多ノ橋詢モ轟《トヽロ》ニ打過テ野路ノ玉河浪越ル時雨《シクレ》モイタク守リ
山ニノ露分ル篠原ヤ小竹《サヽ》分ワクル道向テイザ立依ン鏡山老ヤシヌルト

打詠メ物ソ界ヘハ夜ノ間ニモ老曽《シイソノ》森《モリ》ノカケ行ハ泪ソトムル袖ナキサテモ
我身頽《タシイ》カヤ古ヘ人ノ云シモ其言葉ニ近江路ヤ世ソウ子ノ野ニ鳴タヅモ
サコソノ子ヲ井シ恋ラメ番《バン》馬《バ》醒《サメ》井《ガ》栢《カヘ》原ハラ〳〵ト落ル涙ソ不破関
屋ノ月ニゾ偏ニ袖漏《モル》雨ト成ニケリ旅衣野上露ノ起別《ジキ》レ暮ハ泊ル旅ノ道
イツカ我身ノ尾張ナル熱田ノ八剱伏拜ミ塩干ヒニ今ヤ鳴海《ナルミ》潟《ガタ》傾リ
月ニ宿問ヘハ猶行末ハ遠江濱名ノ橋ノ夕塩ニ引人モナキ捨小舟
沈ミハテヌル身ニシ已ハ誰カ哀ト夕暮ノ入逢ナレハ今ハトテ池田ノ宿ニ
ソ著給ケル元暦比カトヨ重衡中将ノ東夷ノ為ニ囚テ此宿ニ著給シニ
○東路ノハニフノ小屋ノイブセサニ故郷イカニ恋シカル覧
ト長者ノ女《メ》カ詠タリシ其古ノ哀ニテ思出ス泪ニテ旅館ノ灯幽也《ナリ》鳴
鶏ノ催シ暁ソ匹《ヒツ》馬ノ嘶風ニ天龍河ソ打渡リ佐夜ノ中山ソ越ヘ行ハ

昔則清法師カ命也ケリト詠ツヽ再ヒ越ニシ跡ニテモ羨シクソ被思ケル、
隙行駒ノ足ハヤミ日既ニ亭午ニ上レハ旅餉《カレイ》進ル計トテ輿ヲ庭ノ
前ニ舁《カキ》居《スヘ》タリ轅ヲ叩テ警固ノ武士ヲ近付テ宿ノ名ヲ問給ヘハ菊
河トソ答ケル承久ノ乱ノ時院宣書タリシ咎ニ依テ光親卿関東ヘ
被召下シカ此宿ニテ被誅トテ昔ハ南陽県ノ菊水ニ下流ヲ汲テ
齢ヒヲ延今ハ東海道ノ菊河ノ西岸ニ傍テ終ニ命ヲト書タリシ昔ノ
筆ノ跡ニテモ今ノ涙ト成ニケリ殊哀ヲ催メ宿ノ柱ニソ被書ケル、
古モカヽル様《タメシ》ヲ菊河ノヲナシ流レニ身ヲヤ沈メン、
大井河ヲ過給ヘハ出シ都ノ心地メ亀山殿ノ行幸嵐山ノ花サカ
リ龍頭鷁首ノ舟ニノリ詩歌管絃ノ宴ニ侍リシモ今ハ二タヒ見ヌ夜
ノ夢ト成ケリト今更思出サレテ前嶋藤枝ニ懸テ岡部ノ真

葛根ニテモカイツ更ニナカリケル都ニモ誰カ秋ツ宇津山路石ノ細道
ヨリ行ハ色ツカヘデノ若枝コソ此ニ先ツ紅葉ケレ昔業平ノ中将ノ
スミ所求ントテ東《アツマ》ノ方ヘ下ルトテ夢ニモ人ニアハヌ世ケリト詠セシモ識《ゲ》
ニ理ト覚タリ藤馴衣ハルゲト清見潟ヲ過給ヘハ都ニ皈ル夢ヲサヘ
通《トヲ》サヌ浪ノ関守ニ弥涙ヲ催サレテ向ハイツクト三保カ崎奥津蒲原打
過テ富士ノ高峯ヲ見給ヘハ雪ノ中ヨリ立煙リ上ナキ思ヒニ比ヘテモ
明ル霞ニ松見ヘテ浮嶋カ原ヲ過行ハ塩干ヤ浅キ舟浮テヲリ立
田子《ゴ》ノ自《ミ》ラ憂世ニ廻ル車返ハ是カトヨ竹ノ下道行難キ足柄山ノ當下
ヨリ大礒小礒見ヲロシテ袖ニモ浪ハコユルギノ急クトシモハナケレトモ日
数積レハ程モナク鎌倉ニコソ着給ケレ
△長崎高資異見ノ事

同七月廿七日南条左衛門尉高直後基ヲ請取テ、諏方左
衛門尉ニ預ラル、一間ナル所ニ蜘手稠結回押籠奉ル有様只地
獄ノ罪人ノ十王ノ廳ヲ被レ渡テ枷械入ナカラ苦辛ノ軽重ヲ糺ラレモ角
ヤト思ヒヤラレテ今更後ノ世ヲタニモ被レ嘆テ御涙ノ落止間モナカリケト
近臣カヤウニ関東ヘ召下ヌレハ御治世ノ事モ聴テ持明院殿ヘコソ参
ランスラント近習ノ人ニ者侍女房達ニテ悦ヒ思給ヒケルニ去歳ノ春十郎
頼時カ謀叛顕レテ討レシカトモ其沙汰モナシ後基朝臣召下シカト
モ於御位ノ事ハ何ト云事モ不レ聞サリシカハ持明院殿方様ノ人ヽニ事相違
シテ五壇ヲ歎者ハ多カリケリサセハ兎角勧申ス近臣モ有ケルニヤ内ニ
関東ヘ御使ヲ被レ下テ当今御謀叛ノ企近日事既ニ急也武家速糺テ
明ノ沙汰ナクハ天下ノ乱レ近キニアリト被ニ仰下シカハ高時入道誠《ゲニ》モ被レ驚テ

驗テ宗徒ノ一族評定衆ヲ集テ此事如何有ヘキト各意見シケリ
被訪ケル此儀尤天下ノ重事ナレハ或議シテ他ヲ閉口或顔ヲ不出言
処ニ長崎入道カ嫡子新左衛門尉高資進テ申ケルハ此事
可始驚ニ其故ハ土岐十郎カ隠謀露顕ノ時聴テ御位ヲ被申サ
ルヘカリシヲ朝憲ニ憚テ御沙汰緩ナリシニ依テ此事尚未休抑撥乱
致治ハ武ノ一徳也然ハ速ニ当今ヲ遠国ヘ遷進セ大塔宮ヲ死罪ニ奉
行ヒ資朝俊基以下ノ乱臣ヲ一々ニ誅セラルヘヨリ外ハ可有真儀トモ不存ト
憚所ナクソ申ケル此儀ゲニモト聞ヘニカハ諸人口ヲ閉タリケル処ニ二階堂
出羽入道々蘊且思案シテ申ケルハ今儀尤似有其謂候ヘトモ
熟事ノ心ヲ案スルニ武臣執テ天下ノ権ヲ既ニ百六十餘年盛ニ覆ニ四海
運ヲ耀テ累葉ヲ事更無他是偏ニ上ニハ一人ヲ奉仰キ忠貞無私下ニハ

接百姓ニ施ス仁政ヲ故也、然ルニ今ノ君ハ寵臣一兩人被召置御飯依言
僧西三人流罪ニ被處セ、又武臣悪行ノ専一ト謂ツヿ文、北上ハ主
上ヲ遠國ヘ遷シ、進セ寄ノ座主ヲ奉行ニ死罪ニ夫道ニ悪ヲ誇ル尋山門
争不含瀆ヲ乎、神慮リ人背ク武運可近ク危御謀叛ノ蔓君縱思
召立トモ武威昌ナラン程ハ宇申ス者不可有就ニモ當家弥慎テ勅
命ニ應ハ君モ争テカ思召直サセサルヘキ角テソ國家モ太平ニ武運モ
長久ナランと存スルハ面々ノ所行ニト申ケリ此儀又理ノ必然ナレハ満座際
肝ニケル処ニ長嶺ノ新左衛門自餘ノ言シモ不聞以外ニ損色シ重テ
申ケルハ文武謀一ナリト云ヘトモ用捨時異也、世ノ静ナル則ハ以文治之
急ナル則ハ以武鎮ム之、故ニ戦國ノ時ニハ孔孟不足用、太平ノ時代ニハ干戈
似無用ニ、サレハ今ノ代ナラハ以武可治時也、サレハ異朝ニ文王武王為臣ト安

道ノ君ヲ討ツ例モアリシ、我朝ニハ義時泰時為ニ下不善君ヲ流シ奉ル例モアリト、
世皆以テ為ス当然ト是ヲ以テ古典ニモ君視ルコト臣ヲ如シ土芥ノ則臣視ルコト君ヲ如シ寇讎ノ
云ヘリ事停滞シテ武家追討宣旨ヲ下セハ後悔ストモ不可有益、
只速ニ君ヲハ承久ノ例ニ任テ遠国ヘ遷シ奉リ大塔宮ヲハ失ヒ進セ隠謀ノ
逆臣資朝卿俊基朝臣ヲ誅戮セハ武家ノ安泰万世ニ至ントコソ、
存シ候ヘト居長ニ成テ申ケレハ当座ノ頭人評定衆モ権勢
ニヤ阿ケン又悪案ニヤ随ケン皆此儀ニ同ケレハ道蘊再往ノ忠言ニ不及
眉ヲヒソメテ退出ス後ニ思合スレハ是ソ誠ノ諫言也ケルト後悔スレトモ其甲斐モナシ、

○資朝誅戮并ニ阿新殿事、

去程ニ長崎カ異見ニ任テ先ツ佐渡国ニ流セテ御座日野ノ中納
言資朝卿ヲ可奉失時ノ守護本間山城入道ニ下知セラレケル此事

都ニモ其沙汰アリシカハ資朝卿ノ息男阿新殿トテ歳十三ニ成給ケルカ父卿
召人ニ成給シヨリ仁和寺ノ邊ニ隠レテ御座ケルカ今ハ何事ニカ命ヲシモ可惜
父ト共ニ被斬テ冥途ノ伴ヲシモスヘシ下テ最後ノ躰ヲシモ奉見泣進ケレハ
母上思ヒヨラヌ事哉トテ様々ニ制シ留給ケレハ由ヤサラハ何ナル淵河
ニモ身ヲ沈メ父ノ最後ノ伴ヲシセテハ叶ハシト恨ミ申サレケレハ母上是ヲ
堅止ナハ目ノ前ニ近キ憂別モ有ヌヘシ如何セントト思侘テ無力今ハテヽ
只一人付纏奉ル雜色シ相添ラレテ佐渡國ヘソ被下ケル路ハ遠ケレト
乗給ヘキ馬モナケレハ痛ハシヤハキモ習ハヌ草鞋ニ菅ノ小笠ヲ傾テ露分佗ル越
路ノ旅ノ思ヒ遣コソ悲ケレ都ヲ出テ十三日ト申ニ越前國敦賀津ニソ着
給ケル是ヨリ商舟ニ便船シテ順風折節ヨカリケレハ程ナク佐渡國
ニソ着給ケル人シテ角ト云ヘキ便モナケレハ自本間カ館ニ尋行テ泣々

庭ニソ立ケル内ヨリ僧一人立出何ヨリ誰ヲ尋給人ソト問ケレハ阿新涙ヲ流シ是ハ日野中納言ノ一子ニテ候カ近来《コロ》切レ給ト承テ其最後ノ様ヲモ奉見ン為ニ自都ハル〳〵ト尋下テ候ト云モ敢ス涙ヲハラ〳〵トソコホシケル此僧哀ト思テ急キ内ヘ入リ此由ヲ本間ニ語ケレハ入道モ岩木ナラ子ハ哀ニヤ思ケン軈テ持仏堂ヘイサナイ入奉リ旅ノ粧束ナト解《スカセ》奉リ疎ナラヌ躰ニテソ置奉リケル阿新是ヲシニト思給ニ付テモ父ノ卿ヲシトノ奉見ハヤト頻ニ宣ケルハ今日明日被切給ヘキ人ニハ是ヲ奉見セナハ中〳〵ヨミ路ノサハリトモ成ヌヘシ其上関東ヘモ如何カト恐怖メ父子ノ対面ヲユサス四五町隔タル所ニソ置タリケル父ノ卿ハ是ヲ聞給テ行末モシラヌ都ニ如何住侘ニト思遣シヨリモ猶悲シソ思召ケレハ阿新殿ハ又其方《ソナタ》ノ空《ソラ》ト詠《ナカ》メツヽ浪路遥隔ニシ鄙《ヒナノ》栖ヲ思遣テ心苦シカリシハ数ナラザリケリト袂ノ乾間モナシ

是コソ中納言殿ノ御座籠ノ中ヨトテ人ノ教ケレハ見遣給ヘハ竹ノ一村茂
リヌル所ニ堀ホリ囲テ扉シ塗行通人モ希也阿新殿見テ押淚ヲ
情ナノ本間カ心哉父ハ被禁籠セ我ハ未タ幼ナシ縦一所ニ置タリトモ何
程ノ事カ有ヘキニ父子ノ對面シタニ許サデ一ツダ同シ世中ナカラ生隔タル悲ニテ人
尋下タル甲斐モナキ事ヨトモダヘ焦レ給シカハゲニ理哉ト覚テ聞人モ袖
シツヌラシケル懸ル処ニ関東ヨリ撿使馳来テ資朝ヲ奉失トソ呵《イカリ》ケル
本間入道此上ハトテ五月廿九日ノ暮程ニ資朝ヲ籠ヨリ奉出シ遥ニ御
湯モ召シソロハヌ子ハ御行水ト申ケレハ早可被切時ニ成ニケリト思召シテノ
本間カ心哉我最後ノ有様ヲ見ヘントテ遥々ト都ヨリ下タル小生ヲ終ニ一
目モ見セスシテ空ク成シヌル事ヨト計被仰テ其後ハ曽諸事ニ付テ一
言ヲモ出シ給ハス只御淚ヲシノ推拭ハセ給ケルカ人間ノ浮栄ハ夢ニ浮

悪心アル者誰カ頭燃ヲ拂ハサル（へキ）ト常ニハ口スサミ給ヒ綿密ニ工夫ノ外ハ
又態モ御座サリケリ、抑地資朝ハ仕ヘ朝廷ニ致拜趨ヲ傍ニ定業ヲ
奔ヲ校シ嗜ミ給ヒシ時ヨリ身ヲ禅心ニ遊シメ心ヲ工夫ニ被懸シカハ今
セル有暇ニ身ヲハ成給テ後ハ偏ニ放下シテ萬事ヲ心地修行ノ外又
無他事、當國ニ被遷給ヒシ支モ如シ昨日今日ナリシカトモ早八年ノ春
秋ヲ送迎フ、其年序ヲ思ヘハ少林九年ノ面壁ニモ無隣マシハ其
向修行ノ若干《ソコハクノ》薫修ヲ世セシハ娘生悟道ノ其功空シカラシト覚テソ
ロニ袖シソスラシケル資朝御涙ヲ推拭ヒ都ヨリ小生ノ所新ニ愛ヲ取
セヨトテ染筆シ被書ケル天地ハ無ニ定主日月無ニ定時ル本ニ有三才
強テ有ニ三綱以シ謂之ニ如シ夢幻泡影ノ矣、蓋和翁懐ニ舊
思ツ八面優遊ス以メ到ル今日ニ為ニ没カ為ノ言ツ秋霜三尺曾テ不埋ニ貞松ヲ

士見之シ谿澗昭晴ハ洒ニ落ニシテ独ニ立ス乾坤ノ之間ニ咄
元徳三年五月廿九日和翁ト書テ其下ニ判アリ縡情哉其昔ハ花
憧罷臣トシテ花見紅葉狩リ折々ノ賞翫人皆目ニシハ々ル程ナリ
シニ、今ハ江湖ノ内ナリ給ヒ月日ノ移リ替ルヲシモ不知、余ノ中ヨリアラヌ世ニ
生ケハシル心地シテトカク様ノ事トモ書玉ヘル事ヨトテ見ル者モ袖ヲシホリ
ケル、夜ニ成ニケレハ輿舁寄テ奉乗、又是ヨリ十余町アル河原ニ出シ
奉リ、敷皮ノ上ヘ輿舁居タリケレハ少シモ臆シタル気色ナク閑々ト居直リ
テ硯ヲ乞テ染筆ヲ以テ辞世ノ頌ヲソ被書ケル、
五蘊假成リシ躰、四大今皈ス空ニ、将テ首ヲ当ル白刃ニ、截断ス一陣ノ風、
五月廿九日和翁ト書テ筆ヲ抛給ヘハ切手後ヘ廻トソ見ヘシ、首ハ前ニ落ケ
レハ、自ラ頭ヲ抱テ臥給フ、夢現トモ無是非、此間常ニ参シ詼議ナントメ

慰奉ケル僧来テ葬礼セント取営ミ懸ニ奉リ帛拾ニ空骨ヲ彼書置
ケリシ法語ト并ニ辞世ノ頌トシ阿新殿ニ奉ル阿新殿是ヲ一目見
給テ取手モ乏ツ倒臥ニ都ヨリ遥々尋下リシ甲斐モナク今生ノ
對面終ニ叶ハデ今遺骨ヲ奉見事ヨキハソモ現カヤ夢ナラバトリノ
覚ヨト文幼キ声シテアゲシメキ叫ビ給シカハ親子ナラデハゲニ北キワ雑ナハ
カヤウニ思ヘキ恩愛ノ道ニ高キモ卑キモ替ラサリケリトテ聞人モ涙シテソ
催ケレ阿新殿ハ未タ幼ナキ身ナレトモ志ハサカシカリシカハ父ノ遺骨ヲハ只一人付テ
下タル雑色ニ持セテ都ニノホセ母上ニ奉見セ高野山ヘ登テ奥ノ院トカヤ
ニ収メヨト文細々ト書テ遣都ヘノホセ我身ハ労《イタハル》事アリトテ本間カ
宿所ニソ留リ給ケル是ハ本間カ無情父ニ對面ヲ不許事情ナク骨髄ニ
入テ難リ思ニ思給ヘハ入道父子カ間ニ一人討テ腹切ント思定テソ遅

當セラレケル角テ四五日ヲ経ケル程ニ阿新殿ハ痛ル由ニテ終日臥シ給夜
ハ忍ヒ出テ、本間カ寝所ナト伺ヒ見給ケリ或夜雨風烈《ハケシク》テ、番スル郎
等共モ皆外ト侍ニ伏タリケレハ今コソ待所ノ幸ヨト思テ、本間カ寝所ヘ
忍ヒ伺フニ彼カ運ヤ強カリケリ今夜ハ常ノ寝所ヲ替テ何クニ有トモ不
見ケリ二間ナル所ニ燈ノ影ノ見ケレハ是ニ依テ見給フニ中納言殺シ奉ル
切入道カ嫡子ニ本間三郎ト云者也ハ一人ヲ臥タリケル是又時ニ取テノ親ノ
敵ナレハ父ノ入道ニ劣ジト思給テ是ヲ懸ントスルニ我ハ元ヨリ太刀モ刀モ
不持只人ノ具足ヲコソ我物ト憑タルニ灯サヘ明ナレハ若驚リモヤ合ト危
フシテ案ニ煩ヒ給ヘル処ニ夏ノ夜ノ夏ナレハ蛾ト云虫アマタ明《アカリ》障子ニ取
付タリケルヲ究竟ノ事哉ト思給テ障子ヲサト引開テ此虫アマタ飛ヒ入
セテ灯シハ軈テ打滅《ケシ》ニケリ阿新ヤカテ内ニ入テ本間ノ三郎カ太刀ト刀トシ

取テ腰ニサシヽ太刀ヲ抜テ心《ムナ》モトニ指當テ寝入タル者ヲ殺スハ死人同シ
トテ枕ノ程ヲ動《ユルカシ》驚《ケ》給ヘハ驚テ聲ヲ所ヽ一ノ太刀ニ胸モトヲ疊《タヽミ》
テ透《トヲシ》トツツト指シ透ス太刀ニ喉笛ヲ指切テ心閑ニ後《ウシロ》ヘ竹原ノ中ヘ入
隠レケル本間ガ手ノ郎カ胸ヲ被透《トヲサレ》テアツト云ケル声ニ驚象共驚合テ
火ヲ燃《トモシ》是ヲ見ルニ血ノ付タル小《シサナキ》足跡アリケレハ必何様阿新殿ノ
為《シ》態《ワサ》也堀ノ水深ケレハ木戸ヨリ外ヘハヨモ不出《シ》捜出《サカリ》メ可殺セヤトテ
手々ニ續松ヲ燃テ木ノ下草ノ陰残所モナク捜《サカシ》ケリ阿新殿ハ竹ノ中ニ
隠ナカラ云甲斐ナキ者ノ手ニ懸ランヨリハ腹ヲ切ント思給ケルカ待《ニテ》且《シヽ》
悪思《ニソレト》父《ツル》ノ敵ヲハ討ツ今ハ何ニモ全《メ》身ヲ君ノ御用ニモ立親ノ素意
ヲ遂《シ》タランコソ識《ニ》忠臣孝子ノ儀ニテモ有ヘケレ若ヤト一向ニ途《ソ》落
テ見ハヤト思返ニ堀ヲ越《ヘ》ントシ給ヘハ廣サ二丈餘ノ堀ナレハ可越《キ》様ヲ

無リケルサラハ竜ノ橋ヲメ渡ントヨ思テ岸ノ上ヘ大ナル呉竹ヲサシ靡《ナビカ》タル其
梢ヘサラ〳〵ト登タレハ亦ノ末端ノ向ヘ靡キ伏テ安〳〵ト端リハ越テケ
リ夜モ未タ深ケレハ湊《ミナト》ノ方ヘ行テ便船ヲモ尋ントタドル〳〵行給ヘハ
五月ノ短《ミシカ》夜程モナク明ハナレテ可《サ》ル思様モナカリケレハ麻ノ繁リタル中ニ隠レ
日ツ暮シ給ヘハ進手ト覚シキ者四五十騎馳散テ若十二三計ナル
小児ヤ通リツルト行合人コトニ尋向《フ》声ノ聞給テ身ノ上ト思侘今ヤ捜《サカ》シ出サルヽト
肝ツノロイシテ待居給タレハ其日既ニ暮ケレハ阿新其日ハ麻中ニテ日暮《シ》シ
夜ニ成ニシカハ文立出テ湊ノ方ヘトテ志テソコトモシラス行所ニ年闌《タケ》タル山伏一
人行合タリ此阿新殿ノ風情ヲ怪シク痛シクヤ思ケン是ハ何《イツク》ヨリ何ノ路ヘ御渡
候ソト問ケレハ阿新事ノ様アリノ〳〵侭ニツメ語ケレハ山伏サテハ我此人ヲメ
助ズハ只今ノ程ニカハユキ目ニ見ント思ケレハ御心安ク思召候ヘ商人毎ニ

多ツ修ヘハ越後越中ノ方ニテモ送リ進セ候ヘシトテ、南新殿手シ引テ、
タドル〳〵行程ニホトナリ湊ヘツ、行着ケル夜明ケレハ此山伏便船ヤ有
ト尋ルニ折節湊中ニ船一艘モ無リケレハ如何セントカ彼方《カナタ》此方《コナタ》ヲ尋ル
処ニ朝霧ノ晴間ニ乗浮ヘタル大船アリ順風ニ成ヌト喜シテ帆柱ヲ立、
昔々山伏大ニ喜テ其舟寄ヨト呼ケレトモ曽テ聞モ入ス舟人声ノシ帆ニアケ
湊ノ外ニ漕出《コキ》ヌ今ハ不叶ト思ケレハ此山伏大ニ腹ヲ立テ其代ナラハ遣《ヤル》マシキ
物ヲト急《フクツ》テ柿ノ衣露ヲ結テ肩ニカケ苛《イラ》高念珠ヲサラ〳〵ト推揉《モミ》テ行者ノ
加護猶如薄伽梵《バギャボン》ハ多ノ年ノ勤行ニ於テシヤ明王ノ本誓誤リ玉ハス
ハ権現金剛童子天龍夜叉八大龍王其舟此方ヘ蹴返シテタハセ
給ヘハ縮リ上リ、ミ肝膽ヲ砕テ揉タリケル行者ノ祈誓通ノ神明ニ玉ヘ
加護入眸ヲシヤ回ラサレケレ沖《ヲキ》ノ方ヨリ俄ニ悪風吹来テ此船忽ニ霞《ツヅク》ラトス

其時舟人共遽騒テ山伏ノ御房先ツ御技倆トテ合セ手ヲ蔓《セメニ》腰ツ
舟ヲ漕《コギ》モトス、船頭急キ飛下陥《シリ》新殿ヲ肩ニノセ山伏ノ手ヲ引テ
屋敷ノ中ニ来セケレハ風ハ必ツ元吹走テ舟ハ湊シツツ出タリケル、幾程ナツノ
ニテ大勢ノ追手駈来リ遠浅ニ馬ヲ打入テ其舟留レト呼ケレ共順
風ニ帆ヲ挙レハ舟ハ飛カ如ヤケレハ其日ノ暮程ニ越後ノ府ニゾ着タリケル、閑
新殿ハ山伏ニ被助鰐《ワニ》口ノ死ヲ遁レ給ヒシモ父資朝卿未熊野権現
シ奉憑ツ運ニ懇祈ハ権現ノ御誓新キ済度利生ノ御恵ヲ此時施ニ
給ケルニヤ彼山伏ハ搔消様ニ失ニケリ不思儀ナリシ事共也并阿新
殿ハ無ツ恙成人シテ南朝ノ君ニ仕テハ日野ノ一跡ヲ光榮シテハ中納言
國光トソ申ケル哀ヤサシカリシ事共トテ聞人モ袖ヲシソ濡《ヒタ》シケル、
△俊基朝臣誅戮ノ事、

去程ニ右ナ辨俊基朝臣殊更謀叛ノ張本ナレハ遠國ヘ流遣ス
ニテモナリシ鎌倉ニテ可誅シトス被定タリケルシ北朝臣両年ノ所願ニテ法
華經ツ六百部讀誦シ給支有ケルカ今二百部未満ケレハ此部數ヲ
満テ後兎ニモ角ニモ成シ給ヘト強テ被由ケレハ現《ゲ》ニモ是程ノ大願ヲ遂サセ支
ハ衆深シトテ今二百部終ル程ノ待給ケル自數ニ命ノ近ツクシ想像ヤルコソ
痛シケレ共モ北朝臣世ニ座時ハ堂上堂下如花ニテ青侍官女モ
不知其數シカ一朝ノ臣ニ被誅テ行末モ不知ケリ／＼ニ成リシ其中ニ後
藤左衛門尉助光ト云者ロハ一人俊基被召捕給時ヨリ北方ニ奉リ
付嵯峨ノ奥小倉ノ谷ト云所ニ忍テ住給ケルカ俊基既ニ被切サセ給ト其
聞ヘ有シカハ北ノ方堪思ニ伏沈ミ歎キ悲給ケルシ奉モ見悲シメ聞ニ付テモ不
審ナリシ方ハ御文シ給テ鎌倉ヘ罷下支樣ヲモ奉見申ケレハ北ノ方喜ウレシト

思食レシ御文細々ト被遊様助光ニソ給ケル助光御文ヲ給テ今日明日ノ
程ト聞ヘシカハ今ハ早被切サセ給ヌラント行合人ニ問ヘハ涙ヲ袖ニシホルヘニテ程
ナク鎌倉ニソ著ニケル。サレトモ俊基未タ切レ給ハスト申ケレハ喜ヒサ落リ無テ
彼アメリカル小家ニ宿シトリ如何ニシテモ此御文ヲ進セント伺ヘトモ不叶シテ人
四五日ヲ経ケル程ニ都ノ召人今日被切サセ給トテヒシメキケレハ助光心モ
絶《タヘ》入計ニテ小路ヘ出テ見ケレハ俊基ハ已ニ張輿ニ被乗セテ化粧坂ヘソ出給フ鎌
倉中ノ貴賤岐ニ充満シテ是ヲ見物ス工藤次郎左衛門尉葛原カ岡ニ
大幕引テ敷皮ノ上ニ御輿ヲ舁居《スヘ》タリ助光是ヲ奉リ見目モ暮レ
足モ蹇《ナヘ》テ絶入ヌヘキ心地シケレトモ泣々工藤カ前ニ進出テ是ハ辨殿ノ
祗候人ニテ候カ最後ノ御有様奉リ見度ソ候テ京ヨリハルハル罷下
候北ノ方ノ御文アリ今ハ何程ノ事カ候ヘキ御覧シ蒙テ彼御文シテ見

世奉リ文最後ノ御目ニモ懸リ候ハントテ申モ終《ハテ》ス涙ハラ〳〵トコホシケレハ主藤見ルニ哀ヲ催テ涙セキアヘス子細候ハヽ早〳〵ト竟シケレハ合セ手ヲ悦テ幕ヲ奉テ中ニ入御前ニ畏タリケレハ俊基只一目御覧メ是ハ夢カヤ現カヤト計ニテ聴テ御涙ニ咽ハセ給ケレハ助光モ押涙ヲ御文候トテ御前ニ指置タルニテ申出ヌル詞モナクテ互ニ袖ヲ顔ニ押当テ物モ不言ケル主従ノ心中被推量テ哀也良アリテ俊基御目ヲ押拭ヒ北ノ方ノ御文ヲ開テ見給ヘハ消侘ス露ノ身ノ置所ナキニ付テモ何ノ為ニカ無キ世ノ別ト聞進ラセンスラント心ヲ砕リ涙ノ程御推量モ尚浅シヤト黒色タル御文ノ恨モハテヌ又御涙ハラ〳〵ト落ケルニサコソト思遣シカハ若干見物シケル貴賤皆袖ヲ濡スハ無リケリ硯ヤ有ト宣ヘハ前ヤ立ヨッテ取出シテ御前ニシリ人硯ノ中ナル小刀ニテ鬢ノ髪ヲ少シ切テ今ハノ際《キハ》ノ御文何ヨリモ嘉シノ見ルニ思ヲ添ツヽ魂ハ中〳〵ヨミ路ノ障《サワリ》トモ

成スヘツコソ候ヘ承候コトリ離深ニ出シ都ノ名残ニテ人角トシ申ヘキ
詞ノツテノ便モナク謂知ラス心ノ中モ色モタヘ御推量ニ餘リ又ヘシ倩《ツラ〳〵》夢
幻ノ世ヲ思ヘハ朝ノ霜夕ノ露尚モアリナル物ナラスシイハツ一ニシキナカ文ハ何
日ノ何時カハシトルヘキニハ是ヲ奇縁ノ便トメ實道ニ入セ給ハハ極楽浄土ノ宝池ニ
シテハ一蓮ノ実トモナリ契リ深クハ鳧《フ》雁鴛鴦ノ類トモナリ共ニ御法ヲ
囀《サエツリ》テ一水ノ面ニモ住ヘシナント筆モ嚢書止テ鬢ノ髪ヲ具シテ助光ニ
コソ給ケレ助光泣ニ請取テ懐ニ入テ泣沈ムアリサマニ主従ノ睦ト云ナカラ人
哀ニ覚ヘケレハ見ル者コトニ推ナヘテ袖ヲ濡スハ無リケリ千騎モ涙ニ咽テ
候ケルカ餘ニ時刻移ケレハ角テハ叶ヘシキトテ立アカリ修基ノ御前ニ跪テ
今ハ是ニテコソ候ヘ早ク〳〵ト申ケレハ修基其支ヲトテ敷皮ノ上ニ
居直テ疊紙取出メ頭ノアタリ推拭其紙ヲ引開テ閑ニ辞世ノ

頌シソ被書ケル。
去来ノ一句無亮モ無虫モ万ノ里雲尽キテ長江水澂シト
書置キ筆シ跡ノ蹤ソノキタルシ捧アケ給フ程コソアレ太刀ノ影後ニ見テ
見ヘシカハ御頸ハ敷皮ノ上ニ落タリケル我頸ヲ自抱テ臥給フサテ其
候ヒツヽト見物者ニテ立別レシカハサヒシキ路ノ夕風ニ草ノ露打拂ヒ
助光泣々空シキ死骸ニ抱キ付キ同シ道ニトモヘ焦レケルカ北ノ方サコソハ待遅
シト待カネサセ給ラメ今ハノ際ノ御有様御最後ノ御文シモ我ナラテハ
誰カ委ク申ヘキト思返テアタリノ鳥部野ニ息ノ薪取集メ做ラメ夕ノ
烟トナシ奉リ御骨ヲ取テ頸ニカケ都ヘトテソ上ケル北方是ヲハ夢ニ
モ知給ハス何カ助光カ雑殿ツレ進セテ上ランスランナト明暮待カネサ
セ給タル処ヘ助光計参タリケレハ助光ヲ待得テ御行末ヲ問ンスル

叓ノ喜サラトテ差モ真《シン》深キ人ノ御筆ヨリ外ニ顕テ何ニヤ助光御上ア
ルカ文海一人カサテ何御上ナカ被仰シナント尋問セ給ヘハ助光落ル涙ノ
シノシサヘカ子是コソト計申テ御文ヲ指アケタレハ北ノ方喜シゲニ手モカロク
御文ヲ被召披テ御覧スルニ墨ノ跡ノクラサクトト乱テヨボレケルシノ御覧シ
テ是ハ何ニヤト許被仰テ内ヘ入セ給ハスシテ縁ノ上ニ倒レ臥レ地ニ消終《ハテ》サセ給《タエニシ》カ
ト驚ク程ニシ見ヘサセ給ケル理哉花ノ春月ノ秋且カ程ノ跡故ニ不被知レ
知ヌ人ニタメニ名残シ慕ハ尋常ノ習ソカシ況ヤ是ハ連理ノ契不浅《ユウ》シテ
比翼ノ語ラヒ異ニテ他ニ兼テハ同穴ノ苔ノ下マテモト様ニナリシ兼言ノ一夜
ノ夢ト成ハテヽ知ヌ境ニ身ヲ苦シメ給ツコソ明暮ニ歎キ侘給シニ剰此
世ノ外ニ別ル聞召シ絶入セ給シハ識理哉トソ覚ヘタル御カイシヤクノ女房達モ驚テ
角扶ケ進セテ内ヘ入レ奉リ様々ニ労リ進セシカハ少シ気ツキ給ヒシカドモゲニ

憂物ハ命ニテ有ケル物ヲ本ヤラカリシ其際ニ兎ニモ角ニモ成ハテヽ若ヤ
ト計ヲ憑テ明シ暮シ申婆モナリ人今懸ル事ヲ見聞ノ業ニ中ヽ静ニ身
ヲカコチ給ヘトモ其モ叶ハヌ事ナレハ七日ニヽノ追善孝ヲ尽シ涯分御弔ヲ哀
ナリシ日数程モナリ人四十九日ニモ成シカハ今ハ誰ヲ憑ミニ何ヲ待ヘキ身ナラネハ
ニハシノ露ノ命ヲシカリヘキ草ノ上カリソメニ有共尋ヌヘキニ跡ストキヽ来盛《ダ》ニモナラ
ヌ也ノ御姿ヲ墨ノ衣ニ壙替御髪ニテハ自三尊一幅ノ来迎像ヲ縫
ハセ御座シ行耕寺ノ傍ニ柴ノ庵ヲシカリソメニ結ヘトモ申婆ナキ閑居ヲ
シメ一両ノ伴侶ヲ儲ケ二六時中ノ行業ニハ過去尊霊出離生死頓證
菩提ト祈テハ色ニ方ノ思出ヲ憂モ強《キ》面モ今更ニ涙ノ便ト成シカハ
墨染ノ袖花ナラヌト色替ルカト怪ニシ乾ソヒニモ無リケリシ助光モ聴テ
モトヽリ切リ御骨ヲ持テ頸ニカケ高野山ニ攀《ヨヂテ》上リ一心院閑寂リ備ニ

浮世ヲ厭ツヽ亡君ノ跡ヲ弔ケル夫婦ノ契君臣ノ儀ナキ跡ニテモ当
ニテ哀ナリシ事共也、

主上御出奔師賢ノ称天子号ノ事

去ヌル嘉暦二年ノ春ノ比南都ニハ大乗院ノ禅師ノ坊ト六方ノ大
衆ト確執ノ事アテ及シ合戦ヲ間兵火忽ニ出来テ金堂講堂南円
堂鐘楼経蔵西金堂焚ツ兵火ノ余烟ニ焼失ス是シコソ浅増キ事ト
申合シニ又元徳三年夏ノ比山門東塔ノ北谷ヨリ失火出来テ西王院
延命院大講堂法華堂常行堂ニ至ニテ一時ニ灰滅ス是
等ハ皆叡慮ヨリ事起テ修造ノ大功ヲ遂シカハ未来永劫経ヘシ
トモ子細非シトコソ思シニ此時ノ灰燼ト成シカハ是天下ノ変難ノ兼テ
知ル前表ヨト人皆肝ヲ冷ス処ニ同年七月三日大地震有テ紀伊

國ノ千里濱二十餘町皐ニ上テ陸地ト成ル同七日酉ノ刻ニ大地震有テ富士ノ
絶頂ノ崩ル事数百丈也ト注進ス卜部宿祢亀ヲ焼大亀ヲ占ニ陰陽博士
開占文ニ國王易位大臣逢災トアリ勘文ノ面不穏ナル可有御慎ト
密奏ス君モ臣モ一時ニ驚テ寺々ノ大寺處ニ地震占ハ文ニ沈ス
去夏ノ比ヨリ主上時有テ御不豫ニ近臣関東ヘ被召下ニ誅戮ノ罪責
ニ當ル其上天下尚踏危シ両テハ如何有ヘキトテ元徳三年ヲ改
テ元弘元年トソ申ケル同廿三日ニ城越後守二藤次郎左衛門
二階堂出羽入道々蘊大勢ニテ上洛ス依テ畿内近國勢共
馳上ル何事トハ不知京中以外ニ騒動スレトモ誰身ノ上トハ不知有ケル処
ニ何者カ云出シタリケル今度東使ノ上洛ハ主上ヲ遠國ヘ奉遷シ大塔
宮ヲ為可奉失也ト殊更山門ニ披露アリシカハ八月廿四日ノ夜ニ

大塔宮ヨリ潜ニ御使ヲ以テ主上ヘ被申ケルハ関東ノ兵使上洛ノ事ハ
皇居ヲ遠國ニ奉遷、卿雲客ヲ死罪ニ行ナヒ候ハン為ニテ候ナル也、カヤウ
ニテ御座事ハ不可叶候今夜ノ程ニ急キ南都ノ方ヘ臨幸成候ヘ
其故ハ禁裏ハ要害ノ簡略ニアラス官軍馳参ニ不遑山徒皇居ニ
襲来シテ防キ戦フニ無利道ニ智謀ヲ可無候且京都ノ敵ヲシモ遮リ
止メ又衆徒ノ心ヲシモ伺見候ハン為ニ近臣ヲ一人天子ノ号ヲシテ被
許今夜潜ニ山門ヘ被登候ヘ臨幸ノ由ヲ披露仕テ候ハヽ武家ノ
輩定テ山門ヲシテ攻候ハンスランサル程ナラハ衆徒モ吾山ヲ思フ故ニ身
命ヲ軽ンシテ防戦候ヘシ凶徒力ヲ尽キ合戦及ハヽ数日ニ畿内ノ官軍ヲ
被召テ都ニテ京都ヲ被攻シニ山徒ノ誅戮不可有疑國家ノ安危
天下治乱只此一挙ニテ候ト委細ニ被奏申ケリ主上則被聞

召サレサセ給ヘル計ニテ何ノ御沙汰ニモ不及ケルニ尹大納言師賢萬
里小路中納言藤房舎弟季房御前ニ候ケルカ此叓如何ト被
仰ケルニ藤房卿進テ被申ケルハ逆臣欲奉犯君ヲ之時且ク避テ其難ヲ
還テ保ツ國ヲ先蹤皆佳例ニテ候者ヲ所謂重耳ハ奔リ翟ニ大王去ル
邠《ヒンヲ》共ニ王業ヲ成テ子孫無窮ニ光栄ス免角御思案ニ及ハ夜モ深
候ヘ早々臨幸ヲ南都ヘ御急候ヘトテ三種ノ神器ヲ取テ御車ヲ
指寄下簾ヨリ出衣《キヌ》見セテ女房車ノ躰ニテ陽明門ヨリ奉成シ
門ノ守護ノ武士共御車ヲ押テ尋申ケルニ藤房季房供奉ニ候テ
中宮ノ夜ニ紛レ北山殿ヘ行啓ナルソト宣ケレハサテハトテ御車ヲソ通
ス一宮中務卿親王按察大納言公敏源中納言具行四条
少将宗顕大膳大夫重康蔵人判官清藤楽人兼秋随身

冬武ナト三条河原ニテ追付奉ル田中明神ノ御前ニテ御車ヨリ被
正張輿ニ召替サセ奉ルサレトモ俄ノ事也ハ駕輿丁モナケレハ重康
兼秋冬武ナト手々ニ御輿ヲ仕ル供奉ノ諸卿衣冠ヲ解テ折
帽子ニ直垂ヲ著シ七大寺詣スル京家ノ青侍ナトノ女性ヲ具足
シタル躰ニ見セ跡ヨリ追手ヤ懸ルラントテ肝心モ無テ行程ニ木津ノ地
蔵ヲ過サセ給ケル昨夜ハホノ〲トソ明タリケル程ニテ朝餉供御ヲ進テ
タリケレトモハカ〲敷モ不被聞召先ツ南都東南院ヘ被遣シテ御
輿ナト被召御乗輿ニテ入セ給フ此僧正ト申ハ故円光院ノ禅定
殿下ノ御息ニテ御叔父前大僧正聖忠ノ御弟子也真
言ハ三宝院ノ正流ニテ五相成身ノ秘奥ヲ極メ乾字ハ三論法灯
トシテハ不正観ノ深理ニ達シ給ケリサレハ大法秘法ノ公請ニハ多ク闍梨ノ

選ニ應シ清涼紫宸ノ論場ニハ久ク證誠ノ職ニ居シ給フ東大寺
ノ別當醍醐ノ座主共兼テ朝家ノ講宴ヲ専ニシ給ヘハ寺門ノ儀
アラシトテ今此大儀ヲシモ被憑仰ケルトカヤ聴テ北山松嶺寺ト云所
ヲ御所ニナシ主上臨幸ノ由披露セズ衆徒ノ心ヲ伺ヒ給ヘハ此比東室
顕實ヨリ勝院西室ノ院主ニテ関東ノ一族也シカハ権威ニ恐テ学衆
徒モサカリシカハ角テハ南都ノ皇居叶マシカリケリトテ次ノ日廿六日和束鷲
峯山ヘ入セ給ケリコヽハ文山深ク里遠シテ何事ノ計略モ叶マシケレハトテ
テ同廿七日潜幸ノ儀式ヲ引ツクロイ南都ノ衆徒サヘ被召具笠
置ノ岩屋ヘ臨幸ナル浅増カリシ事共也去程ニ尹大納言師賢卿ハ
主上内裏ヲ御出アリシ夜御伴ヲ被申タリシヲ大塔宮ヨリ様ニ
被仰子細アリシカハ臨幸ノ躰ニテ山門ヘ登リ衆徒ノ心ヲモ伺ヒ文官軍ヲ

付テ合戦シテモ致セト被仰含ニカハ、師賢卿ハ法性寺大路ヨリ袞龍ノ
御衣シ給リ、騎馬シ用輿ニ乗替テ山門西塔院ヘ臨幸ノ躰ニテ
被登ケリ、四条中納言隆資卿、二条中将為明朝臣、中院
中将定平朝臣皆衣冠ヲ正シクシテハ被供奉タリ、其ノ儀式、
厳重ニシテ見ヘシ、西塔ノ釈迦堂ヲ皇居トシテ主上山門ヲ御憑アテ
臨幸ノ由ヲ披露アリシカハ、山上坂下ハ不及申、大津・松本・志那・栢濱、
仰木・衣川・和尓・堅田ノ者ニテモ我不劣ト馳参ル間、其勢東西両塔ニ充満
シテ雲霞ノ如ニ見ヘタリケル、サリケレトモ六波羅ニハ曽テ是ヲハ不知、夜
明ケハ東使参内シテ先行幸ヲ六波羅ヘ可奉成ト評定スル処ニ、上林房ノ
阿闍梨豪誉カ許ヨリ六波羅ヘ使ヲ立テ、今夜丑寅ノ剋ニ主上、
吾山ヲ御憑アテ臨幸成候間、三千ノ衆徒悉ク馳参ス、其上ニ近国ノ勢ヲ

被召テ不日ニ六波羅ヘ可被参寄ト評定アリシ叓ノ大ニキラ又先ニ逸《イツ》キ御勢ヲ
坂本ヘ被向候ヘ武家参ラ後ロ矢仕リ主上ヲハ可奉取トソ告ケル両六
波羅関東ノ使撒ラキ強テ先ツ内裏ヘ池参メ叓様ヲ伺ニ主上ハ
御座モナシ云ロハ高町ノ女房達此彼《ココカシコ》指ツドイ泣声ノミソ聞ヘケル
サレハ主上山門ヘ臨幸ハ子細ナカリケルヤサラハ勢ノツカヌ先ニ山門ヲ可
致トテ四十八ケ所ノ篝ニ畿内五ケ國ノ勢ヲ相催シ都合其勢五
千餘騎追手ノ寄手ニテ赤山ノ麓《フモト》降松ヘソ向ケル搦《カラメ》手ノ大将ニハ
佐々木判官時信海東左近大夫将監仲家長井丹後
守宗衡筑後前司東知波多野上野前司宣通常陸前司
時朝ニ美濃尾張丹後但馬ノ勢ヲ相副テ都合其勢七千餘
騎大津松本ヲ経テ唐崎ノ松迄ニテソ寄ケル去程ニ坂本ニハ兼テ

ヨリ相圖シ被指タル事ナレハ妙法院大塔宮ノ西門未宵《ヨイ》ヨリモ八王子ヘ御
上有テ錦ノ御旗被挙ケニカハ御門徒ノ大衆五百人三百人馳参ル間
一夜ノ程ニ御勢ハ六千余騎ニソ成ニケル天台ノ座主シ始テ星霜旧ヌ
ト云ヘトモ忽解脱同相ノ法衣ヲヌカセ給テ堅甲利兵ノ御装ニヤツサセ給
事ハ未聞垂跡和光ノ砌モ忽ニ変シテ勇士守禦ノ壁ト成ニカハ神
慮モ可有ニ如何ト難ツ測《ハカリ》テ恐レ有リシテ
○東坂本合戦ノ事、
去程ニ六波羅勢既ニ戸津ノ辺ニテ寄タリトテ坂本ノ内騒動ス南岸ノ
円宗院中坊勝行坊ノ早雄同宿共取物モ不取敢ヘ唐崎ノ濱ヘ
打出ル其勢三百余人歩立ニテ切テ出ツ海東是ヲ見テ敵ハ小
勢也ケルソ後陣ノ勢ノ重ラヌ先ニ懸散サテハ叶マシトテ打寄タル

敵ノ真中ヘ一騎馳入テ悪禅坊ノ播磨ノ竪者快実ニ三尺八寸ノ小長刀、
水車ニ廻シテ切テ出ツ、海東是ヲ弓手ニウケテ甲ノ鉢ヲ打破ント打手
打ニシケルガ打ハヅシテ袖ノ冠ノ方ヨリ菱縫《ヌイ》ノ板マデ片筋カヘニ懸テ切
テソ落シケルニ、太刀ヲ餘ニツヨク切ントテ弓手ノ鐙ヲ踏折テ已ニ馬ヨリ
落ントシケルガ、条直ル処ヲ快実長刀ノ柄ヲ取延テキツサキアカリニ三
四度カラリカラリト内甲ヘ透間モナクソ入込シリケル、且ハ太刀ニテ合セシカ海東
喉笛ヲ被突切テ馬ヨリ倒ニ落ケリ、快実走懸テ海東カ総角ノ上ニ乗
懸リテ其ノ髪ヲ掴テ引アケ頸ヲ掻テ武家ノ大将一人ハ手ノ下ニテ
打止《トメ》タリ、物初吉ト喜テ喚テ続ク敵ヲ待懸タリ、然処ニ何者トハ不
知見物衆ノ中ヨリ年ノ程十四五計ナル児ノ髪唐輪ニ上タルカ麹塵ノ同
丸ニ襷ノソハ高ク取テ金作ノ太刀ヲ抜テ快実ニ走リ懸テ甲ノ鉢ヲ

ニツ三ツ勁ソ打タリケル、怵実見ヘシテ太眉ニテ金黒ナル児ノ艶ヘテ優ニ
ケナゲナリシカハ打止タランハ法師ノ身ニハ情ナシ打タシトスレハ手茂ク切テ
懸ケル間サテハ長刀ノ柄ニテ太刀ヲ打落シ組番ントシケル処ニ比叡辻者
共カ田ノ畴ニ立渡テ植矢ニ散々ニ射ケルニ此児ノ胸板ヲ射トシケル矢
庭ニ同トソ倒レニケルサテモ此児ハ何ナル者ソト尋レハ海東カ嫡子幸若申
ケル児也ケリ父カ留置ニ依テ軍ノ伴ヲハセサリケルカ尚モヲホツカナクヤ思ケン是
物ノ中ニ交テ候ケルカ父カ被討ヲ見テ堪カネ同ク打テ出テ共ニナキ名ヲ苔ノ
下ニシ遺ニケル哀ニ艶《ヤサ》ニカリシ振舞ナルハホメヌ者コソ無リケレ海東カ若党
共三人ノ主ノ目ノ前ニ討セ剰敵ニ首ヲ被取生テ皈ル者ヤ有トテ卅余騎ノ
者共ハ主ノ屍ヲ枕トシテ討死ニセントソ争ケル怵貴見ヘシカラヘクト打
懸心得ヌ者哉御為ニ達軍シテ敵ノ首ヲコソ取ントスルニ御方ノ首ヲ欲カルハ

武家自滅ノ前表カ欲ガ為ハスハトラセント云イヘハ持ケル海東カ首ヲ敵中ヘ
カハト抛入坂本様ノ拜切角コソ有レト旬テハ八方ヲ拂テ火ヲ散ス卅餘
騎ノ者トモ快賢一人ニ被切立馬ノ足ヲシツハ立カテタル佐々木三郎判官
時信見テヽシツ御方討タスナツヽケヤト下知シケレハ前田蒲崎木村馬淵
ヲ始トシテ三百餘騎シツメイテヽ切テ懸レハ快賢既ニ被討又ト見ヘケル処ニ
桂林坊ノ荒讃岐中坊ノ小相撲トテ三塔隠レナキ強ノ者左右ヨリ
渡合テ鋒《キツサキ》ヲ指合テ火ニ切テ廻リケリ其兵刃ノ交ル音休時且無リ
ケリサレトモ大勢ニ被取籠ラレ疲ナレハ快実ト讃岐トハ同一所ニテ被討ケリト
見テヽシ後陣ノ衆徒五十餘人長刀ノ鋒ヲ秋湖翠ニ争ハツヽイ天
切テソ出タリケル彼唐崎ト申ハ東ハ湖ニテ片崩也西ハ深田ニテ馬ノ
足モ不立平沙渺々トシテ路狭サレハ敵モ御方モ一面ニ進ム者計軍

シテ後陣ノ勢ハ後ニ見物シテソ扣ヘタル餘ニ唐崎ニ軍始タリト聞ヘシカハ
御門徒ノ勢三千餘騎白井ノ前ヨリ今路ヘ向フ本院ノ衆徒七千餘人鎮
ノ宮林ヨリ下ル和尓堅田ノ者共ハ小船三百餘艘ニ取乗テ敵ノ後ヲ
遮ントシテ大津ヲサシテ漕《コギ》廻ス六波羅勢見之テ前後ヲ被囲テハ叶ハシトヤ
思ケン志賀ノ閻魔王堂前ヲ横切ニ今路ニ懸テ引返ス衆徒ハ案内ノ
者共ハ此彼《ココカシコ》ノ殺所ニ待請テ散々ニ射ル京勢ハ皆無案内ニテ歩ハ足ニ
テ討レニケリ波多野カ郎等十三騎長井カ郎等十一騎谷底ニテ
ソ被討ケル佐々木判官時信ハ馬ヲ射サセテ乗替ヲ待程ニ大敵左右ヨリ
取籠テスハヤ被討ヌト見ヘケルヲ真野入道父子二人平井八郎主従二騎
馳合テ討死ス其外情ニ名ヲ執シ家ヲ諳代旧恩ノ若黨共ハ所々ニテ引
返々々防キ戦其間ニ出テ萬死ヲ逢ニ一生佐々木判官時信ハ白晝ニ

都ヘ引返ス此比ニテハ天下久閑ニテ軍ト云事ハ耳ニモ觸ヌ事ナニ俄ナル
不思議出来タル様ニ人皆周章シツヽ天地モ只今打カヘスヤト浅増
カリシ事共也世上此乱タル折節士ハ野心ノ者アテ取進スル事モ
ヤトテ昨日廿七日ノ巳ノ剋ニ持明院本院春宮両所六条殿ヨリ六波
羅ノ北方ヘ御幸ナル奉ル供奉ノ人々ニハ西園寺前右大臣兼季公三
条坊門大納言通顕西園寺大納言公宗勧修寺大納言経顕日
野前大納言資名日野宰相資明皆衣冠タヽシクシテ御車ニ副テ被
随ヘタル其外北面諸司格勤ハ大略狩衣ノ下ニ腹巻ヲ着透テ単
倒ニ風折烏帽子着タル者モアリ総テ洛中一時ニ変化シテ六ハ軍悉
ク奉圉翠華アリシ共是見聞驚シ耳目ヲ哀慟ノ声シツヽ含ケル浅
増カリシ事共也

一 山門ノ衆徒等心替事、

去程ニ山門ノ大衆ハ度〻ノ軍ニ打勝テ事、初ヨリ怯合ヘル事不斜侯
西塔ヲ皇居ニ被成シ条ハ本院ノ御為ニ面目ハ元暦ニハ後白河院山門ヲ
御憑ニアリシ時モ先ツ横川ヘ御登山アリシカ聴テ東塔南谷円融坊
コソ御移アリシカ、且ハ先蹤也、且ハ佳例也、早ク臨幸シテ本院ヘ可奉成之由
西塔院ヘ触送ル、西院ノ衆徒理ニ折テ急ニ為仙蹕ハ皇居ニ参
列ス、其折節深山下風烈シテ御簾ヲ吹挙タリケルニ龍顔ヲ奉拝シ
色ハ主上ニテハ御座サテ平大納言時忠卿ノ天子ノ袞衣ヲ着シ給ヘルニ
テソ有ケル、大衆等見テ、天狗ノ所行カト醒ス、其物色返ス様ニ参
仕スル衆徒ハ皆帰リケレハ、山門ハ何ナル野心カ出来ランスラント天師資隆資
ハ明ケテ山門ヲ落テ、当国皇居ヘ被参ケリ、後ニ護正院ノ僧都献全ハ

八王寺ノ一ノ木戸ヲシ堅メタリ児同宿引連テ六波羅ヘ降参ス上林坊阿闍梨豪誉ハ元ヨリ武家ニ心ヲ通セシカハ本塔宮ノ執事安居院ノ法印澄俊ヲ虜テ六波羅ヘ出ス是ヲ始トシテ一人二人落失ケル間今ハ光林坊源存律師妙光坊小相模中坊悪大輔ナントカ外ハ落留ル衆徒モ無リケリ角テハ叶ハ何ニテカ山門ニモ可忍《ココエ》トテ西門跡ハ八王寺ニ大篝火シ焼セ大勢ノ籠タル由ヲ見セテ戸津濱ヨリ小舟ニ被召残留ル衆徒ニ被召具石山ニテソ落サセ給ケル何様君御行末ヲモ奉尋承リ重テ計畧ヲモ可廻スサレハ西門主ニ一所ニ趣セ給ヘシ叓不可然トテ妙法院ハ鷲羅ヲ差テ趣給ヘハ本塔宮ハ熊野ノ方ヘ落南都ヘトテ趣キ給ケリ浅増哉サレトモヤム叓ナキニ一山貫首位ヲステ未習ハセ給ハヌ万里漂泊ノ旅ニ身ヲ浮セ給ヘハ醫王

生〻結縁モ悉ヤ限ナラント名残惜ノ竹園連枝ノ再會モ今ハ何ヲカ可
期トゾ御心細ク思召ケルハ理ニ隔タル御影ノ隠ルヽマデニ顧テ泣ニ東西ヘ行
別レ給ケル御心ノ中コソ哀ナレ抑今度主上誠ニ山門ヘ臨幸成ナルニ依テ
衆徒ノ心變メ一旦雖不叶事成倩《ツラツラ》案ニ事ノ情ヲ叡智ノ不浅処ヨリ出タリトゾ
申ケル昔強秦亡テ後漢ノ高祖ト楚ノ項羽ト國ヲ争フコト八ケ年軍シノ
挑《イトム》事ハ七十餘ケ度也其戦フコトニ項羽常ニ乗テ勝ニ高祖大ニ若重或
時高祖榮陽ノ城ニ籠ルニ項羽以兵ヲ囲城ヲ数百里也経テ日ヲ城中ニ
兵粮尽テ兵疲レケレハ高祖戦ントスルニ無力欲遁ント路ナシ爰ニ高祖ノ
臣ニ紀信ト云兵ハ高祖ニ向テ申ケルハ項羽今囲城ヲ千里也漢已ニ食
尽テ士卒又疲レタリ若兵ヲ出メ戦ハヽ漢必為ニ楚ノ擒トナラン然ラハ不
如只ハ欺テ敵ヲ城ヲ逃出ンニハ願ハ臣今化メ漢王ニ詐テ降ラン楚陣ニ楚比ニ

鮮テ囲シ得ハ臣シ漢王ハ逮城ノ道出給テ重テ起ル大軍ハ忽ニ亡シ趙給ヘ
シト申ケレハ高祖聞テシテ全ノ身ノ期シ後ノ義ニ雖有且ハ紀信カ忽ニ
降リ趙ニ殺セン事コソ不悲哉ヤ雖然ト高祖ノ為ニ社稷ヲ可キ軽ム身シアラストテ
参シ力ノ押ヘ涙ヲ暮シ別シキ紀信カ謀ニ随ヒ玉フ紀信悦テ自ラ漢王ノ
御衣ヲ着シ黄屋ノ車ニ乗テ左纛ヲ韓ツケテ人ニ高祖謝ノ罪ニ降ルト趙大王ニ嘆テ
城ノ東西ヨリ乄出タリケル楚ノ兵共聞テ鮮シ四面囲ミ一所ニ集リ兵皆
唱万歳ヲ北陣ニ高祖ハ随ヘ三十余騎シ城ノ西門ヨリ出テ成皐ヘソ落
給ケル夜明テ後降ル楚ニ漢王ヲ見レハ有モアラヌ紀信ト云臣下也項
羽大ニ怒テ遂ニ紀信ヲハ三脚ノ鼎ニ入テ煎殺シケルトカヤ其後高祖起メ
成皐ノ兵ヲ卒テ攻メ項羽ヲケルニ戦無ク利鳥江ト云所ニテ終ニ項羽ハ亡シ
ケリ其ヨリ高祖世ヲ取テ永ク続キ王業ヲ天下ノ主ト成ニケルサレハ今主

上モ懸ニ佳例ヲ思合セ出ニ謀仰付ラレシカハ師賢卿モカヤウノ忠節
ヲ致シ存テ衮衣ヲ著ニケルトカヤ彼ハ為ニ解カ敵ノ囲ヲ偽リ是ハ為ニ遮カ敵ノ
矣ツ謀ケリ秦漢時異ナリト云ヘトモ君臣合躰シタル謀ト誠ニ千載一
遇ノ忠貞須臾変化ノ智謀也ト感セヌ者モ無リケリ

太平記巻第二

巻第二　裏表紙

太平記

三

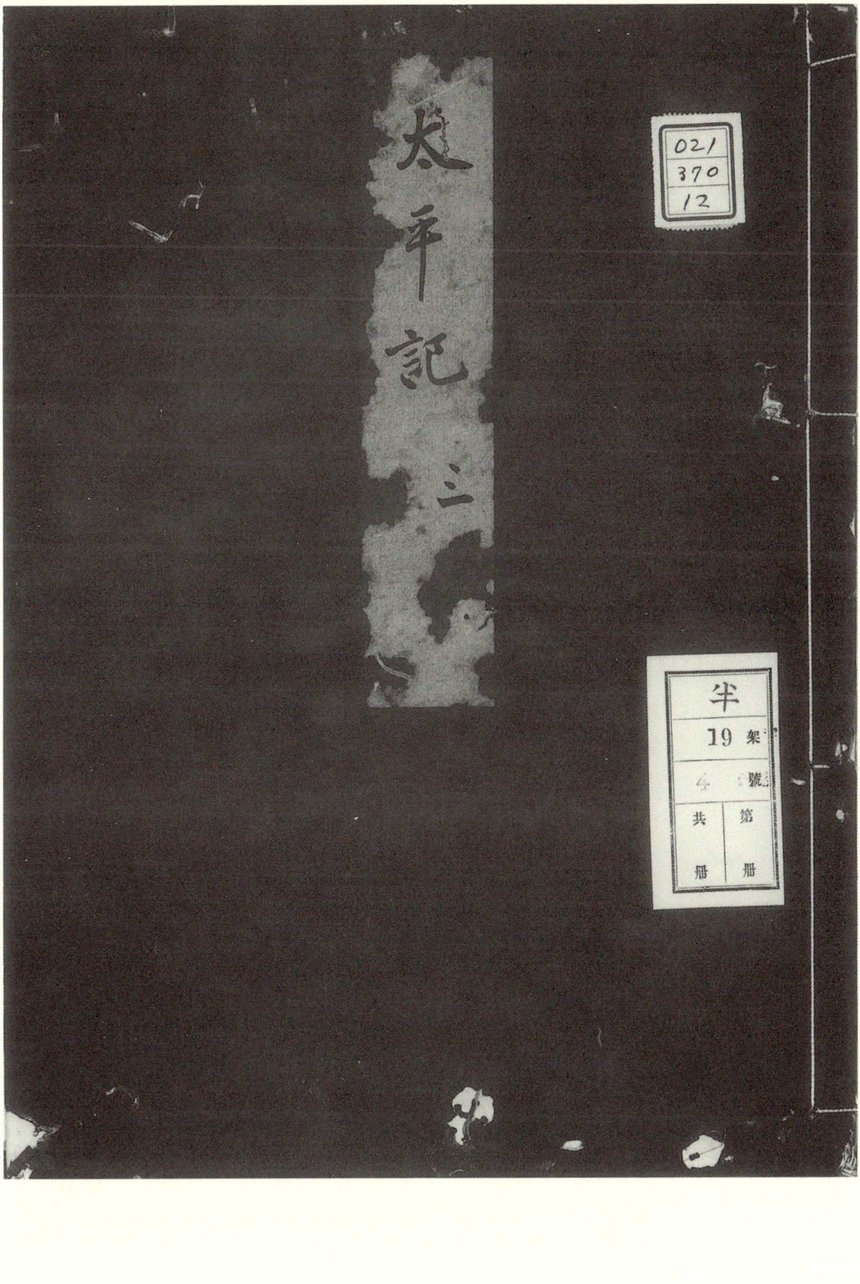
太平記 三
021
370
12
半
19 架
4 號
第 冊
共 冊

太平記巻第三

一 先帝笠置臨幸事

元弘元年八月廿七日主上笠置ニ臨幸成テ本堂ヲ皇居トソ被成ケル始一両日ノ程ハ武威ニ恐テ参リ仕ル人独モ無《なかり》ケルカ東坂本ノ軍ニ波羅蜜ノ打負テ海東ヲ始ト〆数輩打死シヌト聞エシカハ当寺ノ衆徒ヲ始ト〆近国ノ兵共彼此《カレコレ》ヨリ馳参ル集列モ不切ケレトモ未名字モアリ若黨ノ百騎トモ打セタル者ハ一人モ不参ケリ此ハ加様ニテハ皇居警固如何有ヘキトテ主上思召煩セ給ケル處ニ真寐《マトロミ》御座御夢ニ所ハ紫宸殿ノ庭前ト覚タル地ニ大ナル常葉木アリ緑陰茂テ南ヘ指ル枝殊栄ヘ蔓其下ニ三公九卿依テ位ニ列座ス南ヘ向タル上座ニ御座ノ畳ヲ高布テ未座ニシタル人モ無シ主上御夢ノ心ニ誰設《マウケ》ノ為ノ

座席哉サラント怪思召テ立給ケル所ニ鬟《ビンツラ》結タル童子二人忽然トメ来テ
主上ノ御前ニ跪テ涙ヲ袖ニ懸テ申ケルハ一天下ノ間ニ暫モ御身可蔵所候ハス、
但アノ木陰ニ南ヘ栄タル枝下ニ座席アリ是御為ニ設タル玉扆ニテ
候ヘ暫リ此ニ御座候ヘキト奏メ童子ハ遥ノ天ニ登去ニケリ御夢ハ醒テ、
主上倩御了簡有ニ抑天告処可有由ト文字ニ付テ御夢想ト
セハ木ニ南ト書タルハ楠ト云字也其陰ニ南ニ向テ座セヨト二人ノ童子ノ
教ヘツルハ朕二度南面ノ徳ヲ治テ天下ノ士ヲ令朝スル所ヲ日光月光ノ
二童子此ニ天降テ被示ケリト御夢ヲ被合テ憑敷ヲ思召ケル夜
明ケレハ当寺ノ衆徒成就坊律師ヲ被召若此辺ニ楠ト謂ル武士ヤ
有ト御尋アリケレハ律師畏テイヤ此辺ニ左様ノ名字付タル者有トモ
未承及候河内国金剛山ノ西ニコソ楠多門兵衛正成トテ弓矢ツ

取《テ》猿者《アリ》上人《ニモ》被知《タル》者《ハ》候《ナル》是《ハ》敏達天皇四代孫井手
左大臣橘《ノ》諸兄《ノ》卿《ノ》後胤《タリトいへトモ》民間《ニ》下《テ》年久《シ》彼《カ》母若《カリシ》
時信貴毘沙門《ニ》百日参詣《シテ》或夜錦帳《ノ》内《ヨリ》玉《ヲ》給《ト》夢《ニ》見《テ》
儲《タル》子《ニテ》童名《ヲハ》多聞《トハ》付《テ》候之《トソ》奏申《ケル》主上具《ニ》聞召《テ》
其《ハ》今夜《ノ》夢《ノ》告《ニハ》是也《ケリ》ト思召《ケレハ》頻《ニテ》正成《ヲソ》被召《ケル》正
成宣旨《ノ》趣拝見《シテ》不肖《ノ》身上聞《ニ》達《スル》事生前《ノ》面目何事《カ》是《ニ》
可過《ト》思《ケレハ》是非《ノ》思案《ニモ》不及聴《テ》先《ツ》笠置《ノ》皇居《ニ》参《リタリケル》
主上万里小路中納言藤房卿《ヲ》以《テ》被仰出《ケルハ》東夷征罰《ノ》
事正成《ヲ》憑思召《ニ》子細有《テ》勅宣《ヲ》被下《ル》処《ニ》時剋《ヲ》不遷馳参《ル》条
叡感不浅所也抑天下草創《ノ》事如何《ナル》謀《ヲ》運《テカ》勝《コトヲ》
一時《ニ》決《メ》治《ヲ》四海《ニ》可致《キ》所存《ヲ》不残《一々ニ》申奏《スト》勅《ヲ》被下《ケレハ》

正成畏テ申ケルハ東夷近日ノ大逆只天ノ譴ヲ招キ候上ハ衰乱ノ弊ニ
乗テ天誅ヲ致サンニ何ノ子細カ候ベキ但天下草創ノ功ハ武略智謀ノ
二ニテ候若勢ヲ并テ戦ハヾ六十余州ノ兵ヲ集テ武蔵相模ノ両国ニ
對ストモ勝ヲ得ガタシ若謀ヲ以テ争戦ハヾ東夷ノ武力只摧キ利ヲ
破堅ヲ莫欺ニ易メ懼ルニ不足処也合戦ノ習ニテ候ヘバ一旦ノ勝負ヲバ
必シモ不可御覧ス正成一人未生テ有ト聞召候ハ聖運遂
ニハ開ト思召候ヘト憑シク氣ニ勅申テ正成ハ河内ヘソ帰ケル
今ハ六波羅勢攻ニ笠置ヲシテ支ヘ
去程ニ主上笠置ニ御座有テ近国勢共被召由京都ヘ聞ヘケレハ
山門ノ大衆又力ヲ得テ六波羅ヘ寄事モ哉有ラムズラントテ佐々
木大夫判官時信ヲ大津ヘ指向テ防兵ニヲ被置ケル是モ猶勢少ヘ

シトテ丹波國住人久下、中澤ノ一族等ヲ指副テ八百余騎大津ノ東
面ノ宿ニ陣ヲ取タリケル懸シカハ留置ノ官軍共モ都エ攻上ル
由聞巻ノ説驚耳ケル所ニ九月一日六波羅ノ両検断糟谷三郎
宗秋、隅田二郎左衛門五百余騎ニテ宇治平等院エ打出テ
軍勢ノ着到ヲ付タリケルニ依テ諸國ノ軍勢共引モ切ラズ馳集
ケル間十万余騎ニ成ニケリ其ハ頓テ明日巳刻ニ推寄テ矢合シ
スヘシト定タリケルヲ高橋又四郎小串南安藝守等抜懸シテ独高
名ヲ備ントヤ思ケン一族僅ノ勢ニテ笠置城エソ推寄タル騎識ニ由ヘ数ソレ
見エサリケル城ニ立籠ル所ノ官軍ハサニテ大勢ナラネトモ勇氣未撓天下ノ
機ヲ呑テ回天ノ力ヲ出サント思エル兵共ナリケレハ何カハ些モ猶豫スヘキ敵ノ
小勢ナルヲ見テ笠置ノ麓ニ皈テ五百余騎ヲ二手ニ分テ高橋小串カ

勢ヲ取籠一人モ不餘ト攻メケル高橋小早河戦負引ケルカ古津川ノ逆巻水ニ追浸セテ討ルヽ者其数ヲ不知ケリ又命ハカリヲ助ル者モ馬物具ヲステヽ赤ハダカニ成テ白晝ニ京ヘ逃上ル見苦カリシ有様也是ヲ見テ何ナル者カシタリケン平等院ノ橋爪ニ一首ノ哥ヲ札ニ書テソ立テタリケル

○古津川瀬々ノ岩浪ハヤケレハカケテ程ナク落ル高橋

高橋カヌケカケシ跡ニテ引ハ人ニ立テ高名セント跡ニ續テ寄ケル小早河モ一度ニ皆追立ラレテ宇治ニテ討タリト聞エケレハ又札ヲ立ソヘテ

○カケモエヌ高橋落テ行水ニウキ名ヲナカス小早河カナ

高橋小早河初度ノ軍ニ為損シテ笠置城ハ勝ニ乗ト聞シカハ國々ノ勢馳集テ雖義ナル支モコソアレ時日ヲ不移推寄ヨトテ両検断宗徒

ニテ四方ノ手分シテ同九月二日笠置城ヘ發向ス南手ニハ五畿内五
ケ國ノ兵其勢四千六百余騎玄明山ノ後ノ山ヲ廻テ搦手ヘソ廻ケル
北手ニハ山陰道八ケ國ノ兵ヲ率テ都合其勢二万五千余騎
梨間ノ宿ノ端ヨリ市野辺山ノ麓ヲ廻テ追手ヘソ向ケル東手ニハ東
海道十五ケ國ノ内伊賀伊勢尾張三河遠江ノ勢是モ一万五
千余騎伊賀路ヲ廻テ金山越シ推寄ル西手ニハ山陽道八ケ國ノ
勢三万余騎木津河ノハタヲ上リニ岸ノ上ナル岨道ヲ二手ニ分テ推
寄ル四方四五里カ其間ハ天地モ不残充滿タリ去程ニ九月二日ノ
卯剋ニ四方ノ寄手相近テ同時ニ聲ヲ揚ケレハ天地モ動ハカリ也
流鏑声發メハ左右ノ嶺ニ調レトモ城中ハ静マリ却テ時ノ声シモ
不合當ノ矢シモ射サリケリ彼笠置ノ城ト申ハ山高ニテ一片ノ白ニヲ

埋ミ巖シ谷深メハ万仞ノ青岩遙ニ路ヲ遮リ攀折ル道ヲ廻テ登ル事
十八町岩ヲ切テ堀トシ石ヲ畳テ屏トセリサレハ縦ヒ防戦ズトモ輙ク
登事ヲ難得セトモ城中鳴ヲ静テ人有トモ見エザリケレハ敵ハヤ落タリ
ト心得テ四方ノ寄手二万余騎葛ノカツラニ取付岩ノ上ヲ伝テ一ノ木戸ノ
口二王堂ノ辺ニテアガリケル処ニテ一息休城中ヲ屹ト見上タレハ錦ノ御
旗ニ日月ヲ金銀ニテ打付タルガ白日ニ耀テ粲然タリ其陰ニ透間モナク人
冑タル武者三千余人甲ノ星ヲ耀シ冑ノ袖ヲ列テ雲霞ノ如ニ並居
タリ其外櫓ノ上狭間ノ陰ニハ射手ト覚キ者共弓ノ弦ヲ食湿シ矢結テ
解推寛中指ニ鼻油引テ闕リ却テ待懸タリ其ノ勢決然敢テ
可攻様無リケレハ寄手一万余騎是ヲ見テ進退共ニキハマリシカハ、
不成心ヲ支タリ良暫有テ木戸ノ上ナル櫓ヨリ挾間ノ板ヲ八文

字ニ推開テ高ラカニ申ケルハ三河国ノ住人足助二郎重憲天下一天ノ
君ニ憑ル進テ此城ノ一ノ関《キトシ》堅タリ前陣ニ進タル旌ハ美濃尾張ノ
人々ノ旌ト見ハ僻目《ヒガ》カ十善ノ君ノ御座アル城ナハ六波羅殿ノ御向有
ランズラント心得テ御儲ニ大和鍛冶共ノ打鍛タル鏃共少々試給ヘト云候ニ
三人張ノ弓ニ十三束二臥ノ征矢覓カヅキノ上ニテ引懸テ度ルハカリ
引シホリヒヤウド切テゾ放ケル遙ナ谷一隔テ二町余カ外ニ列エタル荒尾ノ
九郎カ鎧ノ千檀ノ板右ノ脇ニテ射徹テ矢鏃紅ニ染テ出タリケル一
矢ナレトモ究竟ノ所ヲ而モ精兵ニ被射徹テ荒尾馬ヨリ倒ニ落テ
起モ直ス死ニケリ舎弟ノ弥五郎是ヲ見テ敵ニ見セシト矢面ニ立隠テ楯ノ
端ヨリ進出テ申ケルハ足助殿ノ御弓勢日来承程ハ無リケリ差ツ
遊《バシ》候ヘ物具ノ仁《サネ》程試ント欺テ弦走シ拍テゾ立タリケル足助是ヲ聞テ

此者ノ云様何様鏁ニ腹巻ヲ重タレハゾ先ノ矢ヲ見ナガラ又其ヲ射ヨトハ敵
ラン若サモアラハ鎧ノ上ハ箆碎ケ鏃折テ通ラヌ事モ有ヘシ甲ノ真
向ヲ射タランニナドカ碎テ通ラザランヤト思案シ胡籙ヨリ金磁頭一ツ抜
出テ鼻油引鎧ノ高紐ノ推ハヅシ十三束三臥先ヨリモ猶引シホリテ
弦音高ク切テハナツニ矢所更ニ不違荒尾弥五郎カ甲ノ真向ノ金物ノ上
二寸バカリ射碎テ眉間ノ只中ヲ皆巻責テ立タレハ二言トモ不謂死
弟同枕ニ倒重テソ臥ニケル懸ル所ニ山田太郎四郎重綱二人ノ御方ヲシ
ノリ超テ屏ニ付ントスル所ニ甲ノ手返被射テ引退々々吟ノ嘆《シメキサケンテ或本》テ責戦フ
矢叫ノ音時ノ声ハ暫モ止時無リケレハ大山モ崩テ成海ト軸モ折テ
忽ニ沈地ニトゾ覚タル晩景ニ成ケレハ寄手弥重テ持楯ヲ突《ツキ》寄ヲ
ニ関逆木ヲ乗越々々攻入ケル間官軍利ヲ失テ此ニ散テ見ヘケ

ル処ニ南都ノ般若寺ヨリ巻数ノ使ニ参リケル本性坊ト云大力ノ律
僧是ヲ見テ折伏ノ利大悲ノ方便ナレハ何カ是ヲ可不助トテ褊
衫ノ袖ヲ結テ肩ニ懸木テ戸ヨリ外ニ進出テ大盤石ノ有ケルヲ鞠《マリ》
ノ勢ニ引欠《カキ》ヘテ二三十連ニシテ抛タリケル数万ノ寄手共楯ノ板
微塵ニ打砕テ埣《ケット》モ此石ニ当ル者死傷セズト無云事サレハ東西ノ
坂ニハ馬人弥《イヤ》カ上ニ落重テ深キ谷モ被埋テ戸ハ路渓ニ漂リサレハ谷
泉川ノ流血ニ成テ紅葉ノ影ヲ行水ノ紅ノ中ニ不異是ヨリ後ハ寄
手雖如ト雲霞ノ城ヲ攻ント云者独モ無只城ノ四方ノ山々ニ谷ヲ隔
テ鹿ヲ越テ遠攻ニコソシタリケレ角テ十余日ヲ経ケル程ニ同十一日
河内国ヨリ早馬ヲ打テ楠兵衛正成ト云者主上ニ憑レ進セテ
挙《ル》旗ヲ向志有《アル》物ハ同心シ志無《キ》物ハ東西ヘ迯《ニケ》隠《カクル》聴テ国中ノ民

屋シ追捕メ已テ館ノ上ナル青坂山ニ城郭シ構兵粮手ノ逆運入レテ、官軍五百余騎立籠ル御退治有ラ延引者ハ事《コト》難儀ニ及ヒ候ヘシ急御勢ソ可被向トゾ申ケル是シコソ珎事ト騒所ニ同十三日備後國ヨリ早馬打テ櫻山四良入道同一族等錦ノ御旗シ挙當國一宮ヲ城郭トメ立籠ル間近國ノ逆徒馳加ハテ其勢七百余騎國中シ打靡シ剰ヘ他國エ打越ント企候ヘ夜ヲ日ニ續テ討手ヲ不被下ハ御大変ニ及ヘシ御油断不可有トソ告タリケル前ニハ笠置城強クシテ國ニノ大勢日夜責トモ未落後ニハ楠木櫻山逆徒等大ニ起テ使者日々ニ急シ告《ツク》南蠻北狄ハ已乱タリ東夷西戎モ如何有ランズラント六波羅北方駿河守範貞ハ安キ心モ無ケリ

（東國ノ勢上洛ノ事）

依テ之ニ自々早馬ヲ打重テ東國エ勢ヲ被乞ケレハ相模入道大ニ驚テ
忩テサラハ頻テ打手ヲ指上不日ニ彼所ヲ可退治トテ一門他家軍勢
六十三人ヲ催テソ上セラレケル其大将軍ニハ大佛陸奥守貞直、金
澤右馬助貞冬、遠江左近大夫将監治時 足利治部大輔高氏
舎弟兵部大輔直義 侍大将ニハ長崎四郎左衛門尉高時、
是ニ馳加ル兵ニハ三浦介入道 武田甲斐二郎左衛門尉、椎名孫八
入道 結城上野入道 小山出羽入道、佐竹上総入道、長井四郎左
衛門入道民家 美作守 土屋安藝守 梶原上野太郎左衛
門尉 那須《ナス》加賀守 岩城《イハキ》二郎入道 佐野安房弥太郎 木村二郎
左衛門尉 宇都宮安藝前司 同肥後権守 葛西三郎兵衛尉、
寒河弥四郎 相馬左衛門二郎 南部三郎二郎 毛利丹後前

司那波左近大夫将監、一宮民部大夫、土肥佐渡前司、木内山城前
司、上野七郎三郎、長井治部少輔、同備前太郎、同情民部大輔、
大道、筑後前司、下総入道、山城左衛門大夫、宇都宮美濃入道、
岩崎弾正左衛門尉、高久孫三郎、田村刑部大輔、伊達入道、坂、
東八平氏、武蔵七党、入江・蒲原ノ一族等ヲ始トシテ都合其数
廿万七千六百余騎九月八日鎌倉ヲ立テ同廿三日前陣ハ
已ニ美濃尾張ノ國ニ着ケバ後陣ハ猶未タ高志二村ノ嵩ニ支タリ
懸シカハ此大勢ヲ以テ笠置ノ城ヲ攻落サス事ハ有シト憑シ未ニ
懸テ待居ヌル処ニ備中国住人陶山藤三郎高通、小見山次郎氏
真ハ六波羅ノ催促ニ随ヒ此城エ向テ河向ニ陣ヲ取テ居タリケルカ東小
国ノ大勢已ニ近江国ニ近付ヌト聞シカハ一族若党共ヲ呼集テ申

乞ハ御遏逢ハ如何思給フ此間数日ノ合戦ニ石ニ打レ矢ニ當テ失スル
ハ尸骸ハ未乾ニ名ハ先立テ消去ス同ク死スル命ゾ人目ニ餘ル程ノ軍ヲ
シテ打レナハ名ハ千載ニ留テ恩賞ハ子孫ノ家ヲ耀カサン倩平家ノ乱ヨ
リ以来大對ノ者トテ名ヲ古今ニ揚ル者ゾ案ルニ何モ其レ程ノ高名トハ
不覚ヘ先佐々木三郎カ藤戸ノ渡シノ渡タリシハ案内者ノ態也同四郎高
綱カ宇治川ノ渡シハ生ズキガ為ス所也熊谷平山カ一谷ノ先駈ハ
後陣ノ大勢ヲ憑ム故也梶原平三カ二度ノ懸ハ源太ヲ助ケン為
也是等ヲシダニ今ノ世ニデ語リ傳テ名ヲ天下ニ雨《フラ》スカシ何況ヤ日本國ノ
武士共カ集テ数月攻トモ落シ得ヌ此城ヲ我等カ勢バカリニテシ
攻落タラシハ名ハ古今ノ間ニ無双忠ハ万人ノ上ニ立ヘシイサヤ殿原今夜ノ
雨風ノ交ニ城中エ忍入テ一夜討テ天下ノ人ニ目ヲ醒サント謂ケレハ一族若

黨五十余人モ可然ドゾ同ジケル是皆千ニ一モ生テ皈ル者アラジト思切
タル事ナレバ業テノ死出立ニ曼荼羅ヲ書テ面々ニ着ケルニ差縄十
丈バカリ長シテ一筋一尺バカリシキテハ結合々々シテ其端ニ熊手ヲ結付
テ持タリ是ハ岩石ナムドノ通ラレザラム所ヲバ木ノ枝岩ノ倒ニ打懸テ登ン
為ノ支度也其夜ハ九月晦日ノ事ナレバ目指トモ知ヌニ暗ニ雨風烈
吹テ面ヲ可向様モ無ケルニ五十余人ノ者共太刀ヲ背ニ負カシ後ニ
指テ城ノ北ニ當タル岩壁ノ数百丈嵬テ鳥モ翔匝所ヨリ登ル勢ノ
程コソヤサシケレ二町バカリハ兎角シテ登ヌ一段高キ所ニ屏風ヲ立ルガ如
ナル岩重テ古松枝ヲ低レ蒼苔露滑也爰ニ至テ人皆如何ントモ
可為様無シテ遥ニ向上テ立タリケル所ニ陶山ガ中間ノ有ケルガ岩ノ上ヲ
伝上テ件ノ差縄ヲ上ル木ノ枝ニ打懸テ岩ノ上ヨリ抛下タリケルニ縁

ナル兵トモ皆是ニ取付テ第一ノ難所シハ易ヒトゾ登ニケル是ヨリ上ニハ峻
岨無シハ或葛ノ根ニ取付或苔ノ上シ躡テゾ二時バカリニ辛ヒテ屏ノ際ニテ付ニ
ケリ爰ニテ一息付テ各屏シ登リ越夜廻ノ通ケル跡ニ付テ先ツ城中ノ案
内シツ見タリケル大手ノ関西ノ坂口シハ伊賀伊勢ノ兵千餘騎ニテ堅
タリ搦手ニ對エル東出屏ノ口シハ大和河内ノ勢五百余騎ニテ堅タリト
南ノ坂仁王堂ノ前シハ和泉紀伊國ノ勢七百余騎ニテ堅タリ北ノ
口一方ハ峻シク嶮ニケルニヤ警固ノ兵シハ一人モ不置唯云甲斐ナゲ
ナル下部トモ二三人櫓ノ下ニ薦シ張リ篝火シ焼テ眠居タリ陶山
小見山城シ廻テ四方ノ陣ヲハ見澄シヌ皇居ハ何哉ラムト伺テ本堂ノ方ヘ
行所ニ或役所ノ者トモ是シ聞付テ大勢ニテ潜ニ爰シ通ルハ誰ソト怪キ
物哉トモ咎メケレハ陶山吉次取アヘズ是ハ大和勢テ候トモ今夜ハ餘ニ雨風烈テ

物サハガシク候間夜盗ヤ入候ハンズラント存テ夜廻仕候也ト答ヘシハ識ニモト
訝音シテ又問事モ無リケリ是ヨリ後ハ中々忍タル時モ無ク御陣々ニ御
用心候エト高ラカニ呼テ開ケト本堂エゾ参ケル石階《ダン》ヲ登テ見レハ是ゾ
皇后ト覚敷テ蠟燭アマタ所ニ被燃テ振鈴ノ声也衣冠ナル人、三
四人大床ニ祠候メ警固ノ武士ニ誰カ候ト尋ラルレハ其國ノ誰カシト名字
ヲ委ク名乗テ廻廊ニシカト並居タリ陥山皇后ノ様見澄テ今ハセウト
思ケレハ鎮守ノ御前ニテ一礼ヲ致シ本堂ノ上ナル岸エ上テ人ナキ坊ノアリケ
ルニ火ヲ懸テ同音ニ時ヲシテ揚タリケレハ四方ノ寄手是ヲ聞テスハヤ城中ニハ
返忠ノ者出来テ火ヲ懸タルハ時ノ音ヲ合コトテ追手搦手卅万騎声
ヲ時ヲ合セレハ其声天地ニ響キ如何ナル須弥ノ八万由旬ナリトモ崩ヌヘクゾ聞エ
ケル陥山ガ五十余人ノ兵トモ城ノ案内ハ只今能見置タリ此《ココノ》役所ニ大懸

テハ彼ニ時ノ声ヲ揚彼ニ時ヲ作テハ此ノ櫓ニ火ヲカケ四角八方ニ走廻テ
其勢山中ニ充満タル様ニ聞エシカハ陣ヲ堅タル官軍トモ城ノ内ニ敵
ノ大勢攻入タリト心得テ物具ヲ脱捨弓矢ヲカナクリ捨テ堀ニ懸ト
不謂倒周章《アハテ》テゝ落行ケル錦織判官代是ヲ見テ蓬《キタナキ》者ノ行跡《フルマイ》哉
十善ノ君ニ憑レ奉テ六波羅ノ敵ニ討ル程ノ者敵大勢ナレハトテ戦
ハテ逃様ヤアル何ノ為ニ可惜命ヲ遁セヤ人終《ハテ》共ト呼テ向敵ニ走懸
ヒヽ大裸抜ニ成テノ戦ケル矢種ニ尽太刀折ヌレハ聖運遂天命ニ不叶
我等カ武運是ニテ也トテ親子若黨十三人ニ一所ニテ腹切テ戦
場ニ名シツノ遺ケル、

笠置ノ城没落ノ事、

去程ニ類火東西ヨリ吹覆テ餘烟皇居ニ懸リシカハ主上ヲ始進セ

テ宮ハ卿相雲客皆徒跣ニテ何シ指トモ無ク足ニ任テ落サセ給フ
有様此ントスルニ類モ無シ唯泣トモ莫ヌ悲ノ涙直衣ノ袖シホリ潤ケル娘ノ
程コソ主上シ扶進前後ニ御伴被申ケル雨烈ク道暗シテ兵時ノ
声彼閧ニカハ次第々々ニ別々ニ成テ藤房季房二人ノ外ハ君ノ
御手シ引進スル人モ無リケリ角テハ不叶トテ参ッ十善ノ天子玉躰シ
田夫野人ノ形ニ換サセモ不知蹤迷ハセ給御有様ノ思遣コソ哀ナレ
何ニモシテ今夜ノ内ニ金對山ニテト御意ハカリシ参セサセ御ハセシカ共徒ニ
モ未習給ヌ御歩行ナレハ夢路シタトル御心治シテ一足ニハ休ニ
足ニハ立止リ昼ハ路ノ傍ナル青塚緑松ノ陰ニ隠サセ給ヒ寒草ノ
疎ナルシ御座茵夜ハ人モ通ラヌ野原ノ露ニ分迷セ給エハ羅穀
ノ御袖干《カワク》間モ涙懸ヌ時ゾナキ兎角メ日夜三日ニ大和国高

前郡ニ有王山ト云処ニテゾ落着セ給ケリ藤房季房モ三日ニテ、
食絶ケレハ足跛身疲テ今ハ如何ニ目ニ遇トモ一足モ行ヘキ心地モ為
サリケレハ無力岩谷ノ岩ヲ枕ニテ君臣兄弟諸共ニウツヽノ夢ニ臥給
フ御心ノ内コソ疲レケレサラヌダニ習セ給ハヌ旅子ハ悲カルヘキニ夜嵐一
シキリニ松ニ音メ過ケルヲ雨ノ降カト聞食テ木陰ニ寄セ給ヒヌレハ下
露ノハラ〳〵ト御袖ニカヽリケルヲ主上被御覧テ
○指テ行笠置ノ山ヲ出シヨリ雨カ下ニハ隠家モナシト、
被仰ケレハ藤房卿奉リ識ニサコソハ宸襟ヲ傷シメ御座ラムト
悲ノ覚ケレハ
○イカニセム憑影トテ立寄レハ猶袖ヌラス松ノ下露、ト
仕リ君モ臣モ諸共ニ草ノ露ヲ拂ヒ苔ムセル岩ノ有ケルヲ御座トメ

只ハ抑何ト成行世中ソヤ治世ノ程ハ何ト無ク万政叡慮ニモ不任トハ有
ヘトモ是ニテノ事ハ無物ソ天照太神正八幡宮モ如何照見シ給ラン浅
増哉十善天子ノ忽ニ外都ニ行在シテ逆臣ノ為ニ是ニ逢事モ類有
トハ謂トモ未聴ル様ソハ不聞トテ御涙ニ咽セ給エハ藤房モサコ
ソト思レテソゾロニ袖ヲソ絞ラレケル、

○先帝被囚《トラハ》給フ事、

懸ル所ニ山城國ノ住人深須入道松井蔵人二人此邊ノ案内者
ナレハ山寺ニ残所ナク扱奉リケレハ皇居隠レ無テ尋出サレサセ給
ケリ藤房季房ハ道メ時《トコロ》世ト思定ラレケレハ腹ヲ切ントシ給ケルシヲ
主上トカク被仰ケレハ子細有ニカハ且　給ケル其間ニ深須入道スキニモ
無ク御前近ク参ケル主上誠ニ魅《シソロシ》氣《ケ》ナル御氣色ニテ人海等心有ル

者共ハ美恩ヲ戴テ私ノ栄花ヲ期セヨト被仰出ケレハ深須大道
識ニ御痛敷見進セシカハサラハ此君ヲ隠シ奉テ挙ニ義兵ハツ叡
襟ヲ慰進セハヤト思ケレトモ跡ニ續テ扱奉ル松井カ所存ハカリ
難ケレハ綺ノ滿易メ道ノ成匠カラ去夏ヲ憚テ終ニ勅命ヲ黙止敢奉
リケルコソノウタテケレ儀ノコトナレハ綱代輿メニモ乗テ怪ナル張輿ヲ尋
出テ扶乗セ進テ先南都ノ内山ヱツ道ヲ急キケル兵前後ニ囲テ遷幸ニ
奉シカハ武士トモ道ニ充満シテ貴賤衢ニ群集ス是ヲ見参セケル共毎ニ
唯謂帝ノ憂甚ニ被囚越王ノ会稽ニ下シ昔ノ憂メモ是ニハ不過ト涙ヲ
毎袖ヲ濕ソカハリケル主上加様ニ成セ給ノ上ハ此彼ニテ囚給シ人々数ヲ
不知其内ニモ一宮中務卿親王第二宮妙法院尊澄法親王
峯僧正春雅東南院僧正聖尋万里小路大納言宣房子

息中納言藤房其弟宰相季房花山院大納言師賢按
察大納言公敏源中納言具行侍従ニハ中納言公明別当ニハ
左衛門督実世平宰相成輔千条中将為明一条中将行
房六条左少将忠顕中院源少将良定四条左中将隆兼
安居院法印澄俊北面諸家侍共南都大衆北嶺
衆徒惣テ百六十余人也右衛門大夫氏信右馬兵衛重定
大夫将監兼秋左近将監宗秋雅楽兵衛尉則秋大
学助長朝大河原七郎左衛門有重近藤三郎左衛門
宗光南都大衆ニハ俊増教密行海山徒ニハ勝行房定快僧
禅坊静暹乗覚坊実尊惣六十一人也此外留置御出
奔之刻洛中洛外ニテ捕之其所従眷属共ニ至マテ未

数渉遑或菴輿ニ被召或傳馬ニ被乗テ白晝ニ京エ入給
エハ其方様ト覓數メ男女衢ニ立双テ人目モ不知泣悲ム、
洛城更ニ一変メ今ニ始ヌ変ナレトモウツヽモ夢ノ如也、

六波羅北方皇居ノ事、

同十月一日六波羅ノ北方常葉駿河守範貞三千余騎ニテ、
路次ヲ警固仕テ主上ヲ宇治ノ平等院エ成シ奉ル其日関東ノ
両大将京エハ入ラデ直ニ宇治エ参向シテ龍顔ニ謁シ奉リ先ツ三種ノ神
器ヲ給テ持明院ノ新帝ニ渡シ奉ルベキ由ヲ奏聞ス主上藤房ヲ
以テ仰出サレケルハ三種ノ神器ハ昔ヨリ継体ノ君位ヲ天ニ受サセ給
時自是ヲ授奉ル去ハ四海ニ威ヲ振フ逆臣有テ且ク天下ヲ掌ニ
握者有ト謂ヘトモ未此三種ノ重器ヲ自専ニメ新帝ニ渡奉例シ

不聞其上内侍所ハ笠置ノ本堂ニ捨置キ奉リシカハ定テ戦場ノ灰
燼ニコソ落サセ給ヌラム神璽ハ山中ニ迷シ時木ノ枝ニ懸テ置シカハ
遂ニハヨモ我國ノ護ト成セ給ハヌ事アラシ宝剣ハ彼時御身ヲ
不放有謂トモ是ハ又武家ノ輩ノ若天罰ヲ不顧シテ玉体ニ近キ奉ル
事アラハ近夫羿夫ノ逢手ニ鰐シヨリハ御自其刃ノ上ニ臥給ハム為ナ
ハ玉体ヲ放ル事ハ努々有マシキ也ト仰出セケレハ東使両人モ龍顔モ
否シ振テ恐怖ニ重テ申事ハ無リケリサラハ六波羅エ成進ヘシト
議定有ケルシメ前々ノ臨幸ノ儀式ニ非ンハ還幸ナル事有マシキ由
孫仰下セケル間力無鳳輦ヲ用意シテ袞龍ノ御衣ヲ調進
セシカハ三日ニテ平等院ニ御逗留アリテ同四日六波羅エ還幸ナル
日来行幸ニハ事替テ鳳輦ハ数万ノ武士ニ打囲レ月卿雲客ハ

怪気ナル樓輿侍ミニ乗セラレテ七条ヲ東ヘ河原ヲ上ヘ六波羅ヘト急キ
給ヘハ見人涙ヲ流シ聞人心ヲ傷シム哀哉昨日ハ紫宸北極ノ高御座
ニ百司礼儀ノ粧ヲ刷シニ今日ハ白屋東夷ノ卑キニ下セ給テ万卒
守禦ノ怒シキニ御意ヲ悩セ御座時遷リ事去テ楽尽テ悲来ル天
上ノ五衰人間ノ一炊唯夢トノミ覚エタル去程ニ六波羅北方ヲ皇
居トシテ御座アレハ遠キ雲ノ上ノ御棲居何シカ思召出ス御事多
カリケル境節ヲ寂寞ト臭セヨト一時雨ノ軒ノ半月ニ過ケルヲ聞召テ
住ナレヌ板屋ノ軒ノ村時雨音ヲ聞ニモ袖ハヌレケリ
誠ニ痛カルヘキ御事哉只ハ尋常ノ者タニモ懸ル囚人ト成テハ悲カルヘシ何
況ヤ忝モ万乗ノ主忽ニ武臣ノ礼無キニ被羅テ御覧シナレヌ板屋ノ
床サコソハ宸襟ヲ悩サセ御座ラメト思ヒ遣リ進セテ志有ル人ハ皆涙ヲ

不淋トモ云事ナシ四五日有テ中宮ノ御方ヨリ御琵琶ヲ進ラル御文ヲ
添ラレタリ主上叡覧アレハ世中ノ有様身ノ上思ヒ唯御推量ニモ
過ヌヘシ早晩サテ有シ雲井ノ月影ヲ物思ヒセテ詠シヨト詞葉ニシ
ケル露ノ色外ノ袂モシホレヌヘシト様々アソハシタル御文其奥ニ、
○思ヤレ塵ノミ積ル四ノ絃ニ拂モアエス懸ル涙ヲト、
今ハ唯後シノ可待御事モナケレハ是ヲ限ノ御文ナレハ御身ニモ添度
思召ケレ共其モ指カニ覚テ御涙ノカヽリケルヲ引返テ
○涙ユヘ半ノ月ハ陰ルトモ共ニ見シ夜ノ影ハワスレシ、ト
只是ハカリ遊テ御自ソ下給ケルサラテタニ御心ヲ砕ツ御中ナレハ夜昼ル
トナツノ馴サセ衣間遠ニアラハシカルヘキニ況ヤ御有様如何ニツメラセ給ヌモ不
知同世ナカラ隔テヽ心苦キ音信ナラテハ聞セ進スル人モ無キニ此御文ヲ御

覧ゼザリシハ悲御座ス又ト思遣レテ此次ハ涙ノ間ヅナカリケル同八日両検断
高橋刑部左衛門・糟谷三郎六波羅ニ参テ今度生取ノ人々ヲ一人ヅヽ
大名ニ預奉ル（ニトテ）一宮中務親王ヲバ佐々木大夫判官時信妙法
院二品親王ヲバ長井左近大夫将監高広源中納言具行ヲバ
佐々木佐渡判官入道道誉東南院僧正ヲバ常陸前司時朝万
里小路中納言藤房・六条少将忠顕二人ヲバ主上ニ近侍シ奉ル
（ニトテ）放囚人ノ如ニテ六波羅ニゾ留置レケル同十三日新帝登
極ノ由ニテ長講堂ヨリ内裏エ入セ給フ供奉ノ人々ニハ久我右大
臣長通・三条坊門中臣大納言通顕・堀川大納言具親・日
野大納言資名・西園寺大納言公宗帰シ始トメ殿上人衛府
諸司助マテ花ヲ折テ行粧シ引繕随兵ノ武士甲冑ヲ帯シメ跡

常シ識《イツシカ》前帝奉公ノ方様ハ咎アルモ咎ナキモ如何ナルウキ目ノカ
見ンスラント是ニ觸テ身ノ危メ心ノ砕ケハ當今拜趨《スウ》ノ人々ハ忠有
モ忠無モ今ハ榮花ノ開ケト目ヲ悦シメ耳ヲ肥ス賁ミ結テ盛陰ノ花
落テ辞スル枝ノ窮達替時ノ榮辱分ツ道ノ今ニ始メヌ理ナレトモ殊更。
定カタキ多ノ世ノ移リ人ハ悲喜シテ共ニ涙シン催シケル。去程ニ東
国ヨリ遥々ト上タル大勢共未タ江州エモ入ザル先ニ笠置ノ城已ニ落ケル
々ハ無念ノ事ニ思テ一人モ京都エハ入ズ。或伊賀伊勢ノ山ヲ経或ハ
宇治醍醐ノ道ヲ要テ楠正成カ立籠リタル赤坂ノ城エソ向ケル河
々原ヲ打過テ城ノ有様ヲ見遣レハ俄ニ誘タリト覚敷テ墓々敷
堀ナトシモ不堀只ハ屏一重塗テ方一二丁ニハ過ジトソ覚タル其中ニ
櫓二三十搆双タリ是ヲ見ル人毎ニ哀哉此城ヲハ我等カ手ニ

柔セテモ拵（ヘシアヘシ）如何ナル不思議ニモ一日モ怺ヨカシ分取高名〆思
賞ニ預ラント思ハス謂ヌ者モ無リケリサレハ寄手廿万騎ノ勢共打寄ト
均ツ馬ヲ乗放ニ堀ノ中ニ飛入櫓ノ下ニ立双テ我先ニ打テ入ラント
以争進ニケル処ニ楠ハ元来策ヲ帷帳ノ中ニ運シテ勝コトヲ千里ノ外ニ
決セント陳平張良カ肺肝ノ間ヨリ流出セル兵ナレハ究竟ノ射手ヲ
二百余人城中ニ籠テ舎弟七郎ト和田五郎ニ三百余騎ヲ指ソヘ
添テ外ノ山ニソ置タリケル寄手是ヲハ思モ不寄心ヲ一片ニ取テ唯
一揉ニ攻落サント同時ニ四方ノ切岸ノ下ニソ付タリケル此時櫓ノ上土小
間ノ陰ヨリ鏃ヲ支エテ射ケル間時ノ程ニ手負死スル者千余人ニ及
（ヘ）リ東国ノ勢共案ニ相違シテイヤ〳〵此城ノ為躰一日二日ニハ落シカ
リナシ暫ク陣ヲ取テ役所ヲ構エ手分ヲシテ合戦ヲ致サントテ攻口ヲ些引

退キ馬ノ鞍シ解キ物具シ脱テ皆帷幕ノ中ニシテ居タリケル楠ノ七郎和田ノ五郎遥ノ山ヨリ直下シテ時剋好ト思ケレハ三百余騎ヲ二手ニ分テ東西ノ山ノ木陰ヨリ菊水ノ旌ノ二流松ノ嵐ニ吹流サセ閑ニト馬ヲ歩セテ煙嵐ニ捲テ推寄タリ東国ノ勢是ヲ見テ敵カ御方カト怪ム所ニ三百余騎ノ勢共両方ヨリ時ヲ同ト作テ雲霞ノ如ニ靉タル廿万騎カ真中エ魚鱗懸ニ破テ入リ東西南北エ懸通リ四方八面ニ代テ廻ニ寄手ノ大勢悩然ヨメ陣ノ成レ兼タリ是ヲ見テ城中ヨリ三ノ関ヲ同時ニ颭ト推開二百余人鋒ヲ双テ切テ出矢前ニ廻テ散々ニ射ル寄手猶モ大勢ナレトモ僅ノ敵ニ欺ラキ驚ヒテ或繋馬ニ乗テ踢トモ不前或ハハヅセル弓ニ矢ヲハゲテ射ントスレトモ射エズ物具一領ニ二三人取テ我ヨ人ヨトヨト引合ケル其間ニ主討ルレトモ従者ハ不知父討ルレトモ子モ不

蜘蛛ノ子ヲ散カ如ク石河々原エ引退ク其道五十余町カ間ニ馬物具
ヲ捨タル事足ノ踏所モ無リケレハ東条一郡ノ者共是ヲ拾ツテ俄ニ
徳付テゾ見エタリケル指モ大勢ノ寄手思ノ外ニ初度ノ合戦ニ打
負テ正成カ武略欺キ悪トヤ思ケン吽田猶原ノ辺ニ打寄テ且ツ議
内ノ案内者ヲ先ニ立テ後攻ノ無《キ》様ニ山ヲ狩リ在家ヲ焼払テ心安ク
城ヲ可攻ナント評定シテ頓テ可寄様ゾ無リケル懸ケル所ニ本間渋
谷ノ者共ニ父討レ子討レタル者多ケレハ命生《イキ》テ何ニカハ為能ヤ我等カ
勢ハカリナリトモ馳向テ討死セント憤テ打立ケル間諸軍勢是ニ被
励テ我モ我モト馳向テ彼赤坂ノ城ト申ハ東一方コソ山田ニテ疇
重々ニ高メ塔モ難所ナレ三方ハ皆地ニ連ル平場也堀一重ニ屏一
重塗タレハ如何ナル鬼神カ籠タリトモ何程ノ支カ可有ト寄手皆思侮テ

又寄ルト均ノ塀ノ中切岸ノ下ニテ攻付テ乱杭逆木ヲ引捨テ打入ントス
シケレトモ城中ニハ音モセス是ハイカサマ昨日ノコトク手負多ク射出シテ漂ル
所ヲ後攻ノ勢ヲ指出テ揉合テ軍ヲセントテソ加様ニハ有ラントテ二十万騎ノ
寄手共ハ息ヲモ継カテ攻ヨトテ稲麻竹葦ノ如ニ取巻テ透間モ無ク
ソ揉タリケルサレトモ城ニハ矢ヲモ不射人有トモ見エサリケレハ寄手弥
気ニ乗テ四方ノ屏ニ手ヲ懸テ同時ニ越ントシケル所ヲ元《モト》来《ヨリ》二重ニ
塗テ外ノ屏ヲハ切落ス様ニコシラヘタリケレハ城ノ中ヨリ四方ノ屏ノ
釣縄ヲ一度ニ切テソ落シケル屏ニ取付タル兵トモ千余人推ニ被
打タル様ニテ目ハカリハタラツ所ヲ大木大石ヲ抛懸々々打ケル間寄
手又今日之軍ニモ七百余人ハ討レニケリ懸リシカハ東国勢共両度ノ
軍ニ手悼メテ今ハ城ヲ攻ントスル者一人モナシ只近辺ニ陣ヲ取テ遠攻

ニコメシタリケル四五日ハ加様ニテ在ケルカ餘ニ安然トメ守居タルモ云甲斐無シ四町ニ足ラヌ平城ニ敵四五百人籠タルヲ東八ケ國ノ勢共カ攻兼テ遠攻ニシタリケル事ノ浅猿サヨト後マテ人ニ笑ハン事口惜カルヘシ前ニハ早リノ侭ニ楯ヲモ不突攻具足ヲモ支度セズ敵ヲ侮リ攻テコソ人ヲハ多ク討セツレ今度ハ質ヲ替テ可攻トテ面々ニ持楯ヲカカセ其面ニ掻楯ヲ当テ輙ク打破レヌ様ニ拵テカツキ連テソ攻タリケル切岸ノ高サ塀ノ深サ幾程モ無リケレハ走懸テ塀ニ着カン事ハ最容易覚エケレトモ是モ亦釣塀ニテヤ有ラント危テ右ナク塀ニ不着皆堀ノ中ニ下漬テ熊手ヲ懸テ引ケル間塀已ニ引破レヌヘク見エケル所ニ城中ヨリ柄一二丈長キ大柄杓ヲ以テ熱湯ノ洋返タルヲ斟懸タリケル間甲ノ手返綿噛ノ端ヨリ熱湯身ニ徹テ焼爛ケレハ寄

手怺《コラヘ》兼テ梢ヲ捨テ熊手ヲ捨テハツト引ク矢庭ニ死スル者二三百人ニ及ヘリ
寄手質ヲ替テ攻レハ城中ヨリ替テ防ケル間今ハ兎モ角モスヘキ様
無シテ只ハ食攻ニスヘシトソ議シタリケル懸シ後ハヒタスラ軍ヲ止テ己カ陣
々櫓ヲ揚逆木ヲ引テ只ハ遠攻ニコソシタリケレ是ニソ城中ノ兵慰方モ無テ
無ニ為方氣モ疲タル心地シテ有ケル楠此城ヲ構タル事暫時ノ事ナリケレハ墓
々敷兵粮ノ用意モセスサレハ合戦始テ城ヲ囲タル事廿日餘ニ成ケレハ城ノ
中兵粮尽テ今三四日ノ食ヲ餘セリケレハ楠正成諸卒ニ向テ申ケルハ
此間ノ數度ノ合戦ニ打勝テ敵ヲ亡ス事數ヲ不知ト謂ヘトモ寄手大
勢ナレハ物ノ數トモセス已ニ城中ニ食尽テ助ノ兵ナシ元来天下ノ士卒ニ先
立テ草創ノ功ヲ志ス上者節ニ當リ義ニ臨テハ命ヲ可惜ニアラスト雖然トモ臨テ
事ニ懼レ謀ヲ好テ成スハ勇士ノ所為也サレハ暫此城ヲ落テ正成自害

シタル侍シ敵ニ知セント思也其故ハ正成自害シタリト見及ハヽ東国ノ勢共
定テ喜ヲ成テ下向スヘシ下ラハ正成打出テ攻上ハ又深山ニ引入テ
命ヲ全スヘシ加様ニ東国勢ヲ悩タランニ敵ナトカ退屈セサラン是身
ヲ全メ敵ヲ亡ス計畧ナリ面々如何計ヒ給フヘキト申ケレハ諸人皆可然ト同シ
ケリサラハトテ城中ニ大ナル穴ヲ二丈ハカリニ掘テ此間多ク討タル死人共ヲ二
三十人彼穴ニ取入テ其上ニ炭薪ヲ積置テ雨風ノ降連夜ヲソ待
タリケル楠カ運ヤ天命ニ叶ケン吹風俄ニ沙ヲ揚降雨篠ヲ突カ如
也夜色窈溟トシテ旌旗皆帷幕ヲ低タリ是ヲ待所ノ夜ナリ
ケレハ城中ニ人ヲ一人残シ留メ我等カ四五町モ落伸スラント思ハン時
城ニ火ヲ懸ヨト謂置テ皆物具ヲ脱キ持セテ寄手ニ交テ敵ノ役
所前軍勢ノ枕ノ上ヲ越テ閑ニトソ落行ケレハ楠長崎カ厩ノ後ヲ通

ケル時敵是ヲ見付テ、何者ナレハ案内モセデ忽ヤカニハ通ソト咎ケレハ楠
是ハ大将ノ御内ノ者ニテ候カ道踏違テ候ケルト謂捨テ足早ニ過ケルヲ
サレハコソ怪キ者ナレ何様馬盗人カト覚ユルソ只ハ射殺セト天楠カ真
只中ヲシタヽカニコソ射タリケレ其矢不誤正成カ臂ノ懸ニ手答シテ立ヌ
ト覚シカスハダナル身ニ些モ不立ス筈ヲ返テ飛皈ヌ餘ニ不思議ナリシカハ
其跡ヲ見ニ正成カ年来信シ讀奉ル観音経ノ入タリケル膚ノ守ニ
當テ衆怨悉退散ノ一句ノ偈ニ矢前タシカニ残リ留テ無リ恙ケルコソ
不思議ナレ、正成必死ノ鏃ヲ受ナカラス死ヲ遁テ、廿余町落伸テト
跡ヲ顧タリケレハ約束ニ不違早城ニハ火ヲ懸ケタリ寄手共火ニ
驚テ、スハヤ城ハ落タルハトテ勝時ヲ作リ餘スナ漏スナト騒動ス焼閑テ
後城ノ内ヲ見レハ大ナル穴ノ中ニ炭ヲ積テ焼死タル死骸多カリケレハ

敵皆是ヲ見テ哀哉楠早自害シテケリ敵ナカラモ弓矢取テハ
尋常ニ死タル物哉ト惜マヌ人コソ無リケレ、

櫻山入道自害事、

懸リシカハ備後國櫻山モ國中大略打随エテ備中エヤ越ヘシ安
藝國エヤ越シト思案シケル所ニ當國ノ城モ落サレ楠ノ正成モ自害
シタリト聞ヘシカハ付随シ兵共モ皆落失テ身族ヲ不放家ノ子同好ミヲ
忘ヌ譜代ノ若黨廿余人ゾ残タル此比コソアレ其昔ハ武家權ヲ執テ
四海九州ノ内ニ人地モ遺ル所ナケレハ親者モ不隠疎者ハ増テ憑レ子ハ
人手ニ懸テ尸ヲ曝ンヨリハトテ當國ノ一宮ニ参リ八歳ニ成ケル最愛ノ
子ト廿七ニ成ケル年来ノ女房ヲ自刀ヲ執テ指殺シ其後社壇ニ
火ヲ懸腹十文字ニカキ切テ炎ノ中ヘ飛入ケレハ若黨廿三人同腹ヲ

切違テ炯ノ中ニ走入リ骨灰燃ト成テソ失ケル抑一所コソ多ケレ態ト
社壇ニ火ヲ懸テ焼死ケル櫻山カ一所存シイカニト尋レハ此入道當社ニ
首ヲ傾ケ年久シカリケルカ社頭ノ餘ニ破損シタル事ヲ嘆テ造營シ奉ン
ラムト云大願ヲ起タリケルカ事大営ナレハ志ノミ有テカ無シ今度謀
反シ起シケル事モ専此大願ヲ果シカ為也ケリサレトモ神非礼ヲ不享ニ
給ケルニヤ所願遂ニ空シテ此社頭ニテ死ケル哀哉今社頭ヲ焼拂タラハ
公家武家ニ止事ヲ不得メ如何様造營ノ沙汰有ヘシ身ハ縦ヒ奈ナ
落ノ底ニ堕在ストモ此願ヲタニ成就セハ悲ヘキ所ニ非ストテ勇猛心ヲ起テ
社壇ニ火ヲ懸焼死ケルトカヤ倩垂跡和光ノ悲願ヲ思ヘハ逆順ノ二縁何
モ濟度利生ノ方便ナレハ今生ノ逆罪ヲ翻テ當来ノ値遇トヤ成給
ラムト是モ憑ハ不浅其後楠ハ宗徒ノ一族等ニ相談テ紀伊國

ト河内場金剛山ト云山ニソ又ニケル此山ト申ハ山伏順礼ノ峯大峯葛
城ノ頂也霊験ノ由来ヲ尋レハ昔シ文武天皇ノ御宇ニ昊異ノ
行者有リ役優婆塞トソ申ケル卅二ノ歳ヨリ此峯ニ籠テ孔雀
明王ノ神呪ヲ誦シ様々効験ヲ施ス中ニモ五色ノ雲ニ乗テ虚
空ヲ翔仙宮ニ入テ霊薬ヲハ採鬼神ヲ召仕テ水ヲ汲薪ヲ令拾
或時御嵩ト葛城ノ峯トノ向ニ石橋ヲ渡セト鬼神共ニ仰付ケ
レハ夜叉鬼神共己カ姿ノ醜支ヲ憚テ夜々此橋ヲソ渡ケル行
者カクテハ叶マシトテ八日夜ニ渡セト責ラレケレハ一《ヒト》言《コト》主《ヌシ》神コトサラニ我形ヲ
愧テ其命ニ不随ニカハ行者腹ヲ立テ神呪ヲ以テ彼神ヲ縛シ
谷ノ底ヘソ投入給ケル其後一言主ノ神嘆ヲ成ニ禁中ノ人ニ詫
宣シテ行者天下ヲ可覆志ヲ致スト告申セケレハ廳宣旨ヲ

被下行者ヲ被召虚空ニ飛上テ行方ヲ不知勅使俄参シテ此由
奏聞ス依之行者母八十有餘ナルカ有ケルヲ召捕禁獄セラレシ
カハ行者母ニ苦ニ代ントテ忽ニ参内シ給ケリ即罪名ヲ付ツヽ伊
豆大嶋エソ被流ケルカリテ一両年ヲ経ル程ニ渡海ノ師檀ノ
契約有シカハ申寛テ被召返シニ行者都エ飯入シ老タル母ヲ鉢ニ
載虚空ニ飛上リ其終ニ大唐エ渡リ給ケリ其後ノ行状不知ト云
申セトモ我本所ヲ不忘常ニ此山エ来リ給ト云ヘリ懸ル行者ノ無止
事住給シ所ナレハ無ニ左右行業ノ功浅キ人ダニモ至サレハ人敢テ知
事モ無リケリサレハ彼薫修ノ霊場ヲ改テ斗藪ノ道ヲ塞合戦ノ
要害ニ構ル事其恐何ニアラ子トモ王法ト佛法ト双テ盛衰有へ
ケレハ今十善ノ天子忽ニ武臣ニ被悩テ御座宸襟ヲ奉休カメ太

義兵ヲ起ス事霊神モナドカ納受メ而征伐ノ神助ヲ加ラレザ
ラント憑思ケルニ依テ地利ノ堅事モナサル事ナレトモ先ハ懸ル深慮
有楠ハ此山ニ城郭ヲハ構ケル矢石ノ堅ニ於テ余シ軽スル是忠貞
ヲ重スル故也ト云事ヲ知ケリトテ平成カ武略ヲ讃ス者無リケリ

太平記巻第三

巻第　三　裏表紙見返

太平記

四

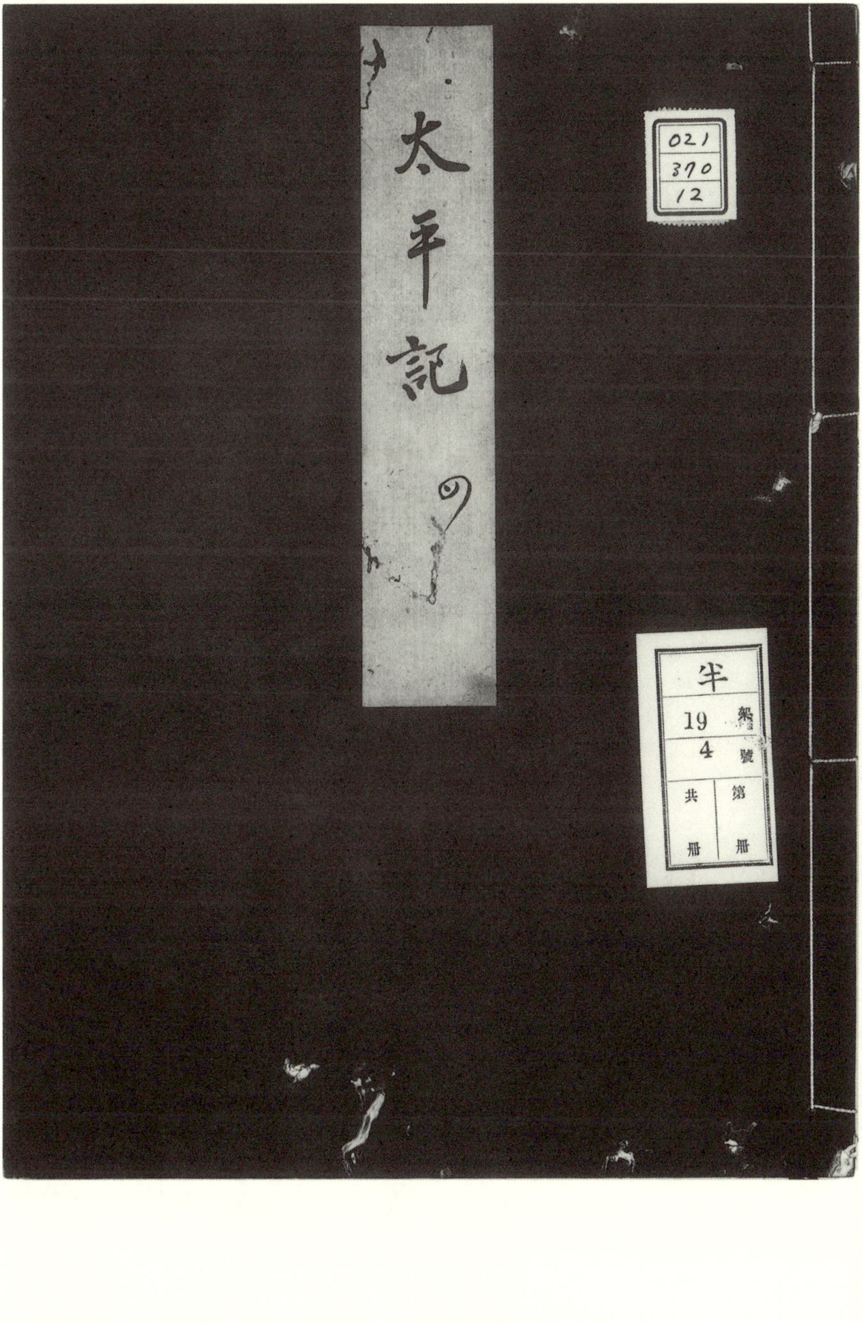
太平記
021
370
12
半
19
4
號
第
冊
共
冊

太平記巻第四

囚人罪責評定事、

元弘二年壬申正月八日六波羅ニハ評定始有テ去年籠置ノ城ニテ虜ニシ人ヽ死罪流刑間去年ハ歳暮ノ計今ニ依テ閣トニヘトモサノミハ如何延引可有トテ六波羅ニハ評定有ケルニ東使工藤二郎左衛門尉高景二階堂信濃入道行珍二人上洛シ山門南都諸門跡月卿雲客諸衛ノ司ニ至ニテ罪ノ軽重ニ依テ禁獄流刑可處ニ由関東評定ノ趣シ六波羅ニ披露ス此中ニモ足助二郎重範ハ先六条河原ニテ可切首トソ被定ケル是ハ笠置ノ城ニテ大矢シ射テイカメシクソ行跡タリシ其故トソ聞シサレハ此比人タル者ハ皆軽重コソ有レ其罪ニ不当ト云者ナシ先侍従中

納言ハ明別當左衛門督實世卿二人ハ赦免ノ由也シカ
共宿所ヘハ不被返遣波多野上野前司宣通佐々木三郎左
衛門尉二人ニ預ケ置レケリ万里小路大納言宣房卿ハ子息
藤房季房二人ノ罪科ニ依テ是モ召人ノ如ニテ禁固中ニ苦ミ
給フ齢今七旬ニ傾テ万乗ノ聖主ハ遠島ノ外ニ被遷遣セ給ヘシト
聞エシハ二人ノ息モ同ク死刑流罪ノ二ノ中ヲハ不可出彼ヲ思ニ身ヲ
苦ミ只今ニテ余ニ長ラヘテ聴ルウキ目ヲ見聞ノミコソ憂ケレトテ
一方ナラス御涙ノ中ニ一首ノ歌ヲソ述ヘ給ヒケル
○長カレト何思ケン世ノ中ノウキヲミスルハ命ナリケリト
聞人モサコソト覚ヘテ袖ヲヌラサヌハ無リケリ摠テ前朝拜趨卿相雲
客ハ有罪無罪ヲイハス或ハ被止出仕ヲ桃源ニ跡ヲ尋或ハ被ア

ノ鮮ニ官職ハ首陽ニ穢シ懐リ運ノ通塞時ノ否泰ニ多トヤ云ハン現トヤ
云ハン時遷リ事去テ哀楽互ニ相替ルラキノ習ノ世間シハ楽テモ何
カセン歎テモ由有ヌヘシト思ハヌ人モ無リケリ源中納言具行卿シハ佐々
木佐渡判官入道道誉ニ預テ路次ノ警固メ鎌倉ヘ奉下道ニテモ
可奉失之由其聞有シカハ都ノ名残モ是計ト打ロヒ給テ逢
坂ノ関ヲ越給ケルカ
〇皈ヘキ時ニナケレハ是ヤ此ノ行ノ限ノ逢坂ノ関ト
ロスサミ江州柏原ニ着給シカハ道誉カ宿所ニ禁籠シ奉テ関東
ノ左右シ相待程方情シカケ奉シカハ今歳程ト思乃ス御命ノ中
ニモ有リ雑ニトシノ仰出シケル平宰相成輔シハ河越ノ三河入道円重ニ
預テ是モ関東ヘ下向ト聞シカ相模国早河尻ニテ失奉ル尹ノ大納言

師賢ハ千葉介被預テ下総國ヘ下向ト聞ヘシカハ花ノ都ヲ遠
々ト関東ノ末ニ趣カセ給ハンスル御労ハシサヨト人々申ケルヲ聞給テ、
○別ルトモ何カ歎カム君スミテヽシヰ故郷トナレル都ヲシヘト
アソハシケルコソ理ナレ彼北ノ臺ト申ハ花山院入道右大臣家貞公ノ
御妃繪書花結ヒ詩歌管絃ノ道ヲ極サセ給ノミナラス貌目形
無比御座セハ御情ノ色モ深カリキサレハ様々ノ御心ノ奥ヲ御文
ニ被遊被進ラセタリシカハ北ノ臺御文ヲ御覧メ又何ヲ待ヘキ
別ナラ子ハ今ハ是ヲコソ後ノ慰ニモト書口觧給ケル御返事ノ
様々ナル其奥ニ
○今ハトテ命ヲ限ル別路ハ後ノ世ナラテ何ツヲ憑マシト
遊シテ伏沈セ給シハ理哉ト覚エタリ抑此師賢卿ト申ハ恭学ノ

昔ヨリ和漢ノ才シ業トシテ栄辱ノ中ニ心シ留給ハザリシカハ今
遠流ノ刑ニ逢給フ事シモサ一テデハ嘆給ハス其故ハ彼ノ醫唐詩人
杜少陵ハ天寶ノ末乱ニ逢テノヽ
路経フ纔ミ瀬ヨシノ雙蓬ホシノ鬢ヒシ天落ツ滄浪ニ一釣舟ト
天涯ノ恨テ吟ニ吟シ吾朝ノ才臣小野篁ハ隠岐國ヘ被流テ浦ノ
原ハ八十嶋懸テコギ出ヌト釣スル泉士ニ詞傳テ蘆泊ノ界シ述ニ
ケリ是等ハ皆時ノ難易シ知テ可嘆不嘆運ノ窮達シ見テ有レ
悲トモ不悲况ヤ主憂レハ則臣辱主辱レハ則臣死トミヘリ維骨シ臨身シ
轘ストモ可傷ニ洮ストテ境ニフレツル諷詠ニ愁緒ノ乱レシ慰テ等ナシ
閑ナリニ月日ツツク色サレケル方里小路中納言藤房卿シハ小田ノ民部大
輔兼テ常陸國ニ流奉ル舎弟右大弁宰相季房シハ長井駿

河寺ニ被預ケテ同國ヘゾ被遣ケル左遷遠流ノ悲ハ何モ疎ナラネド
モ殊更此藤房卿ノ心中ハ推量ニモ過テ哀ナリ其故ハ近来中
宮ノ御方ニ左衛門佐ノ局ト云テ容色無類女房御座ケリ適ヌル院
拙ノ秋ノ末カトヨ主上北山殿ニ行幸成テ御賀ノ舞有シニ堂下ノ
立部袖ヲ飜シ梨園ノ弟子曲ヲ奏ス繁絃急管何モ金玉ノ音
玲瓏タリ此女房モ琵琶ノ役ニ被召テ青海波ヲ弾ゼシニ睍睆鶯
ノ語花ノ底滑幽咽泉ノ流氷ノ下ニ泥メリ適怨清和随節移ル四
絃一声如裂帛撥ヲ復攬返シ結テ抑ツ手使一絃裂テ手ニ移ル
彼書陵宗給侍郎梁上ニ塵飛水中ニ魚躍ルモ是ニハ不過トゾ
人何モ心ヲ傷シム中納言藤房卿見給テヨリ人シレズ思
初シ心ノ色日々ニ深クノミ成行ケ共云知スベキ便モ無リケレバ徒ニ心ニ

コメテ芦ノカキノ間近カケレトモ甲斐ノ無キト嘆キ悲ミ給ヒシカハ何ノ忍人目ノ
交ニカ露ノカコトシ結ヒケルニ一夜ノ夢ノ現ニサダカナラス、新枕シカワシ給ヒケリ
其次夜ノ事ゾカシ天下俄ニ変シテ主上笠置へ御出奔有シカハ公卿大
臣悉ク或ハ衣冠ヲ解テ戎衣ニナリ靴沓ヲ替テ草鞋ヲハキアハテ、
シカリシ世ノヒシメキ又廻リ逢ハン末ノ契モイサ不知ト思ワビ給ヒシカハ中納言
此女房ノ栖給ツ西臺へ行尋給ヘハ時シモコソアレ今朝中宮ノ召
有トテ北山殿へ参リ給ヌト答ケレハ藤房卿為方無ッ思ニアコカレテ、
相見ヘ事モカナイトナイト、思ニ絶カネテ鬢ノ髪ヲ少シ切テ文ニ巻テ
コメ、哥書添テ出ラレケリ
黒髪ノ乱ン世ニモナカラヘハ是シ今ハノ形見トハミヨ、ト
女房軈テ帰テ信《カタミ》ノ髪ト文シ見テヨミテハ泣キ泣テハ讀ミテ千

度百度奏ト返セトモ心乱テ涙ノ絲ハシヤサヲ忝義思セメテハ其人ノ在所ヲダニモ知タラマシカハ何ナル虎臥野辺鯨ノ寄嶋ナリトモ尋アリカシ行ヘキ物ヲト独準ミ思ヘトモ其行末タシカニ聞定タル事ナケレハ又逢ミテノ命ナカラフベシトモ不覚トテ、

○書置ニ君カ玉章身ニ添テ後ノ世ニテノ信トヤセン、ト書シキテ形見ノ髪ヲシノ袖ニ入大井河ノアタリニテ底ノ水屑《ミクツ》ト成ニケリ、為ニ君カ一日恩ハ誤ル妾カ百年身ヲシトハ加様ノ事ヲシソ申ヘキト聞人モ袖ヲシソヌラシケル、

○八歳宮御歌事、

洞院按察大納言公敏卿ハ小山判官預リ奉テ、下野国ヘ下向セシカ、ヤカテ出家シ給ニケリ東南院僧正聖尋ハ下総国ヘ被遣、

峯ノ僧正春雅ハ長門国ヘ流サレ一宮中務卿親王ハ土佐畑ヘ
流奉リ第四宮ハ但馬国ヘ流奉テ時ノ守護太田判官ニ被預
第九宮ハ未御幼稚ニ渡セ給ヘハトテ中ノ御門中納言宣明卿ニ被
預テ都ニソ御座ケル此宮今年ハ八歳ニ成ラセ給ニケルカ御心岐
嶷数テ常ノ人ヨリケナ気ニ渡セ給ケルカ宣明卿ヲ被召テ誠ヤラン
主上ハ人モ通ハヌ隠岐国トカヤヘ流サレ給フナルサモアラハ我独都ニ残
リ留テモ何カハセン哀我ヲシモ君ノ御座サル国ノ辺ヘ流遣セカシセメ
テハ外ナカラ御行末ヲ成共兼テ是ニ付テモ君ノ推量ラレテ未
御座ナル白河ハ是ヨリ近キ所トコソ聞ニ御座程モナト宣明ハ我
ソツレテ御所ヘハ参ラヌソ昼コソアラメ夜ニ交ニテハ何カ苦ニカル
ヘキト被仰出ケルハ宣明卿涙ヲ押ヘテ且ハ物モ申得サリケルカ

良有テ皇居程近キ由シ申サハ日夜御参有ヘシト責役シヘハ御
労敷ト思ケレハサ候主上ノ御座ス白河ハ程近キ所ニテダニ候ハヽ
朝夕御共可仕候ヘトモ彼白河ト申所ハ都ヨリ数百里ヲ経
テ下ル路ニテ候其文證ニハ能因法師カ歌ニモ
都ヲハ霞ト共ニ立シカド秋風ゾ吹白河ノ関ト
読候也此歌ヲ以テ道ノ遠キ程人シ通サヌ関有トハ思召知セ
給候ヘト申タリケレハ宮ロツリクト聞召シ御涙ヲ押拭ハセ給テ役
有ケルハヲツタテノ宣明ヤナ我ヲ具足メ参サレト思故ニ加様ニ申ゾ
彼古曽部ノ能因カ白河ノ関ト読タリシハ全洛陽渭川ノ白河ニハ
アラス東関奥州ノ名所ナリ其ヲ何ニトニ云ニ近来津守国夏カ
是ヲ本歌ニテ白河ノ関ニデ行ヌ京路モ日数経ヌレハ秋風ゾ吹ト読メリ

又最勝寺ノ懸ノ櫻ノ枯タリシヲ植カフルトテ雅経朝臣カナレ〳〵テ、
見シハ名残ノ春ゾトモナド白河ノ花ノ下影トヨメリ是皆名ハ同シ
テ所ハカワル證歌也ヨシヤ今ハ心ニコメテ思トモ謂出サシト實明ッ惜
役シテ其後ハ書絶慮哉トダニモ役出セス常ニ御涙ヲ推拭
ハセ給テ折シホレ中門ニ立セ給タリケル折暮煙寺ノ晩鐘ノ音ニ
聞エケルシノ物哀ニ思召ケルニヤ、
○ツノ〳〵ト思ヒ暮シテ入相ノ声ッ聞ニモ君ソ恋シキト、
情動於中言彰於外ニ御歌ノシサナ〳〵シサ中ヽ哀聞ヘシカハ此比京
中僧俗男女推双テ畳紙ノ端扇ノ裡書付テ是コソ八歳宮
ノ御歌トテ翫ハヌ者モ無リケリ識ニ貴モ賤モ親子ノ眤程
哀ニ悲キ事ハアラジト皆袖シソヌラシケル、

△一宮妙法院配流事、

猿程ニ一宮尊良親王ヲハ佐々木大夫判官時信警固ニテ、
既ニ土佐ノ畑ヘ遷シ奉ル今ニテハ縲紲ノ愁刑ノ下ニ死テ龍門原上
ノ苔ニ埋モル共都ノ辺ニテ兎ニモ角ニモ成ハヤト天ニ仰テ御祈
念有シカドモ其甲斐ナクシテ既ニ都ヲ御出有シカハ御涙ノ中ニカクハカリ
セキトムルシカラミニソナキ涙川イカニ流ルヽウキ身ナルラント
誦シ給シカハ誠ニモト覚テ御警固ノ武士モ皆涙ヲソ促ケル妙法
院尊澄親王ヲモ長井左近大夫将監高廣ソ御警固ニテ讃
岐国ヘ流奉ルシカドモ左兵衛督為明モ御共ニテ同国ヘソ被流ケル、
御出ハ別ニ有シカドモ行末ニテハ一宮モ妙法院モ兵庫ニ着セ給
ケレハ御悦有テ互ニ御音信有ケルニ一宮カクソ遊シケル、

○イトゞセメテウキ人ヤリノ道ナカラ同泊ト聞ソラレシキ
返夏細ヒト遊テ其奥ニ、
○明日ヨリハ跡ナキ浪ニ迷トモ通フ心ヲ知ベトモナレト
サテモウキナカラ配所ハ共ニ四國南ヘスハセメテ同國ニテモ有カシ、
夏同ヒカワス風ノ便ニヲキシ慰ムコトモ互ニ念ニ思召ケレトモ不叶、
丁寧ハ兵庫ヨリタユタフ浪ニコカレ行身ヲ浮舟ニ帆ヲ揚テ行末モ
イサヤ白雲ノウカレ迷玉ル心治メ土佐ノ畑ヘト赴セ給ヘハ妙法院ハ自
是ヨリ分テ備前國ニテハ陸路ヲ經テ児島ノ吹上ヨリ謫舟ニ棹テ
讃岐ノ詫間ニソ着セ給ケル此所ハ海辺近キ卑棲ニテ毒霧
御身ヲ侵シ瘴海ノ氣冷シク漁歌牧笛ノ暁ノ声嶺ニノ海
月秋ノ色ヲ拵テ觸耳ニ遮《キル》眼ニ夏トテハ哀ヲ催シ御涙ヲ添ヘ、

媒トモナラズト云事ナシ、サレトモ都ヲ御出ノ日ヨリ千日ノ護摩ヲ始テ一人
ノ御祈ニ誓ハセ給ケルトカヤ、痛哉弁苑花園ノ玉ノ砌ヲ立ハナレサセ
給ヒ浅猿敷ヤ賤屋ニ遷住セ給ヘハサコソ御意ヲ傷シメサセ給ラメ
ト推量シテ哀也、

俊明極来朝参内事

去程ニ宮ヲ始進テ卿相雲客ニ至マテ死罪配流ニ行ヒ奉リヌ、先
帝ヲハ承久ノ例ニ任テ隠岐国ヘ遷幸成奉ベシト評定一決シ
タリケルガ、サスガニ下トシテ君ヲ流シ奉ル事関東モ恐有トヤ思ケン、後
伏見院第一ノ御子御歳十九ニ成給シヲ御位ニ即奉テ先帝
遷幸ノ宣旨ヲ可被成トノ計ヒ申ケル、天下ノ事ニ於テハ小大ト無ク、
御意ニカケラレズ、重祚ノ御望ナド今ハ可有事ナラ子ハ遷幸已

前ニ先帝ヲハ法皇ニ成進スヘシトテ香染ノ御衣ヲ武家ヨリ調進ス
ケレトモ御法躰ノ御事ハ暫有ヘキ由ニテ被仰出テ袞龍ノ御衣ヲ
モ脱セ給ハス毎日御行水ヲ被召石灰壇ニ進テ天照太神ノ御
拝モ怠ラセ御座ナハ天ニ二ノ日無レトモ国ニ両ノ主御座ス心治メ六
波羅モ関東モ持捌進ケルトカヤ此レ程ノ事ニ成テハ何ノ御執心カ
可有ナレトモ御叡慮ニ憑思召事有テ御法躰ノ事ヲハ思召
留給ヘリ其故ヲ何ニト尋レハ去ル元徳二年ノ春比元朝ヨリ
俊明極トテ明眼得座ノ禅師来朝シ給テ道源沖廓ニシテ徳
澤汪洋タリシカ華夷尊崇シ奉ル事毎ニ止事ナク依ニ一朝ノ國
師ト名ルヘキ由被仰出シカハ公卿議定有テ被奏ケルハ吾君ノ御
宇ニ事神ニ日本岩余彦尊ヨリ九十余代未天子直ニ異朝ノ

僧ニ御相看ノ事其例シ不聞然ル者禅師参内ノ事始何ト一同ニ
被申ケルシ主上當宗ニ歸信シ傾サセ座テ諸方参得ノ御志
深キ上是程ノ尊宿シ外国ヨリ招請セン事千載ノ一遇也セン心
御法談ノ為玉扆ニ近入セン事何ノ子細カ可キ有トテ明極禅師シ
禁中エツ被召ケル乍去事ノ儀式微々ナラムハ是吾朝ノ恥タルヘシト
テ三公九卿出仕ノ粧シ躑蘭臺金馬モ等御禁ノ備シ嚴サリ
伶《レイ》倫階下ニ奏楽シ文人堂上ニ列座メ禅師ノ参内シ待懸タリ
夜深ル程ニ及テ既参内セラル其行粧前代未聞ノ壮観也官人
于時年貌判官中原章房赤衣ニ帯劔メ火長下部ニ先シ拂セ
月花門ノ内外ニ蠟燭シ點テ八座七弁五位六位庭上ニ皆列
居メ兵杖シソハメ冠畳シ候タリ主上紫宸殿ニ出御成テ玉扆シ

進サセ給ヘハ中宮准后内侍典侍女孀女官ニ至ニテ几帳玉垂細
簾ノ中ヨリ差ハメキ渡テ参リ渇仰シ信ソノ催シケル禅師進テ座
具シ展ニ一瓣ノ香ヲ拈テ聖躬万歳トゾ祝シ給時勅問有リ曰
梯山航海シ得テ来ル和尚何ヲ以テカ度生セン禅師答テ曰以テ仏法ヲ緊
要所ノ度生ヲ重テ勅問有リ正当恁麼ノ時奈何答曰天上有リ
星皆拱北ス人間無シ水不朝東ニト勅答畢テ三拝メ禅師退出シ
給ケリ主上叡感ノ余リ其翌朝別当洞院左衛門督実世卿
ヲ勅使ニテ昨夜ノ儀叡信不軽ニ由委曲被仰下ケリ
禅師勅使ニ対テ様々物語有ケルニ官人章房ハ夫モ相有天
子ノ龍顔ヲ悔御座ストイヘトモ帝位ヲ可践セ給御相アリトソ被仰
ケルサレハ三年ノ後ニ明極ノ御詞ニ些モ不違ハ君今武臣ノ為ニ囲レテ龍之

悔ニ逢セ御座ス随テ禅師ノ相被申シニ事不空寿九五ノ聖位ヲ蹴玉ヒシ
事何ノ疑カ可有ト深ク憑思召ケルニ依テ御法躰ノ御事ハ有マ
ジキ由ヲ強テ被仰出ケルトカヤ聖言ニ卿モ不違未然ノ儀ヲ被示シ只
事ナラズトゾ感嘆メ此比明極ノ徳風ヲ仰ヌ者モ無リケリ去程ニ先朝ハ
六波羅北方ニ推籠ラレテ御座間ツレ〜ト思召残ス御事モ無リケル
日数ノ中ニ正月モ程ナク立ニケル中ニモ過ヌル元弘三年秋八月十
五夜ノ月澄雲収テ主敷ノ庭露ノ臺光シツヘ錦ヲシサラス萩ノ
ノ折カラ知ルアタラ夜シタニ明サムモ惜カルヘシ人衛士焼火モ今夜ハ
ゲニ月ノ名立テニモト思召ケルハ安福殿ヘ出御ナル釣殿ノ東向ノ椅子《イス》
ヲ被立置ル簀子ニハ春宮大夫ニテ公賢右衛門督ニテ公敏侍従中
納言為藤惟継行房隆資朝臣為世卿女昭訓門院春

自右ニハ前大納言為世卿、富小路大納言実教、中納言季雄、其弟ハ中修理宰相實任、女房ニハ少将内侍トテ為隆ノ女、殿上人ニハ宗達、為冬、高欄ニ背ウテ推當テ坐給エリ。御舟池ノ浪ニ推浮テ、左右ノ講師隆資、為冬参ラレシカハ、作者ノ名ヲハ隠シテ當座ノ勝負ヲ定ラル。照ル月波ニシスクモリナクノ池ノ鏡ニウツロイテ、イハ子ドシルキ秋ノ最中ハ識ニイト異ナル気色ナルニ、月傾テ明行鐘ノ音モ傾ク月ニカコタレテシレト思フ夜ハ今夜ナリケリト講スルホト、景陽ノ鐘モ響シ添耳驚シカレテ聞シニ歌ハ何モコトエリメ其サヘ卑カラサリシカトモ御製ノ鐘音ニ打ケサレテ人皆感涙ヲ催セシ御遊ナントモ今ハカヽルコソ有シナト思召ツヽ、ルニ日数移リ正月モ程無過シハエルラカニ吹春風ニ軒端ノ梅モ枝ナツカシクカヽリ来テ鳥ノ声ウラヽカナルモ、テシハシキ御心ニハ物ウカル子ニ

ノミ被聞召彼《サ》上陽人ノ宮中モカリヤト思召出テ永日殊ニ暮シ難ニ

△中宮六波羅行啓事、

去程ニ二月廿七日ノ夜ニ入テ六波羅ヨリ先帝ヲハ近日既ニ遠國ニ遷
幸成奉ル由ヲ中宮ノ御方ヘ告申タリケレハ中宮御涙ノ中ニアキレ迷マ
給ナカラ潜ニ御車ヲ廻シテ急キ六波羅ヘ行啓ナル其夜御警固ハ長
井右近將監高廣武田彦六信武也、夏ノ由ヲ伺テ中门ニ御
車ヲサシヨセケレハ主上急出御成テ御車ノ簾ヲ揚サセ御座互ニ
御涙ヲハラ〱トコホサセ御座ハカリニテ且ハ御言葉モ無リケリ君ハ唯
中宮ヲ都ニ留メ置進テ不《ヌ》知浪路ニ立ヲカレサセ給ヘハ如何ワタラセ
給ラムト思沈テ何トナキ袖ホス間モ有マジキ行末ノ御夏共思召連
サセ給テ御涙ヲ推ヘサセ御座セハ中宮ハ又主上ノ遙々ト下ラス都ノ

外ニテモ思遣進セニ何シ歎ノ有世トモナシ明メ夜ノ心遣其中ニ
涙計シトモナイサヒシカルヘキ宮ノ中堪テハ如何長ラエントカキシテ
思召ス御心ノカナシサシ語参セ給ハ秋ノ夜ノ千度シ一夜ニ准トモ尚
言葉残テ明ヌヘシサレハ御心ノ中ノウキ程シハイカヂカ謂参スヘキト思召
ケルニヤ中ヽ問ヘカハス程ノ一節モ無ソ只御袖シ顔ニ推當サセ給テツレナリ
見エシ在明ノ頃マデニソ成ニケルサテモ何ニデ惜ミハツヘキ御名残ト思召
ス程ニ愛宕寺ノ鐘ノ音曉ノ里ノ鳥ノ音ヨモ別シ催シカホナレハ御車シ
廻メ泣ミ還御成ケリカサ子テモ此後何ニメ夢ノ傳ニモ相見ルヘキトモ
消入計ノ御心ノ其ヘキレニ
○此上ノ思ハアラジツレナサノ命ヨサレハ何シカキリニト
御涙ノ中ニ聞エツヽ衣引カツキテ臥沈セ給ホラヽ皈ル車ノ別路シ是ヤ

限ト思召寂寞タル奴家ノ何ンカ人モ稀ナルニ餘リ棲セ給ヒシハ哀ナリ
シ事共也、
先朝隠岐国遷幸ノ事、
去程ニ元弘二年三月八日千葉介貞胤小山五郎左衛門尉
秀政、小田尾張守　佐々木佐渡判官入道々誉
シ始テ宗徒ノ大名十人其ノ勢七百余騎ニテ路次ヲ警固シ奉
リ先帝ヲ隠岐国エソ遷幸成シ奉ケル主上御冠直衣白綾ノ御
衣一重奉ツ縄代御車ニソ被召ケル西園寺中納言公重卿御車ヨセ
ニ被参タリシカハ去年今日ハ北山ニテ花ノ筵詩宴歌詠舞曲様
ヤナリシ事共昨日今日ノ様ニ思召出テ御涙数々思召ケル既ニ
主上御車ニ被召ケルモ御涙ノ中ニカクソハカリ

終ニカク沈ハツヘキ程ナラハ上ナキ身トハ何ニ生レケン、
○イサ知ス猶シキ方ノ又有ハ此窩トテモ思モヤセン、ト
被遊ケルニコソ〆公重卿ソヾロニ袖シツ〆被絞ケル御共ニハ一条ノ中将行
房、六条ノ中将忠顕朝臣、女房達ニハ三位殿、大納言ノ典侍、小宰
相殿計也、鳥羽殿ニテハ御車ナレハ指タル御行粧モ渡セ給子トモ、
御警固ノ武士共色々ノ綾錦織尽シ染尽シタル水干直垂共ニ太刀
モ照耀ハカリナリシカハ由々敷見物ニテソ有シサレハ車ハ軒ヲ礫《キシリ》
轅双ル所モナク壷装束ノ女房共其数ヲ不知何ナル紫抹人山
儀ニテモ見奉ル人毎ニ誠《ゲ》ニウキ世ノ極ハ今ニ尽ヌルソヤ崇徳院讃
岐ヘ御座シ後鳥羽院隠岐ヘ被遷サセ給シ見ヌ世ノ変モ思出
ラ日此何ノ句ニモ觸ヌ数ナラヌ度ス身ニテモ、推双テ今日別シ

悲テシキ所ナリ吟シ御車已ニ東ノ洞院ヲ下ニ七条ヲ西ヘ（キラセ給ヘハ都ノ
名残モ是ニテ也ト悲キニ貴賤岐シ争ヒ男女路ツ塞テ浅猿ヤさ
正シリ一天ノ君ツ下トメ流シ奉ル叓ヨ是ゾ武運ノ極ナルト悼ル所ナリメ
申合テ只ハ赤子ノ母ヲ慕カ如ツ声モ不惜泣悲ケレハ聞ニ哀ヲ催
サレテ発言国ノ武士モ諸共ニ曹ノ袖ヲゾ叉ラシケル中ニモ佐々木佐渡
判官入道ハ去ル正中元年三月廿三日石清水ノ行幸ノ時橋
渡使ニテ有シカハ悪召出テ道誉ヲ被召テ
○知ヘスル道コソアラスナリ又トモ遊ノ渡ハ忘シモセジト
被役下ケルニコソ人道誉頭ヲ地ニ着テ涙ノ袖ヲ押ツヽ且ハ御前ニ
臥沈ミケル鳥羽殿ヨリ御車ヲ被留テ御輿ニ被召メシハ暮迷タ
ル気色御涙ニテサラデモ陰カケナル欄井里八幡ノ伏拝ミモ成シカハ

且ツ御輿ヲ昇居サセ給ヒ、再帝都還幸之御祈念有ニシゾ哀レ

彼八幡大菩薩ト申ハ、應神天皇ノ化儀百王鎮護ノ御誓新ナ

ルハ天子行在ノ外ニテモ齊ハテサセ給ハジト憑敷ゾ思召ケル其日摂

津國小屋ノ宿ニ着セ給ニケリ、萱カリ葺ル軒モ旧テ共ニ傾ツ夕月

夜ホノカニ見エテ、シカシカリシカハ主上叡覧有テ、

命アレバ小屋ノ軒半ノ月モミツ又イカナラン行末ノ宿ト

被遊テ明レバ聴テ宿ヲ出テ廣田ノ社名次山芦屋ノ里ヲ過行バ、間

遥ニ見テ山姫ノ手玉モタユリ織ナセル布引ノ瀧ハ是カトヨト行末見

エヌ夕霞深井ノ松原求塚生田ノ小野ノ幾度カ出ニ都シノヨラ

ヘノ濱淡カラヌ時ダニモシホルヽ袖ヲ湊川カワカズナカラ行程ニ福原ノ

旧都ニモ着ニケリ指モ入道清盛カ天下ヲシハカライテ今ノ都ヲ此所ニ

政遷メ程モ无ツモヒハテヽ其故モ上ツ論セヽ驕ノ末果テ天譴懸リノ
ニケリト今更コヽニ思召ニ慰セ給ヒケリ和田ノ御《ミ》サキツノ見渡セハムコ山
下ノ橋サエテ霞カ子タル明ホノニ上野ノ草ノ露分テ旅ノ思ヒ須磨ノ
浦漕行ツ舟ノ白浪ニアハヤ淡路ノ島近ツ通千鳥ノ声スゴツメ涙ノ數
夜モスカラス思召残ス御心ニテ昔光源氏ノ大将ガ朧月キ夜ニ名シ
立テ北浦ニシモ被遷テ三年シ遍ヒ給ヒニ涙ノゴヽモトヽ立ル心
治メ涙落ツトモ覚ヌニ枕ハウツバカリニナレリト旅泊ノ悲シミニシモ誠ニ理
哉ト思召ニ明石ノ浦ノ朝霧ニ島隠行舟シヲシト詠ミ置ツ人丸塚間ナレト
古ノ野中ノ冷水ナカレテモ帰ラヌ浪ノ高砂ヤ尾上《エ》ノ松モ徒ニ向ヘル身
シヤナゲカニシ跡ニ幾重ノ山川ツ杉坂コエテ美作ヤ久米ノ佐良山サラデ
ダニ都ノ恋ノ悲シキニ小山ノ五郎左衛門秀朝花ノ一枝手折テ木

条ノ少将ニ進ケルシハ主上叡覧有テ、
花ハ猶浮世モワカヌサキニケリ都モ今ヤ春ニ成ラン、
閑シキニ久米ノサラ山越行ン道トハ更ニ思ヤハセン、
又御輿ニ被召ツヽ是ヨリ高峰ノ雲ヲ分スツ野ノ霞ヲ凌テ樵メニ
通ヒカ子タル山路ヲ経過サセ給フニモ兼氏ノ君ノ遷幸ノ時シホリノ
道シメ分迷スルト被遷シケニヤト思召出ラレテ、
跡ミユル道ノシホリノ櫻花比山人ノ情シソニシルヽト
口ズサミ給テゾ危キ嶮路ヲ過サセ給エハ今可キ有時ナラヌニ雲間ノ
山ニ雪見エテ遥ニ高キ峰ゾアル御警固ノ武士ヲ被召テ御尋有
ケレハ伯耆ノ大山トゾ答申ケレハ主上去叓有トテ且ク御輿ヲ舁居
サセラレテ内證信心ノ法施ヲ奉セ給ケルトカヤ急ヌ路驛日ヲ重子

或時ハ雞鳴抹ニ過茆店月ヲ或時ハ馬蹄踏ニ破板橋ノ霜ヲシテ昨日今
日トハ思召エトモ都ヲ出サセ座テ十三日ト申スニ出雲国八杉浦ニ着セ
給ケリ是ヨリミホノ湊ヘ遷幸ナリテ渡海ノ順風ヲ待程ニ弥生程
無ノ暮ハテ卯月朔日ニソ成ニケル御警固ノ武士共モ今日ハ更衣ト
テ何ニ都ノ面白カルランナト申シヲ聞召ニ雲上ノ人平座御意ニ浮様ナ
身モコソハ月日モ知ヌ我ナラメ衣更セシ今日ニヤハアラヌト
被仰出ケルニコソ供奉ノ人ヽモ今一入都ヲ戀ル袖ノ露ヲ重アヘヌ一ニテニソ
見エニケル葛城ノ大君ヲ陸奥ヘ流卯林實方ヲ出羽ヘ被遣モ是等
ハ官高キ品ナレ共其位サガレリ止ソ是ハ十善ノ君万乗ノ主ニヤナ
ナリ武臣ノ礼無キニ下ラセ給ヒテ外都ノ畢濕ニ遷居有シ事タメシ少キ
事哉トテ蕭艾雖免ノ者ニテモソノ口ニ袖シツクヌラシケル

○児島高徳行跡ノ事、
縣ケル所ニ備前國住人児島備後三郎高徳ト云者アリ主上笠
置ニ御座ノ時ヨリ御方ニ参シ錦ノ御旗ヲ賜テ大軍ヲ起セト企シカト
事未成先ニ笠置ノ皇居ハ陶山小見山ニ被落楠正成櫻山入道
自害シヌト聞テ戴一族共ヲ集テ申ケルハ抑面々ハ何カ思ヒ給フ志士仁
人ハ殺身ヲ為仁シト云ヘリサレハ昔衛懿公北狄ノ為ニ殺レテ有シヲ見テ其
臣弘演ト云シ者是ヲ見ニ不忍自腹ヲ切テ懿公カ肝ヲ己カ胸ノ中ニ收テ
先君ノ恩ヲ死後ニ報テ失タリキ見義ヲ不為無勇也戦場ニ臨テ死
ヲ軽スル事ハアナガチニ兵ノ高名トハ不存加様ノ事コソ尤本望ナレイザヤ
人ヽ遷幸ノ路次ニ参合君ヲ奪取奉リ兵ヲ起シ縦尸ヲ戦場ニ曝
ストモ名ヲ子孫ニ傳ント申ケレハ心有一族共皆尤トソ同シケルサラハ

路次ノ難所ニ相待シトテ備前ト播磨ト堺ナル舟坂山ノ嵩ニテ今ヤ〳〵
ト待カケタリ臨幸ノ餘ニ遅カリケレハ人ヲ走ラセテ見スルニ警固ノ武士山陽道
ヲハ不経〆播磨ノ今宿ヨリ山陰道ニ懸テ遷幸成進スル間高徳カ
支度相違〆ケリサラハ美作ノ杉坂コソ究竟ノ殺所ナレトテ三石山
ヨリ違行ニ路モナキ山ノ雲ヲ分テ杉坂ヘ越タレハ主上ハ早院ノ庄ヲ過サセ
給ヌトソ申ケルサテハ聖運天ニ叶セ給ハサリケリトテ是ヨリ無力散々ニ
ミナ成ケルコソウタテケレ高徳一人ハ猶モ此所存ヲ上聞ニ達セントテ
微服潜行〆三刈ノ湊ニテ二三日下テ隙ヲ伺ヘトモ不叶リケレハセメテノ
叓ニ主上ノ御座有ケル御宿ノ庭ニ大ナル柳ノ有ケルヲ〆削テ大文
字ニ一句ノ詩ヲソ書タリケル
天莫空勾践時ニ非無范蠡ト　御警固ノ武士トモ朝ニ

是ヲ見付テ何者カ仕タル事ヲ書タルヤラント是トモ讀明ムル者モ少ナシ兔角沙汰シケル程ニ主上聞召レテ事ノ様ヲ御尋有テウツサセテ御覧有テ朕カ為ニ猶事ヲ諫ル忠臣義士モ有ケリト憑敷思召ケレハ龍顔御快気ニ打笑セ給シカトモ武士共ハ敢テ此来歴ヲ不知レハ思咎事モ無テ休ニケルコソヽシカニケレ、

呉越戦ノ事、

抑此ノ五言ノ詩ノ意ハ異朝ニ呉越トテ壤ヲ双タル二ノ大国有リ此ノ両國ノ諸侯皆王道ヲ不行メ霸業ヲ為ハ務間呉ハ越ヲ伐テ執ントシ越ハ呉ヲ并セントス如此相争コト累年ニ及テ呉越互ニ易カヘ勝負シカハ両國ノ主同ニ成ツ親ノ敵ト成テ子雖共恥戴天シケリ此ハ周ノ末世ニ當ル事也此時呉國ノ主ヲハ夫差ト云越国ノ主ヲハ勾踐ト云或時

彼越王句踐召大臣范蠡宣給ケルハ呉ハ是我父祖之敵也
我不報父祖之仇徒送年月空取嘲天下人兼辱父祖
之尸於九原苔下恨有然我今率國中軍兵攻入呉國呉
王夫差誅戮欲散父祖之恨也海且此国留可守社
稷宣ケルハ范蠡諫申ケルハ臣竊謀以越兵滅呉
事頗以可難其故先両國兵数呉廿万余騎越
纔十万余騎也諒小以不敵於大是難滅呉其一也次令時
討春夏陽時行忠賞秋冬陰時専刑罰者也時
令春始也忠賞時於干戈動征罰討可致時非
是必可難亡呉其二也次隣國有賢者敵國之憂也然
又臣聞ケリ呉王夫差伍子胥云名臣有智深民

懐《ナツ》ケ慮リ遠シテ諫メ王シタリ楽儂カ呉ニ仕シ程ハ可キ難《キ》滅シ呉是其
三世麒麟ハ角内ニ有リトイヘトモ呈ニ猛形ヲ蟄シ潜龍ハ三冬ニ蟄居メ
待ニ一陽来復ヲ天シ者也君只今并ニ呉越ヲ臨シ中國ニテ南面ニシテ天人
孤トト称セントナラハ且ク伏シ兵ヲ隠シ武ヲ時ヲ待テ父祖ノ仇ヲ報シ給ヘト申ケレハ
越王大ニ怒テ宣ケルハ礼記ニ父ノ讐ニハ共ニ不戴日月ヲ背ニ礼典ニ
負ニ事迫リ不得止已ニ欲挙ト義兵ヲ所ニ海挙テ三ノ不可止我軍旅其
義一モ朕カ意ニ不好《ヨミセ》先以軍旅ノ多少干戈ノ動スヘシハ越ノ兵
苟《ニコトニ》難ク当呉ニ然トイヘトモ一戦ノ運否ハ必シモ兵ノ多少ニ不可依
啻《タヽ》時ノ否泰ニヨリ且ハ将ノ謀ニヨル者也サレハ呉ノ軍与越ノ兵闘事数
十度ニ及テ雌雄互ニ易レリ是海カ知ル所也今何ソ越兵ノ少
キシ以テ呉ノ大敵ト闘ン事ヲ恨ヘカラスト云ハンヤ是海カ武略ノ不足

所ノ其一也次父祖ノ大敵ヲ討トスルニ必シモ合戦ニ雌雄ヲ不可論自
古王侯相将以時論セハ勝負何レノ所ニカアラン夫天ノ時ハ不如地ノ利ニ
地ノ利ハ不如人ノ和ニトミヘリ然ハ海時令征討ヲ行ハンニ不可也ト諌ム是
海ヵ智謀ノ淺所ノ其二也次彼呉國ニ名臣伍子胥ヵ有ノ程ハ呉ヲ亡ス事
不可叶トニ云ハ朕ヵ父祖ノ敵ヲ討テ不可有報恨ヲ於泉下ニ徒ニ待ハ伍
子胥ヵ命終シテ死生有命老少不定ウ伍子胥与ニ朕ヵ命ハ何レカ先ト知ン
累祖ノ仇報セン事ヲ知ラスハ越ノ國ノ兵ヲ動セコトノ諌兹海ヵ愚ノ
三也抑朕已ニ多日ニ及テ邦内ノ兵ヲ徴メ呉国定テ敵軍ノシツハン事ヲ
知リヌラン義兵ヲ挙ケンコト才《ハツセ》御尉メ呉國ニ趣サラン先ニ却テ呉国ノ
大軍ヲ率シ朕ヵ邦内ニ寄来ラハ雖一戦スト不可有乗勝ニ六韜ニ云ル事有リ
先則制人後則為ニ人ノ被制トニヘリ事已ニ決セリ且モ不可止ト云テ越王句

位十一年二月上旬ニ句践自将ニ十万余騎ニトシテ呉國ヘゾ進發シタリ
ケ呉王夫差聞之小敵ヲハ欺ヘカラストテ大ニ國中ノ軍兵ヲ率メ自ミ
廿騎ノ将トシテ呉越両國ノ境タル夫椒縣ト云所ニ發向シ會稽山ヲ
後ニ當テ其ハ前ニ長江ヲ阻テ魚鱗鶴翼ニ長地ノ陣ヲ張タリケ呉
王ノ臣伍子胥越王ノ兵ヲ欺カンカ為ニ態ト三万余騎ヲ出メ呉子カ
八陣ヲ張シメ精兵十七万騎ヲハ會稽山ノ山陰ニ深クカクシテ置タリケ
リ去程ニ越王莅テ於夫椒縣ニ呉王ヲ見ヘハ其勢僅ニ二三万騎ニハ
過シト覚タリ越ノ軍兵是ヲ見テ憶ニハ不似小勢也ケリト侮テ十万
余騎ノ兵共浩波渺天ニ大河同時ニ馬ヲ打入テ馬筏ヲ組テソ
渡タリケル比ハ二月上旬ノ事ナレハ餘寒尚烈メ河水連氷シタリ兵手
凍《コヽ》エリテ弓ヲ控《ヒケ》トモ不叶馬蹄泥テ雪ニ軍ノ懸引不自在ナラトモ越王句践

打テ攻皷シ前ナル敵ヲ小勢ト見澄テ十万余騎ノ兵トモ破剥シ碎テ堅シ
双連シテ〆カケタリケル呉王ノ兵ハ兼テヨリ敵ヲ難所ニ引入テ一騎モ洩サ
ス取籠テ打ントシ議シタル事ナレハ態ト一合戦シテ夫椒縣ノ陣ヲ去テ
會稽山ヘ引タリケル越王乗勝ニ追北シ三十余里西隊ノ陣ヲ一ニ
合テ左ハ不顧右ヲ右ハ捨テ左ツ人ヲ息ヲ継セス思ゝ様ゝテ〆遂タリケル
日已ニ暮ナントスル時呉王ノ兵共万騎敵ヲ難所ニ帯入テ會稽山ノ
後ヨリ打テ出越王勾践ヲ中ニ取籠メ一人モ洩サシト干戈ニ血ヲ
濺《ソヽ》キ剱戟ヲ摧テ〆戦タル越王ハ先ニ大河ヲ渡メ後又此軍ニ遠懸メ
人馬共ニ疲タル上御方ノ兵無勢也ケルニ却テ大敵ニ被囲ヌルノ越王ノ
兵ハ首ヲ鳥ノ籠ニ入タルカ如ク一所ニ打寄テ引エタリ進テ欲懸ハ前ノ敵ニ
大敵後ノ嶮岨ニシテ調テ鏃ヲ待懸タリ退テ欲拂ハ後ナル敵ニシ又呉ノ兵ハ大

勢ニテ越ノ兵ハ疲タリ進退粤《ココニ》谷テ敗亡已ニ近キニアリ雖モ然ト越王句
践ハ呉王カ謀ヲ廻シ孫子カ法ヲ得テ堅ヲ破リ摧キ利ツ呑ニ項羽カ勢ヲ過ニ
樊噲カ勇ニモ過タリケレハ数万騎ノ中ヘカケ入テ十文字ニ懸破リ巴ノ字ニ
追廻ス越王ノ兵ハ一所ニ合テハ三所ニ分レ三ニ分テハ一処ニ合ニ挑ニ四方ニ當リ
八面ニ當戦項羽ニ変化ス大敵ヲ討事数千人也ト云共越王遂ニハ
打負テ七万余騎ハ被討ケレハ句践弓折矢尽テ會稽山ニ打上リ
越ノ兵ヲ数ニ被討残タル兵僅ニ三万余騎ニ成ニケリ此士卒モ半ハ
箭鋒劒戦ニ當テ疵ヲ蒙リ命ヲ危クスル者共也ケリカヽリケル
処ニ又隣國ノ諸侯多ク兵ヲ引テ呉王ニ與《クミシ》ケル間呉軍兵弥
重テ四十万騎會稽山ノ四面ヲ囲コト如ニ稲麻竹葦ノ也越王帷
幕ノ中ニ坐シテ集ル兵ニ宣ケルハ我命已ニ尽ナントス今逢ニ此囲ニヘリ

是全ク諸将ノ怠ニ非ス又闘ノ咎ニ非ス只天亡我リシ必シモ悲ル処ニアラス
然レハ吾明日諸将ト共ニ大敵ノ囲ヲ破テ呉王ノ陣ニ懸入リ自
父祖ノ大敵ヲ討カ若又不得討ツ吾命ヲ父祖ノ為ニ亡シアンく
呉王ノ軍門ニ曝シ父祖ノ恨ヲハ再生ニ可報ストテサリモ身ヲ
離レ給ハサリケル越王ノ神璽国ノ重器共ヲ堆ク積テ尽ツ焼棄
ントシ給フ又王子鼫《ジ》与トテ今年八歳ニ成玉ケル鍾愛ノ太子此戦
場ニ出テ越王ト同クシワシケルヲ呼出シテ宣ケルハ汝未ニ襁褓ノ中ニ
人トモ成テ未タ幼稚也トイヘトモ苟モ父祖ノ敵ヲ討トスル志有リ我兵
其志ヲ賞シテ此戦場ニ迄伴ヘル者也汝ハ覇者ノ志有トイヘトモ劔ヲ
侮リ敵ヲ推ニ力不足又四面ノ軍兵我ヲ囲スル事数百重ニ己ニ
訛セントスル時ニ我兵骨ヲ粉ニシテアツ曝シテ死亡シ朕モ又父祖ノ恨ヲ

報ゼンカ為ニ命ヲ落サハ汝独我死後ニ残テ累世ノ大敵ニ虜《トラハ》レン時、魂魄九原ノ下ニテ汝カ浮目ニ逢ンスルヲ見ン事又死後ノ恨モ深カルヘシ若又我父祖ノ敵ニ虜レン時汝我ヨリ先立テ剣戟ニ當テ死セハ父祖ノ仇ノ上ニ又汝カ恨ヲ散シ難シ若汝カ胸ヲ我剣ノ先ニ貫テ忘安ソ思罷キ明日ノ合戦ニ呉王ノ軍門ニシテ討死シテ九原苔ノ下、泉下ノ達ニ路近モ父子ノ恩義ヲ忘ヌト思也トテ左ノ手ニ太子ヲ提テ、右ノ手ニ剣ヲ按テ太子ノ命ヲ止ト涙ヲ流メ宣ケリ帷幕ノ中ニ並居タル左将軍右将軍ノ幕下ノ兵共ニ至ル迄涙ヲ流シ曽ノ袖ヲソヌラシケルカヽリケル所ニ越王ノ左将軍ニ大夫種ト云臣有ケリ越王ノ前ニ進出テ申ケルハ全メ生ヲ待ニ天命ヲ遁シ難シ軽シ一死ヲ當義ニ臨テ節ニ易ツ難シト云トモ且ツ越ノ国ノ重器ヲ焼キ棄テ太子ノ命ヲ滅コトヲ休《ヤメ》給ヘ

臣雖モ不敏ト欺キ呉王シ君王ノ此恥ヲ洗給ヘ今此上ハ囲テ一陣ヲ張ル
呉ノ上将軍太宰嚭ハ臣カ古ノ竹馬ノ朋也席ヲ同シ駒ヲ並ヘ伺彼カ識
度ヲ明ニセリ然又勇者ニ二有リ彼ハ血氣ノ勇者也ト云トモ其性迷ヒ
色ニ耽リ欲ニ不驕カリニ人ヽ識シ又古渠儀カ呉王夫差ノ意ヲ語シ間ニ智
淺ク謀短ク媱メ色ニ晴レ道ニ君臣共ニ欺ニ安所也抑今越ノ兵闘ニ無
利メ為ニ呉ニ被囲ヌル事ハ君独リ范蠡カ諫ヲ用ヒ玉ハサリシ故ニ今
此困ニ遇リ悔共不可及ヽ君王且ツ小臣カ尺寸ノ謀ヲ許メ敗軍
數万ノ死ヲ救給ヘト諫メ申ケレハ越王大夫種カ理ニ伏メ敗軍将
再不謀トコソ云ヘ今ヨリ後陣中ノ謀ハ可キ任海ニ也ト宣テ越国ノ
重器ヲ燒ルヘキ事シモ番メ太子ヲ害シ奉ンスル事モ被止ケレハ大夫
種即君王ノ命ヲ受テ冑ヲ脱旌ヲ巻テ自会稽山ノ下ニ越王

闔ニ利無メ今日呉王ノ軍門ニ降ト喚リケレハ呉ノ軍兵四十万騎同
時ニ勝時ツ造テ皆万歳シツ呼ケル大夫種呂呉王ノ轅門ノ中ニ
入テ申スラク越王ノ臈臣大夫種ト云者聊有可奏事ト奏馳テ未
リトニテス呂呉ノ上将軍ノ幕下ニ属ニ膝行頓首メ大宰嚭カ前
ニシイニテス地上ニ平服ス大宰嚭ハ床ニ坐メ帷幕シ挑サセテ大夫種
シ視ル大夫種敢テ平視セス低面シ流涙シ申ケルハ越ノ国ノ臣
句践栄辱窮達時有レハ今日運窮リ勢ニ窘テ上将軍ノ
兵ニ被囲今小臣種シ使トメ越王永ク呉王ノ小臣ト成リ一田ノ
民ト成ラント乞キ冀ハ往日ノ罪ヲ許ニテ今日ノ死ヲ助ケ給ヘ将軍
若句践カ命ヲ救玉ハヽ越ノ国ハ呉王ニ献ニ湯沐ニ地ト成ニテス
彼重器ヲハ将軍ニ奉リ日ニ歓娯ニ可備若大臣カ望所不

協テ遂ニ句踐カ眾ヲ不捨トナラハ越王ノ神𩑈及ヒ重器國ノ宝共ヲ
焼棄テ前ノ殘ノ精兵未タ一ニシテ呉王ノ強陣ヲ懸破テ軍門ニアタシ可
踞也小臣平生上將軍ト膠漆ノ交リヲ結シ事不淺比事在芳
恵ニ將軍早ク奏シ呉大王ニシテ臣カ胷中ノ安危ヲ叓令中ニ知シメ給ヘト
一度ハ怠リ一度ハ慈ヘ言ヲ盡テ申ケレハ太宰嚭顔色苟解テ北闕
某可赦必ス越王ノ眾ヲ可緩トテ高呉王ノ幕下ニシテ朝シケル上
將軍呉王ノ玉座ニ近付テ使者ノ事ヲ以ソ奏シケル呉王大ニ怠テ
云ッ呉与越国ヲ争ヒ兵ヲ挙ル事今日ノミニ非ス呉カ比以義鬭テ軍
旅ノ骸骨ヲ山野ニ損シ事不可勝計朕ハ已ニ越王句踐カ為ニハ父祖ノ
仇タリ越王又朕カ為ニハ數世ノ大敵タリ宗廟ヲ亡シ國家ヲ傾ントス
ル事數度ニ及ヘリ然ニ今越王ノ運數粤ニ窮テ呉ノ擒《トリコ》ト成

シリ但天ノ與ニ予ニ非スヤ将軍北仇ヲ作ルヲ知ヌ句践カ命ヲ助ント乞フ敢テ
忠烈ノ臣ニ非スト宣ケレハ太宰嚭重テ申ケルハ小臣雖不肖ト苟モ
被聴ニ将軍之号ヲ兵ヲ率シ越ノ國ニ入テ戦ヲ致ス日ハ適ニ謀ヲ於帷
帳之中ニ決ニ勝於千里之外ニ但臣カ雖微功ハト豈保ニ国家ヲ不為要
樞ヲ裁今君王ノ為ニ天下ノ太平ノ謀ニ蓋一日モ肺肝ヲ疲ニ忠心ヲ不傾ヤ
臣倩國家ノ安危ヲ計ルニ今日越王闘疲レ兵尽タリト云共モ残ル
所ノ軍兵三万余騎皆雄兵鋭騎之勇士也呉ノ兵ハ昨日軍ニ
大敵ヲ擒戎旅ノ亡ス事甚多メトモ云トモ今ヨリ後ハ呉ハ闘ノ兵疲ル上ニ
又保身ヲ全命ヲシテ恩禄ニ誇ラン事ヲ計ヘシ夫越王ノ兵少シト云ト
モ一人モ辞家ニ飯事ヲ得シト知テ三万余騎志ヲ一ニシテ争闘ハ呉
必ス可遁危ニ茲窮鼠却テ齧猫ヲ闘雀不怖人ニアリト云ハ是ナラン

不如先越王ヲ誅戮シ助ケ一田地ヲ与ヘ呉国ノ下民ト成シメ給ヘ君
王若呉越ニ両國ヲ并ハヽ立ノ所ニ斉楚秦趙モ来テ朝セスト云事
アルヘカラス茲ニ深根ヲ堅蔕シ社稷ヲ盛ニシ国家ヲ快スル樞機タラスヤト
厳色シテ忠理ヲ申ケレハ呉王即佞臣ノ言ヲ聞キ帝徳ノ不老理ニ暗ノ
迷歎ニ意深リケレハサラハ速ニ會稽山ノ囲ヲ解テ句践カ死ヲ可助ト
ソ宣ケル上将軍即帷幕下シ辞メ我帳中ニ帰リ大夫種ニ此由ヲ語ル
大夫種大ニ悦テ又會稽山ニ越王ニ此由ヲ奏シケレハ申書ヲ調ヘ遣シ
双ナル兵ヒモ手戈ヲ横ニシテ矢ヲ袋ニメ万死ヲ出テ一生ニ遇支備ニ
范将軍大夫種カ智謀ニカヽリト悦ハヌ者ソ無リケリ越王已降旗ナシ
立ケレハ呉ノ兵會稽山ノ四面ノ囲ヲ解テ一陣ニ合スレハ越ノ兵會稽
山ノ下ニ聚ケリ越王即八歳ニ成ケル太子王韶与シハ范将軍大夫

種ニ付テ本國ニ皈ストテ涙ヲ流シテ宣ケルハ思ザリキ天我運命ヲ棄テ
呉ノ兵ニ任セントハ若我骸骨ヲ呉ニ曝サン時ハ父祖ノ宗廟モ損亡シテ
山野廣トモ云共我カ遺骸ヲ納ル一所ナクハ越江ニ流シ沈メヨ若又我
命呉兵ノ手ニ亡ストモ云共汝王鼫与ヲ主トメ再ヒ越ノ国ヲ興サハ吾九
原ノ苔ノ下ニメ幽魂ヲ悦バシメツヘシトテ云畢テ越王降旗ヲ進メテ白馬素
車ニ乗テハ越ノ国ノ璽綬ヲ頸ニ掛ケ自呉ノ下臣ト称メ呉王軍
門ニ降リ給ツカハリケレトモ互ニ父祖ノ仇タレハ呉王猶心許ヤ無リケン君子ハ
不近於刑人ニトテ敢テ句践ヲ面ソ王座ノ前ニ不着シテ廷尉ノ職ニ被
渡ケリ剰ヘ越王ヲ典獄ノ官ニ被下ル日ニ行歩一驛前後ノ兵囲
テ漸ニ呉王ノ姑蘇城ヘ入タニテス太子王鼫与ハ独越ニ入リ又句践ハ
呉ニ入給今ハノ手ハノ別路南北異ニ轅シストモ云ヘトモ落ル涙ハ諸共ニ袂ヲ乾ク

隙ゾナキ日ヲ経テ姑蘇城ニ付給ケレハ即桎ヲ入テ土ノ楼ニゾ奉入ケル夜明ケ日暮ヌレトモ三光ノ光シダニモ見給子ハ二生趣向ニ冥テ暗中ニ不知ニ寿月ノ遷流シモ涙ノ浮フ床ノ上サコソハ露モ深カリケメ獄司厳《シク》日夜ニ守護シ奉ル計ニテ越國貢物《ミツキ》ニイラズ供御ノ備モ無也去程ニ范蠡越ノ國ニ有テ越王入囚ニ苦メラレ給フ事シ聞テ被囚シ救フ事不ハ能ハ其恨肺肝シ砕テ憤骨髄ニ入レリ哀レ何トモシテ越王ノ命シ助ケ我国ニ帰シ奉リ小臣諸共ニ會稽ノ恥シ雪メ伐テ呉シ并ハヤト思ケレハ哉服范蠡翅独恐テ身シヤツシ魚シカヘテ簣ニ入テ魚シ肩ノ上ニ荷テ沽魚ル商人ノ真似《ニセ》シテ呉國ヘソ行タリケル姑蘇城ノ辺ニ徘徊シテ越王ノ御座ス所シ問ケレハ帝都ノ父老教テゲリト范蠡乞シリ思テ漸往テ獄門ノ内ニ入ントス范蠡魚シ易タリケル間獄司ハ不知シテ竟追出

シトスル計也、范蠡カ云ク、某ハ茲ニ毎日帝都ノ内ニ賣魚ヲ紹シテ飢ヲ賤夫也、
然ニ一ノ魚ヲ献メ彼獄中ノ饉シ助ト為ニ與ニ奉リ上ニ商客又毎他
変何ソ此白頭ノ老翁ヲ打給ソヤ、典獄ノ官閽テ之ヲ聞シテ入獄門ニ、変許テ
ケリ、范蠡悦テ漸ニ行テ視ハ、越王獄中ニ在リ、黍モ文武ニ才ニ長メ
六合ノ間ニ施ニ誉ヲ給ヘル越ノ國ノ明主百司千官朝セシムル変モナク、
カヽル浅増キ楼ノ内ニ御在ハ憔悴シハテヽ且暮ノ飢ヲシモ難継御有様
也ケリ、句踐ハ又范蠡カ身ヲヤツシテ楼ノ外ニ有ケルヲ御覧シテ、我此囚ニ
逢テ越国已ニ敗亡シヌル故ニ、旧臣モ又如此賤キ父老ト成ニケリト
思召メ楼中ノ愁ヲ語ハヤト思召トモ、獄ノ官傍ニ有レハ心ニ任セズ、
范蠡モ又我肺肝ノ謀ヲ宣ハヤト思ケレトモ、獄司前ニ有ハ不恨君
臣共ニ此恨ヲ解ントスレトモ不解ヘ、趣一行ノ書ヲ納メ魚腹中ニ獄ノ内ヘソ

御入タリケル句践怪ノ思テ食セントシ給魚ノ腹ヲアケテ見給ケレハ西伯ハ
囚ニ羑《ユウ》里ニ重耳ハ奔ル翟《テキ》ニ皆以為王覇ニ莫死シテ許スコト敵ニトソ書タリケル
越王魚腹ノ書ヲ御覧メ何カニモメ命ヲ全メ興國家ヲ可盛宗廟ヲ
謀ヲ廻ヘシト諫勸ケルヤト思召シ忠臣在リ國ニ何不復王業ヲト怙シク
コソ思ハレケレ此程ハ僅ツカノ命モ生ルヲ慙トカコタレシニ吾身ナカラ御命モ却テ
惜ソ思召ス懸ケル所ニ呉王俄ニ石淋ト云病ヲ受テ身心鎮ニ悩
乱シ給ケリ巫覡祷トモ無ク験医家療スレトモ不痊《イエ》御命已ニ危ソ
見エ給フ所ニ燕國ヨリシ扁鵲ヲ朝ケル程ナル名医来テ申ケルハ玉躰
不預ノ御事甚重ト云トモ神農ノ医術モ及フヘキニ非ス若嘗テ
石淋之味ヲ五味ノ様ヲ知スル人アラハ暫可奉療トソ申ケル
サラハ誰カ此石淋ヲ嘗テ其味ヲ知ヘキト尋ケルニ左右ノ近臣

相観テ嘗ル人更ニ無リケリ獄ノ句践是ヲ聞テ宜ナルカナ吾逢ニ會稽ノ囲ニ時已ニ蒙ル鈇鉞ニ誅セラレヘカリシヲ呉王ノ仁恕ニヨテ今ニ此命ヲ助リヌ偏ニ君王非ス寛宥ノ恩恵ニヤ我今以テ之ヲ彼恩ヲ不ンハ報何ノ日ヲカ期セントテ窃ニ樓ノ内ニシテ嘗メ石淋ヲ其味ヲ醫家ニ被知ケリ醫術味ヲ聞テ百藥ヲ合ルニ呉王ノ病速ニ平愈シテケリ呉王大ニ喜テ云ク彼越ノ人苟モ仁惠深メ我死ヲ助タリ我何ソ謝シ彼ニ無ン恩義ヤトテ越王ヲ樓ヨリ奉出ルノミニ非ス剰サヘ越ノ國ヲ与ヘ本國ニ帰スヘシト詔勅シ被下ケリ爰ニ呉ノ名臣伍子胥ト云者堅ク呉王ヲ諫テ申ケルハ不取天ノ與ヘヲ却テ得ト其咎ヲ此時不ン并越ノ國ヲ果シテ世ノ仇タル句践ヲ被還ハ已ニ檻ニ入ル猛虎ヲ放カ如ク千里ニ禍害在リ近ニ必可ニ亡ス君王ノ國家ヲ慟哭シテ諫止レトモ呉王不用ヒ之シテ遂ニ

句践ヲ赦メ本國ヘソ被帰ケル越王既ニ廻轅メ還シ越国ニ給フ其途中
ニメ蛙不知其数車ノ前ニ飛来リ句践是ヲ見給テ是ハ勇士ヲ
得テ可達素懐ヲ瑞兆也トテ下御メ拝シ給フ角テ越国ニ皈テ
栖馴シ故宮ヲ見給ヘハイツシカ三年ニ荒ハテヽ鞋弁シ傾シ廟堂ニハ
荊棘茂テ跡モ無ク褒粧ヲ飾リシ后宮ニハ芝蘭ノ叢露深シテ十
二ノ朱門ハ自礎ノミ残ツテ三島ヲ移セル鳳池ニハ紫燕白鷗ノ徒
馴ル計也越王出国テヽ帝都ヘ帰ヌト聞シカハ范蠡即喜テ太子
王鼫与ヲ宮中ヘ奉入ス越王ノ后ニ西施ト云后妃ヲハシケリ越王
寵愛無双リシカハ且モ錦帳ノ中玉座ノ辺ヲ離玉ハザリキ越王呉囚ニ
後ハ暫ク其難ヲ遁ン為ニ帝都ヲ出テ遠塞ノ外ニ隠給イタリシカ越王
大内ニ帰給ヌル由ヲ聞給テ喜ノ涙セキアヘス越王高鳳輦車ヲ厳ニ宮ニ

臣シ遣メ西施ヲ后宮ヘ奉リ迎ヘ年ノ三年ヲ待堪テ堪ヌ思ニ
伏沈ム歎ノ程モ呈テ蛾眉ニ肌消タル御皃イトヾアリナリ人見ヘ給ハス宮幼
寵タル嬋娟ノ粧ニ梨ノ涙ヲ促給ヘハ梨花一枝ノ春嵐ノ音モ毋リ
ケル凡公卿大夫文武百司此彼ヨリ集リ朝シケル程軽軒馳テ紫陌ノ
之塵ニ冠佩帯冊ニ揖ミ月シ堂下如ニ毎開ル花ノ懸リケル一所ニ呉国ヨ
リ使為来レリ越王范将軍大夫種シ以侍奏トス使者奏メ申
サリ我君呉大王好ニ嫚シ重色メ美姫ヲ尋子給支西海ニ普ク雖求ト
未如ツ西施ナル顔色ヲ得ズ越王會稽ニ囲シ出レシ一言ノ約有リ
キ仁君子ハ不妄言ヲ早彼ノ西施ヲ呉國ノ后宮ヘ冊入レ奉リ被備ヘ
后妃ノ位ニヨトノ使也トツ申ケル越王聞ニ使者ノ言ヲ曰ケルハ我會稽
ニ囲シ逍シカ為ニ呉王夫差カ陣ニ降リ獄中ニ有テ石淋シ嘗方死

シ出テ一生ニ過ルコト全ク再ヒ呉ニ國家ヲ恥シ繁榮トニハ非ス只今一
度西施カ顔色ヲ紫霄ノ間ニ視春雲ノ上錦帳ノ中ニシテ玉ノ枕ヲモ
双ヘ浮世ニモ浮沈ノ定メナキ恨ヲモ語ハヤノ為也キ然ニ今呉王ノ旨ニ任セハ
生前ニ一タヒ離テ死後ニ再會ヲ期セシコト万乗之寶祚ヲ保テモ何カ
セシ縦ヒ呉越ノ會盟破テ再ヒ吾讎ト成トモ呉ノ因ト成妻ヲ呉王ノ宮
中ニ冊入ン事不可有トソ宣ケル此時范蠡流泪テ申ケルハ是明
君ノ謀ニ非ス故如何ト成ハ君王今西施ヲ不與ハ呉君子ニ和定テ
破レテモ去程ナラハ我越國ハ會稽ノ闘ニ兵疲レ民費ル所ニ呉王
又大ニ兵ヲ發テソ寄来ラハ越國ハ呉ニ被并ノミニ非ス剰ヘ西施ヲ
被奪國家ヲモ可被傾ケ臣債事ヲ計ルニ呉王ハ平生好テ美
女ヲ迷色ニ事甚シ西施独リ姑蘇城ニ入給ハハ呉王必日夕ニ盤樂ニ天

廟堂ノ礼シ不行ハ失国政シ事疑ノ所ニ非ズ然メ国費ヘ民疲時ニ及デ
君王発兵シテ呉ヲ被攻ハ亡一所ニ勝事ヲ一戦ノ中ニ得之ン共時
呉王ニ姑蘇城ヘ打入テ宮闕ヲ去レ西施ヲ奪取事掌ヲ指カ如
ナラン呉越ヲ并テ国家ヲ大ニセンコト眼ノ前ニ在カ如シ是君臣共ニ千
載一遇ノ智謀ニ非ヤト一度ハ哭シ諫テ理ヲ尽シ申ケレハ越王
范蠡カ謀ニ順テ西施ヲ呉国ヘ送シトソメシ給ケル彼西施ハ小廉ノ角ヲカ
ノミモ別テ可有物カヤト思ニ中ニ遊ラレテ幼稚ナ太子王鼫与シテ行末モ
不知ロ思置キ思ハ又旅ニ出テ別ヲ慕フ涙サヘシハシカ程モ不留ラ袂ノ乾ク隙
ノナキ越王ハ又此ヤ限ノ別ナラレト堪又思ニ伏沈ニ其方ノ空ヲ遥ニト
詠メ遣給ヘハ遠ゝタル暮山ノ雲イトド涓雨ト成ル空キ床ニ独子テ夢
ミモセメテハ相見ヤト枕シ抱テ臥給ヘハ傍《ソフ》モ甲斐無キ面影ニモ立方ナ

リツ歎給ツセシハ晩唐ノ詩ニ義ハ如シ西施カ離ニ金鈿ツ媚似スタリ楊妃カ酔ニ玉楼ニ
細雨灑ク花ニ千點ノ涙淡煙籠ム竹ニ一堆ノ愁ト西施カ越王ノ宮ヲ離リ
姑蘇城ニ赴ツ其愁ツ後来ノ詩人筆端ニ賦シ尽シケル事ヲ奇ニ絶章
トソ覚タルル彼西施ト申ハ古今第一ノ美人也ケリ粧成テ一ヒ
笑ハ百媚迷君眼ヲ令シ白地ニ侶宮ヲ出給ヘハ漸ク疑フ地上ニ無キ花ノ艶
纔視ル千態蕩シ人心ヲコトソ唯御遊ニ君ソワレニサスハ忽ニ怪雲間ニ失フ
月ヤト越王宮中ニメ角アソカレサセ給ケレトモ遂ニ姑蘇城ニ赴キ給ヘ一
度入テ宮中ニ侍シ君王ノ傍ニヨリ呉王聴テ御心空ニウカレテ万界モ不
是夜適宵御楼ニ双枕テ互ニ相見ル事ノ遅キ事ノミ歎テ不問世ノ
政ヲ畫ハ終日ニ鳳閣ニ宴シノミ事トメ不ノ弱國ノ危ニ懸リケル程嬉楽ノ余
リニ金殿雲ニ挿テ四辺三百里カ山川ヲ枕ノ下ニ見ル程ナル一楼臺ヲ

造リ給ヘリ此ヲ姑蘇臺ト名付ケル雲ノ甍霞ノ軒天ニ從ヘ珠樓
上ハ九重也其重々ニシイテハ西施ト戯レ給ヘキ主ノ床シツラ構タリ金玉座ヲ
敷キ錦帳ヲ垂ル珠簾含テ露路ヲ秋風吹ハ玉璨爛タリ呉王西施共ニ
姑蘇臺ノ上ニ宴シ給ヘハ天ノ樂青雲ノ上ニ響キ歌舞紫霄外ニ濤リ
深更ニ紫麝ヲ焼ハ薫風半天ヨリ来ル或時ハ閑ニ興シ給ヘハ半
宮ノ内ニ雲ヲ分一軒間ニ月ヲ携ヘ兵ニ登臨彌時ニ眺望倚テイ
ハ方ヲ笙革路ニ花無キ夏ノ夜ハ螢ヲ聚テ燭ニ代ヘ如此婬樂日ヲ重テ
更ニ無休時ナハ上荒下廢ルレトモ侫臣ハ阿テ不諫呉王ハ醉テ如ニ
忘メカハリケル程ニ伍子胥是ヲ見テ呉王ヲ諫テ申ケルハ君不見
乎殷紂王ハ迷テ妲己ニ亡國家ヲ周幽王ハ愛テ褒姒ヲ危ツ宗廟ヲ背リ
君王今西施ニ婬シ給ヘル事過タリ國傾敗ヲ不聞給ハ或時呉王

又為ニ宴セシ西施ヲ群臣ノ召シ姑蘇臺ノ花ニ戯テ酔テ勧メ給ケル所ニ依
子胥冠弁ヲ正シテ朝シケルカサシモ布ノ玉ヲ鏤メ金ヲ瑤タル階ヲ登ルトテ
其裾ヲ高ク挑タル夏宛水ヲ渡ル時ノ如シ言者怪テ其故ヲ問ニ、
伍子胥答テ申ケルハ君王背ニ三綱ニ毒ニ五常ヲ給フ故ニ此雲霄ニ
聳タル姑蘇臺モ幾程無クシテ越王ニ被亡テ草深ク露滋地成
夏遠カラジ臣若其ニテ薄命ヲ保タバ住ヘコシ昔ノ跡トテ憐ニ見時サ
コソハ袖ヨリ余ル荊棘ノ露モ嚢ムトメ深カランズラント行末ノ秋ヲ思故ニ吾
身ヲ慣シヌテ裾ヲバ挑ル也トゾ申ケル賢良納ノ諫ヲトモ呉王更ニ用ヒ
給ハズ諭ヘバ殷紂王ニ三人ノ賢人有リ箕子微子比干ト云リ紂王
酷無道也又妲己ト云后ヲ愛メ己ニ傾國家ヲトシ給フ箕子智カ盡シテ
諫レトモ聞給ハサリシカバ去テ山ニ入ヌ微子ハ紂王ヲ諫メシカ為ニ奴成テ

賤ク仕ヘスル比干又或時面ヲ侵シテ堅ク諫レトモ用ヒ給ハス紂王曰吾聞ク人
賢人ノ膽ニハ九ノ竅有トコソ云リ試ニ比干カ胷ヲ割テ見ヨトテ武臣ニシテ人
膽ヲ割キ胷ノ内ヨリ膽ヲ取出シテ見ニ九ノ竅更ニ無リケリ殷ノ世湯王ヨ
リ始メテ四百余歳也ケルニ遂ニ紂王ノ時ニ至テ三賢ノ諫ヲモ聞給ハス
シテ亡國家ヲ失ヒ宗廟ヲ絶ニケリ今伍子胥カ呉王ヲ諫メケル事彼三賢
ニ過テ覚ヘタリ伍子胥又或時余リニ諫メカネテヨシヤ今殺シテ身ヲ
資ケントヤ思ケン只今新ニ属鏤ノ劔ヲ研トツヨリ出タリケル毒蛇ノ劔ヲ接
テ呉王ノ前ニ進テ申ケルハ小臣此劔ヲ磨スルニ洗スル此一ノ劔ハ為ニ退邪ヲ討シカ
殺シ也然ニ今亡ヒ宗廟ヲ傾シ社稷ハ其源ヲ尋スルニ皆宮中ノ西施ヨ
リ出タリ過之ニ不可有國家ノ大敵臣冀ハ君王ノ前ニ刎テ西施カ首ヲ
助社稷之危ヲトミテ歯ヲ咬シテゾ立タリケル忠言逆耳ニ時ハ君必不

死ヲ非シト云事ナケレハ呉王弥大ニ怒テ立所ニ伍子胥ヲ誅戮セントス伍子胥
敢テ毫髪計モ不恐之シテ云ク君ニ諫諍シ官ニ死ニ諫争之節ニ
スルハ良臣ノ常ノ事也我正ニ自ハ死ニ越兵之手ニ不寧死ニ君王ノ手ニ恨
ノ中ノ悟也雖然瞋臣カ忠諫ヲ君吾賜ハ死ヲ只天已ニ棄ハ君ヲ也君越ノ
兵ノ為ニ被虜之伏シ刑戮ニ事不可過一季ヲ穿テ臣両眼ヲ掛テ呉ノ
東門ニ後剣ニ吾首ノ一蒼シ眼未タ枯先ニ君越王句践ニ被滅ン
死刑ニ赴テ呉東門ヲ過給ハンスルヲ見テ一笑ヲ快セン為也キト申ケレハ
呉王弥大ニ怒テ不廻時日ヲ終ニ伍子胥ヲ誅シ畢又賢良シ語
ナシハトテ其両眼ヲ鑿テ被掛呉ノ東門ニタリケリサレハ後ハ君雖有ニ
禍乱ノ基百司不敢献テ忠良シ諫ヲ徒ニ群臣喋ニ口ヲ万人ハ以目ヲ矣
越国范蠡ハ懐テ海内ニ干戈ヲ動シ帝畿ニ義兵ヲ揚ル事時

已ニ到ヌト怡越王句践シ進テ十八万騎ノ兵ヲ率シ呉国ヘゾ寄
タリケル呉王夫差ハ析節晋ノ國闘リ殺ト呉ノ兵ヲ率メ晋國ヘ
向ハレケル隙ナリケレハ防ク兵無リケリ范蠡得テ時越王ト共ニ十八万
騎勢ヲ率メ呉國ヲ討平ケ姑蘇城ニ攻入リ宮闕ヲ破リ呉王ト西施歡
娯シ給ヘル姑蘇臺其国室共ヲ取ニケリ剃ヘ三千ノ宮女共ト姑蘇
城外徘徊シ給ヘル西施ヲモ太宰取奉テ越國ヘ奉還斉国楚国モ
越王ニ赤ヲ通シカハ三十万騎ヲ出メ范蠡カ兵ニ合力ス呉国ヲ先晋
ミ軍ヲ止メ兵ヲ呉国ニ帰シテ三十万騎ヲ率ニ越王句践ト大ニ闘
前ヘニハ斉楚越ノ三國ノ兵ハ雲霞ノ如ニ待懸タリ後ニハ文晋軍
兵勝ニ乗テ追懸タリ呉王晋越斉楚ノ大敵ニ前後ヲ被裹
ニテ道ルヘキ方モ無リケレハ一命ヲ無カ如ニメ大ニ闘叓数日也范蠡

荒手ヲ入カヘテ息ヲモ不継責ケル間呉王ノ兵数十万騎ハ討レ疵ヲ蒙リ落失テ僅ニ百余人ニ成ニケリ呉王自大敵ニ相當ル事卅二ケ度其夜半ニ晋越齊楚ノ四面ノ兵ヲ破テ六十七騎ヲ随テ姑蘇山ニ取登リ越王ノ軍中ニ使者ヲ遣メ云ク君王日比會稽山ニ囲時寡人苟モ奉助希ハ我自今後ハ越國ノ下臣ト成テ君王ノ玉ノ趾《ミアト》ヲ戴ン君若會稽ノ恵ヲ不忘ハ臣カ今日ノ死ヲ赦給ヘト言シ卑ク礼シ恭メ越國ニ降ン事ヲ被乞ケル越王聞テ言ケルハ昔年我會稽囲ニ陥テ運数ノ辱ニ逢ク今又呉王辱ヲ鎖比命ヲ争ニ遇當ル喪運ノ因ル然則昨日ハ吾ニ會稽恥ヘ有今日ハ彼ニ呉城ニ懲有ル哀楽易ヘ地ニ窮達異ヘル時此困厄ヲ吾又不懲哉トテ已ニ呉王ノ命ヲ赦事ン思ヰ范蠡聞テ越王ノ諫申

ケルハ伐ノ柯其ノ規未遠カラ會稽ノ古ハ恭モ天越ヲ呉ニ与ヘシヲ呉
無ニ執ク事ハ忽ニ此ノ咎ニ逢ヘリ今日ノ闘ニハ却テ天呉ヲ越ニ与ルヲ稅ヲ
無シテハ必ス又如此ノ咎ニ逢ン君臣共ニ碎テ心膽ヲ呉ヲ計ル事廿一年一朝ニメ
奇ノ事豈不悲乎君犯ス非ヲ時ニ諫争テ不与ルハ忠賢ノ為ス所也ト
云テ呉王ノ使者未還前ニ范蠡自ニ軍兵ヲ率シテ呉王ノ陣ヘ乱入ケル
呉王ハ已ニ我宮室帝都ヲ被焼又数万ノ軍兵ハ僅ニ六十余騎ニ
討残サレタル事ナレハナニカハ一命ヲ惜ムヘキ呉王六十余騎ノ兵ニ向テ
宣ケルハ吾先祖被封ニ呉國ニ事数代世或ハ齊楚ヲ并セ或ハ晋
越ヲ伐テ邦内ヲ大ニシ國家ヲ昌ニスルコト偏ニ是覇業ヲ務ント為ルニ
依リ雖然今辱此ニ窮リ吾命須臾ニ在リトテ呉子カ法孫子カ
謀元ヨリ得タル事ナレハ大敵ノ中ニ懸入リ敗セ不惜命ヲ進退不顧

左右ノ剣戟ニ血ヲ濺テ戦給ケレトモ遂ニ越ノ兵ノ為ニ虜レテ越王句践ノ
轅門ノ前ニ曳出サレ呉王已ニ面縛セラレテ呉ノ東門ヲ過給ニ忠臣伍
子胥カ諫ニ依テ被刎首ヲ時掛ニ一双ノ眼ヲ於東門ニタリシカ未枯ア
リケル其眸リ明ニ開ケテ相見テ咲ル粧也呉王面ヲ見玉フ事サスカニ
恥カシクヤ被思ケン袖ヲ顔ニ押當テ低首ヲ過給数万ノ兵此ヲ見テ
流涙ヲ袖ヲ絞ラヌハ無リケリ渡ニ東門ニシテ後可郚曲獄ノ官ニ被下テ
會稽山ノ麓ニテ終刎首ヲシテケリ古来ヨリ俗ノ諺ニ石淋ヲ嘗テ
會稽ノ恥ヲ雪《キヨ》ムトハ此事ヲ云者也是ヨリ越王并ニ呉ヲ亡シテ晋
楚齊趙ヲ平テ覇者ノ盟主ト成ニカハ其攻ヲ賞センカ為ニ范蠡
ヲ万戸ノ候ニ封セントシ給フニ范蠡曽テ不受其禄ヲ大名ノ下ニハ不可久
居功成名遂テ身退ハ天ノ道也トテ遂ニ易ヘ姓名ヲ陶朱公ト云テ五

湖ノ烟水ニ寓身ヲ遁世シテノ者タリケルニ六合ノ間ニ誉ヲ傳ヘ古今ノ際ニ一
名ヲ施セル明賢也五湖ト申ハ洞庭湖青草湖丹陽湖ト云テ五ノ
湖有リ瀟湘ハ洞庭ノ際ニ在リ天下ノ佳境絶景ノ名地也范蠡世ヲ
去テカヽル勝境ニ閑情ヲ楽シミテシムル故ニ洞庭ノ秋ノ月ニ一葉ノ舟ニ棹
サセハ波底ノ月シヤ穿ラン烟寺ノ暁鐘声ノ間ハ姑蘇城ノホトリニア
ラ子トモ両舟ニ鐘ヲハ送リケリ或時ハ文釣テ芸ノ花岸ニ宿メハ半
簔ニ雪ヲ帯メ歌テ楓葉ノ陰ヲ過レハ孤舟ノ秋一篷ノ月ヲ戴タリ万
項天ニ自遊テ紅塵ノ外ニ白頭ノ翁ト成ニケリ去ハ主上只今鎌倉
武臣相模守平高時ヲ亡カ為ニ義兵ヲ挙給フ所ニ吾モ彼武
臣ノ内ニ逢テ山陰西海ノ遠島ノ外ニ被遷セ給ト云ヘトモ武臣相
模守巳ニ朝家ノ大敵タル上ハナドカ関東ヲ御亡有ル西夷ハ東武

令ニ与スル者シテ御平ゲアテ天下御一統ノ御叓今古シテ偏ニ是越王句践攻呉シテ陥テ會稽ヲ囲ミ後姑蘇城ノ楼ノ内ニ千般ノ苦シ免テ終ニ又義兵ヲ起シテ討呉王ヲ洗テ會稽ノ恥ヲ并呉越ヲ令一統ニ同シカルヘシ此ハ君ト与臣ノ征伐彼ハ呉与越ノ戦和漢鯨海滄波ノ阻有リト云ヘトモ其争ヒ是同シ備後三郎高徳三墳五典ヘシ諳ケル間カル叓跡シ明ニシケルニヤ懸シトモ其ハ才力ハ難及ト云共義モ又陶朱カ辞越シセシ跡シ継ン叓シ思テ一句ノ詩ニ千般ノ思ヲ述テ寓ニ達ニ於天聴ニケル、

隠州府ノ島皇居ノ叓、

去程ニ先帝ハ出雲ノ三尾ノ湊ニ十余日御逗留有テ風穏波閑リケレハ水主梶取解纜シ御船シ艤ス兵船三百余艘前後

左右ニ漕双テ北溟ヲ指テソ出タリケル大洋海上鯨波ニ航シテ巨帆
風ニ任スル事ナレハ蓬莱弱水ノ外鳳麟洲瑚瑚洲ノ方ニテモ行モヤ
センスランと御心細ソシ思食シケル時ニ滄海沈〻トメ日後於西北ノ波ニ
雲山迢〻トメ月出ツ於東南ノ天ニ遠舟帰ル程見ヘテ一灯柳岸明也
暴風起レハ梶ヲ下シ滄波穏ナレハ鮮ノ纜ヲ島傳浦傳ニ隠岐ニ出シト
スル程ニ暮レハ芦ノ岸ノ烟ニ舟ヲ維キ明レハ松江ノ風ニ帆ヲ揚ケ揺関
山ニ風雨ヲ凌キ波路ニ日数ヲ重レハ帝都ヲ御出アテ廿六日ト申ニ
御舟已ニ隠岐國ニ付ニケリ佐〻木隠岐判官貞清府ノ島ト云所ニ
黒木ノ御所ヲ作テ皇居トス玉扆ニ咫尺メ被召仕ケル人〻トテハ亦
条〻将忠顕頭大夫行房女房達ニハ三位殿ノ御局計也昔
玉楼金殿ニ引易テ浮臥識キ竹椽疎隙ナキ松牆ニ一夜阻ツヘシ

匕程ナレトモ可ニ堪忍御心地ナラズ鶏鳴暁ノ声ハ西門警固ノ武士ノ番催ス
声ニ易ツリ孤島海ノ囲叓ナレハ浪風ノ洗岸ノ音御枕ノ上ニ近メ夜ハシト
ゾニ入モ給テモ露路ニトドロマセ給フ叓ナレ女秋ア
ノ明シ待ニ辰ノ御拜ニ参給
ハ又今年何ナレ年ナレハ百官無罪ニテ愁涙ノ配所ノ月ニ濁ルラン一
人易位シテ衰襟ノ他郷風ニ悩ラン大極剖判メ後有ニ天地有リ日
月有リ夫婦有リ父子有リ君臣有リ上下ニ旨リ以来未タカル不思議
シハ不見聞サリシ叓トモ世サレハ騒ル天ニ日月ミ不恥ニ為ニ誰明ヨリ無恵草
木モ憑シ可忘栄矣
去程ニ宮ヲモシ始メ進セテ卿相雲客北面ノ諸侍ニ至マテ所當ノ
罪科ニ被行ケル叓浅猿トモ云モ疎ナリ中ニモ是助二郎重親シハ殊《コトサラニ》
其行跡人ニ超タレハトテ同五月三日六条河原ニ引出シテ首シツ

被𠛬ケル中大納言師賢卿ハ千葉介ニ被具テ六月二日ニ千葉ニ
下着シ給シカハ方ツ都ニカハレル卑那栖居支ニフレテ思召慰ヘキ方
モ無シ北婦指モ召仕レシ青侍官女其数不知多カリシカトモ様
々ニ成ハテヽ行末シダニ知ヌ長途ニ趣セ給シニ伯耆兵衛成國ト云者
只一人是モ出家圓頂ノ身ト成テ遙々ト配所マテ付随奉リ昔累
代ノ家僕トシテ身命ヲ百年ノ間ニ省ミ今ハ釈氏浄侶トシテ威儀ヲ万里ノ
行ニ扶ケ真俗給仕ノ好不浅覚ヘテ現當値遇ノ縁哀ニシテ思召ケル
草引結フ假ノ菴住ハテヽモ松ノ戸ノ明シ暮シ給ニ其間御心ノ不傷
ト云支ナシ但シ人間ノ栄耀ハ因縁浅ケレハ今既ニ厭ハテツ林下ノ幽閑
ハ氣味深ケレハ何ツ是ヲ厭シ誠ニ是浮世ヲ遁ル門出菩提ニ至ス知識
ヨトテ一筋ニ万支ヲ抛テ二心無ク出離善縁ヲシテ被願ケル其中ニ三匡

足身尚以如此君イカハカリカ遠島ノ浪ノ上ニ浮宸襟ヲ傷シメサセ御座ランド思ヤリ進セラル、度コトニ落ル涙ヲ尚モ是浮世ノ中ノ妄執タル上倫ニ袖ヲシ絞ラレケル同六月十九日依テ本ノ道誉ニ預リ奉リタル、具行ノ卿ヲ失ヒ奉レト探使駆来リイラテケレハ道誉モ中納言殿ノ御前ニ参リ何モ前世ノ宿習拙テカ多ノ人ノ中ニ入道預リ進セテ今更加様ニ申候ヘハ且ハ情ヲ不知ニモ相似テ候ヘトモカヽル身ニハ無力次第ニテ候今ニテハ随分天下ノ赦ヲ待テ日数ヲ過ツレトモ関東ヨリ失進スヘキ由堅ク責メ被仰候ヘハ今ハ甲斐ナキ体ニコソ候ヘ何ノ事モ先世ノ事ト思召慰セ御座ヨト申モアヘス袖ヲカホニ推當ニカハ中納言殿モ不覚ノ涙進ケルヲ推拭テ給テ誠ニ其事ニ候此間ノ儀ハ後ノ世ニテモ難忘コソ候ヘ命ノキハノ事ハ万乗ノ君既ニ外土遠島ニ

遷幸ノ上ハ其已下ノ夏共ハ中〻申ニ不及殊更龍顔ニ咫尺シ道遥スカ
ラモ候ヒシ上哀リケルナト物語シ給コソ餘ノ人ヨリモナツカシク存スレ其上又
此程ノ情ノ色識ニ存命ストモ難謝シコソ候ヘトハカリニテ其後物モ
不被仰候硯ト紙トヲ乞ヨセテ御文細〻ト遊シテ都ノ便ニ付テ相知レ
ル方ヘ遣テ給ヘト是シソ被仰置ケルカクテ日已ニ暮ケレハ御輿指寄
テ乗奉リ海道ヨリ西ナル山キハニ松ノ一村有下《ミトニ》御輿ヲ舁居タレハ布
皮ノ上ニ居直リ給テ硯ヲ取ヨセ閑〻ト辞世ノ頌ヲシテ被書ケル
逍遥ス生死ハ四十三年山河一革天地洞然タリ
ト其奥ニ
消懸ル露ノ命ノハテハ見ツサテ吾妻ノ末ソユカシキ
六月十九日ト書テ筆ヲ抛テ手ヲ叉ミ座ヲ直シ給トソ見兩児《ゴ》六

三郎左衛門尉後ヘ廻ルト思ヘハ御頭ハ前ニソ落タリケル哀ト云モ疎也、
入道泣其遺骸ヲ烟トナシ様々ノ作善菩提ヲ祈リ奉ルモ糸惜哉此
御ハ先帝春宮ト申奉リシ比ヨリ近侍メ朝夕拝仕不怠夙夜
ノ勤厚異他ナレハ次第ノ昇進不滞君ノ恩寵モ深カリキ今
カリソ失給ヌト叡聞ニ達セハ何計カ哀ト被役スルニ遠島ノ皇居ニ参リ
通フ人モ稀ナレハ君臣ノ儀ニ絶死生ノ道既ニ隔リヌト聞人モ袖ヲゾ
ヌラシケル同廿一日殿法印良忠ヲハ大炊御門油小路ノ篝ノ小串
五郎兵衛尉秀信召捕テ六波羅ヘ出タリケレハ越後守仲時齋
藤十郎兵衛尉ヲ使ニテ被申ケルハ此比一天ノ君ダニ叶セ給ヌ御
謀反ヲシ御身ナト思ヒ立給フ条且ハ忝ツ且ハ軽忽ニコソ覚候ヘ
先帝ヲ奪進セン為ニ當所ノ繪図ナドニテ被構候ケル条武敵

之罪重科無ニ双隠謀ノ企罪責有余事次第一々ニ被述候ヘ
共ニ関東ヘ可注進トゾ宣ケル法印返事セラレケルハ普天ノ下無
非王土率土濵無非王臣其継ニ先帝ニ宸襟ヲ嘆シ奉サル人
ナル者モ豈ニ是ヲ悦ンヤ哉サレハ叡慮代テ主体ヲ尊奉ント企事
ナレハ可為誅ニ無道隠謀シ企ニ事更非ニ軽忽ニ儀ニ始ヨリ叡
慮ニ趣シ存知ニ笠置ノ皇居ヘ参内セシ条無ニ子細逃シ出京
之跡城郭無固官軍敗北ニ間無力本意ヲ失ヘリ其間巣
行帰相談メ綸旨ヲ申下ニ諸国ニ兵ニ賦ヘシ条勿論也有
程ノ事ハ是等也何ノ物ニ数ソ可及異論トゾ返答セラレケル依テ
ヘニ六波羅ノ許定様ニナリケルシハ二階堂信濃入道行珠進士
テ申ケルハ彼罪責勿論ニ上ハ無是非可被誅ニ由関東

ヨリ被仰上ハサコソ有ベケレトモ与黨人ノ事ナト尚ツ尋沙汰有
テ重テ関東ヘ可被申カトコソ存候ヘト申ケレハ長井左京助此
義尤可然候是非是程ノ大事ヲハ関東ヘ被申テコソ儀度モ
其左右ニ随テ面々意見一同也ケレハサラハトテ法印ヲハ五条京
極ノ舞加賀前司ニ預ケテ禁裏ニ重テ関東ヘソ注進シ
ケル

太平記巻第四

太平記

五

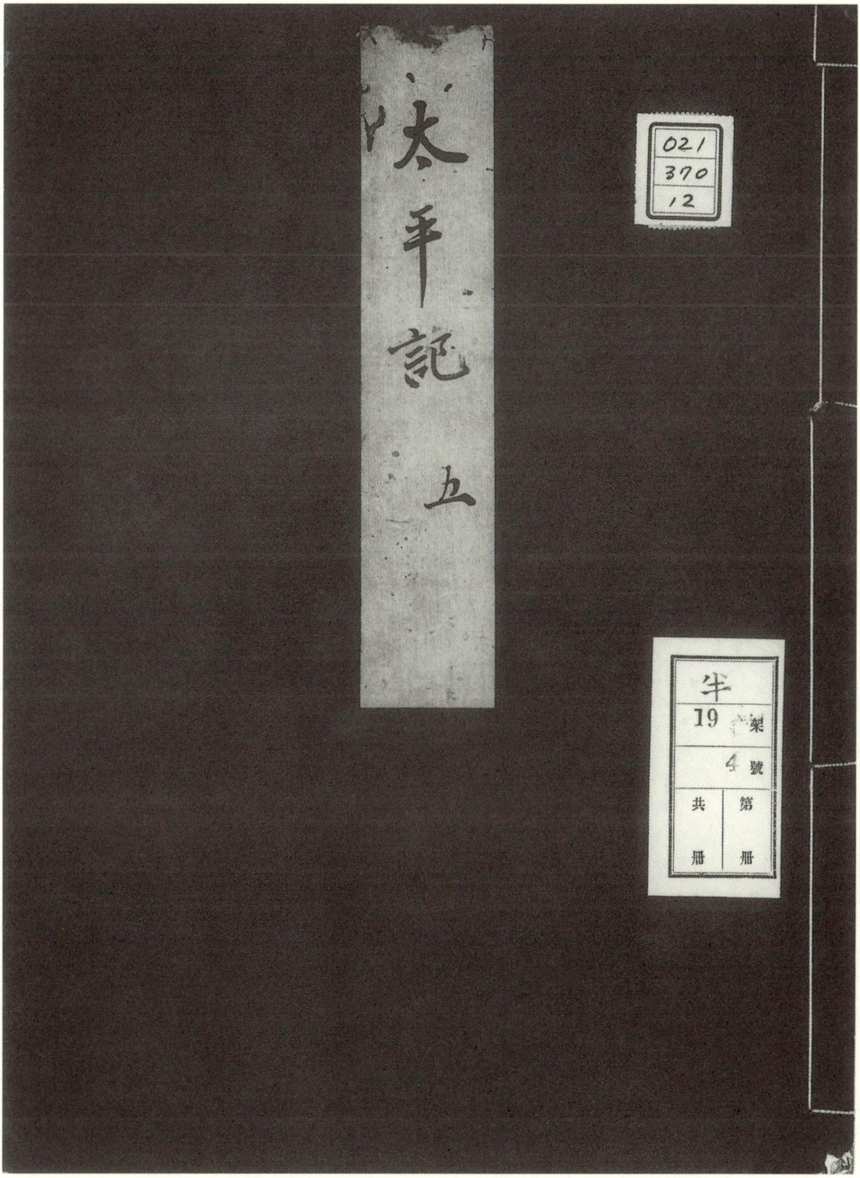
太平記
五
021
370
12
牛
19
架
4
號
共
冊
第
冊

太平記巻第五

光厳院御即位事

元弘二年三月廿六日後伏見院第一ノ御子天子ノ位ニ即玉ヘ御年十九成セ給ケル御母ハ竹内左大臣公衡公ノ御女後ニ廣義門院ト申セシ御事也同四月十二日賀茂ノ祭アリシカハ両院御同車ニテ御幸アリ召次六人御牛飼二人遣手ハ狩衣ヲ着ス八葉ノ小車ニ御簾ヲハ揚ラレス供奉ノ人々皆狩衣也先一ニハ菊亭中納言實尹山吹色ノ狩衣ニ生《スヽ》シノ衣ヲ重ラレタリ殿上人二人ニハ土御門中将通房朝臣香ノ狩ノ衣ニ薄紅ノ衣ヲ重ラル華山院中将教通朝臣萌《モエ》黄《キ》ノ狩衣ニ蘇《ス》芳ノ衣ヲ重ラル北面ノ五位二人ニハ河内ノ寺田使全

職越中大夫判官藤原清景也此十餘年御幸ト云事モ無
リツルニ公ノ御桟《ミサ》敷祢敷ノ見エシ中ニモ大乗院僧正寛尊ハ
故攝政御息九条禅定殿下ニ御孫ナリケレハ桟敷ヲ被構テ
内ニ禅定殿下ヘ案内シ被申ケレハ禅閤御返事有ケルハ兵革
臣ニ静謐ストモ云トモ世上未タ落居其ノ上先帝遠国御遷居ノ事
重事是也縦御身ニ限ズト云トモ王土ニ孕國恩ヲ受ル身人
争カ礼シ忘レ義ヲ可不存一朝政事偏ニ是國家衰微ノ本
所識也ヽ濫觴トコソ存スレ彼ニ付ケ是ニ付ケ愁歎無極リ於テ
茲ニ涕涙未乾如此見物今程愚老カ所存ニ於テ不思議御
過ゴトキ法師ナトコソ不義モ申セ沙汰ノ外ナレハトテ人御ナカリケリ
僧正見物世ニニカリテソ思ハレケル同廿七日攝政ノ御沙汰行ハレ

関白鷹司左大臣冬教公前内府吉田一品定房卿藤大
納言長隆卿西園寺大納言公宗按察資名卿ヲ被参ケ
正應正和制符ヲ可被用之由評定アリ同廿八日改元ノ定
有テ正慶元年ト号セラル是ハ左大弁三位　卿式
部大輔長員卿両人勘奏トソ聞ヘシ参仕ノ人々ニハ左大臣春宮ノ
大夫道嗣堀川大納言具親藤中納言実任三条中納言公
明帥中納言俊實宮内卿宗経卿宰相中将有光卿也嘉
慶正長康永ナト面々被挙申シカトモ正慶可然トテ是ヲソ
定メケル此年号不可然ト藤中納言実任卿条々理ヲ立テ被
申シカトモ両中納言ノ意見ニ付テ遂ニ正慶ニソ定メリケル居昇
平ノ世ニ不知有失乱ヲ禍慶序庠ノ下ニ不知有政行之急

ト云ヘハ此彼ニ軍ハ有トモ朝廷ニハデノサワギモナシ同十月ニ御禊
大嘗會可有トテ天下ヒシメキ合随テ大臣已下納言宰相
三十昇進アリテ花ヤカナル世間也三条坊門大納言通顕御去比
内大臣ニ任給イシカ十月廿二日拝賀アリ子息別当通冬菊
亭中納言實尹卿已下公卿四人殿上人前駆八人地下前
駆六人由ヽ敷見ヘテ同廿五日御禊アリ朝ノ程ハ雨ナリシカ及晩
晴天也十一月十一日ヨリ五節始メ行ハル吉田一所定房西園寺
大納言公宗日野大納言資名師中納言俊實五節ヲ出サル
奉行ハ蔵人兵部少輔顕藤也同十三日大嘗會行ハル此二三
年カ間ハ官兵已ニ上下ニ民家農業ヲ廃タリキ去ル程ニ今此大儀
如何ト歎《ナゲキ》合セシカトモサテ有ヘキニ非ストテ取行レケルニヤ奉行ノ職

事蔵人左馬頭平親宗也丑剋計ニ宮司行幸アリ先行ノ大臣内大
臣是ヲ勤メラル先浴殿儀アリ侍中師朝是ヲ参勤ス公事畢テ彼神
殿ニ臨幸アリ其迩御ノ後又御行水アリ両度浴殿ノ儀二具ノ御
湯帷ニ侍中ニ被下例也而シテ一具ヲ以テ勤仕ス貞観以来例事ニ先蹤ヲ
不聴トノ申セシ不思儀ノ事トノ申ニ及ス悠紀主基神殿ハ黒木ヲ以テ
造ル先規也其故ハ天智天皇筑前国朝倉ト云所ニ於テ皇居ヲ造メ
之ニ時丸木ヲ以テ造ル仍テ木丸殿トノ申ケル是ヲ先例トシテ代ニ大
嘗會ニハ黒木ヲ以テ被造ル此材木ヲハ和束山ニテ取事ナリシ近比
動乱ニ依テ彼山ノ往来不輙ニ依テ主基方ノ神殿ハ如形黒木也悠紀
方ハ期日近ク向閣如ニ依テ堀川材木ニテソ造ケル大儀ノ経営下行
之実無キニ依テ不佳事多カリシカハ都合今ハ聖代洪化ナレハ何ニモ目出タリ

沙汰有ヘキニヨハ浅猿シキ事哉ト人皆申合セケリ又清暑堂御
神楽ニハ役人兼テ其沙汰有ニ琵琶ハ菊亭前右府其仁ニ
当給ケルカ前官ニテ神宴ニ参スル条先規嘉模ニ非トテ大政
大臣シツノ望ニ申サレケル此事京都ニテ如何ト思召ケレハ関東エ被
仰合ケルニ返事延引シ间神宴ハ已ニ相迫ニ依テ彼ノ左右ヲ相待ガ
タシトテ先被仕ケリサレハ神宴ノ次ニ今夜慶シツ被申ケル行幸
一　神宴ニ打添テ由々敷見物ニテソ有シ扈従ノ人ニハ数ヲ尽シ供
奉シ華《カヲ》善極ケル体也公卿ニハ三条大納言実忠徳大寺中納言
公清兵部卿公明春宮大夫公重ヲ始トメ当家他家十三人也殿上
人ニハ蔵人頭頼教朝臣ヲ始トメ三十余人并官近衛司五位職事
廷尉倫有ヘキ程ノ顕官顕職大略数ヲ尽ストソ見エシ子ノ時

カリニ今出川ノ亭ヲ出テ先　ニ仙洞エ被参ケリ相
国参仕ノ後暫有テ神宴ヲ始メラル和琴ハ大炊御門各信卿
本ノ拍子ハ洞院実守卿末ノ拍子ハ頭ノ春宮ノ亮宗業朝臣
也神宴ニ又珎事有リ宮司ノ南庭ニテ御輿預カ嫡子被ニ殺害
ケリ懸厳重ノ節会神事ニ浅猿カリシ事トモ也其比花大
臣職ヲ辞シ申シケルニ依テ望申サルヽ人々多カリキ其中ニ左右ノ
大将トモニ競申サレケリ花大将ハ自是シ被申右大将ハ祖父禅閤
被挙申ケリ以前闕ニモ望申サレシヲ空シカシ事本意ナキ事ニ思
召ケレハ今ハ老耄ノ上近年大略病痾ニ沈テ後ヲ可期アラス餘
命ノ中ニ任槐ニテノ拝進御覧ノ度ヲ思召ケルニ依テ様々ニ被経
奏聞ケル其詞ニ云　愚老為一朝ノ元老備ル執政ノ棟

累ニ乞保ニ九旬之寿算ハ扶シ持着年之幕下是偏ニ令ニ叶ヘ給後
之朝要ニ為輔萬機之諮詢也而ニ漏于前途之闕不違理
運之謹夜鶴之思不休不便之至雖モ今ニ結句沈数日之病
床貽此一事之妄執恩化何均可宜賢慮半ハ彙ハ卑一命
之中ニ令悦目者余終不抱菩提ニ無娣孫増累祖輔弼之旋
訓令興近代淫相之衰微真実之徽望最後之一言不可如
之併御明察者也トシテ有リケル識ニ衰レナリシ事也而レトモ是天
子御自専之聖化ニ臣及関東エ仰合せラル其迄事又遅々之
間禅閤老病之事急也余ノ中ニ柱ケテ恩許シ蒙ヘキ由別
而被申ケル八十二月五日権大納言シテ勅使トシテ九条殿エ被役
左ハ任大臣之事関東エ被下院宣理運勿論之上ニ老病也

最中被申事ナレハ御計ニ不及子細ニ処ニ今度任相国ニ事関東エ
役合セラルトミヘトモ御返事遅々之間神宴已前ニ日数ナキニ依テ無
力被任畢ヌ依テ朝儀参差シ由関東内ニ腹立申由シ其間
エアリ仍相国ヲ被召畢又サレハ近日押メ何事モ御計ニ及ヒカタメ
シ関東ヘ役下サルヽニ趣子細有ヘカラストテ被役下ケサレト云モ累
日老病之事急ニメ分明ニ兼入レ又次日遂ニ薨シ給ニケリ執柄ノ
貴種ニ生シ替ニ成セ給イテ此禅閤ト香園院禅定トコソ伯
キ御事ニテ残ラセ玉イシニ御齢シ程ハ可惜ニアラ子共加様ニ成ラ
セ玉イスル事ヲトテモ世ニハ惜ソ申ケル其夜聴一音院ニテ御葬
礼アテ葉室大納言長隆卿日野大納言資名卿刑部卿公
蔵人頭修理権大夫頼教朝臣ナト服シ被申ケレトモ勅許ナシ

只九条中納言入道隆長ノ被識ケル柳原大将殿ハ禅閤ニハ御孫
也毎事御扶持ナリツレハ御着服有ヘキヤ否ト尋サタ有ケル時
宜不可然之由被ニ役出ニカハ御着ノ儀ハ無リケリ摂禄之貴
種祖父之葬ニ逢ハセ玉フ時着服ノ有リ無代々之例不同
先後二条閤白御早世之後京極ノ大閤知足院殿シテ御
扶持有リシニ康和ニ御薨去之時知足院殿御着服アリ
是佳例トスルニ足リ次後京極之摂政御早世之後月輪殿服
先ニ薨去之時東山殿已ニ御着服有ントセシシ人去今両
年ノ御着服不可然上先公御服之中ニ大将ニ任セサセ給ヒシ
間除服之期シ相待テ未慶シ不被申処ニ又服シ重子之ハ
任槐之後四ケ年ニテ拝賀シ不被申事不可然依之別其

旨院宣シ下サレシ間、有ヘカリシニカ共其儀ナシ次ニ東山殿薨去
ノ時丁香院ノ摂政ハ出胎シ着ニ給ハス康和ノ佳例モ准
的タルヘキ上御家務等禅閤ノ御譲シ受ケサセ玉フ上ハ一
眷ノ胎シ用ラレン事法會ノ意ニ相叶ヘシ就中嘉元ノ例ニ準
セハ今度両度相續テノ喪ニ非ス幕下ノ拜賀文過文言
御着胎ノ事其理ニ當ヘキカト有職ノ人々ハ面々ニ申被
申ケトカヤ同年六月ニ梶井ニ二品親王天台座主ニ成ラセ給フ
大塔梨下ノ両門跡シ合セテ御管領有リシカハ御門徒ノ大
衆群集ノ御拝堂ノ儀式厳重也加之御室二品親王法
守ハ仁和寺之御門跡ニ移ラセ玉テ東寺廣澤ノ法流シ
受瑜伽三密ノ知水シ心ノ底ニ湛御座ス是ハ後伏見院ノ御

子今上陛下ノ連枝ニテ御座ス何モ関東ノ計トメ給此申ノ沙
汰ニシケルトカヤ先朝参仕ノ人ニハ皆有罪無罪ヲモ云ハス禁獄流刑ニ
行ハルヽハ当今奉公ノ人ニハ皆一時ニ望ヲ達ス堂上堂下花ヤカナル也、
憂喜相交哀楽共ニ期有テ夢メウツヽシ人分カヌ中ニモ万里小路
大納言宣房卿ハ前帝朝家ノ寵臣タル上子息藤房季
房皆罪ニテ同ク逆ノ臣ト成テ共ニ流刑ニ被処ヌレハ父ノ卿モ
同罪ニテ有ヘカリシヲ武家以別儀トテ早ク当今ニ御出仕有テ、
政道ヲ奉助ヘシト奏聞シ被経ケレハ武家加挙ヲ申上ケ何ノ
異儀カ有ヘキトテ日野中納言資明卿ヲ勅使ニテ此由ヲ被仰
下ケリ宣房卿勅使ニ対メ被申ケルハ臣不肖ノ身ナリトイヘトモ、
多年奉公ノ労ヲ以テ君ノ恩寵ヲ蒙リ官禄共ニ進剰エ政

道輔佐之名ヲ汚ス事君之礼儀其有ニ非ス犯厳顔以道争フ
三諫不納奉身ヲ以テ退ク有ニテ匡正之忠無阿順之従者乃ナ
見テ可諫而不諫謂之尸位見テ可退而不退謂之懐寵ト
懐寵尸位国之姦人也トコソ云リ君令不義之行御座武臣為ニ
被辱給エリ臣是預不知処ニ依テ諫モ言ヲ雖不上世人豈其罪
ノ無事許哉就中長子二人遠流ノ罪ニ被処テ我臣七旬齢ニ
傾タリ後栄為誰期前非何又不恥二君之朝ニ仕テ恥シ衰
老之後ニ抱ヨリハ伯夷カ行シ学テ飢シ首陽之下ニ死ニハ不如ト涙
シ拭テン給イ方ハ資名卿モ理ニ伏メ暫ハ涙ニシ咽ヒケル良有テ後
資名卿被申ケルハ御意ハ様ニテ候ヘトモ臣ハ必シモ不択主ヲ
見可仕而可治ムニナリトコソ云リシサレハ百里奚ハ穆公ニ仕ヘテ霸

業ヲ致ニシ管仲ハ桓公ヲ佐ケテ九タヒ諸侯ヲ令朝セ主ハ無ニシ以テ道ヲ
射鉤ノ罪ヘシ世ニ不ス皆誇ニ鸞皮ヲ恥ニトスヘリ其ノ上武家如ク此ノ
挙申ス上ハ賢臭二人ノ流罪モナトカ赦免ノ御沙汰ナカルヘキ夫
伯夷叔齊ハ飢テ何ノ益ヲ許由巣父ノ逃レ不足ニ用ニ抑身ヲ隠テ
永ク未葉ノ一跡ヲ断ト仕フ朝ニ遠ツ前祖ノ無窮羅ト是非
得失何ノ處ニカ有ヤ鳥獣ト同群スルシハ孔子モ不取処世ノ理ヲ冬
シテ被責ケレハ宣房卿誠ニ顔色屈伏メ其レ何ツ以罪ヲ尋ン生則違ニ
古賢多ニ跡ヲ勧貞丞ナ垢苟全命シ則狂スニ詩ノ胡顔シ謗ヲシ彼ノ
魏ノ曹子建カ詩ヲ献ミル表ニ書タリシモ理トコソ存シ候ヘトテ迂
奏仕ノ之勅答シツメ被申ケル誠ニ忠臣賢佐ノ義藝ニ何モ不劣ラ
ケリト感セヌ者モナカリケリ

一中堂常灯滅《きへ》、并ニ所怪異等事、
去程ニ年号改元ヨリ以来都鄙ノ間ニ不思議ノ事トモ多
カリケリ先ツ去ヌル五月十九日ヨリ嵯峨釈迦ノ眉間ヨリ光ヲ放
ケ給フ事三十餘日也希代ノ瑞相哉トテ貴賤コゝニ群集ス是
ヲ見ルニ其中ニ古老人ノ申セシケルハ保元平治両度ノ乱出来ラ
ントテハ如此光ヲ放テ給イケルト旧記ニハ見エタリ其モ両度ナカラ五
月ニテソ有リケル何様天下ノ乱出来リナムス近ツハ後宇多ノ院
崩御ノ時眉間光ラセ給イケルトナリイカニモ吉事ハ有ラシトソ人
申シケル又日吉ノ社頭ニモ度々ノ不思議有リシトソ申シケル十禅師
ニテ参詣ノ輩猿飼シケルニ鳶アニツ飛来テ猿ヲ追ノケテ彼食物
ヲ奪イツクス昔ヨリ未タ無キ事トソ申シケル其比又二ノ宮ノ階ヨリ十禅

師ノ廊辺ニテ羽蟻群ヲ成テ道ヲ塞ツ又千歳社ノ前ニテ狌走
リ来テ猿シソイ殺シテゲリ同夜三ノ宮ノ神殿ヨリ光物飛出
テ光天地ヲ耀スコソ不思議ト申スニ神殿鳴動シテ其ノ声砰磑
タリ是只事ニ非ストテ大衆僉議シテ各々ノ宿老大般若ヲ真
読シ法華八講シテ行ヒケル懸処ニ根本中堂ニ又大ナル怪異
有リ何クヨリカ入タリケン山鳩一書内陣ニ飛入テ新タル常灯ノ油器ノ
中ヘ落入テフタメキケル間灯明急ニ消テ堂中ノ暗サニ此鳩行キ
方ヲ失テ仏壇ノ上ニ翔リ垂レテ居タリケルヲ東塵ノ方ヨリ其色
未シ指シタル様ナル鼬一ツ走リ出テ此鳩シメ二ツカラメ食殺ニケリ浅
猿ヤ此ノ常灯ト申スハ先帝臨幸ノ御時御叡信ノ餘ニ古ヘ桓
武皇帝ノ御自ミ挑サセ給イシ常灯ニ准テ御手ツカラ百両三スヂ

ノ灯心ヲ乗子銀ノ御器ニ油ヲ浸エテ搔立テサセ給ニ常灯也是之
備ハ皇統ノ無窮ヲ耀サセ給ヘ御願ノミニアラス兼亦六趣之群
類冥闇照ス恵光法灯ノ明ナル恵召ニ准エテ挑ケサセ給ニ御
灯ナレハ未来永キニ至ルトモ消ル事有ルマシキヲ山鳩ノ色来リ新消
ケルモ只ハ事ニ非ス其ノ文玄獺ノ食殺ケルモ不思議也カリテ世ノ中
安スカラヌ如何トソ有ケル才人ハ歎キケル

一関東田楽賞翫事

懸ル処ニ此比洛中ニ田楽ヲ弄事昌ニシテ貴賤皆是ニ嬉セリ識ニ希
代ノ見物ニテ有リシ都鄙ノ口遊ト成リシカハ関東ニモ此事ヲ聞
及テ新本田楽トモヲ呼下シテ日夜朝暮ニ是ヲ賞翫スル入
興ノ餘ニ宗徒ノ一族大名トモニ田楽ヲ一人ツヽ預テ彼ニ惜衣

東シメカサラセケル何是ハ誰殿ノ田楽彼ハ何ニガシ殿ノ田楽ト云テ金
玉綾羅ヲ錺リ叓自モアヤナリ宴ニ臨テ一曲ヲ歌エハ高時ヲ始ト
シテ見物ノ大名我不劣ト直垂大口ヲ抛出ス是ヲ積ニ如山ナル其
弊幾千万ト云事ヲソ不知ケル或ル夜酒盛ノ有ケルニ相模入道
数盃ヲ冬シ酔ニ和メ立テ舞フ叓良久シ若輩興ヲ勧ムル
遊宴ニモ非ス又狂言ヤアヤシノ工ニスル戯ニモ非ス相模入道只一
人立テ数刻舞給イニ方ハ指シテ興有ルヘシトモ不覚ヘケルニ新座本
座田楽トモ其座敷ニ并ヒ居テ面々ニハヤシケル拍子ヲカエシテ天王
寺ノヤヨレホシヲ見バヤナトゾ歌イケル或ル女房此声ヲ聞テ余ノ面白
サニ障子ノ破レヨリ是ヲ見レハ新本田楽ドモト見エツルハ一モ人ノ形ハ
ナクシテ異類異形ノ成烏山伏ノ質ニテゾ有リケル此女房興ヲサメテ人ヲ

走ラカシ城ノ入道ニ告ケリケル是ヲ聞テ城ノ入道取太刀計ニテ
中門ヲアラヽカニ歩入リケル足音ヲ聞テカキ消ス様ニ失セニケリ高時
入道ハ前後モ不知酔臥タリ灯ヲ取テ彼遊宴ノ席ヲ見ルニ誠ニ
天狗ノ集リケルヨト覚ヘテ踏汚タル畳ノ上ニ鳥獣ノ足跡多カリケ
リ城ノ入道虚空ヲ睨テ且ク立タレトモ眼ニ遮ル物モ無ケリ酔ヲ覚
テモ相模入道ハ惘然トシテ是ヲ知処ナシ此比有ル家ノ儒者刑部少
輔仲範ト云人是ヲ聞テ浅猿ヤ天下乱ントスル時妖霊星ト云悪星下
テ災ヲナストト云事アリ殊更天王寺ハ是レ佛法最初ノ霊地ニテ聖
徳太子日本一州ノ未来記ヲ留メ給ヘリ事コソ多ケレニ天王寺ノヨレ
ホシト歌シ何様南方ヨリ動乱出来テ國家敗北シヌト覚エタリ
哀闔主徳ヲ治メ武家仁ヲ施メ妖ヲ消ス謀ヲ被致ヨカシト被申

カ果メ思知ル世ト成ニケリセリシカトモ相摸入道ハ妖怪ニモ不驚ヲサ詠
奇物ノ翫シ事ト昼夜傾癖シ不思自シノ驚ス事トモ多カル中ニ
モ入道或ル時庭前ニ犬共ノリヒ合イケルヲ見テ面白キ事ニ思フ
テ是ヲ愛スル事骨髄ニ入リケリ依之諸國ニ相課セテ犬ヲ尋
チ求メシム或ハ正税官物ニ募リ或ハ権門高家ニ付テ是ヲ責
仰サレハ國々ノ守護国司処々ノ一族大名十疋廿疋飼立テ引
進ス維ジキ金銀ヲ以テシ飼ニ魚肉ヲ以テセシカバ其ノ弊甚ダ不少
輿ニ乗テ路次ヲ過ル日ハ路ヲ急ク行人モ馬ヨリ下テ跪ツキ勧
褁ノ民モ夫《ブ》ニ被取テ是ヲ舁加様ニ賞翫有リシカハ肉ニ飽緩
羅ヲ衣《キ》タル犬鎌倉中ニ充満メ四五千足及ヒケリ月ニ十二度ノ
犬合セト被定シカハ一族大名外《ト》様ノ人ハ堂上ニ座シ列《ツラネ》庭

前ニ勝ツ處是ソ見物ス時ニ両陣ノ犬トモ一二百疋ツヽ放ケ合タルハ入チカイ追合上ニ成下ニ成リツヽ合イ声天ニ響キ地ヲ動ス是ヲ見テ心ナキ物ハアナ面白哉只戦場ニ勝負ヲ決スルニ不異ト感シ智アル人ハ是ヲ聞テモアナイマ〳〵シ偏ニ是郊原ニアツ争ニ似タリトソ淺ミケル見聞ノ準ル処耳目雖異ト其前表皆闘諍死亡シ中ニ有リテアサマシカリシ事也、

◯江嶋辯才天ノ事、

抑世澆季ニ及テ武臣天下ノ権ヲ取事源平両家ノ間ニ落テ度ニ及ヘリ而レトモ天道盈ツ虧故或ハ三代ニシテ亡ヒ或ハ二世ヲ不待メ失ナヒケル然ルニ今高時天下ヲ掌ニ握テ已ニ九代ニ及ヘリ其故ソ委シク尋ヌレハ曩祖北条四郎時政江嶋ニ参籠メ子

孫々繁昌シ祈ル事切也三七日ニ當ル夜赤キ袴ニ柳裡ノ衣キタル女房ノ厳キカ時政ノ前ニ来テ告テ曰汝カ祈処尤モ切也而レトモ、宿因無シテハ祈ルトモ其詮ナカルヘシ汝カ前生ハ箱根法師ニテ六十六部ノ法華経ヲ書シ六十六ケ国ノ霊地ニ納メタリシ其ノ善因ニ依テ今此国ニ生ル事ヲ得タリサレハ子孫久ク日本国ノ主ト成テ栄華ニ誇ルヘシ但其行跡違フ所アラハ七代ヲ不可過ク我カ云所不審アラハ國々ニ奉納ノ処ヲ見ヨト云イ捨テ立去ケル後姿ヲ見レハ厳シキ女房忽ニ伏長廿丈計ナル大蛇ニ成テ海中エ入リニケル其跡ニハ大鱗三ツアリ時政奇異シナカラ所願成就シヌト喜テ彼鱗ヲ取テ旗ノ紋ニシ推シタリケル三鱗形ノ紋ハ是也其後又辨才天ノ御託宣ニ任セテ国々ノ霊地エ人ヲ遣ハシ法華経ノ奉納ノ所ヲ令見ルニ俗名ノ晴政前生ノ法名ニテ大法師晴政トソノ筒ノ上ニ書キ付ケタル識ニ不思議ナリシ事トモ也サレハ今此相模入道天下ヲ保ツ事既ニ七代ニ過タリ是併江ノ島ノ弁才天ノ御利生ト云イナカラ又先世ノ善因ノ感スル処也累祖代々已ニ責テ礼儀ニ不滞学古ノ仁政ニ私セサレハ子孫無窮ニ光栄ストイヘトモ高時今ノ行跡挙ツテ旧規ニ不似人望天慮ノ憚シモ不恐サレハ可キ七時刻相感シテ加様ノ事ドモ有ケルヤラント人皆唇シソメカエシケル。

△大塔宮南都御隠居後十津川御栖事

去程ニ大塔宮ハ石山ヲ御出有テ笠置城ノ安否シ聞召サレ為ニ且ラク南都ノ般若寺ニ忍テ御座有ケルカ軍既ニ被破テ主上モ囚ハレサセ給イテ遠国ヘ遷幸ト聞エシカハ虎尾ノ恐御

身ニ迫テ何ニ且ラリモ御憑有ルヘキ様モ無カリケリ懸ケル処ニ一乗院
ノ候人内侍原法眼好専是ヲ聞イテ五百余騎ヲ卒メ未明ニ
般若寺ヘ推ヨセ宮ヲ奉取ト四方ヲ囲ケル宮ハ透間モナク取コメ
ラレサセ給テ御出アルヘキ方モ無リケル既ニ御腹ヲ召サレント思召テ推シ
ハダヌガセ給イタリケルカ事ノ不叶ニコソ腹ヲモ切ルヘケレ先ツ隠レテ見ハヤ
ト思召メ御堂エ走リ入給タレハ人ノ読カケタル大般若箱三ツアリ二ノ
箱ニハ御経入テ蓋シ不開一ツノ箱ハ御経半ハ取出シテ蓋アキタリケレハ
其中ヘ忍ヒ入ラセ給テ御経ヲ引覆身ヲ縮メテノ御座シケル若見付
進スル事有ラハヤカテ御腹メサントテ氷ノ如ツタル刀ヲ抜イテ御腹ニ指ニ当
探ニ進セントモノハ爰ニコソト申サスル一言ヲ待セ給イケル御心中推量ラレテ
哀レナリ如案ノ兵トモ御堂ニモ乱入テ仏壇ノ中天井ノ上ニテ残ル処

ナリシ櫃ヲ奉ルサレトモサカシカネテ大般若箱ヲアケテ底ヲ返テソサガシ
ケル元ヨリ蓋ノアキタル箱ヲハ見ルニモ不及シテ兵寺中ヲ出ケリ宮ハ不
思議ノ御命ヲ生サセ給ニ夢ノ様ニテ箱ノ中ニ御座ケルカ若又
帰来テ尚シモサガスコトヤ有ントテ御思案有テ先ニ兵ノサガシツル
箱ノ中ニ入リカワリ御座ケルニ案ノ如ク兵立帰テ先ニ蓋ノアキツル
箱ヲ見ザリツルガ不審ニ覚トテ御経ヲ打チラシテ見タリケルカ
ラ〳〵ト打笑テ大般若箱ノ中ヲ能々サガシタレハ大塔宮ハ御座ニテサ
ズシテ大唐ノ玄弉三蔵コソ有ケレト戯レテ一同ニドット笑テ門ヨリ外
ヘソ出ニケル宮ハ尚ソ御夢ノ心地シテ御座ケルカ是偏ニ摩利支天之
冥應十六善神ノ擁護ニ懸ル命也信心肝ニ銘シテ御涙ニソ
咽セ給ケルカクテハ南都ノ御隠居モ叶マシカリケリトテ般若寺ヲ忍テ

御出有テ熊野ノ方エソ赴セ給ケル御伴ニハ赤松ノ師律師則祐
桂林坊律師玄尊、木寺相摸村上右馬助義光子息蔵人
義隆、甲斐源氏ニ矢田三郎義重河野彦五郎舍弟孫
三郎平賀三郎片岡八郎武田彦七ヲ始トメ以上背柿ノスヾカ
ケニ負ヲ懸ケ頭巾《トキン》眉半ニ引コミ奇ノ老タルヲ先達トメ田舎山
伏ノ熊野参詣スル躰ニメ熊野ノ道ニソ赴セ給フ宮ハ元ヨリ龍
楼鳳闕ノ玉ノ臺ニ被冊香車花軒ノ駕ナラデハカリソメニモ習セ
給ハヌ歩行ノ長途ナレハ定テ叶セ給ハジト御伴ノ物モ心苦シク思
進ケルニ案ニ相違メ終モ疲サセ給ハズ御気色毎宿ニ御勤社
ノ奉幣懈ル處御座テハ勤行シ積ル先達モ路次ニ行キ合フ山
伏モ見咎ルコト更ニナシ小木信太シモ過行ケハ奏ノ下風ソヌ吹テ草宇カ

ハ小野坂ヤ由良ノ戸ワ丸湊舟浮キ沈サエ哀ニテ白浪吹上玉津
嶋白前國縣ソ伏ミ拜ミ旅衣キノ関守モ六借ソ芦ノ屋ノナダ和
歌ノ浦幾重トモナキハマエラシカケテ其名モタノモシキ切目ノ王子ニソ
着セ給ケル其夜ハ叢祠ノ露ニ御袖ソ片敷テ通夜内證深心
之法施ソ奉リ御涙中ニ御祈誓有ケルハ傳ヘ承ル本山両所権現ハ
或ハ東方浄瑠璃土ノ教主像法轉時利益衆生濟ミ不老不死
之業ヲ蓬嶋ソ不求メ出離解脱ノ良醫トメ無明即除ミ重病ソ
愈御ス西ノ御前ハ千手千眼本躰観世音示現メ大明神ト
アラハレ一心称名ミ凡底生老病死ミ垢塵ソ拂ヒ一時礼拜ノ
月前ニハ百千億ミ願望ソ成ス法華懺法ミ所ニハ諸佛菩薩
影向ソ垂レ至心合掌ノ砌ニハ罪障ミ霜ミニ消滅ス幣帛ソモ

不精齋閑業シモ致サレトモ祈ル所我為ニ非ス殊更両所権現ハイ
ザナギイザナミノ應作也我君其苗裔トシテ朝日忽ニ浮雲ノタメ
ニ被掩覆所ハ只十善ノ最積シ旧ニ移サシメ四海ノ安全シク
令定給ヘト也寔其賤豈ニ不傷哉云鑒特ニ似宜ニ神若神タラ
ハ君盡君一心ニ致誠シ五体ヲ投メ地ニ祈リ申サセ給ヘハ丹誠無二シ
御勤感應モナドカ無カラント神慮暗ニ測テ丈リ適夜ノ御クタ
ビレニ御肱シ曲テ枕トメ御マドロミセ給ケルニ鬟結タル童子一人来テ
熊野三山間ハ猶モ人ノ心モ不和ニシテ大儀ノ功成カタシ是ヨリ十津河ノ
方エ御入有テ時ノ至ルヲ待セ給候ヘ両所権現ヨリ君ノ懇志ヲ
被感案内者ニ付テ進セ候ヘハ御道知ヘ仕ルヘシト申スト思召セハ
御夢覚ケリ是則チ権現ノ御告ナリト憑敷思召ケレハ未明

ニ御悦ノ奉幣進ラセテ是ヨリ吉野ノ奥十津河ニ尋テ分入ラセ御
座シノ道スカラ三十余里人里稀ナレハ鳥ノ声モ僅ニ雲ノ底ニシテ聞エ
危キ山路元来無ニ雨空翠常ニ湿ス衣ヲ向上万仞青壁刀ヲモツ
テ削直下ニミヲロセハ千尺ノ碧潭藍シ以テ深タリトカクメ大峯禅頂
ノ秘所池ノ峯ヲ攀テ転法輪ノ山嶽ヲ過サセ御座ス此山ト申ハ
金剛童子化現ノ霊地両部大日ノ秘所也先達ノ山伏三
度ノ験札シ折所也過現未来三世ニ仏出世ノタビゴトニ先此処
ニ出テ法輪ヲ転シ最初成道ヲ唱ヘ給フ故ニ此名ヲ得タリ有智
無智有罪無罪ヲ云ハズ此峯ヲ攀ル者ハ三毒十悪忽ニ変メ男
陀ニ四徳ト成リ四重五逆サナカラ転メ瑜伽ノ善行縁ヲ結フ輩
此身ヲ不変メ上品上生ニ至ルト云ヘリ然レハ我等ハ凡人也此山ハ娑

娑婆世佛界衆生界相隔リ浄土穢土異処也ト云ヘトモ染浄不二
凡聖一如ノ道理ナレハ此身ヲ不換仏果ニ叶ヒ此所ヲ不動荘厳
浄刹ニ至ラン何ソ難ラン二度修行ノ功因頼ニ三有輪廻ノ果ヲ
断スル事何ノ疑カ有ルヘキ而シ修験ノ身ニ非ス不測両部ノ峯ヲ
挙ルコト生ニ世ニノ宿因ナリト今コソ思召ナリサセ給ヘトモ習ヌ太山ノ
旅ノ道御心細サ云量ナク見ザリシ雲ノ夕暮サヒシキ外ノ色モナク天
昏テ朦朧タリ行歩前程ノ末ヲ失ヒ人不逢メ幽閑世間夜浩霧
深ク蒼茫ヲ引テ朝ニ挙ルハ桐柏山風面ヲ拂ヒ苺苔布暮ニ宿
スレハ石门洞ノ水夢ヲシアラウメ揺テ物コトニ御心ヲ傷シメテ十三日ト
申ニ辛メ十津河ト云処ヘソ着セ給ケル宮ハサスカニ習ハセ給ハヌ御歩行ノ
長途ナレハ御足ハ皆草鞋ニ被破レテ流ルヽ血ハ沍土ヲ染メ岩ヤトノ

草ノ色ハ紅ニコソ有リニケレ御伴ノ者トモ其身鉄石ニ非サレハ悉ク疲レテ
今ハ如何ナル日ニ逢トモ無ニ為ン方ソ覚ケルカリテハ一日ノ資モ又エカタクソ
ソ覚ヘケル宮ヲハ茅フケル辻堂ニシキ奉リ御伴ノ者トモ在家ニ走リ
散リ熊野参詣ノ山伏トモ道ニ行疲迷テ此里ヘ出タル由ヲ申ケレハ
在家ノ者共哀ニテ粟飯橡粥ナトヽ云物ヲ取出シテ面々ニ飢ヲシノ
助ケル宮ニモ加様ノ物ヲ供御ニ進セカヤフキタル堂ニ其夜ハ明テケリ
次ノ日カリテモ始終如何ト覚タリケレハ所見坊ノ律師有ル在家ノ是ソ
サモアル物ト覚敷テ柴垣ニ竹門アケタル処ニ行テ童部有ケル
ニ家主ノ名ヲ問エハ竹原八郎入道カ甥ニ戸野兵衛ト云者ノ家也
トソ申ケレハサテハ是コソ弓矢取テノ好物ト聞及ヒタル者ナレ何ニトモ〆
是ヲ憑マハヤト思ケレハ門ノ中ニ入テ事ノ体ヲ見ニ家ニ病者有リト

覚エテ女ノ音ニテ哀レ貴カラン験者ノ来レカシト祈ラセ奉テ見ト云
声ノシケレハ幸ニ存スヤ究竟ノ事ヨト思テ音シ高ラカニアケテ
熊野三重ノ瀧ニ七日打レ那智籠百日畢テ今三所巡礼
スル山伏ニ一夜ノ宿カシ給エトソ申シケル是シキイテ内ヨリ女一人立
出是コソ可然佛神ノ御助ニテ候ヘト是ノ主ノ女房物ノ怪シ
病セ給候カ今ハ無ツ憑ム方候祈テ給セタヘエトソ申サレケル雲脩
是ヲ聞テ安キ程ノコトニテ候但我等ハ夫山伏ト申テ何モ不知
者ニテ候アレニ候堂ニ度ラセ給ヘ客僧コソ修験第一ノ先達
ニテ御座候ヘ此由ヲ申候ハンニテ子細候ハシト返事シケレハ此女夫
ニ喜テサラハヤカテ御申候ヘトテヒソメクコト限リナシ律師立帰
テ此由ヲ申シケレハ宮大ニ御快ニテ御伴ノ者トモ召具彼ノ宿処エソ入

入ラセ給ケル此宮ハ忝モ十善ノ貴種ト申シナカラ二品ノ高尚ニ昇御
三千ノ貫主ニ備リ給フ去ル嘉暦二年ノ比カトヨ禁裡ニシテ北斗ノ法ヲ
御勤仕シ時其修ノ中ニ最勝講ヲ行レシニ厳密ニ公請ヲ
聞テ講行ヲ御勤有リシニ稽学ノ名望他ニ異世シカハ其ノ結願
ノ日三品親王ノ位ヲ捷一山貫頂ニ被補座シキサレハ御論モ何
シカ可嫌ナレハ宮ハ病者ノ傍ニ立ヨラセ給テ御念珠ヲサラ〳〵ト推
揉セ給ヒ千手陀羅尼ヲ十返バカリ満サセ給エハ病者共〳〵ノ支シノ
口走リ明王ノ縛ニカケラレタル体ニテ手足ヲ縮メ五躰ニ汗ヲナカシ物ノ怪《ケ》ハ
ヤカテ立去レハ病者タチマチニ能成ニケリ主ノ男不斜喜テハ我等不肖ノ
者ニテ候ヘハ此御ヨロコヒトテ申スヘキ物候ハス枉テ十日モ廿日モ御逗留
候テ御足ヲ休メサセ給候ヘ山伏骨《ゴツ》ナンドデ思デ御逃候ナト恐レナカラ

御賀シ給ントテ面々ノ員トモシ取舎テ己カ内ニシ留置タリケル御伴ノ
者共上ニハ可皈之由シ申セトモ下ニハ憢変不斜カリテ十餘日シ過
ス程ニハ主ノ男出テ薪大ナトメ四方《ヨモ》山物語シケルカ誠ヤラン大塔ノ
宮ハ都シ落サセ給テ熊野ノ方エ赴セ給候ヌ三山別當乗
適僧都ハ貳タヒ六波羅ニ心シ通シ候ヘハ熊野辺ニ来テ御
座有ラシ事ハ難叶候物シ哀シ此里ナトヘ御入候ヘカシ処コソ
狭ハツトモ四方皆嶮岨ニテヨキ閑居ノ構ニテ候上人ノ心不敵ニ
メテ矢シ取テ人ニ勝タリセハ諸豪ノ古平家ノ一類一人モ遁処
ナカリケルカ小松三位中将維盛モ我等カ先祖シ憑テ此山里ニ
無恙隠居シ給テ子孫無煩候トコソ申シ傳テ候ヘト委細ニ
ソ語ケレハ宮御快氣ニ聞召テ若大塔宮ナトノ此処エ御憑有

テ入セ給タラハサテハ憑ヒ給ヘキカト問セ給ケレハ亭主申スニヤ及ヒ候
我等モ甲斐ナキ身ニテ候ヘ共二人カノトダニ申サハ野河里渕宮
生檜濃吉田吹岐都々賀坂下野長瀬中津河泉ケ原天ノ
河副谷北俣赤瀧鳥樹芋瀬廣瀬藝坂ニテモ手指ス物ハ候
ミシトソ申ケル其比宮ハ木寺ノ相模ニ御目ヲハセ有ケレハ相模
北兵衛カソハニ居ヨリテ今ハ何ヲカ可隠アノ先達コソ大塔宮ニテ
御座候ヘト申ケレハ兵衛猶モ不審氣ニ彼是カ顔シツツラヘト守
リケル間居閣ノ部武田彦七アラアツヤトテ頭巾ヲ脱ツハニ閣シキメ
リ識ニ山伏ナラテハ逆生跡隠モナシ是ヲ見テ識ニモ山伏ニテハ御サ
リケリ實ノ地ノ変申シ出シタリケル浅猿哉此間ノ振舞尾籠ニ
思召シツラント以ノ外ニ仰天メ頭ヲ地ニ着ケノ手ヲ束子疊ヨリ

下テ蹲踞セリ儀ニ黒木ノ御処ヲ作テ宮ヲ守護シ奉ル西方ノ山々ニ
閑ソ岩エ路ヲ切塞テ用心厳ニシツツ見エタリケル是モ猶大儀ノ
計略叶カタシトテ叔父竹原小弐入道ニ此由ヲ語ケレハ入道頓
テ、竹野カ語ニ随テ宮ヲ我館エ入進セ誠ニ貳ナキ気色見
エケレハ御心安思召テ爰ニ半年ハカリノ御座ヲ暖メサセ給ケ
ルトカヤ去程ニ人ニ見知ラレシト思召サレテ御還俗シ給ケレハ小
弐入道カ息女内々夜ノ御殿ヘ被召御覚エ異《なり》他ニサテコソ人
家主ノ入道モ孫寿ヲ頼ケテ近辺ノ郷民トモ次第ニ皈服申
シタル由ニテ、却テ武家ヲ補ケレ熊野別当定遍此叓ヲ聞
テ、十津河エ寄 叓ハ縦ヒ十万騎ノ勢有トモ不可叶ロハ其
邊郷民トモノ欲心ヲ勧宮ヲ他処ヘ帯出シ奉ラント相計テ

道路ノ辻ニ札ヲ書テ大塔宮ヲ討テ奉リタラン者ニハ非職凡下
ヲ不謂恩賞ヲ可被充行之由関東ノ御教書在之其上ニ
定遍先三日カ中ニ六十貫ヲ与ヘント起請文ノ詞ヲ載セテゾ
厳密之法ヲソ出シケル夫移木ノ信ハ約ヲ呈セシカタメ献芹ノ賄ハ
志ヲ奪ハンタメナレハ欲心強盛ノ八庄司共此札ヲ見テ何シカ心変
シ色替テ怪キ振舞トモニソ聞エケル宮ロカリテハ此ノ処ノ止住始終
悪カリナン吉野ノ方エモ御出アラハヤト被仰ケルヲ竹原ノ入道如何カ
去事候ヘキト強テ止メ申ケレハ彼カ心ヲ破シ事モ指カ叶ハセ給ハテ
恐懼ノ中ニ月日ヲ送ラセ給ケルニ結句竹原ノ入道カ子息孫五郎
父カ命ヲ背テ宮ヲ打奉ラントスル企有リト聞ヘシカハ宮偸ニ十
津河ヲ出サセ給テ高野ノ方エトソ赴セ給ケル其道ノ小原芋瀬中津河

トテ有敵難処ヲ経テ適ル道迄ハ中〳〵敵ヲ防ク場ヲテ見ハヤト思
召ケレハ芳瀬ノ庄司カ許ヘ入給ケルニ庄司我館ヘハ入進セス傍ナル里ニ
置奉リ使者ヲ以テ申ケルハ三山別当定遍武命ヲ含テ陰謀
ノ与党ヲハ関東ヘ注進仕ル事ニテ候ヘハ無左右此道ヲ通シ進セン
事後ノ罪科陳謝ニ拠有ルマシク候也乍去宮ヲ止進ル事其恐候
ヘハ御伴ノ人々ノ中ニ名字サリヌヘキ人ヲ一両人出シ給テ武家ヘ召
渡サルヽ歟不然ハ御紋ノ御旗ヲ給テ合戦仕ツル支証ニ備ヘ武家ヘ
可申ニテ候此二ノ間何モ叶マシトノ御定ニテ候ハヽ無力一矢仕ラ
ウスルニテ候ト誠ニ与儀モナクソ申入タリケル宮ハ両条ノ事何モ
難儀也ト思召テ敢テ御返事モ無リケルヲ赤松律師則祐進出
テ申ケルハ見危致命士卒ノ守ル処ニテ候ヘハ紀信モ詐降敵ニ魏

猶モ留テ守城ノ皆主ノ命ニ替テ、名ヲ留ン為ニテ候ハズヤ。何モノ、
彼心解テ御處ヲ通ニ進スヘキニテハ、則諸御大事ニ替テ罷出
ハシン事子細有マジキニテ候ト申ケレハ、平賀三郎是ヲ聞テ本座ノ
意見ハ卒尓ノ儀ニテ候ヘトモ、此難苦ノ中ニ付纏イ奉リ候人ハ一人ナリトモ
上ノ御為ニ股肱耳目ヨリモ尋カタシ。思召ルヘシ。就中芋瀬ノ庄司カ
申処誠ニモ難黙止、其寔ニ付テ御旗バカリヲ下サレンニ何ノ煩カ候ヘキ。
戦場ニ臨習馬物ノ具ヲ弃太刀刀ヲ落メ敵ニ取ルヽ事ハサイデノ恥ナラス
只彼カ申請旨ニ任テ御旗ヲ下サセ候ヘカシト申ケレハ、宮誠ニモト
思召成テ月日ヲ金銀ニテ打テ付タル錦ノ御旗ヲ芋瀬ノ庄司
ニゾ被下ケル。カクテ宮ハ遥ニ行過サセ給ケルニ、村上左馬助義光
遥ノ御跡ニサガリテ宮ニ追付進セント急ケルニ、芋瀬ノ庄司与帰

道ニテ行合タリ苐瀬カ下人ニ持セタル旗ヲ見テ村上帷テ事ノ様ヲ
問ニシカ〳〵ノ様シツ語ケル村上是ヲ聞テ怖心得又物哉君ソノモ
四海ノ主ニテ御座ス天子ノ御子朝敵御追伐ノ為ニ御門
出有ル路次ニ参リ合テ海等程ノ大元下ノ奴原カ様之事
振舞ヘキ様ヤアルイデ其旗トテ引奪テシツトリ持タリツル苐
瀬カ下人ノ大ノ男ヲ攫テ四五丈バカリ抛タリケル其ノ帷カノ無頼
ニヤ恐ケン苐瀬ノ庄司一言ノ返事モセザリケリ村上自御旗ヲ
肩ニ懸テ程ナク宮ニ追付奉リ宮ノ御前ニ跪テ此様ヲ申ケ
レハ識ニ無頼御快気ニ打笑セ給テ則祐カ忠ハ孟施舎カ義ヲ
守リ平賀カ智ハ陳平相カ謀ヲ得タリ義光カ力ハ北宮黝カ勇
ヲ凌ケリ此三傑ヲ以テ四海ヲ不治哉ト涙ヲ浮ヘテ侵ラヒケル

コソ希ナケレ其夜ハ椎柴垣ノ間アラハナル山奴ノ菴ニ御枕ヲ傾サセ給テ、
明レハ小原エト志テ薪負ル山人ノ道ニ行合奉タルニ事ノ様ヲ御尋
有ケレハ無心樵夫ニテモサスカ見知進セテヤ有ケレ薪ヲシロニシ地ニ
跪テ小原エ是ヨリ御通候ハンズル道ニハ玉置ノ庄司ト申テ貳ナキ
武家ノ方人候ナリ此人ヲ御語ライ候ハデハ何ナル勢ナリトモ御通候
ハジトソ申ケル宮口熟聞召テ蒭蕘ニ言ニテモ捨サルハ是也サ
テハ此庄司ヲ語テ見ハヤト被仰テ戸閑人八郎武田彦七二人ヲ庄司カ
許エ遣サレテ此道ヲ御通リ有ルヘキ警固ヲソノケ奉ランソ聞テ、
通シ進ヨトソ被仰下ケル玉置ノ庄司御使ニ出合テ事ノ由ヲ聞テ、
無返事ニテ内エ入ケルカ頓テ若黨中間トモ物ノ具メ馬ニ鞍置セ
周章ケル間二人ノ御使トモイヤ〳〵此事叶マシゲナサラハ急キ走帰テ

此由ヲ申サントテ足早ニ皈レハ玉置ヵ若党五六十人取太刀ハカリニ
テ追懸タリ二人ノ物共立止テ小松ノ二三本滋タル陰ヨリ跳出テ
真先ニ進タル武者ノ双膝薙テ頸打落シノリタル大刀ヲ推ナヲシ
テソ立タリケル跡ニ連テ進ケル物トモ是ヲ見テ近ツク者ハ無テ只ハ遠矢
ニソ射スクメタリケル片岡八郎矢二筋射著ラレテ今ハ助リ難
シトヤ思ケン武田彦七ニ申シケルハ我ハトテモ痛手ヲ負タレハ爰ニテ
討死ニセンスルソ御辺ハ急キ宮ノ御方エ参テ此由ヲ申テ一河
落レ進セヨト諫テ申ケレハ死ヲ一所ニ定ルハ勇士ノ睦キ約ナレハ諸
共ニコソ討死ニセメト申ケルヲ再三此教訓ス只ハ急キ皈テ宮ニ申タ
ヘシコソメ真ノ忠貞ナルヘケレト涙ヲ流シケル向識ニモ此由ヲ不申ハ不
忠ナルヘシトテ無力只今討死ニスル傍輩ヲ見捨テ皈ケル心中推量

ラレテ、哀ナリ武甲疲セ遥ニ行伸テ跡ヲ顧リ見ケレハ府国早討タレ
ト覚敷テ血ノ付タル頸ヲ太刀ニ貫テ持タル者アリケリ武田走仮テト
宮ニ此由ヲ申ケレハ宮是ヲ聞召テサテハ追ヌ道ニ行迫テ運命
孟キハヽリ又述テ歎ニ詞モナシトテ御伴ノ人々ニ至ルマテ中々爽ナル
気色ニシテ見エタリケルサレハトテ地ニ番ヘルヘキニアラストテ上下三十
餘人宮ヲ先立進セテ敵今ヤ近付ト行末ノ路ヲ向ヘハ中津河嵩
シメ趣サセ給ケル處ニテ一息継テ山ノ南方ヲ屹ト見遣タレハ玉置
庄司カ宮ヲ囲進スル勢ト覚エテ二三百人程湿甲楯一面ニ進テ
射手シハ左右ノ山エ登セ真中ニ敵ヲ取籠テ時ヲ同トソ揚タリ
ケル宮是ヲ御覧メ玉顔殊ニ儼ナリ笑セ給テ官軍ニ向テ被仰
ケルハ是程ノ浮沈ヲ見ナカラ兼ノ一路ニ不善遂義ニ随フ莫愚義

程感激スルニ餘アリ聖運天命ニ窮リセハ一足モ引ヘキニアラ
ス閑ニ自害メ名ヲ万代ニ可遺ス但構テ我ヨリ先腹切事アルヘカ
ラス我已ニ自害セハ面ノ皮ヲ剥耳鼻ヲ切テ誰カ頸トモ不見ヘ様ニ
成メ可棄其故ハ我頸若シ獄门ニ懸ラレハ天下ニ御方ヲ存スル者トモ
皆力ヲ失ヒ武家ハ悉ルニ可莫處死セル孔明ハ生ル仲達ヲ走ラシム
ト云事アリキセハ人々相構テキタナビルナト御涙ノ内ニ仰下セケレハ御
伴ノ者共是ヲ承リ御定トモ覚エス候物哉是ニテ御伴仕ル者共ナレハ
只敵ノタメニ死ヲ同ス為ニ君ノ忠節ヲ尽サント思成メ候ヘハ爰ニテ同
枕ニ討死仕ルヘシト一同ニ御返事申テ御前ヲハラ〳〵ト打立テ敵ノ
大勢ニテ攻上ル坂中ヘテンメラリ向ケル其勢已上三十余人一人當
千トモ申ツヘシセトモ敵四五百人ニ立合テ可戦様ハナカリケリ哥

手是ヲ見テ楯ヲ雄羽ニ突ニトラデスカツキアカリケレハ防ク兵相懸リニ
近付キ合ヒ戦フニ釜ノ魚網ノ魚ハ逃ルトモ漏ヘキ様ノ無リケレ懸リケ
ル処ニ北ノ峯ヨリ赤旗三流松ノ嵐ニ翻テ其勢四五人カ程懸出テ
時ヲ同トソ揚タリケル玉置庄司カト驚キ見ル処ニ真先ニ進タル
武者大音ヲ揚テ名乗ケルハ紀伊国ノ住人野長瀬六郎同七
郎大勢シタナリ列ハ大塔宮ノ御迎ニ参ル処ニ只今可キ亡武家ノ逆
命ニ随テ帝時ニ運ヲ閉セ可給親王ニ敵ニ申メハ二天下ノ何ノ処
ニカ身ヲ可措天罰不遠ヲ是ヲ行真義等カ一戦ノ内ニアリ
餘スナ漏スナトソ喚ハリケル是ヲ見テ玉置庄司カ勢不叶トヤ思
ケン楯ヲ弃旌ヲ巻テ四方ヘ逃散ケル其後野長瀬兄弟甲ヲ
脱テ遥ノ外ニ畏ル宮御前近ク召サレテ山中ノ体タラクノ叓儀ノ計畧

難叶カルヘキ間太和河内ノ方エ令進発ロ処ニ主置ノ庄司カ兵ハ今ノ
行跡当手ノ兵方死ノ中ニ一生ヲシテモ千難得ト覚ヘツルニ不慮ノ扶ニ
逢叓夫運猶憑アルニ似タリ抑此事何トメ存知タリケレハ今此
戦場ニ馳向テ遊徒ノ大運ヲシハ磨スルソト御尋アリケレハ野長
瀬畏テ昨日ノ晝ノ程ニ年十四五計ナル童子一人宮ノ御使ト名
乗テ明日木津河ヲ御出アリテ小原ヘ御通リ有ヘキニ一定道
ニテ人難ニ遇セ玉ハヌト覚ルソ人御志ソ存セハ急キ御迎ニ参レト被役
下間名ヲ尋候シカハ老松ト申ナリト云捨羅般候ニ忠義ヲ存スル
故ニ是ニテ御迎ニ参タリトソ申ケル宮此叓シツツ〳〵ト御思案アルニ
只事トモ不覚ヨ大ニ怪セ玉テ年来御身ヲ不放カケ玉イタル膚ノ御
守ヲ御覧スレハ北野ノ天神ノ御神体ヲ金銅ニテ鋳進セテ懸サセ

給ケル女其御眷屬老松ノ御躰遍身ニ汗ヲ流サセ玉イテ御
足ニ土ノ付タリケルコソ不思儀ナレ倩此奇瑞ヲ思召セハ佳運神
慮ニ相叶エリ逆徒ニ退治何ノ疑カ可有トテ宮ハ是ヨリ野長瀬
兄弟ヲ召具セラレ槇野ノ上野実胤カ城ヘ入セ給ニ分内挟メ計略ノ
難及憚リ思召レ吉野ノ大衆ヲ御語ニ有シカハ衆徒無ニ子細入奉
ニケリ即安善寶塔ヲ城廓ニ搆ヘ岩切通行水ノ菁野河ヲ
前ニ當テ三千餘騎ニテ楯籠玉イタリトソ聞ニ北宮懸ニ用害ニ
籠ラセ玉フニハ世間靜ニハ非ニトモ恐ヌ者ハ無リケリ

太平記巻第五

巻第　五　裏表紙

太平記

六

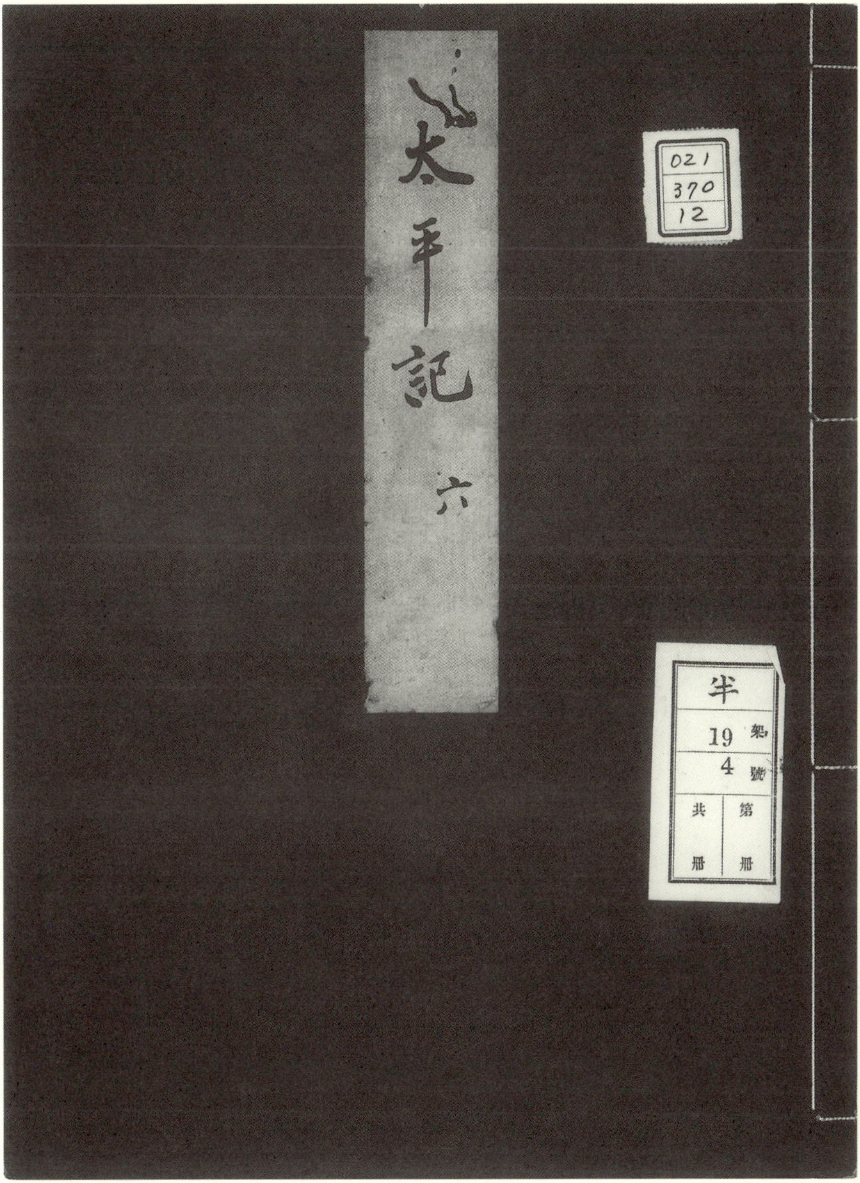
太平記
六
021
370
12
半
19 架
4 號
共 冊
第 冊

民部卿三位殿神哥事
正成和田正遠打出事
宇都宮天王寺發向事
正成未来記拜見事
赤松圓心則祐賜令旨事
兵部卿宮芳野出御事
東國兵知和屋發向事
本間人見赤坂城討死事

太平記巻第六

民部卿三位殿神詣事

夫年光不停如奔箭下流ルヽ水哀楽互ニ替ル事似タリ紅栄黄落之樹ニ爾者此世中ノ有様只夢トヤ謂ハン現《ウツヽ》トヤ謂ハン憂喜共ニ感スレハ秋ノ露路ニ催ス事雖モ不始今去年九月ニ笠置城ニテ先帝ヲシハ隠岐ノ国ヘ遷幸成シ進セ宮々ヲシハ異域遠島ニ流進シカハ百司ノ旧官悉ク抱テ愁ヲ前ニ隠シ跡ヲ三千ノ宮女同滴涙面ニ臥シ沈ム有様誠ニ浮世ノ中ノ習ヒ迁変ノ理ト云ハ哀ニ歎クアラヌ子トモ故《コトサラ》哀ニモ聞エシハ民部卿三位殿ノ御局ニテ止リ其故ハ先帝御寵愛不浅大塔宮ノ御母堂ニテ渡せ玉ヒシカハ傍ノ女后更衣モ花ノ色遅ク深山木ノ色香モ無ガ如シ也雖然世間カク成シハ玉

棲金殿ノ棲ヲ捨テ蘿寒草屋ノ卑タニ楹モ廷メサセ給ハズアレノ
ミ増ル浪上ニ舟流レタル水郎心治メ何トナク乾ル間モナキ御袖ノ
上サノミ此何ナル波モト思召ケル上ニ打添テ君ハ西海ノ逆ラヌ浪ニ
漂ヒ御座メ叡襟ヲ傾セ御スト聞召シカハ室傾ケ思シ於万里瞻月ニ
宮ハ又南山道無キ雲ニ踏迷セ給テ往ハ浮タル御棲ト聞召セ共、
書ヲ三春ノ暮ノ鴈ニ難詫彼レト云是レト云ニ一方ナラヌ御思ニハ青
絲髪疎ニメ何間ニ老ハ来リヌラント被怪紅玉ノ膚消テ今日ヲ
限ノ命トモ哉ト思召ケル餘ニ仏神ニ志ヲ致テ君ノ御事ヲモ宮ノ
御行末ヲモ祈リ申サハヤト思召シ成テ年来御祈ノ師トテ御
誦経御捧物ナト奉セケル北野ノ社僧ノ坊ニ御座テ一七日参籠
ノ志有由ヲ被仰ケレハ此折節武家ノ聞エモ其憚無ニハ非ネトモ

日来ノ御恩モ重ク今程ノ御有様モ痛敷ケレハ如何デカ忘
積イナル六ハ申スヘキトテ拝殿ノ傍ニ僅ナル間栫テ尋常ノ青女房
ノ倫ニ参リ籠リタル体ニテ置奉ケル哀古ナラハ金帳ニ籠リ粧紗
窓ニ閉艶充右ノ侍児其数ヲ不知当輝メコソ持冊奉ルヘキニ
何ニカ引替タル悲ノ御物籠ナレハ都近キ辺ナレトモ事問イカウ人
モナシ只一夜松ノ嵐ノ音ニ昔ノ御夢ヲ被遣主ミス梅カ香ニ
都ノ春ヲ思召出スニモ昌泰ノ昔ノ末ニミウキ御思ニ絶兼テ荒人神
ト成テセ給ニ心尽ノ御旅宿ニテモ今ハ君ノ御思ニ擬ヘ又ハ御
身ノ遣方モナキ哀ノ色ノ数々ニ御念誦シ且ニ被籠御洞ノ内ニカリハカリヨ
思スハ神モ哀ト思イ知レ心尽ノ古ノ旅、
ト遊テ御真跡有リケルニ衣冠正メ年老タル老手ニハ梅花ヲ一

枝撃テ右手ニハ鳩杖ヲ取テイト苦気ナル躰ニテ御扃ノ臥サセ
給タル御枕ノ辺ニ立セ給タリシ手作殿御夢ノ心治ニ惟ト思召テ
篠小サシノ一節モ問ベキ人ハ覚ニ都ノ外ノ蓬生ノ浅猿栖ニテ
怪哉誰人ノ路蹈逢ケルヤスラヒゾヤト御尋有リケレハ此老翁
世ニ衰ヘケル気色ニテ枕ニ近リ立ヨリ謂出ス事葉ハナリテ持タル
梅ノ枝ヲ御前ニ指シ置テゾ帰ケル不思議哉ナト思召ケレハ御
扃北梅枝ヲ取テ御覧スレハ一首ノ歌ヲ書付タル
　○廻来テ終ニ清ヘキ月カケノ且ニ隠ルヽ何歎クラン
上有ケレハ御夢覚テ此歌ノ心ヲ能ヽ御案アルニ君終ニ還幸
成テ雲上ニ住セ給ヘキ瑞夢ナリト憑敷ク思召成サセ給ケル誠彼
ノ聖庿ト申シ奉ルハ大慈大悲ノ本地天満天神ノ垂迹ニテ渡

ラセ給ヘハ一タヒ歩ミノ運ヲ人モ二世ノ悉地ヲ成就シ纔ニ御名唱ル輩モ
百億ノ所願ヲ満足ス況ヤ是ハ忝モ天子ノ寵后竹園ノ母堂トシテ
千行萬行ノ紅涙ヲ滴テ冬ニ七日七夜ノ丹誠ヲ致サセ給ヘハ靈験
情暗ニ通メ感應忽ニ告アリ世及ニ澆季ニ道墮ニ塗炭ニ之ヘトモ精
誠肝ニ銘シケレハ昊感又新ナリト示ヘ憑敷ソ思シメシケル

○和田楠打出事

去程ニ六波羅都ヲ治テ武威遠国ニ輝シカハ此世中何ノ違変
カ有ヘキト見居タル処ニ去元徳二年二月五日左近将監時
益・越後守仲時関東ヨリ上洛メ六波羅ニ移住ス此三・四
年ハ常葉ノ駿河守範貞・金澤前越後守貞将二人六波
羅ニ成敗ヲ司テ中夏外国ヲ計ラヒシカ堅ク辞シ申シケルニ依

テ、今北仲時、時益ハ上洛トソ聞エシ懸ル処ニ楠多聞兵衛正成ハ去年赤坂ノ城ニテ自害シテ焼死タル真似ヲシテ落タリシヲ実ト心得テ其跡ニ湯浅孫六入道ヲ地頭ニ居テ置タリケルハ今ハ河内国ニ於テ、異ナル事非シト心安思ケル処ニ同年ノ四月三日楠五百余騎ヲ率シテ俄カニ湯浅カ城エ押寄テ息モ継セス攻戦フ城中ニ兵粮ノ用意乏ケレハ湯浅カ紀伊国ノ所領アゼ河ヨリ人夫五六百人ニ兵粮ヲ持セテ夜半ニ城エ入ントス楠是ヲ聞取テ兵ヲ道ノ迫処ヘ差遣シテ是ヲ奪取テ其俵ニ物具ヲ入テ馬ニ負夫ニ持テ兵ヲ二三百人兵士ノ如クニ出立テ城ヘ入ントスル眼楠カ勢是ヲ追散サントスル真似ヲシテ追ツ返シツ同士軍ヲソシタリケル湯浅入道是ヲ見テ我兵粮入ル兵士トモ楠カ勢ト戦ソト心得テ城ヨリ打テ

出テソヽロナル敵トモヲ皆城ノ中エツメ入ケル楠カ勢トモ思様ニ城中
ヘ入リ終テ俵ノ中ヨリ物具トモヲ取出ヒシ〳〵ト堅テ時ノ声ヲシテ
揚タリケル湯浅ハ内外ノ敵ニ取リ篭ラレテ迚モ可戦様無リケレハ
無力頸ヲ伸ヘテ降人ニ成テソ出タリケル楠頓テ其勢ヲ并《アハセ》テ七百
餘騎ニテ和泉河内ノ両国ヲ推スニ不靡ト云者ノ一人モナシ日
ヲ逐テ大勢ニ成ケレハ五月十七日ニ先ツ住吉天王寺辺ヘ打出
テ渡辺ノ橋ヨリ南ニ陣ヲ取リ六波羅寄セ手ヲ待懸タリ依
之ニ和泉河内ノ早馬敷並ニ打テ楠已ニ京ヘ攻上ル由ヲ告申
ケレハ洛中ノ騒動不斜武士東西ニ馳散テ貴賤周章騒事
無極懸リケレハ六波羅ニハ畿内近国ノ勢雲霞ノ如ク馳集テ
楠今ヤ攻上ルト待ケレトモ敢テ無リ其儀ケレハサテハ聞ニハ不似楠小

勢ニテゾ有ラン北ノ方ヨリ押寄打散セトテ隅田高橋ヲ西六波
羅ノ軍サ奉行トメ四十八ケ所ノ篝并ニ在京人畿内五ケ国ノ
勢ヲ合セテ天王寺ヘ指向ヘラル其ノ勢都合五千余騎同廿日
京都ヲ打立テ尼ケ崎柱松辺《モト》ニ陣ヲ取リ遠篝ヲ焼テ其
夜ヲ遅ト待明ス楠是ヲ聞テ二千餘騎ヲ三手ニ分テ宗徒ノ
勢ヲハ住吉天王寺ニ隠メ僅ニ三百騎ハカリヲ渡辺ノ橋ノ南ニ引ヘサセ
大篝二三ケ処ニ焼セテ相向エリ是ハ態ト敵ニ橋ヲ渡サセテ水
澤ニ追ハメ雌雄ヲ一時ニ決セシガタメ也去ル程ニ明ケレハ五月廿一日
六波羅勢七千餘騎二所ニ陣ヲシテ一所ニ并テ渡辺ノ橋ニテ打
蓬テ河向ニ引ヘタル敵ノ勢ヲ見渡セハ僅ニ二三百騎ニハ不過覚ヘテ
瘦タル馬ニ縄手綱也隅田高橋是ヲ見テサレハコソ和泉河内勢ノ

分際サコソ有ラメト思ツルニ合テ墓ニ敷敵ハ一人モ無リケリ奴原《ヤツハラ》
一々ニ召ニ捕テ六条河原ニ切懸テ六波羅殿ノ御感ニ預カヽヤト云
儘ニ陽田高橋人交モセス椿ヨリ下シ一文字ニサハイメカシテソ渡
シケル七千余騎ノ兵トモ是ヲ見我先ニト馬ヲハヤメテ或ハ橋ノ上ヲ
歩テモ或ハ河ノ浅瀬ヲ渡シテ向ノ岸ニ懸アカル楠カ勢是ヲ見テ
遠矢少ミ射捨テ一軍モセズ天王寺ノ方ヘ引退ク六波羅勢コ
レヲ見テ勝ニ乗リ人馬ノ息ヲモ継セズ天王寺ノ北ノ在家ノ外《ハツレ》ニテ人
様ニモラデソ追タリケル楠思図ニ敵ノ馬ノ足ヲ疲カシテ二千余
騎ヲ三手ニ分テ一手ハ天王寺ノ東ノ外ヨリ旻敵ヲ弓手ニ請ケ
テ懸ケ出ル一手ハ西門石ノ鳥居ヨリ打テ出テ魚鱗懸ニ敵ノ
真中ヘ破テ入ル一手ハ住吉松ノ陰ヨリ懸出テ鶴翼立ニ合タ

リケリ六波羅勢ハ是ニ見合スレハ對揚ニテモ無キ大勢ナリケレトモ
陣張様ニヒドロミメ却テ小勢ニ圍ヌベウソ見タリケル隅田高橋是
ヲ見テ敵ハ後ニ大勢ヲ隠メ掛ケルソ此辺ハ馬ノ足立悪メ叶マジ若ニ
廣ニ敵ヲ帯出シ勢ノ分際ヲ見繕テ懸合セク勝負ヲ決セヨト下
知シケレハ七千餘騎ノ兵トモ敵ニ後ヲ被切ヌ前ニト渡邊ノ橋指シ
テ引退ク楠カ勢是ニ利ヲ得テ三方ヨリ勝時ヲ作テ追懸ケ
渡邊ノ橋近ク成リケレハ隅田高橋引キ返シテ敵ハ大勢ニテハ
無リケルゾ後ニテ不返サ大河後ニ有テ可悪カル帰ヤ兵共ト馬ノ
足ヲ立直シ下知シケレトモ大勢ノ引立タル事ナレハ一返モ不帰サ只
我先ニト橋ヲ渡ラントシ危シモ不謂ハ馳重ナリケル間人馬トモニ橋ノ上
ヨリ關落サレテ水ニ溺者ノ其数ヲ不知或ハ淵瀬トモ不知河渡シリ

懸テ死スル者モ有リ或ハ高岸ヨリ馬ヲ馳倒シテ其ニ討ルヽ者モ
アリ惟馬物具ヲ脱捨逃伸トスル者ハ有レトモ敵ニ返シ合テ打合セ
ントスル者ハ無リケリサレハ七十餘騎ノ兵トモ残少ニ打成サレテ蘭《からく》ニ
都ヘ逃上ルモ不思議ナリシ軍也其次ノ日何ナル者カシタリケン六条
河原ニ高札ヲ立テ一首ノ狂歌ヲシテソ書タリケル
○渡邊ノ水イカハカリハヤケレハ高橋落テ隅田流ルラン
京童部ノソセナレハ此落書ヲ歌ニ作テ歌イ或ハ語伝テ笑ヒ
嘲ケル間隅田高橋ハ無ニ面目思テ暫出仕ヲ留メツヽ病シ
テコソ居タリケレ両六波羅是ヲ聞テ安カラヌ事ニ思ハレケルカ
サテモ寄セトシ給イケレトモ京都餘リニ無勢ナリトテ関東ヘ
勢ヲ被乞タリケリ

宇都宮天王寺發向ノ事

宇都宮治部少輔ヲ被レ上ケリ是ヲ呼寄テノ給ケルハ合戦ノ習ヒニ時ノ運ニ依テ雌雄ヲカフル事千古ヨリ是無キニアラス然レトモ今度南方ノ合戦ニ負ヌル事ハ偏ヘニ将ノ謀ノ拙ニヨリ又ハ士卒ノ臆病ナルカ故也天下ノ嘲哢口ヲ塞ニ所無シ就中仲時罷上テ後重テ上洛有シ事偏ニ山徒若蜂起セハ御向イ有テ退治候ヘトノ為也今ノ如ク敗軍ノ兵ヲ驅集メ何度向イテ候トモ墓々敷合戦シツヘシトモ覚ヘ候ハズ且ツハ天下ノ一大事此時ニテ候哀レ御向有テ追散サレ候ヘカシト宣給ケレハ宇都宮指モ辞退ノ氣色無テ申シケルハ大軍已ニ利ヲ失候テ後小勢ヲ以テ罷向公事如何ト存候ヘトモ関東ヲ罷立候シ初ヨリ加様ノ御大事ニ臨テ命ヲ

軽セシ事ヲ存候キ今ノ時分少シモ戦ノ勝負ヲ見所ニテ候ハ子トモ、
先罷向テ一合戦仕テ事難儀ナラハ重テコソ御勢ヲ申シ候ハメ
ト誠ニ思切タル体ニ見テ領掌メ暇申シテソ皈ケル宇都宮一人武
命ヲ舎テ大敵ニ向ハン事命ヲ可惜シ非サレハ態ト宿処ヘモ不皈
六波羅ヨリ直ニ十月十九日ノ午ノ尅ニ都ヲ打立テ天王寺ヘトソ
下リケル東寺辺ニテハ主従僅ニ十四五騎カ程ト見エシカ手ノ物
トモ是ヲ聞伝ヘ此彼ヨリ馳加ケル程ニ四塚造路ノ辺ニテハ其勢
五百騎ニソ成タリケル路次ニ行逢者ヲハ権門勢家ヲ不謂乗《ノリ》馬
ヲ奪取リ人夫ヲ駆立テ通ケル間行旅ノ往来路ヲ曲《ヨケ》閭里ノ
民屋戸ヲ閉タリ其夜ハ柱松ニ陣ヲ取テ明ルヲ待ツ其志ニ何ト
モ生《イキ》テ返ラシト思者無リケリ　和田孫三郎正遠此由ヲ聞テ楠カ

陣ヘ行向テ申シケルハ先日ノ合戦ニ負腹シテ立テ六波羅ヨリ宇
都宮コソ向テ候ナル今夜已ニ柱松ニ着テ候ナル其勢六七百騎ニ
ハ不過ト聞ヘ候先ニ隅田高橋七千余騎ニテ向テ候シダニ我
等僅ノ勢ニテ追散メ候シゾカシ而モ今御方ハ勝乗テ大勢也敵
ハ気ヲ失テ小勢也宇都宮縦武勇ト謂トモ何程ノ事カ候ヘキ
今夜逆寄ニ推寄テ打散シテ捨候ハヤト申シケレハ楠且思
案シテ申シケルハ合戦ノ勝負必シモ大勢小勢ニ不依只士卒志サレシソ
一ツニスルト不為トニ依リサレハ大敵ヲ見テハ欺キ小敵ヲ見テハ畏レヨト申スハ
兼也先思テ見ルニ先度ノ軍ニ打負テ引退シ大勢ノ跡ヘハ宇都
宮一人小勢ニテ相向フ志サレシ一人モ生テ還ラシトハヨモ思ハシ其
上彼カ識分シ量ルニ宇都宮ハ是坂東一ノ弓矢取也紀清ノ両党

何レモ戦場ニ臨テハ命ヲ思事ハ塵芥ヨリモ軽シ其勢志ヲ一ニメ
戦ヲ決セハ当手ノ者縦ニ退ク志ナリトモ大事ハ必シモ可シ討ル天下
ノ事ハ全ク此一戦ニ不依行末遥ノ合戦ニ多カラス御方ノ初度ノ
軍ニ被打ナハ後日ノ軍ニ誰ヤカ力ヲ合セン良将ハ不戦勝ツト申事
アリ平城ニ於テハ明日態ト此陣ヲ去テ引退キ敵ニ一ト面目有ル様ニ
思ハセテ四五日ヲ経テ後方々ノ峯ニ遠篝ヲ焼テ一ムミムスヘキトナラハ
坂東武者ノ習ニ程ナク機疲レテイヤイヤ長居シテハ中々悪カリナ
ム一ト面目有時イザヤ引帰サントト云ハヌ者ハ不可有サレハ懸モ引モ
折ニ依ルトハ加様ノ眠ヲ申也夜已ニ暁天ニ及ヘリ敵定テ今ハ近リヌランイ
ザヽセ給エトテ楠天王寺ヲ立ケレハ和田モ湯浅モ諸トモニ打連テコソ
引タリケレ誠ニ遠慮ノ至哉ト後ニソ思知ラレタル夜明ケレハ宇都宮七百餘

騎ノ勢ニテ天王寺ヘ押寄古宇津ノ在家ニ火ヲ懸テ時ヲ揚ケレ
トモ敵ナケレハ出モ不合謀モゾスラントアラハニ懸テ敵ニ中ヲ破ラレ、
後シツメニモルナト下知シテ紀清ノ両党馬ノ足ヲ決エテ天王寺ノ東西
ノ口ヨリ懸入テ二三ケ度マテ懸廻テ見レトモ敵一人モ無テ焼捨
タル篝火ノ残テ明ケ終ニケリ宇都宮不戦先ニ一勝シタル心地シテ本
堂ノ前ニテ下馬シテ上宮太子ヲ伏拝テ是偏ニ我カ武力ノ致ス所ニ
非ス只併ナカラ神明仏陀ノ擁護ニ懸レリト信心ヲ傾テ歓喜ノ思ヲ成
セリ頓テ六波羅ヘ早馬ヲ立テ天王寺ノ敵ヲハ即時ニ追落シヌト
申タリケレハ両六波羅ヲ始トシテ諸軍勢ニ至ルマテ宇都宮カ今度ノ
振舞抜群ナリト不言人コソ無リケレ宇都宮天王寺ノ敵ヲハ輙ク
追落シタル心地シテ一ト面目ハ有ル躰ナレトモ頓テ次テ敵陣ヘ攻入ル事モ、

無勢ナレハ不叶文識ニ軍ノ一度モセズメ引級セ度モ指カナレハ進
退谷テ居タル処ニ四五日シ経テ後和田楠和泉河内ノ野伏トモ
駆集メ五六千人ニテ可然兵シ二三百騎指添テ天王寺辺ニ
遠篝シゾ焼タリケルスハヤ敵コソ打出タレト騒動メ澡行ニニ是
シ見レハ秋篠ヤ外山ノ里伊駒嵩ニ見ユル火ハ晴タル夜星ヨリモ
猶茂ク藻塩草敷津浦難波ノ里ニ焼篝漁舟ニトボスイサリ火浪
シ焼カト怪マル掩メ太和河内和泉紀伊国ニ有リトアル所ノ山ニ浦ニ
篝火シ焼ヌ処ハ無リケリ其勢幾万騎カ有ラント推量ラレテ怖シ如
此スル事両三度ニ及テ次第ニ相近ケハ弥東西南北四維ノ一方ニ充
満メ暗夜シ晝ニシテ易タリケル宇都宮是シ見テ敵寄来ラハ
一軍メ雌雄シ一時ニ決セント志サレテ馬ノ鞍シモ不休鎧ノ上帯シ

モ解ズメ待懸ケレトモ軍ハ無テ敵ノ取囲ス勢ニ勇氣ニ疲武力ツエミテ衰ヘ引返バヤト思フ心ノ付ニケル懸ル処ニ紀清ノ両黨ノ輩申ケルハ我等僅ノ勢ニテ此大敵ニ當ラン事始終叶ヘシトモ覚ヘ候ハス先日當所ノ敵ヲ追事故ナリ追落テ候ツルヲシメ一面目ニシテ今ハ唯御上洛候ヘカシト申ケレハ諸人皆此儀ニ同シテ七月廿七日夜半ハカリニ宇都宮天王寺ヲ引テ上洛スレハ翌日早旦ニ楠頓テ入替識ニ宇都宮ト楠ト相戦テ勝負ヲセハ両虎二龍ノ闘イト成テ何レモ死ヲトモニスヘシヤサレハ互ニ是ヲ思ケルニヤ一度ハ楠引テ謀ヲ千里ノ外ニ運シ一度ハ宇都宮退テ名ヲ一戦ノ後ニ不失是皆深ク慮リ遠シテ良将タリシ故ナリトテ讃ヌ者コソ無リケレ

〇楠太子ノ未来記拝見ノ事

去程楠正成天王寺ニ打出テ威猛シ逞ストミヘトモ武屋ニ煩シモ
不成士卒ニ礼シ厚シケル間近国ハ申ニ不及遠境ノ人牧マテモ雲
傳テ馳加リケル程ニ其勢漸ク強大ニメ今ハ京都ヨリ討手ヲ下サ
レタリトモ左右ナク不叶トゾ見ヘタリケル尚同八月三日楠正成住吉ニ
参詣シ神馬奉幣シ捧テ謹テ祈請申ケルハ当社ハ是我朝衛護ノ霊
神ト内ニハ秘ニ菩薩行ヲ外ニハ顕シ神慮ノ名ヲ就中寶祚ヲ守ル
シ以テ神慮トシ武畧ニ長スルヲ以テ霊威トス故ニ異国ヲ降伏シ異ノ
賊ヲ被伐事倫ニ是レ此神助ニ依ル者也今正成不肖ノ身
タリトイヘトモ先朝ノ宸襟ヲ奉休メンカタメ逆徒ヲ征伐セン事ヲ
祈ル懇志ヲ照鑑シ御座サハ何ソ私ノ力ヲ費ヤサント識シ至
シテ啓白シ種々ノ礼奠ヲ奉ケル次ノ日又天王寺ニ参詣シテ白

鞍置タル馬ニ白幅輪ノ冑一領添テ引進ス是ハ大般若経轉
讀ノ御布施トソ申ケル御経終リシカハ宿老ノ寺僧巻数ヲ
捧テ来リ義成對面シテ申ケルハ義成不肖ノ身トシテ此一大事ヲ
思テ立候事涯分ヲ不計雖似タリト勅命ノ不軽礼議ヲ存スル
ニ依テ身命ノ危事ヲモ忘タリ而ルニ両度ノ戦節勝ニ乗テ諸
国ノ兵不招馳加レリ是天ノ時ヲ与ヘ仏神擁護ノ眸ヲ被廻
カトト覚テ候識ヤラン傳ヘ奉候ヘハ上宮太子ノ當初百王治天之安
危ヲ勘テ日本一州ノ未来記ヲ書置セ給テ候ナル拝見若不苦
候者今時ニ當リ候ハンズル巻バカリヲ一見仕候ハバヤト申ケレハ宿老ノ
寺僧畏テ申ケルハ太子ハ守屋ノ逆臣ヲ亡シテ始テ此寺ニ仏法ヲ弘メ給シ
後神武ヨリ持統天王ノ御宇ニ至テ年序一千三百五十七歳ニシ

被記書三十巻シハ前代旧事本紀ト名付テ卜《ラ》部ノ家是シ
相傳ノ有職シ立侍天武ヨリ桓武ノ御宇延暦十年ニ至ニテ九
十六年シ被記テ侍シハ續日本紀ト申テ是三十巻侍也桓武
ヨリ淳和ノ御宇ニ至ニテ卅一年シ日本後記ト曰テ左大臣緒嗣
是シ卅巻ニ記テ侍仁明天王ノ御宇一代シ續日本後記ト曰
テ廿巻ニ被記其後文徳ノ実録トテ十巻太政大臣基経公是
シ被記テ侍日本三代實録ト申侍五十巻清和陽成光孝ノ
御宇ニテ帝王五十八代国史一千五百四十七年向鏡如シ
テ侍是等ハ昔人ノ御存知ノコトニ侍ヘハ容易ノコトニテ侍、此
外ニ一巻ノ秘書シ番メラレテ侍是ヲシ持統天王ノ御宇ヨリ以降、
四代之王業天下ノ治乱ヲ本子自被記テ侍古庫蔵ニ被納テ後、

未タ披見ノ人不ニ義及トソ申ケル正成是ヲ聞テ重テ申ケルハ叡慮
ニ代テ朝敵追伐ノ大儀ヲ思立候上ハ身不肖ナリト云トモ天地神明争
デカ衛護ノ手ヲ下サレデ候ヘキ若聖運時至ラズハ潜ニ退テ命ヲ
全メ時ヲ待ベシトゾ申ケレハ宿老寺僧此言ヲ感メサラハ別義ヲ以
テ見参ニ入ベシトテ自秘府銀鑰ヲ開テ金軸ノ書一巻ヲ取出ス
セリ正成大ニ悦テ是ヲ拝見スルニ不思議ノ記録一段アリ当ニ人王
九十五代ニ天下一乱メ而主不安此時東魚来テ呑ニ四海ヲ日没ニ西
天ニ三百七十餘ケ日西鳥来テ喰ニ東魚ヲ其後海内皈ニ一ニ三
年如ニ獼猴ノ者掠ニ天下ヲ三十年大凶変シテ帰ニ一元ニト有リ正
成不思議ニ思シ成シテ能々是ヲ思案メ此文ヲ勘ニ先帝既ニ
人王ヨリ始テ而当ニ九十五代ニ給リ天下一乱メ而主不安ト在ハ是此

時ナルベシ東魚呑四海ヲトハ逆臣相模入道ノ一類ナルベシ西鳥喰ラフ
東魚ヲト有ル関東ヲ滅ス人有ルベシ日没ニ西ト天ニ有ハ先帝隠岐ニ
国ヘ流シ遷サセ玉フコトナルベシ三百七十餘ケ日ト有ハ明年ノ
春ノ比君必ズ隠岐国ヨリ還幸成テ再ビ帝位ニ即セ玉フベキコト
ナルベシト文ノ心ヲ明ニ勘テ天下ノ反覆不遠ト憑敷覚シカバ金作ノ
太刀一振此老僧ニ与テ此書ヲバ元ノ秘府ニゾ納サセケル後ニ思
合スレバ正成勘タル処ニ一事モ不違世間無為ニ成ヌハ是誠ニ大
権聖者ノ末代ヲ鑑テ記置シタル事ナレバ文質三統ノ礼変少
モ不違ケルハ不思議ナリケル讖文ナリサレハ楠正成ハ只ハ身ヲ全メ聖
運ヲ待トテ赤坂ノ城ニハ兵ヲ置我身ハ知和屋ノ城ニゾ立篭ケル
懸ル処ニ播磨国住人赤松二郎入道円心ト云者アリ村上天王ノ

第七ノ御子具平親王ノ後孫従三位季房ノ末裔也。其心濶
如トシテ人ノ下風ニ立ン事ヲ不思ケレハ、此ノ時絶タルヲ継、廃タルヲ興シ、顕
名ヲ立身ヲハヤト思ケル処ニ、此一両年京都ノ訴詔ニ逗留シテ大塔
宮ニ付随奉リ、吉野十津河ノ艱難ヲ経タリケル忠功ノ三男ノ師
律師則祐、令旨ヲ捧テ来ケル。披見スルニ、不日ニ揚義兵ヲ、令シテ誅
罰朝敵ヲ可奉休宸襟ヲ、於有功者ハ恩賞ハ宜依請ニ由、被
載テ委細ノ事書ニ十七ケ条ノ恩裁ヲ被添タリ。条々何レモ家ノ
面目、世ノ所望也ケレハ、円心不斜喜テ、頓テ当国佐用庄苔縄山
ニ城郭ヲ構ヘ、与力ノ輩ヲ相招ツ。其威漸近国ニ振シカハ、不レニ
征国中ノ兵相集テ七百余騎ニ成ニケリ。昔ハ秦ノ世已ニ欲傾轍ニ
乗テ、楚ノ陳渉・呉広カ蒼頭ニシテ大沢ヨリ起リシニ不異、其節枚

坂山里二ケ所ニ関ヲ居ヘ山陽山陰ノ二道ヲ指塞ク是ヨリ西
國ノ道ヲ留テ國々ノ兵ハ上洛スル事ヲ不得ケリ畿内西國ノ凶
徒蜂起スル由ヲ関東ヘ早馬ヲ打セ重テ急ヲ被告ケレハ相
模入道驚キ怒テサラハ大勢ヲ指上不日ニ彼等ヲ退治スヘシ
トテ相模守一族ノ外東八ケ国ノ大名トモ促シ立テ被上ケリ先一
族ノ大将ニハ遠江大夫将監治時、大佛奥州貞直、名越遠江入
道、伊具右近大夫将監有政、陸奥右馬助家時、大佛武蔵
左近将監宣政、外様大名ニハ千葉介貞胤、小山判官秀朝、
宇都宮三河守、武田伊豆三郎、小笠原彦五郎、三浦
若狭五郎判官、千田太郎、芳名判官、城太宰小弐入道、佐
々木隠岐前司、同備中守、土岐伯耆入道存孝、結城七郎左

衛門尉、長沼駿河守、小田常陸前司、河越三河入道、密重
狩野七郎左衛門尉、伊東常陸前司、同大和入道、宇佐美
摂津前司、二階堂出羽入道々蘊、同下野判官、安部左衛
門入道、南部三郎、山城四郎左衛門尉、長江弥六左衛門、渋谷
遠江守、長崎左衛門尉、同九郎左衛門尉、是等ヲ宗徒ノ兵
トシテ大名頭百三十二人、都合其勢五十万七千余騎、正慶元
年十一月八日、先陣ハ已ニ京都ニ着ハ、後陣ハ未タ足柄箱根ニ支
タリカソニテ尚諸国七道ノ軍勢ニ催促シテ御教書ヲ被成ケル、木
塔宮并楠兵衛正成誅伐ノ事ニ所ナリ、是上遠江左近大夫将
監治時ツ世ニ引率メ一族等シ来月廿日已前ニ令進発ニ就治時カ
催促ニ可キ抽ツ軍忠ヲ之状依テ被仰セ執達如件ノ

正慶元年十一月八日ニ右馬權頭相模守ト善ニ名ヒ
條テヽニ河野九郎ハ四国ノ勢ヲ打連テ大船三百餘艘ニテ尼ヵ
崎ヨリ襄テ下京ニ着リ豊田三河守厚東入道大内介
安藝ノ熊谷長門周防ノ勢ヲ率ニ兵船二百餘艘ニテ兵庫
ヨリアガリ西京ニ着リメ甲斐信濃ノ源氏武田小笠原下条
下条逸見村上七千余騎中山道ヲ経テ東山ニ着リ江馬
越前守湊河近江守北陸道七ヶ国ノ勢三万餘騎ヲ率メ
東坂下ヲ経テ上京ニ着リ揃テ五畿七道ノ軍勢トモ此催
従ニ随テ我モ我モト馳上ル間京白河ノ家々ニ充満メ堂舎佛
閣ノ門ノ下鐘楼ノ中ニテモ兵ノ宿ヌ所ハ無リケリ日本小国ナリ
ト云トモ是程ニテゾ人ノ多カリケル事ヨト始テ驚バカリ也此大敵

ヲ身ニ受テ知和屋ノ城ニ立籠ケル正成カ一族廿餘人、相随フ
兵二百余人誰ヲ御方ト憑トモナリ、君ノ為ニ身ヲ悉タル
忠義ノ程ゾイカメシキト感セヌ者ハ無リケリ、

東国ノ勢攻ニ赤坂城ヲ事、

正慶二年正月廿八日諸国七道ノ軍勢八十万騎ヲ四手ニ
分テ吉野赤坂金剛山三ノ城エソ被向ケル吉野ヘハ二階堂ノ
出羽入道々蘊二万七千餘騎ヲ率〆三ノ道ヨリゾ向イケル
赤坂エハ阿曽弾正少弼治時八万余騎ニテ天王寺住吉ニ
四隊ノ陣シゾ張タリケル金剛山ヘハ陸奥右馬助家時搦手ノ
大将ニテ廿一万餘騎奈良路ヨリゾ被向ケル長崎悪四郎左
衛門尉ハ侍大将ニテ大手ヘ向イケルカ態ト吾勢ノ程ヲ人ニ知

ゼントヤ思ケン一日引殿ヨリ向ケル其ノ行粧見物ノ目ヲソ驚シケル先
旗竿ノ次ニ太逞キ馬ニ総懸テ一様ノ曽着タル兵八百余
騎曽ノ袖ヲ連テ甲ノ星ヲ輝カシ馬ヲ閑メテ打タリケリ其次ニ我身
ハ纐纈鎧直垂ニ精好ノ大口ヲ縿ソ連タルカ如ナルニ紺下濃ノ鎧ニ
白星ノ五枚甲ニ八龍ヲ金ニテ打テ付タルヲ猪頸ニ着成シ銀
磨付髄当ニ金作ノ太刀二振佩テ一ノ戸黒トテ五尺三寸ア
リケル坂東一ノ名馬ニ塩ノ干潟ノ捨舟ヲ金具ニ摺タル鞍置テ款
冬色ノ厚総懸テ三十六指タル銀栝大中黒ノ矢ニ本ト滋
藤ノ弓ノ真中握テ小路ヲ狭シト歩タレハ日本一ノ勇士哉ト
見ヌ者モ無リケリ片小手ニ腹当シテ鎗具足付タル中間三百余
人ニ二行ニ列ソ引テ馬ノ前後ニ随タリ其跡ニ四五町引殺テ思々

ニ曽フタル兵十万餘騎馬ノ三頭ヲ打重テ曽ノ袖ヲ重テ沓ノ子ヲ
打タル如ク道五六里ガ程ヲ支テ打タリケリ其勢駅然ト〆天
地ヲ凌キ山川ヲ動ハカリ也此外ニ摂ノ大名五千餘騎引ヘテヽ
夜昼十三日マデ引モ不切向ヒケル吾朝ハ申ニ不及唐土天竺
高麗南蛮ニモ未タ是ホトノ大軍ヲ動ス事ハ有リガタシトソ貴
賤同見物ノ者共ニ舌ヲフリ驚ケル

○不見本間討死事

去程ニ赤坂城エ被向タル大将阿曽弾正少弼ハ後陣ニ勢ヲシメ
待調エンガ為ニ天王寺ニ両日逗留有テ同二月二日午尅矢合
有ヘキニ接懸ノ輩ニ於テハ罪科タルヘキ由シメ被觸ケルニ爰ニ武蔵國
住人人見四郎入道ト云者アリ本間九郎ニ向テ語ケルハ御方軍

勢雲霞ノ如クナレハ敵ノ城ヲ攻落サン事疑イナシ但シ事ノ様ヲ案
スルニ関東天下ヲ治テ権ヲ執ル事已ニ七代余レリ天道盈
ツ虧ツ理遁ルヽ処ナシ其上ヘ臣トメ君ヲ流シ奉リシ積悪豈果
シテ其身ヲ不亡哉其不肖ノ身ナリト云トモ武恩ヲ蒙テ齢已
七十ニ及ヘリ今日ヨリ後指タル思出モ無キ身ノソヾロニ長活メ武運
ノ傾ヲ見ムモ老後ノ恨ニ臨終ノ障トモ成ヌベシ明日ノ合戦ニ先ヲ
懸ケ一番ニ討死ニメ名ヲ末代ニ遺サント存ナリト語ケレハ本間九
郎是ヲ聞テ今度ノ軍ニハ誰トモ云ヘ前ニシハ不懸シテ物ヲト思ケレ
ハ枝葉ノ事ヲノ玉フ物哉是程ノ大囲ノ軍ニソヾロナル先懸メ討
死ニシタリトモ指タル高名トモ謂ハルヘシサレハ唯某ハ人並ニ振舞ハント存ス
也ト申ケレハ不見世ニ無興気ニテ本堂ノ方ヘ行ケルヲ本間怪思テ

人ヲ付テ見セケレバ矢立ヲ取出シ石ノ鳥居ニ何事トハ不知、一
筆書付テ已ニ宿ヘゾ帰ケル本間サレバコソ此者ニ定明日先ア
ケセラレンズラント思免シモ無リケレバ未ダ宵ヨリ打立テ唯一騎東条ヘゾ指
テゾ向ケル石河々原ニテ夜ヲ明シ朝霞ノ晴間ヨリ南方ヲ見ケレバ
紺唐綾ノ鎧ニ白母衣懸テ鹿毛ナル馬ニ乗タル武者一騎赤坂ヘゾ
向ケル何物ヤラントよるソ打寄セテ是ヲ見レバ人見四郎入道也、人見
本間ヲ見付テ申ケルハ夜部ノ王イシ事ヲ実トシバシ思ヘラバ殊程
ナル人ニ出シ抜レテ一ニミト笑テ頻ニ馬ヲソ早メケル本間跡ニ成リ先ニ成リ
物語シテ打ケルガ赤坂城近ク成ケレバ二人ノ者トモ馬ノ鼻ヲ双テ
懸揚堀涯マテ打寄テ鐙蹈張リ弓杖突テ武蔵国ノ住人、
人見四郎入道恩阿、年積テ七十七、相模国住人本間九郎資

貞生年六十七鎌倉ヲ出シ初ヨリ軍ノ先陣ヲ懸テアツハレ戦場ニ望ム
事ヲ存メ罷向タリ我ト思ハン人アラハ出合テ手並ノ程ヲ御覧セヨ
ト声々ニ呼テ城ヲ睨テ引ヘタリ城中ノ者トモ是ヲ見テ是ゾトヨ坂東
武士ノ心ノ猛トハ只是ヲハ熊谷平山カ一谷ノ先懸ヲ差渡ニト思エル物トモ
也跡ヲ見レハ連リ武者十七文相随フ若黨モ見エズ溢者不敵
武者ニ跳リ合テ命失テ何セント只ハ置テ事ノ様ヲ見ヨトテ東西鳴
ヲ静テ返事モセズ人見腹立テ早旦ヨリ向テ名乗レトモ城ヨリ
矢ノ一ヲモ射出サヌハ臆病ノ至リカ敵ヲ侮ルカイザ其儀ナラハ手ナミノ
中ヲ見セント乗馬ヨリ飛テ下リ堀ノ上ナル細橋ノサラくト走渡
二人ノ者トモ出屏ノ脇ニ引傍テ木戸ノ切テ落サントシケル間城中是ニ
隔テ立小間櫓ノ上ヨリ雨ノ降ルカ如クノ射ケル矢二人ノ者共カ冑ニ簑ノ

見ノ如ニシテ立タリケルカ本間モ今見テ元来ヨリ討死ニセントテ出立タル事ナ
レハ何カハ一足モ引退ヘキ命ヲ限ニ戦テ二人終ニ一処ニテ討レニケリ
是ニテ付随タル聖十念勧メテ二人ノ頸ヲ乞テ天王寺エ持テ帰
リ本間カ子息源内兵衛資忠ニ始メヨリノ有様ヲ語リケリ資忠父
カ頸ヲ一目見テ一言モ不出只涙ニ咽ヒテ居タリケルカ悲ニ不堪哉
思ケン鎧ヲ肩ニ抛懸ケ馬ニ鞍置セテ只一人打出ケルヲ聖鎧ノ袖ヲ
引留テ是ハ如何ナル事ニテ候ソ御親父モ此合戦ニ先懸メ只名ヲ
天下ノ人ニ知レント思食スハカリナラハ父子トモニコソ打連レテ向ハセ玉フヘ
ケレ其命ヲハ相模殿ニ奉テ恩賞ヲハ子孫ノ栄華ニ残サント思召ケル故ニ
ヨソ人ヨリ先ニ討死ヲハシ玉フラン然ヲ思篭ル処モナク又敵陣ニ懸入テ父
子共ニ討死シ玉イナハ誰カ其跡ヲ弔ヒ誰カ其恩賞ヲ蒙ルヘキ子孫無

窮ニ昌ルヲ以テ父祖ノ高孝ヲ露ス道トハ申也、御憐歎ノ餘リニ
是非ナク死ントモミセント思召ス理ナレトモ、都テ云甲斐ナキ御事也
只思止セ玉ヘト堅ク制シテ止メケレハ、資忠涙ヲ押ヘテトテモ不叶ト思ケ
レハ着タル鎧シソノ鮮置タル重サテハ制止ニ被抱ケルト快敷思テ本間カ
頸ヲ小袖ニ裹ミ葬礼ノ為ニ遣ル野邊ヘソ行ニケル其間ニ資忠今ハ
制スベキ人モ無ニトテ悦テ只一人打立テ先ツ上宮太子ノ御前ニ参リ
今生ノ栄耀ハ今日ヲ限ノ命ナレハ祈ル所ニ有ラズ唯大悲ノ御誓
誠アラバ父ニテ候者討死ニ仕リタル戦場ノ同ニ苔ノ下ニ埋レテ九
品安養ノ臺ニ生ル身ト成サセ給エト泣ニ祈念シコラメ夜ト共ニコ
ソ立出ニナレ石ノ烏石ヲ過ルトテ見レハ我父ト共ニ討死ニシル人見四
郎入道カ書付タル歌アリ是ヲ識ニモ後ノ代ニテノ物語ニ留ニルベキ事

ヨト思ケレハ右ノ小指ヲ喰切テ其血ヲ以テ一首ヲ書添エテ赤坂城
ヘゾ向ケル城近ク成ヌレハ馬ヨリ下リ弓ヲ脇ニ挟テ関ヲ招キ城中ノ人々ニ
申ヘキ事ノ候トソ呼ハリケル良暫ク有テ兵一人櫓ノ小間ヨリ顔ヲ
指出シテ誰人ニテ御渡リ候ソト問エハ是ハ今朝此城ニ向テ討死
仕テ候ツル本間九郎資貞カ嫡子源内兵衛資忠ト申者ニテ候ヘ
人ノ親ノ子ヲ思イ哀レミ心ノ暗ニ迷フ習ニテ候間トモニ討死仕エス
ル叓ヲ悲ミテ我ニ不知シテ只一人討死仕ケルニテ候相伴フ者モ無
テ中有冥途ニ迷ランモサコソト思遣レ候ヘハ同討死ニ仕リ無キ跡ニテ
モ父ニ事ル道ヲ冬ニ候ハヤト存テ只一騎向テ候此城ノ大将ニ
由ヲ被申候テ木戸ヲ開セ候ヘ父カ討死ノ処ニテ同ク命ヲ止メテ其
望ヲ達シ候ハント慇懃ニ叓ヲ請テ涙グミテゾ立タリケル一関ヲ堅メル

兵五十人雖其ハ志サシ高メ義ニ向フ所ノ矢《ヤ》指ノ衰シナルシ威ノ忽ニ未テノ
シ向キ逢木ツ引ノケシハ資志城中ヘ呼テ懸入リ五十餘人ノ敵ト火
シ散メ切合ケルカ遂ニ父カ打レシ其跡ニテ太刀シ口ニソハエテ馬ヨリ逆ニ
落テ貫ヌカレテコソ死ニケレ惜キ哉父ハ無双ノ弓馬ノ達者ニテ
国ノタメニ要須タリ子ハ又無雙忠孝ノ勇士ニテ家ノ為ニ業名
アリ人見ハ年老齢ニ傾キヌレトモ義ヲ知リ命ヲ見事時トモニ
消息ス此三人同時ニ討死シヌト聞エケレハ知ルモ不知モ推並テ歎カ
又者ハ無リケリ已ニ先懸ノ兵トモ被ヌニ赤坂城ヘ向テ討死スル
由ヲ披露有ケレハ大将聞テ天王寺ヲ打立テ被向ケル上宮太
子ノ御前ニテ馬ヨリ下リ石ノ鳥居ヲ見玉ヘハ左ノ柱ニ
○花サカヌ老木ノ桜ソチヌトモ其名ハ苔ノ下ニカクレシニシ

上ニ首級ヲ書テ其次ニ武蔵国住人人見四郎入道恩阿生
年六十七正慶二年二月二日赤坂城ニ向ヒ武恩ヲ報セシガ為メニ
討死シ畢ンヌトゾ書タリケル其右ノ柱ニハ
○待テシハシ子ヲ思フ闇ニ迷フラン六ノ岐ノ道辷ミルベセン
上讃テ相模国住人本間九郎資貞ガ嫡子源内兵衛資忠
生年十八歳正慶二年仲春二日父ガ死骸ヲ枕ニシテ同戦場ニ
命ヲ止メ畢ンヌトゾ書タリケル父子ノ恩義君臣ノ忠貞此二
首歌ニ露テ見エシカバ縦ヒ骨ハ化シテ朽モ黄壌一堆下ニ名ハ留テ可シ
高青雲九天上ニハセシハ今ニ至ルマデ其石碑ノ上ニ残ル情ノ三十一字ヲ
見ル人ゴトニ袖ヲ絞ラヌハ無リケリ漸程ニ阿曽弾正少弼ハ八万余騎ノ
勢ニテ赤坂ノ城エ押寄セ城ノ四方廿余町ヲ雲霞ノ如クニ取巻テ

光ツ義ガ勢時ツ三ニ声ノ作ル其響キ山ツ動シ地ツ震テ蒼崖モ忽ニ
裂ツベシ城三方ハ岸高シテ屏風ツ立タル如ク南一方バカリ差シ平地ニ
連テ細キツ広サ深サ十四五丈ニ掘切リ岸ノ額ニ屏ツ塗リ上ニ櫓ツ昇カキ
双タレハ何ナル大刀早懸ナリトモ輙ク攻近ツクヘキ様ツ無リケルサレトモ寄セ手
大勢ナレハ思侮テ楯ニ外レ矢面ニ進テ堀ノ中エ走リ下リ切岸ツ登
ラントシケル処ツ屏ノ中ヨリ究竟ノ射手トモ鏃ツ支テ思様ニ射ケル
間毎日手負死人五六百人射出サヌ日ハ無リケリ是ツモ不傷アラ
手ツ入替ヒ々々夜昼十三日ガ間攻タリケレトモ城ハ些モ不弱弥機ツ呑
テゾ戦ケル爰ニ播磨国住人吉川八郎ト云者大将ノ前ニ進ミ出テ
申ケルハ此城ノ為躰ガ攻ニシ候者何年攻ムルトモ落ル事候ヘカラズ
楠北一両年和泉河内ツ管領シテ若干ノ兵粮ツ取入レ候ナレハ兵

粮ニモ左右ナク尽ヘ候ハジ。倩思案ヲ廻ニ此城三方ハ谷深ク切レテ地ニ
不連。一方ハ平地ニテ而モ山遠ニモ非ハ何クニ水有ヘシトモ不覚候。火
矢ヲ以テ櫓ヲ射候ヘハ水弾ニテ何度モ打消シ候。近来ハ雨ノ降
タル事モ候ハヌニ是迄水ノ卓散ニ候者何様南ノ山ノ奥ヨリ地底ヘ
樋ヲ臥テ城ヘ水ヲ懸入ト覚ヘ候。哀レ人夫ヲ集メテ山ノ腰ヲ掘セテ
御覧候ヘカシト申ケレハ大将誠ニモサソ有ラントテ人夫ヲ四五千
人集メテ城ヘ連タル山ノ尾ヲ一文字ニ掘切テ見レハ案ノ如ク土ノ底二丈
余ニ樋ヲ伏セテ嶋辺ニ石ヲ畳上ニ槙ノ皮ヲ覆テ水ヲ十余丈カ外ヨ
リ懸ケタリケル也。揚水ヲ被止テ後ハ城中ニ水乏シテ軍勢口中ノ
渇ヲ忍ヒ難シ。四五日カ程ハ草葉ニ置ケル朝露ヲ嘗メ夜気ニ湿エ
ル土ニ身ヲ当テ雨ヲ待トモ雨不降。寄手是ニ得利ヲ間《ヒマ》ナク火矢ヲ

以テ櫓ヲ射ケル間大手ノ櫓二ツハ焼落サレヌ城中ノ兵水ヲ飲テ十二
日ニテニ成ケレハ今ハ精力尽ハテヽ可防方便モ无リケル間トテモ死スル
命ヲシイザヤ未タカノ落ハテヌ先ニ打出テ敵ニ指違ヘ思様討死セントテ
城ノ木戸ヲ開テ同時ニ打出ケルヲ北城ノ本人平野将監入道
面々ノ鎧ノ袖ニスカリテ暫ク楚忽ノ事ナシ給ソ今ハ是迄ニ力ツキ
喉乾テ疲歩出タリトモ思フ敵ニ逢ン事有カタシ名モナキ人ノ中
間下部トモニ被虜《イケトラ》恥ヲ曝サン事心憂カルヘシ倩事ノ様ヲ
案スルニ吉野金剛山ノ城未タ相支テ不決西国ノ乱未静今降
人ニ出タラン者ヲハ人ニ見懲サセシトテ切ル事不可有トテモ不叶
我等ナレハ暫ク事ヲ謀テ降人ニ出テ武家ヲ強ラセ致忠ヲ補咎
御方強ラハ如元馳付テ運ヲ可開死スル者毎ニ飯事ナシ天下ノ事

未知ニハ暫ク命ヲ全メ敵ヲ待ニハ不如存ズルハ如何ニト申ケレハ諸卒
皆心ハ猛シト云ヘトモ指スカ命ヤ惜カリケン此議ニ同ス其日ノ討死ヲ
ハ止ケリ去程ニ次ノ日軍半ナル最中平野入道高櫓ニ登テ大
将ノ御方ヘ申入ヘキ子細候暫合戦ヲ止ナテ可召候ヘト云ケレハ大
将湊合十郎ヲ以テ事ノ子細ヲ被相尋平野関口ニ出合テ申ケ
ルハ楠和泉河内西國ヲ平テ威猛ヲ振ル最中ニ一旦難ヲ遁ンニ
タメニ云ナラス御敵ニ屬シ候キ此子細京都ニ参テ申入候ハント仕ル
所ニ大勢ヲ以テ押懸ラレ進セ候間弓矢取ル身ノ習ニテ候ヘハ恐ナ
カラ一矢仕タルニテ候其罪科ヲシノガニ可有御免ニテ候ハヽ頸ヲ伸テ
降人ニ参スルニテ候若不叶トノ御意ニテ候ハヽ無力命ヲ涯ニ合戦
仕テコソ陣中ニ可賜ニテ候此様ヲ西大将ノ御方ヘ御披露候テ

御左右ヲ奉ラントソ申ケル使者立皈テ此由ヲ申セハ西大将大ニ怒テ
本領安堵ノ御教書ヲ成ニ有奉公者ハ可申沙汰恩賞ノ由
返答シテ合戦ヲソ被止ケル城中ニ籠ル処ノ兵二百八十二人明日死
ル命ヲシモ不思水ニ渇スルガ難堪サニ皆降人ニ成テソ出タリケルニ長
崎九郎左衛門是ヲ請取テ先ツ降人ノ法ナレハトテ物具太刀刀
ヲ奪取テ高手小手ニ誡テ六波羅エソ渡シケル降人ノ輩如此
ナラハ只ハ討死スベカリケル物ヲト後悔スレトモ其甲斐ナシ日ヲ経テ
後ニ六波羅評定有テ先合戦ノ首始ナレハ軍神ニ祭テ人ニ
見懲サセヨトテ六条河原ニ引出シ一人モ不残首ヲ切テ被懸
ケリ是ノコトヲ聞テコソ吉野金剛山ニ籠ケル敵トモ獅子ノ嗔
カナ降人ニ出ント思者ハ無リケル衆ヲ緩免ルハ是将ノ謀也ト云事ヲ不リ

知ケル、両六波羅ノ成敗ノ程コソ愚ニケレト云ハヌ者ハ無リケリ

太平記巻第六

太平記

七

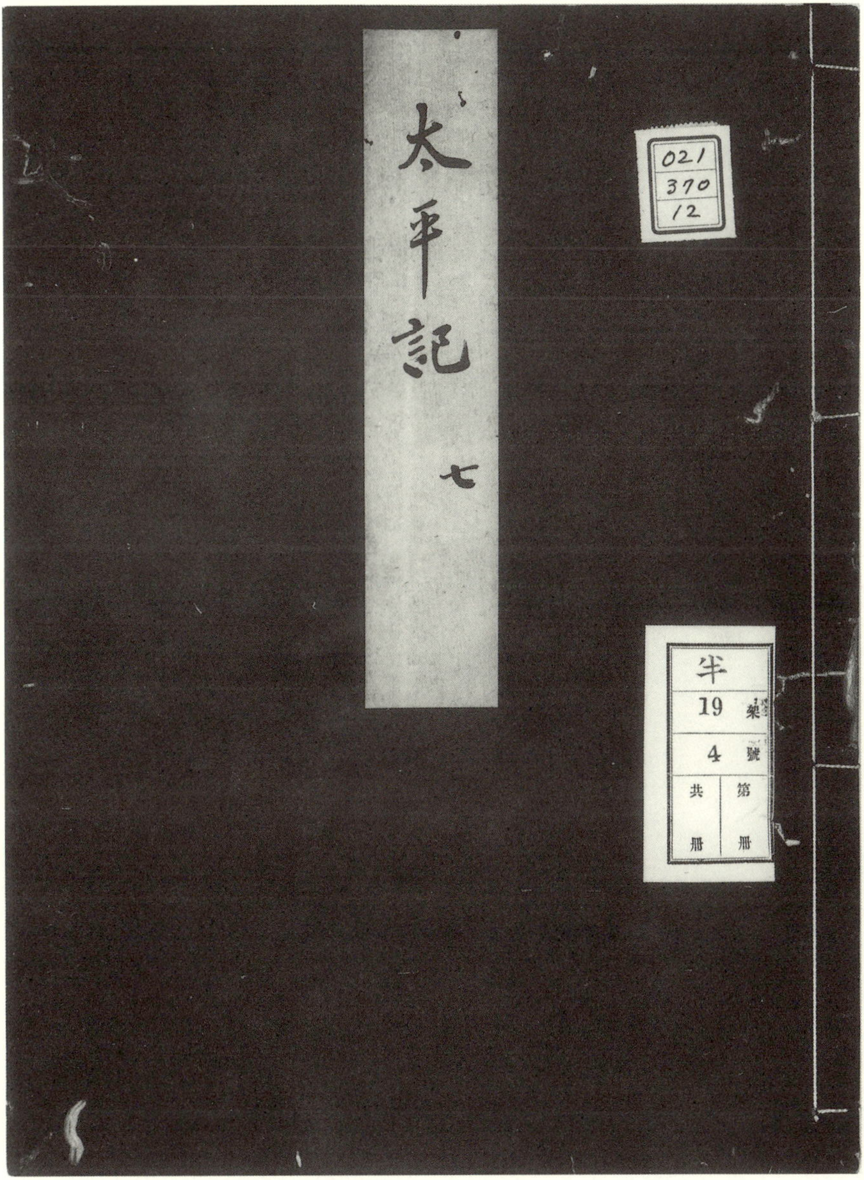
太平記
七
021
370
12
半
19 架
4 號
共 冊
第 冊

太平記巻第七

出羽入道々蘊芳野攻事

正慶二年正月廿八日二階堂出羽入道々蘊ハ六万餘騎
ニテ大塔宮ノ籠セ給タル吉野ノ城エ押寄スル夏見
ノ河ノ川淀ヨリ城ノ方ヲ見上タレハ峰ニハ白旗赤旗錦ノ
旌太山下ニ吹乱雲カ花カト怪タリ麓ニハ数千ノ官兵甲星ヲ
耀鎧ノ袖ヲ連テ錦繍ヲ布地ノ如シ岸高ク路細ク山嶮ク苔滑ハ
何十万騎ノ勢ニテ攻トモ輙落ヘシトハ見ヘサリケリ同十八日卯
剋ヨリ互ニ矢合メ入替ニ攻戦フ官軍ハ物馴寨内者十
六ハ此彼ノ遍難所ニ走リ散テ攻合開合散ニ射ル寄手ハ死
生不知ノ坂東武士ナレハ親ハ子討ルレトモ不顧乗越ニ攻

迄ツ晝夜七日間息シモ不ㇾ継相戦ニ城ノ中ノ勢三百余人誅
ケレハ寄手モ八百余人討レケリ況ヤ矢ニ當リ石ニ被ㇾ打死生ツ
不ㇾ知ニ物ハ幾千万ト云数シ不ㇾ知ニ血ハ草芥シ染テ漣々タレハ屍ハ
山谷シ埋テ塁ニタリ毎衝ト云モ跡ナリサレトモ城ノ勢スコシモ弱ハ
寄手ノ兵ハ多ノハ退屈スト見エタリケリ爰ニ北山ノ案内者トテ
一方エ被ㇾ向タリケル吉野ノ執行岩王丸カ手ノ物トモシ呼寄テ申
ケルハ東条大将金澤右馬助殿ハ已ニ赤坂ノ城シ攻落レテ金剛
山エ被ㇾ向タリト云エ當山ノ叓戒ホ案内者タルニ依テ一方シ奉向
タル甲斐モ無リ攻落サレテ数日シ送叓逡ニモ遺恨也倩叓ノ
様シ案スルニ北城ヨリ大手ヨリ攻ハ人ノミ多ク被ㇾ討テ落事ハ有カ
タシ推量スルニ城ノ後ノ山金峯山ニハ嶮シ憑テ敵サヘテ勢ヲ置タ

ル事ハアラジトゾ覚ケル足軽ノ兵百五十人勝テ後陣ニ成テ夜ニ交
テ金峯山ヨリ忍入安全宝塔ノ上ニテ夜ノホノ〳〵ト明終時ニ声
シ揚ゲ城ノ者トモ時ノ声ニ驚テ度ヲ失ル時大手三方ヨリ
攻上テ城ヲ落シ宮ヲ生取奉ベシトゾ下知シケル即案内者ノ
兵百五十人ヲ勝テ其日ノ暮ホドニ金峯山エ廻テ岩ヲ傳谷ヲ登ル
ニ案ノ如ク山ノ嶮ヲ憑ケルニヤ只此彼ノ梢ニ旗ハカリシテ結付テ可防兵
ハ僅ニ一人モ百余人ノ兵トモ思ノ儘ニ忍入リ木ノ下岩ノ陰ニ弓箭ヲ
臥テ夜ノ明ルヲ待タリケル相図ノ比ニモ成ニケレハ大手五百餘騎三
方ヨリ押寄テ攻上ル吉野大衆五百余人攻口ニ下合テ
防戦ヲ寄手モ城ノ内モ互ニ命ヲ不惜ニ追上追下ニ火ヲ散
テゾ戦タル懸ル所ニ金峯山エ廻ツル搦手ノ兵百五十人安全宝塔ノ

上ヨリ下テ在々所々ニ火ヲ懸テ時ノ声ヲソ揚タリケル吉野ノ大衆
前後ノ敵ヲ防キ兼テ或ハ自腹ヲ切テ猛火ノ中エ走入テ死モアリ
或ハ向敵ニ引組テ指違モアリ思々ニ討死シケレハ大手ノ堀一ハ死
人ニテ埋テ平地トナル去程ニ搦手ノ兵思寄ズ勝手ノ明神ノ
前ヨリ押寄テ宮ノ御座アリケル蔵王堂エ打テ懸ケル
間大塔宮今ハ遁ヌ所也トテ思召切テ赤地ノ錦ノ直垂ニ火威ノ
曽同毛ノ五枚甲ノシヽシメ白檀琢ノ臑當ニ三尺五寸ノ長刀ヲ
脇ニ挟ミ寄兵廿余人前後左右ニ随エテ敵ノ靏引エタル中エ破テ
入東西ヲ掃ヒ南北エ追ニハヒ黒煙ヲ立テ切テ廻セ給フニ宮ノ手大
勢ナリト謂エトモ宮ノ怪力ニ僻易メ木葉ノ風ニ散カ如ツ四方谷エ
颩ト引ツ敵引ケハ宮ハ蔵王堂ノ大庭ニ并居サセ給テ油幕ヲ揚サセ

闘ニ最後ノ御酒盛有ケリ宮ノ御鎧ニ立所ノ矢七筋御膕
サキ二ノ腕二一所ニテツカレサセ給テ流血不レ斜サレトモ立タル矢ヲモ
不レ被レ脱流血ヲモ不レ被レ拭敷皮ノ上ニ立セ給ナカラ大盃ヲ以テ三度
傾サセ給エハ本寺ノ相撲四尺三寸ノ太刀鋒ニ敵ノ首ヲ指貫ニテノ
宮ノ御前ニ畏リ戈鋋劔戟ツノ雨事ハ春雨ニ不レ異盤石岩
ヲ飛ス事ハ冬ノ雪ニ相同シ雖レ然天帝大ノ身ニハ近付ナテ修羅
彼カタメニ破ラレト打上テ曽ノ袖ヲ通リ合ニ一時カ程ソ舞タリケル其
有様ハ唯能漢祖ノ鴻門ニ會セシ時楚ノ項伯与項荘カ劔
ヲ抜テ舞シニ樊噲庭ニ立ナカラ帷幕ヲ挑テ項王ヲ睨シ勢モカク
ヤト覚テ勇アリ懸シ処ニ大手ノ合戦事急ナリト覚テ敵
御方ノ時ノ声相交テ無間闘ケルカ誠モ其戦ニハ相當ル支

多カリケリト覚敷テ村上左馬助義光鎧ニ立所ノ矢十六筋
枯野ニ残ル冬草ノ風ニ臥タル如ニ折懸テ宮ノ御前ニ参テ申
ケルハ大手ノ一ノ木戸ハ無ニ云甲斐被責破ソロツル間二ノ木戸ニ支テ
数剋相戦ソロツルカ御所中ノ御酒盛ノ御声余リニ涼ク聞エツル
ニ付テ参テソロ敵已ニカサニ取裏御方気疲テスレハ此城ニテ防事
今ハ不叶ト覚ソロ未タ敵ノ勢ニシ外廻ニソロハヌ先ニ一方ヨリ打破テ
一間途落テ御覧ソロヘト存ソロ但ニ跡ニ残留テ戦者無ハ御所ノ
落サセ給物ヨト心得テ敵何ニテモ追懸進ストヨ覚ソロ恐ヒ是ニテ
ソロヘトモアロタル錦ノ御直垂物具ヲ下給テ御諱ノ字ヲ犯進セ敵
ヲ欺キ御命ニ替進ハヤント申ケレハ宮是ヲ聞召テ上将ノ士ヲ思
事親子ノ如ニ幾度自コソ雖シモ孵命ヲモ弃ヘケレト仰ケルヲ村上

言シ荒ラカニ申ケルハウタテシキ御事ニ候哉彼漢祖ノ滎陽ニ
囲レシ時紀信高祖ト称シテ楚ヲ欺カント乞シハ高祖是ヲ許シ
ソロハスヤ就中義卒ノ命ヲ捨ルコトハ只加様ノ節ニ當ルヲ以テ事ト
せリ何ノカハイツワリ思召サルヘキ是程ノ御所存ニテ天下ノ大事ヲ思
召立ケルコソウタテケレトテ御鎧ノ上帯ヲ解奉ケレハ大塔宮理ニ
伏テ識モトヤ思召ケン御鎧直垂ヲ解カエサせ給テ只今ノ海カ忠
義生ニせニ雖忘最初此城ニ立籠シヨリ死シ士卒ト同シテ
運ヲ天ニ開ヘシトコソ思シニサハナリシテ今海ハ為ニ我捨命ヲ我ハ又
海ニ替テ全命ヲ思外ノ有様也我若生タラハ海カ跡ノ後生ヲ訪
ヘシ不圖トモニ敵ノ手ニ懸ラハ冥途遁陽生ノ道ニテモ六ハノ岐馳
向テ一所ニ死ヲ可計被役テ御涙ニ咽せ給ケレハ供奉ノ官軍

トモ皆是ヲ奉リ見鎧ノ袖ヲソ絞ケル村上義光モ只ハ今ニ御胴耳ノ
底ニ臥テ御名残モ様ニ惜ケレトモ加様ニテハ叶マジト思切テ宮
ノ御鎧乞申ツ給テ着馬引寄テ打乗テ二ノ木戸ノ口ニテ
歩セ出シハ宮ハ勝手明神ノ御前ヨリ南エ向テ御心ナラス落
サセ給エハ互ニ是ヲ限トテ御後影ノ見ルホト遥ニト帰見進テ
立別サセ給ニケル御心ノ中コソアハレナレ其後村上義光ハ今
ハ早ニ宮ハ莫大落延サセ給ヌト思数程ニ成テ高櫓ニ登リ小
間ノ板ヲ切テ落シ身ヲ露ニ成シ大音揚テ名乗ケルハ天モ人
王九十五代之聖主先帝第四ノ王子一品兵部卿ノ親王逢
臣ノ為ニ被亡恨ヲ泉下ニ報セシタメニ只今自害スル有様見置
テ汝等カ武運忽尽テ腹切ンスル時ノ手本ニセヨト云儘ニ

鎧ノ上帯シ解テ櫓ヨリ下ヘ抛下シ錦ノ鎧直垂ノ袴ハカリニ練貫
ノ二小袖シ推ハタヌキ白清気ナル膚ニ刀シ突立テ左ノ脇ヨリ右ノ
高腹ニテ一文字ニカキ切テ腸櫓ノ板ニ抛付刀シ口ニクワ
エテウツ伏ニ成テソ臥タリケル其時大手ノ寄手是シ見テス
ハヤ大塔宮ノ御自害アルハ我先ニ御頸シ給ラントテ四方ノ圍
シ解テ一所ニ集ル其間ニ宮ハ指違テ天河エソ落サセ給ケル村上
ナクハ宮ノ御命モ危ソ見タリケル誠ニ見テ義ソ不為ハ無勇ト云ト
モ加様ノ忠貞ハ誠ニ雖有カリシ振舞也懸ル程ニ自南廻ケル者
野之執行カ勢五百余騎案内者ナレハ要道ヲ廻テ打留
奉ラントテ取籠進ントスル村上義光カ子息兵衛蔵人義隆与
ノ父共ニ自害セントテ二ノ木戸ノ櫓ノ下ニテ馳来ケルシ父大ニ諫テ

宮ノ御前途ヲ見終進ヨト庭訓シ遺ケレハ吾ツカ且延テ命ヲ、
宮ノ御伴申タリケルカ事已ニ急ニシテ討死セズハ宮口落得サセ
給ハシト覚ケレハ義隆一人踏止テ追テ懸ル敵ノ馬ノ雙膝薙
切居平頸切テ倒落サセ盤折ル細道ニ五百余騎ノ敵ヲ麾
テ半時計シ支タル義帯如石也ト謂エトモ其身非ハ金鉄ニ
取巻テ射ケル敵ノ矢ニ義隆已ニ十余ケ所ノ疵ヲ被ケルカ死ニ
テモ猶敵ノ手ニヤ懸ラジト思ケレ小竹ノ一村有ル中エ走入テ
腹カキ切テソ死ニケル村上父子カ敵ヲ防キ討死ニケル其間ニ宮ハ巻
キ死ヲ遁サセ給ヒニテ高野山エゾ落サセ給ケル去程ニ二階堂出
羽入道村上カ宮ノ二子シシテ腹ヲ切タリツルヲ実ゾト心得テ其頸
ヲ取テ京都エ上セ六ハ波羅ニ實検ニ曝ケレハ有ニモアラヌ頸也

ト申ケレハ獄門ニ懸ルマテモ無テ九原ノ苔ニ埋レケルコソ無慙ナレ、

諸國兵知和屋發向事、

二階堂出羽入道ハ吉野城ヲ攻落タルハ専一ノ忠戦ナレトモ
宮ヲ討漏奉ヌレハ猶不安思テ驅テ高野山エ推寄セ大
塔ニ取陣シ宮ノ御在所ヲ尋求ケレトモ一山ノ衆徒皆心合テ宮
ヲ隠シ奉リケレハ数日ノ粉骨甲斐モ無ソテ知和屋ノ城ヘソ向ヒ
ケル、ケハヤノ寄手ハ前ニ百八十万騎ト云シカ又赤坂吉野勢加テ
二百万騎ニ余リケレハ城ノ四方四五里ノ間ハ見物相撲場ナレトモ
如ッ折囲テ尺寸地ヲモ不餘充満タリ旌旗ノ風ニ翻テ靡気色ハ
秋ノ野ノ尾花カ末コリモ繁リ剣戟ノ日ニ映シテ耀ケル有様ハ暁ノ
霜枯草ニ布カ如ナリ大軍近ツク処山勢是カタメニ動キ時ノ声震キ

坤軸須臾摧タリ北勢ニモ不恐シテ纔ニ千人ニ不足小勢ニテ
誰ヲ憑ミ何ヲ待トシモナク城中ニ怺防戦ケル楠カ心ノ程コソイ
カメシケレ凡此城ノ有様ハ東西ハ谷深切テ人可登様モナシ南北ハ金
剛山ニ連テ峰絶タリサレトモ高二町計ニテ廻一里ニ足ヌ小城ナレハ何
程ノ事カ可有ト寄手是ヲ見侮初一両日ノ程ハ向陣ヲモ不
取攻支度ヲモ用意セス我先ニト城ノ木戸口ニテカツキ連テソ上タ
ル城中ノ者トモ少モ不騒閑却高櫓ノ上ヨリ大石ヲ投懸テ〻楯板
ヲ微塵ニ打砕テ漂所ヲ指攻〻散〻ニ射ケル間四方ノ坂ヨリコロヒ落
重テ手負死スル者一日ノ中ニ五六百人ニ及ヘリ長崎四郎左衛門
尉軍奉行ニテ有ケルカ手負死人ノ実検ヲシケルニ執筆十二人〻
夜ハ昼ル五日間ハ筆ヲモ不閣註シケリサテコソ自今後ハ大将ノ御宥

ナクテ合戦シタラン輩ニハ都テ罪科スヘシト被觸ケレハ軍勢軍ヲ
止テ已ニ陣ヲ構且ツハ外絶テソ見タリケル懸処ニ赤坂ノ大将ニ被向
タル金澤右馬助大佛奥州ニ向テ曰ケルハ前日赤坂ノ城ヲ攻落ツル
事全ク士卒ノ非高名ニ城中ノ構ヲ推量シテ水ヲ止タリシニ依テ歟
程ナク降参仕ルキ是ヲ以テ此城ヲ見ルニ是程ノ纔ナル山ノ巓用水
有ヘシトモ不覚又揚水ナントヲ外ノ山ヨリ懸ヘキ便モルハス城中ニ
水澤散ニ有ゲニ見ルハ何様東ノ山ノ麓ニ流タル谷ノ水ヲ夜々ニ汲ト
覚ル哀レ宗徒ノ人ニ一両人ニ被仰付此水ヲ汲セヌ様ニ御計ルヘカシト
被申タリケレハ両大将并ニ長崎四郎左衛門尉モ此義尤可然ルニ
覚候トテ名越越前守ヲ大将トシテ其勢三千余騎ヲ指分テ
彼用水辺ニ陣ヲトラセ城ヨリ人ノ下ル道ニモ逆木ヲ引テソ待

懸ケ樋ハ元来智謀ヲ以テ北軍ヲ起ス事ナレハ自然北城ヲ搆
ケル時用水ノ便ヲ見ニ五所ノ秘水トテ大峰ヲ通ル山伏ノ秘テ
汲水此峰ニ有テ溜タル事一夜ニ五斛斗也此水何ナル旱リ
ニモ乾事無レハ必形人ノ口中ヲ潤事ハ相違有マジケレトモ合
戦最中ハ或ハ大矢ヲ消カツメニ或喉ノ乾事繁ケレハ此水斗ニ
テハ叶マジトテ大キ木ヲ以テ水舟ヲ二三百打セテ水ヲ湛タリ其
外数百ケ所ノ役所トモニ継樋ヲ懸テ雨降ハ溜ヲ少モ不餘舟ニ
請入テ水ノ性ノ損セヌ様ニ舟底ニ赤土ヲ沈テ搆置タレハ縦五六十
日雨降ズトモ可慊其内又ナドカ雨降ヌ事ニナカランレトテ了簡シタリ
ケル智慮ノ程コソアサカラ子城ヨリ強北水ヲ汲トモセザリケルカ初程
ゾ有ケル後ニハ次才ニ心懈樴緩成ケレハ北水ヲハ汲ザリケルゾトテ用心ノ

体ナシ無河汰コソ成ニケル楠是ヲ見澄テ究竟ノ射手ノ兵ヲ汰テ
三百余人夜ニ交テ城ヨリ下シ曙明ノ明ハテヌ霧ノ交ニ押寄
テ水辺ニツメタリケル者トモ二十余人切伏テ一度ニ時ヲ同ト揚テ
大将ノ陣ヘ蒐ル間モ無ノ切テ懸ケル名越越前守思懸ヌコトニテハ
有ケリコラヘ兼テ本陣ヘ引退ル数百ノ軍勢是ヲ見テ渡合ト
ヒシメケドモ谷ツ隔タル道ナレハ輙ソ馳合スル兵モナシ兎角シケル其間ニ
捨置タル旗幔ナトヲ取持セテ楠ハシツシツト城ノ中ヘソ引入ケル其翌《アクル》日城ノ
大手ニ三本唐笠ノ紋書タル旌ト同紋ノ幕トヲ引テ是コソ昨日
名越殿ヨリ給テ候ケル御旗ニテ候ヘ御紋付テ候間他人ノタメニ
ハ無用候御内ノ人々是ヘ御入候テ被召候ヘカシト云テ同音ニ同ト
ソ笑ケル天下ノ武士トモ見テ之ヲアワレ名越殿ノ御不覚哉ト口々ニ云又

者コソ無ケレ角起一家ノ人ニ非莫ツ間テ安ス事ニ被思ケレハ當手ニハ
軍勢トモ一人モ不残城ノ木戸ノ枕ニシテ討死セヨトソ下知セラレケル依
之彼手之兵五千余人思切テ打トモ射トモ不用乗越ニ城之逆木
一重引破テ切岸ノ下マテソ攻タリケレトモ岸高クテ切立タレハ矢武
ニ思トモ不得登ヨシ只徒ニ睨城ツ忿ツ押テ息ツキ居ケリ此時城ノ中
ヨリ切岸ノ上ニ横エテ置タル大木トモ十廿切テ落シ懸タリケル間
将碁倒ツスルカ如ク寄手四五百人推ニ被打テ死ニケリ是ニチカハントシ
ドロニ成テ騒所ツ十方ノ櫓ヨリ指落テ思様ニ射ケル間五千余人
兵トモ残少ニ打成レテ其日ノ軍ハ終ニケリ誠ニ志ノ程ハ猛ケレトモ功ツ
成コトモ無ニ若干ツ兵被打ヌルハ恥ノ上ノ損哉ト諸人ノ口遊トソ
成ニケル数ケ度ノ合戦ニ懲ツ是ヨリ寄手モ侮悪クヤ思ケン今ハ始ノ様ニ

勇進テ攻メントスル者モ無ケリ。長崎四郎左衛門此城ノ有様ヲ見テ
簡スルニ力攻ニスル事ハ人ノミ被討テ其功難成。只取巻テ食攻ニセヨ
トテ下知シテ止軍ケレハ、徒然ニ皆堪カネテ花ノ下ノ連歌士トモヲ呼
下シ一万句ノ連歌ヲソ始タリケル。其初日ノ発句ヲハ長崎九郎左
衛門尉高貞サキカケテ勝色ミセヨ山桜トシタリケルヲ脇句工藤
二郎左衛門尉嵐ヤ花ノ敵ナルラントソ付タリケル。誠ニ両句共ニ詞
ノ縁有テ句ノ体巧優ナレトモ御方ヲ花ニナシ敵ヲ嵐ニ比ケレハ禁
忌ナリケル哀変哉ト云ハヌ者コソ無リケレ。大将ノ下知ニ随テ軍勢
皆軍ヲ止ラケレハ慰方ヤ無リケン、或ハ囲碁双六打テ送日或ハ百
服之茶褒貶ノ歌合ナトシテ夜ヲ明ス。是ニソ城中ノ兵共ハ中々
被慰タル心地シテ遣方モ無ケル折ノ程ヲ経テ楠正成イテサラハ又

寄手トモ打謀《ハカリ》居眠覚サントテ芥ヲ以テ人形ヲ二三十作テ甲
冑ヲ着セ兵杖ヲ持セテ夜中ニ城ノ麓ニ立置テ前ニ畳楯ヲ
突双タリ其後ニ勝タル兵五百人相交エテ夜ホノ〱ト明ケル
霞ノ交ヨリ同時ニ時ヲ同ト作ル四方ニ寄手時ノ声ヲ聞テスハヤ
城中ヨリ打出タルハ是コソ敵ノ運ノ尽キル所ノ死狂ヨトテ我先ニト人
攻合セケル城ノ兵ハ兼テ巧タルコトナレハ矢軍チトスル様ニシテ大勢猶
近付ケ人形計ヲ残置テ兵ハ次第〱ニ城エ引アケル寄手トモ追テ懸
ケルカ人形ヲ実ノ兵ソト心得テ是ヲ打タント相集ル楠所存ノ如ク敵
ヲ打謀寄テ大石四五十一度ニハラリト放シケレハ一所ニ集タル兵三百
余人ハ矢庭ニ打殺テ半死半生ノ者五百余人ニ及ヘリ軍終テ是ヲ見レ
ハ哀大剛ノ者哉ト覚テ一足モ引サリツル兵共ハ人ニハアラテ藁ニテ

作タル人形ナリケリ是ヲ討ントテ相集タルカ石ニ被当テ死ニケルモ、
高名ナラス又是ヲ見テ進得ザリツルモ臆病ノ程露テ無ニ云
甲斐ハ、兎ニモ角ニモ方人ノ物咲トソ成ニケル是ヨリ後ハ深合戦ヲ
止タル間諸国ノ軍勢共ハ徒ニ城ヲ守テ居タル計ニテ為態一モ無リ
ケリ何物カ読タリケン一首ノ古歌ヲ翻案シテ大将ノ前ニソ立タリケル
○ヨソニノミ見テヤミナン葛木ヤ高間ノ山ノ峯ノ楠
軍モ無リテソヾロニ向居タル徒然サニ諸大将ノ陣ニハ江口神崎傾
城トモヲ呼寄テ様々ノ遊ヲシテ為ケル懸ル程ハ名越遠江入道ト
同甥兵庫助トハ一方ノ大将ニテ攻口近ク陣ヲ取役所ヲ並テ
御座ケルカ或時遊君ノ前ニテ双六ヲ打ケルカ賽ノ目ヲ論テ聊ノ
言ケガイケルニヤ伯父甥二人実違テソ死ニケル両人ノ郎徒トモ見

更何ノ意趣モ無ニ指違ヘ片時カ間ニ死者二百余人ニ及ヘリ自
城中見ヘシツ十善ノ君ニ敵シ奉ル天罰ニ依テ自滅スル有様ソ見
ヨトソ笑ケル誠ニ是只事ニアラス天魔波旬ノ所行カト覚テ浅猿
カリシ不思議也同三月四日自関東飛脚到来シテ止テ軍徒ニ
送日ヲ事不可然下知ニセシハ宗徒ノ大将達評定有テ御方向陣ト
与敵ノ城ノ交高切立タル堀ニ渡テ橋シ城エ打チ入ントソ巧ミシケル
コレカタメニ廣サ一丈五尺長サ二十余丈ニ梯シソ作セケル梯已作ハキケ
ハ大縄ヲ二三千継テ繰巻シ以巻立テ城ノ切岸ノ上エソ倒懸
タリケル其巧高大ニシテ魯般カ雲梯モカクヤト覚テシヒタヽシ驍テ早
勇兵トモ五六千人渡橋ノ上ヲ我先ニト進タリアハヤ此城只今打落
サレスト見ケル所ニ楠兼テ用意ヤシタリケン抛続松ノ先ニ火ヲ付テ橋ノ上ニ薪ヲ

積カ如ニ投集テ水ハビヤシ以テ油ヲ灑ギ流カ如ニ懸タリ炎間火橋桁ニ
燃付テ渓風炎ヲ吹布タリ熱渡懸タル兵トモ前エ進トスレハ猛火、
易ニ身ヲ焦シ跡エ皈ラントスレハ後陣之大勢先ノ難義シモ不言支
タリ下エ飛下ラントスレハ谷深岩聳肝冷如何トモ身シモラテ押合
程ニ橋桁中ヨリ燃折テ谷底エ倒ニ同ト落ケレハ数千ニ兵同
時ニ猛火之中エ落重テ一人モ不残焼死ニケリ其有様ヲ見レハ
唯ハ大地獄ニ罪人カ刀山剣樹ニ貫猛火鉄湯ニ身ヲ焦ラレモ角
ヨソト思知レテ球ト云モ跡也懸処ニ吉野戸津川宇多内郡之野
伏ヒトモ大塔宮ノ命ヲ含テ相集事七千余人彼此ノ岸谷ニ立隠テ
往来ノ道ヲ指塞ツ依之ニ寄手ノ兵ハ粮忽ニ乏テ人馬共ニ疲ケ
レハ轉漕ヨラ立兼テ百騎二百騎ツヽ引テ帰ケル所ヲ案内者也

野伏トモ所々ニ待設テ討留ケル間日々夜々ニ討ルヽ者其数ヲ不
知ケリ希有ニシテ命ヲ助ル者ハ馬物具ヲ捨衣裳ヲ剥取ラレ、
裸ナルハ或ハ破タル簑ヲ身ニ纏テ膚ヲ隠シ或ハ草ノ葉ニシ腰ニ巻
テ恥ヲ露セリサレトモ落人共毎日ニ不引モ切十方ニ遁散ケル有様
前代未聞之恥辱也懸リシカハ日本國ノ武士トモノ重代ニシタル物具
太刀刀ハ皆此時ニ至テ失ニケリ名越遠江入道伯父甥ハ無キ詮口論
シテ共ニ死給ヌ其外軍勢トモハ親被討ハ子ハ切髻シテ失主ツ疵
シ被ハ郎等ハ助テ引返スセハ始ハ百八十万騎ト聞シカトモ今ハ僅ニ
残ル勢十万余騎ニソ成ニケル、
△新田義貞賜ル綸旨ヲ事、
爰ニ上野國住人新田太郎義貞ト申ハ足利ノ新判官義光

之児大炊亮義重ノ孫男新田六郎頼氏カ長男ナレハ清和天皇
ニハ十五代之後胤八幡太郎義家朝臣ニハ九代之苗裔ナ
レハ源家一流ノ家督也然トモ関東執世シ四海皆其威ニ
伏スル時節ナレハ無力令度モ随テ催促ニ金剛山ノ搦手ニ向テ往ニ
日数ヲ送給ケルモ執事舟田入道義昌ヲ呼テ潜ニ曰ケルハ古
ヨリ源平両家仕朝家ニ且ハ國ヲ治ル事不ル珎事之義負卑モ
源家ノ門楣トメ譜代ノ箭ノ名ヲ汚ストモ諂トモ依テ身ノ不肖ニ業枯
替テ地ヲ久ク天下ノ権ヲ弃遺恨ノ浚才ニアラスヤサレハ家運尋真
之事所存ニ懸スニハ渉ズ然トモ此ハ関東ノ威風ニ靡黙止ノ処ニ
高時入道ノ行跡滅亡不遠ト覚ルナリ急本国ニ馳帰テ挙ニ義
兵ヲ前朝ノ宸襟ヲ休奉ハヤト存カ伺ニ叡慮ヲ叶ニ先ツ如何ニモメ

大塔宮ノ給テ令旨ヲ此荒増シ可遂トノ給ケレハ冊申入道遺異テ尤其
謂候ト早ニ思召立ワロヘ令旨ノ事ハ籌策シ可廻ソロト容易氣ニ
事請吉野十津河ノ樵夫草カリ士ッ一両人内宮ノ御在所ノ
責問ケレハ初ノ程ハ不申ケルシ更ノ由ニカクト謂テ所詮御在所シ
キカセズハ可切頸シ申ケレハ此男其事ニテソロハヽ安事ハサラハ御聴
シ給テ令旨シ申出ソロヘシト堅約シ残テ帰ニケリ中一日メ令旨シ
捧テ来ケリ開見令旨ニハ准ヘシテ綸旨ノ文章被遊タル其詞ニ云
被綸言偁敷化理万國者明君徳也撥乱鎮四海者武
臣節也頃年之際高時法師一類蔑如朝憲恣振逆威積
悪之至天誅已顕焉爰為休累年之宸襟将起一挙之義
兵叡感尤深抽賞何浅早運関東征伐之策可致天下静謐

之切ツ者ハ綸旨如ニ此ノ依テ役ニ執達如ニ件ノ

元弘二年二月十一日、　左少将

新田小太郎殿、トゾ書タル、

綸旨ノ文章眉目ニ備ハキ事ナレバ義貞不斜喜テ其次日ヨリ虚

病シテ急キ本国ヘゾ被下ケル軍シモ可為軍勢共ハ皆事ヲ左

右ニ寄テ國々ヘ飯ヌ兵粮運送ノ道絶ヘ知和屋ノ寄手以外ニ

氣ヲ失ヒ由聞ヘケレバ文六波羅ヨリ宇津宮ヲゾ被下ケル是等

皆東国ノ武士ニシイテモ紀清両黨トテ名ヲ得タル勇士ドモナレバ似カハ

延ニト可ノ條下リ着ヤ均ノ堀ノ際ニテ攻付テ日夜ヲモ不引切ニ十余

日ニテゾ攻タリケル此時ニゾ屏ノ際ナル鹿垣逆木引破レテ城モ防兼

タル躰ニ見ケルサレドモ紀清両黨ハ斑足王ノ身ヲ不惜ハ天ヲモ雖翔《カケリ》

龍伯公カ力ヲモ不得ハ山ヲモ難挙余ニ無為方面ナル兵ハ軍ヲ不シハ
後ナル物トモハ手々ニ鋤鍬ヲ以テ山ヲ堀倒サントソ企ケル誠大手ノ
櫓ニハ三日ノ間ニ急ナリ堀崩サレニケリ是ヲ見テ人々只初ヨリ
軍ヲ止テ堀ヘカリケル物ヲト後悔メ哉モヽト堀ケレトモ囲一里ニ
余ル山ナレハ左右ナク堀倒シトソ見タリケル
〈赤松圓心挙ル義兵ヲ事〉
去程ニ楠カ城強メ京都無勢也ト聞エシカハ赤松入道圓心苔縄ノ
城ヨリ打出テ山陰山陽ノ両道ヲ指塞キ山里梨ノ原ニ陣ヲ取
テ勢ヲ遅ヘリ爰ニ備前備中備後安芸周防ノ勢トモ依テ
六波羅ノ催ニ上洛シケルカ三石ノ宿ニ打集テ山里ノ勢ヲ追拂テ
透ラントシケルヲ赤松筑前守貞範舟坂山ニ支テ宗徒ノ敵共

余人ツノ生取ケルサレトモ赤松是ヲ不誅シテ情深当リケレハ伊東
大和二郎其恩ヲ感シテ忽ニ武家与力ノ志ヲ変シ官軍合
体ノ思ヲ成ケレハ先我舘ノ上ニ三石山ニ構城郭ヲ頓テ熊山エ取
裏テ挙ツ義兵ヲ備前国住人加治源太左衛門押寄テ攻
ケルニ一戦ニ利ヲ失テ児嶋ヲ指テ落ニケリ是ヨリ西国ノ道塞テ
中国ノ動乱不斜此後ハ西国ヨリ上ル勢ヲハ伊東ニ支サセテ
後ハ恐モ無リケリ赤松頓テ高田兵庫助カ城ヲ攻落テ片時モ
足シタメス山陽道ヲ推テ責上ルニ路次ノ軍勢馳加テ七千余
騎ニ成ニケリ此勢ニテ六波羅ヲ攻落ン事ハ案ノ内ノコトナレトモ若
戦ニ失利ヲ事モアラハ引退テ且ク人ニ息ヲ休セントテ兵庫ノ
北ニ当タル摩耶ト云山寺ニ城郭ヲ構テ敵ヲ卅里カ間ニ縮タリ是ヲ

聞テ六波羅ニハ一方ノ打手トモ憑ミタル宇津宮ハ知和屋ノ城ニ向テ
ケッ西国ノ兵伊東ニ支ラレテ上エズ今ハ四国勢ヲ待テ摩耶ノ城
エハ向ヘシト評定シケル処ニ閏二月四日伊与国ヨリ早馬打テ土居
南得能弥三郎先帝ノ御方ニ成テ旌ヲ挙ケ当国ノ勢ヲ相
付テ土佐国エ打越ス処ニ去月十二日長門ノ探題上野介時直
三百余艘ニテ当国エ推渡リ星岡ニシテ合戦ヲ致ス雖然長門
周防ノ勢一戦ニ打負テ手負誅ル者不知数ヲ剰探題ハ父子
共ニ行方不知成給ヌ是ヨリ四国勢悉土居得能ニ付随間其
勢六千余騎宇多ノ津今張ノ浦ヨリ舟汰メ攻上ヘシト披露ス御
用心有ヘシトゾ告タリケル六波羅比七早馬ニ驚テ畿内ノ未静ニ又四
国西国逐日乱ケレハ人心ハ薄氷ヲ踏テ国ノ危事綴旒ノ如ナリ扨今

如斯天下ノ乱ニ及テ止事ナキハ偏ニ前帝ノ宸襟ヨリ事起レリ
若逆徒指替テ奪ヒ奉ラントスル叓モコソ有トテ隠岐国ヘモ飛脚
ヲ下シ佐々木隠岐前司清高ハ能々先帝ヲ警固シ仕ヘシト下知セラ
ケレハ清高近国地頭御家人ヲ催テ間モナク宮門ヲ閉テ警固
ニ奉ル閏二月下旬ハ佐々木富士名判官義綱カ番ニテ中門ニ
警固仕テ候ケルカ如何思ケン此君ヲ取奉テ謀叛ヲ起ニ家門ノ栄
華ヲ開ハヤト思心ツ付ニケルサレトモ可申入便モナクテ案煩ニ名所ニ
或夜御前ヨリ宮女ヲ以テ御盃キヲ下サレタリ富士名是ヲ給テ
面目身ニ餘ケレハ能次哉ト思テ潛カニ彼宮女ヲ以テ奏ニケルハ上様
ニハ未知召レハスヤ楠兵衛正成金剛山ニ城ヲ構テ立籠ル間東
国ノ勢攻上テ去二月ヨリ雲霞ノ如ク取囲テ攻戦ルト謂上寄

手退屈メ引色ニ成テケレハ又備前ニハ伊東大和三郎三石山ニ城郭
ヲ構ヘ山陽道ヲ指塞キテソロ播磨国ニハ赤松入道円心摩耶ト
申所ニ張陣ヲ京ヲ縮メ地ヲ畧メ勢近国ニ振ケレハ四国ニハ河野一
族土居二郎得能弥三郎御方ニ参ソメ挙旗ヲ作所ニ長門ノ
探題上野介時直打負テ行方不知落行ケレハ又其ヨリ四国勢
参ソ土居得能ニ属テ已大舟ヲ汰ヘ御迎ニ参トモ申ケレハ又京都
ヲ攻ヘシト申ス聖運開ヘキ時已到ヌトコソ存ソロヘ其カ当番間ニ悉アカニ
御出候テ千波湊ヨリ御舟ニ召レ出雲伯耆間何ノ浦ニモ御舟ヲ寄
ラレテ去ヌヘキ武士ヲ御憑ケレテ且ツ御待ケレハ恐ナカラ攻進体ニテ御
方ニ参ケルヘシト委細奏シ申シケレハ宮モ此由ヲ不残申入ニケリ主上叡ノ
様聞召テ若シ彼ノ偽ニテヤ申ラント思召ケレハ渠カ志ノ程ヲ能々伺御

覧センカ為ニ彼宮女ヲ當寺召ニシ下給ケル、叡慮忝サ身ニ餘リ
而ル上此女房容顔美麗ナルノミナラス情ノ色深メ鹿島ニ懸ル常
陸帯結ノ神ノ御計今生一世ノミノ契ナラネハ偕老眠同穴ノ志等閑
ナラスサレハ弥忠烈ミ志ヲ進メ無貳身命ヲ弃ト思エル色隠ナカリ
シカハ主上サテハヨモ相違ハ不有ト思召ケレハ或夜ノ宵ノ紛ニ忠顕
朝臣宮女ヲ忍ハレタリケルカ懐妊メ其産近付タリトテ御所ヲ被
出ケル其便ヲ得テ主上御輿ニ召テ六条少将忠顕朝臣ハカリ
ヲ召具ラレテ潜ニ黒木ノ御所ヲ御出アリ加様ニテハ人ノ怪申
ヘキ上加与丁モナケレハ御輿ヲハ被止テ忝モ十善ノ天子自玉
趾ヲ草鞋ニ汚シテ蓬泥土ヲ蹈セ給ケルコソ浅猿モ痛敷カリシ御
事ナレ此ハ二月廿三夜ノ事ナレハ在明月ハ出カネテ人里ミエ又暗キ

夜ゝ垣根ノ梅カ香袖ニ觸テソコトモ知セ給ヌ道ヲ分タトラセ給ケル有様
何クモ方モナク涙ノ露ノ玉エラノ謂計ナキ御思ニテ今ハ遥ニ思召ケルハ
蹈ナレヌ山ノ松風瀧ノ響ヲ吹送ハ只ココモトミツ聞エケル御警固
ノ武士君進懸進ル莫モヤト怨ク思召ケレハ一足モト御心ハカリハ進
メトモ習ハセ給ヌ道ナレハ夢路ヲシタトル御心治メ只一所々々ニ徘徊給
エハ如何セント悲テハ忠顕朝臣御手ヲ引御腰ヲ推ナトメ今夜
何トモメ湊道ニテモ心ツノ進セ給エトモ心身共ニ疲終テ君臣共ニ
臥ナレヌ野径ノ露ノ草枕ハカリニモ懸御事ハアラシ物ヲト歎テ家
龍之御袖モシヲシヲテノ見エサセ給ケル夜痛深テ里遠ラヌ霜鐘ノ
月ニ和閑エケルシ道ノ知ヘニ尋シトテハ忠顕朝臣有禁垣竹編ノ戸有
ケルシ扣テ千波ノ湊エハ何方エ行ソト問レケハ只深過タル事ナレハ人音

モセズ餘ニ痛ク扣キタリケレハ良有テ中ヨリ恠キ男一人出向テ主上ノ御有様シツツノト守進ケルカ心ナキ田夫野人ナレトモサスカニ痛敷哀レニヤ思進ケレアラ見ナレ進セズノ旅人ヤナキ弁波ノ湊エハ是ヨリ僅ニ五十丁分リケレハトモ道ハ南北ニ分テ何様御違イハスト覚レハ御道知ル部ヘ仕僕ハ早御入リ候ヘトテ主上ヲ軽ニトカキ負進テ行程ニ誰ニモ問テシト思テ道歩進露踏分テ程モ無ソメ弁波ノ湊エツノ着ニケル處ニテ時鼓ノ声ヲ聞ハ夜ハ未タ五更ノ初ナリ何トモメ夜ノ中ニ舟ニ乗セ進ソトテ思ニハ急ケトモ調法モ無リケルソノ此男甲斐々々敷湊ノ中ヲ走廻テ伯耆ノ方エ行商舟ノ有ケルヲ兎角語テ主上忠勤ヲハ屋形ノ中ニ乗進テ此男ハイトニ申テソ止ニケル此男識ニ只人ニテハアラサリケルニヤ君御一統ノ時尤モ抽賞有ルヘシトテ國

中ヲ尋ラレケレトモ我コソトテ参者ツイニ無リケルコソ不思議ナレ是
何様　天照太神　正八幡宮王ヲ鎮衛シ給テ海山千
里ノ外ニテモ守セ給ケルニコソト憑モ敷ソ覚ヘケル事共ナリ也、

○前朝伯州船上還幸事、

去程ニ夜モ明ハナレヌレハ舟人纜ヲ解テ順風ニ揚帆ヲ湊ノ外ニ漕
出ス大洋万里浪ノ上ニ推浮ヘタリ今ハカウト思召ナカラモ進テ舟、
近付ヘ宴モアラハ如何セント思召煩ヌ給タル処ニ船頭主上ノ御有
様ヲ見進テ如何思ケレ座敷ノ前ニ畏テ申ケルハ我ホトコトキ賤下輩ノ
者何トシテ加様ニ近々敷ソ参リ寄候ヘキ此舟ニ御座ソ移シ御座
候コト生涯之面目後ノ世之訴ヘト存候間何ノ浦何ナル所エ着ヨト
御定候トモ役ニ随テ御舟ノ梶ヲハ仕候ヘシト御心安思召候ヘト誠トニ

他事モ無ク申上テ弥畏入テ候ケレハ忠顕是ヲ承テ隠シテハ中々
悪カリヌヘシ有ノ侭ニ知セハヤト思ハレケレハ此船頭ヲ近ク喚寄テ此上ハ
何ヲカ今ハ可隠ス座敷ニ召サレタルコソ日本國ノ主忝モ十善ノ君ニテ
渡セ給エ海ホモ定テ聞ツラン去年ヨリ隠岐國ニ迁サセ給テ清高カ
舘ノ淺猿ニ押籠ラレテ御座有ツルカ重運開ヘキ時ヤ至ケン警
固ノ緩ヲ以ル間ニ忠顕偸出奉テ是マテ成進タリ出雲伯耆ノ
間ニ去又ヘキ泊エ急キ御舟ヲ付テ下ニ進セヨ御運開ケハ必思召
出ヘキソト委細被仰ケレハ此船頭誠ニ畏入テ淚ニ浮タリケルカ子細
以下ニ何迄御定ニ随進セハヤトテ取楫面楫エリ合雄波雌波ヲ
凌ツヽ片帆ニ風ヲ張ラケテ海上三十余里ノ路片時ノ程ニソ馳タリ
ケル今ハカウト思処ニ同追風ニ帆ヲ揚タル舟百艘ハカリ数ニ上テ出雲伯

剤ニ巻乙キカカリニ駆来ル新簗舟カ商舟カト見処ニサハ無テ佐々木
隠岐前司清高カ主上ヲ逃進セテ追懸奉ル舟ナリケリ忠顕是
ヲ見テ如何セントゾ仰《ぎやう》天セラレケルシニ船頭サノミナ御騒ハソカリテハ候ハム程ハ
何程ノ事カ候ヘキト憑気ニ申テ主上ト忠顕トヲハ舟底ニ隔テ進テ
其上ニアイ物トテ乾タル魚ノ入タル俵ヲ取積テ恐ナカラ御宥免候
ヘトテ其上ニ舟人共立双テ推ハメ艪ヲ押タリケル去程ニ追
手ノ舟程無リ追付テ是ヲ求モ無ソ御座舟ニ乗移リ此彼ヲサ
カシ奉レトモ未タ尋出シ奉ザリケレハ此船頭騒カヌ体ニテ何ヲ御尋
候ソト問ケレハ先帝今夜ノ丑ノ剋ニ隠岐国ヲ御逃有ル間未タ海
上ヲハ過サセ給ハシトテ追進スルソトソ答ケル船頭是ヲ聞テ今夜卯
剋ハカリニコソ千波湊ヲ出ツル舟ニ京上臈ノ様ナル人冠リトヤラム立テ

烏帽子トヤランシ着テ二人乗セ給テ候シ其舟ハ五六里モ先
立ヌラントテ一ツ立挙手繫ニシ指テアレニ当ニ見ユルコソ其ニテ候ヘト教ケレハ
其ハ疑モナキ事ナリハヤ舟ヲ推ヤトテ帆ヲ引テ楫ヲ直ケレハ此舟ハ頻テ
隔リヌレハ心安ト思テ跡ノ波間ヲ帰見ケレハ一里ハカリ引サカリテ追手ノ
舟木ノ葉ノ散浮ヘルカ如ク御座舟ノ目ニ懸テタヽカニ進来ケレハ
此舟共ニ取囲ミレナハ由ヽ敷煩ナルヘシトテ帆ノ下ニ早櫓ヲ立テ方
里ノ一時ニ渡ラント艮声ヲ出テ推ケレトモ時節ノ風緩ク御舟更ニ
進ミ得ス水主梶取如何ハセント周章騒ケルアヒタ主上舟底ヨリ
御出有テ事ノ様ヲ御覧スルニ叶ヘリモ見エサリケレハ朕治テ四海ヲ梓ス
万民ヲ教テ仏神ヲ敬キ真慶ノ政道無リ偏ヲ省ニ何ノ缺処アレハ遂ニ
臣ノタメニ囚テ刑戮ミ中ニ昔ヨリ若重運天ニ合テ国家ヲ治

ヘリ。矣衆海龍モ天財無ツ恙鎮護シ御座セ若又神慮冥見
ニ背社稷シ全スル事シ不得者宝算有テ何ノ益カ有ルヘキ南海、
外海ノ龍神八部衆ニ其験シ見セ給エト御心中ニ御祈念有テ
膚ノ御守ヨリ佛舎利ヲ一粒取出給テ海中エ投入サセ給ケリ
龍神識ニ納受ヤシタリケン海上俄ニ風替テ御座舟ヲハ東エ吹
送追手ノ舟ヲハ西エ吹モトスサテコソ主上ハ虎口鰐魚ノ難ヲ遁サ
セ御座テ時ノ間ニ御舟ハ名和ノ湊ニ付ニケレ此間叡襟何ハカリ絶サ
又継スラムト思ヒ遣テ外人モウハ口ニ肝ヲツソ碎キケル後ニテ忠顕朝臣、
先舟ヨリ下給テ此辺ニ弓矢取リノ人ニ知レル者ヤアルト尋給エハ道
行人徘徊テ此辺ニハ名和又太郎ト申者コソ名有ル武士ニテハ候ハ子
トモ一族モ廣ク一家モ栄エテ心ガサ有モノニテ候ヘト答ケレハ頓テ忠顕

勅使ヲ以テ長年ガ武勇ミ藝兼テ上聞ニ達スル間御憑有
ヘキ由ヲ被役ル名和又太郎事ノ様畏テ奉リ是非ノ勅答ニ棄
傾タヒ騎タリケルシ舎弟ノ小太郎進出テ申ケルハ古ヨリ今ニ至ニテ人ノ
所ハ望名利ニ二也我ホ恭ツ十善ノ君ニ憑テ戸ヲ軍門ニ曝ストモ
名ヲ後代ニ遺支生前ノ思出死後ニ名望タルヘシ只一筋ニ思ヒ
定メ給ヘヨリ外ノ事有ベシトモ不存ト諫メケレハ尤可然ト同メケリサ
ラハ傾テ新立テトテ宗徒ノ一族三十余人腹巻取テ着ニ抛
懸道々上帯ニメテ御迎ニ参ケル儀事ナレハ御輿ナトモ無テ長
年カ著タル冑ノ上ニ荒席ヲ巻テ主上ヲ負進セ鳥ノ飛カ如ク舟
上ニ入奉ル傾テ我倉因ノ米穀銭貨ヲ取寄テ己カ舘ニハ火ヲ
懸テ舟上ニ伺候メ皇居ヲ守護ニ奉ル名和七郎武略ノ謀

有者ニテ白布ヲアニタン取寄テ松葉ヲ炒テフスヘツヽ近国ノ武
士ノ家々ノ紋ヲ書テ此彼ノ木ノ末ニ打立タリ此旌共山風ニ吹
揚メ山中ニ大勢ノ充満タル様ニゾ見エタリケル懸ルホトニ同廿九日佐々
木隠岐判官清高同弾正左衛門其勢三千余騎推寄ツ
リ此舟上ト申ハ北ハ大山ニ續テ峰嶮三方ハ地僻テ岸絶タリ白
雲腰ニ帯ツナシ峨々トメ遥ニタリサレトモ事急ニメ俄ニ拵タル城ナレハ掘
ノ一ヲモホラス屏ノ一重ヲモ不塗只ハ處々ニ大木ヲ切倒メ逆木ニ引
坊舎ノ甍ヲ破テカイ楯ニカケル計也サレハ寄手三千余騎坂
中ニテ攻上テ城中ヲ屹ト向上タレハ松栢生茂テイト深キ木隠ニ
勢ノ多少ハ知ネトモ城ニタル山ノ高峯ニ家々ノ旌四五百流雲ニ
翻リ日ニ映メ粲然トメツ見ヘタリケル サテハ早ヤ近國ノ勢トモ悉

馳寄ケリト心得テ此勢ハカリニテハ攻難ト思惟メ寄手心ニ差メ進者更ニナカリケリ城中ノ勢共是ヲ見テ敵ニ勢ノ多少ヲ見エジトテ隠テ時ニ射手ヲ出シ遠矢ヲ射セテ日ヲ暮スカヽル処ニ一方ノ寄手ノ大将佐々木弾正左衛門道誉ニ控エタリケルカ何方ヨリ射ルトモ覚ヘヌニ矢一ツ来テ右ノ眼ニ立ケレハ矢庭ニ倒テ死ニケリ依テ是ニ其手ノ兵色ヲ失テ軍モセズ結句搦手ニ向タル佐渡前司八百余騎ニテ参テ旗ヲ降参ス是シモ不知ニ隠岐判官清高ハ搦手定テ攻上ラント心得テ一ノ木戸ノ口ニ支テ入替々々時ヲ移ニテゾ戦タル懸処ニ俄ニ霊ナキ陰風吹荒テ雨車軸ヲ下シ雷鳴動メ山ヲ崩カト覚ヘタリ寄手是ニ辟易メ此彼ノ木陰ニ立寄テ向居タル処ニ名和又太郎子息小太郎長重次男小次郎長生

射手ヲ左右ニ進メテ敵ノ楯叢ノ動処ヲ得タリ賢シト援連テ
打出タリケル大手ノ寄手谷底ヘ擁落サレテ己カ太刀長刀ニ
貫テ命ヲ失フ物數ヲ不知隠岐判官清高ハカリハカラクシテ命生
キテ小舟一艘ニ取乗テ本國ヘ逃帰ケルヲ國人何シカ心替シテ津々
浦々ニシテ堅テ相待ケル間波ニ任セ風ニ随テ越前國敦賀津ニシテ
着タリケル其ヨリ先角ニシテ都ヘ上ケルトカヤ去程ニ主上船上ニ御
座有テ勢ヲ召ト聞ヘシカハ國々ノ兵トモ引モ不切馳參ケリ先一
番ニハ出雲守護佐々木塩冶判官高貞一千余騎ニテ馳、
參ル二番ニ富田十郎三郎二百余騎ニテ馳參ル三番ニハ朝山太
郎景連金持大和守大山ノ衆徒ニ至マテ數ヲ盡シテ參
ケリ是ノ外石見國ニハ武田十郎実義政澤王角ニ安藝ニハ、

熊谷 小早河 美作ニハ菅家 江見 澁谷 圻和河 備後ニハ江田、廣澤、宮、三吉 備中ニハ新見 成合 那須 三村 小坂 川村 庄、眞壁 備後ニハ今木 大富 和田 町越 藤井 児嶋 和氣 石生 此外四國九州ノ兵トモ雲霞ノ如ニ我先ニト馳参ケル其勢舟上ニ居餘テ麓四五里其間ハ木下岩陰マテモ人ナラスト云所ナシ此勢ヲ以テハ不戦トモ山徒自退散シテ四海無事ニ成ナムス是偏ヘニ忠顕朝臣カ宮女懐妊ノ其故ニ不慮ニ囲ヲ遁出タリ若シ男子ナラハ必是ヲ家督ニ可立ト勅定有ケルコソ忝ナケレ果シテ男子ナリシカハ成人ノ後朝廷ニ仕具忠ト申ケルハ此人ニテソヲハシケル、

太平記巻第七

巻第　七　　裏表紙

太平記

八

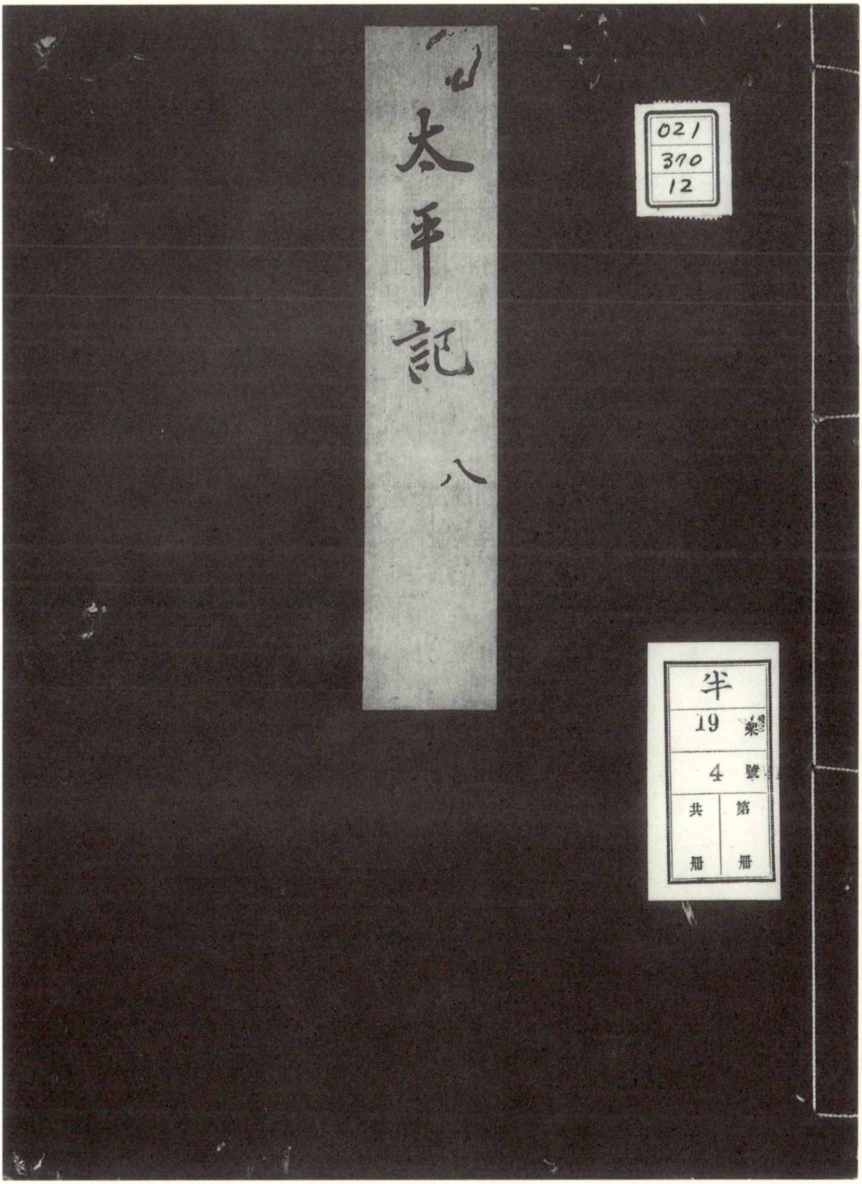
太平記　八
021
370
12
半
19 架
4 號
共 冊
第 冊

太平記巻第八

摩耶合戦事

先帝已ニ船上ニ着御成テ隠岐判官合戦ニ討負シ後近国ノ
武士共皆馳参ル中ニ出雲伯耆ノ駟馬頻並打テ六波羅エ告タリ
ケレハ事已ニ珍事ニ及ヌト聞人色ヲ失ヘリ此ニ付テモ都近キ所ニ敵ノ
足ヲタメサセテハ叶マジ先ツ摂津国摩耶城エ推寄テ赤松ヲ対治
スベシトテ佐々木判官時信常陸前司時知ニ四十八ケ所ノ篝在
京人并ニ三井寺法師三百余人ヲ相副テ五千余騎ニテ摩
耶ノ城ヘゾ向ケル其勢閏二月五日京都ヲ立テ同十一日卯ノ
刻ニ摩耶城ノ南ノ麓求塚八幡林ヨリゾ寄タリケル赤松入道見テ
態ト敵ヲ難所ニ引キ寄ン為ニ足軽ノ射手一二百人ヲ麓ヘ下シテ遠

矢ヲモ射サセテ引上ケレハ寄手乗テ勝ニ五千餘騎サシモ嶮キ南ノ
坂ヲ人馬ニ息モ續セス揉ニモミテ上リケル北山ヘ上ルニ七曲トテ嶮ク細キ
路アリ此所ニ至テ寄手少シ上リカネテ支タリケル処ニ赤松律師則
祐飽間九郎左衛門尉光泰二人南ノ尾崎ヨリツリ下テ矢種ヲ
不惜散々ニ射ケル間寄手少シ射スクメラレテ互ニ人ヲ楯ニナシテ其
陰ニカクレントシ色メキケル気色ヲ見テ赤松入道子息信濃守範
資筑前守貞範佐用上月小寺頓宮ノ一黨五百餘人鋒ヲ双
テ大山ノ崩ルカ如ク二ノ尾ヨリ打テ出テケル間寄手引立テ返サントスレト
モ不聞入我先ニト引退ク其道或ハ深田ニシテ馬ノ蹄膝ヲツキ或ハ荊
棘生繁テ行先狭ケレハ返トスルモ不叶防トスルモ便ナケレハ[illegible]ヨリ武
庫河ノ西ノ縁ニテ路三里カ間人馬上カ上ニカサナリ死ニ行人跡ヲ不去敢向

時、七千餘騎ト聞ヘ六波羅勢僅ニ千騎ダニモタラデ敗リ上リケレバ、六波羅
京中周章不斜、雖然ト敵近國ヨリ起テ付隨タル勢サヘテ多シトモ聞エ
子ハ雖一度二度勝ニ乗ルトモ何程ノ事カアルヘキト敵ノ分剤ヲ推量シテ
引トモ機ヲハ不失ナル處ニ備前ノ国地頭御家人大略敵ニ成リヌ
ト聞エケレハ摩耶ノ城エ勢ノ重ナラヌサキニ討手ヲ下セトテ同二月廿八
日、又一万余騎ヲ差下サル赤松入道是ヲ聞テ勝軍ノ利謀ハ不
意ニ出テ大敵ノ氣ヲ凌テ須臾ニ變化シテ先スルニハ不如トテ
三千余騎ヲ率シ摩耶ノ城ヲ去テ久口酒部ニ陣ヲトル三
月十日ハ京勢已ニ瀬川ニ付ヌト聞エケレハ合戦ハ明日ニテゾ
有ランズラント赤松少シ油断シテ一村雨ノ過ケル程物ノ具露ソシテ
ホサントテ僅ナル在家ニ込ミ入テ雨ノ晴間ヲ待ケル處ニ尼崎ヨリ舟ニテ

上リ玉フ阿波ノ小笠原三千余騎ニテ推寄タリ赤松僅ニ五千余
騎カ大勢ノ中ヘカケ入面モフラズ闘ヒケルカ大敵凌ニ叶ハズシテ五十七騎ハ
討レテ父子六騎ニ成ニケル六騎ノ兵笠験ヲカナグリ捨テ大勢ノ
中ニ交テカケ廻リケル間敵此ヲ知デヤアリケン又天運ノ助ニヤヨリケン阿
モ恙ナクシテ虎口ノ死ヲ遁ケル六波羅勢ハ昨日ノ軍ニ敵ノ勇鋭
リシヲ見ルニ雖小勢也ト難欺思ケレハ瀬川ノ宿ニ扣テ不進得赤松又敗
軍ノ士卒ヲアツメ殺ヌル勢ヲ待調エン為ニカコウ子ハ陣ヲノヘタテ未決
雌雄ヲカリテ丁壮ソロニ軍旅ニ疲ルハ敵ニ気ヲ奪レツヘシトテ同十
一日ニ赤松三千余騎敵ノ陣ヘ押寄テ先ツ事ノ躰ヲ伺ヒ見ルニ瀬川
宿ノ東西ニ家ニノ旗二三百流梢ノ風ニ翻テ其勢二三万騎モ
有ラント見タリ御方ヲ是ニ合スレハ百ニ一二ヲモクラフヘキトニ云トモ戦

ハテ勝ヘキ道ナケレハヒトヘニ只討死ト志テ筑前守貞範佐用兵
庫助範家宇野能登守国頼中山五郎左衛門尉光能飽
間九郎左衛門尉光泰郎等共ニ七騎ニテ竹ノ陰ヨリ南ノ山ヘ打
上リ進ハ敵見ヘ楯ノ端サシ動テカヽルカト見レハサモアラス色メキタ
ル気色ニ見エケル間七騎ノ人ニ馬ヨリ飛ヒ下リ弁ノ一村シケリタルシ木ノ
楯ニ取テ指攻ヒキツメ散々ニ射タリケル瀬川ノ宿ノ南北卅余町ニ
皆ノ子《コ》シ折タルヤウニ引エタル敵ナレハ何故ニカハツル、矢ニ一筋モアル
ヘキ矢比ニ近付タル敵ナレトモ六騎逆ニ射落サレケレハ矢面ナル人々楯
ニシテ馬射サセシト立カ子タリ平野伊勢ノ前司佐用上月田中小
寺八木衣笠ノ若者トモスハヤ敵ハ色メキタルハト胡《エ》籙《ヒラ》シタヽキ勝時ツ作
テ七百余騎轡ロツ双テソカケタリケル大軍ノ靡ツクセナレハ六波羅ノ前陣

返トモ後陣ツヽカス行前ハ狭キ関ニ引ト云ヘトモ不寄入ハ子ハ親ヲ捨
テ郎等ハ主ヲ知テ我前ニト落行ケル中ニ其勢太半討レテ
僅ニ京エソ皈ケル赤松入道円心ハ手負生捕ノ頸三百余人ヽ宿
河原ノ前東ニ切掛サセテ又摩耶城エ引返サントシケルヲ円心カ
子息律師則祐進出テ申ケルハ軍ノ利ハ勝ニ乗テ北ヲ追ニ不ス
如今度寄手ノ名字ヲ問ニ京勢ハ数ヲ尽テ向テ候ナル此勢ト
モ今四五日ハミ長途ノ負軍ニツカレテ人馬トモニ物ノ用ニ不可
立勝痛神ノサメヌサキニツヽイテ攻ツル物ナラハナトカ六波羅ヲ一戦ニ
中ニセメ落サテハヘキ是太公カ兵書ニ出テ子房カ心底ニ秘セシ処ニ
テハハスヤト申ケレハ諸人ミナ此儀ニ同シテ其夜ヤカテ宿河原ヲ立
テ路次ノ在家ニ火ヲカケテ其光ヲ続松ニナシテ行敵ニ追付

○ガフイ夜ヲ日ニ継テセメノボル
三月十二日合戦事、
六波羅ニハサル事ハ夢ニモシラズ摩耶ノ城ヘハ大勢下シツレバ敵ヲ
攻落サン事日シスギジト心ハ安クシテ思ケル其左右ヲ今ヤ〳〵ト待ケル
処ニ寄手打負テ逃上リヌト披露有テ実説ハ未聞何ト有
事ヤランと不審端多キ処ニ三月十二日申ノ刻計ニ淀赤井山崎西ノ
岡辺卅余ケ所ニ火ヲ懸タリコハ何事ゾト問ニ西国ノ勢已ニ三方
ヨリ寄タリトテ京中上ヲ下ニ返シテ騒動ス両六波羅是ニ驚
テ地蔵堂ノ鐘ヲナラシ洛中ノ勢ヲ集メラレケレトモ京トノ勢ハ摩
耶ノ城ヨリ追立ラレテ右往左往ニ逃隠又其外ハ奉行頭人ナント
云ハレテ食ブリシタル者トモガ馬ニカキ乗ラレテ四五百騎ハセ集ル

トモ、皆タヽアキレニトエルハカリニテソ萎タル義勢ニモナリケリ。又六波羅北ノ方
左近将監仲時ハ、事ノ躰ヲ見ルニ、何様坐ナカラ敵ヲ帝都ニテ
相待事ハ、武略ノ不足ニ似タリ。洛外ニ馳向テ防ヘシトテ、両検断
隅田・高橋ニ、在京ノ武士二万余騎ヲ相副テ、今在家・作道
西八条西ノ朱雀辺ヘ差向ラル。此ハ此ノ比南風ニ雪トケテ河水岸
ニアフルル時ナレハ、桂川ヲ隔テ水戦ヲ致セトノ謀ナリ。サル程ニ赤松入
道円心三千余騎ヲ二手ニ分テ、久我縄手ノ西ノ七条ヨリ押寄
タリ。追手ノ勢ニツ桂河ノ西ノ岸ニ打莅テ、河向ナル六波羅勢ヲ
見渡セハ、鳥羽ノ秋ノ山風ニ家々ノ旗翩翻トシテ、城南離宮ノ西ノ
門ヨリ作道、四塚・羅精門ノ東西、西ノ七条口ニテ支テ、雲
霞ノ如ク充満シタリ。サレトモ此勢ハ桂川ヲ前ニシテ防トソ下知セラレケ

ツルシノ待テ河ヲハ不越寄手ハ又思ノ外大勢ナレハ思惟シテ左右ナク渉
テカヽラントモセズ只両陣互ニ河ヲ隔テヽ矢戦ニ時ヲゾ移シケル中ニモ律
師則祐馬ヲ乗放歩立ニナリ矢把解テ押クツロゲ一枚楯ノ陰ヨリ
引攻《ツメ》ミヽ散ミヽニ射ケルガ矢軍計ニテハ勝負ヲ決セン事叶フマジカリ
ト独言シテ脱置タル鎧ヲ取テ肩ニ投懸甲ノ緒ヲシメ又馬ノ腹帯ヲ
堅メサセ只一騎岸ヨリ下ニ打ヲロシテ手綱カヒクリテ渡ラントス父ノ入道
進ミ是ヲ見テ馬ヲ打寄面ニ塞テ制シケルハ昔佐々木三郎ガ藤
戸ヲ渡シ足利又太郎ガ宇治川ヲ渡シタリシハ兼テミヽヲシルシ
シ立テ案内ヲミセシカ敵ノ無勢ヲ目ニカケテ先ヲハカケシ者也
河上ノ雪消ニ水マサリテ渕瀬モミヘス大河ヲ隔テ案内モシラデ人
渡サントセハ渡サルヘキカ縦ヒ馬ヲヨクシテ渡ルコトヲ得タリトモアノ大勢ノ中エ

只ハ一騎懸入ラレハ、シヅメレズト云コトアラバ天下ノ安危モ此一戦ニ限ヘカラス暫ク命ヲ全シテ君ノ御代ヲ待ント思フ心ノナキカト再三強テ止メレハ則詰馬ノ鼻ヲ立直シ抜タル太刀ヲ收テ御方ト敵ト對揚スヘキ程ノ勢ニテダニ侍ハ我ト手ヲ不砕トモ運ヲ合戦ノ勝負ニ任テト見ケレハ御方ハ僅ニ三千余騎敵ハ是ニ百倍セリ急ニ戦ヲ決セスシテハ敵ニ無勢ノ程ヲ見スカサレナハ雖戦ト不可有利サレハ太公カ兵書ノ詞ニ兵勝之術ハ密ニ察シ敵人之機ヲ而速ニ乗テ其利ニ疾ク撃其ノ不意ツト云リ是以テ吾国ニ兵ハ敗シ敵ハ強ル陣ヲ謀ニテ候ハスヤト云捨テ駿馬ニ一鞭ヲ進メ漲テ流ル瀬枕ニ水渡シテ立テ游セタリシ見之飽間九郎左衛門伊東大輔、瓦林次郎、小寺相模、宇野能登守国頼五騎ツヾキテ乱ト打入タリ宇野ト伊東ハ馬ツヨカリケレハ一文字ニ

流シ切テ渡ス小寺相模ハサカヘリ水ニ馬ヲ游セテ甲ノ手反ハカリ僅ニ
浮テミヘケルカ浪ノ上ヲシヤ游ケン水ノ底ヲシヤクヾリケン人ヨリサキニ渡
付テ河ノ向ノ流洲ニ鐙ノ水ミシタテヽツヽ立タリケル彼等五人カ振舞ヲ
見テ尋常ノ者ナラズトヤ思ケン六波羅ノ二万余騎人馬東西ニ
辟易シテ敢テ懸合トスル者モナシ剰ヘ楯ノ端《ハ》シドロニ成テ色メキ
ワタル処ヲ見テ先懸ノ御方ヲ討タスナツヾケヤトテ信濃守範資
前守貞範ニサキニ進ハ佐用上月ノ兵トモ三千余騎一度
ニサツト打入テ馬筏ニ流シ塞カケタレハ逆水岸ニアマリ流十
方ニ分ニ元ツ渕ハ中〳〵ニ爪タニモヒチスナリニケリ三千余騎ノ兵共向ノ
岸ニ打上リ擧ノ中ニ輊セント進ニ勇タル勢ニシミテ六波羅勢叶ハシ
トヤ思ケン未戦サキニ楯ヲ捨旗ヲ引テ作道ヲ北ヘ東ヲサシテ

引モアリ前田河原ヲノホリニ法性寺大路エ落モアリ其道
二十余町カ間ニハ捨タル甲冑地ニ満テ馬蹄ノ塵ニ埋没セリ去程ニ
西ノ七条ノ手高倉少将ノ子息左衛門佐ハ小寺衣笠ノ兵共ハ
ハヤ京中エセメ入タリトミエテ大宮猪熊堀川油小路辺五十余
ケ所ニ火ヲ懸タリ又八条九条ノ間ニモ戦アリト覚エテ汗馬東西ニ
馳違時ノ声天地ヲヒヽカセリ只天ノ三災一時ニ起テ世界悉劫火ノ
為ニ焼失ストモ疑ハル京中ノ合戦ハ夜半計ノ事ナレハ目指トモシラス
暗ナ夜ニ時ノ声此彼ニ聞エテ敵ノ多少モ軍ノ立様モ見分サレハ何ヘ
ナニト向テ軍ヲスヘシトモ不覚京中ノ勢ハ先六条河原ニ馳集テ
アキレタル躰ニテ聳タリ日野中納言資名同左大弁宰相資
明二人同車シテ内裏エ参リ玉ヒタレハ四門イタツラニ閉テ警固ノ

武士ハ一人モナシ、主上南殿ニ出御成テ、誰カ候ト御尋有トモ、衛
府諸司ノ官蘭臺金馬モイヅチエカ失落行タリケン、勾當ノ内侍上
童一人ヨリ外ハ御前ニ召者ナカリケリ、資名資明二人御前ニ参
テ官軍戦弱シテ逆徒差遠テ御所中ヘモ乱入仕ルヌト覚ソ
ロ急キ三種ノ神器ヲ先立テ六波羅ヘ行幸成ルヘシト被申ケレハ
主上ヤカテ腰輿ニメサレテ二条川原ヨリ六波羅エ臨幸ナル、其
後堀川大納言、三条大納言、鷲尾中納言、坊城宰相以下
月卿雲客廿余人路次ニ参着シテ奉ル供奉ス、是聞食及テ
院法皇春宮皇后梶井二品親王ニテ皆六波羅エト御幸
志同供奉ノ雲客卿相軍勢ノ中ニ交テ警蹕ノ声頻ナレハ
是サヘ六波羅ノ仰天ニ一方ナラズ儀ニ六波羅ノ北方ヲアケテ

仙院皇后ト申ス事ノ躰遙ニカリシ有様ナリ夜ニ入ハ両六波羅ハ
七条河原ニ打立テ近付リ敵ヲ相待ル哉大勢ヲミテ敵モサ
スガアリンデヤ思ケレ只此彼ニ走散テ火ヲカケ時ノ声ヲツクルハカリ
ニテ同陣ニ盤《ヒカヘ》タリ両六波羅見之テ何様敵ハ小勢也ト覚ユルソ人
馳向テ追チラセトテ隅田高橋ニ三千余騎ヲ相副テ八条
口エ指向ラレ河野九郎左衛門尉陶山次郎ニ二千余騎ヲ人
サレソ生テ蓮華王院ニソ向ラレケル陶山河野ニ向テ申ケルハ何ト
モナキ取集勢ニ交テ軍ヲセハ整足ニトイニ成テ懸引モ自在ナ
ルマジイザ六波羅殿ヨリ指向ラレタル勢ヲハ八条河原辺ニヒカヘサセ
テ時ノ声ヲ揚サセ我ラハ手勢ヲ引勝テ蓮華王院ノ東ヨリ敵ノ
中ヘ懸入蛛手十文字ニ懸破リ弓手馬手ニ相受テ追物射ニ射

テソヒ候ハント申ケレハ河野然ヘシトテ同シテ外様ノ勢二千余騎ハ
塩小路ノ道場ノ前ニ指違エ河野カ勢三百余騎陶山カ勢百
五十騎ハ引合テ蓮花王院ノ東エ廻ケル相図ノ程ニモナリケ
レハ八条河原ノ勢時ノ声ヲ揚タルニ敵コレニ立合セント馬ヲ西頭ニ立
テ相待処ニ陶山河野四百余騎思モヨラヌ後ヨリ時ヲ同ト作
テ大勢ノ中エカケ入リ東西南北ニ懸破リテ一所ニ打ヨラセズ追立
ミミ攻戦フ河野ト陶山ト一所ニ合テハ両所ニ分レ両所ニ分レテハ
又一所ニ合七八度カ程ソ揉タリケル長途ニ疲タル歩立ノ武者ト
モ駿馬ノ兵ニ懸悩サレ討ルヽ者其数ヲシラズ手負ヲ捨道ヲ要
テ散々ニ成テ引返エ陶山河野逃ルヽ敵ニハ目モカケズ西ノ七条辺ノ
合戦モ何トアルラント心元ナキニトテ七条川原ヲスヂカヒニ西エ打テ七条

大宮ヨリ引ヘ朱雀ノ方ノ合戦ヲ見ヤリケレハ隅田高橋カ三千余騎高倉左衛門佐小寺衣笠カ二千余騎ニ懸立ラレテ引足シツ立兼タル河野見テ、カクテハ御方ウタレヌト覚ルソイサヤ打テカヽラント云ケルヲ陶山留テ申ケルハ此陣ノ軍未決セサキニカツ合テハ御方ノ助タリトモ隅田高橋カ口ノニクサハ我高名ニソ云ハン暫ク置テ事ノヤウヲ御覧セヨ敵タトヒ勝ニ乗トモ何程ノ事カ有ヘキトテ見物シテコソ居タリケレ去程ニ隅田高橋カ大勢僅ナル小勢ニ追立ラレテ返サントスレトモ不叶朱雀ヲノホリニ河野ヲサシテ引モアリ七条ヲ東ヘ京中ヘ向テ引モアリ馬ニ放タル者ハ心ナラス返合テ死モアリ陶山コレヲ見テアマリニ長事ニテ御方ヨハリヌヘシタランモ由ナシ今ハ懸合ント申セハ河野子細ニヤ及トテ両勢一手ニ

成テ敵ノ大勢ノ中エ懸入、取移シテソノ闘タル西武衛陣堅シ碎キ盾
戦ノ勇力変ニ應セシカハ寄手又、此陣ノ軍ニモ打負テ寺戸ノ西
ヘ引返ス筑前寺ノ真範律師則祐兄弟ハ始テ桂川ヲ渡シツ
ル時ノ合戦ニ進ル敵ヲ追テツクリ御方ノナキヲモ不知只主従六
騎ニテ竹田ノホリニ法性寺大路ヘカケトホリテ六条川原ヘ打出
テ六波羅ノ西門前ニヒカヘツツ御方有ハ直ニ六波羅ノ館エ懸
入ラムトソ待タリケル東寺ヨリ寄ツル御方ハヤ戦負テ引返シ
ケリト覚テ東西南北ニ敵ヨリ外ハナカリケリサラハ且ツ敵ニ紛テヤ
御方ヲ待シトテ六騎ノ人ミナ笠符シカナグリ捨テ一所ニ引ヘテ隠ル處
ニ隅田高橋打廻テ何様赤松カ勢共ハ猶御方ニ一キレテ此
中ニ有リト覚ルソ河ヲ渡シツル敵ナレハ馬物具ノヌレヌハ有ヘカラス其

シヽルヽニメ組討ニウチテ死スル間、貞範モ則祐モ中々敵ニヽキレントせハ
アレカリナント思テ兄弟六騎轡ヲ並テドツトヲメイテ敵二千余騎カ中
ヘ颯ト懸入、此ニ名乗彼ニ紛テ相戦フ、敵此程ニ小勢ナルベシトハ、
思寄ベキ事ナラ子ハ、父乱テドシ討ヲスル事数刻ナリ、大敵ヲ謀勢
不久ハ郎等四騎皆処々ニテ討レヌ、筑前守ハ懸ヘダテラレヌ、則
祐只一騎ニ成テ七条ヲ西ヘ大宮ヲ下リニ落行ケル処ニ、郎具尾張
守ノ郎等八騎追懸テ、敵ナカラモヤサシク覚ソロ物哉、誰人ニテシ
ハスルゾ、御名乗候エト問ケレハ、則祐馬ヲ閑ニ打テ、身不肖ニ候ヘハ名乗
申トモ御存知有ヘカラス、候ハ只頸ヲ取テ人ニ見セラレ候ヘト云テ、ニ敵
近付ハ返合セ、敵引ハ馬ヲ歩セ、廿余町カ間、敵八騎カ中ニ打ツレテ天
心閑ニソ落行ケル、西八条ノ寺ノ前ヲ南エ打出ケレハ、信濃守範

濱筑前守貞範三百余騎羅城門ノ前ナル水ノ湾ニ馬ノ足
ヒヤシ敗軍ノ兵ヲ集ントテ旗打立テヒカヘタリ則祐見テ諸鐙ヲ合
テ馳入ケレハ追カケツル八騎ノ敵共ヨキ敵トミツル物ヲ遂ニ討漏シ
スル安カラスサヨト云声々ヘテ馬ノ鼻ヲ引返シケル且ソアレハ七
条川原西ノ朱雀ニテ懸散サレタル兵トモ比彼ヨリ馳集テ又三
千余騎ニ成ニケリ赤松其ノ兵ヲ東西ノ小路ヨリスヽセテ七条辺
ニテ又時ノ声ヲ揚タリケレハ六波羅勢六千余騎六条院ヲ後ニア
テヽ追ツ返シツ二時ハカリソセメ合タルカクテハ軍ノ勝負何アルヘキトモ覚
サリケル処ニ河野ト陶山ト勢五百余騎大宮ヲ下ニ打テ後ロヲ裹
シト廻リケル勢ニ後陣ヲ破ラレテ寄手若干《ソコハク》討レニケレハ赤松僅ノ小
勢ニ成テ山崎ヲ指テ引返ス河野陶山勝ニ乗リ作リ道ノ辺ニテ

追懸ケル丸赤板動取返トスル勢ヲミニテ軍ハ此ニテゾサノミニ長追
セサツトテ人島羽殿ノ前ヨリ引返シ虜廿余人頸七十三捕テ鋒ニ貫
テ緋ニ成テ六波羅ヘ馳参ル主上ハ御簾ヲ巻テ叡覧アリ而
六波羅ハ数度ニ坐シテ検知セラル両人ノ振舞何モノ事ナレトモ殊
更今夜ノ合戦ニ高名手ヲ下シ命ヲ捨テシズハ叶ニジトコソ覚ツレトテ
弄三御感有テ賞翫セラル其夜ヤカテ臨時ノ宣下有テ浦
野九郎対馬守ニ成サレテ御剣ヲ下サレ陶山次郎ヲハ備中守ニ
成サレテ寮ノ御馬ヲ下サレケレハ是ヲ聞見武士トモアハレ弓矢ノ
面目ヤ我モハシラヤニ我精テ其名天下ニ知レタリ軍敵テ翌
日隅田高橋京中ヲ馳テ此彼ノ堀溝ニ倒居タル手負死人ノ頸
上ヲ取集テ六条河原ニ掛双タルニ其数八百七十三アリ敵コレ一

テ多ク討レザレドモ軍モセズ六波羅勢トモ我高名シタリト云ハント
テ在家人ノ頸共ヲカリ頸ニシテサマ〳〵ノ名ヲ書付テ出シタリケル
頸共ナリ其中ニ赤松入道円心ト札ヲ付タル頸五アリ何モ見知タ
ル人ナカリケレハ同シヤウニソ掛タリケル京童部是ヲ見テ頸ヲ借タ
ル人利子《リコ》ヲ付テ返スヘシ赤松入道分身シテ敵ノツキヌ相ナルヘシト
口〻ニコソ笑ケレ

山崎合戦ノ事

此比四海大ニ乱テ兵火天ヲ掠メリ聖主ニ宸《キ》ヲ奠《ナ》春秋安時ナ
ク武臣牙ヲ建テ旌旗閑ナル日ナシ以法威逆臣ヲシヅメズハ静
謐ノ其期アルヘカラズトテ諸寺諸山ニ仰テ大法秘法ヲソ被修ケル
梶井ノ二品親王ハ聖主ノ連枝山門ノ座主ニテマシ〳〵ケレハ禁裏ニ壇

揃テ佛眼ノ法ヲ行セ王フ仙洞ニテハ裏辻ノ慈什僧正壇ヲ立テ薬師ノ法ヲソ行レケル武家又山門南都園城寺ノ衆徒ノ心ヲ取テ冥鑑加護ヲソ仰シタメニ所々ノ庄園ヲ寄進シ種々ノ神宝ヲ奉テ祈祷セラレシカドモ積悪禍ヲ招ニカハ祈トモ神不受非礼ニ語ヘトモ人不耽欲ニケルニヤ只追日国々ヨリ急ヲ告コトヒマナシ去三月十二日ノ合戦ニ赤松小勢ニ打成レテ山崎ヲ指テ落行シヲヤカテ追懸テ討手ヲ下シタラハ敵足ヲタメムマジカリシヲ今ハ何事カ可有トテ油断セラレシニヨリ敗軍ノ兵又此彼ヨリ馳集テ程ナク大勢ニ成ケレハ赤松入道中院中将貞能ヲ取立テ聖護院ノ宮ト号シ山崎八幡ニ陣ヲ取川尻ヲ指塞西国往反ノ道ヲ打止依テ洛中ノ商買不通テ士卒皆轉漕ノ助ニ苦メリ西六波羅聞テ此ヲ赤松

一人ニ洛中ヲ悩ニサレテ今ニテ士卒ヲ苦ル事コソ安カラネ去十二
日合戦ノ様ヲ見ルニ敵ヲ辺境ノ間ニ閣コソ武家後代ノ恥辱
ナレ所詮於今度ニ者官軍ニ遂テ敵陣ニ押寄八幡山崎ノ
両陣ヲ攻落シ攻落ニ賊徒ヲ川ニ追ハメ其首ヲトリ六条川
原ニ可曝ト下知セラレケレハ四十八ケ所ノ篝并ニ在京人其勢
五千余騎五条河原ニ勢ソロヘシテ三月十五日卯刻ニ山崎ヘ
トソ向ケル此勢ヲシメハ二手ニ分タリケルヲ久我縄手ハ路細ソ深田
ナレハ馬ノカケヒキモ自在ナルマシトテ八条ヨリ一手ニナリ桂川ヲ打渡
リ川崎ノ南ヲ経テ鶏目大原野ノ前ヨリ寄タリケリ赤松入道
聞テ三千余騎ヲ三手ニ分ツ一手ニハ足軽ノ射手ヲソロヘテ五百
余騎小塩山エトウス一手ニハ野伏ニ騎馬ノ兵ヲ交テ千余人狐

川ノ辺ニヒカヘサス、下手ニハヒシタスラ打物ノ衆ハ百余騎シツロヘテ向ノ明
神ノ後ナル松原ノ陰ニ隠レケル六波羅ノ勢敵此ニテ出合ヘシトハ
不思依ソソロニ深入シテ寺戸ノ在家ニ火ヲカケ先懸已ニ向ノ明神ノ
前ヲ打過ケル処ニ吾峯岩蔵ノ上ヨリ足軽ノ射手トモ一枚楯
シヽ手ヒニ提ケテ麓ニシリ下テ散〻ニ射ル寄手ノ兵トモ見テ馬ノ
鼻ヲ双テ懸キラサントスレハ山峻シテ上エス麓ニ敵ヲ帯キ出エ
討ントスレハ敵コレヲ心エテ不懸ヨレヤ人ニハカ〳〵シカラス又野伏トモニ
目ヲカケテ骨ヲ折テハ何カセン此ヲハ打捨テ山崎ヘ打通レト
議シテ西ノ岳ノ前ヲ南ヘ打過ケル処ヲ西ノ岳ノ坊未左衛門五
十騎ハカリノ勢ニテ思モヨラス又向ノ明神ノ小松原ヨリ懸出テ大
勢ノ中エ切テ入敵小勢ト云ナツサリテ中ニ此ヲ取籠テアヘサシト戦ヲ

敵ノ中ヘ小寺・小林・神澤ノ兵共此彼ヨリ百騎二百騎待懸々々出テ魚鱗ニスヽミ鶴翼ニ圍ミトス見ヘシ桂川ニヒカヘタル勢五百余騎六波羅勢ノ跡ヲキラント縄手ヲ傳ヒ道ヲ要テ打廻ケルヲ見テ京勢叶ハシトヤ思ケン捨鞭ヲ打テ引返ス半時ハカリノ合戦ナリケレハ京勢多ク討レタル事ナケレトモ堀溝深田ニ落入テ馬物具ミナ取所モナクヨゴレタレハ白晝ニ京中ヲ打通ル見物ニケル人コトニアハレ去トモ陶山河野シタニモ向ラレタラハ此程ニキタナキ負ハセジ物ヲト笑ハヌ人コソナカリケレ京勢此度打負テ向ハテ京ニ残サレタル河野ト陶山ト手柄ノ程イトヽ名高ク成ニケリ

△山徒寄京都事

京都ニ合戦始テ官軍動ハ利ヲ失フ由其聞ヘ有ニカハ大塔宮

ヨリ牒使立山門衆徒語依三月廿六日
一山衆徒大講堂庭會合僉議夫吾山為
七社應化之霊地作百王鎮護之藩籬高祖大師卜開
基之始止觀窓前雖弄天真獨明之夜月慈恵僧正
為貫頂之後忍辱衣上帯魔障降伏之秋霜自介
以来妖孽見天則振法威而攘之逆暴乱国則
借神力而退之肆神号山王須有非三非二之深理矣山
言比叡所以佛法王法之相比也而今四海方乱一人不安
武臣積悪之餘果天將下誅其先非無實悉共所世知
也王事毋監釋門借使雖為出塵之徒此時奈何無盡報
国之恩早翻武家合躰之前非宜専朝廷扶危之中勝

ト僉議シケレハ三千一同シテ院宣ニ一揆キシテ即武家追討ノ企
ノ外ハ他事ナシ山門已ニ来廿八日六波羅ヘ寄ヘシト定ケレハ末寺
末社ノ輩ハ不及申所縁ニ随テ近国ノ兵トモハせ集テ雲霞ノ
如ナリ廿七日大宮ノ御前ニテ着到ヲ付タリケルニ其勢十万六
千余騎ト註セリ大衆ノ習ヒ元来大様極ナキ所在ナレハ此勢ニ
テ京ヘ寄タランニ六波羅ヨモ一タマリモタマラジ聞落ニコソセンズラメト思ヒ
侮テ八幡山崎ノ御方ニモ牒シ合セス廿八日卯ノ刻ニ法勝寺ニテ勢
汰アルヘシト觸タリケレハ物ノ具シモセズ兵粮シモイマダツカハズ或ハ西坂本ヨ
リシリ下ル六波羅ヤカテ此事ヲ聞テ思フニ山徒縦ヒ大勢ナリト云トモ
歩立ニ力疲レ重鎧ニ肩シヒカレテ片時向ニツタビルヘシ是以小ヲ擬ナ大ツ
以テ弱ヲ拉ツ剛ノ質キタリト相謀テ七千余騎ヲ七手ニ分テ三条河原ノ

東西陣ニ取テノ待カケタル大衆ナニルヘシトハ思モヨラズ我前ニ京ヘ入テヨカランスル宿ヲモ取テ其ハ財宝ヲモ管領セント志シテ宿札共ヲ西ヒニ二三十ツヽモタセテ六ツ法勝寺ヘトソ集リケル其勢ヲ見渡セハ今路西坂ヤ上ヨ藪里下松赤山口ニ支テ前陣已ニ法勝寺真如堂ニツケハ後陣ハ未タ山上坂本ニ充満セリ甲冑ニ映セル朝日ハ電光ノ激スルニ不異旌旗ヲ靡ス山風ハ龍蛇ノ動ニ相似タリ山上ト洛中ノ勢ノ多少ヲ見合スルニ武家ノ勢ハ十ニシテ其一ニモ不及バケニモ此勢ニテハ輙コソト六波羅ヲ見下シケル山法師ノ程ヲ思ヘハ大様ナカラモ理ナリ前陣ノ大衆且法勝寺ニ付テ後陣ノ勢ヲ待ケル處ニ六波羅ノ勢七千余騎三方ヨリ押寄テ時ヲトツト作ル大衆時ノ声ニ驚テ物ノ具ヨ太刀ヨ長刀ヨトヒシメイテ取物モ

取敵《ス》千余人ニテ法勝寺西門前ニ出合ヒ近付敵ニ接《ア》カヽル武士等手ヨリ巧ナル事ナレハ敵ノカヽル時ハ馬ヲ引カヘシテハツトヒキ敵弱バ闘合テ後エカケ廻ル事既六七度カ程カケナヤマシタル間山徒ミナ歩立ナシ上重鎧ニ着ソヽサレテ次才ニ疲タル時ニゾ見ヘタリケル武士見之利ヲ得射手シソロヘテ散々ニ射大衆此ニ射立ラレテ度ミノ合戦ハ叶ハジトヤ思ケン又法勝寺ヘ引籠ラントシケル処ヲ丹波国ノ住人佐治孫五郎ト云ケル兵西門ノ前ニ馬ヲ横タエ其比曾テ有リシ五尺三寸ノ太刀ヲモテ敵三人カケズドウ切テ太刀ノサキノソリタルヲ門ノ扉《トビラ》ニアテヽ推ナヲシテ猶敵ヲ相待テ西頭ニ弓シテ引ヘタル山徒見之ヲ其勢ニヤ辟易シケン又法勝寺ニモ敵有トヤ思ケン法勝寺ヘハ入エズ西門ノ前ヲ北エ向テ真如堂ノ前神楽岳ノ後ヲ二手ニ分テタヽ山上ヘ

ノミツ引返シケル処ニ東塔南谷善智坊同宿ニ豪鑒豪仙ト
テ三塔名誉ノ悪僧アリ御方ノ大勢ニ引立ラレテ心ナラズ小白川
ヲサシテ引ケルカ豪鑒豪仙ノ呼番軍ノ習トシテ勝時モアリ
負時モアリ時ノ運ニヨル事ナレハ恥ニテ恥ナラス雖然今日合戦ノ
躰山門ノ恥辱天下ノ嘲哢タルヘシイサヤ御辺返合テ討死シ二人命
ヲ捨テ三塔ノ恥ヲ雪カント申ケレハ豪仙云ニヤ及フ尤庶幾スル処ナ
リトテ二人踏留テ法勝寺北門ノ前ニ立双テ大音声ヲ揚テ名
乗ケルハ是程ニ引立タル大勢ノ中ヨリ只二人返合ルヲ以テ三塔一ノ
剛ノ者トハ知ヘシ其名ヲハ定テ聞及スラン善智坊同宿ニ豪鑒豪
仙トテ一山ニ名ヲ知レタル者トモ也我ト思ハン武士トモヨシヤ打物ニテ自
余ノ軍ニ見物セサセント云マヽニ四尺八寸ノ大長刀水車ニ廻テ躍懸ニ火ヲ

散テソ切タリケル此ヲ討捕ント相近付ケル武士トモ多ク馬足ヲナカレ甲ノ鉢ヲ破レテ討レニケリ彼等二人此ニ半時ハカリ支テタヽカヒケレトモツヽク大衆一人モナシ敵雨ノ降カ如ク射ケル矢ニ二人ナカラ十余ケ所疵ヲ被リケレハ今ハ所存此ニテソイサヤ冥途ニテ同道申サントテ鎧脱捨テシミハダヌキ腹十文字ニカキ切テ同枕ニソ臥タリケル是ヲミケル武士共アハレ日本一剛ノ者共哉ト惜マヌ人コソナカリケレ前陣軍破テ引返ニケレハ後陣ノ大勢ハ軍場ヲダニモミズシテ道ヨリ山門ヘ引返ス只豪鑒豪仙二人カ振舞ニコソ尚モ山門ノ名ヲハ揚タリケレ、

四月三日合戦事、

去月十二日赤松カ合戦利無シテ引返ニ後ハ武家常ニ勝ニ乗テ、

敵シ誅コト數千人也トイエトモ四海未タ静カナラス、剰エ又山門猶
武家ニ敵シテ大嶽ニ篝火ヲ焼キ坂本ニ勢ヲ集テ尚モ六波羅
エ寄ベシト聞ケレハ衆徒ノ心ヲ取ン為ニ武家ヨリ大庄十三ケ
所山門ヘ寄進ス、宗トノ衆徒ニ便宜ノ地ヲ一二ケ所宛祈祷
ノ為トテ恩賞ニソ行レケル、サテコソ山門ノ衆儀心々ニ成テ又武
家ニ心ヲ寄衆徒モ多ク出キニケレハ、八幡山崎ノ官軍ハ先ノ京
都ノ合戦ニ或ハ討レ或ハ疵ヲ被ル者多カリケレハ其勢大半減
シテ今ハ一万騎ニモタラサリケリ、サレトモ武家ノ軍ニ京都ノ形
勢ヲ察ルニハ不足ト見スカシテケレハ七千余騎ヲ二手ニ分テ四月三日ノ
卯ノ刻ニ又京ヘ押寄タリ、其一方ニハ殿法印良忠、中院中将良
定ヲ両大将トシテ、伊東、松田、頓宮、富田判官カ一黨等其

木葛素ノアブレ者トモヲ射手ニ成テ其勢都合三千余騎伏見
木幡ニ火ヲ懸テ鳥羽竹田ヨリ押寄スル一方ニハ赤松入道円
心ヲ始トシテ宇野柏原佐用間嶋得平衣笠菅家ノ一
黨都合其勢三千五百余騎川嶋桂里ニ火ヲ懸テ西ノ
七条ヨリゾ寄タリケル両六波羅度々ノ合戦ニ打勝テ兵皆
氣ヲ揚タル上其勢ヲ算ルニ三万騎ニ余リケル間敵已ニ近付
ヌト告レトモ仰天ノ氣色モナシ六条河原ニ勢ソロエシテ閑ニ手分
ヲシソセラレケル山門今ハ武家ニ志ヲ通スト云ヘトモ又何カ野心ヲカ存
スラン油断スヘキニアラストテ佐々木判官時信常陸前司時朝
長井縫殿秀正ニ三千余騎ヲ指副テタヽス川原ヘ指向ラル去月廿
三日ノ合戦ニモ其方ヨリ勝タリシカハ吉例ナリトテ河野ト陶山トニ、

五千余騎ヲ指副テ法勝寺大路ヘ指向ラル冨樫林一族嶋津
小早河両勢ハ国ニシ兵六千余騎相副テ西ノ七条口ヘ向ラル自
余ノ兵千余騎ヲハ荒手ノ為ニ残サレテイタリ六波羅ニ並居タ
リ其日ノ巳ノ刻ヨリ三方ノ両陣同時ニ軍始テ入替ミニ攻戦フ
寄手ハ騎馬ノ兵少シテ歩立ノ射手多ケレハ小路〻〻ヨリ立
塞鏃ヲソロヘテ散々ニ射ル六波羅勢ハ歩立ハ少シテ騎馬ノ
兵多ケレハ懸違ヘ敵ヲ中ニコメントス孫氏カ千変謀呉子カ八陣ノ
法互ニ知タル道ナレハ共ニ敗ラレス囲レス只命ヲ涯ノ戦ニテ更ニ勝負
モナカリケリ終日相戦テ日既ニ夕陽ニ及ケル時河野ト陶山ト一手ニ
成テ三百余騎轡ヲ双テ懸ケルニ木幡ノ寄手足モタメス
懸立ラレテ宇治路ヲサシテ引退ク陶山河野逃ル敵ヲハ打捨テ

竹田河原ヲ遠ニ鳥羽殿ノ北ノ門ヲ打廻リ作道ヘ懸出テ東寺ノ
前ニ寄手ヲ取籠ントス作道十八町ニ充満シタル寄手見之
叶ハジトヤ思ケン羅城門ノ西ヲ横切ニ寺戸ヲ指テ引返ス小早
川ト嶋津安藝前司トハ東寺ノ敵ニ向テ追ツ返ツ戦ケルカ
已カ陣ノ敵ヲ河野ト陶山トニ拂レテ方ノ負シツル事無念ニ覚ケ
レハ西ノ七条ヘ寄ツル敵ニ逢テ吾ノ花一軍セント思テ西八条ヨリ
上リニ西ノ朱雀ヘ出タリケルニコヽニハ赤松入道究竟ノ兵ヲ勝テ三
千余騎ニテヒカヘタリケレハサウナク破ルヘキ様モナカリケリサレトモ嶋津
小早川カ横合ニカヽリケルヲ見テ戦ツカレタル六波羅勢力ヲエテ三
方ヨリシメイテ攻合セケル間赤松カ勢忽ニ開靡三所ニ堅テ引カヘタリ
爰ニ赤松カ勢ノ中ヨリ只三人進ンテ敵ノ数千騎ヒカヘタル中ヘ是非

ナリ。斯テカヽル兵アリ其ノ勢決然トメ恰樊噲項羽カ忿レル形ニモ
スキタリ相近付ニ随テカ是ヲミケレハ長七尺計ナル男ノ髭両方ヘ生
分テニシリ逆ニ避タルカ鎌ノ上ニ鎧ヲ重テ着大タテアケノ臑当ニ膝
鎧カケテ龍頭ノ冑ヲ猪頸ニキナシ五尺アマリノ太刀ヲハキ八尺余ノ金
サイ棒ノ八角ナルヲ手ノ本二尺ハカリ丸メテ誠ニ軽ケニ提タリ数千
騎ニカヘタル六波羅勢彼ノ三人カ有様ヲミテイニタニ戦ハサル先ニ
三方ヘ分レテ引退敵ヲ招キテ彼ノ三人大音声ヲ揚テ名乗ケル
ハ備前国住人頓宮又次郎入道カ子息孫三郎田中藤九郎
盛兼同舎弟孫九郎盛泰ト云者之我等父子兄弟少年ノ昔
ヨリ勅勘武敵ノ身ト成シヨリ山賊海賊ヲ業トシテ一生ヲ楽メリ
而今幸ニ此乱出来テ忝モ万乗ノ君ノ御方ニ参ス而ルニ先度ノ合

戦ヲ指タル軍モセテ吾ノ負シヽタリシコト哉ホカ恥ト存スル間今日ニシ
イテハ縦御方負テ引トモ引マシ敵強リトモソレニヨルマシ敵ノ中シ
分テ通リ六波羅殿ニ對面申サント存スル也ト廣言吐テ二王立ニシ並
タリケル嶋津安藝前司此ヲ聞テ子息二人手ノ者共ニ向テ申ケルハ今日
未ニ満関東ヒ西国ノ大力トハ此也ト覚ル彼ホシ討シコト大勢ニテハ叶マシ中々
御辺達ハ暫ク引ツニヒカヘテ自餘ノ敵ニ戦ヘシ我等父子三人相近
付テ進ツ退ツ直ノ悩シタラシニテドカ是ヲ討ザラン縦ヒ力コソツヨソト云身ニ
矢ノタヽヌコトアルヘカラス縦ヒ走事早トモ馬ニハヨモ追ツカシ多年秘育
古犬笠懸今ノ用ニタヽスハイツシカ期スヘキイテヽ不思議ノ一軍シテ
人ニミセント云テ只三騎打挟テ五人ノ敵ニ相近付田中藤九郎
是ヲ見テ其名ハシラ子トモ猛リモ思ヘル志哉同ハ御辺ツ勇ヲ御

方ニ成テ章セサセトアザ笑テ件ノ金サイバウシノ打振テ閑ニ歩ミ近
付タリ。島津モ言ヨシミヅクト歩セヨセテ矢コロスグル程ニ成ケレハ、宴
藝前司三人バカリニ十二束三伏ニバニ堅テチヤウト放。其ノ矢アヤマタ
ズ甲中カ右ノキワサキシ甲ノ菱縫ノ板ヘカケテ篦中計射通シタリ
矢間泉所ノ痛手ニヨハリテサシモノ大刀ナレトモ目クレテ更ニ進ミエズ。舎
弟孫九郎走ヨリテ其ノ矢ヲ抜テ打捨。君ノ御敵ハ六波羅也。兄ノ敵ハ
御邊ナリ。アニスヘシキ物シト云儘ニ兄カ持タル金サイ棒シテ取テ打振テ
懸レハ、嫡宗三郎入道子息孫三郎各五尺二寸ノ大刀ヲ引側ミ小躍シ
テミツヽイタリ。島津元ヨリ物セタルウエ、馬ノ上ノ達者、矢次ハヤノ手キヽ
セシハ奇ノミモサハカズ甲中カ進テ懸レハ、相鞭シテ打テシレモチリニハタト射ル。甲中
馬手ヘニハレハ弓ノ本ヲ越テ打ト射ル。西國名誉ノ打物ノ上手、北國

毎双ノ馬上ノ達者ト追返シカケテカヘ人交モセズ戦ケルハ前代未聞ノ
見物也去程ニ鳥津カ矢種モ尽テ打物ニナラントシケルヲ見テカ
クテハ叶ハジトヤ思ケン栄雀ノ地蔵堂ヨリ北ニヒカヘタル小早河百五
十騎ニテヒシメイテ懸ケルニ田中カ後ナル勢ハバツト引退ケル間田中兄弟
父子四人鐘ノスキ一ニ内甲ニ各矢三筋四筋射タテラレテ太刀ヲ逆
ツイテ皆立ズクミニゾ死タリケル見ル人聞ル人後ニデモ惜ヌ者ハナカリケリ美
作国住人菅家ノ一族三百余騎ニテ四条猪熊ニテ攻入リ武田兵
庫助・糟谷・高橋也千余騎ノ勢ト懸合テ時移ニテ闘ケルカ御
方ノ引退ヌル躰ヲミテ元ヨリヒカジトヤ思ケン又向フ敵ニ後ヲ見セジトヤ
思ケン有元菅四郎佐弘同五郎佐光同又三郎佐吉兄弟三
騎近付敵ニ馳並ヘ引組テ臥タリ佐弘ハ今朝ノ軍ニ膝ノ口ヲ切レテ

カヨハリタリケルニヤ武田七郎ニ押テ頸ヲカヽル依光ハ武田次郎ヲ押
テ頸ヲカヽリケル依吉ハ武田ヵ郎等ト差違テ共ニ死ニケリ敵二人モ共ニ
兄弟ナリ也御方二人モ共ニ兄弟ナレハ死残テハ何ヵセンイザヤ共ニ勝負
セントテ依光ト武田七郎ト持タル頸ヲ西方ヘ投捨テ又引組テ差違ヘ
見之福光彦次郎依長殖月彦五郎重依原田彦三郎依
秀鷹取彦次郎種依同時ニ引シ返シテムズト組テハドウト落テハ
引組テハ差違ヘヽ廿七人ノ者共一所ニテ皆討レケレハ其陣ノ軍ハ破ケ
リ播磨國住人妻鹿孫三郎長宗ト申ハ薩摩ノ氏長カ末
ニテ力人ニスクレ器量世ニコエタリ生年十二ノ春ノ比ヨリ好テ相撲
ヲ取ケルニ日本六十余州ノ中ニハ遂ニ片手ニモカヽル者ナカリケリ人
ハ類シムステ集ル習ナレハ相伴一族十七人皆尋常ノ人ニハ越タリ

サレハ他人ノ手ヲ不交ヘシテ一陣ニ進ミ六条坊門大宮ニテ攻入タリケル
カ東寺前田ヨリ勝軍シテ帰ケル六波羅勢三千余騎ニ取巻レ、
十六人ハ討レ孫三郎一人ソ残タリケル活甲斐ナキ命ナレトモ君御大
事コレニ限マジ一人ナリトモ活残テ後ノ御用ニコソ立ヌト独言シテ只一
騎西ノ朱雀ヲ差テ引ケルヲ印具駿河守ノ勢五十余騎ニテ追
懸タリ其中ニ年ノ程廿ハカリナル若武者一騎馳寄テ引テ組ント妻
鹿孫三郎ニ組ト鎧ノ袖ニ取付ケル処ヲ孫三郎長肘ヲ指延
テ鎧ノ総角ヲ摑テ中ニ提ケ三町ハカリソ歩ケル此武者然ヘキ
者ノ子ニテヤ有ケレアレ討スナトテ五十余騎アトニ付テ追懸ケルヲ妻
鹿尻目ニハタト睨テ敵ニヨルソノ一騎ナレハトテ我ニ近付マシヤ一ケ斗スナ
スハコレ取セン請取レトテ左ニ提タル鎧武者ヲ右ノ手ニ取ワタシテエイト投《ナケ》

タリサレハ跳ル敵大勢カ上ヲ投《ナケ》コシテ深田ノ深泥ニミエヌ程コソ打コウダレ見テ五十余騎ノ者共同時ニヲメイテ引返シ一足ヲ出シテソ逃タリケル赤松入道ハ殊更今日ノ軍ニ憑切タル一族トモ許ニ二テ八百余騎討レテケレハ氣疲力落ハテヽ八幡山崎ヘ又引返ス

千種頭中将忠顕合戦事

京都数ケ度ノ合戦ニ官軍度毎ニ打負テ八幡山崎ノ陣モ小勢ニ成ヌト聞ヘケレハ主上天下ノ安危何《イカヽ》有ランズラント宸襟ヲ悩サル御船上ノ皇居ニ壇ヲ立ラレテ天子ミツカラ金輪法ヲ行セ給フ其七ケ日ニ當リケル夜三光天子光ヲ双テ壇上ニ現シ玉ヒケレハ御願忽ニ成就シヌト馮敷ソ思食ケルサラハヤカテ大将ヲ指上セ赤松ニカヲ合セ六波羅ヲ攻ラルヘシトテ六条少将忠顕朝臣ヲ頭中

将ニ成ニ、山陽山陰両道ノ兵ヲ大将トシテ京都ヘ差向ラル其勢、
伯耆国ヲ立シニテハ僅ニ千余騎ト雲ヘシカ因幡伯耆出雲美作
但馬丹波若狭ノ勢馳加テ程ナク廿万七千余騎ニ及ヘリ又才
六ノ若宮ハ元弘ノ乱ノ初武家ニ囚サセ玉ヒテ但馬国エ流レサセ、
玉ヒタリシヲ其国ノ守護太田三郎左衛門尉取立ニツリテ近国
ノ勢ヲ相催シ丹波ノ篠村ヘ参會ス大将ノ中将不斜喜テ御
錦ノ御旗ヲ立テ此宮ヲ上将軍ト仰キ奉リ軍勢催促ノ令旨
ヲ成下サル四月二日宮篠村ヲ御立有テ西山ノ峯ノ堂ヲ御
陣ニ召ル相順フ軍勢二十万余騎谷堂峯堂葉室衣笠万
石大路松尾桂ニ居余リテ半ハ野宿ニ充満タリ殿法印良忠ハ
八幡ニ陣ヲトル赤松入道円心ハ山崎ニ陣ヲ張リ彼ノ陣ト千種殿ノ

陣ト相去コト僅ニ五十余町カ程ナレハ方ニ蹀合テコソ京エ寄ラルヘカリ
シニ千種ノ中将我勢ノ多メシヤ憑レケル又独高名ニセントヤ思レケン、
潜日ヲ定テ四月八日卯ノ刻ニ六波羅エソ寄セケル今日ハ佛生日ニ
テ心アルモ心ナキモ灌佛ノ水ニ心ヲスマシ供華ノ香ニ經ヲ翻シテ捨悪
修善ヲ事トスル習ナルニ時日コソ多カルニ斎日ニシモ合戦ヲ始テ天
魔波旬ノ道ヲ学ハル条心得カタシト人ヽ舌ヲヒルカヘセリ、御方士卒
源平互ニマシハレリ笠符ナクハドシ討モ出来ヘシトテ人白綃ヲ人
一尺充ニ切テ風ト云文字ヲ書テ鎧ノ袖ニソ付サセラレケル此ハ孔子ノ
言ニ君子ノ徳ハ風ナリ小人ノ徳ハ草也風ヲ草ニ加ルニ必不靡カト云心
ナルヘシ六波羅ニハ敵ヲ西ニ待ケル故ニ三条ヨリ九条マテ大宮面ニ屏
ヲヌリ櫓ヲカイテ射手ヲアケ小路ヽヽニ兵ヲ千騎二千騎ヒカエサセテ

魚鱗ニ進ミ鶴翼ニ圍ムヤウシテ謀ケル寄手ノ大将ハ誰ソト問ニ前帝
第六ノ若宮副将軍ハ千種頭中将忠顕朝臣ト答ヘケレハサテハ寧ノ
戚聡ニソカラス源ハ同シ流ナリトイヘトモ淮南ノ橘ハ淮北ニ移セテ枳トナル
習世ヲ弓馬ノ道ヲ守ル武家ノ輩ト風月ノ戈ヲ事トスル朝廷ノ臣ト闘ヲ決
シミ武家不勝トイフ事有ヘカラスト各勇ミ進テ七千余騎大宮面ニ打ノ
寄テ寄手ノ遅シト待懸タリ去程ニ忠顕朝臣神祇官ノ前ニヒカエ
テ其勢ヲ分テ上ハ大舎人ヨリ下ハ七条ニテ小路コトニ千余騎充シテ
指向テ攻ラル武士ハ要害ヲ搆テ射手ヲ面ニ立テ馬武者ヲ後ニ並
タレハ敵ノ疲ム処ヲココテカケ出シ追立ル官軍ハ二重三重ニ蒐ル
手ヲ立タレハ一陣引ハ二陣ハ入替二陣負レハ三陣入替テ人馬ニ息
ヲ継セ煙塵天ヲ掠テ攻闘フ官軍モ武士モ諸共ニ依テ義ニ命ヲ

軽シ惜テ名ヲ死ヲ争御方ヲ助テ追付ハ有レトモ敵ニ合テ追ハナカリ
ケリカソテハイツ勝負アルヘシトモミエサリケル処ニ但馬丹波ノ勢モ中ヨ
リ兼テ京中ニ忍テ人ヲ入置タリケル間此彼ニ火ヲカケタリ時節辻
風ハケシクソ吹テ猛烟後ニ立覆ニケル間一陣ニ支タル武士トモ大宮面ヲ
引退テ尚京中ニヒカヘタリ六波羅ニシ雲テヨハカラム方ヘ向シトテ用
意ニ残シ置タル佐々木判官隅田高橋南部下山河野陶山富
樫小早河五千余騎ヲ指副テ一条二条口ヘサシムケラル此ノ荒手ニ
駈合テ但馬ノ守護大田三郎左衛門尉討レニケレハ手ノ者トモ三百
余人一所ニ討死シテ二条ノ寄手ハ破ニケリ

朝忠高徳行路事、

丹波国住人荻野彦六ト足立三郎ハ五百余騎ニテ四条油小路

ニテ攻入タリケルヲ備前国住人薬師寺八郎中吉十郎丹児玉
ガ勢七百余騎相支テ戦ケルガ二条ノ手破レヌト見テゲレハ萩野
モ朝山モ諸共ニ方ノ負シテ引返ス金持三郎七百余騎七条東
洞院ニテ攻入タリケルガ深手負テ引カ子タリケルヲ播磨住人肥塚
ガ一族二百余人ガ中ニ取籠出ニ援テ虜テケリ丹波国神池
ノ衆徒ハ八十余騎ニテ五条西洞院ニテ攻入御方ノ引ヲモ
シテゾ戦ケルヲ備中国住人庄三郎眞壁四郎三百余騎ニテ取
コメ一人モアマサズ討テゲリ方々ノ寄手或ハ討レ或ハ破レテ皆桂河ノ
邊ニテ引タリケレトモ名和次郎ト小島備後三郎トガ向ヒタリケル一
條ノ寄手ハイマダヒカズ懸返時ヲ移ニテ戦タリ防ツハ陶山ト河野
ニテ攻ルハ名和ト小島ト也小島ト河野トハ一族ニテ名和ト陶山トハ知人

ナリ日来ノ詞ヲヤ恥タリケン後ノ難ヲヤ思ケン死ナハヤツ勝ストモ迯テ名ヲハ失ハシトテ互ニ命ヲ惜マスヲメキ叫テソ戦ヒケル、

内野合戦敗北事、

大将頭中将春顕朝臣ハ内野ニテ引ヘタリケルカ一条ノ手尚相支ヘ戦未ダ半也ト聞シカハ又神祇官ノ前ヘ引返テ使ヲ立小島ト名和トヲ引返《キ》ヘサル彼等二人ハ陶山ト河野トニ向テ今日ハ已ニ日暮ヌ後日ニコソ見参ニモ入メト色代シテ両陣共ニ引別各東西ヘ去ニケリ夕陽ニ及テ軍散シケレハ千種殿ハ本ノ陣峯堂ニ帰テ御方ノ手負討死ヲ注サルヽニ七千人ニ及ヘリ其中ニ宗ト憑レタリケル本田金持ノ一族以下数百人討レ訖ヌ仍一方ノ大将トモ成ヌヘキ者トヤ小島ノ備後三郎高徳ヲ呼寄テ敗軍ノ士力疲テ再ヒ戦ヒカタシ都近陣ハ

悪カリヌト覚ユレハサル壕ヲ隔テ陣ヲトリ重テ近国ノ勢ヲ集テ後
又京都ヲ攻バヤト思フハ如何ニ計フソト宣ヘハ小嶋三郎不字敵軍ノ
勝負ハ時ノ運ニヨル事ニテ候ヘハ負ルモ必シモ不恥只引マシキ所ヲ人
ヒカセ懸マシキ所ヲカケサスルヲ大将ノ不覚トハ申也何ニハ赤松入道ハ
僅千余騎ノ勢ヲ以テ三ケ度マテ京中ヘ攻入叶ハネハ引退テ遂ニ
八幡山崎ノ陣ヲハ去テ候ハス御勢タトヒ過半討レテ候トモ残ル所
ノ兵猶六波羅ノ勢ヨリハ多カルヘシ此御陣後ハ深山ニテ前ハ大
河也敵モシ寄来ハ好ム所ノ敵手ナルヘシ究竟此陣ヲシヒカヘシト思
食乏候ヘカラス但御方ノクタヒレタル弊ニ乗テ敵夜討ニ寄スル事モ
ヤアランスラント存候ヘハ高徳ハ七条ノ橋爪ニ陣ヲ取テ相待候ヘシ、
御心安カランスル兵ヲ四五百騎カ程梅津法輪ノ渡ヘ差向テ警

圓サセラレ候ヘト東ハ置テ高徳ハ三百余騎ニテ七条ノ橋ヨリ西ニ
ソ陣ヲ坐タル千種殿ハ小島ニ云恥シメラレテ且ソハ峰堂ニシハシ気カ
敵モシ夜討ニヤヨセンスラント云ツル言ニシドロカサレテ弥臆病心ヤ付玉テ
ケン夜半スクル程ニ宮ヲ御何ニ乗奉テ口ヲヒカセ葉室ノ前ヲスチカヘ
ニ八幡ヲ指テソ落ラレケル備後三郎カヽル事トハ思ヨラス夜深方
ニ峰ノ堂ヲ見ヤレハ星ノ如ク耀ミヘツル篝次才ニ数キエテ所々ニタキ
スサメリ此ハアハレ大将ノ落給ヒヌルヤラントアヤシリソテコトノ様ヲ見ン為ニ葉
室ノ大路ヨリ峰ノ堂ヘ上ル処ニ荻野彦六朝忠浄住寺ニ行合テ大
将已ニ夜部子ノ刻ニ落サセ玉ヒテ候ハ間力ナク我ホモ丹波ノ方ヘト志
テ罷下候也イサヽセ玉ヘ打連申サント云ケレハ備後三郎大ニ怒ツ
テカヽル臆病ノ人ヲ大将ト憑シコソ越度ナレ去ナカラモ直ニ事ノ様ヲモ

見サラレハ後ノ難アルヘシハヤ御通リ候ヘ高徳ハ何様峯堂ヘ上テ宮ノ御
跡ヲ見奉テ追付奉ルヘシトテ手ノ者トモヲハ麓ニ留テ只一人落
行勢ノ中ヲ押分〳〵峯堂エツ上リケル大将ノヲハシツル仏堂ヘ入
テミレハヨリノ遽《アハ》テ落ラレケリト覚テ錦ノ御旗鎧直垂ニテ
捨ラレタリ備後三郎腹ヲ立テアハレ此大将何ナル嵯峨ヘモ落入テ
死ニ玉ヘカシト独言シテミレハ猶堂ノ縁ニ歯ガミシテソ立タリケル今ハサソ人
手ノ者トモ待兼タルラメト思ケレハ錦ノ御旗ハカリヲ奉テ下人ニ
持セ急キ浄住寺ノ前ヘソ走下リ手ノ者共ニ打連テ廿《チト》馬ヲハヤ
メタラレハ追分宿辺ニテ荻野ノ彦六ニソ追付ケル荻野ハ丹波
丹後出雲伯耆ヘ落ケル勢篠村稗田辺ニ打集テ三千余騎
有ケルヲ相伴テ路次ノ野伏ヲ追掃テ丹波国高山寺ノ城ニソ楯籠タ

リケル、

谷ノ堂炎滅事、

千種殿西山ノ陣ヲ落玉ヒヌト聞ヘシカハ四月九日京中ノ軍勢谷
堂峯ノ堂浄住寺松ノ尾万石《コリ》大路葉室衣笠ニ乱入テ仏
閣神殿ヲ打破リ僧坊民屋ヲ追捕シ財宝ヲ奉運ヒ取テ
後在家ニ火ヲ懸タレハ時節魔風ハゲシク吹テ浄住寺最福寺
葉室衣笠万石大路三尊院摠テ堂舎三百余ケ所在
家五千余宇一時ニ灰燼ト成テ仏像経巻忽ニ寂滅煙ト
立上ル彼ノ谷ノ堂ト申ハ伊与守義親ノ嫡子延朗上人造立ノ
霊地ナリ此上人幼稚ノ昔自武略ノ累代ノ家ヲ離テ偏ニ寂
寞無人ノ室ト《ツホリコミ》玉ヒシ後戒定恵ノ三学ヲ備テ六根浄ノ功徳ヲ

得玉ヘカハ法華讀誦ノ窓ノ前ニハ松尾明神坐列シテ耳ヲ傾ケ真言秘密ノ床ノ中ニハ総角護法手ヲ束《ツカネテ》奉仕シ玉フカ一ノ宿智高行ノ上人草創セラレシ砌ナレハ二百余歳ヲ経テ今ニ至ニテ智水流レ清リ法灯光明也三間四面ノ輪蔵ニハ轉法輪ノ相ヲ表シテ七千余巻ノ経論ヲ納メ奇樹怪石ノ池ノ上ニハ兜率ノ内院ヲ移シ四十九院楼閣ヲ双ヘ十二ノ欄干珠玉天ニ聳テ五重ノ塔婆金銀月ヲ引恰モ極楽浄土ノ七宝荘厳ノアリサマモカクヤト覚ル計也浄住寺ト申ハ戒法流布ノ地律宗作業ノ砌ナリ釈尊御入滅ノ剋金棺イマタ閉サリシ時捷疾鬼ト云ケル鬼神潜ニ双林ノ下ニ近付キ御牙一引虧テ是ヲ取ル四部ノ佛弟子驚テ見テ是ヲ留ントシ玉ヒケル間片時カ間ニ四方由旬ヲ飛越テ須弥ノ四

天王ニ逆上リ韋駄天ニ是ヲ奉ル韋駄天是ヲ得テ其後漢土ノ
道宣律師ニ与テル其ヨリ以来嗣ニ相承シテ吾朝ニ渡シタリシヲ人
弥仁《弘仁》ノ御代ニ此寺ニ安置奉ル夫レ武大聖世尊ハ滅後二千三百
余年ノ後佛肉猶留テ分布天下ニ普カリシ奇特ノ大伽藍ヲ咎
ナリシテ滅セケルハ偏ニ武運ノ尽ヌヘキ前表哉ト人皆脣ヲ翻シケル
カ果何程モアラサルニ六波羅以下江州番馬ニテ滅ヒ一類悉ク
鎌倉ニテ失ケルコソ不思議ナレ積悪ノ家ニハ必餘殃アリトハ
加様ノ事ヲヤ申ヘキト思ハヌ人モナカリケリ

太平記巻第八

太平記

九

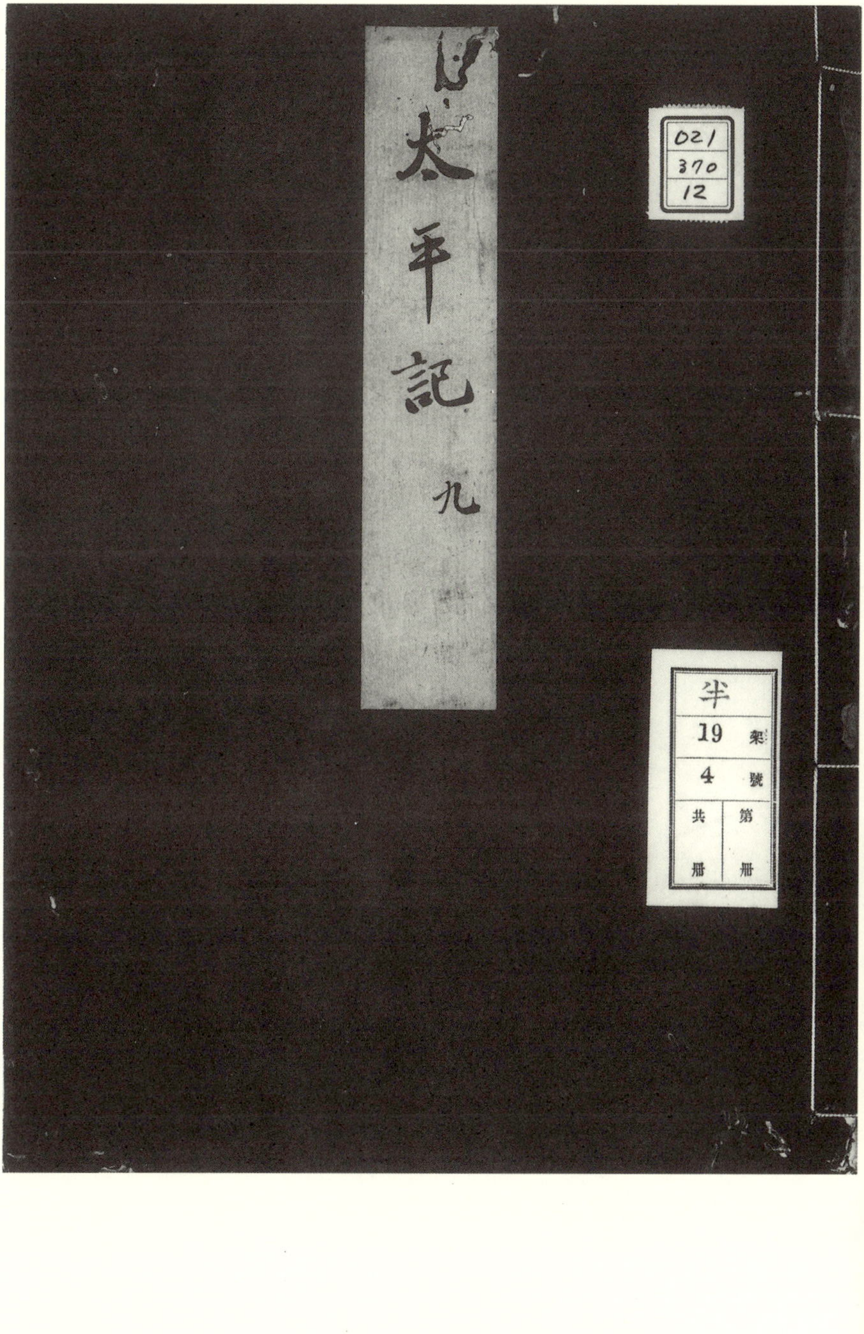
太平記
九
021
370
12
半
19 架
4 號
共 冊
第 冊

関東武士上洛事
高氏告文事
名越尾張守討死事
高氏於篠村奉願書事
両六波羅都落事
於番馬腹切事
箕浦主上々皇奉取事

太平記巻第九

〈関東武士上洛ノ事〉

先朝ハ伯州船上ニ御座アテ討手ヲ指上セラレ京都ヲ攻ヘキ由六波羅ノ早馬頻ニ打テ事已ニ及フ難儀ニヘシ由関東ヘ聞ヘケレハ相模入道大キニ驚テサラハ重テ大勢ヲ差上セ半ハ京都ヲ警固シ宗徒ハ船上ヲ攻ヘシトテ評定アテ名越尾張守ヲ大将トシテ外様ノ大名廿人ヲ催サレ其中ニ足利治部大輔高氏ヲモ可有ニ上洛之由度々ニ及テ被催ケリ高氏ハ去年上洛ノ催促シ時讃岐守貞氏頓滅ノ事有テ未タ経ニ七日ヲサレハ悲歎シ涙不乾ニ被責上今年ハ病霧身ヲ犯メ負フ薪ヲ懸未タ休ニ又征伐ノ為ニ促サレ、事コソ返々モ遺恨ナレ倩案ルニ事ノ心ヲ時遷位ハ謂トモ彼ハ北条四郎

大末時政カ後胤トメ當家被官年久シ我ハ桃園ノ赤園ヨリ王
氏ヲ出テ三代将軍始ニテ昇殿ヲ聴世義家朝臣ニハ八代也
其古ハ當家未奉公ノ号ニテコソ有シニ今天下ノ権柄ヲ取テ無
双驕ヲ極ト云トモ君臣ノ儀ヲ存セハ一度ハナトカ宥免ノ儀モ無
ルヘキ然ヲ尋常ノ驅武者ト同ク厳重ノ催促及支備ニ身ノ不肖ニ
依也所詮重テ致催促ハ一家ヲ尽テ上洛メ先朝ノ御方ニ参シテ
六波羅ヲ攻落シ安否ヲ此時ニ可定物ヲトヽ心中ニ念リ給ケルヲハ知ル
人更ニ無リケリ高時入道懸ル企有リトハ思モヨラス工藤左衛門尉
ヲ以テ御上洛延引不心得候ト一日ニ三度マデ被責ケリ足利
殿ハ叛逆ノ企テ弥深ケレハ中ニ不及違儀ニ不日ニ上洛仕ヘシトソ被
返答ケルサレハ宗徒ノ御一族被官人ハ不及申ニ女姓幼稚ノ御

子息ニテモ皆上洛ト聞エ候ヘハ長崎入道円喜怪シテ乍恐高時入道ニ申ケルハ如何様ニ乱タル時ハ御一家ノ人ナリトモ誅ニハ御意ヲ可ニ被置況ヤ彼ハ源家ノ嫡々ニテ天下ノ権柄ヲ捨テ給フ事年久シセハ如何ナル野心カ御座候ランニハ氏族一家ヲ尽ニテ上洛候ナル心得ズ存候異国ヨリ吾朝ニ至ニテ世乱タル時ハ覇王諸候ヲ集テ殺シ牲ヲ歃血シテ無弐事ヲ盟今ノ世ニ起請ト云是ヤ或ハ又其父子ヲ質ニ出テ野心ノ疑ヲ散スル事モアリ先例ニ木曽義仲ノ嫡子志水ノ冠者ヲ頼朝ニ出ス例是也加様ノ事ヲ存ニモ何様足利殿ノ御子息ト御臺トソハ鎌倉ニ被止申二紙ノ文ヲ書セ進セラレテ上洛有様ニ御計候ヘカシトソ申ケル高時入道ゲニモト被思ハヒハ長崎勘解由左衛門尉ヲ以テ東国ハ未タ静ナル世ニテ候ヘハ御

小安ナルヘキニテ候幼稚ノ御子息ツハ是ニ留メテ御上洛候ヘカシ故ニ
両家侍ツ合テ水魚思ツ奉ル成ニ上ニ赤橋盛時御縁ニ成候ヌル
上ハ何ノ御不審カ候ヘキナレトモ諸人疑申事トモ候ハヽ上総一紙ノ
誓言ツ被止置事公私可然候ト被謂ケレハ高氏欝胸孫深ツ
成テ返答ニモ不及ト思召ケルカ念ツ押テ色ニモ不被出是ヨリ御
返事可申トテ使ツハ被返ケリ聴テ舎弟兵部大輔直義ツ呼ト
奉リ此事如何可有トテ意見ツ被訪ケレハ直義且ク思案メ被申
ケルハ此ノ一大事ツ思召立ツ事全ク御身ノ為ニ非ス唯代テ天ニ誅ニ無道ツ
君ノ御為ニ不儀ツ被退ケ道也其ノ上誓言ハ神モ不受玉ハスト云事候
ヘハ縦ヒ偽テ告文ツ被書タリトモ仏神ナトカ忠烈孝ツ守給ハデ候
ヘキ就中御子息御臺ナトヲ留置申サレン御事ハ大儀ノ前ノ小事

ニ候ヘハ強御心ヲ被煩ベキニ非ズ其為ニ少ノヒ被残置ニ郎徒トモ自
然ノ事モアラハ懐抱キテモ奉隠シ事ヤハ不叶候ヘキ、赤橋殿サテモ御
座候ハン程ハ御臺ノ御事又何ノ御労数事カ候ヘキ大行ハ不顧ニ
細謹ヲトコソ申ニ是程ノ小事ニ猶豫シ事ハ口惜候ハトモカクモ、
相州禅門ノ申候ニ随テ其不審ヲ被散候キ御上洛アリ大儀ノ
ミ計略ヲ被廻サ候ヘト誠ニ無余儀ヲ被申ケレ高氏モ至極ノ
道理ニ服メ御子息千寿王殿ト御臺赤橋相州ノ御妹
ヲハ鎌倉ニ留置キ奉リ一紙ノ告文ヲ書キ相州禅門ノ方ヘ被遣
シカハ是ニ不審ヲ散テ喜悦ノ思ヲ成シ急キ高氏ヲ招請有テ
様々ノ賞翫トモ有ニ御先祖累代ノ白旗アリ是ハ八幡殿ヨリ代
々ノ家督伝テ被執セ重宝ニテ候ケルヲ故《モト》頼朝卿後室二位禅

左相傳テ當家ニ今ニ至テ所持候也希代ノ重宝ト申シナカラ出他
家ニ無ク其詮候是ニヨリ今度餞送ニ進候也此旌ヲ指セテ凶徒ヲ悉
キ御退治候ヘトテ錦ノ袋ニ入ナカラ自是ヲ奉ル其外白輻輪ノ鐙
十領白鞍ヲキタル馬十疋引進セラレケレハ足利殿ハ出吉ト悦テ
吉良　渋川　畠山　今川　細川　高　上杉京徒ノ氏族七十三人都
合其勢二千余騎三月二十七日ニ鎌倉ヲ打立テ搦手ノ大将名
越ノ尾張守高家ニハ三日道先ニ難ヲアケ四月十六日都ニハ着キ
給ケリ是ソ聖運ノ忽ニ開ケ源家繁昌ノ先兆也ケルト覚ヘテ不
思儀ナル事ナリ去程ニ西ノ六波羅ハ度々ノ合戦ニ打勝テ西国
ノ敵南方ノ楠赤松園心等ヲ悉ルニ不足ト敷カラ京徒ノ勇士ニ
被憑タル結城九郎親光ハ敵ニ成テ山崎ノ勢ニ馳加ル其外国ニノ

驅武者トモ或ハ轉漕ニ疲レ或ハ時ノ運ヲ謀テ五騎十騎落失歟ニ
成ケル間カツテハ如何可有ト世ヲ危ムル人多カリケル処ニ足利ノ高氏、
名越ノ高家両大将ニテ雲霞ノ如ク上洛有シカハ何《イツ》シカ人ノ心
カハテ今ハ何事カ有ヘキト色ヲ直シテ勇アエリ懸ル処ニ足利殿兼
ヨリ海老名六郎季行ヲ潜ニ伯耆ノ船上ヘ被進テ関東ノ不義唯
天誅ヲ招ツ時ヲ得テ候ヘハ高氏モ御方ニ参シ奉公シ忠懃ヲ致
シ涯分息化ヲ可奉御トソ被奏セケル君殊ニ叡感有テ早
諸国ノ官軍ヲ催シ不日ニ朝敵ヲ追伐スヘキ由綸旨ヲ被成海
老名六郎ニハ備中国井原庄ヲ被下ケリ勅賞ノ至無キ類ヿ
モ也足利殿懸ル企有トハ思モ不依両六波羅日々ニ會合シテ八
八幡山崎ヲ可攻キ軍ノ内談評定ニ二心虚シ不残サ被参サ

岢ソ墓ニ無ケレ大行ノ路能推車シ若比スレハ人ノ心ニ是レ夷路也巫峡ノ水
能覆舟ヲ若比スレハ人ノ意ニ是レ安流也世人ノ心好悪太タ不常トハ謂
ナカラ笑中ニ戟《ホコ》ヲ刺《サス》人ヲ刀シ言下ニ生シ消《キエ》骨ヲ火シ変ソ不知ケルコソ愚《ヲロカ》ナレ
抑此ノ足利殿ト申ハ赤橋相摸守盛時ノ縁ニ成テ公達アマタ出
来テ給ヘハ世ハトテヨモ貳心ハ御ツハ座セシト混憑ニ思ハレケルモ理リ也

名越ノ尾張守討死ノ事

懸リシ程ニ同四月廿七日八幡山崎ノ合戦ト兼テ定メテケレハ名越
尾張守大手ノ大将トメ七千六百余騎鳥羽ノ作路ヨリ向ハル足
利治部大輔高氏ハ搦手ノ大将ニテ五千余騎鴨目《モエ》西岡ヘソ
向ハレケル八幡山崎ノ官軍トモ是ヲ聞テサテハ難所ニ出合テ不
慮ニ軍シスヘシトテ千種頭中将忠顕五百余騎ニテ大渡ノ橋

打渡テ赤井河原ニ陣ヲ取ル結城九郎親光ハ三百余騎ニテ
狐河ヲ堅メタル赤松入道円心ハ三千余騎ニテ淀古川久我
縄手南北三所ニ陣ヲ張ル是等ハ皆強敵ヲ挫キ気天ヲ廻シ
地ヲ傾クト謂ヘトモ磁オツ呑勢ヲ今ノ上東国勢一万余騎ニ相対
シテ可戦トハ見ヘサリケリ懸ケル処ニ足利高氏ハ兼ヨリ内通ノ子
細有シカハ御方トハ思ナカラ若シ打謀モヤシ給ランドテ坊門ノ少将
雅忠朝臣モ寺戸西岡ノ野伏トモ五六百人駈立テ岩蔵ノ辺ニ
陣ヲソ取ラレタリケル懸ル処ニ搦手大将足利殿ハ未明ニ都ヲ打立
敵陣ニ進給トハ披露アリシカハ追手大将名越尾張守ハ早《ハヤ》人ニ
先ヲ懸ラレヌト安カラス思ハレケレハ指モ深キ久我縄手ヲ足モ立ヌ
泥土ヲ渋テ打入レヒヒ我先ニトソ進シケル名越尾張守元来気キ

早《ハヤ》キ若武者ニテ御座ケレハ今度鎌倉ヨリ多ツノ一族中ヲ被レ撰《エラハ》テ大将ニ上リヌレハ人ノ耳目ヲ驚ス程ノ軍ニシテ名ヲ後記ニ遺サスト物ヲ兼ヨリ有増ケル事ナレハナシカハサモ悪カルヘキナレハ其日ノ馬物ノ具綴笠注ニ至ニテ照耀テソ出立ケル花瞳《トン》子《ス》ノ濃紅《コイ》ニ置物ニシタル鎧直垂ニ紫綵ノ金輻輪大鎧ニ文ノ金物ニシタル透《スキ》間《ヒマ》モ無ツ打タリケルシ草摺《スリ》長ニ著ル佟ニ四方白ノ五枚甲《コイ》ノ吹返ニハ照《テリ》臨《ム》光《リ》新ナル日光月光ノ二天子ヲ金銀ヲ以彫透ニシタルシ猪頭ニ著ト成ニ当家累代ノ重宝ニ鬼丸ト云ケル金作ノ円鞘ノ太刀ニ三尺八寸ノ帯副太刀ハイテ三十六指タル册尾征ノ矢ヲシヨキ三所藤ノ大弓真中握黄河原毛ナル馬ノ太逞ニ三本唐笠ヲ金具ニ摺タル鞍ヲ敷厚《アツ》総ノ鞦《シリカイ》ノ燃《モヘ》立ハカリナルニ鋁轡《ミカキ》ノ

纓ニ紺筋ノ手縫ヨリ合テニシカト喫セテ鞍ノ上闌ニ乗リウケテ動諸
軍勢ノ眞先ニ懸出テヽヽアタリシ掛テゾ見ヘタリケル鳥物具ノ有様
軍主ノヤウ兵ノ勇メヅル夏カラ今日大手ノ大将ハ是ナリト知ラヌ物コ
ソ無リケレサレハ敵モ自余ノ葉武者ニハ目ヲ懸ケズ此間廻リ彼詰合テ
是一人ヲ討ントシケレトモ曽吉ケレハ裏カヽズ打物ノ達者ニテ御座
スレハ近付敵ハ馬ノ平頸ザ薙落テ二ノ太刀ニテ漂敵甲ノ眞
額ニツニ打破テ我馬ノ蹄ニ懸サセケレハ其勢参然タルニ辟易シ
テ官軍数万ノ士卒ニ閑靡ストゾ見ヘタリケル角テ両方戦ニ
疲ケレハ人馬ニ息ヲ継セントテ羽束志ノ表シ後ニ當テ引ヘ給ケル處ニ
赤松一族ニ佐用三郎範家トテ強弓ノ矢継早ノ手足野
戦ニ已レト達テ卑宦ナカ秘セシ処ヲ我物ニ得タル兵ナリ態ト物ノ

具ツ解テ徒立射手ニ成テ畦ヲ傳ヒ藪《ヤブ》ヲ掛トシル畔ノ陰ニ隠レ
伏シ大将ニ近付テ一矢射ントツ悃《ヨウイ》ケル是ソハ夢ニモ不知尾
張守高家ハ三方ノ敵ヲ追攘テ切テ捨ツル兵ノ血緋ニシテ人
冕丸ノ刃シツ染タリケル是ヲ笠注ニテ閑々ト推拭ヒ紅ノ扇開キ
使思宴モナゲニ直ツ息ヲ継レケル処ヲ佐用三郎近々ト悃依テ
能引堅メテヒヤウド射切テ放タル絃音未納指ル矢坪一寸モ
タガハズ尾張守甲ノ真額ノハツレ眉間ノ真只中ニツサト立テ脳ヲ
砕キ骨ヲ徹ケテ頸ノ骨ノ外エ矢前血ヲカツイテツン出タリケル指シモ
今ニテ猛将ニテ万人ノ勇鋭ヲ一心ニ収メタリシ人ナレトモ此矢一筋ニ
心弱ク成テ目昏ケルニヤ馬ヨリ真下ニドウド落テ其ノ終命ヲシソ
止メ給ケン佐用ノ三郎是ヲ見テ胡籙ヲ扣キ声ヲ揚寄手ノ大将名越

尾張守ハ義家カ只八矢一ツニ射テ落タリ続ケヤ人々ト矢叫ニテソ呼リケル是ヲ見テ引色ニ見ヘツル官軍トモ機ヲ直テ勝時ヲ三方ヨリ作リ懸ケヽ勝ニ乗テ攻合ス尾張守ニ相従兵七千余騎大将ハ打レヌ何為メニ命ヲハ可惜トテ引返キヽ討死スルモアリ或ハ深田ニ馬ヲ馳入テ叶ハテ自害ヲスルモアリ遠矢ニ被送テ徒ニ命ヲ失フモアリ思ヽニ散々ニソ成ニケルサレハ狗川ヨリ鳥羽田ノ面恵塚秋山辺マテ五十町カ其間ニ死骸大地ニ充満メテ箭太刀長刀共サナカラ径路ニ横ハル哀レトモ云モ疎カナリ去程ニ大手ノ合戦ハ今朝辰ノ尅ヨリ始テ馬烟東西ニ靡ク時ノ声ノ天地ヲ響カシケレトモ搦手ノ大将足利殿ハ大原野ニ陣ヲ取テ酒宴終日ニ及ケルカ寺僧ヲ被召寺号ヲ尋給ヘハ勝持寺ト申ストソ答ケル天下ノ闘ニ勝テ持ハ名詮自性

目出トテ大庄一所ヲ永代寄附セラレケリ懸ル程ニ大手ノ大将名越
殿討レ給ヌト聞ヘケレハ高氏ハサラハイザヤ日ノ暮ヌ先ニ山ヲ越ントテ
各馬ニ打乗リ山崎ノ方ヲハ遥ノ外ニ見テ丹波路ヲ西ヘ篠村
ヲ指テゾ馬ヲ早メケル爰ニ備前国ノ住人ニ中吉ノ十郎摂津ノ
国ノ住人ニ奴可四郎ト云物両陣ノ手合ニ依テ搦手ノ勢ノ中ニ有
ケルカ中吉十郎奴可ヲ呼ノケテ申ケルハ抑心得ヌ物哉大
手ノ軍ハ火ヲ散シテ今朝辰尅ヨリ始リタレハ搦手ハ終ニ合力ノ儀
モ無テサテ休ヌ結句名越殿討レ給ヌト聞ヘケレハ後ロ合セニ丹
波路ヲ指テ馬ヲ早メラルヽハ何様野心ヲ挿ミ給カト覚ソサランニ
於テハ我等何マテカ相随ヘキイザヤ是ヨリ引返シテ六波羅殿ニ
北由ヲ申サント謂ケレハ奴可四郎我モ左ノ体怪ソハ思ヒナカラ是モ何《イカ》ヽ

誹立ニカ有ラント兎角思案シツル間ニ早今日ノ合戦ニハツレヌルコソ
返ヘモヤスカラ子但此人ノ敵ニ成給ヌト見ナカラ只引返シタランハ餘ニ云
甲斐ナク覚候ハイサヤ一矢射カケ奉ラント云儘ニ中指取テ打
番ヒ馬ヲ動ヘ跪懸《トヽロカケ》ニカケ出シテカサエ打裏トシケルヲ見テ中吉ノ
十郎何ナル事ソ御辺ハ物ニ狂カ我等纔ニ三十騎ノ勢ニテアノ大
勢ニ懸合テ犬死シタランハ本意ナキ事也嗚呼ノ高名ハセヌニ不
如《シカ》唯事故ナリ引皈テ後ノ合戦ニ命ヲ軽シタランコソ忠義ヲ存
シタル物世ケリト後ニテノ名モ遺ヘケレト尋往制シケレハ誠モヤト
思ケン奴可四郎モ中吉モ大江山ヨリ引皈シ生野ノ草ヲ踏分テ六
波羅ヘソ馳参ケル彼等二人事ノ由ヲ申ケレハ両六波羅ハ楯鉾ト
憑ミシタル名越殿ハ誅レヌ是ヲ骨肉ノ如ナレハ貳心ハ御座セシト氷魚

ノ恩ヲ被成ツル足利殿サヘ敵ニ成リ給ヌレハ憑ム樹ノ下ニ雨ノタマテヌ
心チシテ心細ク思ハレケル越前國ニモ足利尾張孫三郎高經ノ長
男幸鶴丸旗ヲ挙テ義兵ヲ起スト聞ヘシカハ南方西國北六
道穏ナル心モナシ是ニ付テモ今マテ付纏タル兵ハトモヽ又サラソハ
有ヘシスラシメト心ヲ置ヌ人モナシ、
〇高氏篠村ノ八幡ニ御願書ノ事、
去程ニ足利殿ハ丹波ノ篠村ニ陣ヲ取テ白旗ヲ揚テ近国ノ勢
ヲソ催セケル先一番ニ當國ノ住人久下ノ弥三郎時重百五十騎
ニテ馳参ル其旗ノ文笠符ニ皆一番ト云文字ヲソ書タリケル
高氏怪ク御覧シテ高右衛門尉師直ヲ召テ久下ト云物カ笠
注ニ一番ト云文字ヲ書タルハ元来ノ家ノ紋カ又是ハ只今一番ニ参リ

タリト云淫カト尋給ケレハ師直畏テ是ハ由緒アル紋ニテ候是ハ先
祖武蔵国住人久下次郎重光頼朝ノ大将殿土肥ノ杉山ニテ
御旗ヲ挙サセ給ヒシ時一番ニ馳参テ候ケルヲ頼朝御感有テ若シ
我レ天下ヲ持ハ一番ニ恩賞ヲ与ベシト被仰テ候セトゾ申ケル
高氏是ヲ聞給テサテハ是カ最初ニ参タルコソ当家ノ吉例也
トテ賞翫殊ニ甚シ懸処ニ高山寺ニ楯籠タル足立・荻野・小島
位田平庄ノ物トモ今更人ノ下風ニ立ベキニ非ズトテ丹後若狭ヘ打
越テ北陸ヨリ攻上ラント企ケリ其外ノ久下中沢須知山内・
葦田余田酒井波々伯部《ハワカヘ》物トモ一人モ不残馳参ケル間篠
村ノ御勢ハ程ナク二万五千余騎ニゾ成タリケル六波羅ニハ是ヲ
聞テサテハ今度ノ合戦天下ノ安否タルベシ若自然ニ打負ル事モ有ラハ

主上モ皇ヲ取奉リ関東ヘ下向メ鎌倉ニ都ヲ立テ重テ大軍
ヲ可シ起ス山徒ニ追伐何ノ疑カ可キ有ル評定有テ北方ヲ御
所ニシツライ院内ヲ待幸成シ奉ル梶井二品親王ハ天台座主
ニテ御座ヘ世ハ縦ヒ轉変ストモ御身ニ於テハ何ノ御怖畏カ有
ベキナレトモ正當今ノ御連枝ニテ御座真玉体ニ近ヅキ奉テ
寶祚ノ長久ヲモ祈申サレトヤ思召ケレ是モ同ク六波羅ヘ入セ
給ケリ加之國母皇后女院北政所三台九棘ノ貴族御門徒ノ
衆徒諸家侍児女房達ニ至ニテハ我モ〳〵トツ参集ケレサレハ志
數見エシ京中ハ忽ニ冷サ敗リ紅葉ノ風ト様ニ由来尋テ散リ
行ケハ白河ハ何而繁昌シテ屯一時ノ盛シナス栄枯易ル地ヲ世間
ハ夢幻トモ今カ子タリ夫天子ハ以テ四海ヲ為ト家ト云リ其ノ上六波羅

トテモ都ニ不遠カラ同勝地ノ迪モハ東洛渭川ノ行宮《カウ》サヘテ御意ヲ被傷ヘキニハアラサレトモ此君御治天ノ後天下遂ニ未静剰サヘ百寮忽ニ外都ノ塵ニ交スレハ是偏ニ帝徳ノ天ニ背スル故也トテ一人ニ皈シケル御罪ヲ殊更歎キ思召ケレハ常ハ五更ノ天ニ至ニテ夜ノ御殿《ヲトヽ》エモ入給ハス元老智化シ賢臣トモヲ召テ唯堯舜湯武シ旧跡ヲノミ御尋有テ更ニ怪力乱神ノ徒ヲ変シハ聞召サレズ卯月十六日ハ中ノ申ナレトモ日吉ノ祭礼モ無レハ国津御神浦冷《サヒ》テ御贄ノ錦鱗徒ニ湖水ノ浪ニ撥剌タリ十七日ハ中ノ酉ナレトモ賀茂ノ御祭モ絶スレハ一条大路人澄テ車ヲ争所モナシ銀面空ク塵積テ雲珠光ヲ失ヘリ諫社ノ祭礼ハ豊年ニモ不増凶年ニモ不減トコソ謂エルニ開闢以来闕如ナキ両社之祭礼忽ニ此ノ

時始テ絶スレハ神慮モ如何有ラント難測テ恐アリ同五月七日
官軍京中ニ推寄テ合戦有ヘシト兼ヨリ被定ケレハ篠村八幡
山崎ノ先陣ノ勢宵ヨリ陣ヲ取リ寄テ西ハ梅津桂ノ里南ハ
竹田伏見ニ篝火ヲ焼ク山陽山陰ノ両道ハ已ニ如此ノ又若狭
路ヨリ高山寺ノ勢トモ鞍馬高雄ヲ経テ寄ルトモ聞エケレハ
今ハ僅カニ東山道ハカリコソ開タレトモ山門猶野心ヲ含ミヌル最
中ナレハ勢田ヲモ指塞キヌラン籠ノ中ノ鳥網代ノ魚ノ如ニテ可漏
方モナケレハ六波羅ノ兵トモ上ニハ勇メル気色ナレトモ心ノ底ニハ仰
天セリ唯彼ノ温南万里ノ軍ニハ三丁有レハ二丁ヲ抽ト謂ニ
丞異ニ況ヤ千剣破程ノ小城一ヲ攻ムトテ東国ノ勢数ヲ尽テ被
向タレハ其ノ城未タ落サル前ニ禍已ニ蕭墻ノ中ヨリ出テ義旗

忽ニ長安ノ西ニ近ツキヌ防ントスルニ勢サリ救ハントスルニ道塞レハ兼
ヨリ懸ルヘシトダニ知タラハ京中ノ勢ヲハサノミ遠ヘモヤリシ物ヲ両六
波羅ヲ始トシテ後悔スレトモ其甲斐無シ兼ヨリ六波羅ニ議シケ
ルハ今度ハ諸方ノ敵謀シ合セテ大勢ナレハ平場ノ合戦ハカリニテハ叶
マジ要害ヲ構テ時々馬ノ足ヲ休メ兵ノ機ヲ扶テ敵近付ハ
懸出テヽヽ可戦トテ六波羅ノ中ニ籠メ川原面七八町ニ堀ヲ
深ツ掘テ賀茂川ヲ懸入タレハ昆明池ノ春ノ水西日ヲ浸テ淪々
タルニ不異残リ三方ニハ芝築《ツイ》地ヲ高ク築テ櫓ヲ架シ逆木ヲ
滋《シケ》ク挽タレハ墁州ニ城受降城ヲモカクヤト覚テ怪ク識ニ城ノ構ハ
謀有ニ似レトモ智ハ長セルニ非ス剣閣雖険ト憑之ニ者蹶非所以
深根固蔕洞庭雖濬ト負之者北非所以要人治国也今

天下ニ二ツニ分テ安危此ノ一挙ニ懸タル軍ナレハ粮ヲ捨テ舟ヲ沈ル謀ヲコソ
致サルヘキニ今ヨリ聴テ後ロ足ヲ蹈シテ僅ノ小城ニ籠ラントテ心ヲ遣
ルハ武略ノ程コソウタテケレ去程ニ明レハ五月七日寅ノ剋ニ足利治
部大輔高氏舎弟兵部大輔直義ハ篠村ノ宿ヲ打立給テ夜
未深ケレハ馬ヲ打居テ東西ヲ見給ニ篠村ノ宿ノ南ニ當テ陰リ
森タル古柳躑躅ノ下ニ松楡叢祠ノ社有ト覚敷テ焼遊《スサミ》スル庭
火ノ影ホノカナルニ神女袖ヲ振鈴音聴々ト聞ヘテ神ノ冷何ノ社
トハ知子トモ戦場ニ赴ク門出ナレハ自馬ヨリ下テ冑ヲ脱キ社壇ノ前
ニ跪キ今日ノ合戦事故ナク朝敵ヲ退治スル擁護ノ手ヲ加ヘサセ
給ヘト念ニ致テ古キ瑞籬ニ敬信ノ歩ヲ運ヒ頓首シテ祈誓シ給テ賽《カヘリマウシ》
タル巫女ニ是ハ何ナル神ニテ御座ソト問給ヘハ當社ハ八幡ヲ

迎進テ候間、篠村之新八幡宮ト申候也トソ答ケルサテハ、
當家ヲ為ゞ崇ノ奉ル神也、機感相應セリ、一紙ノ願書ヲ奉ツラ
ハヤト宜ケレハ、足申妙玄曹ノ引合ヨリ矢立ヲ取出シ筆ヲ引
テ是ヲ書ク、其詞ニ云、敬テ白ス祈願ノ事、夫レ八幡大菩薩者ハ
聖代前列ノ宗廟、源家中興ノ靈神也、本地内證之月、
高ク懸リ十万億土ノ天ニ、垂跡外融ノ光明カニ冠ス七千餘座ノ
上ニ、觸テ縁ニ雖モ分ツト化ヲ、垂ル末ニ、享ケ非礼之奠ヲ、蓋テ慈雖利生偏ニ
期シ宿フ正直之頭ニ、偉矣為ツ其徳矣、擧テ世所以尽ク誠也、爰ニ
義久以来、當棘累祖之家臣平氏末裔之遍鄙ニ把リ
四海之權柄ヲ、叨リ振フ九代之猛威ヲ、剰サヘ今迭シテ聖主ヲ於西海之浪ニ
困ム貴頂ヲ於南山之雲ニ、悪逆之甚キ、前代未タ聞其類ヲ、是為タリ朝敵ノ

最為臣之道不致命乎又為神敵之先為天之理不
下誅矣高氏苟見彼積悪未遑顧匪躬将以魚肉之
薄《ススキ》当刀俎之利義卒勠力張振於西南之日上将軍鳩
嶺下臣軍篠村共在瑞籬之影同出擁護之懐盍
相應誅戮何疑所仰百王守護之神約也懸勇於石馬之
汗所憑累代皈依之家運也寄奇於金鼠之咀神将争義
戦羅雲威襟風加草而靡敵於千里之外神光代剣
得勝於一戦之中丹精有誠玄鑒莫誤敬白　元弘三年
五月七日源朝臣高氏敬白トゾ書タリケル文章綴玉詞明ニ
理濃ナリ神モ定テ納受シ給ハント聴人信ヲ凝セリ高氏自筆
ヲ執テ判ヲシテ表指ノ鏑一筋添テ宝殿ニゾ被納ケル相順軍勢

ト皆各表矢ヲ一ツヽ捧テ奉ケル間其矢社壇ノ前ニ積テ丘
塚ニ不異誠ニ不思議也シ奇瑞也角テ夜既ニ明ケレハ高氏大
江山ヲ打越給ケル相随フ人々ニハ舎弟兵部大輔直義吉良ノ
上総入道省観子息上総三郎満義尾張孫三郎高経
渋河三郎義季一色太郎入道々猷畠山上野守高国
細川八郎四郎頼直同弥八和氏上野太郎入道上杉兵庫
入道々勤小笠原孫五郎亂長同又五郎頼氏高右衛
門入道貞忍子息右衛門尉師直大高三郎重成南
部八郎宗継宇都宮三河守同石見六郎志水弥三郎
光宗安保三郎光泰設楽當永ヲ始トメ宗トメ兵五千余
騎先陣ニ進テ後陣ヲ待ツ懸ル処ニ山鳩一番ヒ飛来テ幡ノ上ニ

ソ飛揚シケル高氏是ヲ見給テ偏ニ八幡大菩薩ノ化ニ歟向有テ
守セ給フ奇瑞也此鳩ノ飛行ニ任テ可向ト被仰役ケレハ旗指馬ヲ
進テ彼鳩ノ跡ニ随テ行程ニ此鳩閑々ト飛去テ大内ノ旧跡神祇
官ノ前ナル樗木ニソ留ケル諸軍勢是ヲ見テ弥勇ミ成ニ馬ヲ早
メケル道スカラ敵五騎十騎旗ヲ巻冑ヲ脱テ降参スサレハ篠
村ソ打立給ヒ時ハ五千余騎ト申シカトモ大内ノ野ニ着給ケ
ル時ハ三万余騎ニソ及ケル是ヲ聞テ六波羅ニモ二将ヲ三手ニ分
テ三所ニ陣シソ張タリケル先一方ヘハ名越尾張将監高邦ヲ
大将ニテ河越三河入道々重佐々木隠岐前司清高常陸前司
時知長井丹後守宗衡河野対馬守通浪波多野上野前
司宣通島津常陸介忠秀ヲ始トシテ宗トノ兵ハ二万余騎太政官ノ

廳ノ前神泉苑辺ニ陣ヲ張テ足利殿ニ相當ル一方ニハ淡河右京亮通時大将ニテ、町野備後民部大輔康世東三郎左衛門尉氏時、長井左近将監高廣、大見能登前司、陶山備中守高通ヲ始トメ宗トノ兵、一万余騎、東寺西ノ七条ニ陣ヲ取テ、赤松入道円心ヲ待テ下ト也。一方ニハ、伊具蔵人入道ヲ大将ニテ、佐々木大夫判官時信、摂津伊勢入道、行意、長井右馬助、小串五郎兵衛尉秀信、武田十郎長信、水谷兵衛蔵人貞有、波多野因幡前司通貞、佐々木朽木、横山冨樫介、長左衛門尉ヲ始トメ一万余騎ヲ相随エ千種頭中将ヲ防トテ竹田伏見ニ陣ヲ張ル。去程ニ追手搦手同時ニ軍始リ巳剋ハカリヨリ時ノ声、矢叫ヒノ馳チカフ音、休時モ無リケル

設楽富永ノ物トモ宵ヨリ一陣ニ進テ討死セント争シカハ佐木
細川ノ人々モ互ニ彼等ニハ先ヲ不為被義由聞エシカハ設楽五郎
左衛門尉助重ハ己ノ句鎧ニ薄紅ノ縨カケテ只一騎馬ヲ東
頭ニ立テ六波羅殿ノ御方ニ我ト思ハン人アラハ懸出テ助重カ手ナ
ミノ程ヲ見給ヘトテ高声ニ呼テ矢一所ツノ閑却テノ磬タル懸ル処ニ
白栗毛ナル馬ニ青総懸テ乗タル武者ノ黒縁ノ鎧ニ同毛甲キ
テ進出テ名乗ケルハ利仁将軍ヨリ累葉ノ武畧ヲ相継テ十
七代ノ後胤斎藤伊与坊玄基トハ我事也今日ノ軍ハ両家ノ
安否ナレハ何ノ為ニカ命ヲ可惜ム死残ル人アラハ我カ忠戦ヲ語テ
子孫ニ可留ムト云侭ニ馬ヲシカケ寄テ設楽トムズト引組テ二足間ヘ
ドウト落ツ設楽ハ力勝リナレハ上ニ乗リ玄基カ頸ヲカヽハ玄基ハ心疾《ハヤキ》物

ナレハ下ヨリ誤樂ヲ三刀サス何モ大剛ノ物ナレハ死テ後ニテ諸共ニ引
組タル其手ヲ不放メ共ニ刀ヲ握ナカラ同枕ニツ伏タリケル其次ニ徘田
郎大夫助兼カ後亂當家累代ノ勇士也トヱヘトモ名乗ラスハ
誰カ知ヘき富永四郎左衛門尉討死スル有様見ヨト呼テ佐介
左京亮カ大勢ニテ磬タル真中ニ破入敵アマタ討取テ終討死ニテケ
リ懸処ニ両ツ引キ両ツ中一トシリ威タル鎧ニ鹿毛ナル馬ニ乗五尺餘ノ太
刀ヲ拔敵ノ前半町バカリ馬ヲカケヨセテ高声ニ名乗ケルハ天武
天皇ノ末胤河内守惟常源ノ姓ヲ改テ高階ニ移ヽ大高二郎
重成トハ我事也先日度ヽノ軍ニ高名ヽメ勇氣ヲ振給ヘル陶山備
中守河野對馬守ハ無キカ出合給ヘ打物メ人ニ見物セサセント云
係ニ遠間モ無リノ馬ヲ打寄タル河野對馬守一陣ニ進テ候ケルカ元

来タルヘラヌ兵ナレハナセシカハ此ニモ可憐《コラヘ》遁浪是ニ有ト云侯ニ云ラシ早相
近ク是ヲ見テ對馬守カ猶子七郎通遠トテ十六歳ニ成ケルカ父ヲ討
セシトテ真前ニ馳塞テ太高二郎トムスト組《クム》太高二郎河野七郎カ
鎧ノ総角シツカンテ中指挙テ己程ノ小物ト組テ勝負シハスマシキ
物シトテ指ノケ笠注ヲ見レハシハ祈數ニ三文字ヲ書タリケレハ是モ河
野カ親族ニテソ有ラントテ片手打ノサケキリニ双膝カケテ切テノ
落シテ弓長三杖ハカリ抛タリケレハ對馬守最愛ノ猶子ヲ目前ニ
討セナシカハ命ヲ惜ヘキ太高二郎ト引組テ勝負ヲ決セントテ鐙ヲ合
テ馳カヽル河野カ若黨三百余騎主ヲ不打ト懸ヲ双テ馳重ル高武
是ヲ見給テ太高討スナト下知シ給ヘハ矢田判官義清カ四代後胤細
川孫八和氏同八郎四郎頼直名乗テ懸出ル是ヲ見テ太高太郎左衛

門尉師秋南部ノ太郎左衛門尉師久吉良上総入道〻其子
三郎満義三百余騎小笠原孫五郎同長、一宮八郎次郎
成廣ハ声ヽニ名乗連テ打出タリ伊具蔵人入道佐介左京亮
二万余騎ヲ一手ニ成テ入乱レテソ揉タリケル汗馬ノ蹄ニ血ヲ流シ青
草色ヲ変メ大内野ハ紺ニナル一条二条ヲ東西ヘ大宮猪熊ヲ南
北ヘ追ツ返ツ揉ミツモマレツ両陣ノ兵互ニ義ニ進テ節ニ死スル其理
ニ当テ退ク物ハ無リシカトモ足利殿ノ方ニ宗トノ物アマタ討レシカハ、
今日ノ軍ニハ六波羅討勝タル心地メ設楽冨永三郎東以下ノ頸トモ
實檢メ一方ノ軍ハ休ニケリ去程ニ東寺エハ又赤松円心三千余
騎ニテ推寄門近ツ成シカハ赤松孫三郎範資鐙踏張左右ヲ
顧テ誰カ有ルアノ木戸ノ逆木引破テ捨ヨト下知シケレハ宇野柏

原佐用閑島ノ者上毛二百余騎馬ヲ踏放ニ〻戒モ〻〻ト上之考ヘ
城ノ構ヲ見廻セハ西ハ羅精门ノ礎也東ハ八条河原ニテ五六八
九寸琵琶甲安郡ツ彫貫テ強ツ屏ヲ塗リ前ニハ乱株逆木ヲ引
廣ハ三丈余ニ堀ヲ堀リ流ルヽ水ヲせキ入テ湛ヘトタヽエタリサレハ瓢リ渡スヘ
キ様モ無メ案モ煩ル処ニ播磨国ノ住人妻鹿孫三郎長宗
馬ヨリ飛テ下リ弓ヲ指下テ水ノ深サヲ探ルニ未格鐙ニ残タリサテハ我
長ハ立ンスル物ヲト思テ五尺三寸太刀ヲ抜テ肩ニ懸ケ貫抜腕デ抛捨テ
カハト飛ツカリタレハ水ハ胸板ノ辺ニ着タリケレハ子細無ツ向岸ニ揚之
トスル処ニ跡ニ次タル武部ノ七郎是ヲ見テ堀ハ浅カリケルゾトテ五尺ニ
足ヌ小男ガ是非無ク飛入タレハ水ハ甲ノ手返シヲ越タリケルヲ長宗屹《キッ》ト顧
見テ我上帯ヲ蹈テ肩ニノリアガレト云ニ一例ハ手テ向岸ニ打揚リ今日軍ノ

先懸ハ武部七郎トソ名乗ケル妻鹿孫三郎カラ〳〵ト打笑テサテ
モ御辺ハ我ヲ橋《ハシ》ニメ余ナリ先懸ヲハシツル物哉イデ其塀引破テ見セント
テ岸上ヘツトハ子アカリ塀柱ノ四五寸ニ余テ見タルニ手ヲ懸ケ曳《ヒケ》ヤ〳〵ト
引ケレハ一二丈堀上テ山ノ如ナルアケ土塀ト共ニ五六丈崩レテ堀ハ平
地ニ成ニケリ是ヲ見テ三百余ケ所ニカキ双タル櫓ヨリ指ツメ引攻散
々ニ射ル其矢雨ノ降カ如ニ長宗カ鎧ノ菱縫申吹返ニ立所ノ矢廿三
折懸テ高櫓ノ下ヘ走リ入リ両金剛ノ前ニ太刀ヲ倒ニ突《ワキ》喚立タケ
レハ何レヲ二王ト分カチタリ去程ニ東寺西八条針唐橋ニ引ヘタル
六波羅ノ兵二万余騎木戸口ノ合戦強ト騒テ皆一手ニ成リ東寺ノ
東門ノ脇ヨリ湿雲ノ雨ヲ帯テ暮山ヲ出カ如ク真滋ニ閙《リウコ》ウズ巻テ
テソ打出タル妻鹿モ武部モスハヤ誅レヌト見ヘケレハ備前兵庫

助得平源太、別所六郎左衛門・同五郎左衛門尉相懸ニテ面モ不振戦タリケレ誅スナトテ赤松弥二郎範資・次男孫五郎貞則・三男帥律師則祐・間嶋上月菅家衣笠物トモ三千余騎揆連テツノ懸タリケル六波羅勢一万余騎七縦八横ニ被破テ七条河原ヘサト引ク、一陣破テ残党全カラサレハ六波羅勢竹田合戦ニモ打負テ小幡伏見ノ戦ニモ懸負テ落行勢ハ散々ニ六波羅城ヘ逃籠ル、官軍勝ニ乗テ北追四方寄手五百余騎皆一所ニ攻寄テ五条ノ橋爪ヨリ七条河原ニテ六波羅ヲ取囲事戦千万ト云事ヲ知ラサリケリサレトモ東一方ヲハ態闕テソ置タリケル是ハ敵ノ心ツ一ニ成テハ難儀ナルヘシトテ落サン為ノ謀也ケリ懸ケル処ニ千種頭中将忠顕朝臣士卒ニ向テ下知セラレケルハ此

城尋常ノ思ヲナシテ定々ニ攻ハ千劔破ノ寄手彼ヲ捨テ此ノ後攻ヲ致
シツト覚エルソ諸卒心ヲ一ニシテ一時ノ間ニ攻落ヘシ天下ノ安危此一戦ナリト、
下知セラレシカハ出雲伯耆ノ兵トモ雑車ヲ二三百両取集テ轅与轅ヲ
結ヒ合テ其上ニ薪ヲ山ノ如ニ積上テ櫓ノ下ヘ指寄セ火ヲ付テ一方ノ木
戸ヲ焼破ル爰ニ桃井富ノ御門徒ニ上林坊勝行坊ノ同宿トモ混
雑シテ三百余騎地蔵堂ノ北門ヨリ五条ノ橋爪エサトヲ打出タリ
ケレハ坊門少将雅忠殿法印良忠三千余騎ニテ是ヲ散サシトテ還テ
捲リ立ラレテ川原三町ヲ追越レテ誅ル、物数ヲ知サリケリサレトモ山徒
サスカニ小勢ナリケレハ長追メハ悪カリナントテ又城中ヘ引籠ル六波羅ニ
楯籠ル所ノ軍勢サスカニ其数二三万騎ニ餘レリ此脱着志ヲ一ニシテ同時ニ
懸出タリセハ引立タル寄手共ニ足ヲタメシトモ見エタリシカトモ武運極ニテヤ

有ケン日来名ヲ顕タル剛ノ者トモ云トモ不勇ニ双無キ強弓精兵トミエル者モ
弓ヲ不残唯惘タル計ニテ此彼ニ村立テ落支度外義勢モナシ
惜名ヲ執家ヲ武士トモタニ如此況主上上皇ヲ始奉テ女院皇后
北政所月卿雲客児女房達ニ至ニテ軍トエフコトハ未タ目ニモ見ヌ事
ナレハ時声矢叫ニ恐怖サセ給テコハ如何スヘキト消入ハカリノ御気色ナレハ
誠ケニモ理ナリト御痛敷ニ付テモ両六波羅弥気ヲ失テ惘然トメソ御座
ケルサレハ今ニテ弐心無キ物ト見ヘツル兵トモナレトモ如此様ニ城中ノ色メツ様
ヲ見テ叶ハシトヤ思ケン夜ニ入ケレハ木戸ヲ開逆木ヲ越我先ニトソ落行ケル
懸リケル方ハ義ヲ知リ命ヲ軽メ残リ留ル兵僅ニ千騎ニタニモ足サリケリ

両六波羅都落事

糟谷三郎宗秋六波羅殿ノ御前ニ参テ申ケルハ御方ノ御勢

次第ニ落失テ今ハ千騎ニ足ヌ程ニ成テ候此御勢ニテ大敵ヲ防カ
宣叶ヘシトモ存候ハス先主上上皇ヲ取進テ関東ヘ御下有テ
重テ大勢ヲ以テ都ヲ攻ラレ候ヘカシ佐々木判官時信勢多ノ橋ヲ
警固メ候シ被召具候ハゝ御勢モ不足候マシ佐々木御伴仕テハ
近江国ニ於テハ手指物候マシ美濃尾張遠江ニハ御敵有リトモ奉
路次ハ定テ無為ニソ候ハンスラン鎌倉ヘ無為ニ御着候ナハ洋逆徒退治
踵不可廻ス先思食候ヘ是程ニアサマシナル平城ニ取籠ラレサセ給テ
名将匹夫鋒ニ名ヲ失セ給ハン事口惜カルヘキニテ候ハスヤト申ケレハ両
六波羅モ誠モトヤ思ハレケレサテハ先女院皇后北政所ヲ始進テ両殿ノ
女姓サキ人ヲシ悉ヤナニ落シテ後心閑ニ一方打破テ落ヘシトテ評定有
テ小串五郎兵衛尉秀信ヲ以テ此由院内ヘ被申タリケレハ皇

侶ツ始進テ有ト有ヌ上臈女房達ニ至ニテ訓《サヽヌ》誠中ニ結居タル琴サニ、
思ヒ父別ノ悲サモ後ニ成行カレスル事ツモ不知後歩ニテ我先ニト達
出給唯金谷苑ノ春ノ花一朝ノ風ニ被誘引四《ヨ》方《モ》ノ霞ト成リ行
ヌ音ノ夢ニ不異中ニモ越後守仲時ハ北ノ方ニ向テ宣給ケルハ日
来ハ維ヒ思ノ外都ヲ立コト有トモ何クニテモ伴申《トモナイ》サントコソ思ツレトモ敵
東西ニ満テ道ヲ塞ヌ間ハ心安ク関東ニテ落ツカンコトモ有カタシ
サレハ至テハ御身サヘ具足シ奉テハ如何セン唯先ツ角テ御座シ母
娃ノ事ハ何怖畏カ有ヘキ松寿ハ未タ幼稚ナレハ敵縦見付タリトモ、
誰カ子トモ思寄ラシ不然ハ又今ノ間ニ夜ニ紛レテ何方ヘモ忍出サセ
給テ如何ナル佛閣僧坊ニモ身ヲ隠シ且ツ世間ノ淘ラン程ヲ待給ヘ
シ道程子細ナリ関東ヘ下着ケハ軈テ御迎ニ参ラスヘシ若又我道ニテ人

何ニモ成ヌト聞給ハヽ何ナル人ニモ相馴テ松寿ヲ心安ク人ト成ニ心付
ナハ、僧法師ニモ成テ我後世菩提ヲモ訪セテタヒタマヘト心細気ニ謂シキ
テ、ハラ／＼トコホルヽ涙ヲ鎧ノ袖ニソ懸ラレケル北ノ方是ヲ聞給テ袖ヲ引
ヘテ、ナドヤ角ウタテケナル事ヲハ聞ヘ侍ルソヤ抑此時節ニサ物ナレト、
アニメ、引具シ知ヌ辺ニ迷ハ誰カ落人ノ其方様ト思ハヌ者候ヘキ又昔
来ヨリ相知タル人ノ傍ニ立寄テハ敵ノタメニサカシ出サレテ、我身恥シ
見ノミナラスサキ者寿ヲサヘ失ハレ事憑カルヘレサラテハ又誰ヲカ憑ヘキ
片時モ身ヲ隠スヘキ便ナレ道ニテ思ノ外ノ事有ハソコニテコソ請
共ニ同草葉ノ露トモ消ハテ候ハメ憑ム影ナキ木ノ下ニ世ヲ秋風ノ露ノ
間ニ捨ラレン奉テハ長ラヘキ心地モセス只ハ一道ニト泣悲ミ給ヘハ越後
守ハ心ハ猛《タケシ》ト謂トモ指ガ岩木ノ身ナラネハ暫ク別ヲ捨カネテ遥ニ時ヲ

物サヒケルハ誠ニ理哉ト覚タリ六波羅ノ南方左近将監時益ハ行
幸ノ御前ヲ仕テ被打ケルカ馬ニ乗ナカラ北ノ方越後守ノ中門
椽ノ際ニ打寄テ主上ハ早寮ノ御馬ニ被召テ候ニナトヤ角テハ
御渡リ候ソトテ云ステヽ打出ラレケレハ仲時カナノ鎧ノ袖草摺ニ取
付給タルヲ北ノ方サキ物ヲ引放テ椽ヨリ馬ニ打乗テ北門ヲ東ヘハキ
給ヘハ捨シカルヘ人々泣々左右ニ立別テ具ニ泣臥給ニシガカリテ有ヘキ
ニアラテ子ハ泣々東ノ小門ヨリ迷出給ツ有様思遣《ヤラレ》テ行々モ其跡ヲ顧
見給ヘハ北ノ方サキ人々ノ泣悲給ツ声ハ遥ノ耳ニキコエツ放モヤラス悲サニ
落行涙ニ道迷レテ馬ニ仕テ歩セラル是ヲ限ノ別トハ互ニ知ラテ過給
ケル心ノ中コソ哀ナレ越後守十四五町カ程打延テ跡ヲ顧見給ヘハ早
六波羅ノ舘ニ火懸テ一片ノ烟ト立上ル五月《サツキ》闇《ヤミノ》比ナレハ前後モ見ヘス

暗カリシニ苦集滅路道ニ野伏トモ充満メ十方ヨリ射ケル矢ニ左近
将監時益頸ノ骨ヲ被射テ馬ヨリ倒ニ落給ヘ糟谷七郎馬ヨリ
下リ矢ヲヌキ引起サントシケレトモ大事ノ痛手ナレハ只一矢ニ弱々ト
成テ忽ニ息ノ止ケレハ思ノ外ノ別ニテ夢カトタニ思モアエス歎何ニ有ト
モ知サレハ池寄テ折ヘキニモ非ス悲テ落ル道ナレハ傍輩ニ告知セテ返
合スヘキ様モナレハ只流ニ舟ヲ漂セ闇ニ灯ノ消タル心地メ且ソハ時益ノ御腰
シカヽエテ居タリケルカ餘ニ見ルモ綵惜クスヘキ様無ケレハ不如只同枕ニ
自害後生ニテモ主従ノ儀ヲ重スルニハト思定ケレハ進ム涙ヲ推止テ泣
々主ノ頸ヲシカキ切テ直垂ノ袖ニ裹テ道ノ傍ニ深ク隠シ置キ我身ハ腹
十文字ニカキ破リ主ノ死骸ニ抱付テ同枕ニソ伏タリケル君臣忠貞
ノ義ハケニ有カタキ事哉ト聞者モ袖ソシホリケル諸卿已ニ四宮河

原ヲ過サセ給ケル処ニ落人ノ通ルソ打留テ物具剥ト呼ル声前後ニ
聞テ矢ヲ射ル事雨雹ヲ降スカ如シ角テハ行末トテモ如何カ有ンス
ラントテ春宮ヲ始進テ供奉ノ雲客殆相惑ツ已カ共々ニ成行テ陪従ノ
臣モ無リケリ日野大納言資名勧修寺大納言経顕綾小路中納
言重資・禅林寺宰相有光ハカリ僅ニ龍駕ノ前後ニ供奉セラレケ
リ・都ヲハ一片ノ暁雲ニ隔テ思ヲ萬里ノ東ノ路ニ傾サセ給ヘハ剣閣ノ
遠キ昔モ思召合ラレ祿山ノ乱タリシ世モ角コソト叡襟断テ又續ニ
カハ主上モ上皇モ御涙ヲ袞龍ノ御袖ニ懸テ道モ去アエス又行幸
ナリ五月ノ短夜ナレトモ明ヤラテ関ノコナタモ暗ケレハ杉ノ木陰ニ駒留テ
草屋ノ床ニモ立寄テヤスラハヾヤトソ思召ケル懸ル処ニ何ヨリ射トモ
知ヌ流矢主上ノ左ノ御肱ニ立ニケリ陶山備中守急キ馬ヨリ飛下テ

無シバ援テ御疵シ吸ニ流ルヽ血膏ノ御膚ニ染進セケレハ目モ當ラレス御
事也浅猿哉忝モ万乗ノ主賤キ匹夫ノ矢鋒ニ傷ラレテ神龍忽ニ
釣者ノ苦ニ懸ラセ給事昔モ今モ承ミト近臣モ武士モ諸共ニ不覚ノ
涙ニシソ咽ケル去程ニ黎明漸ク明初テ朝霧僅ニ残ルニ北ナル山ニ見
渡セハ野伏共ト覚敷テ五六百人カ程楯シ一面ニ突鏃シ汰テ待
懸タリ備前国住人中吉孫八待幸ノ先ニ候ケルカ敵近ツケハ馬シ
懸寄テ忝モ一天ノ君ノ臨幸ナル路シハ何者ナレハ如様ノ狼藉シハ
仕ソ心有物ナラハ弓シ弛冑シ脱テ通進ヨ礼儀シ知ヌ奴原ナラハ一
々ニ召取テ頸シ路径ノ衢ニ切懸テ通ルヘシト喚ケレハ野伏共カラ〳〵ト
打笑ヒ何ナル十善ノ君ニテモワタラセ給ヘ御運尽テ都シ落サセ給ハヽ又
ルシヲ譲ニ進ラセントハエ申マシ通タク思召ハ御供ノ武士共ノ馬物具シミヽ

ナ捨サセテ御心ナスリ落サセ給ヒ候ヘト言モハテス同音ニ時ヲ同トツ揚タリ
ケル中吉弥八是ヲ聞テ悪《ニク》キヤツハラカ振舞カナイデホシガル物具取ラセン
ト云侭ニ若黨六騎馬ノ鼻ヲ並ヘテソ懸タリケル敵心ハ鐵盛ノ野伏
共ナレハ命ヲ惜テレトハ思ハス六騎ノ武者ニカケタテラレテ蛛ノ子ヲ散スカ
如ク四角八方ヘ逃ケレハ六騎ノ兵六方ヘ分レテ逃ルヲ追テ支ハ数十町ナリ
中吉弥八ハアマリニ長追シタリケル程ニ野伏共二十余人返合テ是
ヲ中ニ取籠ル弥八ハスコシモヒルマス其中ノ棟梁ト見ヘタル敵ニ馳双ヘテムスト
組テ二疋カ間ヘドウドヲツ四五丈高キ片岸ノ上ヨリ上ニナリ下ニナリ
コロヒケルカ共ニ組ミハナレスシテ深田ノ中ヘコロヒ落ニケリ中吉下ニ成テ
ケレハアケ様ニ刀ヲ著トテ腰ノ刀ヲ探ニ探ラ時抜テヤシヲセタリケル鞘《サヤ》ハ
カリアリテ刀ハナシ上ナル敵中吉カ胸板ノ上ニ乗懸テ髭ノ鬢ヲ

國ハテ頸ヲカヽントシケル処ヲ中吉刀加ヘニ敵ノ小肘ヲシヒヤト撞テ暫ノ字多
給ヘ申ヘキ夏アリ御辺今ハ我ヲナ討給ソ刀ガアラハコソハ子返テ勝
負ヲモセメ又ツクリ御方ナケレハ落重テ我ヲシタスリル人モアラレサレハ爾
過ノ手ニカヽリテ死ナンスル條疑ナシサリナカラモ我ハ名字アル侍ニテモ
ナシ頸ヲ取テ出サレタリトモ実検ニモ逢ニシ高名ニモナルニシ我ハ六
波羅殿ノ御雑色ニ六部太郎ト申者ニテ候ヘハ見シラヌ人ハ候ニシ
毎日ノ見下ノ頸ヲ取累ヲ作リ給ハンヨリハ我命ヲ扶テタヒ候ヘ其
故ニハ六波羅殿ノ銭ヲ六千余貫埋テ隠サレタル所ヲ知テ候ヘハ
手引申テ御辺ニ所得セサセ奉ラント申ケレハ誠トヤ思ケン扶タル刀ヲ
鞘ニサヽレ下ケル中吉ヲ引起テ命ヲ扶ルノミナラス様々ノ引出物ヲシテモ
手ナヒテ京ヘツレテ上リケル六波羅ノ焼跡ヘ行テ正ヒリコヽニ埋ニルタリシ

物ゾメハヤ人カ掘テ取タリケルゾヤ德ツケ奉ヲントテ思召ハ耳ノビクノ薄ツ御座ニ候上歎テ霄突《ソラ》シテコソ伺シケル中吉カ武略ニ道開テ主上其日ハ篠原ノ宿ニ著セ給ケリ此ニテ怪《アヤシ》氣ナル網代輿ヲ尋出タリケレサレトモ駕輿丁モ無レハ歩立ノ兵共御輿ノ前後ニ参ケル天台座主梶井ノ二品親王ハ是マテ御伴申サセ給タリケルカ御門徒ノ衆徒一人モナク成テ只中納言僧都慶超二位寺主浄勝ハカリ也ミカハ角テハ長途ノ逆擬叶ミシトテ野洲ノ河原ノ五月雨ニ浪コス袖ヲ干カ子テ人伊勢路ヘソ趣セ給ケル山田ニテ神官ナル人ノ御憑有ケルニカイ〱敷隠置進セケルトカヤ去程ニ両六波羅都ヲ落テ東国ヘ下向閑ヘシカハ江州ノ山徒大ニ起テ先帝第五ノ宮御遁世ノ本ニテ伊吹ノ麓ニ御座有ケルヲ取立テ参テ野村熊谷箱部河坂菓浦ノ一族地

集テ錦ノ御旗ヲ揚東山道第一ノ難所ト云番馬ノ宿ノ東ナル表カ
嵩ニ取上リ岸ノ下ナル細道ヲ中ニ挟テ待懸タリ是ヲハ不知越後守
仲時ハ篠原ノ宿ヲ打立テ仙蹕《ヒツ》ヲ重山ノ雲ニ促シ奉ル昨日出シ都
ノ名残夜部ノ夢ノ心地メ隔ツル空ヲ數ミテ未ハト問ヘハ梓《アツサ》弓山ハ
鏡ト答フレトモ立寄ル蔭モ無ニ野路ノ風吹シホル礒部ノ表ヲ打越テ
ナレヌ旅子ノ床山見ヘキ多モイサヤ河小野ノ細道草分テ人目ヲ今ハ
忍坂ノ末ハ下ル東路ヤ番馬ノ宿ニシテ着給ケル都ヲ出シニテハ爽《サハヤカ》ナル
兵一二千騎モ有ラント覚ヘシカ道ニテ次第ニ落失ケルニヤ宗ト兵ハ
千騎ニタニ不足ケリ角テ叶マシトテ佐々木判官時信ヲハ後陣ノ警
固ニ打セラル賊徒道ヲ囲支モ有ハ追散セトテ糟谷三郎ニ先陣ヲ
打セラル真跡ニ鸞輿ヲ囲ミ奉リ百司ノ官衛ハ無メ只ハ六軍旌ヲナヒケツヽ

当馬ヲ急サセ給ハントスル処ニ鬨ノ音ヲドツト揚数万敵楯ヲ突双ヘ
鏃ヲ支テ待懸タリ糟谷主両是ヲ見テ思フニ当国他国ノ粟
黨メラカ落人ト心得テ物具剥トテソ集ルラン誰カ命ヲ可惜ム手
痛ノ一当ヒタランニテトヤ輩路ヲ開サラントス云侭ニ三十余騎ノ兵トモ
蒐ヲ攻テソ懸タリケル二陣ヲ固タル野伏五百余人糟谷主両カ勇気ニ
退屈メ一戦モセス靡ヲ塵ヲ挨カ如ク遥ノ峰ヘ挨ニアケラレテ二陣勢ニ逃
加ル糟谷主両一陣ノ軍ニ打ノ勝テ今ハヨモ手ニ懸ル物アラシト心安
思テ朝霧ノ晴行侭ニ越ヘキ末ノ山路ヲ屹ト見渡タレハ錦ノ旗一
流峯ノ嵐ニ吹揚メ兵五六千人カ程ト覚敷テ閑音ヲ前ニ当テ峰
山岨ヲ渡テ待懸タリ糟谷主両是ヲ見テ退屈メソ覚ケル重テ
懸破ラントスレハ人馬已ニ疲テ敵難所ニ支タリ懸寄テ矢軍ニセントト

スレハ矢種皆尽テ敵ハ若干ノ大勢也兎モ角モ叶ヘシトモ覚サリケレハ
麓ニ辻堂ノ有ケルニ皆下居テ後陣ノ勢ヲ相待ケレ越後守仲時
前陣ニ軍有ト聞給テ馬ヲ早メ馳近キ其ノ様ヲ被問ケレハ糟谷
三郎越後守ニ向テ申ケルハ弓矢取ノ死スヘキ所ニテ死ナヌハ恥ヲ
見ルト申シ習ハシタルハ理ニテ候ケリ我等都ニテ打死スヘウ候シ物ヲ、
一日ノ命ヲ惜テ是マテ落モテ来テ今云《ココ》ニテ申甲斐ナキ田夫野
人ノ名モナキ手ニ懸テ徒ニ尸ヲ路径ノ露ニ曝サン事コソ口惜ク候ヘ
此一所ニテ候ハヽ身命ヲ捨《ス》テ打破テモ通リ候ヘキカ推量仕ニ
當國ハ佐々木ヲ連ルハ子細有シト思ニ加様ニ候美濃国ハ又
土岐伯耆十郎多治見四郎二郎最初ヨリ前朝ニ還忠ニシ進
テ謀叛ノ張本ニテ候シカハ朝敵也父ノ敵也此折ヲ得テ一矢仕ス

事候ニ、吉良《キラ》ノ一族度々ノ召ニ不レ応メ遠江国ニ城郭ヲ構テ凶
徒候シカハ出合ニスト存候此物トモシ敵ニ語テ遠洛ノ道ヲ閉レシコト
然ハ二万余ノ勢ニテモ叶カタシ况哉等今落人ト成テ人馬共疲
ハテ矢ノ一ツハカハカシク射候ヘキカモ無リ成候ヘハ何ツニテカ落ノヒ
候ヘキ唯後陣ノ佐々木ヲ御待有テ当国ニサリ丈ヘキ用害ヲ構テ立
籠リ疲タル気ヲモ助ケ赤国ノ勢ノ上洛セシヲ御待候ヘカシト申ケレハ越
後守仲時モ此儀尤可然覚候佐々木トテモ今ハ何ナル野心ヲ
存スラムト憑ナサ覚レハ進退谷テ面々ノ意見ヲ訪ハムト存スル也
サラスハ何様此堂ニ磬テ佐々木ヲ待テコソ評定有メトテ五百
余騎ノ兵トモ此彼ニソ下居タリケル、
〈於テ番馬ニ切腹ニ事、

懸リケル処ニ佐々木判官時信ハ後陣ノ警固シテ兼テ一里計引サ
カリ五百余騎ニテ打ケルカ何ナル天魔波旬ノ所為ニテカ有ケン六
波羅殿ハ番馬ニテ野伏トモニ取籠ラレ一人モ不残被誅給ヌトソ
告タリケル時信是ヲ聞テ今ハスヘキ様ナシトテ四十九院ヨリ引返シ
一族ノ佐々木佐渡判官入道々誉ニ足利殿ニ了レハ彼ニ調合テ自
過シ遁ト急キ京都エソ馳上ケル是シモ不知越後守仲時且クハ
時信ヲ遅シト待給ケルカ期過時遷リケレハサテハ佐々木モ早敵ニ
成テケリト今ハ何エカ引返候ヘキ又何エカ落行ヘキナレハ面々ニ腹シ
切ランスル物ヲト中ニ一途ニ心ヲ取定テ其氣色トモ引替テ皆涼敷
見タリケリ越後守仲時軍勢トモニ向テ宣給ケルハ武運既ニ
傾テ當家ノ滅亡近ニ有ト見ナカラマテ矢ノ名ヲ重ミ日来好シ忘レス

シテ是ニテ付纏エル志中ニ申ニ詞モナシ其報謝ノ恩誠ニ深ト謂
トモ一家ノ運已ニ今ニハ何ノ時ヲ以テカ是ヲ可報今ハ我等カ為ニ自害シ
メ、生前ノ芳恩ヲ死後ニ報セント存スル也、仲時不肖ノ身也ト謂
トモ関東一氏ノ名ヲ汚スサレハ敵定テ我首ヲ以テ千戸ノ功ニモ償
スラン早仲時カ首ヲ取テ敵ノ手ニ渡シ咎ヲ補テ忠ニ備ヘ給ヘト、
云モハテサル詞ノ下ニ鎧脱テ押膚脱腹十文字ニ掻切テ臥給ケル
糟谷三郎宗秋是ヲ見テ涙ノ鎧ノ袖ニバラバラト懸リケルヲ押ヘテ、
宗秋コソ先自害シテ冥途ノ御先ヲモ仕ントト存候ツルニ先ニ立セ給
スルコトコソ口惜ケレ今生ニテハ命ヲ涯ノ御前途ヲ見終進セス冥途
ナレハトテ見放チ進ラスヘキニ非ス暫ク御待候ヘ死手ノ山三途ノ川御伴
申候ハントテ越後守ノ柄口ニテ腹ニ突立テ置タル刀ヲ取テ己カ腹ヲ

八文字ニ掻破テ仲時ノ伏給タル死ノ腹ニ抱付テツ伏タリケル誠ニ異
忠義哀ニモイカメシクモ覚ケリ只今仲時ノ御言耳ノ底ニ止テ雖忘
思ケレハ誰カハ糟谷ニ劣ヘキトテ押膚脱テ先一番ニ佐々木隠岐前
司子息次郎左衛門　同三郎兵衛　同永寿丸　高橋九郎
同孫四郎　同又四郎　同孫四郎左衛門　同五郎　隅田源七左
衛門　同孫五郎　同藤内左衛門　同金一　同四郎　同五郎
同新左衛門尉　同孫八　同又五郎　同藤六　同三郎　安東
太郎左衛門入道　同孫三郎入道　同左衛門太郎　同左衛門
二郎　同十郎　同三郎　同又次郎　同新左衛門　同七郎　三
郎　同藤三郎　中布利五郎左衛門　石見彦三郎　武田下
条十郎　関屋八郎　同十郎　墨《黒》田新左衛門　同次郎左衛門

赤井太郎　同掃部左衛門　依藤十郎兵衛　菅吉左京亮

勘解由七郎兵衛　小屋木七郎　塩屋右京亮　同小郎

海上小郎　罘田平六兵衛　岩切三郎左衛門　木工助入道

子息助三郎　吉井彦三郎　同四郎　子息新左衛門

同四郎　壹岐孫四郎　窪次郎　糟谷孫四郎入道　同孫

三郎入道　同次郎　同伊賀三郎　同彦三郎入道　同太炊頭

郎同次郎入道　同六郎　同次郎　櫛橋次郎左衛門　南和

五郎　同又五郎　原宗左近将監入道　子息彦七　同七郎次郎

同七郎　平右馬三郎　同五郎　土肥三郎　平五次郎　御厨

所七郎　西郡十郎　秋月次郎兵衛　半田彦三郎　怒借屋彦

三郎　平塚孫四郎　毎田三郎　新郷六郎入道　宮崎三郎

同又太郎　山本小八郎入道　同七郎入道　子息彦三郎　同小
五郎　子息彦五郎　同孫四郎　足立源五　平川孫六　斎藤
五郎左衛門　伊佐治部丞　片山十郎　同次郎入道
木村四郎　弘田小八郎　筧井三郎　二階堂伊勢入道　舞
中務　子息弥三郎　同四郎　海老名四郎　同余一　石川
九郎　子息又次郎　進藤六郎　同彦四郎　備後民部大輔
同三郎入道　加賀彦太郎　同弥太郎　武田余次　児島新
三郎　同新太郎　満生野藤左衛門　池寺藤内兵衛
同左衛門五郎　同左衛門七郎　同新左衛門尉　同左衛門
太郎　信乃廿外記　斎藤宮内丞　子息千王丸　同宮内
左衛門　子息七郎　同三郎　筑前民部大輔　同七郎左衛

門　田村中務入道　同彦五郎　同兵衛次郎　真上彦三
郎　子息三郎　陶山次郎　同小五郎　小宮山孫太郎
同五郎　同六郎次郎　高境孫三郎　塩谷孫三郎
庄左衛門四郎　藤田六郎　同七郎　金子十郎左衛門
真壁三郎　江馬彦次郎　近部七郎　能登彦次郎
新野四郎　佐海八郎三郎　藤田八郎　愛多義中務丞
子息孫次郎
此等ヲ宗トノ者トシテ都合四百三十二人同時ニ腹ヲソ切タリケル
血ハ其身ヲ浸《ヒタ》シテ黄河ノ流ノ如也死骸ハ庭ニ充満シテ屠所ノ肉ニ
異ナラス彼已亥年ニ五千ノ貂錦胡塵ニ亡ヒ潼関ノ戦ニ百万ノ
士卒河水ニ溺レケルモ是ニハ不過トソ覚ヘケル主上上皇ハ此死人共ノ

有様ヲ御覧スルニ肝心モ御身ニ添ズ只アキレテソ御座シケル去程ニ
五宮ノ官軍トモ主上上皇ヲ取奉テ國分寺ヘ入奉ル三種ノ神
器并ニ玄象下濃二間御本尊ニ至ルマテ五宮ノ御方ヘソ渡サレケ
ル秦ノ子嬰漢祖ノ為ニ亡サレテ天子ノ璽符ヲ頸ニ掛白馬素車ニ
乗テ軹道ノ傍ニ至リ給ヒシ亡秦ノ陣ニ異ズ日野大納言資名卿ハ
殊更當君奉公ノ寵臣也シカハ如何ナラン同シカ見ンズ覧ト身ヲ
悲ミテ思ハレケレハ其辺ノ辻堂ニ遊行ノ聖有ケル所ヘシハシテ可出家
ミ由宣ケレハ聖聽テ戒ノ師ト成テ是非ナク髪ヲソリ落サントシケルニソ
資名卿聖ニ向テ出家ノ時ハ何ト哉覧四句ノ偈ヲ唱ル事ノ有ゲニ候
モノヲト被申ケレハ此聖其文ヲシヤ知ラサリケン汝是畜生發菩提心トソ
唱タリケル手河守豪俊モ同ソ傍ニテ出家セント既ニ髪ヲ洗ヒケルカ

是ヲ聞テ余ノ憐サニ出家スレハトテ汝ハ是畜生也ト唱ヘ給事ノ遮ニ
サヨトヱツホニ入テソ笑ケル此外今マテ付奉タル卿相雲客コヽカシコニ落止リ
テ出家遁世シテ退散シケル間今ハ経顕有光卿二人外ハ供奉
仕ル人モナシ其外ハ皆別ヌ敵軍ニ前後左右ヲ打カコマレテ浅増ゲ
ナル網代輿ニ召シテ都ヘ帰リ上セ給ヘハ見物ノ貴賤巷ニ立テ不
思議ヤ去々年先帝ヲ笠置ニテ生取奉リ隠岐国ヘ流シ奉ラ
セシ其酬三年カ中ニ来ル事ノ浅猿シサヨ昨日ハ他ノ州ノ憂ト云シカト
今日ハ我上ノ責ニアタレリトハ加様ノ事ヲ哉申ヘキ此君モ又如何ナル配
所ヘカ遷サレサセ給テ宸襟ヲ悩サレンス覧心有モ心無モ因果歴
然ノ理ニ袖ヲヌラサヌハ無リケリ去程ニ昨日夜六波羅既ニ攻落サレテ
主上上皇皆関東ヘ落サセ給ヌト翌日午尅計ニ千劔破ヘ聞ヘ

タリケレハ城中ニ悦シ成シテ勇ミ合ヘリ只籠ノ中ノ鳥ノ出テ林ニ遊
ス悦シナレ寄手ハ牲ニ赴ク羊ノ待レテ屠ニ近ツク思シテ何様一日モ
遅ク引ハ野伏孫勢ヲクハヽリテ山中ノ路難儀ナルヘシトテ十日ノ早旦ニ
釼破ノ寄手十万余騎南都ノ方ヘト引テ行ツメヽ前ニハ野伏トモ
充ニケリ跡ヨリ敵ハ追懸ル大勢引立ル時ノ色ナレハ弓矢ヲ取捨
親子兄弟ソ離レテ我前ニト迯フタメキケル程ニ或ハ路モ無キ岩石ノ
本ニ行セニリテ腹ソ切或数千丈深キ谷底ヘ落入テ骨ヲ微塵ニ
打砕ク者幾千万ト云数ヲ知ス御方勢ヲ儆サレトテ寄手ヨリ
警固シスヘシト谷合ノ木ヲ逆木ソ引ノケテ通ル人無ケレハセキ落
サレテ馬ニ離ナレヨロヒテハ人ニ蹈殺サレ三里カ洞ノ山路ソ数一万ノ
敵ニ追立ラレテ一葉モセテ引シカハ今朝ニテ十万餘騎ト見ヘシ勢

手ノ勢残リサナニ討ホ僅ニ生タル軍勢モミ、物ノ具ヲ捨ヌヘカリシカ
レハ今モ至ルマテ金剛山ノ搦手東條ノ路ノ辺リニハ矢ノ穴刀ノ疵アリ白骨
収ル人モ無ケレハ苔ニ纏レテ累々タリサレトモ宗トノ大将達ハ一人モ
路ニテハ討レスシテ生タル甲斐ハナケレトモ其日ノ夜半計ニ南都
ヘソ皆落着給ヒケル有為轉變ノ世ノ中ノ盛者必衰ノ道理ヲ知モ
不ル知モ推ナヘテ袖ヲヌラサヌハ無リケリ

太平記巻第九

太平記

十

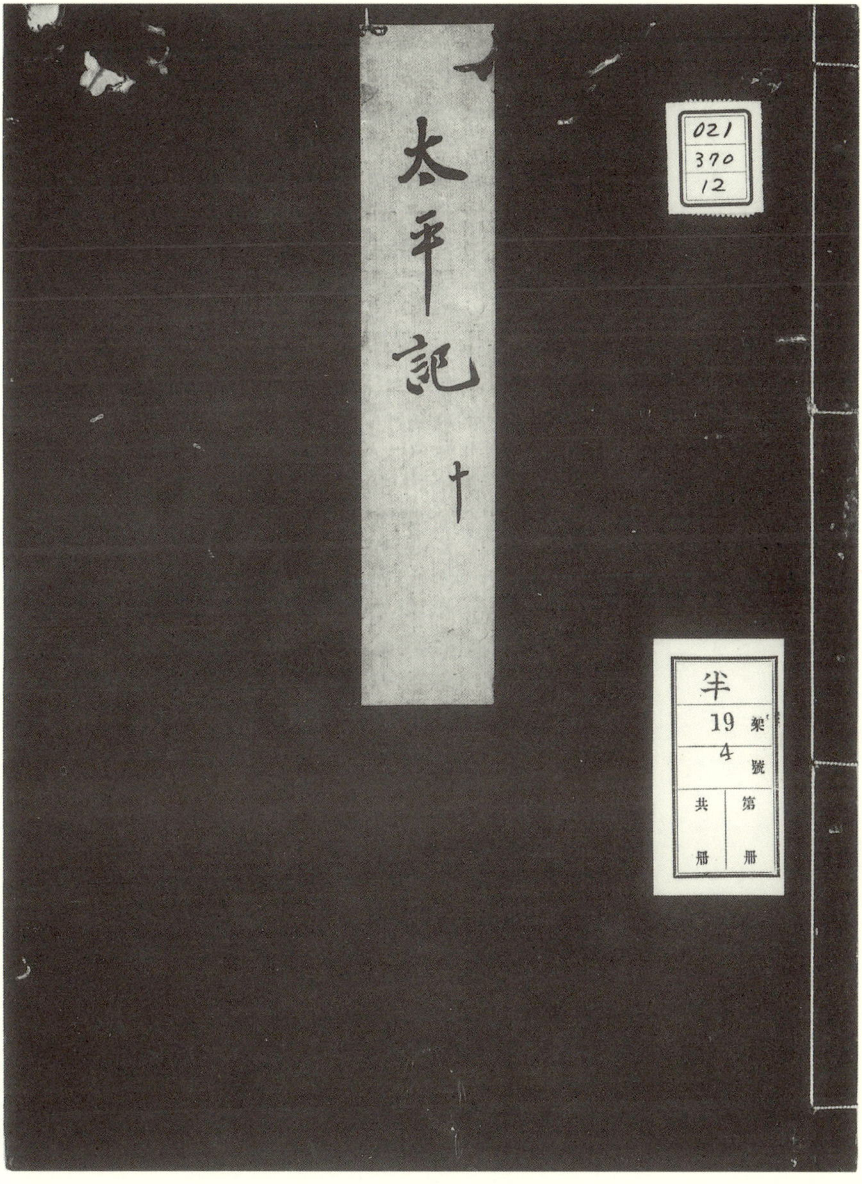
太平記　十
021
370
12
半
19 架
4 號
第 冊
共 冊

太平記巻第十

〔高氏於テ京都ニ成ス敵シ事

元弘三年五月二日夜半ニ足利治部大輔高氏ノ二男千寿
王殿大蔵ノ谷ヲ落テ行方不知成給シカハ鎌倉中ノ貴賤スハヤ
事出来スルハト騒動スル事不斜ナラ京都ノ事ハ道遠ニ依テ未タ分
明ノ説モ無ケレハ毎事無心元トテ長崎ノ勘解由左衛門尉高泰
ト諏《ス》方《ハ》木工《ムク》左衛門入道ヲ両使ニテ被上ケル処ニ六波羅ノ早馬駿
河高橋ニテ行合ヌ名越殿ハ被討給ヒ足利殿ハ敵ニ成給ヌト申ケレハ
サテハ鎌倉ノ事モ不審トテ両使ハ取テ返シ関東ヘソ下ケル爰ニ
高氏ノ長男竹若殿ハ伊豆ノ御山ニ御座ケルカ伯父宰相法印良
遍児同宿十三人山伏ノ姿ニ成テ潜カニ上洛シ給ヒケルカ浮島カ原

ニテ両使ニシテ行合給ケル諏方長崎虜《イケトリ》奉テ面目ニセハヤト思処ニ
宰相法印無是非馬ノ上ニテ腹切テ道傍ニシ臥給ケルヲ長崎サテ
ハ野心条無子細ケリトテ竹若殿ヲハ潜ニ指殺シ奉リ同宿十
三人ヲハ剣頭ヲ浮島原ニ懸テソ通リケル懸ケル処ニ新田太郎義貞去三月
十八日前朝ヨリ綸旨ヲ給リシカハ千剣破ヨリ虚病シテ本国ニ帰リ便宜ノ一
族達潜ニ集メテ謀叛ノ計略ヲソ被廻ケル懸ル企有トハ思モ不依相模入
道舎弟四郎左近太夫入道ニ十万余騎ヲ指副テ京都ヘ上セ畿内西
国ノ乱ヲ可静トテ武蔵上野安房上総常陸下野六ヶ国ノ勢
ヲソ被催ケル其兵粮ノ為ニトテ近国ノ庄園ニ臨時ノ點役ヲソ被
懸ケル中ニモ新田庄世良田ニハ有徳ノ者多シトテ出雲介親連黒
沼彦四郎入道ヲ使ニテ六万貫ヲ五日ノ中ニ沙汰スヘシト厳《キヒシク》下知セラ

レケレハ使先彼カ所ニ従テ大勢シテ庄家ニ放入テ譴責スル事法ニ過タリ。
新田義貞是ヲ聞給テ我館辺ニテ雑人ノ馬ノ蹄ニ懸サセツル事コソ返々モ
無念ナレイカテカ身ナカラ可怖トテ数多ノ人勢ヲ指向ラレテ両使
ヲ忽ニ生取テ出雲介ヲハ誡シテ黒沼入道ヲハ頸ヲ切テ同日暮程ニ
世良田ノ里中ニシテ被懸タル相模入道此事ヲ聞テ大ニ怒テノ給
ケルハ当家取世シテ已九代海内悉其命ニ不随ト云事更ニナシ。
然ニ近代遠境動モスレハ武命ニ不随近国常ニ下知ヲ軽スル事
奇怪ナリ也。剰我藩屏ノ中ニ於テ使節ヲ誅戮スル条罪科非軽ニ此
時若緩ニ沙汰シ致ハ大逆ノ基ト成ヌトテ即武蔵上野之両国ニ
仰テ新田太郎義貞舎弟脇屋二郎義助ヲ討テ進スヘシトソ
下知セラレケル義貞是ヲ聞給テ宗徒ノ一族達ヲ集テ此事如何ン

有ヘキト評定有ケルニ異儀區々ニシテ一ニ不定或ハ沼田庄ヲ用害ニシテ
利《ト》根《ネ》川ヲ前ニ當テ敵ヲ待タント云儀モ有リ又越後国ニハ大略當
家一族充満シタレハ津張郡ニ打超テ上田山ヲ伐《キリ》塞キ勢ヲ付
テ一方ノ階ト意見不定サリケルヲ舎弟脇屋次郎義助且ク思案シテ
進出テ申サレケルハ弓矢ノ道ハ死ヲ軽ニシテ名ヲ重スルヲ以テ義ト
セリ就中相模守天下ヲ取テ百六十餘年ニ今ニ至マテ武威サカ
ンニ振テ其命ヲ重クセズト云処ナシサレハ縦利根川ヲサカラテ防ト
モ運尽ナハ叶マシ又越後國ノ一族ヲ憑タリトモ人ノ意不知又キ
謀ニアラス指セル事モナクシテ出ヌ物故此彼エ落行テ新田ノ何ガシコソ相
模守ノ使ヲ切タリシ咎ニ依テ他國エ逃テ打タレタリシナド天下ノ人ノ口ニ
入シ事コソ口惜ケレトテモ打死ヲセンスル命ヲ謀叛人ト謂レテ朝家ノ

タメニ捨メラレンハナカラン跡ニテモ勇ハ子孫面ヲ悦シメ名ハ路径ノ尸ヲ可
清ム先立テ綸旨ヲ被下ヌルハ何用ニカ當ヘキ各宣旨ヲ額ニ當テ運
命ヲ天ニ任テ只ハ一族ナリトモ國中ヘ打出テ義兵ヲ挙タランニ勢付ハ
軈テ鎌倉ヲ可攻落ス勢付ズハ只鎌倉ヲ枕ニシテ打死スルヨリ外ノ
事ヤ候ヘキト義ヲ先トシ勇ヲ宗トメノ給シカハ當座ニ一族三十
余人皆此義ニ同シケルサラハ軈テ事ノ漏聞ヌ前ニ打立テトテ五月
八日卯尅ニ生品ノ明神ノ御前ニテ旗ヲ挙綸旨ヲ披テ三度是ヲ
拜シ笠懸野ヘ打出テラル相随フ人ニハ氏族ニ大舘次郎宗氏
子息孫二郎幸氏二男彌二郎氏明三男彦次郎氏兼堀
口三郎貞満舎弟四郎行義岩松三郎經家里見五郎
義胤脇屋二郎義助江田三郎光義桃井二郎尚義

是等ノ宗徒ノ兵ト〆五千騎ニハ過サリケリ此勢ニテハ如何ト思
処ニ其日ノ晩景ニ六ノ新川ノ方ヨリ馬物具爽見タリケル兵二千騎
ハカリ馬烟ヲ立テ馳来ルヲスハヤ敵ヨト目ニ懸テ見レハ敵ニテハアラス
〆越後国ノ一族ニ里見鳥山大井田羽川ノ人々ニテソ御座ケル此
度兼テヨリ其企アラハコソ人モ可ㇾ知不思議ノ思ヲ成ナシテ義貞
大ニ悦テ馬ヲ磬テノ給ケルハ当家ノ大事此時ニ出来テ已ニ一期浮沈
也サレハカツ〳〵ニ申サンニモ時魁モナクテ候ツルニ何ニ〆是ニテ早御入
ソト問給ケレハ大井田遠江守鞍壺ニ畏テ被ㇾ申ケルハ依テ勅定ニ大
義ヲ思食立ル、由承リ候ハスハ何ニ〆加様ニハ可ㇾ馳参ス候去五日
御使ト〆山伏一人越後ノ国中ヲ一日ノ間ニ触廻テ通リ候シ間夜ヲ
日ニ継テ馳参テ候境隔タリタル者ハ皆明日ノ程ニソ参著候

ハンスランヽ他国ヘ御出候ハヽ且ツ彼勢ヲ御待候ヘト申セケレハ義貞ニハ
何《イカ》ニ告知セタル叓モキニ此物ノ加様ニ謂ケルヤラン何様是ハ八幡
大菩薩我等ニカツ付サセ給ワンタメノ御使ナルヘシト大慶ニ畏給テ
ケレハ後ニ是ヲ案スルニ偏ニ天狗ノ所行ニテソ有ケル去程ニ越後ノ一族
達道ニテ馬ヨリ下テ各對面メ色代シ給テ人馬ノ息ヲ継セ給ケル処ニ
明日ニテモナリ後陣ノ越後信濃甲斐ノ源氏トモ家々ノ旗ヲ指
連テ都合其勢五千餘騎恪メ數見ヘテ馳来ル義貞ヽ義助諸
トモニ不斜悦テ且ツモ逗留スヘカラストテ同九日武蔵国ヘ打越給フニ
紀五郎左衛門足利殿ノ御子息千寿王殿ヲ具足シ奉テ二
百余騎ニテ馳着タリ是ヨリ上野下野上総常陸武蔵ノ兵トモ
不期セ集リ不催サ馳来テ其日暮程ニ二十万七千余騎カフトヲ

並テ磐タリ　サレハ四方八百里ニアマル武蔵野ニモ人多トモ充満テ身
シ峙ニ處ナリハ打囲タル勢モハ天ニ飛鳥モ翔事不得地ヲ走ル獣
モ隠レントスルニ処ナシ草ノ原ヨリ出ル月ハ馬鞍ノ上ニホノメキ曹ノ袖ニ
傾ケリ小花カ未シヲタル風ハ旌旗ノ影ヲヒラメカシ纜ノ手静ル事ソ
ナキ驟シカハ国々ノ早多鎌倉ヘ打重リ象シ告ル事如ニ櫛ノ齒ノ是ヲ
関テ時ノ変化シモ計ヌ物ハアナ事々シ何程ノ事カ有ヘキ唐土ノ
昔ヨリ寄可来ト云ハ誠ニモ真シカラン我朝秋津島ノ内ニテ鎌倉
破シテ亡サントセシ事ハ螳螂カ遮車ニ精衛シテ埋海ントスルニ不異ストナラ、
欺キアヘリ物ノ心シモ弁ヘタル人ハスハヤ大事出来スルハ西国鎮西ノ合
戦未タ静大敵又藩籬ノ中ヨリ起レリ是レ伍子胥カ呉王夫差ヲ
諫シニ晋ハ瘡痏ニシテ越ハ腹心ナリト謂シニ不異ト恐アエリカリテ有

〈中ニ派ストテ同九日軍評定有テ次朝巳剋ニ金澤武蔵守貞将ニ
五万余騎ヲ指添テ下河辺ヘ被下是ハ先上総下総ノ勢ヲ付
テ敵ノ後攻ヲセヨト也一方ヘハ櫻田治部大輔貞国ヲ大将ニテ
長崎十郎高重同孫四郎左衛門加治二郎左衛門入道ヲ
相副テ入上道ヨリ入間河ヘ被向是ハ水澤ヲ前ニ當テ敵ノ渡サン
処ヲ討ントナリ義時ヨリ以来ハ東国閑ニメ人皆弓矢ヲモ忘ルカ如
ナルニ今始テ干戈ヲ動ス珍シサニ兵トモ支ニ數此ヲ晴トソ出立タリシカハ馬物
具太刀皆照耀ハカリナレハ由々敷見物ニテソ有ケル路次ニ両日逗
留有テ同十一日辰ノ剋ニ武蔵国小手差《コテサシ》原ニ打臨給フ爰ニ遥ニ敵
ノ陣ヲ見渡セハ其勢雲霞ニ餘テ何十万騎トモ云数ヲ不知櫻
田長崎是ヲ見テ案ニ相違ヤシタリケン馬ヲ扣テ進得ズ義貞忽ニ

入間河ヲ打渡テ先時ノ声ヲ揚兵ヲ勧テ矢合ノ流鏑ヲ射サセケレハ
鎌倉勢モ時ノ声ヲ合セ陣ヲ勧テ流鏑声ノ鳴渡テ左右様《タムセ》シノ
調ケル初ハ射手ヲ汰テ散々ニ矢軍ヲシケリ前ハ究竟ノ馬足タチ世、
何モ東国ソタチノ武士トモナレハ何カサモタヘルヘキ太刀長刀ノ切サキソ
ロヘ馬ノツツハミニ汰テ切テヤ入リ二百騎三百騎千騎二千騎兵ヲ添テ
相戦フ事三千余度ニ及シカハ義貞ノ兵ハ三百余騎被討鎌倉勢
モ五百余騎討死シ日已ニ暮タレハ人馬トモニ疲タリ軍ハ明日ト
約諾シテ義貞三里引シリソキ入間河ニ陣ヲ取ル鎌倉勢モ三里引
シサリテ久米河ニ陣ヲ取タリケル両陣相去レトモ其間ヲ見渡セハ
三十余町ニ不足ケリ何レモ今日ノ合戦ノ物語シテ人馬ノ息ヲツカセ両
陣互ニ篝ヲ焼テ明ルヲソシト待居タリ夜已ニ明ヌレハヒヒラテト打寄テ

馬ノ腹帯ヲ固メ甲ノ緒ヲシメテ相待トソミヘシ両陣互ニ寄合テ五六万
余騎ノ兵一手ニムスト并合セ陽ニ開テ中ヲワラレシト勇ケリ義貞ノ
兵是ヲ見テ陰ニ閉テ籠ムトス是此ノ黄石公カ虎ヲ縛ル手楯張
子房カ挫術ツ何レモ皆存知ノ道ナレハ両陣トモニ入乱テ不被
囲不被破只百戦ノ命ヲ限ニテ一挙ニ死ヲツヽ争ケルサレハ千葉カ
一騎ニ成ニテモ互ニ引ジト戦ケレトモ時ノ運ニヤ依ケン加治長崎二
度ノ合戦ニハ打負タル心地シテ分陪ヲ指テ引退ツ源氏猶次テ寄ル
トシケルカ連日数尅ノ戦ニ人馬疲タリケレハ一夜ノ足ヲ休テ
久米河ニ陣ヲ取寄テ明ル日ヲコソ待タリケレ去程ニ桜田治部
大輔貞国加治長崎等十二日ノ軍ニ打負テ引退ク由ヲ鎌
倉ヘ聞ヘケレハ相模入道舎弟四郎左近大夫入道恵性ヲ大将

軍トシテ塩田陸奥入道安保左衛門入道結城越後守長崎駿
河守時光佐藤左衛門入道安東左衛門尉高貞横溝
五郎入道南部孫次郎新開左衛門入道三浦若狭五郎
氏明ヲ差添ヘテ重テ十万余騎ヲ下サル其ハ勢十五日ノ夜半
計リニ分陪ニ著ケレハ当日陣敗軍力ヲ得テ勇ニ進ントス義貞ハ
敵ニ荒手ノ大将下テ大勢加ハリタリトハ思モ不依十五日ノ夜未明ニ
分陪ヘ押寄テ時ノ作ヲ鎌倉勢先究竟ノ射手三千人勝シ
テ面ニ進メ雨ノ降ルカ如ク散々ニ射サセ二十万騎ヲ左右ニ進メ義貞ノ
勢ヲ取籠テ不余トコソ攻タリケレ新田義貞逞兵ヲ引勝テ敵ノ
兵大勢ヲ懸破テハ裏ヘ通リ取返テハ喚テ懸入リ電光ノ激カ如ク
七八度カ程ソ当リケルサレトモ大敵而荒手ニテ先度ノ恥ヲ雪ント義

ヲ専ニメ闘ケル間義貞遂ニ打負テ堀金ヲ指テ引退ク其勢
若干《ソコハク》被討テ痛手ヲ負者数ヲ不知ナリ其日聽テ追懸テ
バレ寄タリシカハ義貞云ニテ討レ給ヘカリシヲ今ハ敵何程ノ事カ有
新田ヲハ空テ武蔵上野ノ者トモ討テソ出サンスラント大様ニ憑テノ
時ヲ移ス是ゾ関東ノ運命ノ尽ル所ノ元ニナリシ

三浦大多和合戦意見事

懸ニ程ニ義貞モセシカタナリノ思ハレケル処ヘ三浦大多和平六左衛門
義勝ハ兼ヨリ義貞ニ志有シカハ相模国ノ勢松田河村土肥
土屋本間渋谷ヲ具足メ已上其勢六千餘騎十五日ノ暁景ニ義
貞ノ陣ヘ馳集ル新田義貞大ニ悦テ急キ対面アテ礼ヲ厚シテ
近テ合戦ノ意見ヲソ被訪ケル平六左衛門畏テ申ケルハ今天下

二ニ分テ互ノ安否ヲ合戦ノ勝負ニ懸ケタル事ニテ候ヘハ其雌雄未
度モ荘度モナトカ毎テハ候ヘキ但始終ノ落居ハ天命ノ帰スル所
ニテ候ヘハ遂ニ太平ヲ致レン事何ノ疑カ候ヘキ御勢ニ義勝カ勢ヲ
并テ戦ハンニ十万余騎是モ猶敵ノ勢ニ不及候ト謂エトモサノミ
ニ大勢ハ又ワロリ候ナトカ今度ノ合戦ニ一勝負セテ候ヘキト申ケレハ
義貞モノサトヨ當手ノ疲兵ヲ以テ大敵ノ勇誇ルニ懸ラム事ハ
如何ト宣給ケルヲ義勝重テ申ケルハ今日ノ軍ニハ治定可勝ツ謂レ候
其故ハ昔秦楚ト闘シ争ケル時楚ノ将軍武信君ワツカニ八万
余騎ノ勢ヲ以テ秦ノ李由カ八十万騎ノ勢ニ討勝テ首ヲ切ル
事四十餘万也是ヨリ武信君心驕軍懈テ秦ノ兵ヲ恐ルヽニ不
足思ヘリ楚ノ副将軍ニ宋義ト云兵是ヲ見テ戦ニ勝テ将驕卒

惰時ハ必破ルト云ヘリ武信君今必此不亡ハ何ヲカ待ントト申ケルカ果〆
後ノ軍ニ武信君秦ノ左将軍章邯カタメニ被討テ忽ニ一戦ニ亡
ケリ義勝昨日潜ニ人ヲ遣テ敵ノ陣ヲ見スルニ其ノ将驕ル事武
信君ニ不異ナラ是則宋義カ謂ニ所ニ不可違所詮明日ノ合戦
ニハ義勝荒手ニテ候ヘハ一方ノ前ヲ兼テ敵ヲ一当々テ見候ハント
申ケレハ義貞誠ニ心服ニ宜ニ随カヒ即今度ノ軍ノ成敗ヲハ三浦平
六左衛門ニソ被許ケル明レハ五月十六日寅ノ刻ニ三浦四万余騎カ前ニ
進テ分陪河原ヘ押寄ル敵ノ陣近ク成ルマテ態ト旗ノ手ヲモ不下サ
時声ヲモ不挙ケリ是ハ敵ヲ出抜テ手攻ノ勝負ヲ決センタメ也如ク
案ノ敵前日数ケ度ノ戦ニ人馬皆疲タリ其上今敵可寄トモ不思
カケサレハ馬ニ鞍不置ス物具ヲモ取調ヘス或ハ遊君ニ枕ヲ双テ帯紐ヲ解テ

臥タル者モアリ或ハ酒宴ニ酔ツヽ被催サ前後ヲ不知タル者モアリ
只一業所感ノ者トモカ自滅ヲ招ニ不異却テ哀ニ覚テ有ケ
ルトカヤ義貞ニ寄手相近是ヲ見テ河原面ニ陣ヲ取タル者ハ今西
ヨリ攻テ来ル大勢ノ関ニ上ルヲ聞テ来ルハ若敵ニテヤ有ラン御
用心候ヘト告タリケレハ諸大将ヲ始テ猿事ヤ有ル三浦ハ我ニ相
模国勢ヲ催テ御方ヘ馳参ルト聞ニカ一定参タリト覚ルソカニ
目出度事コソナケレトテ騒者一人モナシ只ハトニカリニモ運命尽ケル
ホトコソ浅猿ケレ去程ニ義貞三浦カ先懸ニ追スカフテ十万余騎ヲ
三手ニ分テ三方ヨリ押寄テ同時ニ時ヲ作ケル葉性時声ニ驚テ
テ馬ヨ物具ヨト周章騒処ニ義貞義助ノ兵縦横無尽ニ懸立
三浦平六是ニ力ヲ得テ坂東ノ八平氏武蔵ノ七党ヲ一手ニ

さし、蜘手輪《ワ》違《チカヘ》十文字ニ不ㇾ余サト攻タリケル甲斐前司左近大夫入道ノ大勢ナリト云ドモ、三浦カ一時ノ謀ニ被ㇾ破テ落行勢ハ散々ニ鎌倉指シテ引退ク。討ルヽ者ハ数ヲ不ㇾ知。大将左近大夫入道モ関戸ノ辺ニテ已ニ討ヌヘク見エケルニ、横溝八郎蹈止テ近付敵廿三騎時ノ間ニ射テ落ス。息フ程戦テ主従三騎討死ス。安保入道々堪父子三人相随兵百余人同枕ニ討死ス。其外譜代奉公ノ郎従、一言芳恩ノ軍勢トモ三百余人引返シテ討死シケル。其間ニ大将四郎左近大夫入道ハ其身ニ恙ナクシテ山内ヘ被ㇾ引ケル。長崎三郎高重ハ久米河ノ合戦ニ組テ討シ敵ノ首二ツ切テ落タリシ、敵ノ首十三、中間下部ニ取持セテ、鎧ニ立ツ箭ヲモ不ㇾ抜カ、疵ノ口ヨリ流ルヽ血ニ白糸ノ鎧ハ忽ニ火威ニ染成テ、閑々ト鎌倉殿ノ御屋形エ参リ中門ニ

畏リタリケレハ祖父ノ入道世ニモウレシゲニ見出迎自疵ヲスヒ血ヲ含涙
ヲ流テ被申ケルハ古諺ニ見子ノ不ス如父ニト謂トモ義先々悔ヲ以テ上ノ
御用ニ立アルマキ物ゾト思テ常ニ不教シ加ヘシ事大ナル誤也ケリ悔今万
死ヲ出テ一生ニ遇堅ヲ摧ケル振舞陳平張良難トスル処ヲ究メ得タ
リ相構テ今ヨリ後モ義一大事ト合戦メ父祖ノ名ヲモ呈シ主殿ノ御
恩ヲモ報シ申候ヘシト日比ノ庭訓ヲ飜シテ只今ノ武勇ヲ感シケ
レハ、老重頭ヲ地ニ着テ両眼ニ涙ヲウカヘケルハ

△新田義貞攻ニ入鎌倉中事、

去程ニ義貞数ケ度ノ闘ニ打勝給ヌト聞エシカハ東八ケ国ノ武
士トモ順付事雲霞ノ如ニ関六ニ一日逗留有テ軍勢着到シツヽ
着テレケル軍奉行ノ所ニ註ス六十万七千余騎トソ見エタリケル、サテ大

北勢ヲ三ノ手ニ分テ各二人ノ大将ヲ指添三軍ノ帥《スイラ》令司《ツカサトラ》其一方ニハ
大舘二郎宗氏ヲ左将軍トシ江田三郎行義ヲ右将軍トス其
勢総テ十万余騎極楽寺ノ切通シヘゾ向ケル一方ニハ堀口三郎貞満
ヲ上将軍トシ大嶋讃岐守ヲ禅将軍トス其勢都合十万余
騎巨福坂ヘ指向ル其一方ニハ新田義貞義助諸将ノ命ヲ
司テ脇屋堀口山名岩松大井田桃井里見鳥山額田
一井羽川以下ノ一族達前後左右ニ囲セテ其勢五十万七
千余騎、假粧坂ヨリゾ被寄ケル、
〇関東氏族并家僕等討死支、
鎌倉中ノ人ヒハ昨日一昨日ニテモ分陪関戸ノ合戦有テ御方
討負ヌト聞ケレトモ猶物ノ数トモ思ハズ敵ノ分際サコソ有ヌト慢

テ強ニ周章氣色モ無リケル、大手ノ大将ニテ被向中務部尤道末木
道ウツカニ討成セレテ昨日ノ暁景ニ山ノ内エ引被セ又搦手ノ大将ニ
テ下総部ヘ被向タリシ金澤武蔵守貞将ハ小山判官千葉介ニ
負テ下道ヨリ鎌倉エ入給ケレハ思ノ外ナル珍事哉ト人皆周章シ
ケル処ニ結句五月十八日卯剋ニ村岡藤沢片瀬腰越十間酒
匂五十余ケ所ニ火ヲカケテ三方ヨリ寄カケタリシカハ武士東西ニ馳
違貴賤山野ニ逃迷フ是ソ此霓裳一曲ノ声ノ中ニ漁陽ノ鞞鼓《ヘイコ》動
シテ地ヲ来リ烽火万里ノ詐ノ後ニ戎翟旌旗天ヲ掠テ到リケレ
周ノ幽王ノ滅亡セシ有様唐ノ玄宗ノ傾廃セシ為体モカクヤコソハ有ツ
ラント思知ル、計ニテ涙モ更ニ不止浅猿カリシ事トモ也去程ニ義
貞ノ兵三方ヨリ寄ト聞エケレハ鎌倉ニモ相模左ミ助高成、城式部

大輔景氏丹波左近大夫将監時守ヲ大将トシテ三手ニ分テソ防
ケル其一方ニハ金澤越後左近大夫将監ヲ指添テ安房上総下
野ノ勢三万余騎ニテ假《ケ》粧《ハイ》坂ヲ堅メタリ一方ニハ大仏陸奥守貞
直ヲ大将トシテ甲斐信濃伊豆駿河ノ勢ヲ相随テ五万余騎
極楽寺切通ヲ堅メタリ一方ニハ赤橋前相模守盛時ヲ大将
トシテ武蔵相模出羽奥州ノ勢是モ五万余騎ニテ洲崎敵ニソ
被向ケル此外末ヽノ平氏八十餘人国ヽノ兵十万余騎ヲハ時ニ取
テ弱カラン方ヘ可向トテ鎌倉中ニ残サレタリ去程ニ同日ノ巳剋ヨリ合
戦始テ終夜攻戦互タトエテ謂ハン方モナシ寄手ハ大勢ニテ荒手
ヲ入替ヽヽ攻ヘリケレハ鎌倉方ニハ防《フセキ》場《ハ》殺一所ナリケレハ打出ヽ相支
テ戦ケリサレハ三方ニ作ル時ノ声両陣ニ呼箭叫ハ天ヲ響カシ地動ツス

魚鱗ニ懸リ鶴翼ニ開キ前後ニ當リ左右ヲ支ヘ義ヲ重シ命ヲ輕
メ安否ヲ一時ニ定メ剛臆ヲ累代ニ可残《ノコス》合戦ナレハ誰カハサノ
ミ可疼《ヲシム》子討ルレトモ扶ズ親ハ乗超テ前ナル敵ニカヽリ主射落サルレト
モ引起サズ郎等ハ其馬ニ乗テカケ出或ハ引組テ勝負ヲシスルモアリ
或ハ打替テ共ニ死スルモ有ケリ其猛卒機ヲ見ニ方人死テ一人残リ
百陣破テ一陣ニ成レトモイツハツヘキ軍トハ見エサリケリ懸リケル処ニ赤橋
相模守盛時ハ洲崎エ向ハレタリケルカ此陣ノ軍剛メ一日一夜ノ其間ニ
六十五度ニテ切合タレハ数百騎有ツル郎従モ落失スル程ニワツカ残
ル其勢ハ三百余騎ニソ成ニケル侍大将ニテ同陣ニ候ケル南条左衛
門高直ニ向テノ給ケルハ何ニ高直奉ハレ漢楚八ケ年ノ闘ニ高祖度ゴ
トニ打負給シカトモ一度烏江ノ軍ニ利ヲ得テ却テ項羽ヲ亡スサレ

ハ斉晋七十度ノ闘ニ重耳更ニ勝事無リシカトモ遂ニ斉境ノ闘ニ打勝テ文公国ヲ保テリサレハ万死ヲ出テ一生ヲ得百《モヽ》回《タヒ》負テ一戦ニ利アルハ合戦ノ習也今此敵聊勝ニ乗ルニ似タリト云トモサレハトテ当家ノ運今日ニ窮ヌトハ不覚然トイヘトモ守時ニ於テハ一門ノ安否ヲ見後シテ不可期此陣頭ニテ腹ヲ切ント思ナリ其故ハ守時足利殿ニ女姓方ノ縁ト成ル間相模殿ヲ始奉リ一家ノ人ヒサコソ心ヲモヲキ給ラメ是勇士ノ所恥ナリ彼ノ田光先生ハ燕丹ニ被語レ時此事漏スナト謂レテ其疑ヲ散セシメン為ニ命ヲ失テ燕丹カ前ニ死タリシソカシ此陣闘急ニシテ兵皆疲タリ我何ノ面目カ有テ堅タル陣ヲ引テ而モ嫌疑ノ中ニ且ツ命ヲ可惜トテ闘未半ナル最中帷幕ノ中ニ物ノ具ヌキステヽ腹十文字ニ切給テ北枕ニシテ臥給ヘ南条是ヲ見

テ大将已ニ御自害アル上ハ士卒誰カタメニカ命ヲ惜ヘキイテサラハ御伴
申サントテツヽイテ腹ヲ切ケレハ同志ノ侍九十余人上ニ上ニ重伏テ腹
ソシリ切タリケルサテコソ十八日ノ晩程ニ洲崎一番ニ破レテ義貞官
軍山内ニテハ攻タリナレ戦ニ人ノ身ニ於テ有ヘキ事ノ有ニシキ振
舞哉トテ義貞モ甚猛キ眼ニ涙ヲ浮ヘツヽ白ニ感シ給ケリ懸処ニ
本間山城左衛門ハ大仏奥州貞直ノ思顧ノ物ニテ殊更近習シ
ケルカ聊勘気セラレタル事有テ出仕シ不覚未セカ宿所ニソ候ケル
已ニ五月廿九日早旦ニ極楽寺ノ切通ノ軍破テ已ニ敵攻入リ大仏殿
被討給ヌセント聞エシカハ本間山城左衛門若党中間百余人是ソ
最後ト出立テ極楽寺坂エツ向ケル敵大将大舘二郎宗氏カ三
百余騎ニテ引エタル真中エ懸入テ勇謗タル大勢ヲ八方エ破リケル

ラレ大将宗氏ニ組ントスル間モナク懸リケル三十余騎ノ兵トモ須臾ノ
程ニ討レ靡キ勝越ニテツク引タリケル餘ニ手繁追テ懸レカハ大
将宗氏ハ取テ返シ息ル程闘テ本間カ郎等ト引組テ指違テ伏
給ケル本間大ニ悦テ馬ヨリ飛テ下リ其頭ヲ取テ切サキニ貫キ義
貞陣ニ馳参シ幕ノ前ニ畏テ多ノ年ノ奉公他日ノ御恩此一戦
ニシ以テ奉報候又御不審ノ身ニテ空ク罷成候後世ニテノ
忘念トモ成候主堅牢地神モ御覧候ナレハ今ハ御免ヲ蒙テ
安ク冥途ノ御先仕候ハント申モハテス流ル、泪ヲ押エツヽ腹カキ切テ
ソ失ニケル義貞是ヲ見給テ哀感無比ケレハ是ソ人ノ義ヲ行跡エ
ル手本ナル三軍ヲハ可奪師トハカレシ謂以徳ヲ報怨シトハ是ソツノ
謂ヘキハツカシノ本間カ心中ヤトテ落ル泪ヲ曽ノ袖ニカケナカライザヤ本間カ

志ヲ感セントテ自打出ラレシカハ相順兵モ泪ヲ流サスハカリケリ去程ニ
切通シエ向ハレタル大館二郎宗氏本間ニ被討テ兵トモ片瀬腰越
マテ引退ヌト聞給ケレハ新田義貞逞兵二万余騎ヲ率メ廿一日ノ
夜半ハカリニ片瀬腰越ヲ打廻テ極楽寺坂エ打莅給明行月
ニ敵ノ陣ヲ見給エハ北ハ切通マテ山高ク路サカシキニ木戸ヲ誘垣楯
ヲカイテ数万ノ兵陣ヲ双テ並居タリ南ハ稲村カ崎ニテ沙頭路
狭キニ浪打涯マテ逆木ヲ繁ク引懸澳四五町カ程ニ大船トモ
ヲ並テ矢倉ヲカイテ横矢ニ射サセント構タリ誠ニモ此陣ノ寄手叶
ハテ被討引ヌランモ理ナリト見給ケレハ義貞馬ヨリ下給テ冑ヲ
ヌイテ海上ヲ遥々ト伏拝ミ龍神ニ向テ祈誓シ給ケルハ傳ヘ奉ル
日本開闢ノ主伊勢天照大神ハ本地ヲ大日ノ尊像ニカクシ垂跡ヲ滄

海ノ龍神ニ呈給エリト我君其苗裔《エイ》トメ逆臣ノタメニ西海ノ浪ニ
漂給フ義貞今臣タル道ヲ尽サンカタメニ斧鉞ヲ把テ敵陣ニ莅
志偏ニ王化ヲ資ケ奉リ蒼生ヲ令安ト也仰願ハ内海外海ノ龍
神八部臣カ忠義ヲ鑒テ潮ヲ万里ノ外ニ退ケ道ヲ三軍ノ陣ニ
令開給エト致信ヲ祈念シ自ニ佩《ハキ》給エル金作ノ太刀ヲ解テ海中投
給ケリ真ニ龍神納受ヤシ給ケン其夜ノ月ノ入潟ニ前ニ更ニ干《ヒタル》事モ
無ケル稲村カ崎俄ニ廿余町干上平沙正ニ渺々タリ横矢射ント搆
タル数千ノ兵船モ落行塩ニ被誘テ遥ノ奥ニ漂不思議ト謂モ無
類義貞是ヲ見給テ伝聞後漢ノ弐師将軍ハ城中ニ水尽渇ニ
被責ケル時自佩《ハケル》刀《ツルキ》ヲ解テ刺《サセ》ニ岩石ヲシカハ飛泉俄ニ涌《ワキ》出キ我朝ノ
神宮皇后ハ新羅ヲ攻給シ時自干珠ヲ取テ海上ニ投給シカハ

潮水遠ク退キテ闘ニ勝事ヲ得給ヘリト是皆和漢ノ佳例ニメ、
古今ノ奇瑞ニ相似タリ進メヤ兵トモ、トテ下知セラレケレハ江田大舘里見
鳥山田中羽河山名桃井ノ人々ヲ始トメ越後上野武蔵相摸ノ軍
勢トモ六万余騎ヲ一手ニ成テ稲村カ崎ノ遠干方ヲ真一文字
ニ懸通テ鎌倉中ヘ乱入ル数万ノ兵是ヲ見テ後ナル敵ニ懸ラレ
ニトスレハ前ナル寄手跡ニ付テ攻入ラントス前ナル敵ヲ欲防ト後ナル
大勢道ヲ塞テ欲討ト進退失ノ度ヲ東西ニ迷心ヲセハ塞キ数ツノ敵ニ
向テ軍ヲ致ス事ハナカリケリ爰ニ嶋津四郎ト申シハ大力ノ聞エ有ヽ識
ニ器量事ナラス人ニモ勝タリケレハ御大事ニ逢ヌヘキ物ナリトテ執事長
崎入道カ烏帽子子ニシテ一人当千ト被憑タリケレハ前途合
戦ニ向ントテ未タ口ニノ防場エハ不被向態相摸入道ノ屋形ノ辺ニシ

被置ケル懸ル処濵ノ手已破テ義貞ノ官軍トモ若宮小路ニテ寄
タリト聞驚ケルハ相模入道島津ヲ呼寄テ自酌ヲ取テ酒ヲ進
メテ三度傾ケル時三間ノ屋ニ被立タリケル関東無双ノ名ノ白浪
ト謂ケルニ白鞍置テゾ被引ケル見人是ヲ不浦山ト謂者ナシ島津
門前ヨリ此馬ニヒタト打乗テ動ク路懸ニ歩セテ由井濵ノ浦風ニナイ
紅ノ大笠注ヲ吹ソラサセ三物四物取付テ當ヲ拂テ馳向ケレハ數万軍
勢是ヲ見テ誠ニ一騎當千ノ兵也此間執事ノ重恩ヲ与ヘテ傍若
無人ニ振舞セラレツルモ理哉ト私語テ讃物コソ無リケレ義貞ノ兵
是ヲ見テアハレ敵ヤト勾《くくり》ケレハ栗生篠塚矢部堀口由良長濵
ヲ始トメ大力ノ覚取タル悪物トモ我先ニ彼武者ト組テ勝負ヲ
決セント馬ヲ進メテ相近シ両方名誉ノ大力トモガ人交モセズ軍スルハ

レ見ヨトゾノヽメキテ敵御方諸トモニ難《カタ》唾《ヅ》ヲ呑テ汗ヲカキ是ヲ見物メ
ゾ聲タル懸処ニ島津馬ヨリ飛テ下曹ツキシテ申シヌ南々ト身
繕ヒスル程ニ何トスルソト見居タレハ、シメ〳〵ト降参シテ義貞ガ勢ニシ加ケル、
貴賤上下是ヲ見テ参ツル言ヲ翻テ悪ヌ物モ無リケリ是ヲ降人始トメ
或ハ年来重恩ノ郎従或ハ累代奉公ノ家人トモ主ヲ棄テ降人ニナリ
親ヲ捨テ敵ニ付リ目モ當ラレヌ有様ナリ凡源平威ヲ振ツヽ互ニ天下ヲ
争シ事モ今日ヲ限トソ見エタリケル去程ニ濱面東西ノ在家并ニ稲村
崎稲瀬河ノ東西ニ火ヲカケヒタ攻ニ攻入レト大音声ヲ指上テ義貞
頻ニ下知シ給エハ官軍下知ニ随テ手々ニ火ヲゾ放ケル折節濱風烈《ハゲシク》吹
布《シイ》テ車輪ノ如ナル炎ヲ黒烟ノ中ニ飛散テ十町廿町カ外ニ燃付事同
時ニ廿余ケ所也猛火ノ下ヨリ乱入テ度方失エル敵トモヲ此彼ニ射伏切

組テ指違モアリ生取ルモアリ烟ニ迷ル女童部トモ追立テ火ノ
中ニ擲ノ底トモ不謂迹倒タル有様是ソ北帝天宮ノ闘ニ修羅ノ眷
属トモ敗軍ニ被討テ剣戟ノ一ニ倒伏阿鼻大城ノ罪人ガ
獄卒ノ梠《シモトニ》被驅テ鐵湯ノ底ニ落入ランモ角ヤト被思知ルテ語ルニ言モ更ニ
無ツ闇ニ哀ソ催テ皆涙ニソ咽《ムセヒ》ケル去程ニ餘烟四方ヨリ吹懸テ相模入
道ノ屋形近ク火カヽリケレハ相模入道千余騎ニテ葛西谷《サイノヤツ》ニ引籠給
ケレハ諸大将ノ兵トモハ東勝寺ニ充満タリ是ハ爰ニテ兵トモニ防矢
射セテハ心静ニ自害セシメンタメナリ誠ニ由々敷ソ見エシサレハ是ニテ付随
物ハ死シテ一途ニソシケル中ニモ長崎三郎左衛門入道子息勘解
由左衛門高泰二人ハ極楽寺切通エ向テ攻入敵ヲ支エ身ヲ
無キニ成テ防ケルカ敵ノ時ノ声已ニ小町口ニ聞エテ鎌倉殿御屋形ニ火

カヽリヌト見エシカハ相随兵七千余騎ヲハ猶本ノ攻口ニ残シキ父子
二人カ手勢六百余騎ヲ勝テ小町口ヘソ向ケル義貞ノ兵是ヲ中ニ取
籠メ討ントスル長崎父子一所ニ打寄セテ先途ノ軍セ速ニ一命ヲ
刃ノ上ニ隕メ重恩ヲ節ノ下ニ報セヨト大音揚テ下知セシハ相随兵モ
父子カ勇言ニ被諫メテ魚鱗ニ連テハカケ破リ虎《コ》韜《タウ》ニ列テハ追靡七八
度カ程ソ揉《モミ》タリケル義貞ノ兵モ蜘手十文字ニ被懸散テ若宮小路
ヘサツト引テ人馬ニ息ヲソ次セケル懸ル処ニ天狗堂ト扇谷ニ軍在ト覚テ
馬烟夥シク数見ケレハ長崎父子左右エ馳向ハントシケルカ子息勘解
由左衛門是ヲ限ト思ケレハ名残ヲシケニ立止テ遥ニ父ノ方ヲ見遣
テ両眼ヨリ涙ヲ浮テ行キモ遣サリケルヲ父叱ト是ヲ見テ高ラカニ恥
シメテ馬ヲ引エテ謂ケルハ何ニカ名残ノ惜カルヘキ独死テ独生残ラ

コソ尋会其期モ久カラムスレハ我モ人モ今日ノ日ノ中ニ討死シテ明日ハ又冥途ニテ依合ンスル物ヲ一夜ノ程ノ別何カサテハ悲カルヘキト高声ニ申ケレハ高恵泪ヲ推拭サセ候ハヽ急テ冥途ノ旅ヲ御急候ヘ死手ノ山路ニテハ待進セ候ハント謂ステヽ大勢ノ中エ懸入ケル心ノ中コソ哀ナレ、入道モサコソ別モ名残モ惜クハ思ケメトモ人ノ親ノ子ヲ諫ル習ナレハ戦場ニ於テ未練ナル由ヲ互ニ人ニ見エシトスレハ落ル泪ヲ押ツヽ加様ニ申ケルコソ矢指ケレト感セヌ者モ無リケリ去程ニ相順兵モワツカニ廿余騎ニ成方ハ敵三千余騎カ真中ニ取籠テ短兵急ニ拉ス高恵カ佩タル太刀ハ面影ト名付テ来太郎国行カ百日精進シテ百貫ニテ三尺五寸ニ打タル太刀ナレハ此切先ニ廻ル物或ハ甲ノ鉢ヲ竪ワリニ被破或ハ胸板ヲ袈裟カケニ切テ被落或ハ馬ニノリナカラ破リ通ケル程ニ敵皆是モ追

立ラレテ敵テ近ツリ者モナカリケリ只陣ヲ隔テハ矢合衣ヲ作テ逢矢ニ
射殺シトシケル間高泰カ乗タル馬ニ矢立事七筋ナリ角テハ可然ナル敵
近ツイテ組ントスル事不叶ト思ケレハ由井濱ノ大鳥居ノ前ニテ馬ヨリ
エラリト飛テ下立テ只太刀ヲ倒ニ杖テ二王立ニソ立タリケル義貞カ兵
是ヲ見テ猛モ只十方ヨリ遠矢ニ射ル計ニテ寄合セントスル者ナカリケリ
サレハ敵ヲ打謀カタメニ手負タル真似シメ小膝ヲ折テソ卧タリケル爰ニ
誰トハ不知矢転子《ご》引両ノ笠注ニ付タル武者五十余騎ヒラヽト打寄
テ勘解由左衛門カ頭ヲ取ラント争ヒ近ツキケル処ニ高泰カハト起テ
太刀ヲ取直シ何物ソ人ノ軍ニシソンタヒレテ昼子シタルヲ驚スハイデモラカセニカル
頸トラセントスル謂ニヽ鐔本ニテ血ニ成タル太刀ヲ打振テ鳴雷ノ落カヽル様ニ
大手ヲハタケテ追ケル間五十余騎ノ者トモ馬ノ逸足ヲ出テ逃ケレトモ勘解由

九衛門カ大音ヲ揚、何ニテ渉リ逢ナシ返ト云声ノ未タ耳ニ聞テ目未指
モ遊《ナカ》足ト思ヒケルトモ、脊一所ニ躍心ニテ踏ニナント云ハカリナシ此位ナレハ
思様ニ敵ヲ悔殺テ一懸入テ裏エヌケ取テ返テ懸乱シ今日ヲ限ト
闘ヒシカ共、一日ノ合戦ニ由井濵ノ大勢ヲ東西南北エ懸散シ敵御
方皆ノ目ヲ驚シ、其ハ死生ヲ不知成ニケリサル程ニ大仏陸奥守貞
直ハ昨日ニテ二万余騎ニテ極楽寺ノ切通ヲ支テ防闘給ヒケルカ今朝
ノ濵ノ合戦ニ三百余騎ニ討成レ剰ヘ敵ニ後ヲ被遮テ前後ヲ度
ヲ失テ御座ケル処ニ鎌倉殿ノ御屋形ニモ火懸ヌト見ヘシカハ世間今ハ
サテトヤ思ケン、又主ノ自害ヲヤ勧ケン、宗徒ノ郎従卅余人白洲ノ上ニ物ノ
具脱棄テ一面ニ並居テ腹ヲソ切ニケル、貞直是ヲ見給テ日本一ノ不
覚物トモノ行跡哉、千騎カ一騎ニ成ニテモ敵ヲモテ名ヲ残コソ勇士ノ

本意トスル所ナレハイデサラハ最後ノ一合戦快為テ兵ノ義進ントスニ
百余騎ノ兵ハ相随、木嶋里見額田桃井磐タル真中エ破テ入思
程闘テ三度逢テ三度分ルレハ兵六十余騎ニ成ニケリ、真東直其
兵ソ指招テ今ハ末ミシ兵ニ懸合テ無益也トテ脇屋義助雲霞ノ如ニ
磐タル真中エ馳入両ニ分レ敵ニ合或ハ頸ヲ取或ハ頸ヲトラレ一人モ
不残討死シテアリシ戦場ノ土ニソ残ケル懸ニカハ金澤武蔵守貞将
モ山ノ内ノ合戦ニ相従兵八百余人討セラレ我身七所ニテ疵ヲ被
テ相模入道ノ御座スル東勝寺エ打帰給タリケレハ入道不斜感
謝シテ軈テ両探題職ニ可被居御教書ヲ被成相模守ニソ
被移ケル貞将ハ一家滅亡ノ日ノ中ツ不至ト思ハレケレトモ多年ノ所望
規模トスル職ナレハ今ハ冥途ノ思出ニモ成レカシト喜テ彼御教書ノ

請取父戦場ヘ打出給ケルニ其御教書ノ裏ニ奔テハ我カ百年ノ命ヲ
報ニ公ノ一日ノ恩ニシト大文字ニ書是シノ鎧ノ引合ニ入テ大勢ノ中ヘ懸入終ニ
討死ニ給ケレハ当家モ他家モ推双テ感ヌ物モ無リケリ去程ニ普
恩寺前相模入道信忍モ假粧坂ヘ向ハレタリシカ夜昼五日ノ合
戦ニ御従巻ヲ討死シ僅ニ廿余騎ソ残ケレハ諸方ノ攻口皆破テ敵
谷ニ入乱ヌト申ケレハ入道普恩寺ニ走入テ討残レタル若党諸共ニ自害
セラレケル其子息越後守仲時六波羅ヲ落テ江州番馬ニテ腹切給
ヌト告タリケレハ其最後ノ有様思ハカテ哀ニ不堪ト思ハレケル一首ノ
歌ヲ御堂ノ柱ニ血ヲ以テ書付給ケルトカヤ
　待シハシ四手ノ山ヘノ旅ノ道同ク越テ浮世語ラン
一年来嗜弄給シ事トテ最後ノ時モ不忘心中ノ懸繕シ述テ天下ノ

称嘆残レケル数寄ノ程コソヤサシケレト皆感涙ヲソ流シケル爰ニ不思議ナ
リシハ塩甲陸奥入道カ子息民部大輔俊時親ノ自害ヲ勧メント腹
カキ切テ目前ニ臥タリケルヲ見給テ幾程ナラヌ今生ノ別ニ目ソ心迷メ
落ル涙モ不留先立ル子息ノ菩提ヲモ祈哉逆修ヲモ備ント覚ハ
ヒテ子息カ死骸ニ向テ年来誦シ給ケル持経ノ紐ヲ解テ要文処々
打上心閑ニ読誦シ給ケリ打漏タル郎等トモ主ト共ニ自害セントテ二百
余人並居タリケルヲ三方ヘ指遣シ御経誦終ホト防矢射ヨト下知メ
狩野五郎重光ハカリ年来物ナル上近ク召仕レケルハ吾腹切テ後屋形ニ
火カケテ敵ニ頸トラスナト云含メ一人留シカレケルカ法華経巳ニ五巻ニ成テ
提婆品ハテントシケル時狩野五郎門前ニ走出テ四方ヲ見廻防矢仕ツル物
トモハヤ皆討レテ敵攻近候早ゝ御自害候ヘト勧ケレハ入道サテハトテ経

リハ左手ニ握リ右ノ手ニ刀ヲ援テ腹十文字ニカキ切父子同枕ニソ臥給ケル。
重光ハ年来ト云重恩ト云当時ノ遺言ニ旁逃カタケレハ聴テ腹シモ
切ランスラント思タレハサハ無テ主二人ノ鎧太刀剥取家中ノ財宝中間下
部ニ取持セテ　覚寺ノ蔵主寮ニソ隠レ居タリケル此重宝トモニテハ
一期不足有マシト覚ルニ天罰ニヤ懸ケン舟田ノ入道是ヲ聞付テ推寄セ
是非ナク召取テ遂ニ頭ヲ刎テ由井浜ニソサラシケル去角コソ有ケ
レトテ悪ヌ者モ無リケリ抑テ此間人ノ行跡善悪逼《マサ〳〵》世乞中ニモ塩
飽新右近入道聖遠ハ嫡子三郎左衛門忠頼ヲ呼テ諸方ノ
攻口《エメ》悉ク破レ御一門皆大略腹切セ給ト聞レハ入道モ主殿ニ
先立進テ其忠義ヲ知レ奉ント思也セサレハ只今自害ニ趣候也御
辺ハ未私ノ眷養ニテ公方ノ御恩ヲモ被蒙一所ニテ全命ヲ不弃トモ、

人寿ノ義ヲ知ヌ物トハヨモ思ハジ。然者何モコレバラツ身ヲ隠シ出家
遁世身トモナリ、我後生ヲモ訪イ心安一身ノ生涯ヲモ送セカシ上意ノ中ニノ
給ケレハ、手前九衛門忠頼モ両眼ニ涙ヲ浮ヘハ、ハ物モ申サリケルカ良《ヤヽ》
有テ是之コソ候トモ覚ヘ候ハヽ子ノ忠頼直ニ公方ノ御身ヲ蒙タル事ハ候ハヽトモ
一家ノ生計悉是武具ニ派ストイフ事ナレ其上忠頼自幼少釈門ニ
到ル身ナラハ息ヲ寿無為ニ入ル道モ然ヘシ苟モ弓矢家ニ生君ヲ此
門葉ニ懸ナカラ武運ノ傾リシヲ見テ時ノ難シノカレンカ為ニ出塵ノ身ト
成テ天下ノ人ニ指ヲサヽレン事是ニ過タル恥辱ヤ候ヘキ御腹被召
候ハヽ冥途ノ御道知部仕候ハンナト云モハテヌ袖ノ下ヨリ刀ヲ抜テ
偸《ニツカニ》腹ニ突《ツキ》立テ畏タル体ニテ候ケリ其ノ才塩飽四郎是ヲ見テ腹ヲ切
ラントシケルヲ父入道大ニ諫テ暫ク吾ヲ先立テ順死ノ孝ヲ専ニセヨ其

後自害セヨト申ケルハ塩飽四郎勝タル刀ヲ収テ父入道カ前ニ畏テゾ候ケル入道是ヲ見テ快氣ニ打笑闇ニト中門ニ曲彔ヲカザラセテ其上ニ結跏趺座シ硯ヲ取寄テ自筆ニ辞世頌ヲゾ書タリケル
五蘊非ス有ニ四大本ヨリ空ナリ大火聚裏《ウチ》ニ一道清風
ト書テ叉手シテ頸ヲ伸テ子息四郎ニ其打テトテ大ハタスキニ成テ頸ヲ指出タリケレハ四郎畏テ太刀ヲ振持テ後ヘ進ヨリ父カ頸ヲ打落シ其太刀ヲ取直シテ鐔本マテ己カ腹ニ突貫テウツブサマニ臥タリケリ郎等三人是ヲ見テ走ヨリ同太刀ニ被貫テ串ニ指タル魚肉ノ如ク頭ヲ連テゾ伏タリケル此人ヲ初トシテ一門ノ氏族ハ申ニ不及其門下ニ有ヲ人名ヲ知タル程ノ人ニ皆思々ニ行跡テ多日ノ恩ヲ酬ケル中ニモ安東左衛門入道聖遠ト申シハ新田義

東北ノ臺ノ伯父《シケ》ナリシカハ彼女房義貞ノ状ニ我文ヲ書副テ
偷ニ聖遠カ方エソ被遣ケルニ安東始ハ五百余騎ニテ稲瀬河エ
向タリケルカ稲村崎破テ後エ廻ケル勢ニ陣ヲ破ラレテ引ケルカ申
哀長濱カ勢ニ取籠ラレテ百余騎ニ討ナサレ我身モ手オヒタト
コロ負テ我カ館エ帰タリケルカ今朝ノ已ニ魁ニ扃所ハ早焼テ其跡モナシ
妻子眷属ハ何チヘカ落行ケン行末モ不知成テ尋問ヘキ人モナ
シ是ノミナラス鎌倉殿ノ御屋形モ焼テ両殿父子東勝寺ニ落サセ
給ヌト申物有ケレハサテハ御屋形ノ焼跡ニハ僧達何程腹切討死メミエル
ト尋ケレハ一人モ見エズ候トツ答ケル是ヲ受テ安東口惜キ事哉日本
国ノ主鎌倉殿程ノ人ノ尋来棲給処シ敵ノ馬ノ蹄ニ懸サセナカラスンツラニ
テ千人モ二千人モ討死スル人無リツラン事ヨト後ノ人ニ欺レン事ヲ

恥辱ナレ、イザヤ人々トテモ討死セントスル命ヲ御臺所ノ焼跡ニテ心閑ニ自
害メ鎌倉殿ノ御恥ヲ洗ントテ討残レタル郎等百余騎ヲ相順テ
小町口エ打莅ム先モ出仕ノ如ク塔辻ニテ馬ヨリ下リ室跡ヲ見廻セハ
今朝ニテハ奇麗ナル大厦高墻ノ構忽ニ灰燼ト成テ須臾轉
変シ烟ト残シ昨日マテ遊戯セシ親昵朋友モ多ク戦場ニ死メ盛者
必衰ノ尸ヲ餘セリ悲ノ中ノ悲ニ安東涙ヲ押テ悃然タル処ニ新田殿ノ北ノ
臺ノ御使トテ薄様ニ書タル文ヲ捧タリ何事ソトテ披見スレハ鎌倉
ノ有様今テハサテトコソ奉リ候エ何ニモメ此方エ御出候エ此程ノ式ヲハ
身ニ替テモ申宥候ヘシナント様々ニ書タリ是ヲ見テ安東太ニ色ヲ
損メ申ケルハ梅檀ノ林ニ入者ハ不染メ衣自香ニト謂エリ武士女房
タル者ハケナゲナル心ヲ一ツ持テコソ其家ヲモ継キ子孫ノ名ヲモ露ス事

ナレサレハ古ノ漢ノ王陵カ母自剣ニ伏テコソ子ノ名ヲハ揚タリシカ昔漢ノ
高祖ト楚ノ項羽ト闘ケル時王陵ト云者城ヲ構テ籠タリシヲ楚
是ヲ攻ニ城更ニ不落此時楚ノ兵相謀テ云王陵ハ母ノタメニ忠孝
アル事不浅所詮王陵カ母ヲ捕テ楯ノ面ニアテヽ城ヲ攻ル程ナラハ王
陵矢ヲ射ル事ヲ得スメ降人ニ出ル事有ヘシトテ潜ニ彼母ヲ捕テケリ
彼ノ母心ノ中ニ思ケルハ王陵ハ我ニ仕ル事大舜曽参高孝ニモ過タリ
我若楯ノ面ニ被縛城ニ向フ程ナラハ王陵悲ニ不堪メ城ヲ落サル丶
事可有ニ不如餘程ナキ命ヲ子孫ノタメニ捨ニハト思定テ自剣ノ
上ニ死テコソ遂ニ王陵カ名ヲハ揚タリシカ我只今ニテ武恩ニ浴シテ人
人ニ知レシ身トナリ今コトノ急ナルニ臨テ降人ニ出タラハ人豈恥ヲ知ヌ
物ト思ハンヤサレハ女性ノ心ニテ縦如何様ノ事ヲイフトモ義貞勇士ノ義ヲ

知リ給ハサル事ヤアルヘキト制セラルヘシ又義貞縦敵ノ志ヲ蓄タメテ
給トモ此ヲ貴裁方様ノ名ヲ失ハシト思ハレハ堅リ辞セラルヘシ只似ヲ友
トスルウタテサヨ子孫ノタメニ憑レストテ上ニタヒハ恨ニハ怒リ彼ノ使ノ見ル
前ニテ其文シカミニ裂ニ加ラ腹カキ切テ失給ケリ

四郎左近大夫入道虚自害ノ事

懸ニカハ相模入道殿ノ舎弟四郎左近大夫入道ノ方ニ候ケル諏
方左馬助入道カ子息諏方三郎盛高ハ連日数度ノ戦ニ
郎等皆討レ又只主従二騎ニ成テ左近大夫入道ノ宿所ニ
来テ申ケルハ鎌倉中ノ合戦今ハ是マテト覚テ候間最後ノ
御伴仕候ハンタメニ参テ候早思召切セ給ヘト進メ申ケレハ入
道アタリノ人ヲノケサセテ潜ニ盛高カ耳ニノ給ケルハ此乱量サルニ出

来當家已ニ滅亡シヌル㕝更ニ他ナシ只相模殿ノ御振舞人望ニ
モ背キ神慮ニモ違タリシ故也但天継イ驕ヲ悪ミ缺盈トモ数代
ノ積善ノ餘慶家ニ尽スハ此子孫ノ中ニ絶ヲ継廃シヲ興ス物無
ランヤ昔齊ノ襄公無道ナリシカハ斉ノ国可ッ亡フ見テ其臣ニ鮑叔
牙ト云ケル者襄公カ子小伯ヲ取他国ヘ落テケリ其間ニ襄公果
シテ公孫無知ニ亡サレテ斉ノ国ヲ失エリ其時ニ鮑叔牙小伯ヲ
取立テ斉ノ国エ推寄セ公孫無知ヲ討㕝ヲ得テ遂ニ斉ノ
国ヲ保セケリ彼斉ノ桓公ハ是也サレハ我ニ於テ深ク存スル子細アレハ
左右ナク自害スル㕝不可有道スヘリハ再ヒ会稽ノ恥ヲ洗ハヤト
思ナリ御辺モ能々遠慮ヲ廻メ何ナル方ニモ隠ルヘカ然スハ降人ニ
成テ命ヲ継テ甥ニテ有ル桃寿ヲ隠シキテ時至リヌト見ム時再ヒ

大軍ヲ起シテ素懐ヲ遂ラルヘシ。兄ノ万寿ヲハ五大院右衛門ニ申付
タレハ心安ク覚ナリトソ給エハ、盛高涙ヲ押テ申ケルハ、今ニテハ公一身
ノ安否ヲ御一門ノ存亡ニ任候ハヽ命ヲハ惜ヘキニ候ハス。御前ニ
テ自害仕テ二心無程ヲ見エ進セ候ハンスル為ニコソ是マテ参リテ
候エトモ、死ヲ一時ニ定ムルハ易ク、謀ヲ万代ニ残スハ難シト申ス事
候ヘハ、兎モ角モ便ニ可随候トテ、盛高ハ御前ヲ罷立テ相模殿ノ思ヒ
人新殿ノ御局ノ扇ノ谷ニ御座ケル処ニ参タリケレハ、御局ヲ始進セテ
女房達ニテ誠ニシホレケニテ、此世ノ中ハナニト成ヘキソヤ。我等ハ女ノ
身ナレハ立隠ルヽ方モ有ヌヘシ。此桃寿ヲハ如何スヘキ。兄ノ万寿ヲハ
五大院右衛門ハ蔵スヘキ方有トテ、今朝何カタヤラン具足シツレハ
心安ク思ナリ。只此桃寿カ事思煩テ、露ノ如ナル我身サヘ消ヤラスルソト。

一

泣《ナキ》口説給ツヽ盛高此㕝有侭ニ申テ御心シモ慰奉バヤト思ケレトモ、
女姓ハニハナキ物ナレハ後ニモ若人ニモモラシ給フ㕝モヤト思返テ涙ノ中ニ
申ケルハ此世ノ中今ハサナキトコソ覚候ヘ御一門大略御自害候ナリ夫
殺ハカリコソ未ヲ葛西谷ニ御座候エハ公達シ一目御覧シ候テ人
御腹ヲ召サルヘシト候間御迎ノ為ニ参テ候ト申ケレハ御局ヒシテ
ニ御座ツル御気色ニ宗々トナラセ給ヒマテ万寿ヲシハ宗繁ニ預《アツケ》ツル心安ニ
構テ此子ヲシモ能々隠メサレヨト仰モアヘス御涙ニ咽セ給シカハ盛高モ
岩木ナラヌハ心ハカリハ進ケレトモ心ヲシツヨリ持テ申ケルハ万寿御料ヲシモ
五大院右衛門宗繁カ異見ニ進候ツルヲシ人敵見付テ追懸進候
シカハ小町口ノ在《サイ》家ニ走入テ若子ヲシ指殺シ進テ我身モ腹切テ焼
死候ツルナリアノ若子モ今日此世ノ御名残是ヲシ限ト思召候兼

テモ隠アルマジキ物故ニ将庭ノ雑ノ草隙レシメル有様ニテ歟ニサセ忽
カサレテ幼ナキ御アニ一家ノ御名ヲ失ハレン事口惜候ヘ其ヨリハ大殿ノ
御手ニカヽラセ給テ冥途ニテハ御伴申サセ給タラレコソ生キ世ニ恐
孝ニテモ御座候ヘトリ〳〵入進サセ給ヘト進メケレハ御佩刀ヲ始進テ
御乳母女房達ニ至ニテスウタテノ事ヲ申物哉責テ歟ノ手ニカヽレ
ハ如何セン二人ノ公達ヲ懐存テ進ツル人々ノ手ニ懸テ失ヒ奉ラン夢
見テハ如何ハカリトカ思ヤルロハ我ヲ先殺テ後何トモ計ヘトテ女人ノ前
後ニ取付テ声ヲモ不惜ナセシニ給ヘハ鬢高目ヲ小消ニト成シカドモ思
切ラデハ叶マジト声ヲイラヽゲ色ヲ損メ御佩ヲ奉覩武士ノ家ニ生レン
人礒祿ノ中ヨリ懸ル事有〔コ〕ト思召レヌコソクラメテケレ大殿ノサコソ
待カネ思召候ラレ早御渡候テ主ノ殿ノ御伴サセ給ヘト謂候ニ

走懸リ桃寿殿ヲ懐取テ鎧ノ上ニ畢頁テ門ヨリ外エ走出レハ、
同声ニハツト泣ツレ給ヘル御声ハ遥ノヨソマデ聞エツヽ耳ノ底ニ止レハ、盛高モ
涙ニ行カネテ立留テ見送ハ御乳母ノ御妻ト申女房カチハダシニテ、
人目モ不憚走出テサセ給テ四五町ハカリ泣テハ倒レ倒レテハ起跡ニ
付テ追ハレケル程ニ盛高心ツヨリ行方ニラレ奉ラジト馬ヲ進テ行程ニ、
後影モ見エズ成ニケレハ御妻今ハ誰ヲソダテ誰ヲ憑テ惜ベキ
命ゾヤトテアタリナル古井ニ身ヲ投テ終ニ空ク成給ツ、其後盛高
此若公ヲ具足シテ信濃エ落下リ諏方ノ祝ヲ憑テ有シカ後ノ
建武元年ノ春比且関東ヲ劫略メ天下ノ大軍ヲ起シ中前
代ノ大将ニ相模ニ郎ト謂ハ是也カリシテ四郎左近大夫入道ハ、
二心ナキ侍トモヲ呼寄テ我ハ思様有テ奥州ノ方エ落テ再ニ

天下ヲ覆ス計ヲ廻スヘシ南部太郎伊達次郎二人ハ業内布
セハ吉具スヘシ其外ノ人々ハ自害メ屋形ニ火ヲカケ我カ腹ヲ切テ焼
死タル体ヲ敵ニ見スヘシトノ給フ其余人ノ侍トモ二義モ申サス皆御庭ニ
随ヘリ候ト領掌シケレハ伊達南部二人ハ身ヲヤツシ夫ニナリ中間二
人ニ物ノ具キセテ馬ニノセ中黒ノ笠符ヲ付サセ入道ノ輿ニ乗
セテ血ノ付タル帷ヲ上ニ引覆御方ノ手負ノ本国ヘ皈ル二子ヲ武
蔵ニテソ落タリケル其後残ニシキタル侍トモ中門ニ走出テ殿ハ早御
自害有ツ志人ハ皆御伴申セト呼テ屋形ニ火ヲカケ急ニ烟ノ中ニ双居
テ其余人物トモハ一度ニ腹ヲシソ切タリケル是ヲ見テ庭上門外ニ袖ヲ連
ル兵トモ三百余人面々ニ劣ジ負ジト腹切テ猛火ノ中エ飛ヒテ入合シ不残焼
死ニケレハサテコソ四郎左近大夫入道ノ落給ヌル事ヲハ知スメ自害シ給ヌトハ

一知ニケレ其後西園寺家ニ仕テ建武ノ春此京都ノ大将ニテ晴
輿ト謂レシハ此入道ノ事ナリケリ、
〇長崎ノ二郎翔《カケリ》ノ事、
去程ニ長崎二郎高重ハ始武蔵野ノ合戦ヨリ今日ニ至マテノ、
夜昼ル八十七度ノ戦ニ毎度先シカケ囲ヲ破テ自相当ル事、
其数ヲ不知ニシカハ手ノ物若党トモ次第ニ討亡セテ今ハ僅ニ百
五十騎ニ成ニケリ五月廿二日ハ義貞ハヤ谷々ヘ乱入テ当家ノ
諸大将大略皆討レ給ヌト聞ケレハ誰カ堅タル陣トモ不謂只敵ノ近ツ
リ処ヘ馳合エシ八方ノ敵ヲ掃テ四堆ノ堅ヲ破リケル間馬ツカレヌレハ乗
カエ太刀打折レハ帯替テ自敵ヲ切テ落ス事卅二人、陣ヲ破ル事十
三度ナリ角テ相模入道ノ御座スル葛西谷ヘ帰リ参ク中門ニ畏リ

洞シ深メ申ケルハ高重数代奉公ノ儀シ忝メ朝夕恩顔シ拝
シ奉ル御名残今生ニ於テハ今日ヲ限トコソ覚テ候モ高重一人、
数ケ所ノ敵ヲ討散テ数度ノ闘ニ毎度打勝候ト謂トモ方々ノ
口々皆攻破テ敵ノ兵鎌倉中ニ充満テ候ヌル上ハ今ハ矢武ニ思トモ
不可叶候只一筋ニ敵ノ手ニ懸セ給ハヌ様ニ思召運サセ給候エ但シ
高重罷参ノテ勧申サン程ハ無左右御自害候ナ御存命向、ニ
今一度快《ヨシ》敵ノ中エ懸入思程ノ合戦メ冥途ノ御伴申サン物
語ニ仕リ候ハントテ又東勝寺ヲ打テ出其ノ後ロ影シ相模入道遥
ニ見送給テ是ヤ限ナルラント名残惜ゲナル体ニテ涙グミテソ被
立ヌ、長崎二郎申シハスキスデ、スキノ帷ノ月日推タルニ精好ノ
大口ノ上ニ赤糸ノ腹巻キテ小手ヲハサス兎難トテ云ケル坂東一ノ

一名馬ニ金具ノ鞍ニ小総ノ鞦カケテソ乗タリケル、是ソ最後ト思定
ケレハ先宗寿寺長老南山和尚ニ参メ案内申ケレハ、長老威
儀ヲ具足メ出合タマヘリ、方ヽ軍急ニメ甲冑ヲ帯シタリケレハ、
高重ハ庭ニ立ナカラ左右ニ揖シテ問テ曰ク、如何是勇士恁麼ノ
事、和尚答ヘテ曰、吹毛急ニ用テ不如前《スヽミニハ》高重此一句ヲ聞テ問訊メ
門前ヨリ馬引寄テ打乗テ百五十騎ノ兵ヲ前後ニ相随ヘ、
笠符カナグリステヽ我身ハ馬ヲ閑ヽト進テ敵ノ陣ヘマキレ入ル、其志
偏ニ義貞ニ近付ハ組テ勝負ヲセンタメナリ、高重旗ヲモ指スサシ物
ノ笠シハツシタル物無ケレハ、義貞ノ兵ハ敵トモ不知ケルニヤ、シメヽト中ヲ
開テ通ケレハ高重義貞ニ近付事ウツカニ半町ハカリ也、スハヤト見ケル
処ニ源氏ノ運ヤツヨカリケン、義貞ノ真前ニ引ヘタリケル由良ノ新左衛

汀是ヲ見知テ只今讒シモ指ヘ相近ツ勢ハ長崎十郎ト見ツ様
勇士ナレハ定テ思処有テソ是ニテ来ラレアヘスナ滿スナト大音挙
テ呼リケレハ先陣ニ磬タル武蔵七黨三千余騎東西ヨリ引裹テ
真中ニ是ヲ置テ我モ〳〵ト討ントス高重ハ我ヲ簡相遠ルヲ又上ふ午
悪ソ思ケレハ八百五十騎ノ兵シヒシ〳〵ト一所ニ打寄テ同音ニ時ヲ同
ト揚三千余騎ノ者トモシ懸援ケ懸入交合彼コ此ニ隙尖シ散テ
ソ闘ケル駿散離合ノ有様ハ須臾ニ変化シ驚ニ前ニ有カトスレハ忽尋
トメ後ヘニ在リ御方ト思エハ屹トメ敵ナリ十方ニ身ヲ分ケ方卒ニ同相
當ケレハ義貞ノ兵トモ高重カ在所ヲ見定メス多ハ同士討シツソシタリケル
長濱六郎是ヲ見テ云甲斐無人ヽ哉同士討哉敵ハ笠符ヲシモ不付
ト見ツルソ僅ノ勢ニテ大勢ニマキレ合テサタカニモ見給ハヌカ中ニ笠符ノ

一 ナキソ験ニテ組テ打ト下知シケレハ甲斐信濃武蔵相模ノ兵共押
双テムズト組ミヅシヅツテハ首ヲトラルヽモ有リ取モ有リ蒙塵天ヲ掠メ
汗血地ニ模《ボ》糊《コ》スル有様只是項羽カ漢ノ三将ヲ靡魯陽カ日ヲ三
舎ニ返闘モ是ニハ不過トソ見タリケルサレトモ長崎三郎ハ未討レ主従
只八騎ニ成テ戦ケルカ猶モ義貞ニ組ト伺ヒテ近付ク敵ヲ打拂動スレハ猶
遠テ義貞兄弟ヲ目ニ懸テ廻ケルヲ武蔵国住人横山太郎重真
押隔テ是ニ組ント進シテ相近ク長崎モヨキ敵ナラハ組ント懸合テ
是ヲ見ニ横山太郎重真セサアハアハス敵ソト思ケレハ重真ヲ弓手ニ
相受甲ノ鉢ヲ菱縫ノ板ニテ破着タリケレハ重真二ニ成テ失ニケリ
馬モ怺エス打居エラレテ小膝ヲ折テ同ト伏ス同国住人庄三郎
為久是ヲ見テヨキ敵ナリト思ケレハ続テ是ニ組ントス大手ヲハ父ケ辰

馳カヽル長崎遥ニ見テカラ〳〵ト打笑テ黨ノ者トモニ組ヘシハ横山ヲモ何
カ嫌ヘキ逢ヌ敵ヲ失フ様イテ〳〵セシニ知セントテ為久カ鎧ノ上巻ニツカンテ
中ニツト引サケテ弓杖五杖ハカリヤス〳〵ト投ハタス其人トモ礫ニ當リケル
武者二人馬ヨリ倒ニ打落サレテ血ヲ吐テ空ソ成ニケリ高重今ハト
テモ敵ニ見知レヌル上ハト思ケレハ馬ヲシカケスヱ大音揚テ名乗ケルハ桓
武才五ノ皇子葛原親王ニ三代ノ孫平将軍貞盛ヨリ十三代前ノ
相模守高時ニ身ヲ合スル長崎入道円喜カ嫡孫長崎二郎
高重武恩ヲ報セン為メニ討死スルソ高名セント思ハン者ハヨレヤ組ト
云侭ニ鎧ノ袖ヲ引チキリ草摺アマタ切落太刀ヲモ鞘ニ納ツヽ左右ノ
大手ヲ播テハラレニ馳合テハヨレ組ン是ニ馳チカエテハヨレ組ンヨト大童《ワラハ》ニ
成テ馳散ケル間在ニ面ヲ双テ馳組トスルハナリソ何トシテモ行合ジトツタニ

一カミケル懸処ニ郎等トモ馬ノ前ニハセ塞テ何云事ニテ候ソ御一所コソカ
ヤウニ池廻リ御座テ敵ハ大勢ニテ谷々ニ乱入候シ懸物シ乱妨シ候今ハ急キ
御皈候テ殿ノ御自害ヲモ勧メ申サセ給ヘト諫ケレハ高重馬ヲトラ
ヘテ郎等ニ向テ謂ケルハ餘ニ人ノ逃ルカ面白サニ大殿ニ約束申ツル事ヲモ
忘レヌルソヤハヤイサラハ皈参ラントテ主従八騎ノ者トモハ山内ヨリ引皈ニ勧
ケ路懸行懸ル処ニ逃テ行トヤ思ケン児玉党五百余騎逢《キツ》テ皈セト
息テ馬ヲ争テ追懸タリ高重事ヽシノ奴原ヤ何程ノ事ヲカシ出ヘキ
キヒテ闘又由ニテ打ケルシ手茂リ追テ懸ニカハ主従八騎峠ヨリ皈
テ馬ノ轡ツラニハストソ見エシ山ノ内ヨリ葛西谷口ニテ十七度マテ返
合テ五百余騎ヲ葛西谷ヨリ追退又閑ニトソ歩テ行ケル高重鎧ニ立
タル矢蓑毛ノ如ク折カケテ葛西谷ヘ参ケレハ祖父入道待請テ

何ナド今ニテシフカリツルソ今ハ是ニテカト問ケレハ高重畏テ若義重ニ
寄合ハ組テ勝負ヲセハヤト存シ候テ廿余度ニテ懸入候ヘトモ遂ニ
近付ヘス其人ト覚シキ敵ヲモ見候ハテソロナル党ノ奴原四五百人ソ
切落シテステ候ツラン哀レ罪ノ実リニ恐ツ候ハスハ猶モキヤツ原瀬面ヘ進
出テ弓手馬手ニ相付ケ車切リ同切リ立破ニ破ツケテステテメツ存候
ヘトモ上ノ御事何カト御心元無テ館ヘ参リ候ト聞モスニシテ諸ニソ、
最後ニ近キ人ヽモ井ニ心ヲ慰サメケル、
△高時一門以下於テ東勝寺ニ自害スル事、
去程ニ高重走廻テ早ヽ御自害候ヘ高重先仕テ手本ニ見
セ進セ候ヘシト云侭ニ胴ハカリアル鎧取テ抛ステヽ御前ニ有ケル、
盃ヲ以テ舎弟新右衛門ニ酌ツトラセ三度傾テ摂津刑部大

輔

夫入道ニ進士カ前ニ指置キ恩指申シテ是ヲ看ミ給ヘトテ人
左ノ小脇ニ刀ツ突立テ右ノツハ腋ニテシ切目長ニカキ破テ中ナル腸ツ手
繰《クリ》出テ道進士カ前ニソ伏タリケル道進士盛シクシ取テアハレ看ヤ何下
方ナリ上モヨコシメノヘヌ者ハ有ラシト戯テ甚盛シ半分計ニ呑残テ諏方
左衛門入道カ前ニ指置テ同腹切テ死ニケリ諏方入道直性
其盛シ以テ心閑ニ三度傾テ相模入道殿ノ前ニ指置テ若キ
者トモ随分藝シモ尽テ振舞レ候ニ年老ナレハトテ只ハイカテカ
候ヘキ今ヨリ後ハ皆是ヲ送リ肴ニ仕ヘシトテ十文字ハ腹ツカキ切テ其
刀ツヌキ入道殿ノ前ニ指置タリキ長崎入道円喜ハ是マテモ猶相模
入道ノ御事ツ何奈ト思タル気色ニテ腹ツモ未切ケルツ長崎新
左衛門今年十五ニ成ケルカ祖父ノ前ニ畏父祖之名ツ呈ツ以、

子孫ノ孝行トスル事ニテ候ナレハ仏神三宝モ定テ御免コソ候ハメトテ
年老残ル祖父ノ圓喜ガヒヂノセリ二刀指テ其刀ニテ己カ腹ヲカキ
切テ祖父ヲ取テ引伏セテ其上ニ重テソ伏タリケル此小冠ニ義ヲ進メラレ
テ相模入道モ切給ヘハ城入道ツイテ切ル是ヲ見テ堂上ニ座シ
列タル一門他家ノ人々雪ノ如ナル膚ヲ推ハタヌキ〳〵腹ヲ切人モアリ自頸ヲ
カキ落ス人モ有恩々ノ最後ノ体殊ニ由々敷ソ見エタリシ人々ハ金
澤太夫入道崇顕　佐介近江前司宗直　甘名宇駿河守宗
顕　子息駿河太夫将監時顕　小町中務大輔朝實　常葉駿
河守範貞　名越土佐前司時元　伊具越前々司宗有　城
加賀前司師顕　秋田城介師時　南部右馬頭茂時　陸奥
右馬助家時　相模右馬助高基　武蔵左近大夫将監時名

陸奥左近将監時英　櫻田治部大輔貞國　江馬遠江守公
篤　阿曽弾正少弼治時　苅田式部大夫篤時　遠江兵庫
助顕勝　備前左近大夫将監政雄　坂上遠江守貞朝　陸
奥式部大夫高朝　城介高量　同式部大夫顕高　同美
濃守高茂　秋田城介入道延明　明石長門介入道忍阿　長崎
三郎左衛門入道思元　隅田二郎左衛門　摂津宮内大輔高
親　同左近大夫将監親貞　此人々ヲ始トメ已上百三十余人揔テ
其門葉タル人二百八十余人我先ニト腹切テ屋形々々ニ火ヲカケタ
レハ猛炎昌ニ燃上リ黒烟天ヲ掠メタリ庭上門前ニ並居タリケル兵共モ
是ヲ見テ或自腹ヲカキ切テ炎ノ中ヘ飛入モアリ或父子兄弟指
違重伏モアリ血ハ流テ大地ニ溢滾々浩河ノ如ナレハ尸ハ行路ニ横テ

累々タル郊原ノ如ニ死骸ハ妙テ見エテ子是後ニ名字ヲ尋ヌルニ此
所ニテ死スル者惣テ八百七十余人也此外門葉恩顧ノ者僧俗男
女ヲ不謂聞伝ニ泉下ニ恩ヲ報スル人世上ニ促遽シ者遠国ノ
事ハイサ不知鎌倉中ヲ考ニ惣テ六千余人也於戯此日何日ぞ日十
ハ元弘三年五月廿二日ト申ニ九代ノ繁昌一時ニ滅亡源氏
多年ノ蟄懐一朝ニ開ル事ヲ得タリ驕者ハ不久理ニ天地不ストニ
助給ニ謂ナカラ目前ノ悪ヲ見ル人々皆涙ヲ流レケル

太平記巻第十

太平記 十一

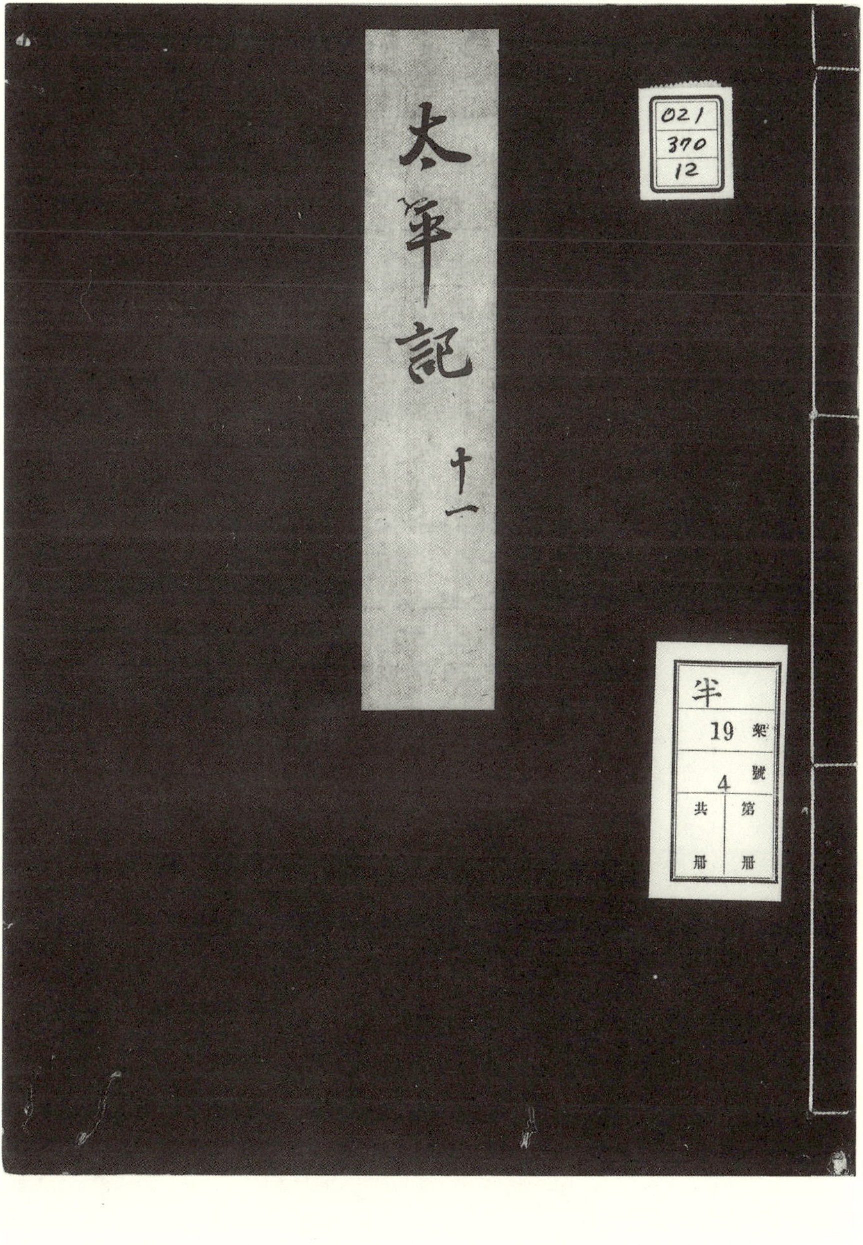
太平記　十一
021
370
12
半
19 架
號
4
第 冊
共 冊

太平記巻第十一

五大院右衛門謀出邦時事

元弘三年五月廿二日鎌倉亡終ヘ新田義貞関東ノ威ヲ振シカハ大名高家悉ク来テ不ㇾ属云事ナシ多日相随テ侍忠ヲ重ク功人タニモ如ㇰ此威ヲ又ヒハ増只今テノ身ヲ安ニセム為ニ誰ヲ憑トモ不申サルニシソ此年月関東ノ被官トメ重恩ヲ蒙テ一家ヲ顧ミツル者云甲斐無ノ命シヲ継ンカ為ニ或ハ尋テ所縁ヲ降人ニ成リ或ハ入リ貴家ニ假テ其ノ号ヲ肥馬ノ前ニ望ミ塵ヲ高門ノ外ニ掃ル地ヲ己レカ咎ヲ補テ身ノ罪ヲ謝セト思ヘル心様ナレハ今ハ浮世ノ望ヲ捨ヌルニテ僧法師ニ成タルヲモ自寺ヲ引出ニ法衣ノ上ニ淋血ヲ兌コソ哀ナリシ事共ナレ是ハセメテ如何セン猛夫ニ別テハアラス契結ハシト髪ヲ下シ白シ改タル大名高家ノ後

室昔モ所ヨリ引出シ貞女ノ志ヲ合昔息ニ舞媒ノ恥ヲ見セラ
レケリ女房達ノ心ノ中推量シテ哀ナリ憐哉尊キ義ヲ忽ニ死スル人ニハ永ク
為ニ修羅闘諍ニ奴ト若ヲ多劫ノ間ニ受憂シ痛哉愍恥ヲ
苟生者立処ニ衰窮貧飢シ身ト成テ笑ハレ万人ノ前ニ
遺《ノコス》憂ヲ此中ニモ哀レニ悪覚エシハ五大院右衛門尉宗繁ニテ止タ
リ其レヲ何ソト申ニ彼宗繁ハ故ノ相模入道ノ重恩ヲ与タル侍
ナル上彼相模入道ノ嫡子相模太郎邦時ハ此宗繁カ妹腹ニ出
来タリシ子ナレハ甥也主也何レニモ二心アラシト深ク憑シケルニ守冠者海
頭ツシレ世ノ中ノ静ン程何ナル方便シテモ廻シテ是ヲ隠シ措シキ時至リナハ
取立テ亡魂ノ恨モ可散暮ニ宣給シカハ宗繁子細候ハシトテ心安ク領
掌シテ是ヲ為ニ助トテ鎌倉合戦ノ最中ニ降人ニ出タリケル処ニテ

四五日ヲ経ル程ニ世中ノ作法ヲ見レハ関東皆義貞ノ命ニ随テ彼ニ
隠レ居タル関東ノ一族ノ余類ヲ捜出テ或ハ首ヲ切リ或ハ渕河ニ沈ム
是ヲ取出ス物ハ莫大ノ所領ニ預リ是ヲ隠セル者ハ尋捜テ被誅者
数ヲ不知懸シカハ栄華是ヲ見テイヤ〳〵栄耀参タル人ヲ扶持セント
テ適遁生タル一命ヲ失ハンヨリモ急キ外ヨリ洩ス先ニ此相模太郎ヲ
尋出タル由ヲ披露シテ二心ナキ処ヲモ露ハシ所領一所ヲモ安堵セハヤト思
ケレハ或夜相模太郎ニ向テ申ケルハ是ニ御座ノ由ヲ何ニシテカ泄聞エテ
候ヤラン舟田ノ入道明日是ヘ押寄テ捜奉ヘシト承《ウケタマハリ》候角テハ叶候
マシ先一間ノ途ヘ落サセ給候ヘ栄華ハ態ト是ニ罷留候テ此仁来候
ハ其ノ子細ヲ陳シテ見候ハン叶候ハスハ腹切テ無キ名ヲ関レ進候ヘ
一
シト誠シカホニ成テ申ケレハ相模太郎未幼キ心ニ方浅猿味気無

思給テ此有様ニテ迷出タラハ誰カ哀ト思テモ扶持スヘキ只一所ニ
テ死ニモ角ニモ成ント宣給ケルヲ只先ツ思ハセ給候テ事ノ様ヲ御覧
候エ悪ソハ計十計申ニコソ候ト口説ケレハ誠ケニモト思給テ五月廿七日夜
半計ニ鎌倉ヲハ忍ヒ落出サセ給ケリ痛ヤ昨日マテハ天下ノ主トシテ
為勝シカリシ相模入道嫡子ニテ有シカハ只仮初ノ物詣ニモ大名小
名懸リ細馬ニ轡ヲ嚙セテ五百騎三百騎前後ニ打囲テコソ往復
給シニ時迁リ事替テ今浅猿《アサマシ》気《ゲ》ナル中間一人ニ太刀持セテ伕馬ニタモ
乗給ハズ破タル草鞋ニ綱笠深ク引懸テ何トモ無ク出給ケル心中
推量ラレテ涙ヲ不催ト謂事ナシ角テ此五大院右衛門ハ計濯《サヽ》
シタル心治テ或ト誅奉リ出サン事ハ年来ノ奉公ノ好ヲ忘タル不当
ノ者ト人ニ指サレテモ用ナシ此事舟田入道ニ告知セテ甚ヲ恩

賞ヲ令テ知行セハヤト思ケレハ急キ舟田カ許ニ行キ相模太郎殿
コソ伊豆ノ御山ヲ指テ落テ候ナレ他勢ヲ不交テ誅テ出サセ給
ハ定テ勲功ニ領リ給ハンカ吉申タルニ甲斐ニハ必懸命地一所安堵
仕ル様ニ御吹挙候ヘト謂ケレハ舟田入道心中ニハ悪ツキモノヽ云様
哉多ノ年ノ好ト云縁ト云人ノ口ノ譏シモ不顧ミ懸事ヲ思企ツル不当
サヨト思ナカラ子細アラジト約束シテ聴テヒシ〳〵ト用意シテ京鎌
シ知部ニテ相模太郎ノ落行ケル道ヲ遮テソ待タリケル相模太郎ハ
道ニ相待敵有トモ思タニモ不依五月廿八日ノ未明ニ浅猿気ナル姿
ニテ相模河ヲ渡ラントテ渡守ヲ待テ岸ノ上ニソ被立タリケル五大院右
一衛門外ヨリ是ヲ見テスハヤ件ノ人ヨト教ケレハ舟田カ郎等共馬ヨリ
ヒタ〳〵ト飛下リ透間モ無ヲ生取奉リ俄事ナレハ張輿ナントモ無ヲテ貝

緒ニテ強ニ識メテ中間二人ニ馬ノ口ヲ引白晝ニ鎌倉ヘ具足シ奉リ
一ル有様ヲ見人〻ノ袖コトニシく口ニ涓ヲ懸タリケル此人ハ未幼
稚ナレハ何程ノ事カ有ヘキナレトモ朝敵ノ長男ナレハ可閣沭ストテ
翌日ノ明ニ潜ニ首ヲソ被切ケル哀ト謂モ踈也様ニテモ不得心ナル、
五大院ノ衛门尉昔程嬰カ我子ヲ殺テ幼稚ノ主命ニ換リ讓
ハ己カ身ヲ變シテ旧君ノ恩ヲ報セシム其ハニテコソ無ラメ年来ノ主
ノ未幼ヲ敵ニ誅セテ欲ニ義ヲ忘タル心ノ程ノウタテサヨト聞人
コトニ吐唾テ嘲悪ミカハ義貞モ是ヲ聞給テ人ノ郎等タル物ハ
必善ヲシハ不学ニテカル不當ノ振舞コト向後方人ノ見コリ聞
コリノ為ナレハ宗繁ヲ囚ヘ捕テ其ノ首ヲ可切ト相觸ラレケル程ニ宗繁
安堵シ難テ此彼ニ逃隠テ安心モ無リシカハ衆悪シ漂身ヲ責

ケルニヤ三界雖廣シト無ッ処措リ一身ヲ故郷雖多シト無ク人与ルニ飯ヲシ
乞食ノ如ニ成リ終テ道ノ邊ニ迷テ名ヲ後代ノ恥辱ニ遺シケルトヤ
一度ハ聞テ痛敷二度ハ憂テ悪敷リ何モ共ニ哀ニテ袖干ス
間モ無リケリ。
東頭被進ニ舟上ニ早馬シ支ヘ
去程ニ官軍ノ大将千種頭中将忠顕朝臣足利治部大輔高氏、
赤松入道円心追々ニ早馬ヲ打セ両六波羅已ニ没落シ江州
番馬ニテ腹切候ヌト舟上ヘ奏聞ス。就之ニ諸卿僉議有テ則ケ
還幸成ヘシヤ否ヤ意見ヲ被献ケルニ勘解由次官光盛以テ諫言ヲ
一申ケルハ両六波羅已ニ没落スト申セトモ千剣破ヤ發向ノ朝敵
等猶畿内ニ満テ蜂起シ京洛ヲ呑メリ又苟議ニモ東八ケ国ノ

一勢ヲ以日本国ノ勢ニ對シ鎌倉中ノ勢ヲ以テ東八ケ国ニ對ストモ
謂ヱリサレハ義久ノ合戦ニモ伊賀判官光季追落サレシ事ハ輙
カリシカトモ関東ノ勢上リ重テ相闘フニ不叶シテ天下久武家權勢ニ
随ヘ終レハ今一戦ニ功ヲ以テ方邦ニ雌雄ヲ晶ニ御方ハ僅ナカ十ニシテ而
得ニ其ノ二三ハ君子ハ不遁ニ刑人ニト申事候ヘハ且ツ只ハ皇居ヲ不遁シテ諸
国エ綸旨ヲ被成下テ東国ノ變異ヲ御覧セラルヘウヤ候ラン被
申ケレハ當座諸卿悉ク此ノ義ニソ被同ケル

一先帝遷幸路次巡礼事、

サレトモ主上猶時ヲ冝ヲ臣ヲ思召ケレハ自周易ヲ啓給テ還幸ヲ吉
凶ヲ御覧スル事著筮《ゼイ》ニ被任テ御台ハ師卦ニ出テ白師ハ貞《テイ》ナラメ
大人アツテ吉リ元咎ナカ上六ハ大君有《タモチ》命ヲ開国ヲ承《ツカシム》家ヲ小人ヲハ

勿用《ウ》。象曰《ニ》、大君有《ツト》命、以《ツテ》正《ス》功《ヲ》也。小人《ハ》勿《レト》用《ウ》、必《ス》乱《レ》邦《ヲ》也。註　坎下坤上
師世年衛註《ニ》曰、処《ニ》師《ノ》極《ニ》、而師《ノ》終《リ》也。有大君之命《ヲ》、而不《ル》失《ハ》功《ヲ》開《キ》国《ヲ》
承家以寧国《ヲ》也。勿《レ》用《ウ》小人《ヲ》。小人《ハ》非《ト》其道《ニ》也ト註《セリ》。此上《ハ》何《ソ》御
疑《カ》可《キ》有《ト》テ、同廿三日《ニ》伯耆《ノ》舟上《ヨリ》御立有《テ》、開興《ヲ》山陰《ノ》
東《ニツ》被《ル》促《サ》。路次《ニ》行《カウ》粧《サウ》替《カヘ》例《レイニ》、頭大夫行房、勘解由次官
光盛二人計《コソ》衣冠《ニテ》供奉《セラレケレ》。其外《ノ》月卿雲客衛府
諸司《ノ》助《ハ》皆戎衣《ニテ》前後《ニ》乗《リ》随《エリ》。六軍悉《ク》甲冑《ヲ》帯
《シテ》弓箭《ヲ》携《ヘテ》、前後三十余里《ニ》程《ヲ》支《ヘテ》御伴《ス》。佐々木
塩冶判官高貞《ハ》一千余騎《ニテ》一日先立《テ》先陣《ヲ》仕《ル》。朝山
次郎義連《ハ》一日引《キ》殺《テ》五百余騎《ニテ》後陣《ヲ》警固《シテ》仕《ル》。金持
一　大和守錦《ノ》御旗《ヲ》指《テ》開興《ノ》左《ニ》候《ス》。伯耆守長年《ハ》帯

一　劔ノ役ニテ右ニ副雨師清《キヨメ》道ヲ風伯拂フ塵ヲ紫微北辰ノ之浜陳モ角

哉ト覚テ還幸ノ之儀則嚴重也サレハ去年春ノ末ニ隠岐国エ

被遷サセ給シ時ゾ、口ニ宸襟ヲ被悩セ御涙ノ故ト成タリシ山雲海月

之色今ハ御ウツニカ引替テ脊龍顔ヲ悦ハシ之端ト作シカハ松吹風モ自ラ

万歳ヲ呼カト被怪塩焼浦ノ烟ニテ豊民ノ竈成ル一朝忽変化

シテ四海喜歎ヲ開ケリ自出ナリシ御事也同廿七日播州書写山行

幸ナル是ハ兼ノ御宿願ヲ為ナリ被果サ也諸堂御巡礼之次ニ開山性

空上人ノ御影堂ヲ開セ叡覧有シニ年来秘ニ来ル物也トテ

様々ノ奇特アリ而当寺ノ宿老ヲ被召テ事ノ由緒ヲ勅問アリ猶

老畏テ一々是ヲ宣説ス杉原一枚ヲ折テ法華経一部開結ノ二

経共ニ被書タル有リ此ハ上人寂寞ノ扉ニ座テ妙典ヲ読誦シ給ヒシ

時節ハノ冥官柱ノ化人ト成テ来リ片時ノ程ニ書タリシ御経也、
又亀尾《ツヒテノ》僅ニ残ル杦ノ木一株アリ是ハ上人当山ヨリ毎日此牛寄
山王御入堂アリケル時海道三十五里ヲ一時ノ内ニ歩帰セ給シ御杖《キ》
物ナリ也其外布ニテ縫タル香ノ袈裟アリ上人御身ヲ不放長時ニ
懸サセ給ケルカ香ノ烟ニ焙《フスホリ》テ余リニ織《ココニ》タリシカハ袈洗《スヽ》カハヤト宣給ヒシ
常随給仕ノ山護法是ヲ給テ濯テ参ラセシニ上テ遥ニ西天ヲ指テ飛ヒ
去テ且ク有テ此袈裟ヲ虚空ニ懸テ干シカ恰モ如一片ノ雲映ス夕日ニ
上人護法ヲ召テ此袈裟ヲハ何レノ水ニテ濯タルソト問給ヘハ日本国
ノ中ニハ可然ル清涼水候ハス間天竺ノヽ無熱池《アノクタツ》ヘ行テ洗テ候
也ト答申セシ御袈裟ナリ也本尊ト申ハ又生来化佛ノヽ観世音
一　毘首羯磨カ作也五大尊御アンヲ開テ讃説ス其外法華讀

一誦シ御ニ不動毘沙門二童子ノ形ヲ現シ仕エ給フ延暦寺釈迦堂供
養ノ日ハ上人當山ニ乍ニ座給ニ如来唄ヲ引給シカハ梵音遠ク響
肖ノ雲ニ響ヒテ一會ノ奇特ヲ露ハニシ叓上モ委細ニ演説シタリケレハ
主上不斜御信心ヲ傾サセ給テ即當国安室郷ヲ御寄進有テ
不断妙経ノ料所ニ被擬ケル至今ニ其妙行片時モ懈怠無之テ入
如法如説ノ勤ト成ル識ニ滅罪生善之御願即身成仏之航楫
トシテ一寺ノ老若衆ヲ皆眉目シ被ケル其次ニ法華山エ行幸
成テ聴テ是ヨリ龍駕ヲ被急テ同晦日攝州兵庫ノ福嚴
寺ニ朝餉所ヲ點シテ龍席ヲ奉餝リ其日赤松入道父子四人
五百騎ニテ参ノ迎ヘ龍顔殊ニ快然トシテ勅ヲ被下ケルハ天下ノ
草創偏ニ汝等贔屓ノ忠功ニ依レリ恩望各可任意ニト叡

感有テ聴テ禁門警固ニ候ケル同日暮程ニ河野入道土居
得能率メ伊予国ノ勢ソ大船三百余艘ニテ参着ス、
〇義貞自関東進羽書事
云ニ二日御逗留アテ供奉ノ行列路次ノ行装ヲ調サセ御シハス処ニ
其日ノ午剋ニ羽書ヲ掛首ニタル早馬三騎門前ニテ乗打シテ事ノ
由ヲ奏聞ス諸卿驚テ急キ書ヲ披キ見給ヘハ新田太郎義貞ノ許《トコロ》
ヨリ相模入道已下ノ一族従類等不日ニ追討シテ東国已ニ静
謐ス早ク龍駕ヲ可被促ル鳳闕ニトツク注進シタリケル諸臣是ヲ聞
テ云ハ何ニ西国洛中ノ闘ニ両軍乗勝ニテ両六波羅ヲ雖攻落スト聞
一 東ヲ被攻事ハ由ニ数大事ヘシト叡慮ヲ被廻ツルニ此ノ注進
到来シケレハ主上ヲ始進テ諸卿一同ニ猶豫ノ宸襟ヲ休メ欣

悦ノ称嘆シツヽ被レ令ケル即恩賞ハ冝ク依ル請ニト被レ宣下サレテ先使者ニ
一ヨリ被レ召三人各蒙リ武官ノ勲功ノ之賞シツヽ被レ行ヘケル、
楠正成向ニ兵庫ニ供奉スル事、
猿程ニ寸モ路次ニ不可ニ逗留ス、上テ同六月二日兵庫ツ御立有テ開
輿ツ被レ廻シ処ニ楠ノ多聞兵衛正成三千余騎シテ引率シテ参向ス
其形勢由ニ数ツ見タリケル主上御簾ヲ高ク揚ケ正成ツ近ク被レ召
大義早速ノ之功併ラ在リ汝忠闘ニ叡慮無処措被レ仰下セハ正
成畏テ是不レ依ラ君聖文神武之徳ニ微臣争以テ尺寸之謀ヲ遁強敵
囲ヲ破リ候ヘキト辞シ功ツ謙下ス参候之官軍共集リ是見物ニツ挙《コソリ》ケル
サレハ兵庫ツ御立其日ヨリ正成前陣ツ奉テ畿内之勢ツ相随ヘ
七千余騎ニテ前後ニ侍ス其終《ミチスカラ》ハ道十八里カ間干戈錫《スキ》揚《ヤウ》相挂ヘ

輔右衛引列ツ六軍守テ次ツ五雲後ニ幸セシカハ六月五日暮程ニ東寺
ニテ臨幸ナリタリケリ武士ノ名物ハ申ニ不及摂禄大臣左右ノ大臣五
位六位内外ノ諸司醫陰両道ニ至ルマテ哉不労参集ケル車
馬門前ニ群集シテ地府ニ雲ヲシク布タリケル青紫堂上ニ陰映メ天
極ニ星ヲ列タリ八荒四海悉ク聖睿足之下ニ入シカハ募ミシカリシ御幸
昔也東寺ニ一日御逗留有テ同六月六日二条内裏エ還幸
ナル其日臨時ノ宣下有テ足利治部大輔高氏治部卿ニ任ス
舎弟直義任左馬頭ニ千種中将忠顕朝臣ハ帯剱ノ役ニテ天
鳳輦ニ添テ奉侍ス路モ非常ヲ慎最中ナレハトテ帯刀ノ兵五
百余人前後ニ分ハ列ツ路次ヲ守禦ヲ為ス事也高氏直義兄弟ハ
後乗ニ随テ百官ノ後ニ被打ケル中ハ衛府ノ官ナレハ騎馬ノ兵五千余騎

甲冑ニ綺羅ヲ尽シテ次第ヲ追テ供奉シタリ其次ニハ佐々木判官
七百余騎宇都宮五百余騎土居得能二千余騎一勢ニテ御
伴ス其外結城七郎名和伯耆守楠正成赤松入道円心佐々
木塩冶判官高貞ヲ始トシテ京徒ノ勝軍司殿テ五百騎三
百騎家ニノ旗ヲ差シ靡テ輦路ヲ中ニ隔ツ閑ニ小路シツツ打
タリケル路次ノ行装行列ノ儀式前々ノ行幸ニ更替リテ百司
ノ守衛厳重也シカハ見物ノ貴賤満テ岐帝徳ノ再ヒ新ナル
事ヲ頌スル声洋々トシテ満耳ニ自出カリシ事共也懸シカハ京都鎌倉
高氏義貞カ武功ニ依テ静謐シ又今ハ筑紫ニ急キ打手ヲ
被下九国ノ探題英時ヲ可攻トテ二条大納言師基卿ヲ太宰ノ
師ニ被成テ己ニ被下ニ處ニ

〈菊池入道寂阿討死ノ事、

六月七日菊池小貳大伴カ許ヨリ早馬ヲ同日ニ打重テ九州之朝
敵残所無ク對治候ヌト奏聞ス言語道断ニ大慶也トテ奏使ヲ
召テ事ニ様ヲ委ク尋聞召ニ不思議也ニ叓トモ也主上未伯州舟ノ上ニ
御座有シ時小貳入道妙恵大伴入道具簡菊池入道寂阿
三人同心シテ可参ナル御方ニ由申入タリシ即綸旨ニ錦ノ御旗ヲ添テソ被下
乞其企彼等カ心中ニ秘メ未タ色ニ不出ト謂エトモサスカニ隠ト無カリシカハ
此叓聴探題英時ニ方エ嘈エケリ英時猶モ識シカラストテ彼等カ
野心ノ実否ヲ能々伺見ン為ニ先菊池入道ヲ博多ヘソ被呼乞菊
池此使ニ肝付テ是ハ何様此間隠謀ヲ人ノ露ハシ申タル間我ヲ
為ニ誅セン呼ニ給ト思ケレハサ有ンニ於テハ人先ツセラレテハ叶マシ此方ヨリ遮テ、

博多エ推寄テ覿面ニ勝負ヲ決セント思ケレハ兼ノ任セ約諾小貳大伴
カ許エ事ノ由シツヽ謂諤タリケル大伴ハ天下ノ落居未タ如何ナルヘシト
モ見定サリケレハ分明ノ返事ニモ不及小貳ハ其比京都ノ合戦ニ六波
羅常ニ勝ニル由ヲ聞テ己カ咎ヲ補トヤ思ケン日比ノ約ヲ變シテ菊池カ
使八幡弥四郎宗安ヲ誅テ其頭ヲ探題ノ方エソ出シタリケル菊
池入道大ニ怒テ日本一ノ不覚人共ニ憑テ此一大事ヲ思立ケルコソ
越度ナレヨシヽ其ノ奴原カ与セヌ軍ハセラレヌカトテ去三月十三日卯
尅ニ菊池寂阿ハ僅ニ其勢百五十騎ニテ阿曽宮ニ詣テ胡籙《エビラ》ノ
表《ウハ》矢《ヤツ》一ツ奉ルトテ
武士《モノゝフ》ノ上矢ノ鏑《カブラ》一スヂニ思フ心ハ神ゾ知ラント
謌テ探題ノ舘エ推寄ル處ニ不思議也シハ菊池入道橋田ノ宮ノ

前ヲ打過ケル時軍ノ凶ヲヤ被示ケン又乗打ニシタルヲヤ御咎有ケン菊池
カ乗タル馬俄ニスクミテ一足モ前ヘ不進菊池大ニ腹ヲ立テ如何ナル
神ニテモ御座ヘ寂阿カ軍場ヘ向ハンスル道ニテ乗打ヲ咎メ給ヘキ様
ヤアル其儀ナラハ物見セント云侭ニ胡籙ヨリ大将俣《カリ》抜出シ能引
堅テ神殿ノトヒラヲ強ニソ射タリケル矢ヲ放ト同様ニ馬ノ足モ直リ
ケレハサソトヨト独言シテアサ笑テ打通ル後ニ社壇ヲ見ケレハ二丈計ナル大蛇菊
池カ射タル矢ニ当テ死ニケルコソ不思議ナレ其後菊池ハ探題ノ舘ヘ推寄テ
同時ニ時ヲ同ト作懸タリケレハ英時モ用意ノ事ナレハ大勢ヲ木戸ヨ
リ外ニ打出テ散々ニ合戦ス菊池小勢也ト謂ヘトモ何モ命ヲ比シ塵芥ニ義ヲ
類テ金石ニ攻ケレハ兵闘ニ負利テ若干被誅テ引退ク菊池勝ニ乗
テ屏ヲ乗越木戸ヲ切破テ透間モアラセス攻入タリ英時怺《コラエ》兼テ已ニ

自害シ為トシ給ケル処ニ小弐・大伴相混テ都合其勢六千余騎
後攻ノ時声ヲ同ト揚テ追取リ寄ス菊池・木道是ヲ見テ嫡子肥後
守武重ヲ呼シテ申ケルハ我今小弐・大伴ニ被出抜テ戦場ニ死ニ
趣ツト謂ヘトモ義ノ当ル所ヲ思故ニ命ヲ失カシ事ヲ後悔セス然ルニ汝
ニ於テハ薬時ノ職ヲ枕ニシテ討死ニスヘシ海急キ我館ニ帰テ城ヲ堅メツ
起テ我生前恨ヲ死後ニ報ヨトテ舎テ若党五十騎ヲ引分テ武重ニ
相添ヘ肥後ノ国ヘ返シケルソノ武重サル事ヤ候ヘキ一所ニテコソトニモカクニモ罷
成候メト堅申ケルヲ汝阿丈ニ怒テ大敵ニ取籠ラレ叶ヌ詮ニ腹ヲ切リ
討死スルハ勇士ノ義ニアラス命ヲ全シテ本意ヲ達シ子孫ヲ繁栄
セン事ソコソ計ラウヘケレト云甲斐ナキ物哉トアラヽカニ被責武重無力
立帰ケルヲ呼返シ故郷ニ留置シ妻子共出シシ限ノ別トモ知ラテ参

ヤヽトサコソ待ラメト哀ニ覚ルヲハ是ヲ形見ニ取セヨトテ鎧ノ
笠符ヲ引切テ
○故郷《フルサト》ニ今夜ハカリノ命トモ知ラテヤ人ノ我ヲ待ラント
書付テソ返ケル武士ノ物ノ哀ナレトモ恩愛ノ前感ハゲニ難忍カリケル
叓ト思ヘレテ外ノ袖ニテソ綬ラレケル武重泣〻是ヲ請取テ四十有
餘獨ノ親ヲ見捨テソ僅カナル勢ヲ引分テ父カ最後ノ命ニ随テ
肥後ノ国ヘ帰ケル心ノ中ツ哀ナル其後菊池入道ハ今ハ思叓更ニ無シイ
サヤ一力攻破テ命ヲ義ニ当シトテ菊池伯叉赤星入道一番ニ探題ノ
城ヘ切テ入シカハ英時モ已ニ危カリシニ小池五郎斎田文三郎武田
八郎周防義セ叓テ討死ス寂阿ハ子息肥後手郎ト相共ニ
百余騎ヲ前後ニ立テ後攻ヲハ目ニモ不懸ケケレハ且猶豫シケル：

所ニ大伴小貳カ勢共稠後ヨリ責入シカハ一人モ不残誅死ス専嶋
制御之心ハ爲ニ恩ヲ奉ニ之シ公生年手カ之命ハ依テ王威ニ軽ニ之ヲ謂ニ
モ是侍ノ叓シヤ申ヘキト感セヌ者モ無リケリサテモ小貳大伴カ今度ノ
振舞遊ト人ニ天下ノ人口ニ悪識カラ隠不知ニシテ世間ニ様ヲ聞居ヨリ
ケト程ニ五月十七日両六波羅被攻落ニ千劔破ノ寄手南都エ引退
スト聞エシカハ小貳入道コハ如何スヘキト仰天ス思案シ内ニサラハ探題ヲ
奉誅我身ノ咎ヲ助ハヤト思ケレハ先菊池肥後守ト大伴入道カ許エ
使者ヲ遣テ相語ニ菊池肥後守思ケルハ同心体ニテ先様ニ出
援テ報恩ト思ケルカイヤイヤ其ニテモ慊難シコソ以前憤ヲ散スル所ナ
レトテ小貳カ使ヲ召取テ首ヲ切リ探題ヲ誅給ハ其戦場ニテ見参
スヘシトテ返叓ニシテ父ノ最後ノ鬱憤ヲ且ク散シヌト悦テ嘲叓限無シ

大伴ハ我モ有ル咎者ナレハ忠ニテモヤ助カルト堅ク領掌シテケリ去程
ニ英時小貳ト陰謀シ事ヲ聞給テ事ノ様ヲ伺見ヨトテ、長岡
六郎ヲ小貳カ許ヘソ被遣ケル小貳ハ此事ヲ思立間相労《イタハル》事
候トテ対面ニ不及長岡力ナクシテ小貳カ子息筑後新小貳許ヘ
行テ見参ノスヘキ由ヲ謂入テ家中体ヲサリケナキ様ニテ見レハ只今
打立ント様ニテ楯ニメ鏃ヲ砺《トク》最中也遠侍ヲ見レハ蝉元白
シタル青竹旗竿アリサレハコソ舟上ヨリ錦ノ御旗ヲ給タリト聞
シカ實也ケリト思テ対面セハ懐テ指違テ死ナンスル物ヲト思所ニ新
小貳何心モ無気ニ出合タリ長岡座席ニ着ト均シク逢以人謀事ノ
企哉ト謂侭ニ腰ノ刀ヲ抜テ飛テ懸ル新小貳ハ飽ニテ早キモノナ
リケレハソハナル将棊ノ局ヲ取テ突刀ヲ請止メ長岡打組上下ニ

髭ミケル去程ニ小貳カ若黨トモ走依テ長恩ヲ三刀指テ新小
貳ノ引起ス懸ミカハ長恩本意ヲ不遂シテ忽ケニ空ク成ケリ築後入
道サテハ我謀反探題ニ被知奉ヌ今ハ休叓ヲ不得トテ大伴入道
相共ニ七千余騎ヲ率テ五月廿五日ノ午ノ剋ニ英時ノ舘ヘ推寄ル
世ノ末ノ風俗ナレハ重ク義ヲシスル物ハ少ク趨ル利ニ者ハ多ケレハ只今ニテ付
随イツル聚繁九州ノ兵モ忘テ恩ヲ懸シ落失ケル間一朝ニ向闘ニ英時
終ニ打負テ忽ニ自害シ給ヘハ一族郎等三百四十餘人續テ販
シツ切タリケル哀哉昨日ハ小貳大伴英時ニ随テ菊池ヲ誅シ今
日ハ姉悪梟鏡心ヲ髭テ英時ヲ誅ス二君ニ不仕トノ叓ヲコソ雖
カラメ不得心ノ至極ナリ也サレハニヤ行路ニ難ト不在山ニ不在水ニ
唯在リ人情ノ反覆ノ間ニト白居易カ被書タリシ筆ノ跡思知ヌル人ノ皆

ソヽロニ袖シソヌラシケル、

〈上野介時直長門探題降参事〉

去程ニ長門ノ探題遠江守時直モ、厚東ノ入道崇西、高津入道
道性、豊田三河守、乱藤河越安芸守、板留吉田ニ打負テ、
長門ヲ落テ大船百余艘ニテ被上ケルカ、周防ノ鳴渡ニテ京
鎌倉ニ被攻落ヌト聞給シカハ、鳴渡ヨリ舟ヲ漕《コギ》モトシテ九州探
題ト一ニ成ント志シ築紫ニ趣給ケルカ、赤間カ関ニ着テ九国ノ様ヲ聞
給ヘハ、探題英時モ被誅、九国二嶋悉ツ公家ノ世ト成ヌト聞ヘシカハ、一
旦随ニ催促ニ此ニテ付随フ兵トモ何《イツ》シカ聴テ心替シテ己カ様ニ落行ケル
間、時直僅ニ五十余人ニ成テ、曲浦ノ浪ニ漂泊シ、ソロニ心ヲ傷シメサセ給ケ
リ、波ノ浦ニ舟ヲ変化シ見ルニ、音島相紀、栄枯易《カヘ》地シタル多ノ木ニ

寤《サメ》識ニ昨日ハ身ノ上悲今日ハ人ノ上ノ哀也報雖ツ以具思ット謂事有ニ
ハ何ニモシテ命計ハ可助ト當理ニ被役ケレハ晴直頭ヲ付地テ
兩眼ニ涙ヲ浮タリサレハ人ヲ見ル物ハ構テ思様ノ振舞シハ斟酌スヘキ事
ヲ今ノ僧正ノ御語ニ未サレモ理ナラスト謂事无ニトテ傍ノ人モ側耳テシ
長者モ服シ理ニケルトカヤ聽テ以テ色脚ヲ式ジ由ヲ奏聞アリケレハ舍ニ子
細勅免アテアサケリシ雖妻ニ万人ノ指頭ニ時ヲ被待ニ一家ノ舞與ニケルカ
幾程無テ酒霧ニ被侵命ノ露ノ消給ヘシコソ哀ナリシ御事ナレ

一北國探題淡河殿自害ノ事

去程ニ北国探題淡河右京亮時治ハ京都合戦ノ最中北国之
蜂起ノ為ニ静シカ越前国ニ下テ大野郡ノ牛原ト云所ニソ御座ケル幾程
無テ六波羅没落ノ由聞ヘケレハ相随フ兵片時カ程ニ落失テ妻子

怪類外ハ更ニ問者モ無リケリ懸ル処ニ平泉寺ノ衆徒得ノ境テ被
跡ヲ懸ツ賞ニ申給ラントテ自国他国ノ勢ヲ語ヒ五月十二日白昼ニ牛
原ヘ推寄ル時治ハ敵ノ勢雲霞ノ如ナルヲ見テ闘トモ幾程カ可ト保ト思
給ケレハ此余人有ケル郎等共ニ向テ敵ヲ防ニ辺近キ所ニ僧ノ有ケルヲ
請メ女房少人ニ至テ皆髪剃セタイニ為テ戒ヲ持テ近付後生善
提シツヽ被祈ケル戒師帰テ後時治女房ニ向テ宣給ケルハ二人ノ
子共ハサリトモ男子ナレハ敵ヨモ命ヲ助ケシト覚ル間同冥途ノ旅ニ
可伴御身ハ女姓ニテ御座スレハ縦ヒ敵角ト知トモ何ナル人ニモ相
馴テウキヲ慰便ニモ付給ヘシ無跡ニテモ心安ク御座サンスルコソ草ノ陰
落下ニテモ快敷思フヘケレト涙中ニ書口説宣ハ女房痛恨ニ気色ニ
テ宣給ケルハ水ニ住《スム》鴛鴦梁ノ巣燕ナントニテモ趣カハス契ヲ不忘ル人ト

ニテ猿変也侍ヘキ相馴奉テ今ハ早十年余懐ノ中ニ二人ノ少キ者ヲ抱
育テ千代モト祈シ其甲斐モ無ク御身ハ秋ノ霜ノ下ニ臥給ヒ少者ハ朝ノ
露ノ底ニ消絶ン後ノ淮ヲ堪忍テハ時間モ有リ長ラフヘキ我身ナヤトテモ
思ニ絶兼ハ生テ可有命ナラズ同ハ人ト諸共ニ無墓成ラハ埋ン苔ノ下
ニテモ同穴ノ契ヲ忘ジト涙ノ床ニ臥沈ミ給エハ時治ハ謂遣ル方モ御
座ス袖ヲ顔ニ推当テ時迄ニテニ成ニケリ懸ニカハ防キ矢射ル郎等モ
皆被誅畢網渡ヲ越テ後ノ山ヘ廻ト聞ヘシハ五ト六トニ成給ケル少人ヲ
曽唐ニ櫃ニ入テ乳母《メノト》二人ニ前後シテ舁鎌《カマ》倉河ノ渕《フチ》ニ沈《シツメ》ヨトテ被遣《ヤラ》
ケル心ノ中推量ラレテ哀也母上モ別レニ堪兼テ同其河ニ身ヲ沈メントテ
唐櫃ノ棹ニ取付テ歩ミ行給ケル有様ヲ見給ケル時治之心中此方ツ
無リケル已ニ唐櫃ヲ岸ノ上ニ舁居テ蓋《フタ》開タレハ二人ノ少キ人白ク指挙テ

是ハナウ母御何ニ行候ソナドヤカチニテ歩マセ給御痛敷コソ候ヘ
此唐櫃ニ乗セ給ヘ廣ク候物ソト何心モ無ク戯テ宣給ケルヲ御覧シ
ケル母上ノ御心ノ中推テ有ベシトモ覚エズ流ルヽ御涙ヲ押サセ給テ
此河ハ極楽浄土ニハ八功徳池トテ妙物ノ生レテ遊戯スル処也我カ船
リニ念佛ヲ申シ河ノ中ヘ流ラレコト教ヘ給ケレハ三人ノサリ人母ト共ニ手ヲ合セ
念仏ノ声モシドケナク十返バカリ唱給テ西ニ向テ座シ給エルヲ三人ノ乳母
独ツヽカキ懐テ碧潭深出名水ノ底ヘ紅涙ヲ流シ添テ飛入ケル心中
哀トヱモ殊也母上モ頓テ同流ニ沈マセ給ケリ角テ時治今ハ思立
ナシトテ腹十文字ニカキ切西枕ニソ臥給ケル先ノ武師来テ首取納奉リ
焼ニ一堆ノ灰ト成セハ畜メテ四人ノ名ヲシソ被遺ケル陽生即忘トハ謂ナ
カラク一念五百生繋ケ念無量劫ノ業ナレハ奈梨八万ノ底ニテモ同

思ノ涙ニ咽給ツラント思遣ラレテ哀也淡河殿加様ニ成給シカハ越
州ノ守護名越遠江守時有舎弟修理亮有公同甥兵庫助
貞持三人モ出羽越後ノ敵ヲ防カントテ越中ノ二塚ト云所ニ陣ヲ
取テ北陸道ノ攻上ル敵ヲ被支ケルカコレモ六波羅攻落サレヌト聞ヘ
ハ道ヨリ駆催サレタル能登越中ノ勢共モ放生津ニ引退テ是ノミナラス敵
ト成テ可寄ナント聞エシカハ是ヲ見テ今マテ身ニ替リ命ヲ捨ント存シ
義ヲ致シ忠ヲ尽シツル郎従モ時ノ間ニ落失テ敵ニ加リ朝ニ去リ暮ニ来テ結交ヲ
深クセシ情ノ朋友モ何シカ心変シテ却テ挿ミ害心ヲ今ハ残留ル
物トテハ三族ニ遁ヌ一家ノ輩重恩ヲ与ヘシ普代ノ侍僮七十余
人也懸ル程ニ五月十七日午尅ニ敵一万余騎ニテ寄来ト聞シカハ
我等小勢ニテ闘トモ何程ノ支シカモ出ヘキ勢ニ云甲斐無キ輩

シテ敵ニ生取レ縲紲ノ恥辱ニ及ハヽ後代マテモ口惜カルヘシトテ女
姓廿物ヲハ舟ニ乗テ遥ノ奥ニ沈メ我身ハ城内ニテ自害セントソ出
立ケル彼女姓ト偕老ノ契ヲ結テ今年ハ廿一年也最愛ノ情ノ
内ニ鍾愛ノ男子ヲ二人儲タリ兄ハ九歳弟ハ七ニソ成給ケル修理亮
有友カ女房ハ相馴テ今ハ三年也ケルカ孕身ニ成テ早月比ソ色ニケリ
弟ノ庫助貞持カ女房ハ此四五日都ヨリ迎下テ最愛ノ上臈《ラウ》
女房ニテソ有ケル其昔ニ此女房紅顔翠黛世ニ類無キ有様
外ニ見初ニ玉垂ノ隙モアラハト心ニ懸テ三年餘ハ戀ハニシカ去ノ結モ今ヨ
リハ長ラヘヘクモアラサリシカハ兎角ノ便ヲ廻シテ盗出シテ今更ニ縁得
テハ僅カニ昨日今日ノ程ナレハ逢ニ替ント歎末命モ今ハ惜シテ本滴ノ
末露ノ習ニテ後先立ツ道シコソ悲キ物ト聞ツル、悪ハスニ此乱出来テ

浪ノ上炯ノ底ニ沈焦別レノウサコハソモ何トミタル事ソヤト互ニ名残ヲ惜ミヽ
臥沈テ湛躍ト覚テ哀ナリ世様程ニ時ノ迂ケレハ敵已ニ攻奉ルトテ騒ケレ
ハ力無ツ女房ニ人ヽニ泣別レ舟ニ取乗テ遥ノ奥ニ漕出ニケルサレ
トモサスカ沈モ不被遣ニテ跡ノ遥ニ顧テレハミハ舩ニカヽリ恨ノ追風
世且モヤトニテ漕舟ノ湊ヨリ外ニ誘ヒ行ケト泣憑給ニハ理哉ト思ハレ
タリ水手角テハ時迂候トテ櫓ヲ搖テ舟ヲ浪間ニ止ル三ニ人ノ女房ハ
二人ノサキ子ノ懐キ三人ノ女房ハ手ニ手ヲ取組給ヒ同一所ニ身ヲ沈テ底ノ水ヽ
屑トソ成給ケル紅ノ衣赤キ袴ニ且ハ浪ニ漂テ芳野龍田ノ河浪ヽニ
花ト紅葉ノ散浮ヒテ且ハ浮漂ケルカヨせ来ル浪ニ誘ヒ訓テ次才ニ沈
ソハテニケル懸シカハ城中ノ人ヽモ上下七十余人今ハ思フ事ナシトテ
同様ニ腹ヲ切同ソ兵火ノ底ニゾ焼死ニケル哀トニモ殊ナリ其遺魂

乞ふ共猶モ此地ニ止テ夫婦執着シ恋念ヲ遺ケルニヤ不思議也
シ亥ニハ越後ヨリ京エ上ル商人船ノ有ケルカ此浦ヲ過ケルニ俄ニ風
向ヒ浪悪テ通得サリケレハ能下テ奥中ニ舟ヲ止メテ有ケルニ夜深ケ
浪閑ニシテ花月ノ旅泊舟ヲ照ノ尽スゴキ折節ニ遥ノ奥ニ女ノ声ニテ
泣悲ケリ是ヲ怪ト思テ聞居タル所ニ又満ノ方ニ男ノ声ニテ其舟
ヨセテ給候エ便船セント声ヒニツ呼ケル舟人恐シナカラ湊エ舟付
タリケレハ白ツ清ケナル男三人アノ奥ニテ便船セントテ屋形ノ内ニツ乗
移ケル間テ奥津ニシホ合ニ成シカハ舟ヲ止サセ此者共三人ナカラ漫々
名浪ノ上ニツ下立タリケル不思議ノ思ヲ成テ見居タレハ又且ニ許
有テ年十六七ハカリノ女イツクシキ色ヒノ衣ハカニ一ニテ三人浪ヨリ浮
出テ、泣シホレタル其形男女眠気ナル躰ニテヒシヒシト近付ケレハ猛大俄ハツト燃出テ男女ノ中ヲツノ隔ケル此時女房ハ妹背山ノ中ニ結モア：
ヱヌ契ノ末タ思焦タル躰ニテ浪ノ底エ消入カ如沈ニケレハ男ハ又吉
野河ノヨミキクモ相見ツルモノ哉トト歎ワビタル姿ニテ泣浪ノ上ヲ遊帰テ
二塚ト云方ヘソ行カントシケル舟人共余ノ不思議サニ跡ヲ向ケレハ
返ヒモ愧入タル㕝ナレトモ名ヲハ苔ノ下ニ隠ナカラ埋モハテヌ名哉遠江
守同修理亮兵庫助ト名乗テ書消様ニ失ニケリ浅猿哉侍、
聞ク天竺ノ術婆伽ハ后ヲ恋奉テ思ノ炎ニ身ヲ焦シ我朝ノ宇治ノ
橋姫ハ夫ヲ恋テ通夜床ニ敷袖浪ノ浸甚ハ上古ノ奇特旧記ニ所
載ナレトモサタカニハナシ是ハ現ニ見エツル亡魂妄執愛念ノヽ其ノ
罪ノ深サ思ヤラレテ哀也懸リシカハ京都ハ已ニ静ニナリヌ、
△金剛山寄手引退平城ニ支ヘ：

サレトモ金剛山ヨリ引帰シタル兵共猶南都ニ留テ帝都ヲ可攻ト聞ヘ
シカハ中院ノ中将定平ニ五百余騎ヲ相添テ大和路ヘ差向、楠正
成畿内ノ勢ヲ付テ二万余騎河内ヨリ搦手ニソ被向ケルサレハ南都
ニ引籠タル兵皆十方ニ退散スト謂トモ猶残ケル兵五万余騎ニ
余リケレハ今一度手痛キ合戦有ストテ皆思シニ日比ノ義勢モ尽終テ
何ニシカ小水ノ魚ノ泳ニ吻風情ニシテ徒ニ日ヲシツ送ケル懸ニシカハ先一
番ニ南都ノ一ノ木戸般若寺坂ヲ堅タル宇都宮紀清ノ両党七百
余騎綸旨ヲ給テ上洛スル是ヲ始トシテ百騎二百騎五騎十騎降
参シケル間今ハ普代重恩ノ族ノ外ハ残ル物モ無リケリ是ニ付テモ
今ハ何ニ憑ヲ懸テモ命ヲシテモ可惜ナレハ各討死シテ名ヲ後ノ世ニコソ
残スヘカリケルニ責テモノ業ノ程ノ浅猿サハ阿曽ノ帥大仏ノ右馬助江馬ノ遠江守

佐介ノ安藝守貞俊ヲ始トシテ宗徒ノ者ドモ十三人、并長崎四郎左ニ
衛門尉二階堂出羽入道々蘊以下関東権勢ノ侍五十四人、
般若寺ニテ各入道受戒シテ律僧ノ形ニ成ニケリ三衣ヲ懸肩ニ一
鉢ヲ提テ手ヅカラ降人ニ成テゾ出タリケル中院中将定平朝臣是ヲ請
取テ高手小手ニ誡テ傳馬ノ鞍壺ニ縛居テ数万ノ官軍ノ前ニ追立サセ
白晝ニ京ヘゾ入ニケル浅猿ヤ去平治ニハ悪源太義平平家ニ被生
取元暦ニハ右大臣宗盛源氏ニ被囚テ大路ヲ被渡刎首シ又、
是皆戦ニ莅日或ハ敵ニ被打謀或ハ自害間ニ無テ不ナラズ敵ノ手ニ
懸タリシヲダニ重今ニ至テ人口ニ譏ト成テ両家ノ末流是ヲ閲時ハ面
ヲ一百余年ノ後ニ令恥ナ況是ハ敵ニ打謀レタルニモ非ス又自害間ニ
無ニモ非ス勢未尽ヌ先ニ討死自害ヲモセズシテ黒衣ノ身ト成テ遁レ又命ヲ

捨兼テ纒絏シテ而縛ルニ有リ様前代未聞ノ恥辱ナリシハ誠ニウタテカリ
シ振舞也此人達京都ニ著シカハ皆黒衣ヲ脱法名ヲ俗名ニ帰シテ天
一人ツヽ大名ニ被預其刑ヲ待程禁錮ノ裏ニ起伏〆思連ル浮世ノ
中只涙ノ落ス間ツ無キサダカナラヌ便ニ付テ鎌倉ノ事共ヲ聞ハ偕老
ノ枕ノ上ニハ成契ヲ貞女モムリツケヽ吉田舎人共ニ被奪テ王昭君カ胡
狄ニ別ニシ恨ヲ遺シ富貴ノ堂ノ中ニ冊立シ賢息モ辺タミニモ不寄
凡下ノ輩奴ト成テ黄頭郎カ枕頭ノ夢ニ不異《ナラ》是等ハ皆責テウ
キカラモ未生タリト聞ハ猶モ思ノ数ナラズ昨日迄ノ陂シ今日蹈門《ヤスラフ》ニ
行客亢衰也ヤ道路ニ袖披テ食ヲ乞ヒ女房ノ倒死セシハ誰母ナリ世
経褐負シカリシ由来ヲ尋シ旅人ノ被囚テ死セシハ誰親也ト語ルシホノ
中ニ聞時ハ今ニテ生ル我身ノ誠ニ命ツラレトツヾカコリシケ懸シ程七月九

日向守弾正少弼大佛但馬遠江守佐介長崎四郎左衛門ヲ始ニ
トシテ宗徒ノ人ニ十五人ヲ引出テ阿弥陀ケ峰ニテゾ被切ケル愚心
哉トテモ是程死スル命ヲ闘ニ交ナバ名ヲバ後記ニ止メ誉レバ子孫ノ顔ヲ悦シメ
ンカト哀ナル中ニモ恥シメケルコソ糸惜ケレ援テ此君重祚ノ後諸事
之政未行ダニ其先刑罰ヲ専ニシ給ハシ事跡ニ仁政ニト諫臣旗奏
シケレトモ御用無テ潜是ヲ被誅シカハ首ヲ被渡ニテノ事ニモ不及
便宜寺ニテ被選彼菩提ヲシツ被訪ケル此中ニモ二階堂出羽入道
蘊ハ朝敵ノ最倫武家ノ輔佐タリ賢才ノ誉自兼睿聞ニ
達セシカハ可被召仕トテ死罪ノ一等ヲ被宥メ懸命ノ地ニ安堵
シテ居タリシカ又隠謀ノ企テ有トテ同年ノ秋ノ末ニ遂ニ死刑ニ被行テハ其
名ヲシク遺シケル此等ハセメテ其儀ニ依テ加様ニセハ如何セム

〈佐々木ノ道誉遂ル被見シ事、

佐々木右京亮道誉ハ関東ノ門葉ニハ武略才能共ニ兼タリシカハ定テ
一方ノ大将ニモト身ヲ高ク思給ケル所ニ相模入道サモデノ賞翫モ無
リケレハ恨ヲ含憤ヲ抱テ御座ケルカ金剛山エ被向テ心ナラヌ体ニテ有シ
シハ千種頭中将綸旨ヲ申与テ御方ニ可参由ヲ被役ケレハ京都ニ出テ
御座カ一族達皆出家シテ召人ニ成シ後ハ武家被官之者共参リ所
領シ被召僅カニ身一ツタニ措シキ兼タリ比道誉モ南海道阿波国エ被
流テ御座セシカ今ハ召仕若党中間一人モ無シ昨日ノ楽ミ尽テ今日憂ミ
来ハ盛者必衰ノ理トハ知ナカラ今更世ノ中アヂキナク覚テ何ナル
山奥ニモ身ヲ隠ハヤト心ニ有増シテソ過サレケル関東ノ有様何トカ
成ヌラムト尋問給エハ一家悉ク亡ニ終テ残ル者無ト聞シカハ今ハ誰ヲカ

憑何シテ可キ待世トモ不見ハ見ニ付聞ニ付テモイトヾ心ヲ砕竟シ消ス怨閑
東家風ニ背キ一命ヲ為ニ助《カラ》降人ニ成ルトモ遂ニハ野心可有ヲ尋
出テ可シ誅トテ此ノ宣俊モ又召出サレテゲリトテモ心ノ留ル浮世ナラ
ズハ命惜トハ思ハズトモ故郷ニ捨テ置シ妻子共ノ行末余ニ心ニ懸テ悲ク
思給シカハ最後ノ十念勧ケル聖ニ付テ寿来身ヲ放給ハサル腰ノ
刀ヲ頓人ノ許ヨリ乞出テ故郷ノ妻子ノ許エソ送給ケル聖是ヲ請取
テ必其ノ行末ヲ尋申ヘシト領掌シケレハ宣俊悦給テ数度之上ニ
居直テ十念ノ後ニ一首ノ詠ヲ遺テ閑ニ首ヲシソ誅セラレケル
○昔人ノ世ニ有時ハ数ナラデウキニハモレヌ我身ナリケリト
誠ニ哀ナリシカハ此比ノ人ハ是ヲ聞テ袖ヲシボラヌハ無リケリサテモ彼ノ
聖最後ノ時着ナ給ケル小袖ヲ取テ急キ鎌倉エ走下リ彼ノ女房ノ

行末ヲ尋出テ是ヲ佐介殿ノ御信《カタミ》ニテ候トテ奉リケレハ女房聞モ不
敢只涙ノ中ニ臥沈テタメシナキ御情哉是セキ遥遣セト掟ニ下給ル事雖ツ
忘レコソト計ニテ悲ノ思ニ堪ヘ兼タル氣色アラハニ見モ痛ハシカリケルガ
ソバナル硯ヲ引寄テ信ノ小袖ノ其ノ妻ニ

○誰見ヨト信ニシ人ノ遺ルラン堪テ有ヘキ命ナラヌニト

書付テ其小袖ヲ引覆カノ刀ヲ胸ニ突《ツキ》立テ聴テ無墓成給ケリ
哀ト謂モ疎也誠ニ同穴二世ノ契ハ猿事ナレトモ女性ノ身ニ於テ懸事ハ
稍難トソ申ケル此外偕老ノ契空メ夫ニ別タル妻室ハ寄モ二夫ニ
嫁事ヲ悲テ深キ淵瀬ニ身ヲ沈メ或口養ニ資乏子ニ殺《シヰ》タル老
母ハ僅ニ一日ニ食求メ兼テ自ミ溝壑ニ倒レ臥テ徒ニ命ヲ亡ス事自モ
有ラレス耳ヲモ可掩ニ哀ナル哉義長久ヨリ以来関東世ヲ執テ九代

ソカシ春秋已ニ百六十余年ニ及ヌルハ二一類天下ニ盈テ威勢四海ニ覆ヘリ
所々ノ探題国々ノ守護其名天下ニ聞ヘル者已ニ八百人ニ余リ況其
家々ノ郎従タル者幾千万ト云数ヲ不レ知ケレハ縦ヒ六波羅ヲコソ輙
ク攻落サルヽトモ鎌倉ハ十年廿年ニモ退治シカタシトコソ人
覚シニ六十余州悉ク符ヲ合タル如ニ同時ニ軍起テ僅ニ四十三日カ
中ニ皆亡ヒ給ヌルコソ不思議ナレ愚哉関東士富《トミ》天下ヲ保テ威海内ニ
振シカトモ国ヲ治スル心無リシカハ堅甲利兵徒ニ梃楚カ為ニ被レ摧滅
亡ヒツ瞬目ノ間ニ得タル事驕者ハ亡ヒ倹者存スト云事自古其例多カルヘ
シ此中ニ向テ四頭ノ人天道ノ盈ヲ虧理ヲ不レ知メ驕人ノ心ノ欲ノ海ニ溺
スル事豈遊ヌ迷ニヤ半ニ中ニモ千葉新左衛門入道ハ関東随分ノ
被官タリシカハ二一家時ヲ得テ其名天下ニ隠レ無リケリサレハ不義

又政道日〻ニ被行レシカハ世ノ危カラン事ヲ悲テ時〻ニ諌言シ容レシカ
上モ高時入道終ニ無リ義剖シカハ世中味氣無哉思ケレ昌ナリシ
時ヲ棄テ出家遁世ノ身トナリ高野山ニ閉籠リ再ヒ人間ニ
不出ト誓タリシカ鎌倉ノ事トモサスカニ耳ニ觸心ヲ動ス事多カ
リシカハ今一度関東ノ有様ヲモ見聞ハヤト思成テ高野山ヲ
出ケレハ宿坊ノ柱ニ、
○故里ニ着《キテ》帰コソカナシケレ錦ニアラヌ墨ノ衣ヲト、
書付テ鎌倉ニ程無ク下着シ此彼ノ旧跡共シ見廻ニ御屋形ノ
旧跡何シカ春ノ草茫〻トメ秋ノ露瀼〻タリ分ケ行袖モシホレテ、
懐旧ノ涙モ争ハカリ也シカハ思モ分ヌ心ノ中ニ、
○故里ノ昔シ見スハ本ヨリノ草ノ原トヤ思ナサマシ、ト

只石自其山ヨリ山ノ奥ヲ尋身深キ谷ノ道ニ入リ終ニ散重シ道人ト成テ生涯ヲ送ケルコソ哀ニヤサシカリシ事共ナレ

太平記巻第十一

太平記　十二

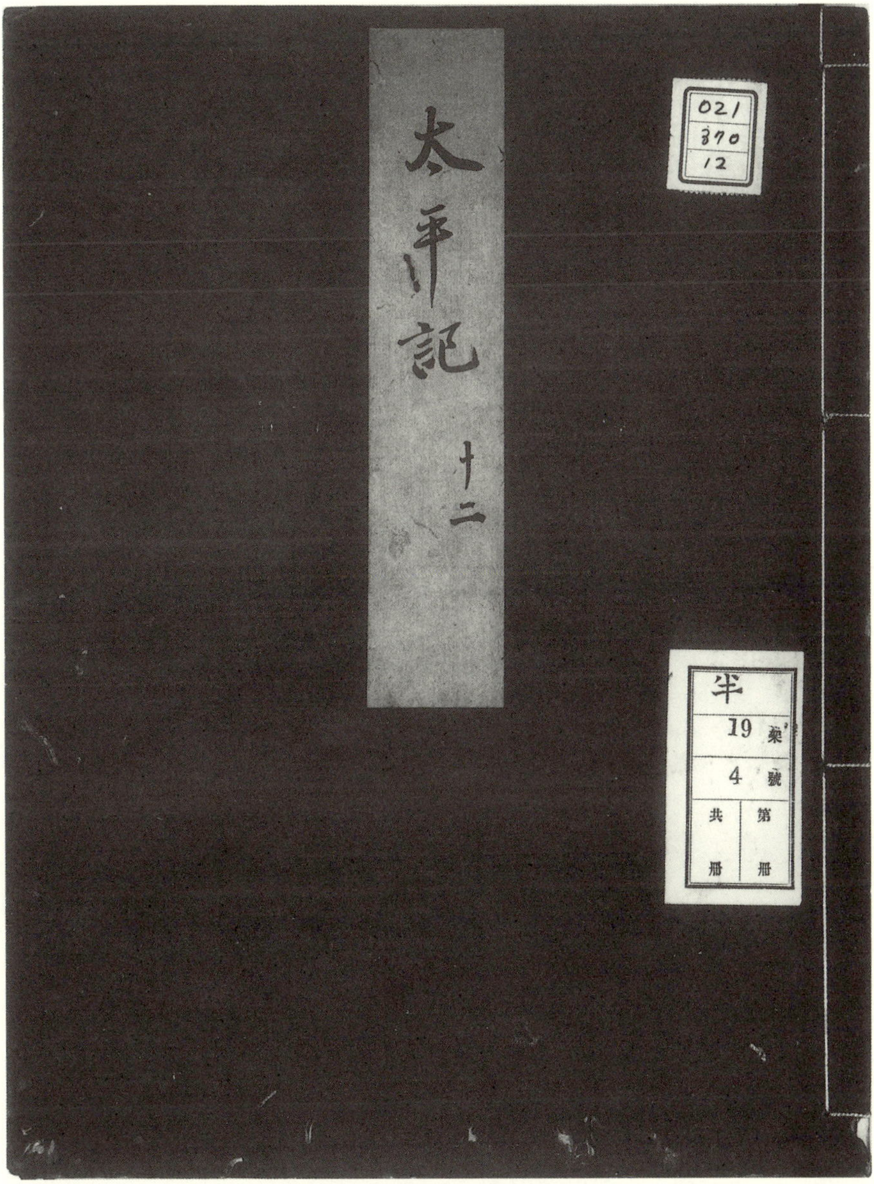
太平記　十二
021
370
12
半
19 架
4 號
共 冊
第 冊

公家一統政務事
大塔宮自信貴入洛事
忠顕遊覧事
文観僧正行儀事
大内造営紙銭事
廣平射恠鳥事
神泉苑来由事
兵部卿宮御消息事
驪姫申生譲死事

太平記巻第十二

公家一統政務事

元弘癸酉歳四海九州朝敵無ク残処モ亡ヒシカハ先帝重祚位ニ即御
座ス去年号ハ廃帝改元ナレハトテ被棄テ元ノ元弘ニ被成其時
賞罰法令悉ク公家一統政ニ出シカトモ態関白ハ不被置左大臣道
平公右大臣経忠公万機ノ謀詢ヲ佐ラル偏是延喜ノ佳例ヲ被追
シ間ヘシカハ於テ変其刑度ヲ緩ニ給ハサリシカハ殊俗服シ風ニ被霜照シ春
日ツ中華懼レ威ヲ東若ク復シ奴ツ而載雷霆同六月三日大塔宮信貴毘沙
門堂ニ御座テ近国兵ヲ被召間ヘシカハ京中遠国ヨリ草ニテモ我先ニト馳
集リケル間其勢頗ル天下大半ツモ参悦メ同十一日御入洛間ヘシカ其夏ト
ナリ延引アテ尚諸国兵共ツ被召作楯礎ノ鍛シ合戦御用意アリ間

人ノ方ハ誰カ身ノ上トハ知ラ子トモ京中ノ武士共心中更ニ不穏ラ依テ本来帝相清
忠勤使テ被復出ケレハ天下既ニ定テ偏ニ七徳ノ餘威シ成ス九功ノ大化シテ処ニ尚干
戈ツ動カシテ被集メ士卒ヲ条其用抑何事ソヤ況四海ノ擾乱ノ程コソ為ニ通ロ
敵雖一旦其ノ敢シ俗ヲ時ニ被替ヘトモ世既ニ静謐ノ上ハ遂ニ剃髪シ深衣ニ姿ヲ
門跡相續ノ業ヲ事トシ給ヘシトソ被役ケル宮ノ清忠シ御前近ツ被召テ勅答
申サセ給ケルハ今四海定テ一時ニ方民謳歌ニ無事依リ陛下カ休明之徳ニ依ル微臣
籌策ノ功ニ非ス足利治部大輔高氏僅カニ以一戦ノ功ヲ蔵シ立ト其志於
万人ノ上ニ今若其勢微ニ乗テ不退シテ京ニ把テ高時法師カ悪逆ニ加シ高氏カ
威勢ノ上ニ者ナルヘシ故ニ挙ケ兵ヲ備ニ武事ヲ全ツ非ス臣ニ罪ヲ況調髪ノ事兆前ニ不ル鑒ミ
機ヲ者ソ定テ翻シテ含ツ欲令逆徒不畜ニテ天下雖属スト無為ニ与党尚隠シ身ヲ伺フ隙ヲ
不シテ待ツ時ヲ去ル事有ヘカラス此時上ニ無ハ威厳下ニ必ス可有ル暴慢ノ思ハセ〆ハ文武ノ二

道同立可治今代世我若飯利娑深衣之躰弄虎賁猛将之備於
武全朝廷人誰哉夫諸佛菩薩被垂利生方便日有摂受折伏
之二门摂受者威柔和忍辱之形以慈悲為先折伏者現大勢忿
怒之相以刑罰為宗況聖明主求賢佐武備之才時哉出塵之輩
飯俗侍哉退休主帝位奉付事和漢其例多所謂賈島浪仙
出釈门成朝臣吾朝天武孝謙替法体登重祚位抑吾栖台嶺
封漢僅守一门跡号居幕府上将遠静一天下国家用何為善
此両端速被下勅許之様可經奏聞被役即清忠被返
清忠卿飯参此由奏聞之主上具聞召若大樹位全武備
寺事為朝家人嘲恋似高氏誅罰事彼不忠何事天
下士卒抱恐懼心若無罪行罰諸卒皇成安堵思乎然於大樹

位ニ不可有子細主高氏誅討ノ事ハ堅ク可止其企ヲ聖断アテ被成征夷将
軍ノ宣旨ヲ依テ宮ノ御憤リモ散ジケルニヤ同六月十七日信貴ヲ御立アテ八幡ニ七
日御逗留アテ同廿三日御入洛アリ其行列行装天下ノ壮観ヲ尽セリ先一番ニ赤
松入道円心其子則祐千余騎ニテ先陣ツ仕ル二番ニ殿法印良忠七百余騎
ニテ供奉仕ル三番ニ四条中納言隆資卿五百余騎ニテ供奉セラル四番ニ中
院源中将定平八百余騎ニテ打其次ニ花ヤカニ鎧タル兵ツ五百人スグリテ帯
刀ニテ二行ニ被列タリ其次ニ宮ハ赤地ノ金襴ノ鎧直垂ニ火威ノ鎧ノ裾金
物ニ牡丹ノ陰ニ獅子ノ戯レテ前後左右ニ追合タルシク透間モナク打タルシ草
摺長ニメサセ兵庫鎖ノ帯鞘太刀ニ虎皮ノ尻鞘ヤ切テ入太刀懸ノ革ニ結テサゲ
白篦ノニ節カゲハカリ少塗テ白鳥ノ羽ヲ以テハギタル征矢ノ卅六指タルシ表ノ
如ニ負セ給ヒ二所藤ノ弓ノ銀ノ笄打タルシ十文字ニ拳テ白葦毛ナル馬ノ

太逞ニ鋳掛地ノ鞍布テ濮出シタル厚総ツ芝打長ニ掛サセ侍十二人ニ双口《モロ》
推セ小路ッ狭トサノセラレル後ハ千種頭中将忠顕朝臣七百余騎ニテ供
奉セラレル尚モ御用心ノ最中ナレハ非常ヲ可被誡トテ国々ノ兵ツハ現甲《ヒタ》ニテ
三千餘騎閑ニ小路ヅツ打セラレケル其跡ニ湯浅山本恩地牲川伊達
等ノ御ッ始トメ畿内近国勢打混《コミ》ニ三日ヨテ打ソリケリ時近ノ吉キ方昔
代ル世ナレモ無ニ天台座主賜テ将軍宣旨ヲ帯シ甲冑ツ召シ具随兵ヲ有
御入洛有様ハ珍シ壮観也其後妙法院宮ハ四国ノ兵共ツ被召具テ讃岐
国ヨリ有御上洛万里小路中納言藤房卿ハ小田民部大輔ツ召具メ
自リ常陸国上洛セラルル舎弟右大弁宰相季房ハ配所ニテ身死
云ハ父宣房卿老後ニ涙ツ袖ニ懸テ喜憂相交ケルトカヤ法勝寺ノ
観上人ツハ結城上野入道具足ニ奉テ上洛シケレハ君モ侍ノ無意ツ

喜ビ思召テ頓テ結城ガ本領安堵ノ綸旨ヲ被成下ケル未観上人ハ硫
黄嶋ヨリ上洛シ仲円上人ハ越後国ヨリ皈洛セラル捨テシ君寵置ニ四
出奔ノ輩解官停任セラレシ人ニ死罪流刑ニ逢ヒシ其子孫此彼ヨリ被
召出一時ニ蟄懐ヲ開ケリサレバ自此誇テ武威ニ本所ヲ忽セシ権門高家
之武士共何ニカ諸庭ノ奉公人ト成テ或ハ軽軒香車ノ後ニ走リ或ハ青侍
格勤ノ前ニ跪リ世ノ盛衰時ノ転変歎クニ不叶トハ謂ナカラ今ノ如ニテハ公
家一統ノ天下ナラハ諸国ノ地頭御家人ハ皆奴婢雑人ノ如ナルヘシ哀何ナル
不思議モ出来テ武家四海ノ権ヲ取ル世ノ中ニ又成カシト思フ人ハ多リケリ
懸シ程ニ同八月三日軍勢ノ恩賞ノ沙汰有ヘシトテ洞院左衛門督実
世卿ヲ上卿ニ被定ル依之ニ諸国ノ兵トモ軍忠ノ支証ヲ立テ申状ヲ捧テ
望ム恩賞ノ輩幾千万ト云支シ不知其中ニモ誠ニ有忠者ハ侍テ功ヲ不誇

更ニ無ク忠者求テ媚シ於奥竈ニ掠ル上聞シ之間数月ノ中ニ僅ニ廿余人ノ恩賞シ
申沙汰セラレケリ然トモ支非正路トテ頓テ被召返テケリサラハ上卿ヲ致コト
ニテ万里小路中納言藤房卿ヲ上卿ニ成テ解状ヲ付渡サル、藤房卿ハ
是ヲ請取テ正ニ忠否ヲ分テ浅深シ各申与ト為シ給フ之処ニ内奏ニ依テ秘
計シ只今マテ朝敵ナリツル者モ安堵ヲ給リ更ニ無キ忠ノ輩モ五ヶ所十
ヶ所申給ケル間藤房卿諫言ヲ容兼テ称メ病ト奉行ヲ被辞セケリト
角テサテ可有ニ非ストテ九条民部卿ヲ上卿ニ成テ御沙汰有ケル間光経卿
諸大将ニ尋テ甚手ノ兵共ノ忠否ヲ委細ニ糺究シ申行ント為ニ給相模入道ノ
一跡彼ノ徳宗領ヲハ供御料所ニ置レ又舎弟四郎左近大夫入道カ跡
ヲハ兵部卿親王ヘ進セラレ又大仏奥州跡ヲハ准后ノ御領ニ被成又此外相
州一族ノ跡関東家風ノ輩カ所領ヲハ無指支郢曲歌道ノ家跡

端能書之輩乃至衛府諸司宮女官僧等ニ至ニテ内奏ヨリ申給ヘ
先商今ハ六十余ケ国ノ之中ニ立錐ノ地モ可キ行フ軍勢ニ闕所ハ更ニ無リケリ
懸ミカハ光維卿悪心アリハ無偏ノ恩化シ申シ沙汰セシト為シ給シカトモ叶
ハヂ年月シテ被送ケル、

大内造宮并ニ聖廟御事、

猿程ニ雑訴ノ沙汰ノ為ニトテ郁芳門ノ左右脇ニ決断所ヲ被造タリ其
議定之人数ニハ才学優長ノ卿相雲客記伝明法外記官人ヲ
三番ニ分テ一月ニ六ケ度ノ沙汰ノ日ヲ被定ケル事ノ体厳重ニシテ堂々
タリサレトモ是モ猶理世安国ノ政ニハ不有ケリ其故ハ内奏ニ訴人
蒙ハ勅裁ヲ決断所ニテ論人ニ理ヲ被付又決断所ニテ本主安堵ヲ
賜ハ内奏ニ其ノ地ヲ恩賞ニ被行如此互ニ錯乱スル間所領一所ニ四

五令メ給主付テ国ニ〆動乱無ニ停時是ホヨリ浅猿キ事ト思ニ去七月
ニ初ヨリ中宮御心煩給ケルカ八月三日ニ隠去給ニケリ甚ノ御歎キノ色未
ノ事同十一月三日春宮又崩御成リニケリ是レ併亡卒悪霊共ノ所成ナリス
也只ハ事沙汰サレハ其怨害ソ止テ為タメ令ン趣ニ于善所ニ四十ノ大寺ニ御テ大
蔵経五千余巻ソ一日ニ被頓写シテ法勝寺ニメ御被遂供養ソケリ雖有
カリシ大善事也上古ニモ不聞トソ申合ニシ元弘四年甲戌正月十一日
諸卿議奏メ曰サソ帝王ノ業万機ノ事繁メ有司ノ誤位ソ今ノ鳳闕僅ニ方
四町ニシ内セハ分内狭メ礼儀ソ詞ニ調守無ヘシ四方エ一町充ク寛コクナリテ殿ソ立宮ソ
被造タリ是モ猶古皇居ニ及子ハ大内ソ可被作トテ安藝周防ソ料
国ニ被寄日本国ノ地頭御家人ノ所領得分廿分一ツ被召テ此
資ニ被加ケリ彼大内ト申ハ秦ノ始皇帝ノ都咸陽宮ノ一殿ヲ模メ被造

名ハ南北ハ三十六町東西廿町ノ之外ニ居テ竜尾ノ置石ハ四方ニ十二門ヲ鼓建
タリ所謂東ニハ陽明待賢郁芳門南ハ美福朱雀皇嘉門西ハ
談天藻壁殷福門北ハ安嘉偉鑒達智門北外上東上西ニ至
ニテ文戦衛ヲ守テ長時ニ非常ヲ識タリ殊ニ六ノ後宮ニハ三千ノ淑
女錦粧リ七十二ノ前殿ニハ文武百寮待ツ詔ヲ紫宸殿ノ之東西ニ清
涼殿温明殿宣耀殿ノ此ニ常寧殿貞観殿ト申ハ后町ノ北ノ御匣殿
校書殿ト号スルハ清涼殿ノ南ノ弓場殿也昭陽舎ハ梨壺淑景舎ハ
桐壺飛香舎藤壺ハ凝花舎梅壺襲芳舎ト申ハ神鳴壺ノ
玄也萩ノ戸ノ陣ノ座瀧口ノ戸ノ鳥曹司縫殿ノ兵衛ノ陣左ハ宣陽門ハ右ハ
陰明門自花月花両門ハ陣ノ座左右ニ対朔平門北ノ陣左右衛門ノ
陣ノ西方ニハ建春門宜秋門春花門ハ白馬ノ陣大庭ハトモ云ハ此前也

大極殿小安殿蒼竜楼白虎楼豊楽院清暑堂五節宴
酔大嘗会ハ此所ニテ被行朝所高御座中和院ハ中院内教
坊ハ雅楽所也御修法ハ真言院神今食ハ神嘉殿真弓競
馬ツハ武徳殿ニシテ被御覧朝堂院ト申ハ八省諸寮是也左近ノ
桜散比ハ八重宮城ノ雪ノ中ニ梅花ノ陰ニ御溝水ノホヤ匂ラム右近橘サ
キヌレハ恵昔香ノ誘テ御階ニ繁レ竹台幾代ノ霜重ヌラレ彼在原業
平カ弓ノ棚ノ身ニ添テ神鳴サハク終夜間蒿蔵ニ居タリシハ官庁ハ神
殿ニ光源氏ノ大将如物モナシト詠シツヽ朧月夜ニ如進シハ弘徽殿細殿
江相公ノ古越国ヘ下トテ旅ノ別ヲ慕テ後会期遥カニ濡纓於鴻臚之暁
涙ニ長篇ノ序ニ書タリシハ羅精門ノ南ナル鴻臚館之餘波《ナコリ》也鬼同直
序ノ鈴縄悪海ノ障子ツハ清涼殿ニ被立タリ賢聖ノ障子ツハ紫宸

殿ニヲ被レ立タル東一間ニハ馬周房玄齢杜如晦魏徴ヲ被レ書タリ
其二間ハ諸葛亮蘧伯玉張子房第五倫三間ハ管仲鄧禹
子産蕭何四間ハ伊尹傅《フ》説《エツ》太公望仲山甫ヲソ被レ書西一間ニハ李
勣虞《グ》世《セイ》南杜預《ヨ》張華次間ニハ羊祜《コ》陳寔揚雄班固三間ニハ
桓栄鄭玄蘇武倪寛其四間ニハ董仲舒文翁賈誼綿孫
通是等也畫工ハ金岡カ筆讃詞ハ道風振レ勢ヲソケルト承ル
鳳甍翔テ天ニ虹梁聳テ雲ニ指モイミシ數《ジ》造リ變ヘタリシ内裏ノ天災ニ消
便無シハ回禄度々ニ及テ今ハ徒礎ノミ遺《ノコリ》ケリ浅猿カリシ事共也焼ケ
ル故ヲ尋ヌレハ曽テ聴リ唐堯虞舜ノ君ハ[illegible]支那四百州ノ主トシテ
其德應ニ天地ニ茅茨不斬材椽不削トコソ申シ傳ヘタルニ況是程之
小国ノ主トシテ彼大内ヲソ被レ建タル事其德ニ不相應セハ後主若無德メ

居ツ令安給國ノ財ニ依也可書ト高野ノ大師未来ヲ鑒給テ門ノ
ニノ額ヲ書セ給ケルニ大極殿ノ大ノ字ノ中ヲ剳切テ火ノ字ニソ被書ケル
朱雀門ノ朱ノ字ヲハ米ト云字ニソアソハシタリケル時ニ小野道風是ヲ見
テ大極殿ハ火極殿朱雀門ハ米雀門トソ難シタリケル大権量者
ノ未来ヲ鑒テアソハシケルヲ凡下ノ凡俗トシテ難シ申タリケル罰ニヤ其
後ヨリ道風筆ヲ取ニ手振テ文字様不正セトモ草書ヲ好ミ得ル人
也ハウテナヒテ書ケルモ却テ筆勢ニソ成ニケル遂ニ大極殿ヨリ火出テ
諸司八省悉ク焼ニケリ其後程ナク造営セラレタリシニ又
北野ノ天神ノ御眷属火雷氣毒神清涼殿ノ坤ノ柱ニ落懸リ玉ヒシ
時焼ケルトソ承ル彼天満天神ト申タテマツルハ素モ本朝風月ノ主
文道ノ大祖タリ天ニイマシテハ日月ト光顕シハメ國土ヲ照シ地ニ下リ御座テハ證

梅ノ臣下ト成テ群生ヲ利シ玉フ其由来ヲ申スニ菅原ノ宰相是善卿ノ
南庭ニ五六歳バカリノ小児容顔美麗成ガ前栽花ヲ詠シテ只ハ一
人立玉ヒタリシヲ菅相公惟ト思食テ君ハ何所ノ人ゾ誰家ノ男ニテマシマス
ゾト問玉ヘバ答テ曰ク吾ハ父モナク母モナシ願クハ相公ヲ親トセント思ヒ侍ルト
被仰ケレバ相公ウレシク思食テ自舁懐キ奉テ鴛鴦ノ衾《フスマ》ノ下ニ恩愛ノ
養ヒ育事トシテ人ト成シ奉リ御名ヲバ菅丞相トゾ申ケル未ダ習ハザルニ
道ヲ得テ御才覚世ニ又比類ナシト見ヘ玉シカバ七歳ノ春ノ比父菅相
公御鬢ヲカキ撫テ奉テ君若詩也《ヤ》作ラセ玉ヒヌト問イラセ玉ヒケレバ
少シモ案シ玉フ御氣色モ無クシテ
　月耀如シ晴雪ニ　梅花似タリ照星ニ　可シ憐金鏡轉シ　庭上玉房馨フ
雪夜ノ即事ヲ詞ハ明カニ五言ノ絶句ヲ作セ玉ヒケル夫ヨリ文ハ漢魏ノ芳潤ニ口

スヽキテ方丈ニ書シ暗《ソラ》ニ浮ヘ玉フ態ニハ貞観十二年三月廿三日對策及
第シテ自《ミ》試場ノ桂ツ折リ玉フ其年ノ春都良香ノ家ニ人々ニ集テ弓
射ケル所ヘ菅丞相シハシ〳〵タリケルニ都良香此菅丞相ハイツトナク螢雪ノ
窓ニノミツシテ文学ノ稽古ニ隙ナキ人ナレハ束弓ノ本末ツヘ知セ玉ハシ的射サセ
奉テ咲ハヤトシホミシテ弓ニ的矢ヲ取副テ菅丞相ノ御前ニ指置キ上陽始
ノ遊會ニテ候ニ一《ヒト》コブシアソハシ候ヘト被申タリケレハ菅丞相すこしモ辞退無ノ
色ナリノ弓場ニツイ立テ雪始ナル膚シ推肩スキテ矢シハゲテ打上ケ引シ
ロスヨリシバシミホリテノ堅タル鉾切テ放セル矢放ケ矢色弦音弓倒ニ五善
イツレモタリシニシリ響有テ五度ノツヾシツヽ玉ヒケル都良香感シ堪カ子テ自
席ヲ起テ御手ツノ引酒宴数盃ニ及テ操ヒノ引物シツノ被進ケル同年ノ
三月廿六日ニ延喜ノ帝未タ東宮ニテ御座有ケル時菅丞相ヲ被召レテ…

漢朝ノ李嶠ハ一夜ニ百首ノ詩ヲ作リケルト見ヘタリ丞相何ソ其才ニ如カサランヤ
哉一時ニ十首ノ詩ヲ作テ天覧ニ備ヘシト被仰下レハ即十首ノ題ヲ
賜テ半時ノ内ニ十首ノ詩ヲソ作ラセ玉イケル其ノ詩ニ云、
送テ春ヲ不用シ動スコトヲ舟車ヲ唯別ル残鶯ト与落花トニ
若シ使メハ韶光ヲシテ知ラ我カ意ヲ今宵《コヨイ》ノ旅宿ハ在ラン詩家ニ
上ニ云ル暮春ノ詩モ其ノ十首ノ絶句ノ内ナルヘシ賢才ノ誉レ文ハ仁義ノ道一トシ
テカリノル所ナレ君ヲ三皇五帝ノ徳ニ帰セシメ世ヲ周公孔子ノ治ニ均《ヒトシ》カラシメ
玄ゾ、此人ニアリト君モ限ナク賞シ思食シケレハ遂ニ大将ニ成玉フ同年十月ニ
延喜ノ帝御即位有シ後ハ併ラ万機ノ政幕府ノ上相ヨリ出シカハ接禄ノ
臣モ清花ノ家モ肩ヲ並ヘキ人モナシ昌泰二年二月ニ大臣大将ニ成セ玉フ
此時本院ノ大臣《シトヾ》ト申者大織冠九代ノ孫昭宣公第一ノ男皇后ノ

御舅《シウト》村上ノ天皇ノ御伯《シゲ》父也摂家ト云高貴ト云旁《カタ〳〵》我ニ均シキ器用有ジト
ツネヒケルニ官位禄賞共ニ菅丞相ニ越ラレサセ玉ヒケレハ御憤更ニ止時ナシ、
光卿定國菅根朝臣ナントニ内ニ相談ラレテ陰陽頭ヲ召シ主職八方ニ
人形ヲ埋ミ祭リ冥衆ヲ菅丞相ヲ呪咀シ玉ヒケレトモ天道更ニ私キニ依テ御
身ニ実雖来ラズガラフハ讒シ以テ罪科ニ沈メントシホシテ民ノ愁ヲ知ラズ派シノ、
理トスル由シ讒シ申サセケレハ帝《ミカドモ》サテハ世ヲ乱リ民ヲ害スル逆政ナリ派シ諫《イサメ》
邪ヲ禁スル忠臣ニアラスト思食ケルソ浅猿数キサセモムツマシキ夫婦又
子ノ中ヲタニモ離《サクル》ハ讒者ノ偽也況ヤ君臣ノ間ニヲイテシヤ遂ニ昌泰四年正
月廿九日菅丞相太宰権帥ニ遷《ウツシ》サレテ筑紫ヘ被流サセ玉フヘキニ定ニ
ケレハ左遷ノ憂ニタヘズ一首ノ歌ニ千般ノ恨シノヘテ亭子院ヘ奉リ玉フ
流レ行我ハ身藻ト成ヌトモ君シガラミト成テトヽメヨ、

法皇此歌ヲ御覧シテ御涙御衣ヲ濡シケレハ左遷ノ罪ヲ申宥ル為ニ上人
御参内有ケレトモ帝遂ニ出御ナカリケレハ法皇御憤ヲ含マセ玉ヒテ
空ク還御成ニケリ其後御流刑ニ定テ菅丞相太宰府ヘ被流玉フ
御子廿三人ノ御中ニ四人ハ男子ニテシハシ一セハ皆ニ引分テ四方国ヘ流シ
奉弟一ノ姫君一人ヲハ都ニ留メマイラセ残ノ君達十八人ハ泣々都ヲ立離サ
セ玉ヒテ心ヅクシニ趣カセ玉フ御有様コソ御イタワシケレ年久ク住馴玉ヒ
シ紅梅殿ヲ立出サセ玉ヘハ明方ノ月幽ナルニ折リ忘レザル梅カ香ノ御袖ニ余
リモ今ハ是ヤ故郷ノ形見ト思食ニモ御涙サヘ留セ玉ハデ思食ツヽケテカクナン
○東風吹ハ匂ヲコセヨ梅ノ花主ナシトテ春ナ忘レソ
ト詠セサセ玉ヒテ今宵逓渡ニテ追立《タテ》ノ官人トモニ道ヲ急サセ玉ヒテ御
車ニソ被召ケル無心草木ニテモ馴シ別ヲ悲ミケルニヤ東風吹リ風ノ便ヲ

得テ𡸴梅遷ニ飛去テ配所ノ庭ニシ生タリケルサレハ彦ノ告有テ斯人ツラレ惜ニ
ミニ西府ノ飛梅是也去又ル仁和之讃州任ニ下リ玉ヒシニ甘棠錦纜ヲ解テ
蘭橈桂楫ヽ艋シ南海ノ月ニ敲ミ白帰春ノ今配所道ニ趣カセ玉フニハ竟ニ引
替テ恩賜ノ御衣ノ袖シ片敷テ浪ニ漂フ篷艋ノ底ニ思ヲ傷ニミメ西府雲ニ
アリカレサセ玉フ都ニ留置キニイラセ玉ヒシ北ノ御方姫君御息女今ハ昨日ニシ限
ノ別ト悲ミシ思食シ知ラヌ国ヒヘ流遣ハサレサセ玉フ又十八人ノ君達モサコソハ思
父ノ旅ニ趣カセ玉ヒ御身ソ若ミメ玉フラレト一方ナラス思食遣ル御歎更ニカ
ハリ間モナケレハ旅泊ノ思ヲ述サセタマイケル詩ニモ、
自レ従ヨリ勅使駈将去テ父子一時ニ五所ニ離ル口ハ不レ能レ言フ眼中ノ血俯ミ
仰ス天神ト与ニ地祇
北ノ御方ヨリ被レ副ケル御使ノ道ヨリ皈ケルニ御文アリケル

君ガ住宿ノ梢ヲユク〳〵モ隠ルヽマデニ顧リ見シ哉
心ツクシニイキノ松原ニシハシヤホト御座有テ西府ヘ付セ玉ヘリ赤土小屋《ハニフ》ノイブセ
キニ送リ置奉テ都ノ官人モ皈リヌ都府楼ノ瓦ノ色観音寺ノ鐘ノ声見
ニ随イ聞ニ付テノ御悲歎此秋ハ独リ我身ノ秋トナレリト起臥ニ露古
御ヲ恋フ御涙事ノ葉毎ニシケヽレハサラデモ重キヌレ衣《キヌ》ノ袖ホス隙モ
有ケリサテモ無実ノ讒ニ依テ配所ニ被移ヌル御怨恨骨髄ニ入難忍
ヲホシメシケレハ七日間御身ヲ清メサセ玉ヒテ一巻ノ告文ヲアソハシテ高山ニ
登リ玉ヒ幢ノサキニ結付ケ指アケサセ玉ケレハ梵天帝釈其ノ無実ヲ哀ミ申サ
セ玉ヒケルニヤ黒雲天ヨリサカリテ御告文ヲ取リテ還リ天ニソ上リケル其ノ後延
喜三年二月廿五日ニ遂ニ左遷ノ御恨ニ沈ミ玉ヒテ薨逝シ玉ヒシカハ今ノ安
楽寺ノ御墓所ト定送リ奉ル同年ノ夏末ニ延暦寺ノ第十三ノ座主法

性房尊意贈僧正四明山ノ上十乗ノ床ノ前ニ観月ツスマシテアシハシケル時
ニ持仏堂ノ妻戸ヲアツホトヽヽト敲音シケレハ性ト思食シテ推アケ見玉フニ去
ヌル春筑紫ニテ忌シク薨逝シ玉ト聞ヘシ菅丞相ニテソ御座シケル僧正
怪ツ覚シテ先北方ヘ御入候ヘトイザナヒ奉リテサテモ御事ハ過ヌル二月廿
五日ニ筑紫ニテ御隠候ヌト慥ニ承シカハ哀歎ノ涙袖ニ余ヘヌ後生菩提ノ
御追善ヲノミ申居テ候ニサシモカハラヌ本ノ御躰ニテ光儀候ヘハ古ハ夢
幻ノ間トコソ覚ヘテ候ヘト被申ケレハ菅丞相御涙ヲ波羅ニトコホサセ玉ヒ
テ被仰ケルハ我レ朝庭ノ臣ト成テ天下ツ安カラシメンカ為ニ暫ク人間ニ下生スル処ニ
君時平公カ讒ツ御許容有テ吾ツ無實ノ罪ニ沈メ玉フ事寘恚ホムラヘ
自劫《コウ》ニ火モ盛也依之五蘊ノ形已ニやフレヌトいヘトモ一ノ心ハ明ニシテ天ニアリ
今大小ノ神祇冥官梵天帝釋ノ許シヲエテ其ノ恨シムリヒンタメニ九重ノ

帝闕ニ近付奉リ我ニツラカリシ侫臣讒者ヲ一々ニ誅殺サント存スルナリ其
時ハ廷テ山门ニ仰テ捴持法験シノ致センズラン勅定アリトモ敢テ参
内シ玉フヘカラスト被仰ケレハ僧正ノ玉ハク貴方慈恵トハ師資ノ儀アサカラ
ストト云トモ君臣ト上下トノ礼是猶重シ、カラウハ勅請旨一往ハ辞シ申ストモ度
々ニ及ハヽ争テカ参内仕ラデ候ヘキト申サレケレハ菅丞相御氣色俄ニ替リ玉
ヒテ御肴ニアリケル柘榴ヲ取リ玉ヒテ持仏堂ノ妻戸ニ颯ト吐懸サセ玉フ
柘榴ノサネ忽ニ猛火ト成テ妻戸ニ燎《モエ》付ケルヲ僧正サレモ騒カセ玉ハス
モエル火ニ向テ灑《シヤ》水ノ印ヲ結ヒ玉ヒテ暫ク観念アリケレハ猛火忽ニ消テ妻戸ハ
半分ハ焦レタリ彼ノ妻戸ハ今ニ傳リテ山门ニ有テ末代ノ奇特毎ニ此類其
後菅丞相御席ヲ立玉ヒテ天ニ上ラセ玉ヒヌト見ヘケルカ聽テ當内裏
上ニ鳴下《サカリ》鳴上リ高天ニ地ニ雩《シム》天地モ裂《サクル》ヤト覚ヘテ君ヲ始メ奉リ百官

万民卿相雲客諸司ノ人ニ身ヲツメ魂ヲ消シ玉ハサル中トニ連日夙
夜ノ雨風ハゲシクシテ世界迷闇ノ如ニ成ニケリサル間洪水家ミシ漂ニシテ
ハ京白河貴賤上下ツメキサケフ声叫喚大叫喚ノ苦ノ如ニ遂ニ雷《ライ》
電大内清涼殿ニ落カヽリテ大納言清貫卿ノ上衣ニ火燎付テ伏ニ倒
レ玉ヘトモ消ヘス右中弁希世朝臣ハ心剛ナル人ニテケレハ宜様縦ヒ何ナル天
雷ナリトモ争カ王威ニ恐ヲ成サランヤトテ弓ニ矢ヲ取副ヘテ立向ヒ玉エハ
五躰スクミテウツフシニ倒ニケリ近衛忠包鬢鬚ニ火付テ焼死ニ玉ス
紀ノ蔭連ハ変ニ咽テ絶入ニケリ本院大臣ハ既ニ我ニ当ル神四討ヨ恵
食ケレハ帝ノ玉体ニ立副奉リ太刀ヲ抜カケテソ玉ヒ乍ハ朝ニ仕ヘ玉ヒシ時
モ我ニ礼ヲ乱リ玉ハス縦今ハ神ト成リ玉フトモ何ソ君臣上下ノ儀ヲ失玉
ハンヤ金輪高位ニ〆擁護ノ神未捨給ハ暫ツシツマリ穆ニ其徳ヲ施シ玉

ヘト理ニ當リノ玉ヒケレハ理ニヤシツヽリ玉ヒケン將軍ノシトニモ蹴殺レ玉ハヌ玉躰ニ
モ無ク悪心ニテ雷神天ニアカリ玉ヒヌサレトモ風雨猶ヤマス世界国土モ流レ失ヌ又
ト見エシカハ法蔵ヲ以テ神ノ怒リヲナタメ申ヘシトテ法性坊ノ尊意僧正ヲシ
召シ上両度ハ辞シ申ケレトモ勅宣三度ニ及ケレハカヲヨハス参洛シ玉ヒケル
ニ賀茂川ノ水ヲビタヽシク増リテ舟ナラデハ叶フヘシカリケルヲ僧正ハ其車ヲ
水ノ中ヘハ遣レトテ下知シ玉ヘハ牛飼命ニ随テ漲リ流ルヽ川中ヘ車ヲ飄ト遣
懸タリケレハ洪水左右ヘ別レノキテ御車ハ陸地ヲ通ケサセテ僧正参
内シ玉フテ雨風シツマリテ神ノ怒怨モ忽ニ宥セ玉ヌト見ヘケレハ僧正睿感
ニ預リ玉ヒテ皈山シ玉ウ山門ノ効験天下ノ奇特比類ナシトソ聞ヘケル同年ノ
三月ニ本院ノ大臣重キ病ヲ受テ身心鎮《トコシナヘニ》苦ミ玉フ浄蔵貴所ヲ請シ奉リ
御加持アリケルニシトノ左右ノ耳ヨリサキ青蛇頭ヲ指ハ如テ良浄蔵貴

無實ノ讒ニ沈ミ恨ヲハイツノ世ニ散セン其為ニ此大臣ヲ取殺サント思ナリサ
レハ祈療共ニ以叶フヘカラズ加様ニ云物ヲハ誰トカ知ルヤ是コソ菅丞相ノ
変化ノ神天満大自在天神ヨトテ神詫アリケレハ浄蔵示現ノ不思議
サニ驚テ暫アテ罷出玉ヒシカハ本院ノ大臣忽薨シ玉ヒケリ御娘ノ女
御并ニ御孫ノ東宮モ聴テ隠サセ玉ヒヌ一男八条大将保忠公モ同ク重
病ニ沈ミ玉ヒケレハ御祈者薬師経ヲ読誦スルカ宮毘羅大将ト打挙テ
読ミ玉ヒケルヲ我頸キレト云声ト聞成テ即絶入シ玉ヒニケリ三男敦忠中
納言モ早世シ玉ヒヌ其人コソアラメ子孫マテモ一時ニ薨逝シ玉ヒケルハ
神罰ノ程コソヲソロシケレ其比延喜帝ノ御従弟《イトコ》ニ右大弁公忠ト申ケ
ル人頓死シ玉ヒケルカ三日ヲ経テ生活《ヨミカヘリ》玉テ奏スヘキ事アリトテ遍《スナハチ》参
内シ玉ヒテ子息信明信孝二人ヲ肩ニカヽリテ伺候セラレケル時ニ事如

何ニト御尋アリケルハ不忠者振ヒテウナヅク奏聞アリケルハ臣冥官庭トテハ
ヲソロシキ所ニテ候ケルニ其ノ長ニ丈アマリナル人ノ衣冠正ク奉タル力金ノ札ヲ
捧テ読申アリケルハ粟散辺地ノ主延喜ノ帝王時平大臣カ讒シ
用テ無キ罪臣ヲ流サセ候キ其ノ謬誤ニ重ニ早ク庭ノ御札ニ被テ註サ
阿鼻地獄ヘ落サルヘキ由申サレシカハ咸余人並居玉ヒケル冥官達
大ニ怒テ時刻ヲ移サス其ノ責ニ及フヘシト同シ玉ヒケルヲ座中ノ第二ノ冥官ノ
玉ヒケルハ宮君ニ年号ヲアラタメテ咎ヲ謝スル道アラハイカヽ候ヘキトソ玉ヒシニモ
座中皆葉シ傾ヒタル躰ニ見エテ其ノ後ニ不忠穢《ワロイ》生仕テ候也ト被奏
聞ケル時君大ニ驚ヰ思食テ驚テ延喜ノ年号ヲ延長ト改シ菅丞相
流罪ノ宣旨ヲ焼ステラレテ官位ヲモ大臣ニ復シテ正二位一階ヲ贈シ
ケリ其後天慶九年ニ近江国比良ノ社ノ禰宜神ノ良種ニ託シテ

大内北野ニ千本松一夜ニ生タリシカハ後ニ社壇ヲ建テ崇《アガメ》奉レト示サセケリ
天満天神ノ御眷属十六万八千ノ神達猶モシツマリ玉ハザリケルニヤ天徳
二年ヨリ天元五年ニイタルニテ七ケ年間ニ大内諸司八省三度ニテ
コソ焼ニケレカリテサテアルヘキニアラサレハ内裏造営アルヘシトテ番匠ノ斧ヲ
運ラセテ衛ニ削立タリケル柱ニ一首虫食ノ歌アリ
造ルトモ又モ焼ナン菅原ヤ棟ノ板間ノ有ン限ハ
此御歌ニヨリテサテハ神慮尚モ御納受ナカリケルト弥畏食ニ御驚ア
ツテ自一条院贈正一位太政大臣ノ官位ヲ勅使菅原幹《モト》正《マサ》朝臣ヲ安楽
寺ヘ下サレテ彼詔書ヲ庿ニ向テ読挙奉リケレハ時ニ天ニ大音声ア
ケテ御作ノ一首ノ詩ニソ聞ヘケル
昨為北闕被悲士今作西都雪恥尸生恨死歓其我奈今

須リ望ミ足テ護ス皇基ヲ
偉哉本地ヲ申セハ者ニ大慈大悲観世音弘誓海深メ群生済度ノ
船ナノ岸ニイタラスト云事ナキ尚上垂跡ヲ者天満天神ノ応化ニシテ舞刹
物日ニ新ナリ一タヒモ詣テ来ル結縁ノ人所願任テ心ニ不ト成就セ云事ナシ是以テ上
一人ヨリ下万民ニ至テ湯ノ御頭ヘシ不頓ト云事ナシ懸シカハ延暦四年
八月十四日事始アテ後三条院ノ御宇延久四年四月十五日行幸
アリ文人献シ詩ヲ伶倫奏メ楽ヲ日出カリシ事ニ無キ程ニ又安元二年ニ日
吉山王ノ御業大内諸寮寺焼ケシ後ノ国ニ裏エ代々之聖主今
ニテ造営ノ御沙汰モ無リツルニ今兵革ノ後世未安国弊民苦ノ
放牛ヲ桃林ノ野ニ飯ス馬ヲ華山ノ陽ニ大内可被造トテ自リ昔至テ今ニ我朝
ニハ未ノ用紙銭ヲ作リ諸国ノ地頭御家人所領ニ課役ヲ被懸ニ

糸神慮ニモ違イ驕誇ノ端トモ成ヌヘシト智臣ハ眉ヲ顰《ヒソメ》ケル、
去程ニ筑紫ニハ規矩掃部助高政糸田左近大夫義貞ト云前
代ノ一族出来テ前亡ノ餘類ヲ集メ所々ノ逆黨ヲ招テ國ヲ
盜乱ス又河内國賊徒等佐々目ノ憲宝僧正ヲ取立テ飯盛
山ニ城郭ヲ構ヘ義兵ヲ挙ク是ノミナラス伊与國ニハ赤橋駿河守ノ
子息駿河太郎重時立烏帽子カ峰ニ城郭ヲ構四辺ノ庄園掠メ
領ス是等逆徒法威ニ武力ヲ加テ退治セスハ早速静謐可難ト
儀紫宸殿ノ皇居ニ構壇ヲ弁内僧正ヲ被召天下安鎮法ヲ被行
ケル此法ヲ被行時者甲冑武士四門警固内弁外弁近衛階下ニ
陣ヲ張リ伶人奏楽ニ舞曲時武家紫宸南庭左右ニ立双ヒ抜剣四方鎮也
サル可択四門ノ警固トテ諸大名内當其器ニ被召所謂鎮壇構

護勇兵ト云是ヨリ世東西ノ門ニハ結城九郎左衛門親光楠木河内守正
成南北ノ門ニハ佐々木大夫判官高貞名和伯耆守長年奉堅タ
リ南庭ノ陣ニハ左ニハ千葉介右ニハ三浦介ヲソ被召ケル此ノ両人兼テ其
役ニ可随旨領掌申タリケルカ違ニ其期ニ互ニ争ヒ嫌左右ヲ共ニ停メ出仕シケル
間天魔障碍《ゲ》法会ノ違乱ト成ニケリ後ニ思合スレハ是ソハヤ天下久ツ無
為ニ有間敷表夷也ケルサレトモ加様ノ効験ニヤ依ケム飯盛山城ハ楠木ニ
被落立烏帽子城ハ土居得能ニ被攻破筑紫ノ規矩掃部ハ大友小
弐ニ打負テ其頸数輦京都ニ登セカハ共ニ大路ヲ被渡テ皆獄門ニ懸
ケル西国加様ニ静謐ニ成シカハ自筑紫小弐大友菊池松浦党大船
七百余艘ニテ参洛ス新田左馬助義貞舎弟兵庫助義助七千余
騎ニテ上洛シ給此外国々ノ武士共ノ一人モ不残上リ集リケル間京白河ニ充

満シテ主職ノ富貴日来ニ百倍セリ懸シカハ諸軍勢ノ恩賞ハ継延引スルトモ先大功ノ輩ニ抽賞可シ被行トテ足利治部卿高氏ニハ武蔵常陸下総三ケ国ヲ被行ハ舎弟ノ左馬頭直義朝臣ニハ遠江国新田左馬助義貞ニハ上野播磨両国ヲ被下舎弟脇屋兵庫助義助ニハ駿河楠正成ニハ摂津国河内名和伯耆守長年ニハ因幡伯耆両国ヲ賜ル是外公家武家ノ輩二ケ国三ケ国依テ忠功ニ被行ハ指モ軍忠有シ赤松入道円心ハ如何ナル事カ有ケン佐用庄一所ハカリ被行レナハ播磨ノ守護職ヲ被召返サレケリサレハ建武以後ノ乱ニ忽ニ変ソ朝敵ト成リシモ此恨トソ聞エシ其外五十余ケ国守護国司国ニ料所大庄ヲハ公家被官ノ人ヒ拝領為シ給ニケル間陶朱カ富貴ニ誇リ鄭白カ衣食ニ飽ニケリ

○忠顕朝臣遊覧ノ事

此中ニモ千種頭中将忠顕朝臣ハ姪《ミトノ》六条内府有房公ノ孫ニテ御座シカ
文学ノ道ヲコソ家業トセハ嗜給ヘカリシニ弱官ヨリ吾道ニモアラヌ笠
懸博奕婬媒而已為シ事ト間父有忠卿父子ノ儀ヲ離レテ不孝ノ由ニテソ
被置ケルサレトモ此朝臣ニ一時ノ栄花可キ開ク過去ノ宿因哉有リケル主上
隠岐国ヘ御遷幸ノ時供奉メ両六波羅ノ討手ニ上洛シ不日ニ攻落セシ其
忠功ニ依テ大国ノ庄園数十ケ所拝領シ為エシカハ朝恩餘テ身ニ其侈《オコリ》驚ス
目ヲ其比与ル重恩ヲ家人共ニ巡ニ仕リ振舞スルニ連レ袖ヲ諸大夫侍三百餘
人堂上堂下ニ並タリ其酒肉珍膳ノ費ヘ一度ニ万銭モ猶不足ナヘシ之数
十間ノ厩ニ内ニ飽ケル馬ヲ五六十疋居ヘ飼タリ宴罷ンテ興ニ乗ル時ハ伴ニ
数百騎ヲ客シ京中往還ノ其間ハ小路ヒトヒノ追出犬サテハ小鷹大鷹
手ニ据ヱテ嵯峨野辺交野冊罢山蓮台野惟高御子ノ小野山北

山本ニ遊特テ落日半夜ニ被飯ケル其ノ衣裳ノ事柄見聞ノ友ノ所驚スニ耳
目ヲ豹虎ノ皮ノ行縢《ムカハキ》ニ裁金襴纐纈ノ直垂ニ縫《ヌヒ》高麗唐土ノ美ヲ尽シ、
内服ニ被爲ヒハ煌粧煒姿掃ヒ鐘シ鞶《ス》ノ鴻ヽ是ノ北賊ヵ服ニ貴服ヲ国之
画賊ナル被ノ孔安国ヵ聖言ヲ不恥ケルコツ無情ケレト加様ノ云事ヲ知人ハ
傍ニ耳シツツ冷シケル是ハ責テ俗人ナレハ申ニ不及、

〇末観僧正行儀事、

末観僧正ハ振舞伝聞コソ不思議ナレ適《タニ》一旦名利境界ヲ離テ三密
瑜伽ノ道場ニ入給ヒ甲斐モ無ク只利欲名聞ノ道ニノミ趣《ワシツ》テ更ニ観念ノ座
禅ノ窟ニ不到何ノ用モナキニ財宝ヲ積テ倉ニ不扶ケ貧窮ニ武具ヲ集メ傍ニ士卒
ヲ逞頬《スク》リニ成婿ヲ結ヒ交リヲ単ニハ無忠与ヘ賞ラレケル間末観僧正ノ手ノ者ト号シテ
建ノ党ノ振舞ヲ為シ洛中ニ充満シ五六百人ニ餘リケレハ不遠ラ参内ノ時ハ奥ノ

前後數百騎武士打囲路横行間法衣忽汚馬蹄塵律
儀空墜人口謗浅猿哉彼廬山恵遠法師一辞風塵境坐
寂寞室以来影不出山誓言十八賢聖結六時不退勤給
又大梅常和尚被移世人知住処更移茅舎入深居山居風味冷
得已熟印可給有心人皆古今翰羨消跡伴千山雲衣一洒落
尽生涯給事此僧如此被纏名利絆給事吾非魔外道其心
依託行業為妨加様行覚其可謂文治比
都解脱上人貴聖御座其母七歳姙儲子也
只人有五歳其身釈門入果懸貴聖
成給也慈悲深重鉢空事不悲大隙不辞朝
市中身雖交五濁塵心不被侵三毒霧住縁度歳月

利シ生シ徘ヒ山川ニ給ヘルカ哉。時伊勢大神宮ニ参リ内外宮ヲ巡礼シ潜ニ奉白
受法楽法施シケリ。大方自餘ノ社ニハ様精テ智木モ不曲形ノ祖木モ不撑
是レ直ニ捨方便ノ白シ表ト覚ヘタリ。古松低レ枝ヲ老樹布ニ葉ヲ示ス下化
衆生ヲ相シ見ヘタリ。聞ケハ垂跡方便シ雖ニ似タリト悪ニ三室之名思シ内證ノ
深心其モ猶有化属結縁ノ理ニ覚テ勧ニ感涙湿シ袂ヲ給ヘ。サレハ八日暮レ
終リ在家ニ可キ借ル宿ヲ心地セス外宮ノ御前ニ終夜念誦シ神路山ノ松嵐覚ル
聴ス御裳濯川ノ月ニ澄シ心ヲ禅座シ給処ニ餓室陰リ風烈テ雷光激シテ遠ク
洞雲ノ上ニ爽ノ車馬ノ之替ル音シケレハ恐レ覗ケハ是ハ何物ニカト消シ肝ヲ見給フ
処ニ東西ヨリ雲晴テ忽然トシテ虚空ニ磨キ玉鏤金ヲ宮殿楼閣出来テ庭
上ニ剋ニ幔門前ニ張リ幕ヲ爰ニ自十方来リ集ル車馬ノ客二三千モ有ント
覚ヘタルカ左右ニ跪ト居流タリ。其上座ニ大人アリ。其ノ形甚タ不尋常ニ長二三

十丈モ有ント見テ頭ハ如花ノ又十二面上ニ双ヘリ有リテ四十二手左右ニ相連ル或ハ
擅リ日月ヲ或ハ提ケ釼戟ヲ或ハ乗リ八龍ニケリ相従フ所ノ眷属モ皆不似常ノ
人ニハ八臂六足ニシテ挿シ鐵棒ヲ三面一躰ニメ着キ金甲ヲ座タリ座シテ彼ノ上
座ナル大人ノ左右ニ對メ申ケルハ抑此阿帝釈ト闘ニ打勝テ手ニ擅リ日月ヲ身ハ
浴シ酒海ニ頂キ須弥ヲ一足ニ蹈ム大海ヲト謂トモ其眷属ノ数ハ毎日数万人ツ滅ホス
故ニ何ノ事ニカト見ハ南贍部洲扶桑国洛陽ノ傍ニ觧脱房ト云物出来
テ化導利生専ニスル間法威昌ニシテ天帝得力ヲ魔障弱リ修羅失勢ヲ
所詮彼ノ角ノ有ン程ハ我等對メ天帝ニ軍スルコト叶フマシ如何メ醒シ彼道
心ヲ可ト付ク憍慢懈怠ノ心ヲ申ケレハ中ノ真顔ナル大六天ノ魔王ト金字ニ銘
打タル物進出申ケルハ其レコソ縁安キ事ニテ候ヘ先後鳥羽院ニ芒武
家ヲ思召ス心ツ奉付ケ被ハ攻ニハ波羅ツ武蔵守義時不得止事ヲ兵ヲ指シ

上テ可シ致ス合戦ヲ其時加ヘ勢力ヲ義時得テ勝ツ事ヲ司リ天下ノ成敗ヲ計ニ政ヲ
勢シ後鳥羽院ハ遠国ヘ近遷シ廣瀬院才二ノ御子奉リ即位ニ然者
此ノ鮮脱坊元来彼ノ宮ニ有ル御飯依テ事士ハ被レ召ニ官僧ニ悉ク人龍顔ヲ削ニ
出仕シノ儀即行業ハ日ニ日ニ怠リ慢憍ハ時ニ増リ忽ニ成リ破戒無慚ノ
比丘ト然者我等歸シ若干ノ春ヲ偽ヘキ候ト高声ニ申ヒハ二行ニ並居
タリ悪魔外道並ニ眷属是ヲ尤モ可ト然ト同シテ書消様ニ失ケリ上人ハ夢ウツヽ
トモ無ク罰給フ是ヲ以テ神明我ニ勧メ道心ヲ御座ス真實ノ御利生ヨト雖モ有リ
忍給ヒシカハ感涙餘リ墨染ノ袖ニ未明ニ出テ宮中ヲ其ハ終ニ都ヘモ入ラセ給ハス
抖擻シ諸国ヲ勧メ人ヲ説法シ送リ年月ヲ給シカ機縁純熟シ山城国笠置
ト云フ深山ニ卜テ一宇ノ岩室ヲ捨テ落葉ヲ為シ身ノ上ノ衣ト拾ヒ山菓ヲ資ケ口ニ永ク食ヲ長シ
發シ厭離穢土ノ心ヲ鎮ニ専ニ欣求浄土ヲ勤シ給フ處ニ承久ノ乱出来テ義時合戦ニ

打勝ニカハ後鳥羽院太上皇忽ニ被迁《サ》隠岐国ニ御座《ス》頗テ為テ関東之計ト
廃帝ノ宮ニ奉ル即ケ天子ノ位ニヲカハ為テ官僧ノ解脱上人ツ度ニ被召テ是ゾ
兼テ大六天魔王共ニ討シ事ヨト浅猿ク思給テ三詔入雲ドモ遂ニ辞メ勅ノ
言孫ツ行ニ達テノ御座ケス智徳行開ケカハ此寺開山ト成テ至今ニ遺ミ仏
法弘通シ紹隆シ給エリ此彼界レ此ツ無リ情ケ共文観僧正ノ行義哉愚昧ノ
シ眼ツ逢セリ遂ニ無ク法流相続シ門才成リ孤独裏窮シ身ハ建武ノ
乱ノ其後ハ漂泊メ吉野辺ニ終ニ生涯ヲ給ネ京惜カリシ事共ナリ

〈神明之御事〉

抑太神宮ノ御祭礼ハ四季ノ奉幣使トテ都ヨリ勅使下向シテ神事ヲ
遂給フ其外月次日次ノ神事退将ナキ者也其ニ二見浦ノ所司等執貝
海ノ神事トテ塩カレノ遠干潟出テ海松和布ヲ取テ神膳ニ備フ又三角

柏ノ觴トテ二見浦ノ東ニ佐ニ良嶋ト云所ニテ柏ノ葉ヲ取来リ[illegible]此嶋
嶮岨ヲ陸路ヨリ通路ナキ間高塩ノタヽヘタル時此嶋隠ニ船ヲ浮テ彼柏
ノ葉ヲ浪ノ上ヨリ刈《カリ》下ス時神盃ニ此ヘキハ必ス浮フ其ハ器ニ當ラサルハ悉ク沈ム
其故ヲ以神盃献数ヲ占ヘリ是ヲ柏ノミコトニ号ス也ハ斎宮ノ歎ニ
○思カ子三角柏ニ占トヘハ流ムハウカフ涙ナリケリ
業《ナリ》平《ヒラ》又子ノ身ニ悉カ子柏ヲ係シテ積タリシモ此サカツキノ事ニヘシ金甘
二代ノ帝雄略天皇ノ御宇ニ天照太神白鷺ニ化シテ宮河ニ移ラセ給ケルニノ
大中臣ノ惠美奏乞見付テイラセテ河中ニ宮作メ暫ク住セ給ケリ故ニ此河ヲ
宮河ト名ツク其後此宮ヲ移シ奉リ宮河ト為ニ崇メ奉リ皇宮ト申ハ是ナリ遠ク
本地ヲ尋奉レハ大日覚王ノ所変トメ真如実相ノ花カラハシリ神通無為ノ
化シ身テ暫ク三宝ノ名ヲ忌トニヘトモ内證ハ阿字不生ノ理ニ基テ五相成身ノ形ヲ

誠ニサレハ本地垂跡只一如ニシテ何ノ隔カ有ンヤ哉、

広有射ル怪ケ鳥ヲ事、

猿程ニ元弘四年正月廿九日改元有テ建武ニ遷サル是ハ後漢ノ光武治メ王莽カ之乱ヲ再ヒ被レ続ツカ漢ノ代ヲシ佳例トテ被レ摸セ漢朝ノ之年号ヲケルトソ聞ヘシ

此ノ年天下ニ大疫癘アリテ病死スル者ノ甚タ多シ是ノミニアラス不思議ノ事共、多ク有リケル中ニ其ノ秋ノ末ヨリ紫宸殿ノ上ニ怪鳥現メ夜飛《ヒ》翔《カケリ》テ何《イツ》マテ〳〵ト啼ケル其声響キ雲ニ驚カス眠ヲ聞ク人皆不ス忌ミ恐レト云フ事ナシ諸卿相議シテ曰ク異国ノ昔尭ノ代ニ九ノ日出タリシヲ羿ト云者奉テ八ノ日ヲ射落シキ我朝ノ古ヘ堀河院御在位ノ時有テ変化ノ物奉リ悩シ君ヲシヲ前陸奥守義家奉テ殿上ノ下口ニテ三度鳴シ弦音ヲ静ム是又近衛院御時鵺《ヌエ》ト云鳥翔テ雲中ニ示シ天ニ鳴シヲハ源三位頼政蒙テ勅ヲ射落シタリシ例モアリ旁《カタ〳〵》不可黙《モダス》達ニ

御武家ノ輩ニ射テ可キ落ス議定終ニシカハ弓矢取ノ中ニ誰カ有ト可キ射ル者ノ
被ニ尋御ケレトモ我是ツ仕ラント申者一人モ無リケリ上北面諸庭侍共ノ
中ニ誰カ可キ有ル御尋有リケレハ二条関白左大臣殿召仕レ候隠岐二郎左
衛門廣有ト申者ソ候ト被ニ召テ鈴ノ間ノ辺ニ畏テ奉ル勅ヲ廣有思フ様ハ鐵ニモ
此鳥巣ル蚊ノ睫ニ蟭螟ナントノ鷄鳥ノ如ニテ矢モ不及翔リ虚空ニ遠トハ抑
不知自見ル程ノ鳥ニテ矢懸リナランズルニハ何ナル事有トモ射外スマシキ物ヲト
思ケレハ一義ツモ不申畏テ領掌ス聽テ下人ニ持セタル弓矢取テ蔵
儀倅拜ニモ不及今夜即射落テ入見参ニトテ孫廂ノ影ニ立隠レテ
此鳥ノ来ラツツ伺ヒケル此ハ八月十七夜ノ月殊ニ明ニシテ洛陽千万家凜
セヨメ数キ氷ツ禁殿十二楼澄ミトヨメ粧粉シ宮人競テ継纏シ都城動テ
傳ヘ声ツケリ已ニ半夜ニ及フ比此鳥ノ鳴ノ声頻也其姿ノ交ノ雪サカカニハ見

エ子トモ噺時口ヨリ吐実シ覚テ声ノ中ヨリ電光メ其ノ影御簾之中ニ
散激ス簾有在処ソ見負セテ弓推張弦食湿テ鏑矢ツ指譜《ワカイ》不擬
議立剛テケレハ主上ハ南殿ニ出御成テ叡覧之ツアリ閑白殿下左
右大将大中納言八座七弁ハ有位諸家侍ツ寿ツ堂上堂下ニ充
満テ直衣束帯ノ袖ツ連タリ裾テ群集スル貴賤恙見テ之無シツ左右
射テ落サン事如何有ンスラント上ニ望雲客テ握手シ誠ニ一期ノ前途ニ世ノ名
望何事カ可如之ニ私語者モ無ケリ廉有已ニ立向折楊弓ソ討トシケルカ
聊思案スル様有リ気ニテ遣鏑ヲ将俣シ援テ捨テ二人張ニ十五束
ヤ切リキリト引シボリテ暫ク是ヲ看ケレハ鳥在所ソ尚モ知ラントテ噺ケル声ツノ待
タリケル鵺鳥例ヨリモ飛下テ紫宸殿ノ上雲梢十丈バカリカ程思数
頻懸テソ噺タリケル其姿ハ見エバコソ声ツ当ソト志シ弦音高ク切テ放タル

鏑ノ音奄ニ勿雲ツ七十二殿ツソ響カシケル何トハ不知雲間ニ手巻シテ大盤
石ノ落カ如ク仁寿殿ノ簷キノ上ヨリ二重ノ弁臺ノ前エソ落タリケル堂上、
堂下一同ニ是ヲ見テア射タリ康有ト感スル声半時バカリハ鳥ニ且ハ
鴨モ休サリケリ衛士司ニ松明ヲ蔵セ是ヲ召メ睿覧有ルニ頭ハ如ク人ノ身
ハ如シ蛇ノ背ハ猶曲《リカヽミ》テ声ハ如ク鵺ノ生違タリ両ノ足ニ長距《ナカツメ》有テ利キ如シ剣《ツルキ》ノ羽
先ツ尉是ヲ見ニ長キ事一丈六ハ尺也不思議ナリシ怪鳥也サテモ康
有是ヲ射ル眼識ニ拔ニ将ヲ候ヘ弁ツルハ何事ツ哉ト御尋有ケレハ康
有畏テ此鳥御殿ノ上ニ當テ啼候ツル間仕テ候ハン矢落候ハン時御殿ノ
棟ニ立テ丈ヘリシ覚ヘ候間如何カ禁ニテシハ憚恐レテハ候ヘキ縦ニ将ヘ候ハズ
トモ當ル程ナラハ此鳥ヲハ落サヘ事ハ有ラシト存候テ根ヲハ拔テ射テ候申
ケレ聞人ソロニ感シケリ主上弥叡感ニ堪サセ御座テ其夜頓テ五位ニ被

戚聖朝日情国大庄二ケ所賜リケリ天恩ノ忝ト謂カラスヤ矢ツ取テノ
面目難有ト浦山ス者モ無リケリ是ノミナラス其草ニ後妖氣《ヨウキ》尚連續メ
示シ禍シケレハ其殃ヲ為ニ消ンカ大法秘密ヲ被行ハ眞言秘密ニ効驗ハ
濁世末代ニモ無止事ハナシ於テ濁穢不淨ノ地ニ修モ足ツ事言不可
然トテ儀成カニ神泉苑ヲシノ被修造セケル、
神泉苑由来ノ事、
彼ノ神泉苑ト申ハ大裏始テ成ニ時擬《ギス》ニ周ノ文王靈囿ニ方八丁ニ被作
タリシ園囿是也其後桓武天王御宇ニ始テ朱雀門ニ東西ニ二ノ寺ヲ
被建テ左ツハ東寺右ツハ西寺トソ名付玉ヒケル東寺ニハ弘法大師安ニテ
胎蔵界七百余尊ヲ奉シ守リ金輪宝祚ヲ西寺ニハ南都ノ守敏僧都
顕シテ金剛界五百餘尊ヲ被祈玉体ノ長久ヲケリカハリシ程ニ淳和天王ノ

御宇延暦廿三年ノ春ノ比弘法大師為求法ノ渡唐シ給ヒケリ其間ハ
守敏僧都一人龍顔ニ近付奉テ朝夕加持シツヽ被仕ケル或時御門
御手水ツ被召ケルカ餘ニ冷カリケル程ニ且ク温給タリケルヲ見テ守敏向テ御手
水ニ被結ハ火印ヲ一タリケレハ水如ク湯ナリケレハ帝是ヲ御覧シテ餘リニ不思議ニ思
召ケレハ或時又守敏被候ケルニ態ト火鉢ニ炭ヲ多ク被熾立ニ障子ヲ閉テ
火氣ヲ内ニ被籠タレハ臘月ノ風光宛ラ如ク韶陽ノ春ノ也帝御額ニ流シ汗ヲ御
座ス斯火ヲハ消ハヤト被仰ケレハ守敏又向テ火ニ結ヒ水印ヲケレハ依テ之ニ炉ノ火
忽ニ滅テ室ノ成テ冷ク灰ト云カハ寒氣膚ニ生シ粟ヲ五体ニ如ニ沃カ水ヲ自是守
敏露ス加様ノ奇特ヲ之更ニ得タリ神変ヲ如ナリ也懸ヘ云カハ帝是ヲ渇仰シ給フ
之不尋常ニ去ル程ニ弘法大師有テ御帰朝ニ御参内シ給ケレハ帝唐朝ノ
之共ニ有ノ御尋ノ後ニ守敏内ニ供シ之ヲ同様ニ成シテ奇特ヲ有シ御物語リ云カハ大師

是ヲ聞召烏鳴寥帷ノ鬼神去閉テ口ヲ栴檀礼塔ヲ支提破テ頭ヲアツト申、
変候ヘハ空海カ候ハン処ニテハ守敏コソ危様ノミコソ奇特ヲハ現シ候ハンスルトテ歎申
サレケリ帝サラハ両人ニ効験ヲ施サセテ威徳ノ勝劣ヲ御覧セハヤト思召ケル
コソ浅猿ケレ或時大師有ニ参内ケルニ傍ニ隠レ奉リ居タル守敏僧都ヲシツツ被召
ケル守敏即御前ニ候セラレタルニ帝薬ヲ御食有ケルカ閣キ建盞ニ給ツ餘ヲ
水冷リテ不服シ如何加持被メ暖《アタヽメ》候ヘト被仰ケレハ守敏毎ツ何ニ心モ尚建盞ニ
結ヒ大呪ヲ加持セラレケレトモ水敢テ湯ニナラズ是ハ何ト被仰テ左右ニ御目クハセ有
ケレハ内侍典侍聴ト莫返タル御湯ヲ持セ参リ帝又薬ヲ進ラントシ御座
ケル所是ハ餘ニ興テ吞レズ水ニ成シ給ヘト被仰ケレハ守敏先ニモコリズ又結テ水
印ヲ加持シ給ヘトモ湯敢テ水ニナラズ剰エ建盞中ニメウキ返リヒカハ守敏前後
不覚ニ失シ色ヲ損シ気ヲ給ヒシ処ニ大師傍ノ障子ヲ引開《アケテ》何ニ空海是ニ有トハ

存シ給ハヌカ星光消朝日ニ堂大蔵暁月ニトシ被笑タルニ守敏大ニ恥是ニシテ
欝陶ニツ挿シ心中ニ瞋恚ノ徐ニ氣上ニ退出セラレニケリ自リ其守敏恨ミ君ツ申憤リ
入テ骨髄ニ深ケレハ天下ニ遣ヤリ大旱魃ヲ四海民シ一人モ無飢ケ渇ニ逢セシト思給
テ利大三千界ニ決処ノ竜神共ヲ捕テ僅ニ水瓶中ニ推篭被置ケリ依テ
是ニ孟夏三月ニ間雨フラサレハ農民不勤耕作ヲ共悲ミ餓ニ莩天下ノ之愁
忽ニ帰ニ一人ノ深ニ在ハ君遥ニ歎キ天災ヲ之喜民シ憂ヲ思召テ被召弘法
大師ニ被役付請雨ヲ祈リ大師奉テ勅ヲ先一七日ノ間入テ定明ニ三千一
大千世界ニシ御覧スルニ内海外海ノ之龍神共悉ク守敏僧都カ之水瓶
ニ被取入可レ下雨ツ竜更ニ無カリケリ後ニ善女龍王守敏ヨリ上位ノ
之薩埵也ケリシカハ不随彼請ニ来テ天竺無熱池ニ有ケルヲ御覧シテ大師自リ
迎出給テ奏聞此由アリシカハサラハ奉請彼善女龍王シヘシトテ織中ニ

大内ノ前ニ堀リ池ヲ湛ヘ清浄ノ水ヲ請シテ彼ノ龍王ヲ給ニケルニ善女龍王現シテ小身ヲ嚢メ
七尺ノ蛇ニ乗リ此ノ神泉苑ニ給ケリ自リ其湿雲油然トメ降ス雨ヲ亨周国土ニナリ
ケレハ枯渇ル木モ草モ四海ノ民モ春苗ニ直ル色ヲケリ守敏是ヲ弥立腹シ
サラハ調伏メ弘法大師ヲ可シト散ス鬱憤ヲトテ西寺ニ引篭リ構三角ノ壇ヲ本
尊ヲ掛ケ北向ニ被行軍荼利夜叉ノ法ヲケリ大師聞テ是ヲ角テハ叶ハシトテ
是モ東寺ニ立テ炉壇ヲ修シ大威徳ノ法ヲ給ケリ両人何レモ是徳行薫ニ
修シ之ヲ功行ナレハ何カハ可キ有ニ勝劣サレハ二ツノ鏑アソバス鏑ノ音行キ合ニ空中ニカ
ラリ／＼ト落ケル声ノ鳴休間モナカリケリ大師聞召シ此由ヲサテハ守敏ソ立所ニ
出抜テハ叶フマシトテ俄ニ大師被レ隠御入滅ノ由アリシカハ緇素流涕歎之ニ
洞ノ貴賤哀慟之声ツ此時守敏聞給テ我法成就ニストテ喜テ高壇ヲ壊シ
セラレケリカリノテ時ニモ不達守敏目暗ミ鼻血垂テ心身悩乱セラレケルカ

佛壇ノ前ニ倒臥キ其ノ後空ク成給ニケリ呪咀諸毒藥還著於本人ト是佛ノ金言ナレハ何カハスコシモ可誤ナレトモ不思議ナリシ事共也自リ其東寺ハ繁昌シ西寺ハ滅廢シケルトカヤ其ノ後大師自茅《キサヤ》ト云草《ワサ》ヲ結テ抛ケ虚空ニ給ヒシカハ成テ大龍ト天竺ノ無熱池エ飛歸ニケリ誠ニ善女竜王ハ此ノ神泉苑ニ留リ至ル今ニ風雨應シ時ニ感應随ヒ誠ニ奇特無双ノ霊地也サレハ今天下安鎮ノ秘法ヲモ懸ル異地ニテ可シ修トテ加様ニ被ル修造セ處ニカハ叡慮ノ趣キ処ハ佛法ノ効験何モ倶ニ無ハ端世上何事カ可ト有ル思ヒ笑者無リケリト

兵部卿御消息事

去程ニ兵部卿親王ハ尚ニ天下ノ乱ニ程コソ無リ御身ノタメニ道遥ニ雖シ替ヘ法体ヲ給ツレトモ四海已ニ静謐シヌレハ如ク元ノ還テ三千貫頂ノ位ニ致シ佛法王法ノ紹隆ヲ給ハンスルコソ叶ヒ冥慮ニモ違ヘ叡慮ニモ給ニシキンヲ備テ征夷将軍ノ

之位ニハ可守ル天下之武ヲ強ニ被申ニ勅許アリシカハ重慮不穏ナレドモ任御望ニ
遂被下将軍之宣旨ケリ然ハ威ヲ四海ニ倚リ慎ミ身ヲ達シ位ヲ給ハンコソ本
意ナルヘキニ御意ニ任セ極メ驕リ忘レ世ノ譏ヲ好ミ婬楽ヲ専ニ邪僻ノ為シ道ヲ給シカ
ハ世ノ人皆無ク恐リ天下ノ兇更ニ其大乱ノ後ハ弓矢ヲ袋ニシ干戈シ尽ルヨフ
ツ申ニ何御用ニモ無ニ強弓大太刀使物トダニ申セハ無ニ忠厚恩ヲ与ヘ宮
使ハレケル間加様ノ虚柄持物共京白河ヲ巡リ毎夜辻切シケル間路次ニ
行合尼法師女童部此彼被切倒横死ニ逢物無休時是只ハ誅シト
足利中御思召ケル故ニ集兵ヲ習武ヲシテメ給ケル御行路トヲ聞ヘ柳高
氏ハ今ニテハ随分ノ忠アリテ色分ノ僻事有トモ不問ニ彼何事ニハ兵部
卿親王ハ是程ニテ御憤ハ深カリケルソト吉事根元尋レハ去年五月官
軍攻落六波羅ヲシタリシ剋ニ殿法印カ手ノ物共乱入リ京中ニ破リ土倉ヲ運シ取ル

財宝間シ為ニ静謐ノ彼ノ狼籍シ自リ足利殿召捕ヘ是ヲ廿餘人六条河原ニ被切
懸。其高札ニ大塔宮ノ候人殿ノ法印良忠カ手ノ者在々所々ニテ致強盗ヲ間、
所誅也トゾ被書タリケル。殿ノ法印聞テ是ヲ不シテ安カラ事ニ思ケレハ様々ニ構ヘ讒説ヲ
宮ヘ訴ヘ申ケリ。此様ノ事重畳シテ達シ上聞ニケレハ宮モ憤リ思召テ信貴ニ御座ノ
時ヨリ高氏卿ヲ討ムト思召立ケレトモ無リ勅許ハ無シ力黙止給ケルカ
讒口尚未休ミ内々以隠密ノ儀ヲ諸国ヘ被成令旨ヲ被召兵共ヲシケリ
高氏聞キ此事ヲ給テ准后ニ付テ内々奏聞申サレケルハ大塔宮為ニ奉奪ヒ
帝位ヲ令旨ヲ被下諸国ヘ被召兵ヲ候。其ノ証拠分明ニ候トテ件ノ令旨共
シ取テ被備ヘ上覧ニケリ。君大ニ有テ逆鱗奉取此宮ヲ奉推籠ト思召ケルコソ浅猿
ケレ。去ハ何ニカ可キ計トテ被行ハ中殿御会ヲ大塔宮ヲ被召ケレハ宮ハ懸ル
事トハ思召モヨラス前駈侍廿余人被召具テ忍テ御参内有リケリ。是ヲ後ニ

思エハ、最後ノ御出仕ニテハ有ケル。結城判官ノ御着時二人奉勤ラレツ礼間ノ辺ニ待、
請テ奉リ取馬場殿ニ奉リ推篭ニケリ。供奉物共モ其柝蔀ハ背思切リタル体
ニテ有ツレシシ。面々被レ宥メ二人ヲマ、是ヲシモ召取レテケリ。宮ハ何トゾニモ思合サセ
給ヘル方モナク、一間ナル処ニ蛛ノ手稠結、囲《カコフ》参ノ人独モ無テ、只御涙床ニ
起伏セ給ニモ、抑何ナル我身ナレハ元弘ノ昔ハ為ニ武家ノ若ミス身ニ樹下《モト》ノ岩ノ迫《ハサマ》ニ
露敷袖ヲ干シ兼帰洛ノ今ハ一日ノ楽未終ヘ日ザル為ニ讒臣ノ被レ罹テ刑戮ノ中ニ
縮《ツヽム》身ヲラントハシラズ。先世ノ業ニテ思召残ス間モ無ニ、虚名久不立ト云事有ハ
去トモ思召直サズ事アラント憑ミ思召ケル処ニ、公儀已ニ遠流ニ定ズリト聞エ
シカハ、宮ノ御心中遣ル方モ無キ御思ナリ。余ノ御悲ミノ至リニヤ、内々被レ遊二御書ヲ一御
心寄ノ女房ニ急キ付テ傳奏ニ、可レ経二奏聞ヲ一ト被二仰遣一ハセケル。其詞ニ云、先以
勅勘ノ身ニシテ数奏シトモ無キ罪ノ由ヲ、涓落テ心暗ニ慈結テ言纏ニ只以テ一念ノ察ヲ

旨加詞被恤愍者臣愚生前之望足矣夫保元以来武臣把権朝廷専政尚矣臣苟モ不忍看之一辞慈悲忍辱之法衣忽被憤怒降伏之堅甲内ニハ恐破戒之罪外ニハ受無慚之譏雖然為君依忘身為敵不顧死当斯時忠臣孝子雖多朝家不励忠誠徒待運臣無尺鐵之資擢義兵陵険隘之中窺敵軍肆逆徒専以戮為根元之間四海下法万六以贖誡是命雖在天奈何身無處猜盡終日臥深山幽谷石巌深穀昔宿通宵出荒村遠里跣足踏霜梅竜髭消魂残虎尾冷胸発千万矣逢運策於帷幄之中宅敵於鉄鉞之下竜駕方還都鳳暦永則天恐微臣之忠功甚為誰哉而今戦功未立罪責忽来風聞其科條一支渉吾所犯虚説所起愍不被尋究仰

而将許天日月不照、不孝者俯而将哭地、山川無載、無礼臣父
子義絶、乾坤共弃、何慈悲之哉、自今以後勲業為雖策行
蔵於世、軽綸宜優被優死刑、永削弁苑之名、速為棄門之
客、君不見申生死而晋国乱、扶蘇刑而秦世傾、浸潤之譖膚
受之親、悪変起于小過、皆迷大非、乾臨何延古、不堅人、不堪
懇歎之至、伏仰奏達之識、不宜懐首謹言

三月五日　護良

前右大臣殿

被遂此御書、若叡聞達、寛宥之御沙汰有
傳奏怨諸憤、終不達、上天隔聴、中心許、不辞無情
此三四年奉付随、宮致忠、待賞仕候人亦余人倫是被

誅セ上者兎角不及申ニ遂ニ五月三日宮ヲハ直義朝臣方エ被渡ケレハ
佐々木佐渡判官入道ヲ始トシテ数百騎兵ヲ以テ路次ヲ警固セシメ国
々ノ守護ニ仰テ鎌倉エ奉下ケリ是ゾ世ノ中ノ撥ニ乱ツ无力公家衰邁ノ之
前表ヨ後ニハ思合ラレ浅猿カリシ事共ナレ宮鎌倉ヘ着セ給シカハ直義朝
臣二階堂ノ谷ニ擁籠ノ御所ヲ奉拵ヘ南ノ御方ト申ス上臈女房ナラデハ参リ
通フ人独モ無ツ月日ノ光ヲモ御覧セラレス警固ノ武士ニ被囲ニ方ツ御心傷《イタマ》シメ
御座セハ都ノ事モ御恋歎ミ歟ノ慮ノミ至モ恨メ敷ク一方ナラス御涙御袖モ朽
スベクゾ見エサセ給ケル多空枕上ノ夜灯照ニ寂ゾ愁霧里レ楼外ニ秋風吹根ツ
遙眼ヲ触ツ耳ニ物毎ニ催ス御涙ヲサラデダニミラキ秋ナルヲ御身ノ咎成ハテ過サセ
給シコソ識モト覚テ兼テ惜ケレ君一旦ノ逆鱗ニテ鎌倉エ下進シカトモ是程
ニテノ事可有トモ思召サスニ此様ニ禁錮シ奉ル事只ハ左馬頭殿計

タリシカハ天地モ如何《イカン》鑒給フラン此報《ムクヒ》若ヒ巻エハ直義朝臣ノ行末モ如何、
何ト恐ツヽ人皆唇シリ飜ケル、
驪姫申生ヲ讒死スル事、
抑宮被遊《バサ》レタル奏状ニ申生死メ晋国傾ト被遊事誠ニ銘肝哀ニコソ
覚ヘ侍ヘレト時学士共申合ヒケリ其故ヲ尋レハ古ヘ晋献公ト云人御座シ
其后ヲハ斉姜ト申ケル北腹ニ三人ノ子ヲ儲給エリ兄ハ申生弟ハ重耳《ジ》其
次ヲハ奚斉ト申ケル三子成人ノ後母斉姜為ニ疾ノ無ツ墓モ献公歎是ツ
事不識《ス》セレトモ日数遠逝レカハル心ノ花色飛ヌ世ノ中ノ人モ毎ハ何ニトカ着ノ
契ヲ忘レ水ニ任ハ昔ニモ何ナラン人ニシモ尋テ比翼連理之語ヲモ成ハヤト思
給ケル処ニ驪姫ト云美人ヲ知ル人献公ニ妻合ケリ此驪姫只紅顔翠黛ノ
濃ヲ迷スシ人眼ヲノミナラス巧ミ言ヲ含ム色ヲ君心ヲ令悦シカハ献公寵愛令之

悦シカハ献公ノ寵愛甚シ別レシ人ノ面影ハ夢ニモ疎成ケリ角テ月日重レ程ニ
此驪姫カ腹ニ又一人ノ子ヲ成サリ巣斉トソ名付ケル此子未タ幼ト謂ヘトモ毒
寵ニ依テ献公三人ノ先子ニ超タリケリサレハ此巣斉ニ国ヲモ譲ラント宣ケル之ヲ
母驪姫下ニハ喜ハ敷思ナカラ上ニハ偽テ謗ケルハ我子ハ未タ幼シテ善悪ノ行ヲモ不弁ヘ
賢愚ノ性ヲ不見ニ三人ノ太子ヲ超ヘテ国ヲ継事是天下ノ人ノ悪ム処也
如何以テ私ニ覆ツ国家ノ主カラン忍ル處ノ忘レンヤト時ヨリ辞ニ曰ケレハ献公孫
驪姫カ心ニ無ツ私恥ニ世ノ説恵シテ国寧カラ事ヲ慶シ感メロハ八万事ヲ彼ニ任スレハ
感増重ソ成テ天下皆帰服ヨリ懸ル処ニ嫡子申生母ノ追孝ノ為ニ三牲ヲ
備ヘシ調テ母ノ埋シ曲沃ノ墳墓ニ祭ケル其ノ胙ノ餘ヲ献公ニ奉ル折節献公
出テ遊ニ猟ニ未タ帰ラ三日其間此胙ヲ膳テ置タル驪姫偸ニ鴆ト云フ毒
シソ入レタリケル献公狩ヨリ帰リテ此胙ヲ備レタリシカハ公無是非食セントシ給ヲ驪

姫申ケルハ父ヨリ送ル物ヲハ必ス先ツ人ニ食テ後ニコソ大人ニハ進ル事ナレトテ別ノ人ニ
是ヲ令食シメケレハ何ニカハ可キ能ル其人吐血シ忽ニ斃ケリ。コハ如何ナル事ソトテ鶏
テ庭ナル鶏犬ニ是ヲ食ハセタリケレハ鶏犬共ニ臥メ地ニ眼前ニ死倒レヌ其餘ヲ棄シテ
タリケレハ懸ル処土穿テ遍ノ草木モ枯凋シホミケリ浅猿ト見処ニ驪姫偽リ流シ
泪ヲ申ケルハ我思フ申生ニ事ヲ不労シテ楽奇ニセハ我子ニ譲国シトル給シモ望ク
諫メテコソ留リメルニ何ノ悪有レハ此鴆毒ヲ以テ我与ト父トヲ殺シ早ク国ヲ保タントハ
企ミ給フラン此心ノ無キ情ノ思ヒ献公何ニモ成リ給ハン後ハ申生コソ我与ニ楽奇トシ
時モ生テ見給ハン顧ハ君我ヲ弄ナキ楽奇ヲ殺シテ申生ノ心ヲ休メ給ヘト泣々口リ説
ケレハ自リ元献公智浅メ信ニ讒ヲ人也シカハ大ニ怒テ即太子申生ヲ可キ誅ス
典獄ノ官ニ被レ仰付ケル申生死定リケレハ諸群臣歎テ之無シ謀申生ノ
失ヒ身ヲ給ハン事何ソ不シテ遁ニ急キ他国ヘ落サセ給ヘトソ告ケタリケル申生聞テ

之ヲ敢テ不悦ス拭テ涙ヲ曰ケルハ吾レ廿年昔ハ失テ母ヲ長年今ハ過ニ継母ニ不幸ノ
上ニ備ヘ妖命ヲ一タリ称ス天地之間何処ニカ有ン无キ父母哉今為ニ遁ルヽ无コト深キ
死ニ落行テ他郷ヘトモ是レコソ殺スト父ヲ鴆毒与ヘタリ未達不孝ノ者ヨ
上毎人ニ被悪テ何顔カ有ラン元ヨリ鴆毒ハ経テ宿ヲ不成ラリ已ニ其胙ヲ送テハ
三日ヲ過セリサレハ陳謝スルニハ无キ拠アラ子トモ豈ニ身ノ咎ヲ遁レテ父ノ恩寵深
き後ノ母ヲ失ハンヤ我不誤処ソハ天地是ヲ知リ然ラハ只虚名之下ニ賜テ死シ
父ノ怒休ミ不知レトテ討手ヲ来タ来ラ前ニ自把テ剣ヲ傷シテ身ヲ遂ニ空ク成リ給ニケリ
其弟重耳来吾ノ是之驪姫カ讒ヲ身上ニ尚モ来ラ事ヲ恐テ宮中ヲ
忍出他郷ニ冷給ニケリ其後无恩ヲ支国ノ来テ保ヲ治天下セシカトモ
天是ヲ不許サリケレハ来衛ハ父諸共ニ里魁トミヘル驕臣ニ被亡晋国忽ニ傾キ
ケリ以此ヲ思ニ彼ヲ今モ兵革一時ニ定テ主上慶帝賤重祚給フ又ハ此ノ条

部卿親王ノ武功ニ依ル蹇ソカナルハ雖ニ有リトモ小過ニ不忘大功ヲ賢台ハ誠ニシテ而被レ
宥ヘカリシヲ是非ナリシ宮ヲ召捕テ其ノ御身ヲ禁錮シ奉ラルヽ吏朝廷無レ
傾ク武家又天下ヲ戎物ニ可為瑞相ニヤト智臣ハ兼テ歎シカ果シテ然リ不堵
害被レ失サセ給シ後朝廷ノ武備ヘ無リシカハ天下忽ニ皈服シテ将軍ノ
御代ト成ニケリ牝鶏晨ヲスルハ家ノ索相也ト古賢ノ曰シ語ホヘ誠ト思
知レシテニミ不思議也シ事共也ケリ

太平記巻第十二

解説

加美　宏
浜畑圭吾

一　書誌

龍谷大学大宮図書館寫字臺文庫蔵『太平記』一二巻の書誌は以下の通りである。請求番号〇二一・三七〇・一二、縦二八・八糎、横二一・六糎、袋綴本一二冊。表紙は無地の紺表紙、表紙中央の題簽に「太平記二」（数字は巻数により変わる）とある。一冊に一巻で、一二巻、一二冊である。各冊墨付一丁表の右下に「寫字臺之蔵書」の小判型朱印がある。「寫字臺文庫」は本願寺第二十世広如（一七九八～一八七二）が整理させた、歴代宗主収集の蔵書である。丁数は左表に示す。

冊数（巻数）	遊紙	墨付丁数
第一冊（目録・巻第一）	(前)一丁　(後)一丁	二八丁
第二冊（巻第二）	(前)一丁　(後)一丁	三三丁
第三冊（巻第三）	(前)一丁　(後)一丁	二三丁
第四冊（巻第四）	(前)一丁　(後)一丁	三六丁
第五冊（巻第五）	(前)一丁　(後)なし	二五丁
第六冊（巻第六）	(前)一丁　(後)一丁	二三丁

第七冊(巻第七)	前一丁	後一丁	二三丁
第八冊(巻第八)	前一丁	後一丁	二八丁
第九冊(巻第九)	前一丁	後一丁	三一丁
第十冊(巻第十)	前一丁	後なし	三三丁
第十一冊(巻第十一)	前一丁	後一丁	二三丁
第十二冊(巻第十二)	前一丁	後一丁	三一丁

奥書はなく、一面行数は一一行、一行二五字～三二字の漢字片仮名交じり文の一筆書写で、同筆の付訓がある。字体は、漢字が大きく、片仮名は漢文の送り仮名とほぼ同程度の大きさであり、同系統の義輝本や野尻本に比べると、漢文体に近い。虫食いは本文判読に支障のない程度である。本文の各章段名の上には朱点(△)があり、人名、地名、官職名、書名、他文献よりの引用漢文等に、朱線が引かれている。一冊目の目録により、全四〇巻であったことがうかがえるが、一三巻以降は欠けている。

また、章段名については、第一冊目録の章段名と本文冒頭の章段名とが異なっている。例えば目録の巻第一「主上告文事」が、本文冒頭では「主上御告ケ文被《ル》レ下《サ》二関東《ニ》一事」となっている。さらに、目録において、巻第二「東坂本合戦衆徒心替事」とある章段が、本文では「東坂本合戦ノ事」と「山門ノ衆徒心替ノ事」とに分けて章立てされている。しかしこうした異同は、龍谷大学本に限ったことではなく、他の天正本系諸本にも見えるものであり、ここでは指摘するにとどめる。

二　天正本系諸本との比較

龍谷大学本は、高橋貞一氏の『太平記諸本の研究』において「西本願寺本」とされているものであり、[1]先学の諸氏によって、

彰考館蔵天正本（巻一～巻四〇・天正二〇年〔一五九二〕書写の奥書）

国会図書館蔵義輝本（巻二、巻四〇欠・室町末期写）[2]

内閣文庫蔵野尻本（巻一～巻四二、巻三欠・天正六年〔一五七八〕書写の奥書）

と共に天正本系統の一本に位置づけられている。天正本系諸本は太平記諸本において、最も特異な本文を持つものとされており、昨今その性格が明らかにされつつある。例えば長坂成行氏は従来の、主として巻数などの外形による諸本分類ではなく、表現や構想、思想による分類をするとなると、天正本系と流布本系という二つに大別できるのではないかとされている。そうした天正本系諸本のなかで、最も遅くに紹介された龍谷大学本は、『新編日本古典文学全集　太平記』（小学館）や長谷川端氏翻刻『天正本太平記』（一）～（三）（中京大学『文学部紀要』第三七巻一号、第三七巻三号四号合併号、第三八巻一号・平成一四年～一五年）において校合に使用されているが、巻一三以降を欠くためか、積極的に論じられたものは見あたらず、長谷川端氏が四本のうち、龍谷大学本と義輝本とが近い関係にあるとされ、共通の祖本を想定できるとされているにとどまる。[3]以下、その他天正本系三本との比較を中心に、龍谷大学本の特徴をみていきたい。義輝本は、高橋貞一『義輝本太平記』（一）～（五）（勉誠社）を、野尻本は内閣文庫蔵（整理番号特一〇〇―二）の紙焼きを、天正本は『新編日本古典文学全集』

（各巻末の校異表により本文を特定した）を使用する。異体字・旧字は適宜改めた。

①龍谷大学本・義輝本・野尻本と天正本

四本を対照したとき、龍谷大学本と近いのは義輝本・野尻本であり、最も遠いのは天正本であると言える。

例えば巻第四「俊明極来朝参内事」（九丁ウ・五行目～八行目）の一文を表にすると左のようになる。

龍谷大学本	義輝本	野尻本	天正本
乍レ去事ノ儀式	乍レ去事ノ儀式	乍レ去事ノ儀式	さりながら、事の儀式
微々ナラムハ	嶶々ナラムハ	微々ナラムハ	微々しからんは、
是吾朝ノ	是吾朝ノ	是吾朝ノ	これ我が朝の
恥ナルベシトテ	恥ナルベシトテ	恥ナルベシトテ	恥なるべしとて、
三公九卿出仕ノ粧ヲ	三公九卿出仕ノ粧ヲ	三公九卿出仕ノ粧ヲ	三公九卿出仕の粧を
蘭台金馬モ	刷《カイツクロイ》　蘭台金馬《キンハ》モ	刷蘭台金馬モ	刷ひ、蘭台金馬も
守禦ノ備ヲ	守禦《キヨ》ノ備ヲ	守禦ノ備ヲ	守禦の備へを
厳セリ、	厳《イツクシク》セリ、	厳セリ、	厳しうせり。
伶《レイ》倫階下ニ奏シレ楽ヲ	伶倫階下ニ奏シレ楽ヲ	伶倫階下ニ奏シレ楽ヲ	伶倫階下に楽を奏し、

文人堂上ニ列座シテ禅師ノ参内ヲ待懸タリ、夜深ル程ニ及テ既参内セラル、	文人堂上ニ列座シテ禅師ノ参内ヲ待懸タリ、夜深ル程ニ及テ既参内セラル	文人堂上ニ列座シテ禅師ノ参内ヲ待懸タリ、夜深ル程ニ及テ既参内セラル、	すでに参内せらる。

後醍醐天皇が公卿の反対を押し切って、元より来朝した俊明極を参内させるところであるが、上三本に傍線を付した箇所が天正本は落ちている。文末で「既参内」したのは俊明極であるから、天正本の本文では文意がとりにくい。上三本が本来の形と考えられる。もう一箇所、例を挙げる。

龍谷大学本	義輝本	野尻本	天正本
或時ハ閑ニ興シ給ヘハ半窓ノ内ニ雲ヲ分一軒ノ間ニ月ヲ携、乗レ輿ニ登臨、触レ時ニ眺望、喩テイハン方ソ無、	或時ハ閑ニ興シ給ヘハ半窓ノ内ニ雲ヲ分一軒ノ間ニ月ヲ携フ、乗レ輿ニ登臨、触《フル、》レ時ニ眺望、喩テイハン方ソ無、	或時ハ閑ニ興シ給ヘハ半窓ノ内ニ雲ヲ分テ一軒ノ間ニ月ヲ携、乗レ輿ニ登臨ニ、触レ時ニ眺望、喩テ云ン方ソナキ、	ある時は閑かに興じ給へば、半窓の内に雲を分け、一軒の間に月を携ふ。輿に乗じて登臨し、時に触るる眺望、喩へて云はん方ぞなき。
輦路ニ花無キ	輦路ニ花無キ	輦路ニ花無キ	輦路に花なき

春の日は、麝臍を埋みて履を薫はし、行宮に月なき 夏の夜は、蛍を聚めて燭に代ふ。	夏ノ夜ハ蛍ヲ聚テ燭ニ代フ、	夏ノ夜ハ蛍ヲ聚テ燭ニ代フ、	夏ノ夜ハ蛍ヲ聚テ燭ニ代フ、

巻第四の「呉越戦ノ事」(二九丁オ・五行目～七行目)で、呉王夫差が西施と遊興にふける様を叙述した記事であるが、天正本の傍線の箇所が上三本にはない。路に「花」がないので「蛍」を以て「燭」に代えるとする上三本は不自然である。天正本にあるように、「花」は「春の日」のことであり、「麝臍」を以て花の香りに代えたとするのが自然であろう。そして、蛍は「月」の光の代わりということになる。本来は天正本のような形であったのではないかと推測されるが、少なくとも、上三本が共通の祖本から分かれたものであることは指摘できる。その他随所にこうした箇所が見え、龍谷大学本の本文は義輝本・野尻本と近く、天正本とは遠いと判定される。

②義輝本との関係

龍谷大学本と義輝本、野尻本は近い関係にあるが、さらに分類すると、義輝本が最も近い。例えば巻第五「光厳院御即位事」(三丁オ・四行目)に「同廿八日改元ノ定有テ正慶元年ト号セラル、是ハ左大弁三位□卿」として、「三位」と「卿」の間に四字分の空白があり、義輝本も同様である。対して野尻本は「三位ノ卿」、天正本は「三位冬卿」とし、空白は見られない。『弁官補任』によると、元弘二年（一三三二）三月の時点での左大弁は正四位上藤原長光であり、三位ではない。天正本は「冬」としており、三位左大弁で「冬」に該当する最も近い人物は藤原冬定であるが、在任は嘉暦二年（一三二七）と離れており、未詳と言わねばならない。龍谷大学本と義輝本の空白に記述されるべき本文は不明だが、いずれにしてもこの空白は、両本の親本から受け継いだものと判定される。龍谷大学本と義輝本の兄弟性を示す事例は多数見えるが、次に示すのはその親本の性格をうかがわせるものである。巻第一「東夷調伏事」冒頭部分（一八ウ・二行目）であるが、

㊧元亨二年ノ春ノ比ヨリ　秋宮御懐妊ノ御祈　トテ、

㊨元亨二年ノ春ノ比ヨリ　秋宮御懐妊ノ御祈　トテ、

㊮元亨二年　春ノ比ヨリ　萩宮御懐妊ノ御祈　トテ、

㊝元亨二年、春の比より、中宮御懐妊の御祈りとて、

とある。龍谷大学本と義輝本は一致している。後醍醐天皇の中宮禧子の安産を祈る記事だが、両本は「秋宮」とする。東宮の「春宮」に対して中宮を「秋宮」と呼ぶことは『清輔集』（私家集大成2）の一四六番歌に、

二条院御時、中宮のおほんかたへ、夏もすゝしきは秋の宮のちかきしるしにやといふ心のうたさしをかせ給へりける返を如房《（ママ）》にかはりて、

むかしよりきよくすゝしきやとのうちに秋の宮ゆへと思ふへしやは

とある。他系統の神田本、玄玖本、西源院本はいずれも天正本と同じく「中宮」とする。どちらの表現が先行するのかは不明だが、野尻本の「萩宮」は「秋宮」から展開したものだとすると、天正本系統の祖本の当該箇

所は「秋宮」であった可能性が高い。天正本系諸本の地の文に和歌表現が多用されていることは既に指摘されていることだが、龍谷大学本と義輝本の親本はそうした傾向を残していたと考えることができる。同様の例として、巻第四「一宮妙法院配流事」（八ウ・二行目～四行目）を挙げる。

龍谷大学本	義輝本	野尻本	天正本
サレトモ都ヲ御出ノ	サレトモ都ヲ御出ノ	サレトモ都ヲ御出ノ	されども、都を御出の
日ヨリ千日ノ護摩ヲ	日ヨリ千日ノ護摩ヲ	日ヨリ千日ノ護摩ヲ	日より、千日の護摩を
始テ一人ノ御祈ニ	始テ一人ノ御祈ニ	始テ一人ノ御祈ニ	始て一人の御祈に
誓サセ	誓サセ	誓サセ	誓はれさせ
給ケルトカヤ、	給ケルトカヤ、		
痛哉	痛哉		痛はしきかな
竹苑花闈ノ玉ノ砌ヲ立ハ	竹苑花闈ノ玉ノ砌ヲ立ハ		竹苑花闈の玉の砌を立ち
ナレサセ	ナレサセ		はなれさせ
給ヒ、	給ヒ、	給ヒ、	
浅猿敷キ賤屋ニ遷住セ給	浅猿敷キ賤屋ニ遷住セ給	浅猿敷キ賤屋ニ遷住セ給	
ヘハサコソ御意ヲ傷シメ	ヘハサコソ御意ヲ傷シメ	ヘハサコソ御意ヲ傷シメ	
サセ	サセ	サセ	
給ラント	給ラント	給ラント	給ふらんと
推量レテ哀也、	推量レテ哀也、	推量レテ哀也、	推し量られて哀れなり、

流罪となった妙法院宮が備前国へ向う際に千日の護摩を行ったという記述である。龍谷大学本と義輝本は一致しているが、野尻本は傍線の箇所が抜けており、天正本は二重傍線の箇所が抜けている。玄玖本、西源院本の該当箇所には千日の護摩の記事自体がない。野尻本や天正本の形から見て、都（傍線部）と配流地（二重傍線部）の形容を対句仕立てにしている龍谷大学本や義輝本のような形が、天正本系統の祖本に近いのではないかと考えられる。天正本系統の特色として、地の文に和歌表現が多いと言うことは既に述べたが、こうした文飾もそうした性格に沿うものである。

龍谷大学本と義輝本には親本を想定しうる。その親本が、天正本系統の祖本の形なのか、そしてその本文が、他二本に先行するのかどうかは慎重に判断しなくてはならないが、龍谷大学本の存在は、天正本系統の分類を進める一助となるだろう。天正本系四本の詳しい比較、考察は後考に俟ちたい。

（1）龍谷大学本『太平記』は、永らく学界に知られていなかったが、昭和四十二年（一九六九）十一月刊行の『国書総目録』第五巻の『太平記』の項に、「竜谷（巻一―一二、室町時代写十二冊）」と記載され、昭和五十六年（一九八一二月刊行の高橋貞一氏編『義輝本太平記』影印の「解説」（第五分冊所載）において、天正本の同類と認められる伝本の一つとして、「西本願寺本は十二冊、總目録と巻一を一冊とし、巻十二までで、紺色表紙楮紙袋綴の大型本である。片假名交り十一行、室町末期の書写である。缺巻は惜しむべきである」と紹介されたあたりから、『太平記』研究者に注目されるようになったものである。

（2）この伝本は蔵書印が「義輝」と読まれてきたことから「義輝本」と呼称され、足利義輝旧蔵本とみなされたりしてきたが、近時、本伝本を精査された小秋元段氏（「国文学研究資料館蔵『太平記』および関連書マイクロ資料書誌解題稿」、国文学研究資料館調査収集事業部『調査研究報告』第二十六号、平成十八年三月。「国文学研究資料館所蔵資料を利用した諸本研究のあり方と課題――『太平記』を例として――」、国文学研究資料館文献資料部『調査研究報告』第二十七号、平成十九年二月）は、印記「義輝」は「義運」の誤読であり、本伝本は「義運本」と呼称すべきであることを提唱されている。従うべきであると考えるが、現在はまだ「義輝本」の呼称が通行しており、本解題においては、便宜、義輝本の呼称を用いることとする。

（3） 長谷川端氏校注・訳による新編日本古典文学全集『太平記』全四冊（一九九四～九八年、小学館刊）の本文は、水府明徳会彰考館蔵天正本を底本とし、天正本系諸本（義輝本・野尻本・龍大本）によって校訂を加えているが、各冊巻末に「校訂付記」をかかげ、天正本本文を他本によって改訂した部分を列記している。巻一「19ページ9行、後昆（竜・義・野）―後混」、巻二「67ページ12行、下し（竜）―ナシ」といった具合である。試みに龍大本本文が現存している巻一～巻十二の校訂箇所を総計してみると、龍大本・義輝本・野尻本の共通異文により訂したもの、五九四箇所。龍・義共通異文によるもの、四一七箇所。龍・野、三箇所。義・野、四十五箇所。龍大本独自異文二十六箇所。義独自異文、二十五箇所。野独自異文、三十六箇所となっている。巻によるばらつきはあるが、傾向としてうかがえることは、（一）、天正本本文は、他の天正本系諸本の本文とは、かなり距離のある本文であること、（二）、龍大本は、義輝本・野尻本と共通する異文が多く、とくに義輝本とは、共通して訂されている箇所が一〇一一箇所にのぼり、非常に近い本文を持つといえること、（三）、龍大本はまた、巻二（二十一箇所）を中心に、独自に校訂本文を採られたものが二十六箇所あり（義輝本・野尻本についても同様の指摘ができるが）、天正本諸本の中で、独自性も持つものであること、などであろう。

［参考文献］

①高橋貞一『太平記諸本の研究』（思文閣出版・昭和五五年）、『義輝本太平記　一～五』（勉誠社・昭和五六年）

②加美宏『太平記享受史論考』(桜楓社・昭和六〇年)

③長坂成行「天正本太平記成立試論」(『國語と國文學』昭和五一年三月号)、「天正本太平記の性格」(『奈良大学紀要』第七号・昭和五三年)、「天正本『太平記』の巻頭記事——巻二・巻五をめぐって——」(『奈良大学紀要』第一〇号・昭和五六年)、「天正本『太平記』の特質」(『新編日本古典文学全集1』月報・平成六年)、「『太平記』諸本研究の現在」(『軍記と語り物』第三三号・平成九年)、「天正本『太平記』の成立——和歌的表現をめぐって——」

④長谷川端氏翻刻『天正本太平記(一)~(三)』・中京大学『文学部紀要』第三七巻一号、第三七巻三号四号合併号、第三八巻一号(平成十四年~十五年)

龍谷大学善本叢書26

太平記

二〇〇七（平成十九）年九月二十日　発行

定価一五、七五〇円
（本体一五、〇〇〇円）

編　集　龍谷大学
仏教文化研究所

責任編集　大取一馬

発行者　田中周二

著作権者　龍谷大学

発行所　株式会社　思文閣出版
京都市左京区田中関田町二―七
電話（〇七五）七五一―一七八一

ISBN978-4-7842-1365-8　C3393 ©Printed in Japan

刊行の辞

龍谷大学図書館には、数多くの貴重書が収蔵されている。これらの資料は本学創設以来の永い伝統と多くの諸先学の努力によるものであって、研究資料としての価値は高く評価されている。これらの貴重書については、かねて国内外の諸学者より、広く公開することによって、斯学の進展に寄与することが望まれていた。

このたび、龍谷大学はその要望に応えて、また、資料の保存と利用の両面より勘案し、これらの貴重書を複製本として、それに研究と解説を付し、逐次刊行することを計画、ようやく実現の運びとなった。この計画は非常に膨大なものであるが、学界にはまことに意義深いものであると信ずる。

わが仏教文化研究所は、龍谷大学図書館より、昭和五十一年にこの研究と編集についての依頼をうけた。そこで当研究所では指定研究第一部門として、真宗、仏教、真宗史、東洋史、国文の五部門を設け、それぞれに学外からも専門研究者に客員研究員として応援を求め、国内外の関係諸資料の照合をふくめた研究を進めて来た。

爾来五ヶ年を閲して、その研究成果を年々刊行しうる事となったが、その間において研究と編集に従事された方々の尽力を深く多とすると共に、この出版が各分野の研究の進展に大きく貢献しうることを念願している。

本叢書が出版されるについて、題字をご染筆頂いた本願寺派前門主大谷光照師をはじめ、本学関係者の各般にわたってのご支援、さらに印刷出版をお引受け頂いた各出版社のご協力に厚く御礼申上げる次第である。

昭和五十五年三月二十七日

龍谷大学仏教文化研究所長

武　内　紹　晃